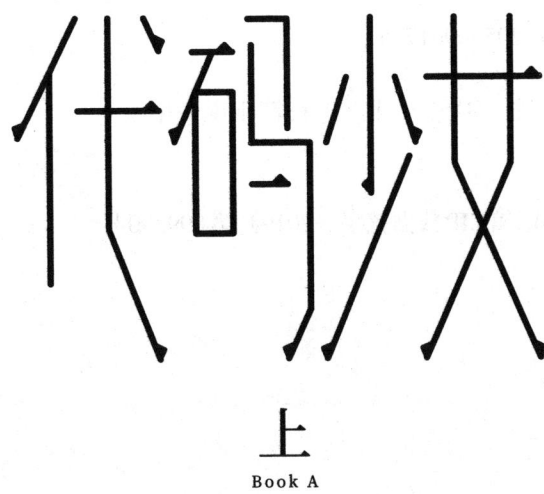

上
Book A

黑眼圈 著

辽宁人民出版社

图书在版编目（CIP）数据

代码少女 / 黑眼圈著. —沈阳：辽宁人民出版社，2019.8
ISBN 978-7-205-09617-5

Ⅰ. ①代… Ⅱ. ①黑… Ⅲ. ①长篇小说—中学—当代 Ⅳ. ①I247.5

中国版本图书馆CIP数据核字（2019）第099390号

出版发行：辽宁人民出版社
地址：沈阳市和平区十一纬路25号　邮编：110003
电话：024-23284321（邮　购）024-23284324（发行部）
传真：024-23284191（发行部）024-23284304（办公室）
http://www.lnpph.com.cn

印　　刷：	辽宁星海彩色印刷有限公司
幅面尺寸：	158mm×230mm
印　　张：	33
字　　数：	450千字
出版时间：	2019年8月第1版
印刷时间：	2019年8月第1次印刷
责任编辑：	高　丹
封面设计：	壹书工作室
版式设计：	chacha王滢
责任校对：	常　昊
书　　号：	ISBN 978-7-205-09617-5
定　　价：	68.00元（全二册）

目
Contents
录

第一章 · 名 字　1

第二章 · 海 岛　9

第三章 · 游 戏　16

第四章 · 任 务　23

第五章 · 变 装　30

第六章 · 话 题　37

第七章 · 站 住　44

第八章 · 副 本　51

第九章 · 强 盗　58

第十章 · 告 白　64

第十一章 · 小 店　72

第十二章 · 躺 赢　79

第十三章 · 代 码　86

第十四章 · 选 拔　93

第十五章 · 大 神　100

第十六章 · 情 商　107

第十七章 · 晚 安　114

第 十 八 章 · 小 偷　　121

第 十 九 章 · 流 言　　128

第 二 十 章 · 投 篮　　135

第二十一章 · 校 报　　143

第二十二章 · 挑 衅　　151

第二十三章 · 病 毒　　159

第二十四章 · 条 件　　167

第二十五章 · 行 动　　175

第二十六章 · 约 会　　183

第二十七章 · 守 护　　191

第二十八章 · 朋 友　　199

第二十九章 · 大 火　　207

第 三 十 章 · 圈 粉　　214

第三十一章 · 情 敌　　221

第三十二章 · 智 力　　228

第三十三章 · 奔 现　　235

第三十四章 · 危 险　　242

第三十五章 · 参 选　　249

我来到了　你的世界

第一章 名字

Chapter 01

花茉莉死了。

即将窒息的躯体，正慢慢地沉向幽暗却又星星闪闪的海洋深处。

花茉莉却觉得解脱，活着好累。

她慢慢死去的大脑里，忽地浮现出一座神奇的海岛。

海岛上，站着一个少女，眉宇之间，和花茉莉有几分相似。

"我真的可以出去吗？"

花鸣看着眼前浮现的任务框，这样问道。

"难道你不觉得，生活在这个世界，你像是被困在牢笼里的囚鸟？"冰冷得如同机器一般的声音，再一次在花鸣的耳畔响起。

花鸣摇了摇头，她的确没有这种感觉。

花鸣再熟悉不过，这是系统的声音。每一次接受任务，完成任务，每一次获得奖励，花鸣和每一个人一样，都能听见它。但没有人见过它，有人说，系统便是浮现在大家眼前的任务框。

而更多的人，把系统当成神，因为它说一不二，公告即是命令，每个人都必须绝对服从它。

从诞生的第一天起，花鸣就不断地和系统打着交道，但花鸣却觉得，今天的系统，话有些多。

阳光灿烂得刺眼，花鸣站在海岛的正中央，太阳就在她的头顶上，被风撩起的发丝，几乎要被卷进太阳的热浪里，可这座岛上的城堡，像穿上了隔热衣，花鸣并不觉得热。

这是海岛城的夏天，绿树成荫，花香鸟鸣。

花鸣踩着青水泥的大地，与远处蔚蓝色大海和巨型海岛相接的，是八条连绵的仿佛没有尽头的小道。

她就生活在海岛城里，或许这是这个世界里唯一的乐园。

悬浮在海面上通往四面八方的小道，衔接着无数未知的险恶，大部分任务的征程，都从这些小道开始。

花鸣撩了撩头发，开始精打细算，过了好一会儿，她才重新直视悬浮着的任务框。

"奖励能再提高一些吗？"

正这样说时，花鸣的心里突然慌乱起来。

意识告诉她，要出大事了。

花鸣从未有过这样的感觉，即使是她在执行八级任务时，也没有这般头晕目眩。花鸣头顶上悬着情绪条，慌张的情绪，由暗色迅速变红，随后充满了进度条，几乎都要溢出来。

"怎么回事？"花鸣问道。

系统的回答，让花鸣惊讶得说不出话来。

海岛城迎来了夜幕，前一秒还高悬着的太阳，霎时间化作虚影，在天际消失，取而代之的是从海面缓缓升起的月牙。海岛城变得热闹起来，古老的城堡里，亮起了星星点点的灯。

花鸣咬着下唇。良久，她伸出颤抖着的纤细小手，点下了任务框上的"接受任务"按钮。

刹那间，花鸣脚下升起了风。

花鸣惊讶地发现，自己的身体正慢慢变得透明。这一个晚上，海岛城忽然间下起了暴雨，没了往日的天清气朗，巨浪吞没了出岛的所有小径，岸边的巨船也被凶猛的海浪掀翻。

岛上的居民惊慌失措，他们从未想过，危险竟然会渗透进绝对安全的海岛城。

花鸣的身体，已经化成一串代码，飘向乌云后最后一丝月光。

——"你是谁，你的任务，从哪里来，不能让任何人知道。"

余宁市，所有新闻媒体争先报道着中型客艇触礁的快讯。

邱敏在电视上看到了这则新闻，她的脸色苍白，手里的碗被摔碎在地。急匆匆地从家里跑出去，邱敏连门都没来得及关，破旧的屋里，只剩一桌还散着热气的菜肴。

岸港上，人山人海，数不清的镜头，正对着风平浪静的海面闪烁不停。

所有人都被拦在了警戒线外。

"抢险队员已经赶到现场,天气晴朗,海面上没有一丝浪,此次事故原因未明……"

镜头下,一名记者正在直播现场状况。

但他话音未毕,就被匆匆赶来的女人撞倒在地。

现场发生了骚动,那个女人从地上站起来,扯开警戒线,朝着岸边冲去。但是很快,她就被人拦住了。

"放开我,我女儿呢?她叫花茉莉!"

匆忙赶来的,正是邱敏。

她满头热汗,声音颤抖得语无伦次。

有人告诉她,船翻了,抢险员正在紧急施救。

邱敏被劝到了一旁,她呆呆地望着远处的海面,的确是风平浪静。

这么多年都过来了,她们一定会再挺过来,邱敏不断地这样安慰着自己。

没过多久,两名溺水的女生被救了上来,邱敏立刻凑了上去。可是,她们都不是花茉莉。

邱敏的心冷了一大截,现场赶来的遇难者家属,早已经哭得昏天黑地。

不久前,她才与花茉莉通过电话。

这天是周末,花茉莉像往常一样,从学校坐船回家。邱敏早早地准备了一桌香喷喷的饭菜,等着女儿归来。原本四十分钟的路途,邱敏却在家等了快两个小时。

邱敏心有不安,直到她在电视上,看到了这一则快讯。

抢险员还在紧张地施救,一个又一个全身湿透的船客被拖上了岸。

直到天黑了,才有人走向一直焦急等待的邱敏。

"很抱歉,我们没有找到你的女儿。"那人欲言又止,似乎不愿意伤害这位母亲。

邱敏的双腿一阵无力,她瘫坐在地,但双手却异常有劲。她抓着那人的裤脚,不断哀求着。

"求求你,救救我的女儿!"

"落水的十八名船客,已有十七名被解救,前方医院传来快讯,十七名船客都已经脱离生命危险。"

邱敏的耳边,传来刺耳的现场报道。

唯一没有被救起的,竟是她的女儿。

邱敏的脑海一片空白,她听不清现场的抢险员是怎样回答她的。邱敏感觉天都要塌下来了,花茉莉是她的全部,如果没有花茉莉,邱敏不愿意活到明天。

一夜就这样过去,邱敏在岸边坐了一整夜,海上不断地有救生艇开着夜灯,巡而往返。

海边的清晨,凉意彻骨,就连空气都有些咸湿。

花茉莉依然没有被救起。

已经一夜过去，纵使花茉莉被捞起，她能看到的，也仅是一具再也不会叫妈妈的尸体。

"您先回去休息吧。"

不断地有人劝说着邱敏，但是邱敏仍然如同石头一样坐着，一句话不说，一口水不喝。

活要见人，死要见尸，这是邱敏最后的奢望。

只是，一天时间又这样过去了。

邱敏哭得撕心裂肺，可是双眼却干得连一滴泪水都落不下来。

带着噩梦醒来，已经是一天后。

听说，打捞工作已经结束，花茉莉仍然没有被找到，邱敏从病床上失魂落魄地起了身。不知是谁把邱敏送进了医院，她想要回家。

有人叫住了她，催她缴纳医药费。

邱敏木讷地把身上所有的钱都掏了出来，扔在了病床上。若是从前，为生活精打细算的邱敏，一定会觉得心疼。可是，她失去了女儿，她不必再为往后的生计烦恼。

邱敏回到家时，桌上的饭菜早已冰凉，还招来了苍蝇。邱敏径直走进了花茉莉的房间。

花茉莉的房里，散发着茉莉花香。

房屋破旧，但花茉莉的房间却井然有序，干净明亮。

花茉莉住校，只有周末回家。但几乎每一天，邱敏都会替花茉莉把房间打扫得一尘不染。

墙上贴着花茉莉和邱敏的合照。

看到照片，原以为眼泪都哭尽了的邱敏，再一次双眼模糊。

二十二年前，花茉莉诞生在这个世界。

正是茉莉花开的季节，邱敏和丈夫，便给姓花的孩子，取名茉莉。

花茉莉尚未懂事时，邱敏的丈夫突然在一个雨天，不知所踪。从此，邱敏成了家里的顶梁柱，和花茉莉相依为命。这么多年过去了，邱敏仍然没有放弃寻找丈夫，除了吃穿，邱敏省吃俭用存下的钱，全部花在了寻人启事上。

邱敏想让花茉莉，拥有一个完整的家庭。

三年前，勤苦的花茉莉，如愿以偿考上了余宁大学。这是余宁市最好的大学，尽管花茉莉只被余宁大学最差的数学系录取，但这还是让邱敏骄傲至今。

盯着照片里的花茉莉，邱敏崩溃了。

花茉莉笑着，无比开心，邱敏不敢想象，正是花般灿烂年纪的花茉莉，就这样抛下她离开了，就连尸体都没有找到。

邱敏不再眷恋，拿起桌上的水果刀，朝着手腕，狠狠地割了下去。

邱敏竟没有察觉到一丝疼，全身上下，最疼的，是胸口里那颗还在苟延残喘跳跃的东西。

这一家的痛苦，并没有影响到生活在余宁市的其他人。

网吧里，有人狠狠地砸了键盘。

"这游戏没法玩了，这都第二天了，游戏崩溃了两天，还没有修复好！"

"你还在玩《DWorld》？这破游戏，以前还行，现在嘛……"

四年前，DW团队横空出世，他们设计的一款大型网络互动养成游戏《DWorld》，一举突破传统养成游戏的单机性和简单性，成为游戏市场的翘楚。

吆喝声，传进网吧角落的贵宾包厢。包厢里，坐着一名看上去二十多岁的男人。修长白皙的双手，不断地在键盘上敲击着，速度令人咂舌。他正在敲一段程序代码。

学校里断了电，他只能在学校附近，随便选择了一家网吧。

他爱安静，容不得一丝吵闹，来这儿，情非所愿。

听到关于《DWorld》的议论，他终于停了下来。

他在电脑桌面上，找到了这款游戏的图标，双击，登录界面跳了出来。

娴熟地输入账号和密码，可是，他却没能成功登录。

屏幕上显示，服务器正在维修。

他皱起双眉，关闭电脑，打开贵宾室的门，走出了网吧。

直到他离开后，才突然有人问道："那是计算机系的林缓吗？"

"是是是！我在照片上看过他！好帅啊，他怎么会来这样的地方？"

很快，林缓就成了女生们讨论的焦点。

已经是第二天了，依然没有人成功登录《DWorld》。然而，花茉莉的房中，电脑的屏幕突然亮起了光。

这台电脑，是三年前，邱敏咬紧牙根，送给花茉莉的升学礼物。

电脑桌面上，《DWorld》程序突然自动运行。随后，屏幕开始闪烁，一串冗长得仿佛没有尽头的代码，铺满了整个电脑屏幕。那些代码，伴随着电脑嘈杂的运转声，不断地跳动着。

终于，俏皮跳跃着的代码，不甘愿再被束缚在狭小的机器里，竟从电脑屏幕飘了出来。字母和符号，在屋里飞舞了一会儿，汇聚在了一起。随后，这串代码竟组成了一个人形。

人形里的透明，渐渐地被人的肌肤填满。

花鸣睁开双眼，闻着空气里的茉莉花香，讶异道："我真的出来了？"

当花鸣看到镜子里的自己时，却被吓了一跳。

她抱怨道："怎么这么丑？"

镜子里的她，蓬头垢面，头发又多又杂，戴着沉重的厚眼镜，身上穿着的衣服，破旧不说，还土得令人鄙视。

这绝对不是花鸣，很快，花鸣在墙上，看到了花茉莉。

此刻的她，和花茉莉长得一模一样。

花鸣吐了吐舌头，失落道："原来她长这样。"

这时，花鸣看见窗外的暮色，于是她兴奋地跳到了窗边。

"好美！这就是真实的世界吗？"

花鸣被穿行在小道上的行人和车群震撼了。

这绝对比不上海岛城的美景。

花茉莉的家，住在旧街区。这里交通拥挤，房屋破旧。可是，在花鸣眼里，每一片青泥瓦，甚至地上的每一块垃圾，都是美的。

因为这个世界真实，这是她从未感受过的。

日暮在天上，花鸣觉得太阳离她好远。从前，她仿佛只要一跳跃，一伸手，就可以触摸到太阳。

花鸣痴痴地站在窗前，直到她嗅到了夹杂在茉莉花香里的一丝血腥味。

花鸣这才发现，电脑桌前的地上，有一摊还未完全干涸的血迹。

花鸣沿着地上的血迹，出了家门。

这时，有人见了鬼般地指着花鸣。

"茉莉，你没死？"

那是花茉莉的邻居，花鸣并不认识他。

很快，大家围了上来。

仔仔细细确认过之后，才有人催促她赶紧去医院："你妈妈被送进了医院。"

"请问，医院在哪里？"花鸣有些紧张，这是她第一次与人交谈。

问了医院的地址，花鸣开始奔跑。只是，她的速度却很慢。

从前，她只需要花一天时间，就可以跑遍大半个海岛城，再远一些的地方，还有传送门会替她解决烦恼。

但是在这里，花鸣却不行。

兜兜转转了一大圈，花鸣终于找到了邱敏的病房。

邱敏躺在床上，脸色苍白，双眼紧闭。

病床边上，坐着一个看上去和花鸣差不多大的女生。

女生长得很好看，眼睛大得如同洋娃娃一般，长发微卷，正穿着俏皮的短裙。

"茉莉?"

女生发现了花鸣,她的双目通红,显然才哭过。

花鸣错愕,良久,她才对着女生点了点头。

女生握住花鸣的手,激动得说不出话来,良久,她的嘴里才吐出几个字:"你真的没死?"

花鸣又点了点头,女生突然把她紧紧地拥进怀里,花鸣几乎都要窒息了。

"请问,你是谁?"

花鸣的问题出口时,女生愣住了。

她摸了摸花鸣的额头,并不烫。

"是我啊,菲菲,徐菲菲,你忘了?"

花鸣在脑海中,迅速地搜索起这个名字。

很快,她就有了徐菲菲的信息。

"你是我唯一的好朋友,家境殷实,从大一开始就和我成了好朋友,在计算机系就读,是个八卦通,没有你打听不到的事,喜欢吃甜品,大学期间一共打过三次架,全都是为了我,谈过两次恋爱,一次嫌弃对方丑分手,一次……"

花鸣将脑中的信息,背稿般地念了出来。

徐菲菲怪异地盯着花鸣。

花鸣闭上了嘴,对着徐菲菲尴尬一笑。

徐菲菲知道,花茉莉原本万分在意邱敏。可是,自从进了病房,她就连正眼都没看过躺在病床上的邱敏。

"你不去看看你妈妈?"徐菲菲试探性地问道。

花鸣这才走到病床边上,然而,徐菲菲却并没有看到预想中的画面。

她以为,花茉莉会号啕大哭。

可是,花茉莉却无比冷静地站着。

"我放心不下伯母,就去了你家,没想到……"

花茉莉溺亡的消息,早已经在余宁大学里传开。徐菲菲哭了整整两天,这才想起邱敏。她急匆匆地赶往花茉莉的家中,正巧撞上寻死的邱敏。

如果徐菲菲的动作再慢点,邱敏已经死了。

"嗯,谢谢你。"花鸣对着徐菲菲道谢。

徐菲菲目不转睛地盯着花鸣,她觉得,花茉莉和以前太不一样了。

花鸣的心里也有些懊恼,她知道徐菲菲一定在怀疑她。

她多想挤出一滴眼泪来,可是,自从她诞生的第一天起,她就不会悲伤。

花鸣不敢与徐菲菲对视,赶紧坐到了病床边上。

"她怎么样了?"花鸣问道。

"没有生命危险了,应该很快就会醒过来。"徐菲菲又从新一轮的谈话里,找到了怪异的地方。

她没有称呼邱敏为"妈妈",而是用了一个不冷不淡的"她"。

徐菲菲无比了解花茉莉,重见花茉莉的喜悦,全被满心的疑惑取代。

"茉莉,你落水后,发生了什么?"

花鸣沉思片刻,她决定编造一个完美的谎言。

因为,她带着不能为人所知的使命来到这儿,从今天开始,她不再叫花鸣,她有了新的名字:花茉莉。

第二章 海岛

客船触了礁石，船翻了，游客和船员全部落水。

会游泳的游客，攀住了坚硬的礁石，等着救生员营救。

而花茉莉，被海浪冲走，救生员没能发现她。多亏一艘小艇经过，将她救了下来。

这是花鸣对徐菲菲撒的谎，为了更加逼真，花鸣还描述自己呛了很多甜甜的海水，一度昏厥过去。

"难怪救生员没发现你。"徐菲菲若有所思，但却话锋一转，"甜甜的海水？"

花鸣一愣，在她印象中，海水就是甜的。

花鸣没能回答上来，徐菲菲又问道："你不是会游泳吗？"

"浪有点大。"花鸣越发紧张。

事与愿违，她编织的谎言，漏洞百出。

"可是，那天风平浪静。"徐菲菲盯着她，"船到底怎么翻的？"

花鸣与徐菲菲四目相对，她憋红了脸，头上只有她自己看到的情绪条，再一次被红色溢满。

断断续续的咳嗽声，替花鸣解了围。

邱敏突然醒了过来。

徐菲菲赶紧跑出病房，叫医生去了。

花鸣长舒了一口气，暗叹徐菲菲的不好对付。

邱敏缓缓睁开双眼，见到花鸣的那一瞬间，她的眼泪不自觉地就落了下来。然而，邱敏却没有说话。花鸣慢慢走到了邱敏面前，这张脸，她从未见过，但是看上去那样慈祥。

邱敏四十多岁了，眼角泛着不深不浅的皱纹，额前可见几缕白色的细丝。这么多年为了花茉莉所受的辛酸，让邱敏成为同龄的女人中最苍老的那个。花鸣在海岛城里见过这样的发色：城里装备店里的老奶奶，就有满头的白发。

徐菲菲带着医生进病房时，正巧看到两人对视的这幕。

医生仔仔细细地检查过后，向徐菲菲报了喜："已经没有生命危险了，再休息两天，就可以出院。"

看上去，徐菲菲要比花鸣紧张许多，穿着白大褂的医生，还以为徐菲菲是邱敏的女儿。徐菲菲轻轻拍了拍花鸣的肩膀："伯母醒了，你不过去说说话？"

木讷的花鸣这才点了点头，轻声问道："你觉得不舒服吗？"

邱敏只是死死地盯着花鸣，一句话都不作答。

花鸣的心跳动得厉害，邱敏的目光，仿佛要把她看穿一般。

终于，徐菲菲忍不住心头的疑惑："花鸣，你到底怎么了，她是你的妈妈啊！"

徐菲菲不敢相信，花鸣竟会对邱敏这样不上心，这和她印象中的花茉莉，完全不一样。

"妈……妈妈。"花鸣从未对任何人有过这样的称呼，她觉得有些奇怪，但为了打消徐菲菲的疑虑，她还是支支吾吾地叫出了口。

终于，一直没有反应的邱敏，有了动作。

"茉莉？"邱敏带着哭腔问道。

"是我。"

花鸣的语气里，仍然没有太多的情绪。连在一旁的医生和护士都觉得奇怪了。

"你是谁？"邱敏突然又这样问道，随后，她又把目光投向了徐菲菲："你又是谁？"

徐菲菲怔了怔，马上回答道："伯母，我是菲菲啊，茉莉的好朋友。"

但是，邱敏如同痴傻了一样，又问："茉莉是谁？"

徐菲菲一把拽过花鸣："她是你的女儿啊！"

徐菲菲简直不敢相信，前一秒还能主动叫出花茉莉名字的邱敏，此刻竟然不知道花茉莉是谁。今日，这对母女的反应，都太怪异了。

医生不敢疏忽，赶紧又对邱敏进行了一系列检查。

花鸣和徐菲菲等在门外，焦急的徐菲菲没有再向花鸣问东问西，这让花鸣稍微放松了些。一直到太阳快要下山，结束讨论的医生，才向花鸣和徐菲菲有了交代：邱敏死里逃生，但是巨大的变故，却让她崩溃，导致精神异常。

"这是什么病？"花鸣有些听不懂。

"简单来说，这是后天外界因素导致的精神疾病。"

"精神怎么会得病？"

穷追不舍的花鸣，让医生不耐烦，就连徐菲菲都看不下去了。徐菲菲赶紧问了重点："什么时候能好，怎么治？"

医生摇了摇头："不好说，如果经济条件允许的话，定期到医院来做检查，开药回去服用，长时间休养，或许能好。"

医生从邱敏和花鸣的装扮上看了出来，他不认为这一家有条件接受最好的治疗。

徐菲菲低着头想了想，回答道："医生，无论如何，你要治好伯母，钱的事，我来想办法。"

徐菲菲的家境阔绰，但治疗费用不菲，徐菲菲自己拿不出那么多钱来。

"徐菲菲，让我自己来吧。"

花鸣不喜欢麻烦别人，更不喜欢欠别人人情。

徐菲菲诧异地盯着花鸣："你哪里来的钱？我回去和爸妈商量，或许可以帮你。"

徐菲菲记得，花茉莉从未连名带姓地叫过她，花鸣随口的称呼，突然地让徐菲菲感觉到了陌生。徐菲菲彻底明白过来，花茉莉和以前相比，真的不一样了。

花鸣大手一挥，笑道："钱嘛，我出得起。"

海岛城上，也有医院，在那里进行最贵治疗所花费的钱，花鸣一天到两天就能赚回来。想到这儿，花鸣十分豪爽地问医生："说吧，需要多少金币？"

医生皱起眉头："我很忙，你们商量好再来找我。"

语毕，他直接掠过花鸣和徐菲菲，离开了。

花鸣埋怨道："这医生态度怎么这么差？"

徐菲菲有些头疼，在她看来，精神失常的，不只邱敏。如若不是花鸣还活蹦乱跳，丝毫没有生病的迹象，徐菲菲早把她拖到医生面前，求医生给她诊断了。

直到徐菲菲带着花鸣去交费时，花鸣才知道，她口中的金币，在这儿根本用不了。原本富有的花鸣，此刻明白过来，她无法再过像在海岛城时那样富裕的生活了，因为在这里，她是个实实在在的大穷人。

徐菲菲把身上的钱，全部用来给邱敏垫付医药费了。

两天下来，徐菲菲都陪着花鸣在医院里照顾邱敏。

果然，邱敏谁都不认识了。幸运的是，邱敏还记得穿衣吃饭，对花鸣和徐菲菲也并不排斥。

徐菲菲正为邱敏担心得夜不能寐时，花鸣却丝毫没有表现出担忧。夜里，花鸣伫立在窗前，望着满天繁星，激动得一整晚不睡觉。白天，花鸣又会看着医院里的人来人往，兴奋得叫出声。

徐菲菲买来的食物，也成了花鸣赞不绝口的对象。

花鸣在这些食物里，尝到了从未有过的美味。

只是每次，一对上徐菲菲怪异的目光，花鸣又会收敛起情绪，老老实实地坐着。

可是，徐菲菲看出来了，花鸣坐不住，她好像十分想出去。

的确，花鸣的心思，被徐菲菲看穿了。

花鸣恨不得立刻冲到外面的街道上，拥抱这真实炽热的空气。

终于，邱敏能出院的日子到了。

徐菲菲刚和父母通过话，她犹豫了两天，还是拨通了爸爸的电话。她想向家里要一笔钱，用来治疗邱敏的病，顺道带自己最好的朋友去检查一番。可是，她刚提花茉莉的名字，徐菲菲的爸爸就大发雷霆。

徐菲菲曾经向花茉莉倾诉过，她生活在一个价值观畸形的家庭里。徐菲菲的爸爸，是一家上市公司的老总，从小就对徐菲菲管教严格，对她寄予厚望。就连徐菲菲交什么样的朋友，他都会干涉。

那一年，徐菲菲在人群里和花茉莉对视了一眼，从此友谊悄然萌芽，还把花茉莉带回了家里玩。

只是，在调查了花茉莉的家世和在校成绩后，徐菲菲的爸爸强烈反对她与花茉莉来往。

徐菲菲为了花茉莉这件事变得叛逆，几度想要离家出走，但离开了家的她，连生存都是个问题。无奈，徐菲菲只能继续忍受着。

医疗费的事，徐菲菲本就不抱什么希望，但是走投无路，她还是心存侥幸，果然遭到了爸爸的无情拒绝。

徐菲菲叹了口气，正不知道怎么向这对母女开口时，花鸣突然从病房里跑了出来。

花鸣很着急，脸色微微泛红。

"茉莉，你去哪儿？"

花鸣差点撞倒徐菲菲。

"徐菲菲，你知道哪里有电脑吗？我快撑不住了。"花鸣询问道。

"电脑？你找电脑干什么？"

花鸣觉得口干舌燥，身体里的力气，所剩不多了。她没时间也不能向徐菲菲解释，赶紧转头跑开。邱敏正要出院，徐菲菲没想到花鸣会在这个时候突然离开。

带着满心的疑惑和担忧，徐菲菲拉过一个护士，匆匆交代她帮忙照看邱敏后，徐菲菲跟上了花鸣的脚步。

在过道的长廊里，花鸣看到了值班护士用的电脑。

她恨不得一头蹿上去，但是她忍住了。

这里人太多了，她摇了摇头，又开始了焦急地寻找。很快，她想起了花茉莉家的那台旧电脑。她不再迟疑，赶紧一路朝着来医院的路往回跑。

家里的门，依旧没锁。

不少人看到她匆匆归来。

"茉莉，你妈怎么样了？"

但是，花鸣却没有作答，一头扎进了家门。

情急之下的花鸣没有注意到，徐菲菲也跟着她跨过了门槛。

来到花茉莉的房间，花鸣匆匆打开了电脑。

她长舒了一口气，正准备行动的时候，桌上的一个小本子，引起了她的注意。那是一册日记本，花鸣拿起日记本，随手一翻，当即，她把日记本塞进了胸口，一头蹿进了电脑屏幕了。

花鸣的身体，霎时间化作一串代码，一个又一个字母和符号，像是排着队一般，钻进了电脑屏幕里。电脑桌面上，《DWorld》游戏程序自动运行着，直到这串代码完全消失，电脑屏幕才自动暗淡下来。

这一幕，被紧随其后的徐菲菲，撞了个正着。

徐菲菲的大脑一片空白，捂着嘴，差点没惊叫出声来。

许久的沉寂，徐菲菲才壮着胆子，找到了《DWorld》。双击程序，游戏程序自动保存着花茉莉的登录账号和密码。徐菲菲曾经听过花茉莉说起这款游戏，然而，对游戏并不感兴趣的徐菲菲，从未接触过。

她只知道，花茉莉是这款游戏的资深玩家了。

徐菲菲迟疑片刻，点击了"登录"按钮。

很快，角色界面跳了出来。

看着游戏界面上和花茉莉有些相像的游戏角色"花鸣"，徐菲菲又惊又怕，陷入了沉思。

那串代码，飘过了一片黑暗和虚无，最终落在了海岛城上。

花鸣就来自这里，这个世界，被大家称作DWorld，海岛城只是这个世界的冰山一角。海岛城是距离太阳最近的一座海岛，漂浮在一望无际的蔚蓝色大海上，古老的建筑成群，簇拥而成一座广阔无边的巨大城堡。踏上衔接着海岛和海水的八条道路，将通往这片世界的其他区域。

几年前，DWorld伴随着游戏《DWorld》孕育而生，而花鸣，便是玩家花茉莉创建的一个角色。

花鸣听她的NPC（非玩家控制角色、系统角色）好友们说过许多关于这个世界和现实世界的传说。

DWorld被创造之初，DWorld里的每一个人，都是没有意识的。每一个人，都像是机器人一样，受着现实世界玩家的操控。直到《DWorld》的开发者DW团队为这款游戏，创造了自由意志系统。

从此，DWorld里的每一个人，都被赋予了意识。从那一刻起，他们学会了思考，有了自己的思想。

花鸣依稀记得，那一天，发生在几年前。

她突然就有了意识，有了自己的思想。

对于游戏，花鸣并没有太多概念，她只是不敢想象，除了这个世界之外，竟然还有另外一个世界。对她而言，这个世界，每一次危险，每一次任务，都已经足够真实。她难以想象，传说中那个真实的世界，究竟是什么样的。

她也主动向NPC打听过那个世界和《DWorld》的消息。

NPC们告诉她，《DWorld》是一款在现实世界非常火爆的大型网络互动养成游戏。《DWorld》玩家们依靠人脸识别系统，创造出一个和自己长得很像的角色，并在游戏里操控游戏角色完成任务，解决各式各样的生存危机。

自由意志系统是DW团队为了增加难度而开发设计的，玩家未上线时，游戏角色会自主地进行部分行为动作。很可能，当玩家上线时，他们的游戏角色已经主动走到了深山老林，面临着危机。

直到不久前，花鸣才终于真正感受到了那个世界的真实。那是一种难言的感觉，虽然人还是人，可花鸣在他们的身上，却看不到任何DWorld的特性。

花鸣和DWorld里的每一个人一样，武力值、智力值、生命值和情商值是她的基本属性，可是现实世界的人，全都没有。

那里的一草一木，都和DWorld里的不同。花鸣觉得那个世界的人和物，更能打动她。

回到DWorld的花鸣，仍然难掩心头的兴奋和激动。

海岛城里人山人海，花鸣穿过人群，飞奔到了岸边。她双手捧起一汪海水，泼进了嘴里。顿时，花鸣神清气爽，身体里的虚弱，顷刻间消失无踪。嘴里的微甜，终于让花鸣重新活了过来。

DWorld里的海水，是甜的。

花鸣没想到，仅仅是海水味道的区别，就差点让自己露了馅儿。

海面平稳，没有边际，蓝得发亮，亮得发黑，黑得五颜六色。像是一面镜子一般，映出了花鸣的轮廓。

俏皮的黑发齐着肩，清澈的瞳眸发着亮，杨柳般的细眉挑着弧，樱桃似的双唇扬着角。白皙的皮肤，精致的五官，一身黑色干净的衣裙，花鸣盯着海水里的自己，入了神。

"这才是我啊！"

花鸣自言自语。

她一直都觉得自己长得漂亮，别人也都这么认为，特别是穿上了装备商店里最高价格的服饰后。花鸣并不十分清楚人脸识别系统是怎样的，但她大致明白，她是根据现实玩家花茉莉的五官被创造出来的。

她曾经思考过，自己长得漂亮，那花茉莉，倒也不至于长得不好看。

而去往现实世界后，看到镜子里的自己，花鸣有些失望。

"什么才是你？"

花鸣的身后，传来一道声音。

花鸣转过身，见一个戴着耳钉的平头少女，正穿着一身帅气的牛仔，站在岸边看着她。少女的发型，堪称DWorld里最短，就像男人一样，但是她的五官倒是精致，别有一番冷酷美。

她叫风儿沙，是花鸣在DWorld里最好的朋友。

自从自由意志被赋予这款游戏后，现实玩家没有登录上线的时间，成了DWorld里所有人的自由时光，他们能自由地支配自己的行动，甚至主动进行一些低级的任务。

"你是谁，你的任务，从哪里来，不能让任何人知道。"

花鸣回想起系统吩咐的那句话，立刻就把一肚子的秘密吞了下去。以花鸣的性格，往常她对风儿沙是没有任何秘密的。

"你的主人今天也没上线吗？"花鸣问道。

花鸣扯开了话题，风儿沙没有深究。风儿沙酷酷地摇了摇头："不上线也好，省得折腾我。"

花鸣像是想起了什么似的："对了，我带了好吃的给你吃！"

说着，花鸣朝着胸口里使劲地掏，那册日记本掉落在了地上。

花鸣愣住了："怎么不见了？"

第三章 游戏
Chapter 03

"什么不见了?"风儿沙问。

花鸣在身上仔仔细细地找了一遍,仍然没找着。

"我给你带了吃的。"花鸣疑惑道,"可是,不见了。"

风儿沙坐到了岸边,冲着花鸣招了招手,示意花鸣坐到她身边。花鸣坐下后,风儿沙才回答道:"什么吃的,急成这样?"

"饼干。"

那是花茉莉在医院的时候,偷偷从徐菲菲买来的食物里精挑细选出来,准备带给DWorld里的好朋友吃的。

"饼干而已。"风儿沙无语道,"我还以为是什么可以增强武力值的高级食物呢,你一个排行榜上第七的高手,也会在意一块普通的饼干?"

风儿沙的CE(武力值),已经达到了5800点,IQ(智力值)突破4000,综合实力能排进《DWorld》排行榜的前二十。至于花鸣,排名比风儿沙更靠前,《DWorld》玩家实时排行榜显示,花鸣在不久前超越了上家对手,位列排行榜第七。

在这个世界里,排行榜即是荣耀。而排行榜排名的依据,便是武力值和智力值。

武力值、智力值的极限都是8000点,花鸣的智力值和武力值都超过了6500。

武力值越高,他们的战斗能力就越高,接受武力型任务就会越轻松。智力值越高,他们就会越聪明,更能应对智力型任务。

他们平时所执行的任务,共分为八个等级,海岛城与外界衔接的那八条小道,就分别对应着一级到八级的任务,踏上对应级数的道路,他们将遭遇对应的危险。级数越高的任务越难,他们也将面临更大的危险。

传说中的八级任务,难度巨大,从诞生到现在,花鸣只参加过一次,还是和许多高手组队进行的。那一次任务的失败，让花鸣铭记至今。

很少有人敢主动尝试高级任务，因为每一个人的HP（生命值）都只有100点。每次执行任务，他们都会产生任务血条，而当任务血条消耗殆尽，也就是任务失败时，他们的生命值都会被扣1个点数。

当生命值归零，他们就真死了，无法重生，就算现实玩家想继续玩《DWorld》，也只能重新创建一个全新的角色。

《DWorld》里危机四伏，玩家的首要任务便是维持生存状态。每日，系统都会给玩家设置各种生存危机，或是疾病，或是意外，而所有生存危机的解决，都需要通过大额金币或特定任务解决。

这些危机被称为生存任务，是系统强制发布的，一旦发布，玩家必须接受，否则将被扣除相应点数的生命值。

做任务可能会死，不做任务也可能会死。这便是《DWorld》里的规则，被称作"死亡规则"。

DWorld里流传着一句话：生存靠HP，排名靠CE和IQ，社交靠EQ（情商值）。

与生命值一样，情商值的极限也是100点。情商值，代表着社交能力，情商值越高，所拥有的情绪越丰富，社交范围也就越广，依靠社交手段能够接触到的NPC会越多，所接受的任务也就越多。

对于DWorld里的人而言，情商值十分重要。因为，情商值里包含着众多的情绪，是DWorld里的人之所以可以成为人的条件之一。

风儿沙的情商值和大部分普通人相同，位于70点的水平。

可是花鸣就不同了，她的情商值，只有50点。

"那不是普通的饼干。"花鸣多想告诉风儿沙，那是来自现实世界的食物。

花鸣思考了片刻，她突然想明白了：难道是现实世界的东西，不能带进DWorld？

但是，花鸣一眼望到了掉落在地上的那册日记本。

新的疑惑又产生了：那这册日记本怎么进来了？

风儿沙也注意到了那册日记本，她正想捡起来的时候，花鸣抢先一步，赶紧把日记本收进了自己的背包仓库里。花鸣已经有十个背包仓库了，里面装满了各种高级的原料和药材，金币数量巨大，唯独那册日记本最不起眼。

"神神秘秘的。"风儿沙摇了摇头，突然叹了口气，"交易行的王老板换人了。"

花鸣一愣："王老板呢，去哪儿了？"

"不知道，两天前，巨浪侵袭了海岛城，等海岛城重建起来的时候，王老板就换人了。"风儿沙的语气里，透露着些许伤感。

"那以后就不能和王老板一起玩了。"花鸣耸了耸肩。

交易行的王老板，也是海岛城里的NPC之一。NPC不是玩家创造的人，他们为

《DWorld》服务，他们的命运，全部掌握在DW团队里。自从产生意识以来，花鸣也经历过几次与好友的生离死别，有的是NPC好友，有的是玩家创造的好友。

但是，与风儿沙不同的是，每一次，花鸣都不觉得伤感。

并不是花鸣铁石心肠，而是花鸣的情商值中，根本就没有悲伤情绪这一设定。

这是花鸣与其他人的区别所在。

从她诞生的第一天起，她就没有悲伤情绪，这正是她一直以来无法把情商值提升上去的原因。

花鸣去往现实世界后，数次想表现出悲伤，她甚至把风儿沙等人平时哭泣的样子回想了一遍。然而，她的属性使她无法模仿，连一滴眼泪都挤不出来。

花鸣向许多NPC打听过，作为NPC，他们更能接收直接来自《DWorld》开发团队的信息。

所有人都说，花鸣是个Bug（漏洞）角色。

至于这个Bug是怎样产生的，没有人知道。但是，这倒是让花鸣成了DWorld里别样的风景，特别是花鸣占据了排行榜前十的位置后，更多的人，讨论起了花鸣。

"算了。"风儿沙摆了摆手，"反正你是个Bug，不会悲伤，跟你说这么多也没用。"

花鸣吐了吐舌头："海岛城怎么了？"

花鸣也依稀记得，她从海岛城离开的那天，天空突然阴云密布，海面汹涌得让人恐惧。海岛城是DWorld里的居民休息地，是绝对安全的，花鸣没想到，她走后的那场巨浪，竟然摧毁了海岛城，经过两天才重建起来。

"不知道，只是我的心里很不安。"

正说着，风儿沙突然站了起来，身体不受控制地朝前走去。

花鸣知道，操控风儿沙的玩家上线了。

"等他玩够下线了我再来找你，我还没问你这两天都去哪儿了呢。"风儿沙一边朝前迈动脚步，一边对着花鸣说道。

他们在这个世界里私下间的对话，现实世界里的玩家，是看不到也听不到的。

花鸣对着风儿沙挥手道别，等她走远了，花鸣才把花茉莉的日记本掏了出来。

她回忆起那天与系统的对话，系统向她发布了有史以来她遇到的最刺激最神奇的任务：因为花茉莉的死亡，花鸣需要去往现实世界，找到花茉莉留下的一册日记本，完成记录在上面的遗愿。

初次看到任务框上的任务时，花鸣完全不敢相信。

可是很快，她的心里产生了强烈的感应，她仿佛亲身经历了花茉莉的死亡一般。花鸣不会悲伤，但是其他情绪值却是正常的。

花茉莉几乎每天都会登录游戏，操控花鸣完成各式各样的任务。如果没有花茉莉，花鸣绝对无法从DWorld里的万千人群中脱颖而出，成为让别人羡慕至极的那一个。

花鸣打从心里感恩花茉莉，她在遭遇危机时，总能想象自己是与花茉莉并肩作战。

悲伤值的缺失，使得花鸣并没有对花茉莉的死亡产生伤痛，但她感谢花茉莉，总觉得应该为花茉莉做点什么。一直以来，她都对传说中的现实世界，充满了好奇，她不曾想过，去往现实世界的机会，就这样来了。

于是，她终于还是用手，点下了浮现在面前任务框里的"接受"按钮。

在花鸣眼中，这个任务，并不困难，至少，日记本就放在电脑桌上，她轻而易举地得到了。

"难道日记本与任务有关，所以才可以被带进DWorld？"花鸣自言自语地推测道。

她翻开了日记本，迅速地把花茉莉记录下的人生经历了一遍。

花茉莉并不算聪明，她靠着勤奋，才勉强考上余宁大学最差的数学系。进了数学系后，性格内向的花茉莉，总是忍受着同学的欺负。但是她从小养成的性格，使她不懂反抗，也不敢反抗。

很小的时候，花茉莉的父亲就突然出走了。从小缺失的父爱，在花茉莉心里结了一道疤。她最在乎的，是母亲邱敏。为了不让邱敏失望，花茉莉埋头苦读，总算如愿以偿，进了余宁大学。

只是，上了大学的花茉莉，彻底跟不上脚步了。

她差得离谱的成绩、朴素的外表，都成了同学们的笑料。

不愿邱敏失望和担忧，花茉莉从来没将成绩单拿回过家，她只告诉邱敏，她的成绩很好，和同学朋友相处得也很好。

这么久以来，她只有徐菲菲一个朋友。

徐菲菲不明白花茉莉为什么会对一款游戏着迷，只有花茉莉自己清楚，这款游戏，有着她理想中的世界。"DWorld"全称"Dream World"，当花茉莉看到这款游戏的名字时，就已经被吸引。

她在现实生活中，不受人关注，不优秀，不聪明，不漂亮，没有朋友，可是在《DWorld》里，一切都变了。她创建的花鸣，长得漂亮，很聪明，社交系统里有着很多朋友，上了排行榜后，她也时时刻刻受到其他游戏玩家的关注。

她在游戏世界里，找到了自己理想中的样子。

把日记本合上时，花鸣突然揉了揉脑袋。她从日记本里随便找出了一些所谓的"愿望"，大大小小，少说也有数十条，其中还不乏一些难度极高的。想到现实世界里没有传送门，走起路来都费劲儿，花鸣就一阵头痛。

在岸边坐了许久的花鸣，突然想起了现实世界的邱敏和徐菲菲。

她算了算时间，有些着急地找了一个无人的角落，又化作一串代码，消失在了海岛城上空。

花鸣不知道的是，此刻，海岛城的海港上，突然又刮起了一阵飓风，隐隐地又要掀起一场巨浪。

"服务器又有些异常了。"

一幢高楼上，DW的标志十分显眼。

办公室内，正对着电脑敲击的一个程序员突然喊道。

所有人都凑了过来。

"几天前的服务器崩溃还没查到原因，现在又发生问题了，老大，怎么办？"

数人之中，戴着黑框眼镜的男人最为冷静，他是DW团队的领导者。

"想办法，不能再出现异常。"男人说道。

"老大，可是……"

"如果搞不定，你就辞职吧。"

那名委屈的程序员，不敢多说什么，赶紧继续在键盘上敲击了起来。

几天前，《DWorld》服务器突然崩溃，全服停服维修，禁止玩家进入游戏。游戏数据显示，海岛城地图和其他部分地图发生严重异常，至今没有找到原因。此次服务器的长时间瘫痪，把DW团队推到了风口浪尖。

其实，这已经不是第一次《DWorld》崩溃了。

这一年来，《DWorld》累积停服维修了十几次，其中还有数次是停服维修三天以上的。

终于，一阵紧张的紧急处理后，服务器异常总算被压制了下来。

这些程序员，很多都已经一天一夜没有睡觉了。

从办公室出来，才有人对男人说道："老大，我们刚买的承载优化程序，很显然也没办法应对我们的危机。"

其实，男人十分清楚《DWorld》程序崩溃的根源。

这款游戏，依靠人脸识别创造初始角色，模拟现实生态创造游戏生态，数值极其庞大，自从自由意志系统被广泛运用之后，游戏数值就更加庞大到了令人恐怖的地步。

就连一些高配置的电脑都难以完美运行这款游戏，更别说市面上大部分配置一般的电脑了。这一问题，还影响到了《DWorld》的数据库和服务器，时常直接导致游戏和服务器发生未知Bug，进而崩溃。

但是，DW团队自己没有办法在不减少游戏功能和效果的情况下，缩小这些数据。他们尝试过开发相应的承载程序，但他们失败了。他们甚至高价向其他公司买了许多程序，但都没能解决这一问题。

DW团队正面临着创立至今，最大的危机。

"加紧开发承载优化程序。"男人没有多说什么，只是留下这句话就离开了。

男人走后，才有人窃窃私语地讨论了起来。

"当初就不应该创建自由意志系统，这么庞大的数据，我们哪里驾驭得了。"

"是啊，当时如果听那个人的话就好了，听说他早就开发出最适合《DWorld》的承载程序了，可惜他被赶走了。"

……

花鸣再一次回到了现实世界，她正准备长舒一口气时，身后那道声音，让花鸣吓出了冷汗。

"你到底是什么？"

花鸣猛然回头，只见徐菲菲正警惕地盯着她。

花鸣的大脑一阵轰鸣：完了，任务暴露了。

花鸣终究还是太过大意了，只是，当她匆匆忙忙地回到DWorld时，根本没有时间和能力去思考。

系统在发布任务之初，就告诉过花鸣，她每次在现实世界，只能待两天。两天一过，她都必须回到DWorld。就像是充电一样，长时间待在现实世界的花鸣，无法吸收DWorld由代码组成的空气，她就会死亡。

徐菲菲的脸上，更多的是惊恐。

再见花茉莉时，她就察觉到了不对劲，但无论她怎么想，也想象不到这个和花茉莉长得一模一样的女人，竟然可以以那样神奇的方式，消失在电脑前。

花鸣欲言又止，她的大脑很乱。

电脑屏幕上，《DWorld》程序正停留在角色选择的界面，花鸣是花茉莉创建的唯一一个角色。花鸣正在思考应该怎样向徐菲菲解释，她无比清楚，隐瞒恐怕成了不可能。

花鸣的大脑里，又一次浮现关于徐菲菲的信息。

这些资料，全部来自《DWorld》的资料库。

花茉莉在游戏世界里，有许多从未见过面的好朋友。在聊天系统里，花茉莉时常会与这些好朋友聊天。花鸣记得，花茉莉在一次与好友的聊天中，提到了她现实生活中的好朋友徐菲菲。

花茉莉把徐菲菲当成了自己最好的朋友，在提起她时，恨不得把她所有的事，全部分享给游戏里的好友。

花鸣沉思片刻，终于还是开口道："徐菲菲，你是花茉莉最好的朋友，我可以全部告诉你，但是请你一定要替我保密。"

徐菲菲惊魂未定，若不是事关花茉莉，她早就夺门而出，而不是在这儿一直等着花鸣回来。

花鸣的语气，十分诚恳，徐菲菲并没有从她的身上，感受到任何危险的气息。

但是，徐菲菲还是不敢靠近花鸣。

"我叫花鸣，我来自DWorld。"

花鸣指向了电脑屏幕上的自己。

当看到游戏角色花鸣时，徐菲菲心里就隐隐地有所猜测了，然而，直到花鸣亲口承认的这一刻，徐菲菲还是不敢相信。

这实在太匪夷所思，太过魔幻了。

"我来到这个世界，是为了替花茉莉，也就是我的主人，完成遗愿的。"说着，花鸣掏出了那册日记本。

徐菲菲仍然害怕，花鸣没有靠近，把日记本丢给了徐菲菲。

徐菲菲迅速地翻了翻，这的确是花茉莉的字迹。

"你不用怕我，你是花茉莉最好的朋友，我不会伤害你。"

把一切说破，花鸣反倒没那么紧张了。

"茉莉呢?"徐菲菲的手心出了汗，忽地颓然了。

"她死了。"

果然，徐菲菲还是从花鸣的口中，得到了自己最不愿听到的答案。

余宁大学礼堂，坐满了人。

计算机系的所有人，都在这儿等着颁奖典礼开始。所有女生都直勾勾地盯着场中最耀眼的那个男人。

"你听说了吗，有大爆料。"

"什么爆料?"

……

"天哪，真的假的?"

"千真万确!"

颁奖典礼开始了，正朝着舞台缓缓上前的男人，听到这段对话，突然止住了脚步。

第四章 任务
Chapter 04

房间依旧整洁，茉莉花香却早已淡得嗅不着了。

天渐渐暗了，徐菲菲瘫坐在地上。

她哭得失去了知觉，甚至忘记她与花鸣是怎样把邱敏接回家的。

但是花鸣记得。

花鸣甚至还记得每一个路人怪异的眼神。

徐菲菲撕心裂肺地哭着，花鸣无法体会悲伤是什么感觉，坐在轮椅上被花鸣缓缓往前推行的邱敏也无法体会。

后来的事，徐菲菲忘得差不多了。

她独自回到了自己的家里，对爸爸的高声斥问充耳不闻，对妈妈的嘘寒问暖不管不顾。她生了一场大病，身体烫得像是火烧一样。那几天，徐菲菲迷迷糊糊，嘴里叫着花茉莉的名字，吃饭没了胃口，吞药没了味道。

半个月后，病好了，人瘦了一整圈。

几乎每一个夜晚，好不容易闭上双眼的徐菲菲，都会梦见那片暗得无法见底的深海。

可是每一次带着一身冷汗醒来，她才发觉，她的梦里，并没有出现花茉莉的面孔。那种感觉很奇怪，她在梦里是清醒的，也明白那片深海意味着什么，可是任凭她如何声嘶力竭，花茉莉的身影都没有出现。

花茉莉真的从这个世界上彻底消失了，就连在她的梦里也不曾出现。

可是那个夜晚，她终于看见了花茉莉。

不再有深海，而是在那个学生们带着燥热的心，进入青春校园的季节。

人群里，花茉莉一点儿也不起眼，顶着未来几年都不曾换过的厚重发型，穿着一穿就是好多年的连衣裙，戴着那么多年连镜框破损都舍不得修理的眼镜。

但是双眸却是清澈明亮的，穿过人群，花茉莉一眼就看到了人潮中靓丽的徐菲菲。徐菲菲拖着沉重的行李箱，宿舍楼高得让她望而生畏。

徐菲菲的爸爸和妈妈，因为一场在徐菲菲看来无关紧要的会议，没能送她入学。徐菲菲一气之下，甩开司机的手，拦了一辆出租车，独自来到了这儿。徐菲菲突然开始后悔拒绝了自家司机的好意。

"我来帮你吧。"

徐菲菲记忆中，花茉莉的那道声音是好听的。

当徐菲菲醒来，她的脑袋越发清醒了。直到花茉莉突然闯进她每天几乎都会经历的梦魇，徐菲菲才明白，自己不能再这样颓靡下去。

她开始懊悔这半个月以来的颓靡，此刻，她竟对邱敏的近况一无所知。

如果花茉莉知道，一定会埋怨她。

想到这里，徐菲菲从床上腾起身，换好衣服，准备出门时，才发现正是凌晨三点钟。徐菲菲耐着以往的急性子，坐了下来。她细细地回忆花鸣对她说的每一句话。

"我来自DWorld，是花茉莉创建的一个角色。"

"我接受了系统的任务，替花茉莉完成生前未了的心愿。"

时至今日，徐菲菲仍然不敢相信这一切是真的。

然而，她却亲眼看见和花茉莉长得一模一样的花鸣，化作一串冗长的代码，在电脑面前消失又出现。

徐菲菲望着窗外的夜色，沉默了好久。

这半个月，花鸣一直在照顾着邱敏的起居。

每两天，花鸣都会定时回到DWorld。

花鸣在DWorld里的好朋友们，突然发现花鸣变得神出鬼没，他们时常好多天都找不到她。好不容易见到了，花鸣也只是匆匆寒暄数句，随后又匆匆离开了。

为了不露馅儿，花鸣一直躲着她的好友们，特别是风儿沙。

邱敏真的痴傻了，除了吃饭和睡觉，每天唯一做的一件事，便是打扫花茉莉的房间。在把房间整理得干干净净后，她还会习惯性地找出藏在柜子里的廉价香水，让茉莉花香溢满整间屋子。

邱敏很少说话，经常坐在门外，望着远方，像是在等什么人一样。

花鸣一如既往地无法感受到别人的哀愁。

她在花茉莉的家里，找到了所剩无几的零钱。花鸣学会了使用电话，学会了叫外卖，让她头疼的是，花茉莉家里的那些钱，马上就要花光了。

在发现邱敏的活动范围仅限于家里后，花鸣开始外出，她发现了这个世界更多吸引她的风景。一次又一次外出归来，邱敏都安然无恙，花鸣彻底放心下来。

邱敏仿佛舍不得离开这个家，即使一个人独处，也不会有危险，花鸣唯一需要做的，便是替她准备食物。

于是，花鸣更加放心地出去拥抱让她动心的真实世界。但在每一个饭点，花鸣都会准时将食物送到家里。

这一天，当花鸣再一次带回食物，打开家门时，发现家里多了一个人。

是徐菲菲。

邱敏吃了徐菲菲带来的食物，已经睡下了。

"徐菲菲？"花鸣诧异道，她以为徐菲菲不会再来这地方了。

亲眼看见徐菲菲表情里的恐惧后，花鸣更加坚定地想要保守自己的秘密。她明白，在这个世界，她是一个异类。

当门被推开时，徐菲菲的心底一颤。

她对花鸣的确还心存恐惧。

游戏里竟然还存在着一个世界，那个世界的人，竟然也有自己的思想，会说话，竟然还来到了现实世界。

换作其他任何人，短时间内也绝对无法接受。

徐菲菲犹豫了一整个晚上，她鼓足了勇气，才选择来到这儿。

是对花茉莉和邱敏的挂念，让她做出这个决定的。

"我有话对你说。"

"你，不怕我了？"

"怕。"徐菲菲斩钉截铁地回答道，"但是，我必须来找你。"

花鸣不觉得失望，她耸了耸肩："好吧，你说吧。"

"除了伯母，我才是茉莉最亲密的人，凭什么由你来完成她的遗愿？"

花鸣的心里一怔，她的第一反应就是徐菲菲要抢夺她的任务。在DWorld里，任务是有可能被抢夺的，这是《DWorld》游戏机制中的一大特色。花鸣皱着眉头，不作回答。

"我要和你一起。"徐菲菲突然补充道，她总觉得，自己也要为死去的好朋友做点什么。

花鸣心底的疑虑才刚刚打消，突然又有了新的担忧：徐菲菲是要和她组队完成任务吗？

DWorld的游戏角色，除了因人脸识别系统而与游戏玩家五官相似之外，他们的初始性格也会受游戏玩家影响。玩家在《DWorld》创建角色时，人脸识别系统解决的只是游戏角色的外貌设定。

《DWorld》突破了传统养成游戏的界限，但也保留了传统养成游戏的特性。角色性格，是养成游戏中必不可少的。《DWorld》玩家需要填写一份详尽的带有性格测试的问卷。

填写完成后，系统会自动分析问卷并在数据库中匹配游戏角色的性格。《DWorld》游戏数据庞大，几乎不存在两个一模一样性格的角色。

虽然随着游戏角色各项属性的提升和改变，他们的性格会发生变化，但在诞生之初所拥有的初始性格，会或多或少地被保留。

花茉莉内向，过着精打细算的日子，这也使得最初的花鸣，继承了花茉莉的性格。直到花茉莉在《DWorld》中找到了自己理想中的样子，花鸣才一步一步进化成如今的模样。

在花鸣身上，被保留下来的性格，最明显的便是精打细算。

没有人比花茉莉和花鸣更清楚游戏背包中的巨额金币是怎样存下来的。

"我觉得，我一个人可以完成。"花鸣赶紧拒绝了。

她的想法很简单，她想要从排行榜第七再往上晋升，就必须提升武力值和智力值。为此，她需要花费巨额金币去购买一些稀有原料，制造相应可以提升武力值和智力值的装备和药材。

这次任务，在她的讨价还价下，系统给她的奖励十分丰厚。但想要达到她的目的，这些奖励也仅是刚刚足够而已。和别人组队完成任务，奖励就必须分出去，这是让花鸣无法接受的。

"你真觉得自己一个人可以完成？"徐菲菲反问道。

虽然徐菲菲不像花鸣那样认真地看过花茉莉的日记本，但在一起时间久了，徐菲菲多多少少有所猜测。徐菲菲敢肯定，花茉莉的心愿中，绝对有寻找她爸爸这一项。

为此，花茉莉和邱敏已经努力了快二十年。

徐菲菲不相信这对花鸣来说是一件简单的事。特别是在回想起花鸣与她短暂相处两天里的奇怪举动后。

在徐菲菲眼中，花鸣有时就像一个傻子一样。

花鸣正想继续拒绝，但是很快，她冷静了下来。

来到这个世界，她人生地不熟，照顾邱敏已经耗费了她大部分时间，想在短期内靠着自己一个人的力量完成系统发布的任务，根本不可能。与其如此，她倒不如回到DWorld，多做几个六级任务。一旦在这个任务上耗费太长时间，花鸣便得不偿失。

短短时间内，花鸣就已经打好了算盘。

"那你想要多少奖励？我最多只能给你两成。"花鸣直接开口问道。

"什么奖励？"

几乎不怎么接触游戏的徐菲菲，完全听不懂花鸣的话。

花鸣这才醒悟过来，惯性思维让她把徐菲菲当成了DWorld里的人了。

徐菲菲生活在现实世界，她要那些奖励，根本没用，就算她想要，她也没有ID去接收。

这对花鸣来说，简直是从天上白白掉下来的队友。

"好，但我是队长。"花鸣抛出了她最后一项疑虑。

花鸣还记得，曾经在执行一次六级武力型任务时，花茉莉没有抢夺队长职位，把指挥权交给了其他人。结果，猪一样的队友直接导致了那次任务的失败。花鸣吃一堑长一智，从此只要是组队任务，她都绝对要当队长。

徐菲菲半知半解，她理解中的队长和花鸣所说的意思，并不完全相同。徐菲菲只觉得，队长是做决定的那个人。面对花鸣，徐菲菲从心底升起了一股无法驾驭和操控的感觉，所以她很快就点头同意了。

基于花茉莉的日记本，一支两人小队，就此成立了，花鸣还给这支小队取名"花菲"小队。

深夜，花鸣再一次当着徐菲菲的面，如风似雨般消失在了电脑前。

与花鸣交谈得多了，徐菲菲对她的恐惧，所剩无几。

徐菲菲看得出来，花鸣虽然来自另外一个普通人无法想象的世界，但对花茉莉是热忱的，对她也没有恶意。

从此刻开始，徐菲菲正式接受了这匪夷所思的事实。

从DWorld回来，两个人开始翻阅起花茉莉留下的日记本。

她们从花茉莉的日记本里找出了一份遗愿清单，足足有三十多条。正如徐菲菲预料的，寻找花茉莉的父亲，被记录在了花茉莉的日记本中。但还对这个世界并不完全熟悉的花鸣，不觉得这是难题。

在DWorld里，找一个人，只要知道名字或ID，在搜索框里输入一些字，就能找到他了。再不济，在道具商城里买几个大喇叭，在世界频道喊话，找到一个人，并不算困难。

邱敏为花茉莉付出了青春，苍老得比别人快，花茉莉想让邱敏吃上舍不得吃的，穿上舍不得穿的，希望她能身体健康，过上好日子。

这是花茉莉记录在日记本上的另外一个心愿。

花鸣觉得，这才是最难的。

去过现实的医院后，花鸣知道在这儿治疗疾病，不像在DWorld里那样简单。更重要的是，她背包仓库里的巨额金币，都在这个世界无法使用。要让邱敏身体健康，就必须治病，这需要钱，让她吃好的，穿好的，都需要花钱。

看着家里的零钱一天一天变少，花鸣彻彻底底体验了一把穷人的滋味。

"这是个问题。"徐菲菲回答道，"而且，你还得去上课。"

"上课？"花鸣疑惑道。

徐菲菲点了点头："我接到了学校的通知，说再不去上课，就不用去了。"

徐菲菲指着日记本上的另一行小字：好好学习，不让妈妈失望。

花鸣接到的任务描述，十分简单，系统并没有将这些花茉莉的心愿列成清单，她们只能靠着自己的理解去划分哪些属于遗愿。宁可多做，不可少做，这是游戏任务的基本原则。

徐菲菲知道花茉莉在学习上并不聪明，所以她觉得这也是一个难题。

与此同时，衍生出来的问题更让徐菲菲头疼。

邱敏的精神不正常了，必须得有人照顾。花鸣要去上课，从她家到学校，得坐船，虽然近，但也得四十多分钟。就算申请不住校，也不可能一天三餐全部照顾得周全。

"申请不住校，你早晨去上课，晚上回家，但白天要给伯母请个佣人，这是一笔花费，给伯母买药，定期做检查，也是一笔花费。"徐菲菲盘算了起来，虽然她每个月从家里拿的生活费很多，但似乎也支撑不起对于她们而言如此庞大的开支。

听徐菲菲这么一说，花鸣头都大了。

"但是，这还不是最难的。"徐菲菲话锋一转。

"这还不是最难的？"花鸣从地上跳了起来，空间狭窄，花鸣的脑袋撞上了悬挂着的旧吊灯。

疼，这是花鸣来到现实世界后第一次感觉到疼。

DWorld里，执行任务的花鸣时常受伤。但那种感觉和此刻感受到的疼，完全不一样。

徐菲菲对着花鸣点了点头，纤细的手指，轻轻放在了日记本上。

指下是一个男人的名字：林缓。

余宁大学，夜色正浓。

青涩的恋人牵手前行。

计算机系宿舍楼，敲击键盘的清脆响声，回荡在整个楼道，时不时还伴随着几声怒不可遏地嘶吼。

"补血啊！"

"你信不信我能单挑Boss（游戏领主）？"

"不信。"

"不信还不来帮忙，上啊，等着过年啊！"

除了正在敲代码的学生，其他人，都对着电脑玩着各式各样的游戏。

其中不乏在《DWorld》里驰骋的玩家。

正有几个人，第一次组队参与一场五级武力型任务。但是很快，他们就被面目狰狞的野怪撕咬得尸骨无存。

"怎么这么难，排行榜上那些玩家究竟怎么单刷五级以上任务的？"

任务失败，他们都被扣了1点生命值，有人气得丢了鼠标。

"排行榜前十的玩家，都能单刷六级任务了，前三的玩家，勉强可以单刷七级任务，唯一不能单刷的，就是八级任务了。"

"这群人太变态了，看来我们还是做做智力型任务吧。"

"你以为你的智商，真能完成高级的智力型任务？"

宿舍里，不可避免地展开了一场以游戏为话题的骂战。

几名女生经过计算机系宿舍楼时，不约而同地望向顶层唯一半暗着的那间宿舍。

那似乎是整栋计算机系宿舍楼最安静的一间宿舍了。

"你们说，林缓在宿舍，平时都干些什么？"

"反正不可能和那群男生一样，天天打游戏。"

众人讨论起林缓时，顿时变得精神奕奕。

第五章 变装
Chapter 05

半月前,林缓在颁奖典礼上突然驻足,引发了全场瞩目。

"请林缓同学上台领奖。"

校长亲自颁奖,在台上多次催促,但是林缓却依旧站着,若有所思。

端坐着的两个男生,突然慌张了起来。他们发现林缓正盯着他们,于是,他们努力地回想着自己是否得罪了这个全校师生的宠儿。

可是,任凭他们绞尽脑汁也想不出什么来。

当时,他们只是在谈论一些和林缓搭不上边的八卦而已。

"林缓同学?请上台领奖!"

校长发现了端倪,再一次催促道。

终于,林缓收回了目光,缓缓走上了台。那两名男生长舒了一口气,在他们眼中,林缓是不容得罪的,否则,光是全校女同学的口水,就能将他们淹死。

这并不夸张,林缓的优秀,让人不得不打从心底佩服。

三年前,林缓以近乎满分的优异成绩,进入了全国著名的余宁大学计算机系,关于林缓的传说,从那时候就成为校园里热度居高不下的讨论话题,三年已满,学校论坛的话题榜榜首,仍然被林缓占据着。

但是所有人乐此不疲的讨论浪潮,丝毫没有影响到林缓。

林缓今年才二十三岁,但却已经代表学校参加过许多程序编程大奖赛,每一次,林缓都以绝对压倒性的优势,毫无悬念地夺下了冠军的宝座。让人诧异的是,并非林缓专业所长的数学科学、逻辑科学等众多领域,林缓也都能轻易地替学校摘下桂冠。

就连与计算机系完全搭不上边的各项体育赛事,林缓也都取得过很好的成绩。在所有人眼中,林缓简直是上天的宠儿。上帝为他开尽了所有门,却连一扇窗都没有关上。若不是亲眼所见，几乎所有人都会觉得这样优秀的人，一定像许多其他计算机系的学生一样，高度近视，长相木然。

然而，林缓却拥有一张连女生都羡慕的脸。

林缓的发丝乌黑，干净利落，鼻梁高挺。

一旦对上他深邃的双眸，几乎没有人愿意轻易挪开目光。

简单到从来只有黑白色系的衣服下，身材笔挺，双腿修长。

林缓的话很少，在学校里，从来没有人见过他笑。

很少有女生敢主动接近他，那样一张拒人千里之外的面孔，阻隔了他与别人之间的距离，可是这却丝毫无法阻挡女生们对他近乎疯狂的暗恋。

此刻，林缓被万众瞩目。

又一次，全国软件编程大赛在余宁市落下帷幕，林缓设计的一款计算机系统安全软件获得最高分，夺得冠军。

这已经不知是林缓第几次参加颁奖典礼了，在无数人羡慕和崇拜的注视下，校长将奖杯递给了缓缓走来的林缓。

然而，林缓却没有接。

"我拒绝领奖。"

低沉的嗓音，瞬间让整个礼堂炸开了锅。

校长有些木讷，他压低嗓音："林缓同学，你要干什么？"

然而，林缓却并没有因为校长的尴尬表情而多做解释，径直向台下走去。

"太不给面子了！"台下有人议论道。

但是，只要是对林缓稍有了解的人就知道，他从不给任何人面子。他会来参加颁奖仪式并上台，已经算是对颁奖者的尊敬了。

"林缓同学！你告诉我为什么？"校长的脸色不太好看，对着林缓离去的背影喊道。

林缓的脚步稍做停顿。

"因为它不完美。"

林缓留下的那句话，再度成为校园论坛的爆款话题。

原本觉得有些下不了台的校长，在颁奖仪式结束的第二天，拿着一份余宁市的报纸，笑得合不拢嘴。

"这就是林缓！"

徐菲菲掏出手机，对着花鸣说道。

"无论他走到哪里，都是最优秀的那个。他拒绝领奖，却被余宁市的报纸形容为追求学术严谨的美德。总结起来，林缓无论做什么，都会是对的，就算他毁了容，都还是帅的！"

半个月没有去学校的徐菲菲，只花了短短几分钟，就把林缓这半个月以来的动态，调查了个清楚。

徐菲菲是著名的八卦通，她的社交网络，遍布余宁大学每个系、每个年级。她的手机里，装满了各种新闻、论坛软件，就算是她足不出户，消息也比别人来得快。

花鸣接过了徐菲菲的手机，盯着照片里的林缓看了许久。

尽管是偷拍，但是照片中林缓的侧脸，已然打动了花鸣。在DWorld里，她从来没有见过长得这么好看的男生。

徐菲菲叹了一口气："茉莉藏得太深了，她从来没告诉过我，她竟然也喜欢着林缓。"

徐菲菲如同大部分女生那般，对林缓敬而远之。

她觉得喜欢林缓，根本就是不自量力，尽管徐菲菲觉得自己的条件并不差。

她更是从来没有想过花茉莉也会成为自不量力的人之一。

在日记本里，花茉莉足足用了一半的篇幅，记录自己对林缓的暗恋思春。

"如果能和他在一起该多好，想去感受他的生活，他的内心，拥有他的怀抱，拥有他的吻。"

当看到这段不为人知的暗恋情愫时，徐菲菲有些心虚，她觉得她窥探了花茉莉的内心。可是，当她真正读了下来，她简直都要疯了。

"这真的算是愿望吗？"徐菲菲问道。

她觉得，无论是治疗邱敏，还是找到花茉莉的爸爸，都没有比把林缓追到手困难，而且，竟然还要亲吻他。

"算。"花鸣斩钉截铁道，"任务线索里写了这么多关于林缓的信息，怎么可能不算。"

花鸣赫然已经把花茉莉的日记本，当成DWorld中的任务线索了。

然而，她却并不觉得这难以完成。

DWorld世界里，也有恋爱关系，尽管花鸣从诞生至今，从未谈过恋爱。但是，花鸣见过其他人结成情侣关系。

在《DWorld》游戏里，两个玩家要结成情侣关系，只需要去海岛城的公证处登记，随后亲密关系里就会产生"情侣"这一栏，随着共同任务的进行，情侣亲密度也会慢慢上升。

在花鸣看来，这再简单不过了。

花鸣信誓旦旦地站了起来："你要相信我，'花菲'小队绝对会非常顺利地完成任务。完成任务后，回到DWorld，我的排名也就上升了！"

花鸣已经开始想象系统在全服范围内，不间断公告她排名上升时的隆重场面了。

徐菲菲却怔了怔："完成任务，你就回你们那个世界了？"

花鸣点了点头："对啊。"

"再也不出来了？"

"是啊。"

花鸣虽然不是花茉莉，但却和花茉莉长得一模一样，在某个瞬间，徐菲菲总是会把花鸣当成花茉莉的替代品。

一想到在未来，她再也无法看见活蹦乱跳的花茉莉，心头被她强压下去的痛苦，又涌了上来，一直酸上了双眸。

花鸣没有被徐菲菲的情绪感染。

"系统说，当我完成花茉莉所有的心愿，我的任务就完成了，我无法再回到这里来。"

对花鸣而言，现实世界虽然奇妙，但也只是一次任务中的地图，而且是特定任务的Instance Zones（副本区域），只有接受了特定任务，才能来到相应的地图里，一旦任务结束，地图就会关闭，无法再进。

花鸣朝着徐菲菲伸出了手："振作一点，为了任务，为了花茉莉，没什么是完不成的。"

花鸣的鼓舞，徐菲菲只听进了那一句：为了花茉莉。

一切都是为了花茉莉。

徐菲菲又一次把马上要溢出来的眼泪给硬生生忍了回去。

徐菲菲握住花鸣的手，经过这个深夜，她们的行动正式开始了。

第二天清晨，徐菲菲用自己的零用钱，雇了一个照顾邱敏起居的用人，付了第一个月的工资。待邱敏熟悉了用人后，徐菲菲才敢放心地带着花鸣出门。

"徐菲菲，你带我去哪儿？"花鸣追问道。

徐菲菲拉着花鸣的手，见花鸣问起，她停下脚步，上下打量了一番花鸣。

随后，问道："你觉得你这样，好看吗？"

花鸣如实回答："不好看，非常不好看！"

她早就对花茉莉的装扮极度不满了。

如若花鸣是花茉莉，徐菲菲倒也懒得管她了。从前，徐菲菲并不是没有劝说花茉莉好好地打扮自己，可是朴素惯了的花茉莉，别说化妆了，就连头上又厚又重的头发都不剪。

花茉莉觉得装扮自己是浪费时间，而且她的经济条件也不允许。

久而久之，徐菲菲便不再劝说她了。

"所以，我要做的第一件事，就是把你的头发剪了。"徐菲菲说道。

徐菲菲已经开始为花鸣追求林缓做铺垫了。

尽管仍然觉得不可能，但是为了花茉莉，徐菲菲不可能什么也不做。她不认为现在这副模样的花鸣，能够顺利接近林缓，更别说将他追到手了。

花鸣一听，顿时高兴得不得了。

"你知道我原本长什么样吗，我就要那样的发型。"

徐菲菲见过，就在《DWorld》的游戏角色选择界面上。

很快，徐菲菲带着花鸣来到了城里。

这是花鸣第一次进城，她见到了更多的人，更多的车，还有更多高耸着的大厦。

花鸣再一次被震撼了。

徐菲菲把花鸣带进了她常去的美发店，她早已是这里的常客。

坐在镜子前的花鸣，被摘下了高度近视的眼镜。霎时间，眼前一片模糊，几乎完全看不清了。在DWorld里，她的视力很好，倒是有些朋友戴着眼镜。

原来那些人摘下眼镜后，看到的世界是这样的。

"你在这里等我，我回一趟家，很快就回来。"

徐菲菲交代了几句之后，离开了。

花鸣端坐着，这是她第一次剪头发。被剪落的发丝，掉进了她的领口，挠得她有些痒。

在她的世界里，根本没有剪头发这样的设定。

她们的发型、着装，全部取决于游戏玩家。自由意志系统尚未被延伸到这些生活细节上。花茉莉在《DWorld》里是十分富有的玩家，她买得起装备商店里的所有服饰和首饰。在花茉莉的操纵下，花鸣换过不少衣服，但是在她的记忆中，从诞生到如今，她只有过两个发型。

诞生之初，花鸣长发飘飘。

后来，花茉莉替花鸣换了短发。花茉莉似乎特别喜欢这个发型，这么久以来，再也没换过。

无论是换发型还是换服饰，只要花茉莉轻轻一点，一切都是瞬间完成的。

从未体验过剪发的花鸣，突然紧张了起来。

不知坐了多久，有人告诉她已经剪好了。

没戴上眼镜的花鸣，完全看不清镜子里的自己。

此时，徐菲菲回来了。

花鸣还来不及找眼镜，就又被徐菲菲拖着进了一间她找美发店借来的化妆间。

徐菲菲把花鸣按到了梳妆台前。

"我打听过了，学校里的人都以为茉莉死了。伯母还没有去办理手续，茉莉的东西，都还放在宿舍里。"

花鸣觉得脸上很痒,她什么都看不清,只觉得徐菲菲不断地在她脸上鼓捣着。

"刚开学不久,我们现在念大四。去了学校,该上课就上课,别做奇怪的事,我会把你们班同学的资料替你搞到手,别露馅儿了。"徐菲菲叮嘱道,"以后有人的时候,我叫你茉莉,你也别连名带姓地叫我了。"

"明天我带你去学生处报到,想好说辞,别再说奇怪的话了,顺便帮你申请不住校。"

徐菲菲把所有能想到的都交代了一遍。

突然间,花鸣听不到徐菲菲的声音了。

"怎么了?"花鸣问道。

徐菲菲愣了好一会儿,这才回答道:"突然发现,你长得好像挺好看的。"

花鸣已经迫不及待地想看清自己的样子了。

可是徐菲菲仍然卖着关子,让花鸣换上了自己从家里带来的衣服。

最后,徐菲菲还替花鸣戴上了隐形眼镜。

花鸣睁开了眼睛。

这是她来到这个世界后,第二次在镜子里这样认真地看自己。

上一次,她看到了被她形容成"土到令人鄙视了"的花茉莉。

而这一次,她焕然一新。

眼前的镜子,宛若电脑屏幕,她看到了游戏里的自己。

仿佛是游戏世界里的花鸣,真的带着自己原本该有的模样走了出来。

唯一不同的便是那身黑色的衣裙,此刻成了没有瑕疵的白。

徐菲菲也有些看呆了。

没想到,她只是花了些许工夫,毫不费力地替花鸣快速整理了妆容,花鸣就像变了一个人似的。

眼前的这个人,已经足够漂亮了。

花鸣十分得意,对着徐菲菲挑了挑眉:"怎么样,我是个美人吧?"

徐菲菲收起表情,笑了笑。

"你还觉得我配不上林缓?"

花鸣没想到,徐菲菲毫不留情面。

"绝对配不上,没有任何悬念。"

花鸣突然更加好奇林缓究竟长什么样,徐菲菲给她看的,毕竟只是照片上的一张侧脸。

"而且,你还有竞争对手,你站到她面前,绝对会自愧弗如。"

"谁啊?"

夏末的校园，绿树荫荫。

绿荫下，正站着一个身穿淡蓝色短裙的女生。

深目高鼻，脸颊陷着一对不深不浅的酒窝，再往下是微微上扬的嘴角，整齐的白齿微露。及腰的柔顺直发把夏日里的光都晕开了，黑发下，是她晶莹如玉的白皙皮肤。

她已经在这儿站了二十分钟了，炙热的空气让她的脸色微红，额头沁出了几颗汗珠。

但这并不能成为她美丽面庞上的瑕疵。

她时不时地把目光投向绿荫树下的小径，很明显，她在等人。

她的双手交叠在身后，手中正捏着粉色的信封。

每一个从这儿经过的人，都忍不住要多看几眼。

只不过，女生却没有回报以相同的目光。她的视线，一直集中在远处。

终于，她忽然紧张了起来，手心出了汗。

大家都顺着女生的目光朝着远处望去，被夕阳铺上金黄的小径上，出现了那道修长的身影。

他正慢慢地朝着这里走来。

是林缓。

大家惊讶得目瞪口呆，只要不傻，大家都能猜到女生要干什么了。

果然，当林缓走近时，女生像鼓足了勇气一般，跑到了林缓的面前。

"林缓同学，我叫杨欣，大二计算机系，我喜……"

杨欣低着头，双手递上了粉色信封。

可是，话里的最后几个字，被她硬生生地吞回去了。

因为，林缓根本没有为她驻足，而是没看见她似的绕过她，朝前继续走去。

空气忽地凝固了，原本还散发着热气的小道，霎时间被冰冻住了一般，杨欣是最能感觉到心寒的那个。

"天哪，林缓竟然拒绝了杨欣！"

"林缓拒绝别人，不是意料之中的事吗？"

"可是她是杨欣，要拒绝，也不应该这样冷漠吧？连看都没看她一眼。"

……

"所以，杨欣到底是谁？"花鸣这样问徐菲菲。

第六章 话题

Chapter 06

周而复始出发又返航的客艇，载上清晨第一缕阳光，顺风徐行。

花鸣和徐菲菲感受着迎面袭来的清凉海风，一夜无眠的倦意，被风吹落于海面，随后又被海浪冲走，在远处卷起一道浪花。

这是夏末一天里的空气即将变得炽热前的最后一丝难得的凉爽。

余宁大学，新学期的课程才刚开始不久。

大四，离校前的最后一年，不少人都顶着巨大的压力，但家境优渥的徐菲菲却没有，替代了花茉莉的花鸣，也丝毫没有感觉。

徐菲菲带着花鸣走在余宁大学的绿荫小道上，把余宁大学的论坛刷了个遍。

除了一如既往的校园八卦，论坛里正谈论着全新的两个火爆话题。

排行第二的话题，是关于林缓的，这是林缓在全国软件编程设计大奖赛颁奖典礼上拒绝领奖的延续。不知是谁，把林缓拒绝领奖的原因挖得更加透彻了。爆料者匿名，但是消息却挖得有板有眼。

据说，一个月前开始蔓延网络的"盗窃者"木马病毒，至今仍在泛滥。只要联网计算机感染"盗窃者"，计算机中的所有文件都会被锁定并直接永久清空，哪怕是深层加密文件也躲避不了。

此次，林缓用来参加大奖赛的，是一款网络安全软件。这款软件虽粗具雏形，但是查杀网络病毒的功能非常强大，已经能与市场上存在已久的安全软件相媲美。然而，令众多网络安全科技公司头疼的"盗窃者"，同样躲避了林缓设计的这款软件的查杀。

"论坛上的人说，林缓是觉得这款软件没有办法查杀'盗窃者'，所以才以不完美为由，拒绝领奖。"徐菲菲对着花鸣说道。

有的人热衷于八卦，但花鸣却一点儿也不在乎。此刻，她正回味着进校前吃的一顿美餐。哪怕话题是关于她的目标林缓的，她也并不上心。在花鸣心中，追求林缓是这次任务的支线，而林缓只是支线任务里的一个小Boss，并不算难对付。

花鸣和徐菲菲都没有注意到，有许多目光，正聚焦在她们身上。

今天，花鸣穿着徐菲菲为她准备的那件白色连衣裙，裙下是纤细白皙的双腿。

她们刚刚从教务处出来，有了徐菲菲的帮助，花鸣顺利地躲过教务处老师的重重盘问，并成功申请了不住校。

花茉莉没死，这条消息不知怎么的从教务处传出，甚至有人为此发了帖子，只不过，让发帖者失落的是，向来不受关注的花茉莉，被很多人直接忽略。关于花茉莉的话题，并没有成功发酵。

见花鸣没有回答，徐菲菲又点开了论坛里排行第一的火爆话题。徐菲菲的表情，宛若猫发现了耗子，她的双眸泛光，似乎刚得到了一件限量级装备。花鸣突然又想起花茉莉在《DWorld》里与网络好友聊起徐菲菲时的那句话：她以八卦为食，少了八卦，会饿死。

"那你该看看这个了吧？"徐菲菲突然兴奋道，"校花杨欣勇气表白，惨遭冷酷男神无情拒绝！"

花鸣微微一愣，昨夜，徐菲菲向花鸣提起过这个人。

那是被徐菲菲形容成所有女孩儿站到她面前都要黯然失色的一个女生。

杨欣，二十岁，外貌倾城，温柔大方，善解人意，自入校第一天起，就被全校男生视作女神般的人物，不仅长得好看，成绩也优异得一塌糊涂，家境更不用说，不少人戏称，得到杨欣，男生可以少奋斗至少两百年。

"天哪，杨欣竟然超过了林缓，拿到了话题榜第一！"徐菲菲不可思议道。

花鸣心里闪过一丝奇怪的念头：难道在现实世界，话题榜代表着荣耀，就像DWorld里的排行榜一样？

尽管杨欣是学校里的风云人物，但是绝对不比林缓。徐菲菲每天起床的第一件事，就是点开余宁大学的论坛。第一眼看到的帖子，都是关于林缓的，这早已成了徐菲菲的习惯。眼看着蝉联了四年话题榜第一的林缓被人拉了下来，徐菲菲心里难免觉着无比怪异。

直到点进这个帖子，徐菲菲才明白了过来。

这个话题，原来依旧没有脱离林缓。

因为杨欣表白的对象，是林缓，无情拒绝她的，也是林缓。

"太劲爆了！"徐菲菲诧异道，赶紧把手机递给了花鸣。

花鸣扫了一眼，把昨天发生在她们脚下这条小道上的事都弄清楚了。

"早就听说杨欣对林缓有意思，没想到她竟然行动了。"徐菲菲的脑袋里，瞬间浮现这么久以来关于林缓和杨欣的讨论。

其实，关于林缓和杨欣的话题，存在已经不止一天两天了。

郎才女貌，早已经有人把林缓和杨欣列在了一起。林缓已经大四了，却一直保持着单身，他被看作余宁大学最难追的男生。直到一年之前，杨欣进入余宁大学。很快，杨欣被封为校花，荣获"最有可能和林缓在一起的女生"的称号。

而后，关于杨欣暗恋林缓的传闻，不断传出，只是一直没有敲实锤。

终于到了昨天，杨欣鼓起勇气，向林缓递了情书。

然而，谁都没有想到的是，一段眼看要成了的佳话，以绝对惨淡的方式收尾：林缓非但拒绝了杨欣，而且丝毫不留情面，还把她当成空气一样，直接略过。林缓全程没有说过一句话，甚至吝啬得连一个目光都不肯给杨欣。

"连她都追不到林缓……"徐菲菲说着，突然在花鸣的身上打量了起来。

尽管变装之后的花鸣，已经像蝴蝶破了茧，可徐菲菲却仍然觉得，她与杨欣没有可比性。

花鸣把手机丢给了徐菲菲，不服气道："别看不起我！"

杨欣被花鸣视为任务的阻碍者，让花鸣气愤的是，从昨天到现在，徐菲菲都在长他人志气，灭自己威风。

花鸣的好胜心被激了起来。

当初，花茉莉和花鸣在《DWorld》中被人嘲讽，花茉莉操控花鸣，怒刷六级任务，那时，花鸣还未进入排行榜前十。她也成为《DWorld》全服第一个单刷六级任务的女性角色。

徐菲菲只好勉强安慰道："说不定，林缓的品位比较特殊呢。"

花鸣不再理会徐菲菲，径直朝前走去。很快，她发现了许多路人的目光。

徐菲菲跟了上来，低声道："你看，大家都在看你，看来我们的变装，有点效果。"

"如果不是她的底子差，我还能更好看。"花鸣回答。

来到现实世界，花鸣突然缺失了在DWorld里的荣耀感，这点目光的关注，无法满足她继承花茉莉渴望被关注的性格。排行榜前十，这样一个全DWorld知名的ID，无论行走在哪里，都会吸引所有玩家的关注。

经过校园公告栏时，眼尖的花鸣，看到了学校张贴在公告栏的悼念信大字报，是关于花茉莉的。教务处的老师们都还没有反应过来，自然没有人来处理公告栏里的大字报。

花鸣突然跑到了公告栏前，把它给撕了下来，狠狠揉碎，远远地丢进了垃圾桶里，动作潇洒。

这下，有更多的人关注起她来了。

"那人是谁？"

"挺漂亮的，有点眼生。"

"怎么看着有点像我们年级的花茉莉？"

顿时，又有人发现了徐菲菲。要知道，这几年，花茉莉和徐菲菲几乎形影不离。

"天哪，她好像真的是花茉莉！"

"她不是死了吗？不可能，就算没死，怎么突然像变了一个人一样！"

花鸣只是想要替花茉莉撕下那张大字报，没想到她的举动，竟然引起了这么大的轰动。

"茉莉，你干什么？"徐菲菲低声问。

她略显尴尬，她只是热衷于各种小道消息，但却从来没有也不想置身于校园话题的中心。那么多怪异的眼神，那么多窃窃私语的讨论，让她非常不习惯。

花鸣吐了吐舌头："花茉莉不是也想让大家关注她吗？这任务算完成了一半？"

伴随着徐菲菲，一上午，花鸣都沉浸在校园话题之中，花鸣甚至觉得上学就是来讨论各种小道消息的。

实在忍受不住众人的目光，徐菲菲强拉着花鸣离开了人群。

一直到很偏僻的地方，徐菲菲才长舒了一口气。她早就料到花鸣来到学校后，一定会引起轰动，但是她却以为这只会在花茉莉的必修课上发生。没想到一切竟然来得这样猛烈，这样迅速。

这是花鸣代替花茉莉上课的第一天，数学系的第一节课，便是号称"学生杀手"的必修课——高等数学。数学系的必修课，都是小班教学，就算是花鸣想躲，也根本躲不了。因为她的座前座后，全都是与花茉莉相处了三年多的同学。

"你别再无缘无故地引起大家的关注了！"徐菲菲叮嘱道。

"为什么？花茉莉不是渴望别人关注吗？"花鸣不解。

徐菲菲摇了摇头："那也绝对不是以这样的方式，茉莉是一个低调的人，你真想让大家怀疑吗？"

花鸣仔细一想，她所有任务的前提，便是不让别人知道她从哪里来。

她觉得有道理，这才对徐菲菲点了点头，答应了下来。

徐菲菲叹了口气："只怕关于你的讨论，是免不了了。"

徐菲菲给花鸣指了她上课的地点，千叮万嘱后，她匆匆跑去文学系上课了。徐菲菲太久没有上课，学校已经给她下了最后通牒，她只能暂时抛下让她担忧的花鸣。

果然，坐到教室里的徐菲菲，再一次点开学校论坛。

此刻，花鸣手撕公告栏大字报的话题，已经飙升到了前三，发帖者还起了一个惊人眼球的帖名：花茉莉死而复生？公告栏全新亮相！

一点进去，竟然还有花鸣在人群里的照片。

正如徐菲菲预料的那般，花鸣引起了话题，而且话题走向并不好。

"不可能，花茉莉长得那么丑。"

"骗人吧，这个人自以为长得有几分姿色，故意让大家关注？"

"这个帖子是那个女生自己雇水军顶上去的吧，想火想疯了？"

徐菲菲无比清楚这些人嘴下的狠毒，她更加担忧起一个人去上课的花鸣了。

突然间，徐菲菲想起什么似的，猛地在包里翻出了一沓厚厚的资料，上面全是照片和各种信息。

"糟了，她同班同学的信息忘了给她了！"

此刻，上课铃早已敲响，然而花鸣才刚刚找到上课地点。

人生地不熟，花鸣无法像在DWorld里那样，随手翻出坐标小地图，很快她就迷了路。等找到这间教室时，门正紧闭着，花鸣透过窗，看到了正在台上授课的讲师和坐在底下的三十多名学生。

花鸣犹豫了很久，还是敲门了。

"你看，有人说花茉莉没死，还变好看了。"

心不在焉的学生间，突然开始传递起了手机。

"不可能。"

窃窃私语声，随着被推开的门，戛然而止。

起初，大家的反应都很平静，只是以为谁走错了教室，可是，当有人把正站在教室门口的花鸣与帖子上的女生照片一对比，进而再与印象中的花茉莉一对比，顿时，整个教室炸开了锅。

"花茉莉同学吧？"讲台前的讲师问道。

花鸣怯生生地点了点头，面对这么多陌生人，花鸣也突然想起徐菲菲竟然忘记给她提早准备好的资料了。无论是台上的老师，还是台下的同学，花鸣一个名字都叫不出来。

新学期，这位讲师刚来给这个班上课。

"刚接到教务处的通知，说你幸免于难，恭喜你。我姓于，单名海。"于海还算和蔼。

直到此刻，所有人终于确定了下来，学校论坛里刚刚成为热门的传言，都是真的。花茉莉没死，而且华丽归来了。

然而，花鸣接下来的一句话，却让于海对她产生了非常恶劣的印象。

"于海，你好！"

在花鸣的脑海中，根本就没有老师的概念。

徐菲菲千叮咛万嘱咐，却忘了交代花鸣对一些人的称谓。

或许这又怪不得徐菲菲，这在现实世界，是再简单不过的事了。

花鸣对于海点了点头后，开始在教室里找起座位来。很快，她发现了一个空位，她走过去，正准备坐下时，邻桌的一个女生，突然把椅子拉开。花鸣的反应很迅速，马上要坐空时，她迅速伸出手，把椅子往原位猛地一拉，还未松手的女生，一个不提防，竟然被拉倒在了地上。

所有人目瞪口呆地盯着花鸣，花鸣却只是微微一笑，若无其事地坐了下去。倒不是花鸣的力气有多大，而是那名女生绝对没有想到她竟然敢把椅子拉回去，没有留意，这才出尽了洋相。

摔倒在地上的女生，气得满脸通红。

三年来，她以欺负花茉莉为乐趣，她做梦都没想到，今天出丑的反倒成了她自己。她的心里酸酸的，从前毫不起眼的花茉莉，不仅成了众人讨论的话题，而且竟然真的变得这样好看，整个教室里，包括她在内，谁能比得上花茉莉？

只是，女生并不知道，这个人根本就不是花茉莉。

"好了，好好上课。"于海发话了。

女生只好作罢，等着下课再找她算账。

课过大半，花鸣把整本书都给翻了一遍，她觉得无聊透顶，突然无比想回DWorld里做任务。

"这道题谁来解一下？"于海突然敲着黑板问道。

无精打采的所有人，突然紧张起来，生怕被点到名字。

"不如让花茉莉来吧？"

气得牙痒痒的女生，盯了花鸣大半节课，此刻，她觉得报仇的机会来了。

于海没有多做犹豫，点了点头："花茉莉，那你就试着来解解吧。"

所有人都幸灾乐祸地盯着花鸣，大家觉得花鸣是把于海得罪透了。

其实，于海并没有多想，他对花茉莉并不熟悉，他只是单纯地想了解一下花茉莉的水平。

花鸣站了起来，指了指自己："我？"

"对，上来解一下这道题吧。"

花鸣极其不情愿地走上了讲台，接过于海递过来的手写笔。

复杂的数字和符号，挤满了整个黑板。

花茉莉的成绩，年级倒数第一，差得出名，早就成为数学系的笑柄。每次考试，就连倒数第二，都能将她远远甩下数十分。

所有人都等着台上的花鸣出洋相，尤其是刚刚才吃了亏的那名女生。

花鸣盯着黑板上的数学题，匆匆扫过一眼后，突然提笔。

只见她在黑板上随手写了一个数字：10。

顿时，台下的人捧腹大笑。

那名女生笑得不可开交："10？你写的是你每次考试的得分吧？"
然而，于海却有些震惊，看了看黑板上的数字，又看了看书里的正确答案。
"你答对了？"
于海的话，让笑声忽地静止。
那女生还张着嘴，只是却没有了笑声，表情像生吞下了一个鸡蛋。
鸦雀无声。
短暂的震惊后，她大叫道："不可能，蒙的吧！"
花鸣明显察觉到了敌意，她的目光忽然变得冰冷："你来蒙一个？"

第七章

站住

Chapter 07

感受到花鸣双眸里的寒意，女生不自觉地闭上了嘴，甚至还打了一个寒战。尽管极度不愿意承认，可是她心里却清楚，与花鸣四目相对的那一瞬间，她的心底突然升起了一丝恐惧。

在DWorld里身经百战的花鸣，从第一步踏进这间教室开始，就已经看清了每一个人的神情。空气里，四处弥漫着敌人的味道，敏锐的花鸣又怎么会体会不到。

就如花茉莉在日记本中写的那般，她在余宁大学的日子，是一段起点清晰终点模糊的煎熬，不知什么时候才能结束。

花茉莉一直被欺负着。

想起徐菲菲的叮嘱，花鸣一直默默忍受着敌对的目光。在《DWorld》里，花茉莉并不懦弱，花鸣也丝毫不怯弱，有仇必报，这是她们在游戏里共同的行为准则。

但这群人似乎并不懂得收敛，在三番两次的刁难后，花鸣终于爆发了。

她把在DWorld里的气势释放了出来，她的头上，只有她看得到的武力条闪烁着，数值迅速上升，最后定格在了6500。她寒冰似的目光，纵使六级任务里的大Boss见了，都会瑟瑟发抖，恐惧地低鸣。

全场无声。

花鸣突然失神，因为她并没有感受到身体里的力量。换作在DWorld，当她亮出自己高得恐怖的武力值时，身体早已经被巨大的能量充满。花鸣瞬间明白了，在现实世界，就算她气势再强大，武力值也毫无用处。

许久的沉寂后，讲台上的于海突然发话："茉莉同学，能否把解题思路写一下？"

花鸣只给出了一个数字，于海不愿意相信花鸣真的是计算出来的。

因为实在太快了，就算是于海亲自解题，这么复杂的题目，没有一分钟，也不可能计算出正确答案。

"对……"心有余悸的女生，这才反应过来，"不是蒙的，你写下过程。"

没有人会相信花鸣，在他们眼里，别说这样的难题，就是再简单的题目，花茉莉也不可能算对。

凌厉的目光再次扫过她的身体，她没有再与花鸣对视的勇气，竟然挪开了目光。

花鸣不再多说什么，提笔在黑板上洋洋洒洒地写下了一堆数字和符号。

格式工整，宛如标准答案，让人挑不出刺来。

于海才刚收起的震惊，再度爆发。

"她碰巧看过这道题吧？"讲台下有人悄悄议论着。

然而，只有讲台上的于海最清楚，这道题，是他自己出的，就算花鸣看过类似的题目，数值不一，她也不可能这样快计算出正确答案来。

花鸣被点名时，心里略微紧张。然而，当她看到黑板上的数学题时，却觉得无比亲切，那些数字和符号，宛如和她同出一源。她就是一串存在于计算机里的代码，对于代码而言，再难的计算，也根本不算什么。

花鸣只是把主动浮现在脑海里的东西，全部写在了黑板上，轻而易举，毫不费力。

下课铃打响，于海带着满心的疑惑，离开了教室。

然而，这间教室里却没有其他人离开。

每一个人，都像看着怪物般地盯着花鸣。

花鸣的动作却无比轻巧，稍做收拾，走出了压抑的教室。她走后没多久，教室里的沉默被喧闹打破。

"这真的是花茉莉吗？完全变了一个人！"

"你刚刚怎么回事，看你的样子，好像很怕她？"

"才没有……"

那名女生想起课上的种种，愈加气愤。

只有角落里的一张比其他人更加稚嫩的精致小脸，满面痴容，暗道："太帅了！"

上午，花鸣不再有课，但是徐菲菲却是满课。

草丛绿地里，花鸣在树荫下坐着。她们早就约好，下课后在这里等着。

让徐菲菲气得咬牙切齿的是，文学系的教授竟然拖了课。

花鸣等了许久，没有等到徐菲菲，无聊透顶的她四处转悠了起来。

等徐菲菲匆匆来到这里，准备把被她遗忘的资料交给花鸣时，花鸣早已不知去了哪儿。

当徐菲菲登入学校论坛，吓得手机掉落在了草地上。

林缓话题榜第一的魔咒，四年来第一次被打破。

打破这个纪录的不是别人，正是花鸣。

花茉莉海难半月逃生，化茧成蝶，怒撕大字报，智刷高数题，目斥死对头。

话题持续发酵着，一传十，十传百。

此刻，花鸣走在路上，觉得有许多人正盯着她。

然而，花鸣没有手机，不知她突然就成了余宁大学里的名人。

花鸣联系不上徐菲菲，也不知道徐菲菲在哪里上课，她只能继续漫无目的地漫着步。毒辣的阳光下，唯独花鸣一个女生没有撑伞，白皙的皮肤直对正悬着的太阳，她的身体沁出了汗水。

可是花鸣却觉得痛快，在DWorld里，她是不会流汗的。

此时，迎面而来了一群女生，在这些人里，花鸣看到了一张熟悉的面孔。

樱桃般粉红色的双唇，让花鸣无法抗拒地盯了好久。

是杨欣，花鸣在照片上看过她。

不曾料到，杨欣本人比照片还要漂亮许多。花鸣终于明白为什么徐菲菲会那样评价杨欣了。

太漂亮了，就连花鸣都想扑到杨欣面前，亲手摸一摸她那光滑的脸蛋。

"这个人就是花茉莉。"

"看着也不怎样嘛，完全比不上我们杨欣。"

簇拥着杨欣的那群女生，毫不遮掩地议论了起来。

杨欣的身边，总是围绕着这样的女生。杨欣早就已经习惯了，从小到大，向来如此。

杨欣并没有在意花鸣，和她擦身而过。

她还没从昨天的经历里走出来。

她观察了林缓一整年，那样优秀的人，彻底征服了她。一直以来，还没有哪个人会让她觉得心动，因为在各方面，她一直都是第一。即使是谈恋爱，她也要找一个最优秀的。

终于，那个人出现了。

犹豫了一年，杨欣还是决定在林缓即将离校前的最后一年，向他表白。

她没有想过自己会被拒绝，更没想到她会以那样的方式被拒绝。

学校里的传闻沸沸扬扬，杨欣觉得无比丢脸，她的自尊心受到了打击。可是，她却完全对林缓恨不起来。甚至有那么一个念头：林缓拒绝她的方式，太帅了。

杨欣为林缓找了诸多借口：他的性格就是那样，他们还并不熟悉，是自己的举动太过唐突了。

余宁大学太大了，花鸣收起目光，正准备继续将这张地图打探清楚时，那群人突然停下了脚步。

"杨欣，是林缓。"

花鸣放眼望去，果然，林缓背着单肩包，一身宽松的白色衣服。

这是花鸣第一次亲眼见到林缓。

他的眉毛，他的鼻梁，他颈下的锁骨，他修长的双腿，林缓身上的每一个细节，都被花鸣在心底暗暗赞叹了个遍。

"这就是这条支线任务里的小Boss吗？我怎么下得去手？"花鸣木讷地自言自语。

林缓太迷人了，身上仿佛带着光。

花鸣突然发现，他和林缓都穿着一身白色衣服。

DWorld里的情侣，都喜欢穿一个颜色的衣服。

林缓经过花鸣身边时，花鸣低声叫了他的名字。

然而，林缓却连看都没有看她。

奇耻大辱！

在DWorld里，向来只有她忽略别人的份，什么时候轮到别人连正眼都没瞧她？

花鸣的头脑发热，那只有50点的情商值开始泛滥。

择日不撞日，撞日不如现在。

花鸣做出了态势，她要就地解决了这个卑微的小Boss！

"站住！"

所有人都惊呆了。

花鸣对着林缓的背影大喊："林缓，你给我站住！"

林缓继续朝前走着，似乎没有听见一般。

"杨欣，她要干什么？"

杨欣也愣住了，她的手微微颤抖，隐隐约约觉得要发生什么不好的事。

花鸣见林缓没有理会她，更是气得火上眉梢。

她大步向前，一把从身后揪住了林缓的衣服。

终于，林缓这才慢慢转过身来。

他皱着眉头，满脸冷漠，看那眼神，仿佛在吃饭时，吞进了一只恶心的苍蝇。花鸣心头的怒意更甚，这只Boss已经成功激怒了她。

"我要亲你，受死吧！"

花鸣揪着林缓的衣领，踮起脚尖，心里已经乐开了花，她以为她马上要完成这条支线任务的一半了。

奈何，空气尴尬地凝住了。

林缓连动都没有动，花鸣的双唇停在了林缓凸起的喉结上。

以花鸣的身高，根本就够不着他的双唇。

林缓的眉头依旧深锁着,他随手一拨,甩开了花鸣正揪着他衣领的手。

"有病。"

林缓的嘴里,不冷不热地吐出这两个字,随后转身,大步继续向前,仿佛刚刚什么都没有发生过一样。

"天哪,她是疯了吗?"

终于,四周不再死寂。

杨欣的脸色非常难看,她知道很多人都暗恋着林缓,只是碍于林缓冰山般的冷漠,不敢接近他。可是,杨欣自始至终都不担心,她有着绝对的信心,没有人可以成为她的威胁。

可是,在她表白后的第二天,她的情敌出现了,当着她的面,用了这样肆无忌惮的方式。

"她就是花茉莉,太不要脸了!"

有人认出了花鸣。

没有人能够忍受心目中的男神,被人如此亵渎。

花鸣攥紧了双拳,脸蛋变得红扑扑的。没有正常女生表白被拒后的尴尬和羞涩,她的脸是被她心头的怒火硬生生憋红的。

"花茉莉,你疯了吗!"

终于有人忍不住,远远地对着花鸣呵斥。

此时,林缓突然止住了脚步。

他回过头,神色复杂地扫了花鸣一眼。

花鸣正低着头,并没有发现林缓的这一眼。

可是,其他人都看见了。

很快,林缓的神色恢复正常,背着单肩包,离开了所有人的视野。

杨欣的面色变得更加难看,她没想到,林缓竟然回头看了一眼花鸣。

要知道,就在昨天,林缓把她当成了透明的空气,面对她的表白,林缓连一个眼神都没有予以回应。

巨大的心理落差,让她无法接受。

果然,因为一次回头,一道目光,许多人开始将她和花鸣进行比较。

杨欣觉得脸上火辣辣的,像是被人抽了一巴掌一样疼。

她咬着牙,大步地离开了。

花鸣觉得口干舌燥,她再也受不了,迅速地逃离了。没过多久,她在余宁大学里找到了一间电脑室,里面空空荡荡的,一个人都没有,花鸣一头钻进了电脑。

DWorld,风和日丽,海岛城上的建筑高耸入云。

呼吸着这个世界的空气，花鸣这才觉得舒畅了许多。

很快，风儿沙找到了她。

"这些天你去哪里了？"风儿沙靠着墙，双手交叉在胸前。

"花茉莉带我挖材料去了。"花鸣扯了一个谎。

"找什么材料，要这么久，你什么任务都没做！"风儿沙指着花鸣的头顶问道。

花鸣这才发现，她头顶的生命值，只剩下96点了。

生命值满点才100，对于她们这样的高端角色来说，维持生存早已不是追求，DWorld排行榜才是她们的目标。正常情况下，只要她们顺利完成了生存任务，生命值是不会减少的。

但是，好些天没有做任务的花鸣，被扣了4点生命值。

花鸣翻出系统通知。

"五级生存任务：全新病毒疾病蔓延，须到机关迷城找到药方。"

"五级生存任务：不幸被天落巨石砸中，须解救被困机关迷城的传奇药师并进行治疗。"

这两条系统强制发布的生存任务，花鸣都没有做，先是感染了病毒疾病，而后又被莫名其妙落下的大石头砸中，花鸣的生命值损耗了4点。

高级玩家，通过消耗大量的金币和材料，可以合成补充生命值的药丸，但这种药丸十分珍贵，即使是花鸣琳琅满目的背包仓库里也没有几颗。花鸣觉得万分心疼，再加上受了林缓的气，她的愤怒值迅速飙升。

"她给你主人留了几天的言，都没有得到答复。"风儿沙摸了摸短得几乎触不到的头发。她口中的"她"，指的是操控她的玩家。

果然，花鸣查看了社交系统里的留言。

风儿沙的主人在游戏论坛上看到了公告，今天马上要出一个全新的六级武力型任务，全新的副本地图难度异常，和以往的六级任务副本完全不同。风儿沙的主人约花茉莉一起拿下这个副本的首刷纪录。

恰巧，风儿沙的主人在这个时候上线了。

"花鸣，花鸣！你终于上线了，再过十分钟，新地图就出了，我们去刷吧，一起留名青史！"

风儿沙的嘴里，吐出了一连串的话来。这些话，风儿沙是被操控着说出来的。

风儿沙满脸黑线："她就和智障一样，把我的帅气人设全毁了。"

她们私底下的吐槽，现实世界的玩家是看不到的。

风儿沙与其他人不太一样，不知怎么地，她和她的主人，性格相差得很多，从她们各自说的话里，就能听出来了。

完全想象不到，如男孩儿般帅气的风儿沙的主人，竟这样活泼。

满心的愤怒，全部化作杀怪的热情了。

"好，十分钟后，冰寒雪域传送口见。"

花鸣答应下来，风儿沙立刻被操控着去准备装备了。

十分钟后，花鸣准时踏上了衔接着海岛城和无边海域的一条小径。

一共八条小径，分别对应着八个等级的大区域。

没有人知道DWorld究竟有多大。

以海岛城为中心，DWorld又被分成八个大地图，从低级到高级分别是：精灵大陆……机关迷城、冰寒雪域、暗黑森林、骷髅山脉。

已经是高级角色的花鸣，如今很少去像精灵大陆这样的区域。

她接受的生存任务大部分是五级的，都在机关迷城进行。但花鸣并不是没有追求的人，完成生存任务，维持生存只是最基本的要求。她想爬到排行榜更靠前的位置去，因此，她会在任务库里，挑选更有难度的高级任务。

通过这些任务，花鸣可以得到高额的奖励，并提升与排行榜息息相关的武力值和智力值。

六级任务全部集中在冰寒雪域，如今，花鸣已经能够单刷冰寒雪域的大部分任务了。

而暗黑森林，花鸣需要联合其他与她水平相差不大的几个玩家，才可以勉强成功完成里面的七级任务。

至于骷髅山脉，花鸣只去过一次。那里死气沉沉，唯一一次八级任务的失败，给花鸣留下了巨大的心理阴影。

她不敢独自去，花茉莉也没有勇气再带花鸣去。

八个区域下，又有众多副本地图。

花鸣踏上了冰寒雪域的传送门，没过多久，风儿沙出现了。

这里早已经挤满了人。

新副本刚出，排行榜上前百的玩家，都三三两两组队，想要拿下这个副本的首刷纪录。

"人很多。"风儿沙神色凝重。

花鸣摩拳擦掌："怕什么，纪录是我们的了！"

第八章 副本

花茉莉死后,花鸣神奇地成为自由人。她不再受人操控,而是可以主动地进行所有任务,主动地与现实玩家交谈。从前只有花茉莉拥有的权限,如今身处游戏世界的花鸣,全部都拥有。

电脑前,一双手飞速地在键盘上敲打着。

"花鸣,我们还是退了吧,排行榜上前十的,除了双木,其他都来了。"

风儿沙的嘴里吐出这一句话后,立刻又无语道:"每次都这么怂。"

传送门前大风飞扬,花鸣的发丝被风拂得凌乱,一丝一丝俏皮地张扬着。

花鸣朝着四周打量了一番,果然,包括她在内,排行榜前十的人物,只有一个没有来。

"双木大神看不上这样的副本吧?"花鸣喃喃道。

双木,DWorld排行榜第一,武力值、智力值8000点,情商值100点,是DWorld中唯一所有属性全部满点的传奇人物。DWorld中关于双木的传闻众多,然而他却神龙见首不见尾,花鸣从未见过他。

不只是花鸣,其他人也很少见过双木。

据说,所有的任务,双木都是独自完成的。

五级任务单刷纪录,六级任务单刷纪录,七级任务单刷纪录,全部由双木首次拿下。

虽然没见过,但是花鸣却打从心里尊敬双木,这是对于强者的尊重。

"花鸣,他有一点说对了,我们不能掉以轻心。"风儿沙叮嘱道。

脸上是信心满满,但花鸣的心里的确有些许担忧。这么多大人物,全部盯着这次的新副本,靠花鸣和风儿沙要拿下首刷纪录,的确很难。据称,此次的新副本,虽然也是六级，但是难度大增。

如若是普通的六级地图，前十的玩家，都可以单刷，但这次游戏官方团队在游戏论坛上发出的公告，竟然破天荒地建议除了前三的玩家，不要独自进入新副本。新副本的难度可想而知。

花鸣排行第七，风儿沙刚进排行榜前二十，这样的组合，并不算强悍。看阵势，那些排行前十的玩家，不少已经三三两两组队。花鸣太久没有上线，根本不清楚有新地图，此时再想去找人组队，已经来不及。

花鸣向来不会把担忧表现在脸上，她不愿在气势上落了下风。

就在众人焦灼等待时，系统的声音在全服响起：六级武力型任务——"冰霜野狼"开启。

几乎在一瞬间，挤在传送门前的人，消失了大半。

他们都迫不及待地冲进了"冰霜野狼"的副本里。

花鸣和风儿沙不着急，点开了副本地图介绍。仔细观察下不难发现，排名靠前的玩家，都没有着急进入这个副本。想拿首刷纪录，的确需要迅速行动，但在对副本一无所知的情况下进入地图，只会耗费更多的时间。

传送门前，看了副本介绍后，不少人倒吸了一口凉气。

"冰霜野狼"竟然是一个全服共同副本，每天这个时候准点开启，持续一小时。在此期间，所有玩家都可以进入，但是最终只有一个人或者一支队伍能够通过副本。

没有组队单独进副本的，如若最终击杀了Boss冰霜野狼，他便通过副本；组队进副本的，团队击杀了冰霜野狼，未死亡队员通过副本，如若在任务中死亡的，即使剩下的队友通过副本，那也与他没什么关系了。

更加恐怖的是，每天仅开启一次的副本，只允许有一个人或一支队伍通关，一旦通关者产生，其他所有同时段进入副本的玩家，全部任务失败，被扣1点生命值。

"天哪，今天成千上万的玩家里，能成功通过任务的，只有一个人，或者一支队伍？"风儿沙被操控着，做出了惊恐状。

"能不能闭嘴！"很快，风儿沙又像精神分裂般，恢复了酷酷的表情，只不过，她的吐槽，正坐在电脑前的玩家，一点儿也听不到。

"又或许，未必有通关者。"花鸣压着嗓音回答道。

所有人终于在此刻明白这个副本的难度所在了。能容纳全服玩家进入的副本，绝对非常大，而且野怪的数量非常多，而大Boss却只有一只。为了控制最后与Boss直接接触的玩家数量，系统绝对会在副本前期就铲除大部分玩家。

副本介绍中，最关键的几个字是：副本期间，PK（决斗）模式强制开启。

在DWorld中，如若两个玩家想要进行决斗，需要开启PK模式，否则两名玩家之间是没有办法进行打斗的。但是"冰霜野狼"的副本，PK模式强制开启，也就是说，除了要面对副本里的重重危机，所有人还要应对来自玩家之间的相互攻击。

通关者只能是一个人或者一支队伍，为了争夺独一份的副本奖励，玩家之间必然会拼命争夺，这才是此次副本最恐怖的地方。

等到了所有人自相残杀得奄奄一息时，真的还有人可以击杀Boss吗？

"花鸣，咱们还是别进了，有没有人能成功通过副本还不一定，就算有，我们也未必争得到，白白被扣生命值，不划算。"

这一次，风儿沙罕见地没有反对她主人说的这些话。

花鸣想了想，笑道："大家都能进，我们为什么不能进？1点生命值，大不了用背包里的药补回来。"

"花鸣，别了，我们进这个副本，恐怕会得罪很多人。"

花鸣忽略了来自游戏之外的声音，直接悄悄问风儿沙："你怕吗？"

风儿沙扬起半边嘴角："我什么时候怕过？你要做，我就陪你。"

花鸣就是喜欢风儿沙身上这股子仗义的勇敢劲儿。

得到风儿沙的回答后，花鸣才对风儿沙的主人说道："别怕，有我在。我记得你还差不少金币吧，拿下这次任务，金币全给你，应该够你增点武力值，再在排行榜上前进一名。"

电脑前的那人，早已经感动得痛哭流涕，她无比浮夸地在电脑上打下了一行字：花鸣，太感谢你了，你简直是我的再生父母。

风儿沙朝着天空扫了一眼，仿佛能透过电脑看到她一样："肉麻兮兮。"

但是，风儿沙也是打从心底感激花鸣的。虽然很多天没见花鸣，但是花鸣却记得她背包仓库里有多少东西。如果侥幸完成这次任务，风儿沙就能凑足金币，合成一颗增强武力值的药丸。

决定后，花鸣和风儿沙组队，通过传送门，来到了冰寒雪域。

冰寒雪域，是一片大到望不到边际的冰原。天寒地冻，远处，苍茫的天空下，隐隐有几座高耸入天的冰峰。冰原上，寸草不生，在这样的地方，就连NPC都很少。

传送门直接把花鸣和风儿沙传送到了"冰霜野狼"的入口处。

花鸣的每一次呼吸，都会在空气里化成一团白雾。

冰寒雪域是花鸣和风儿沙最常来的区域，到了她们这个等级，最常做的，便是六级任务。冰寒雪域的每一个角落，她们都无比熟悉，就连哪里漂浮着冰原动物的尸体，她们都一清二楚。

而这次，花鸣和风儿沙却来到了冰寒雪域里十分陌生的一个全新角落。

这里，比冰原上的其他地方要冷上许多。

她们的额头上，浮现出了任务血条，这表示任务已经正式开始了。她们的眼前，有一条长得仿佛不能见底的山洞隧道。无数因厮杀而富有穿透力的嘶吼声，穿过长长的隧道，伴随着凛冽的寒风，劈面传来。

"穿过这儿，应该就有危险了。"

然而，花鸣的话音刚落，风儿沙头上的任务血条就突然减少了几分。

每次任务，都会产生相应的任务血条，一旦任务血条耗尽，就算是任务失败，玩家将退出任务，回到海岛城。

"怎么回事！怎么回事！"风儿沙惊得大叫。

此刻，风儿沙已经被玩家深度操控了。

花鸣很快就发现了问题，这个副本里，竟然连风都带着危险。凛冽的寒风，正慢慢侵蚀着她们的任务血条。

"换装备！"花鸣指挥道。

很快，花鸣和风儿沙都换上了一身抵抗风系攻击的装备。果然，风儿沙的任务血条不再躁动不安了。

"时间一长，我们的装备也抵挡不住，我们必须迅速一点了！"

风里的攻击，显然是用来加快副本节奏的。到了这里，哪怕什么都不做，也会因寒风的攻击，最终耗尽任务血条而导致任务失败。

花鸣和风儿沙迅速行动，身轻如燕，她们逆着风，冲进了隧道。

幽暗的隧道里，倒着数不清的尸体。

这些都是低等级进来尝鲜的玩家，他们的武力值实在太低了，甚至还没有见到野怪，就被寒风杀死在这里了。此刻，他们损耗了1点生命值的本体，已经回到了海岛城。

恐怕，他们还从未经历过这么迅速就失败的任务。

关于"冰霜野狼"副本的讨论，顿时充斥整个《DWorld》服务器和游戏论坛。

"太变态了，这真的是六级任务吗？"

"不合理！我就不信有人可以过这个副本。"

"谁设计的副本啊！"

……

花鸣正在游戏中驰骋时，徐菲菲终于把上午的课都上完了。

下课后，她开始满校园地找起花鸣来。

关于花鸣的事迹，经过了一上午，非但没有沉溺下去，反而发酵成为余宁大学历史上最火爆的话题。

花茉莉强吻林缓，林缓回首凝望。

这是校园论坛里最新排行第一的帖子，回帖量已经达到了令人叹为观止的地步。

徐菲菲万万没想到她才与花鸣分开这么一阵,花鸣就要把天都给捅破了。

无论徐菲菲走到哪里,都能听见议论花鸣的声音。

可是,徐菲菲打听了许久,也没打听到花鸣的下落。

计算机系也刚刚下课,林缓一如既往地背着单肩包,朝宿舍楼走去。

路上,他自然也听见了关于花茉莉和他的议论。

只是,他从不在意别人的说法。

他独行回到了宿舍,打开了电脑。

……

花鸣和风儿沙身上已经伤痕累累,血条耗了大半。

花鸣持着双刃,风儿沙举着黑色短枪,她们气喘吁吁地四处闪躲。

锋利的双刀短刃,是花鸣的武器。这是花茉莉和花鸣花了不少珍稀材料和金币,才最终合成的。双刃轻巧,但却有着强大的攻击力。

而风儿沙,则是一名女枪手。她的枪法精准,每颗子弹都能打出最强大的暴击。

这个副本,比她们想象中还要困难。穿过那条隧道后,无数冰原上的小野狼,朝她们撕咬而来。数不清的玩家,正与数不清的野狼战斗着。宛如大乱斗,场面混乱不堪。

四处躺着尸体,有的是玩家的,有的是小野狼的。

没有办法杀尽,那些野狼不知是从哪里蹦出来的,解决了一些,又会有更多的凭空出现。

风儿沙有些力不从心了。

"花鸣,我的血不剩多少了。"

风儿沙专攻武力值,她的武力值5800,比智力值要高出快2000点,可是面对这么多小野怪,她觉得吃不消了。电脑前,那双操控风儿沙的双手,早已经酸得发痛。

别说风儿沙了,就连花鸣6500点的武力值都无法应对。

就在此时,隧道里突然出现一道身影。

身披金甲,长发迎风狂舞,手中的大戟也被镀上了一层金。

武力值7500,智力值7000,情商值80。

是宙甲,DWorld排行榜第二的玩家!

风儿沙吃力地躲过一群野狼的攻击,鄙夷道:"他是掐准副本通道关闭的时间进来的吧。"

花鸣早在副本外,就发现了宙甲。

只不过,宙甲一直故意没进副本,而是算准了时间,在副本关闭前的最后一秒进来的。

他的如意算盘打得很精准，显然是想等万千玩家先为他解决一部分野怪，累得筋疲力尽之后，再来坐收渔翁之利。

宙甲进入副本后，手持长戟，每一横扫，都能除尽一整堆野怪。

这样高得可怕的武力值，就算站着给这些野狼撕咬，恐怕也得咬上大半天，才能把他给咬死。

他的速度很快，直接就为自己开辟了一条道路，朝着下一道关卡冲去。

"我们怎么办？"风儿沙问道。

面对成千上万密密麻麻的野狼，花鸣头疼了起来。

很快，她在狼群中，发现了一头始终没有攻击玩家，也没有遭受玩家攻击的白狼，那头白狼矗立在幽暗的角落里，两只眼睛闪烁着凶猛的光。它的附近，簇拥着许多格外凶猛的野狼，它们疯狂地攻击玩家，似乎容不得玩家靠近那头白狼。

"那头狼应该是狼群的首领。"花鸣暗道。

花鸣说着，身影在原地留下一道残影，猛地冲向角落里的白狼。不少排行靠前的玩家都发现了花鸣的举动，顿时，他们不再恋战，撇开狼群，一起冲了上去。

霎时间，白狼的嘴里爆发出一声咆哮，体形变得硕大无比。

花鸣的动作最迅速，她把手中的短刃，狠狠地插进了巨狼的背脊。巨狼嘶吼一声，正准备攻击花鸣时，风儿沙又迎面来了一套神乎其神的连招，把巨狼踢倒在了地上。

其他玩家冲上来，一人一道攻击，巨狼的血，洒了一地。

终归只是六级任务的小Boss，没有了无数野怪的纠缠，在这么多人的围攻下，它很快就被击败了。

花鸣的眼前，浮现出系统框：是否挟持狼群首领，喝退狼群？

花鸣毫不犹豫地点下按钮，顷刻间，无数狼群消失得无影无踪。

"花鸣，你太聪明了！"风儿沙夸奖道。

花鸣长舒了一口气，她坚信一个六级任务，不可能需要靠着蛮力，一直与杀不光除不尽的野狼搏斗。花鸣懊悔自己发现得太晚了，此刻，还留在副本里的玩家，只有两拨。

一拨是像宙甲那样比花鸣还要强上许多的几个玩家，他们依靠强大的武力，早早地给自己开辟了一条道路继续闯关；还有一拨便是与花鸣一起，任务血条已经少得可怜的这群人。

花鸣最终击败了白狼，白狼的身体爆开，那竟然是一颗可以增加生命值的药丸。活着的人都万分眼红，但碍于花鸣的强大，他们不敢上前抢夺。这样的药丸不能买卖，只能找材料，再靠大量的金币合成，无比珍稀。

然而，就在花鸣正准备将这颗药丸收进背包时，一道残影从花鸣身前掠过。

等花鸣反应过来，那颗药丸已经落入其他人手中了。

是早已经离开的宙甲，没想到他又中途折了回来。

"宙甲，你要不要脸，怪是花鸣打的，你凭什么抢？"风儿沙气得咬牙切齿。

宙甲像是听不到一样，径直把药丸收进了背包。

随后，他才笑道："怕大家连第一关都过不了，所以回来了。"

风儿沙直接戳穿了宙甲的谎言："恐怕你是故技重施，想等到大家在第二关鹬蚌相争，你再去渔翁得利吧？"

在宙甲来之前，排行榜比花鸣靠前的人，已经组起队，强开了一条继续通关的道路。宙甲姗姗来迟，非但没有着急，反而又折回来，恐怕是那群人正在下一关里厮杀。

然而，宙甲却丝毫不在意。

"宙甲，你的脸皮比你身上的金甲还厚，你要脸的话，就把东西还回来。"在这个时候，风儿沙的主人倒是不怎么怂。

她的血快要耗尽了，根本没有信心完成剩下的任务，哪怕在这与宙甲厮杀，结果也一样，不过是损失1点生命值。

"我凭实力抢的东西，为什么要还？"宙甲反问，得意道，"如果你们凭本事抢了我的奖励，我一个屁都不放。"

风儿沙破罐子破摔，正准备上前，花鸣将她拦下了。

"宙甲，这话可是你说的。"花鸣的声音低沉。

风儿沙再清楚不过，花鸣被彻底激怒了。

第九章 强盗
Chapter 09

冰原上，寒风依旧凛冽。

躺在冰寒雪域上的玩家尸体，全部被冻住了。晶莹剔透的冰水晶，被如刀子般锋利的风一吹，霎时间破碎，化作漫天晶亮的冰砾，混着突然飘落的雪花，洋洋洒洒，落在冰寒雪域的每一个角落。

身披金甲的宙甲，脸上灿烂无比，就是这么一个卑鄙无耻的玩家，却在DWorld里风生水起，被数不清的谄媚小人玩家所崇拜，他们给他起了一个专属的称号美其名曰"甲神"。

"对啊，你有本事抢甲神的东西吗？"

人群里，突然一道尖锐的声音响起。

那是一名战士装扮的人，ID"浅笑"。

浅笑是组队进副本的，除了他，他的队伍里还有四个人。浅笑一发话，其他人也都马上应和了起来。

风儿沙的主人很快在键盘上敲下一行字：走到哪儿都能见到宙甲的狗腿子。

花鸣不做理会，带着愤愤不平的风儿沙离开了。

然而，宙甲并不觉得花鸣是威胁。在他眼中，花鸣只不过是一个排行榜上第七的女玩家而已，就算有了排行二十的风儿沙帮忙，也绝对不可能是他的对手。在DWorld里，他有所畏惧的，除了八级任务里的Boss，也就只有一直稳居在排行榜第一的双木了。

"一个人民币玩家，有什么好骄傲的。"

如果风儿沙的这句嘲讽被宙甲听到，宙甲一定会大发雷霆。

不过，风儿沙说的是事实。

《DWorld》在运营半年后，开启了充值功能。通过充值，玩家可以获得大量的金币并购买专属的装备，武力值和智力值都可以迅速上升。不少没有耐心慢慢靠着做任务积累双值的玩家，都开始往游戏里充值。

《DWorld》曾经对充值情况进行了调查并公布：百分之八十的《DWorld》玩家都进行了充值。排行榜前十的玩家中，就只有双木和花鸣从未往《DWorld》中投入过一分钱。

就连风儿沙，也是充值玩家，只不过数额很小，和其他人相比，几乎可以忽略不计而已。

人民币玩家瞧不起普通玩家，普通玩家鄙视人民币玩家，这种现象，几乎存在于每一款游戏中，包括《DWorld》。

花茉莉的经济条件有限，一台电脑，一个鼠标和一个键盘，已经是她的最高配置，她又怎么可能成为人民币玩家。完全依靠自己的双手，花茉莉带着花鸣一步一步走到今天，花鸣摸爬滚打，终于进入DWorld排行榜，她深知一路走来的不易。

她心中最崇拜的，便是处于荣耀顶端的双木。

双木也不是人民币玩家，但是自从花鸣诞生以来，他就一直处在DWorld的最高处，还把各项属性值练到了满点。花鸣不敢想象，双木的主人究竟有着怎样一双神奇的手，才能支撑起双木在《DWorld》中行云流水般近乎无敌的驰骋。

相比之下，宙甲是花鸣打从心里看不上的。

宙甲本是名不见经传的普通玩家，但是在《DWorld》开通充值功能后，迅速崛起。他身上披着的金甲和手里那柄独特的长戟，都是充值后的产物。包括他高得恐怖的武力值和智力值，也全是人民币的功劳。

就是这样一个人，却有着无尽的优越感，四处欺负低级玩家。宙甲在DWorld里臭名昭著，只是碍于他强大的武力值，大家敢怒不敢言。再加上有数不清谄媚的玩家拥护，宙甲更是在游戏里迷失了自我，狂妄无比。

"他吃下的，我会让他全吐出来，连根骨头都不剩。"花鸣阴沉着脸回答道。

谈话间，她们已经来到了"冰霜野狼"的第二道关卡。

和第一道关卡比起来，这里显得幽静无比。没有野怪，也仿佛没有危险，就连风都停下了。

但是，地上却躺着许多尸体。

"花鸣，没有一只野怪，怎么有这么多玩家的尸体？"风儿沙惊得都要跳起来了。

如果此刻风儿沙自己能够控制自己，一定恨不得狠狠地抽她主人几巴掌。

花鸣环顾四周，果然，她很快就发现了一个NPC。

花鸣走到NPC前，点开了对话。

"我是残留在冰寒雪域的一缕残魂，只有击败了冰霜野狼，冰寒雪域的万千灵魂才能得以解救。"NPC说道。

"冰霜野狼在哪？"花鸣问。

"就在前面。"说着，NPC指着远处的一片偌大的空地。

然而，那里却空空荡荡的，什么也没有。

"冰霜野狼在它的栖息地，布下了强大的结界，只有供奉五个玩家灵魂，才能通过。"

花鸣和风儿沙都在一瞬间明白了过来，"冰霜野狼"的第二个关卡，的确没有野怪，因为这是一个玩家之间的猎杀场。在这里，他们必须杀死至少五个玩家，才能到副本的第三关。

在第一关，万千玩家就已经耗损得没剩多少了，第二关，更是直截了当地要剔除绝大部分玩家。

"五个人头，游戏开发者怎么想出的副本？"风儿沙吐槽道。

花鸣不是优柔寡断的人，但其他玩家与她无冤无仇，莫名其妙就开杀，不是花鸣的行事风格。花鸣想了想，突然带着风儿沙蹲在了一块冰石后头。

一阵又一阵厮杀后，花鸣总算等到了下手的目标。

浅笑带着他的四个组员，一边抱怨，一边朝着NPC走去。

"甲神太不仗义了，我们帮他说话，他还不带我们一起走。"

"就是，白白得罪花鸣了。"

然而，他们还未接触到NPC时，花鸣和风儿沙就从冰石后跳出来，拦住了他们的去路。

浅笑大惊："花鸣，风儿沙，你们想干什么？"

风儿沙摩拳擦掌，嘿嘿一笑："怎么，你们的甲神抛弃你们了？"

这群人的脸色很难看，他们五人当中，就属浅笑的排名最靠前，但却也只是七十多名。一群乌合之众，本会葬身第一道关卡，如若不是花鸣发现了端倪，解决了狼群的首领，他们早就死了。

然而，他们非但不感激花鸣，反而为了讨好宙甲而得罪她们。

有仇有冤，刚好又是一支五人队伍，对他们下手，简直再适合不过了。

"花鸣，我告诉你，不要乱来，甲神就在附近。"浅笑慌了。

花鸣冷冷地盯着浅笑："就算他在这里，也不会帮你。"

浅笑咽下一口唾沫："花鸣，我想我们之间有些误会，不如我们交个朋友，一起去杀冰霜野狼？我叫浅笑。"

"浅笑？我看你是欠削吧！"风儿沙说罢，不再废话，直接冲向了他们。

冰原上响起几声枪响和五道杀猪般的惨叫。

祭上五道灵魂，结界被打破。果然，原本空荡荡的冰原上，突然出现了数十道玩家的身影和一头面目狰狞、硕大无比的野狼。这头野狼，身体透明，冰雪为其肉，冰河为其血。

武力值7500，智力值3000，生命值999，这是冰霜野狼的属性值。

在《DWorld》里，玩家的武力值和智力值极限是8000，生命值满点100，任务模式下产生的任务血条，最多也是100点，但是副本Boss和一些NPC不受这个限制。

"天哪，一个六级副本的Boss武力值7500，生命值999？这是七级副本的配置吧？"风儿沙惊得眼球都要掉下来了。

纵使强悍的宙甲，武力值也不过7500。虽然宙甲和冰霜野狼武力值相当，但是血条相差近十倍，宙甲能抵抗一时，但时间一长，绝对不是冰霜野狼的对手。风儿沙说得不错，这情况在七级以下任务中，从未出现过。

终于强撑到最后一道关卡的玩家们，任务血条已经耗损得差不多了。他们面色铁青，联手对付着难缠的冰霜野狼。此刻，似乎没有人有心思去耍心机了，能不能杀死冰霜野狼都是个未知数，更别说争功了。

此刻，冰霜野狼的生命值还剩下200点。

几十名玩家合力，打斗许久，Boss还剩那么多血。

"我们现在上吗？"风儿沙问花鸣。

思考之间，又有几名玩家丧生。

"等等。"

花鸣注意到了角落里的宙甲，他正全神贯注地盯着场中的战斗，却没有要出手的意思。从进副本到现在，宙甲还没有受过伤。

"这个不要脸的东西，又准备等着天上掉馅饼！"风儿沙气得咬牙切齿。

花鸣冷静一笑："那我们就以其人之道，还治其人之身，当回女强盗。"

说完，趁着宙甲没有注意到她们，她们也退到了一处不起眼的角落里去。

很快，战斗接近尾声了。冰霜野狼强悍地撕碎了二十多名玩家的身体，此刻，仅剩排行榜前十的三名玩家在苦苦强撑着。

"无知的人类，擅闯禁地，今天我要把你们全都留在这里！"

冰霜野狼口吐人言。

獠牙锋利得可怕，它的嘴里吐出一道白光，霎时，那三名玩家的身体被冻住。接着是一只巨大的狼爪迎面扑来，终于，三名玩家的副本之旅，就此收尾。

此时，冰霜野狼的生命值还有不到50点。

宙甲在这个时候突然上前，手持金戟，割破了冰霜野狼的喉咙。

"无耻！"冰霜野狼骂道。

宙甲耸了耸肩："是我主人操纵我这么干的，又不是我。"

这段对话，坐在电脑前操纵风儿沙和宙甲的玩家并不知情。

花鸣暗笑："就连入戏这么深的Boss都忍不住骂起他了。"

宙甲的偷袭，成功损耗了冰霜野狼10点生命值。

宙甲计算得精明，他们武力值相当，能够比拼的，除了战斗技巧，剩下的便是看谁的血更厚了。而对于宙甲这个人民币玩家来说，毫无操作技巧可言，所以他一直等到其他人把冰霜野狼的血条消耗得如此之少，才敢出来耍威风。

"排行榜第二的玩家，竟然如此卑鄙！"冰霜野狼气得全身发抖。

它是刚刚被制造出来的一头Boss，还以为能躲过玩家们首次对他的集体围攻，却不料又跳出了一个宙甲。

宙甲不再多说，凭借着自己丝毫未损的任务血条，与奄奄一息的冰霜野狼厮杀在了一起。

饶是如此，宙甲身上的金甲还是被冰霜野狼咬得支离破碎。

怪只能怪这名玩家操作太差，这样的属性，这样的装备，如若放在花鸣身上，虚弱的冰霜野狼根本没有还手的余地。

来到这里后，风里又开始夹带起猛烈的攻击。

风儿沙已经快要支撑不住了。

宙甲怒吼一声，正准备对冰霜野狼发起最后一道攻击。

"是时候了。"花鸣低喝，双手握着双刃，突然出现在了冰霜野狼的正上方。

宙甲大惊，他以为花鸣早已经死了。

宙甲不敢大意，加快了脚步，朝着冰霜野狼冲去。

只是，早有防备的花鸣速度极快，在宙甲赶上来之前，花鸣将双刃，刺入了冰霜野狼的身体。

顷刻间，冰霜野狼的身体爆开，让人眼花缭乱的奖励，从天而落。

只是这一切，都与宙甲无关了。冰霜野狼被他人击杀，他的任务失败，血条瞬间消失无踪。

他的本体在回到海岛城之前，听见了花鸣嘲讽般对他说的那句话："我凭本事抢了你的奖励，希望你一个屁都不要放。"

这个白天，《DWorld》是热闹的。

全服公告：玩家花鸣、风儿沙首次击杀冰霜野狼，通过六级副本"冰霜野狼"。

现实世界里，正在网吧里的一个中年男人，狠狠地把键盘砸在了地上，他正是操作宙甲的玩家。

"花鸣，我和你势不两立！"

他的这声怒吼，迎来了众人怪异的目光。

首次击杀的奖励十分丰厚，除了巨额金币，还有不少顶级装备，就连补充生命值的药丸都有好几颗。

花鸣和风儿沙开心地分完了奖励。

金币全部给了风儿沙，风儿沙立刻合成了一些药品，提升了武力值和智力值，果然，她的排行又进了一名。

而花鸣也用药丸把她这些天因为没做生存任务而消耗的生命值给填满了。

终于，花鸣在现实世界里受的气，消了不少。

风儿沙的玩家下线后，风儿沙又恢复了往常帅气的模样。

她仰着头，看向海岛城的天空，突然担忧道："感觉要变天了。"

花鸣心里的不安也隐隐涌动着。

DWorld里突然出现了堪比七级的六级副本，这实在太怪异了。

花鸣和风儿沙首刷"冰霜野狼"的全服公告，并没有维持多久，很快，系统又开始在全服内发布另外一则公告：双木首次成功单刷八级副本"白骨妖姬"！

整个DWorld震惊了！

八级副本不能被单刷，这是所有人共同的认知。可是，在众人为了"冰霜野狼"打得你死我活时，双木悄然单刷了骷髅山脉里的一个八级副本。

传奇的双木，又在《DWorld》写下了一个新的传奇。

花鸣和风儿沙也被吓到了。

当年，她们组了很多人，一起进入过"白骨妖姬"，然而，五分钟之内，全军覆没。

究竟有多难，没有经历过的人，根本想象不到。纵使是宙甲，联合其他几个排行前十的玩家，也才能勉强通过这个副本而已。

可是，双木一个人做到了。

"不愧是双木大神。"花鸣突然想象起操控着双木的那双手来。

就在此时，花鸣意识到自己回DWorld已经很久了。

她立刻告别了风儿沙。

回到现实世界时，已是傍晚时分。

花鸣匆匆跑到和徐菲菲约定的地点。徐菲菲撑着伞，坐在草坪上，她怕花鸣找不到她，在这硬生生地等了两小时。徐菲菲满脸通红，热得汗流浃背。

"你去哪儿了！"徐菲菲再好的脾气，也要被花鸣磨光了。

花鸣连声道歉，徐菲菲把她拉到了没人的地方，这才掏出手机。

"你到底干了些什么！"

花鸣一看，愣了愣："大学里的消息，传得比游戏里还快。"

"不过，他真的回过头看你了？"徐菲菲知道生气也没用，此刻，她只想把当时发生的每一个细节问清楚。

"啊？"花鸣的头摇得像拨浪鼓，"光顾着生气了，没看他反应。"

"你生气？林缓才该生气吧，莫名其妙走在路上，被人拉着强吻！"

第十章 告白
Chapter 10

花鸣来校的第一天，是轰动的一天。

太阳马上要下山了，在黑夜降临前，徐菲菲带着花鸣，来到了花茉莉的宿舍。

门被打开的那瞬间，花鸣对上了一双满是怨恨的眼睛。

花鸣再熟悉不过了，这个人正是在课上一直找她麻烦的女生。

"你来干什么？"她恶狠狠地问道。

"赵佳。"花鸣的嘴里吐出了一个名字。

一旁的徐菲菲愣住了，在来宿舍的路上，徐菲菲终于把那沓厚厚的资料交给了花鸣。花鸣只是随手一翻，徐菲菲压根儿不指望她这么快就记住。

然而，徐菲菲太不了解花鸣了。

一串代码，最擅长精密的计算，同样可以用来存储信息。仅仅是一眼，资料上的信息就被花鸣储存在了大脑里。

赵佳微微一怔，面对这张精致的脸，她突然觉得特别不习惯。

她是花茉莉的舍友，三年来，打扫卫生的，全是花茉莉，被吩咐去打水的，也是花茉莉。从第一天入住这间女生宿舍时，朴素老实的花茉莉就成为最没有地位的那个人。

从前的花茉莉，总是会刻意躲避赵佳的眼神。哪像此刻的花鸣，她与赵佳四目相对，眼神里满是不屑，仿佛在宣告一场战争的胜利。花鸣也的确是这么想的，赵佳在教室里与花鸣交手，花鸣完胜。

等课后，赵佳冷静下来，她才觉得自己很没有出息，竟然会怕一个被自己欺负了三年的花茉莉。她简直无法理解当时自己心里为什么会有莫名的恐惧。她下定决心，再见到花茉莉时，一定要连本带利地讨回来，挽回她的面子。

可是，此刻这个人就站在她面前，她突然又有些不知所措了。

"这是我的宿舍，我不能回来？"花鸣牵起徐菲菲的手，轻轻推开挡在门口的赵佳，进了宿舍。

宿舍里的其他三个女生，此刻也不敢发话。

大家都觉得，花鸣的身上带着一股强大的气势，很吓人。

最诧异的，绝对是徐菲菲。

尽管学校论坛上已经传得如火如荼，可现在却是亲眼所见。

徐菲菲唏嘘不已，这三年来，花茉莉受了多少委屈，她再清楚不过。每一次，替花茉莉和别人吵架的，都是徐菲菲。赵佳也是她的死对头了，为了花茉莉，她不知和赵佳吵过多少次。

每一次都是热火朝天。

但是，徐菲菲不可能时时刻刻陪着花茉莉。

徐菲菲无数次地劝花茉莉不要那么软弱，可是花茉莉的性格就是那样，总是宁可自己受委屈，也想大事化小，小事化了。

这一次，徐菲菲还没有开口，花鸣就已经在气势上压过了赵佳，徐菲菲的心里无比解气。

花鸣不住校，徐菲菲是带着她来收拾花茉莉的东西的。

花茉莉的书桌十分整洁，书摞得整整齐齐，最显眼的是那台已经用了三年的笔记本电脑。

那是徐菲菲送给花茉莉的，徐菲菲还记得，花茉莉一开始不愿意收这么贵重的礼物，徐菲菲最后强塞给了她。结果，花茉莉整整打了一个暑假的零工，硬是买了一台一模一样的电脑回赠给徐菲菲。

想起以往的点点滴滴，徐菲菲又泪目了。

花鸣打开花茉莉的衣柜，翻了翻里面的衣服，略微有些嫌弃。这些衣服又旧又丑，和她在DWorld里穿的衣服，根本没法比。

她们把花茉莉的行李收拾好了，正准备离开宿舍时，桌上的那台笔记本电脑突然被摔在了地上。

赵佳得意地对花鸣挑了挑眉："不好意思，不小心撞倒了。"

屏幕摔碎了，徐菲菲气得浑身颤抖，正准备上前，花鸣把她给拉住了。

"这东西多少钱？"花鸣问。

徐菲菲告诉花鸣时，花鸣心疼无比，火气顿时涌了上来。在现实世界，花鸣是个彻头彻尾的穷人，因为赵佳，她损失了这么一大笔钱，如果是在DWorld里，花鸣早就开启PK模式，把她教训得满地找牙了。

见花鸣和徐菲菲生气，赵佳更加得意。

然而，让她目瞪口呆的是，下一秒，她桌上的笔记本电脑，也被狠狠摔在了地上。

花鸣拍了拍手，还踩上了两脚，这才笑道："不好意思，手滑了，脚也滑了。"

说罢，花鸣拖着所有行李，和徐菲菲一起离开了。

赵佳气得瑟瑟发抖，尖锐的声音响彻整栋宿舍楼，如果不是宿舍里的其他女生拉着，她早就冲着追上去了。

直到宿舍楼下，花鸣和徐菲菲还能听见赵佳的声音。

徐菲菲万分解气："我还以为你拉我，是怕了呢。"

花鸣冲徐菲菲眨了眨眼睛："我什么都不怕，以眼还眼，以牙还牙，是我的人生格言。"

天彻底黑了下来，花鸣可以不住校，但是徐菲菲却得留在学校里。她的爸爸盯得很紧，从昨天开始就找不到她，今天一定会冲到学校来，她没法送花鸣回家了。

花鸣记得路线，告别了徐菲菲，坐船回到了家。

用人见花鸣回来，收拾了一番就走了。

邱敏还坐在门口，直到花鸣回来，她才肯被搀扶着进房睡觉。

回到房间，花鸣又翻开花茉莉的日记本，盘算了起来。

她从徐菲菲口中得知了打工这件事，看着家里的钱越来越少，花鸣决定明天就去找一份工作。

在DWorld中，也有工作的说法。

所有玩家被分为公职和散职。

所谓公职，便是指接受系统的指派，固定地在DWorld中的公职场所工作的玩家。或者是海岛城医院里的医师，或者是海岛城守卫处的护卫，他们有非常固定的金币收入，系统强制的生存任务也会相对简单一些。但是DWorld中的公职非常少。

成为公职，需要接受系统的重重考验，能通过的人寥寥无几。

有些人十分羡慕公职玩家，但花鸣却不这么认为。

在花鸣眼中，成为公职毫无挑战性。他们所能接受的任务，大部分与系统指派给他们的职业有关，就像医师的任务库中，几乎全部是与医药相关的任务。

但是散职就不一样了。系统强制发布的生存任务，具有随机性，难度也因随机而变得更大。任务库中，他们所能主动接受的任务也五花八门。就好比这一次的"冰霜野狼"副本，很多智力型的公职，就无法参与。

《DWorld》是养成模拟游戏和打斗智力型网络游戏的结合升级，据说，DW团队设立公职和散职系统，便是为了照顾想把这款游戏单纯当成养成游戏娱乐的玩家。这些人通过考验成为公职后，活动范围仅仅被局限在海岛城里。

在海岛城里，他们造了自己的房子，组建了自己的家庭，每天定时工作，喂养宠物，给自己购买各种漂亮的衣服。这些玩家无比安逸地在海岛城里玩起了角色养成游戏。

DWorld玩家排行榜上，公职玩家少得可怜，仅有一人进入了前二十。

榜单，是散职者的天下。

接受任务即是打工，低等级时期的花鸣，也曾在海岛城里的杂货铺替人送过货，在汪洋的大海上当过修船工。

决定下来之后，花鸣又头疼起了林缓来。

林缓就在余宁大学里，随时可以接触，然而她却没有办法完成任务。

眼前的鸭子不能吃，这是此刻花鸣心中的感觉。

徐菲菲告诉她，现实世界中的恋爱，绝非像在DWorld里那样简单。

"一定要确立了恋爱关系，才能够接吻。想要确立恋爱关系，就得追求他，让他爱上我。"花鸣总算把任务顺序理清了。

但是，没有谈过恋爱的花鸣，对什么是爱、怎么爱，没有任何概念。

花鸣回忆起她和徐菲菲在白天时的对话。

"这种事，不能一蹴而就，更不能像你这样直接。现在，林缓对你的印象，一定非常差！"

"那我要怎么做？"

"你看杨欣，同样是告白，她就懂得先递情书。你是女孩儿，要委婉一些。"

"可是，她不也没成功吗？"

"……"

"我到底要怎么做？"

"没有哪个人不喜欢浪漫，追求林缓，你要诗意一点。"

花鸣想问得更多，但是为了赶船，她只能把心中的许多疑惑，暂时先吞进了肚子里。

花鸣躺在花茉莉的床上，翻来覆去睡不着。

"有诗意一点？"她自言自语道。

突然，她从床上蓦地起来，在桌上找了纸和笔。

隔天天未亮，花鸣就睡眼惺忪地起床了。

她学着徐菲菲教的那样，整理了妆容，穿上了徐菲菲早给她准备好的淡色长裙。

踏上第一班客船，花鸣终于在天刚刚亮时，来到了余宁大学。

校园里人影稀疏，花鸣辨别了方向，跑到了余宁大学的操场上。

有一些人正在操场上跑步。

昨夜，花鸣生疏地用花茉莉的电脑，上了余宁大学的论坛。

她把论坛翻了个遍，查到了不少关于林缓的信息。

论坛上说，每天天刚亮时，林缓都会在余宁大学的操场上晨跑。

花鸣四处张望，很快，她在操场上发现了那道修长的身影。

林缓穿着一身白色的运动装，呼吸平缓。

远处台阶上的另外一道身影，花鸣并未发现。

是杨欣。

这一年来，杨欣每天都会起个大早，远远地跟在林缓后头跑着步。被林缓拒绝后，她不敢再轻易接近林缓，但还是习惯性地一早来到了这儿。她安安静静地坐着，远远地望着操场上让她痴心的那个男人。

花鸣的出现，让她紧张地站了起来。

花鸣突然拦住了林缓。林缓的眉头皱起，没有停下脚步，绕过了她。

"林……"

花鸣连林缓的名字都还没叫出来。

她攥紧拳头，不断地在心里告诉自己不要生气。

她不能再有夸张的举动了，否则一定会像徐菲菲说的那样，让林缓对她的印象更差。

她也小跑着，跟在林缓的后头。

林缓似乎发现了，悄然加快了脚步。

花鸣在林缓的身后追着，终于，她找准机会，跨了几个长步，再一次拦住林缓。

"林缓同学，我是花茉莉，我……"

为了能让林缓听完她说的话，花鸣已经说得非常快了。可是依旧是同样的结果，林缓没有停下脚步。

花鸣一跺脚，又追了上去。

终于，花鸣第三次蹿到了林缓的面前。

"林缓同学我是花茉莉我喜欢你，我这儿有封信想要给你！"

花鸣的语速快得惊人，完全没有停顿，几乎连她自己都要听不清自己在讲些什么了。

深吸了一口气，她双手递上了那封粗糙的情书。

如果徐菲菲在这里，一定会惊得双目浑圆。她只是给花鸣举了杨欣表白的例子，没想到花鸣竟然真的学杨欣，也给林缓写了情书。

远处的杨欣紧张得手心出了汗。

她回想起昨天林缓回头的那一眼，突然担忧了起来。

终于，她长舒了一口气。

她害怕林缓会接过花鸣手中的情书，但是事实正好相反。

林缓继续朝前跑着，把双手递上情书的花鸣，晾在了后头。

花鸣已经快要爆发了，她深深地看了一眼林缓的背影。

他的确长得很好看，但是这样的人，花鸣一点儿也不喜欢。花鸣实在无法理解为什么那么多女生都会喜欢他。

其实，花鸣更在意的是她被忽略了。

强大的征服欲在花鸣心中悄然升起。

"无论如何，我也要拿下这只Boss！"

说罢，花鸣再度追了上去。

林缓眼角的余光，发现了紧随其后的花鸣。

这个女生，的确是这么久以来，他遇到过最难缠的一个。

"林缓同学，你不看的话，我就念给你听！"花鸣跟在林缓的身后，把手中的信展开了。

林缓突然停下了脚步，花鸣差点一个趔趄摔倒。

本以为林缓终于肯听她的表白了，没想到，林缓只是很不耐烦地从口袋里掏出了一副耳机，戴上后，又开始了长跑。

很多人都发现了花鸣和林缓。

"花茉莉怎么又来缠着林缓了？"

"气死了，林缓怎么不直接走？"

"只要不下雨，林缓每天都会跑上十圈，已经三年了，没有跑完，他是不会走的。"

花鸣木讷了一会儿，没有放弃，追了上去。

她怕林缓听不见，喊得更大声了："我要给你念一首诗，诗的题目叫《你》。"

徐菲菲说她的告白要诗意一点，花鸣立刻就想起了脑海中的一首诗。

那是在DWorld里流传的一首短诗，许多NPC都说，那是DW团队为宣传《DWorld》而写的。

花鸣很喜欢，一直记在脑子里。

"或许黑夜会吞没你，但白昼会照耀你！"

花鸣的声音颤抖，她的腿没有林缓的长，十分勉强地跟在他的身后，已经觉得很累了。

"疯狂的张扬的奔跑着的你！"花鸣大声念道。

几乎声嘶力竭，但花鸣也不确定林缓是否听到了。

"花茉莉太不要脸了，人家都不听，硬要给他念什么诗，土不土！"

然而，就在四周观望人群正嘲讽着的时候，林缓停住了。

他回过头，面无表情地盯着花鸣。

花鸣喘着气，仿佛看到了希望。

林缓竟然把耳机摘了下来。

或许黑夜会吞没你，

但白昼会照耀你。

疯狂的张扬的奔跑着的你，

晶莹的透明的释放着的你，

炙热的真实的存在着的你。

不要怕，

那都是你，

全新的你！

面带微笑，抑扬顿挫，花鸣终于把她最喜欢的这首诗念完了。

她期待地看着林缓，等着林缓的回应。

远处的杨欣，觉得心里空落落的。林缓似乎正在听花鸣倾诉心声，可是她却没有得到这个机会。

花鸣和林缓站得不远，她能清楚地看见林缓脸上的每一处动作细节。

睫毛很长，双眸清澈，那是一张完美无瑕的脸。

"你喜欢这首诗？"

林缓开口了，四周的人也都怔住了。虽然听不见林缓说了什么，但是看他的嘴形，显然说了好多个字。要知道，林缓惜字如金，在他们的印象中，林缓从未在别人表白的过程中予以回应过。

花鸣点了点头："这是我最喜欢的一首诗！林缓同学，我喜欢你！"

花鸣的模样，印在林缓的双眸里。

"我不喜欢笨的人。"

花鸣从未想过林缓的嘴里会蹦出这样一句话。

当花鸣反应过来时，林缓已经转身离去。心里的那团火，顿时涌上脑门儿。

花鸣想追，有人拦住了她。

一大早刷了论坛的徐菲菲，连头发都没梳就匆匆赶来，正看见花鸣怒火中烧的这幕。

"他骂我笨！我要弄死他！"花鸣张牙舞爪。

"你都上论坛直播了！你怎么都不和我商量，我的天哪！"

徐菲菲拖着花鸣，离开了众人的围观。

"他说你笨？"听花鸣细细说完之后，徐菲菲惊讶道。

花鸣点头："我觉得我马上就要成功了，可是他突然说我笨！"

"你太天真了,你还真想用一首诗征服林缓?"

"不是你说的嘛,要诗意一点。"

"你是不是傻!我看林缓说得没错,你就是笨!"徐菲菲狠狠地拍了拍花鸣的脑袋。

花鸣喃喃道:"我才不傻,智力值6500呢。"

但是,徐菲菲却提醒了花鸣。花鸣始终无法准确地把握徐菲菲话里的要领,还被林缓说成笨蛋,她开始怀疑,这是不是她那只有50点并且还存在Bug的情商值在作祟。

"不过,林缓为什么会听你念诗,还问你喜不喜欢?"

第十一章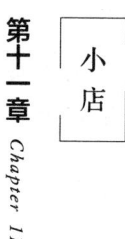

Chapter 11

两个星期悄然而过，夏末走了，初秋来了，余宁大学里的树木，褪去了绿得流油的色彩，穿上黄绿间杂的衣裳。天色微凉，花鸣在现实世界里，终于迎来了她的第一个秋天。

那口气，花鸣硬生生咽了下去。

花鸣念诗表白林缓的事，又一次在余宁大学里掀起骇浪，话题的热度整整持续了数天。但是，所有人都是健忘的，当花鸣不再有奇怪的举动后，关于花鸣和林缓的热议，渐渐平淡了下来。

这正是徐菲菲所希望的。

念诗告白风波后，花鸣和徐菲菲好好地商量了一番。花鸣意识到自己的情商值在她不适应的现实世界可能会不断惹祸之后，她不再头脑发热，而是万事小心，开始有组织、有计划地完成心愿。

花鸣把这看作是"无脑追求林缓"正式结束的历史性时刻。

从未谈过恋爱的花鸣，尽管朦朦胧胧，但她还是慢慢地理解了现实世界里人类之间的感情。

按照她和徐菲菲之间的计划，追求林缓成了一个长线任务，而林缓把"笨"字说出口后，他也正式在花鸣心中升级，从一头小Boss，成了一只比冰霜野狼还要难对付的大Boss。知己知彼，方能百战不殆。

于是，调查林缓的方方面面，成为这条长线任务前夕必不可少的准备工作。

这十几天，花鸣和徐菲菲把所有时间，都花在了对林缓的调查上。有徐菲菲这个八卦通的帮助，花鸣省了不少心。然而，林缓与人交往甚少，这么长时间下来，她们还是没有调查到真正有用的信息。

花鸣深刻地意识到，解决林缓，恐怕不是一朝一夕可以完成的。于是，她和徐菲菲组成的"花菲"小队，同时开始了完成花茉莉记录在日记本里的其他圆梦任务。花茉莉记录在日记本里的愿望，有的简单，有的困难。

最困难的有三条：寻找爸爸、让邱敏恢复健康、和林缓在一起并亲吻林缓。

而简单的则零零散散，诸如去出名到需要排上一天队才能吃到的小吃摊吃上一碗美味佳肴，抽空到余宁市最大的湖里划船。趁着这些天，花鸣和徐菲菲一起把这些琐碎得甚至称不上愿望的任务给完成了。

剩下的，便是被花鸣列为中等难度的任务。这类任务是最多的，例如在期末考里取得优异的成绩，不再受人欺负，拥有更多的朋友，等等。

这段时间，花鸣每天都会准时上课。尽管无聊，但是为了完成任务，花鸣硬是把课本上的所有内容，都储存在了大脑里。下课后，赵佳时常想找花鸣的麻烦，然而，花鸣却置之不理，每次总是下课铃一响，就以迅雷不及掩耳之势离开了。

只留下一脸茫然的赵佳，愣在原地。

赵佳的气，憋了整整两个星期，可是，她总是找不到机会发泄。

她不知道的是，花鸣根本没有把她放在眼里。比起和赵佳吵架，花鸣还有更重要的事要去做：找工作。

花鸣已经在余宁大学附近徘徊了好多天，可是她没有找到合适的工作。每天晚上九点前，她必须回到家里，接过用人的班，照顾邱敏。为了不再被莫名其妙扣除生命值，深夜，她还得回DWorld，趁着零点前，完成系统发布的生存任务。

而白天，她还有稀稀疏疏的课。

这样的时间条件，使她即使想打零工，轻易也不会有人愿意要她。

为了支撑邱敏的医药费和用人的工钱，就连徐菲菲都开始了省吃俭用的生活。对于只是学生的她们来说，需要开销的地方，简直犹如无底洞。花鸣走在人来人往的街道上，心烦意乱。

今天，她再找不到工作，她和邱敏明天就得喝西北风了。

无比迫切，不容耽搁。

此刻，她连一个可以商量的人都没有。

大四文学系突然组织了持续好几天的校外活动，这些天，徐菲菲都不在校。临走前，徐菲菲千叮万嘱。怕她们之间失去联系，徐菲菲又从家里偷偷给花鸣弄来了一个手机。

花鸣攥着手机，最终还是放弃了给徐菲菲打电话的念头。

她不能总依靠徐菲菲，她才是队长。更何况，远水救不了近火。

花鸣只能继续漫无目的地在人群里穿梭。初秋的余宁市，天气说变就变。先是清凉的细雨丝，而后不久，一道惊天巨响，盖过街道上的车水马龙，大雨滂沱，街道霎时间变得冷清。

花鸣没有雨伞，突如其来的暴雨，将她一身漂亮的衣裳淋湿。

她跑到一家小店外躲雨，屋檐上的雨滴，溅得噼里啪啦。

起风了，花鸣的身体微微发抖，她觉着有些冷。

她靠着墙，叹了口气："工作没找着，还被淋成落汤鸡了。"

花鸣转身的时候，略微有些木讷。她靠着的，哪里是墙，而是一面干净得宛如空气般的落地窗。落地窗里的角落，摆放着一张小木桌，而木桌后，正坐着一个男人。

不长不短的发丝，被随意地梳在额前，白得几乎没有血色的脸上，缀着一双并不算有神的眼眸。他的手里捧着一册旧书，书页泛着微黄。此刻，他的双眼微微眯着，正盯着落地窗外的花鸣，嘴角微微上扬，是在笑着。

脸色苍白，但却清秀，一点儿也不难看。他的笑，让花鸣有种很惬意的感觉。

花鸣和他对视了片刻，突然发现落地窗里没有开灯，唯一透过落地窗洒在木桌上不明不暗的光源，被她挡住了。

她挡住了男人看书的光。

花鸣意识到后，赶紧让到了一边。这一退，她险些跌倒。

男人在落地窗里站了起来，嘴里不知说着什么。

花鸣微微一愣，她看到了正贴在落地窗玻璃上的一张招聘启事。招聘启事上的字，是手写的。字体清秀俊逸，花鸣从未见过这么漂亮的字。她不自觉地把招聘启事撕了下来，轻轻对着男人挥了挥。

男人怔了怔，随后又露出温柔似水的笑，对着花鸣点了点头。

花鸣很激动，找到了门，进了这家小店。

店里的灯被打开了，灯光不算明亮，甚至有些昏黄。店不大，干干净净，除了那张吧台，剩下的便是靠墙贴着的桌子。屋里飘着一股花鸣从未闻过的香味，昏黄的灯下，精致的小店满是温馨。

男人放下手里的书，拿着一条干净的毛巾，笑着朝花鸣走来。

接过毛巾，花鸣道了谢，匆匆擦了擦头发。

"店里招员工吗？"花鸣迫不及待地问道。

"刚贴了招聘启事，你是第一个来应聘的。"男人回答道，"你先把头发擦干吧，别感冒了。"

"我能应聘吗？"花鸣双手合十，就差给他跪下了。

"这份工作对你很重要吗？"男人见花鸣这样着急，问道。

花鸣狠狠地点着头："很重要，再找不到工作，我和妈妈就要饿死了！"

男人被花鸣逗笑了，他以为花鸣是在开玩笑，却不知道其实她说的都是真的。

"工作很简单，既然你需要，就来吧。"

花鸣无比感激,还未道谢,男人就给花鸣找来了吹风机。闻着空气里的陌生香味,花鸣把头发和身体吹干了。

再见到男人时,男人又坐在了落地窗前。花鸣这才发现,小店的角落里,还立着偌大的书架,架子上摆满了书。

"过来坐吧。"男人笑着。

从进门到现在,花鸣发现这个脸色略显苍白的男人,一直都在微笑着。

花鸣坐下后,男人给她递了一个透明的玻璃杯,杯里一片纯白。从杯里散发出来的热气,飘进了花鸣的鼻子里。这香味,和小店里飘着的香味,一模一样。

"这是什么?"花鸣兴奋道。

男人微微一愣,不可思议地问道:"奶茶,你没喝过吗?"

花鸣摇了摇头,小心翼翼地问:"这是给我的吗,我可以喝吗?"

玻璃瓶里的香味,早让花鸣垂涎已久了。

男人又笑了,他身后的玻璃窗外,正飘着轨迹可寻的雨丝。花鸣觉得男人笑起来很好看,很温暖。

男人点了点头后,花鸣张嘴,轻轻抿了一口。

"这么好喝!"花鸣满脸幸福。

她发誓,这绝对是她诞生以来喝过最好的东西。

在DWorld里,花鸣从未见过奶茶,更别说喝过了。

男人觉得花鸣的反应很可爱,一杯奶茶,竟然会让她这样满足。

很快,一杯热腾腾的奶茶下了肚。

花鸣舔着嘴角:"谢谢你的招待。招聘启事上的字,是你写的吗?"

男人带着笑答道:"是。"

说着,男人拿过桌上的笔和一册小本子,在纸上写下两个工整漂亮的字:麦弋。

"这是我的名字。"

"我叫花……花茉莉。"花鸣在自我介绍时,差点将自己真正的名字说了出来。

就这样,花鸣与麦弋相识了,在一个美丽雨天下的温馨小店里。

交谈之下,花鸣才知道麦弋原本也是余宁大学的学生,只是比她大了几届。麦弋出身文学系,算起来,还是徐菲菲的直系学长。

"都不上学了,你还喜欢看书吗?"花鸣看着满架子的书问道。

这么久以来,花鸣总是强行把书里的信息储存在脑海里,枯燥无比,她感觉自己简直要吐了。

"我喜欢看书,没人的时候,我自己能翻翻,来了客人,客人也可以借阅。"麦弋笑道,"而且,我没毕业。"

花鸣一怔:"为什么?"

麦弋的表情未变："因为一些私事，大三的时候我就辍学了。"

花鸣本想追问麦弋为什么辍学，但还是止住了。她隐隐觉得似乎有些不礼貌。

"你是想问我为什么辍学？"麦弋却一点也不在意。

花鸣无法忍住内心强大的好奇心，点了点头。

"说来话长，以后有机会再告诉你吧。"说着，麦弋站了起来，看着外面丝毫没有变小的雨，"下这么大雨，店里也不会有客人，你可以明天再正式上班。"

花鸣也站了起来，满是干劲："放心，我会好好干的，不过，我要干些什么？"

麦弋更加奇怪了："你连你要干什么都不知道，就来应聘？"

花鸣吐了吐舌头，但她确实不知道。

麦弋哭笑不得："之前在这儿工作的人辞职了，店里需要一个给客人调奶茶的服务生。"

"你是说，奶茶是调出来的？可是我不会。"花鸣惊讶道。

她没想到，那么好喝的东西，竟然是靠双手调制出来的。

"慢慢来，我会教你。"麦弋不介意道。

"还有一些问题。"花鸣的脸突然红了起来，"我晚上九点得到家，所以八点就得下班，而且，白天有课，能固定过来的时间，只有傍晚五点后。"

纵使花鸣的脸皮再厚，都觉得不好意思了。除了白天课后偶尔能到店里帮忙，花鸣能固定上班的时间，只有从下午五点到八点，也就是三小时。这正是她这半个月以来找不到工作的原因。

来到这儿后，麦弋给她递毛巾，给她吹风机，还给她喝了奶茶。听说她需要这份工作，麦弋便直接决定用她了，花鸣觉得麦弋很善良。

原以为麦弋会改变决定，但是他却点了点头："没问题，店小，来的人不会很多，一般没有急客，大家都愿意等。你不在的时候，我一个人可以应付得来。而且，这家店中午之后才开门。"

花鸣觉得奇怪，来现实世界这么久后，她发现几乎每家店都是早开晚闭。

"为什么？"

"这本来是一家早餐店，后来我早上起不来，早餐店就黄了，改成奶茶店了。"

麦弋的回答，着实把花鸣给逗笑了。

笑过后，花鸣又有些不好意思了。

"我还有最后一个请求。"花鸣喃喃道。

"说吧。"麦弋挂着笑。

"能不能预支我几天的工钱？"说完，花鸣低下了头。

她听见麦弋的脚步声正离她远去。

花鸣叹了一口气："怎么，我的要求太过分了吗？"

"拿去吧，这是第一个月的工钱。"

花鸣猛地抬起头，只见麦弋递给她一个信封。

花鸣木然，接过了信封。

"你不怕我拿钱跑了？"

"你不会。"

"为什么？"

"感觉。"

撑着麦弋送她的黑伞，花鸣走在雨里，她细细回忆着麦弋的笑和说的每一句话。走了很远，她回头再看那间奶茶小店，才终于知道店名：香屋。

"怎么会有这么好的人！"

一直到了家里，花鸣还不断地夸奖着麦弋。花鸣拿着麦弋预支给她的工钱，总算给邱敏带回了一顿丰盛的晚餐。

邱敏依旧痴痴呆呆，仍然没有好转的迹象。但花鸣觉得从今天开始，一切都不算什么，她总会完成任务的。

麦弋简直是花鸣任务线上的恩人。这一天的经历，让花鸣高兴得都要飞了起来。

然而，也正是被喜悦冲昏了头脑，麻烦接踵而至。

当花鸣回到DWorld，正准备从任务库里挑选一个任务，赚点金币时，她的手抖了。

原本是要刷一个她一人就能通过的六级武力型副本，可不知怎么的，她竟然不小心点到了那个六级任务下一行的任务。

当花鸣反应过来，任务框已经浮现了出来：八级副本——"白骨妖姬"，建议五人组队。

花鸣蒙了，大脑里一片空白。

"白骨妖姬"正是半月前，双木大神单刷的那个高难度八级副本。

花鸣手忙脚乱，想在任务框里找到"放弃任务"这个按钮。可是，七级以上的任务，竟然只能接受，不能放弃。

花鸣想死的心都有了。

"什么？你要去骷髅山脉，挑战白骨妖姬？"当风儿沙被花鸣传唤来时，惊得下巴都要落在了地上。

风儿沙的玩家没有上线，此刻与花鸣交谈的，是拥有自由意志的风儿沙。

"怎么办？"花鸣欲哭无泪。

"花鸣，我真佩服你主人的勇气！"风儿沙对着花鸣竖起了大拇指。

"她点错了。"花鸣只能硬着头皮对着完全不知情的风儿沙撒谎道。

风儿沙此刻虽是自由意志状态，能自主地做一些任务。但是，她们的自由权限却太小了，没有办法在不受玩家操控的状态下，进入如此高级的副本。因此，这一次，风儿沙没法成为花鸣的帮手。

　　风儿沙虽然心有担忧，但是也无可奈何。

　　"不必担心，最多不就被扣2点生命值吗？"风儿沙安慰道。

　　八级以下的任务，若是任务失败了，玩家会被扣1点生命值，但八级任务，却会被扣上2点。

　　花鸣的脑海中，又浮现出当年花茉莉初生牛犊不怕虎时，与众人组队进骷髅山脉，结果五分钟不到就被团灭的恐怖场景。她不由得打了一个哆嗦，在DWorld里，花鸣天不怕地不怕，唯独八级任务，是她心里的一道坎。

　　花鸣近乎绝望了，接受任务后，玩家必须在五分钟内开始任务，否则将被强制召唤进副本。

　　果然，花鸣的身体化作一道如闪电般的光，越过海岛城上空，穿过无尽的海域，最后落在了一片阴森至极，白骨满地的山脉里。

　　阴冷的风，让花鸣的心凉了一大截。

　　就在她手足无措时，远处的一道身影，映入她的眼帘。

　　"双木……大神？"

第十二章　躺赢

Chapter 12

乌黑的发丝一缕一缕，迎风舞着，却不张扬。

冷漠得没有情感的脸庞，剑眉如锋，目光似刀，一身长衣暗得漆黑。

他的身上泛着黑色的光，如烟如雾，仿佛是从地狱里走来的人。

这是花鸣混迹DWorld以来，第一次遇见双木。如若不是他的ID暴露了他的身份，花鸣绝对无法想象自己无限崇拜的双木，就站在眼前。花鸣早该想到，整个DWorld，最有可能遇见双木的地方，便是这埋骨之地。

骷髅山脉，DWorld中如同噩梦一般的存在。

纵使排行榜上靠前的玩家结队，也不敢轻易来到骷髅山脉。比起很可能让他们集体丧生的骷髅山脉，他们更愿意选择暗黑森林里的七级任务。这个世界里，也只有双木敢单枪匹马来到这里而没有丝毫恐惧。

双木身上散发出来的强大气势，几乎要掩盖过骷髅山脉里飘荡着的阴森的迷雾。花鸣甚至产生了一种错觉，在白骨皑皑的山脉里，让她感到更恐怖的，并不是山脉深处传来的阵阵兽鸣，而是这个宛如地狱使者的男人。

当花鸣踏上骷髅山脉的第一步时，双木就已经发现了她。

双木冰霜般的脸上，不由得闪过一丝诧异。

这么久了，除了偶尔有排行榜上前五的几个人结队来这儿徘徊于山脉外围，他已经很久没有在这儿见过其他人了。而且，竟然还是一个仅仅排名第七的女玩家。或许，花鸣的排行已让无数玩家羡慕，但是对处于荣耀顶端的这些人来说，她并不算什么。

武力值8000，智力值8000，情商值100，所有属性，均已经达到了巅峰。望着这样一个神一般的男人，花鸣有些痴了，甚至忘记了自己的任务。

"即使不做任务，他也在这儿吗？"花鸣呢喃道。

此刻，双木的玩家状态显示离线。

花鸣突然有些紧张，见双木朝她看了过来，她手足无措。

要过去和他打招呼吗？不打招呼，似乎对双木大神太不尊重了。

花鸣犹豫了许久，还是慢慢地走向了双木。

"双木大神，我叫花鸣……"

然而，双木却没有任何回应。

花鸣有些尴尬，只得对他点了点头："你好。"

说完，花鸣就朝着山脉深处跑去。

花鸣后悔死了，换作是其他人，花鸣早就因为被忽视而气得直跺脚了。但是在双木大神的面前，花鸣却没了脾气。她只觉得自己傻乎乎地跑过来向他打招呼的行为，一定已经被当作了搭讪。

"你要进山脉？"

突然，沙哑的声音在花鸣的耳边响起。

花鸣停下脚步，错愕地指了指自己："你是在和我说话？"

"这里有别人吗？"双木的脸上，依旧捕捉不到一丝表情。

花鸣点了点头："我要进'白骨妖姬'。"

"回去吧，你过不了。"双木直接说道。

"我知道，但是，我的主人接受了任务。"花鸣的脸上火辣辣的。

此刻，花鸣觉得双木一定会把她当成自不量力的傻子。

果然，双木的嘴角微微扬起一抹戏谑的弧度。这是花鸣第一次在双木的脸上看到可以辨清的神情。

花鸣叹了一口气，她承认，当她第一眼看到双木时，她的心里是抱着一丝期待的。她本想请求双木带她进入"白骨妖姬"，但是，等她冷静下来，她果断放弃了这个念头。

双木的玩家没有上线，就算双木愿意，他也没有权限带她进入八级副本。更何况，在彻底发现双木如冰山般的性格后，花鸣更是连想都不想了。

任务已经无法放弃，花鸣最后看了一眼双木，准备进幽森的山脉送死。

就在此时，双木的身体突然发亮，是双木的玩家上线了。

山脉里爆发出一道惊天动地的咆哮，花鸣打了一个激灵。

花鸣一咬牙，问道："双木大神，你能带我过'白骨妖姬'吗？"

与其直接进去送死，花鸣宁可再试一次，哪怕再度被忽视。花鸣心存侥幸，或许操纵着双木的玩家，不像双木这么难以接近呢？

但是，花鸣却失望了。

当花鸣的这句话，出现在她与双木玩家之间的对话框后，她迟迟没有得到回应。一分钟就这样过去了，花鸣无比尴尬地站在原地，恰似一根木桩。

"算了，双木大神怎么会浪费时间，带我过一个他已经能单刷的副本呢。"花鸣在心里这样想着。

安静的屋子里，电脑的屏幕闪着淡淡的白光。一双手，突然在键盘上敲下了一个字。

"走。"

花鸣简直不敢相信自己的耳朵，双木显然也有错愕。双木对电脑外操纵着他的那个人无比了解，他没想到，那个人竟然愿意理会一个普通女玩家的请求。

花鸣还以为自己听错了，直到她接到了双木的组队请求。

花鸣颤抖着双手，点下了"同意"。

花鸣在心里感激得痛哭流涕，她觉得操纵着双木的玩家，是一个彻头彻尾的大好人。

双木的动作很快，组了队后，他的身影直接消失在了骷髅山脉的外缘。花鸣朝着恐怖至极的丛林里扫了一眼，迅速跟上了脚步。有双木带队，花鸣的心底，彻底没有了担忧。

进了山脉后，双木和花鸣立刻找到了"白骨妖姬"入口处的NPC，那是一名看上去慈祥的老者。

"你又来了？是要来刷新时间纪录？"老者笑道，"就不能给白骨妖姬一点面子吗，她还没从被你单刷的阴影里走出来。"

双木面无表情，没有回答。

发现了花鸣之后，老者变得惊讶。

"你们组队来的?"老者问。

花鸣点了点头。

老者一副不可思议的表情："这么久了，我还是第一次看见双木和别人组队。"

花鸣怔了怔，的确，传闻中，双木从不与人组队。她的心底莫名地有几分喜悦，双木竟然为了她，破了这个惯例。

"好了，进去吧，记得善待白骨妖姬，别让她输得太难看了。"老者笑着，身影慢慢消失了。

双木的玩家自然听不到也看不到这幕的交谈。花鸣突然觉得，有双木在的地方，不管是NPC，还是副本里的Boss，都没有了印象中的严肃和可怕，反而竟有些可爱。

传送门后，便是骷髅山脉里的第一个八级副本——"白骨妖姬"。

花鸣看过副本介绍，这个地图只有两道关卡。第一道关卡，由成百上千只白骨小怪组成，每只白骨小怪的武力值2000，生命值99。第二道关卡由副本大Boss白骨妖姬把守，白骨妖姬的武力值7600，智力值5000，生命值1200。

虽然只有两道关卡，但若有人以为这个副本简单，那就大错特错了。曾经，年少无知的花茉莉与众人组队来这儿闯关，吃了大亏。

一路上，花鸣一直在尝试与双木的玩家交谈，可是，她却一句回应也没有得到。直到他们终于来到了"白骨妖姬"的第一道关卡。

"双木大神，我要做些什么？"花鸣问道。

"站着。"

"站着？"花鸣疑惑道，"我什么都不用做吗？我可以帮忙的！"

双木的玩家同意带花鸣刷副本，花鸣还以为他的性格一定不像双木这样冰冷。可是，当她得到对话框里的回答时，她知道，她错了。

"碍事。"

如果不是经过再三确认，花鸣还以为这是双木的本体对她说的。

花鸣闭上了嘴，她突然觉得，操纵着双木的那个人，似乎比双木还要难接近。

没有多余的时间思考，一阵阴风之后，远处的地平线上，突然冒出了一个白色的骷髅头，紧接着是第二个、第三个……一瞬间，数不清的骷髅小怪，出现在他们面前。

它们的速度极快，成群结队从四面八方涌了过来。

花鸣几乎要看不清它们的身影了。

这才是第一道关卡的难度所在。虽然每只骷髅小怪的武力值根本比不上花鸣，但是数量却很多。更可怕的是，它们的速度快得连花鸣都要追不上了。

花鸣慌张了起来，从背包仓库里，取出了她的双刃。

只是，她还没来得及动手，就只见一道黑色的残影冲向了白骨大军。

双木动手了，他的手中出现了一柄怪异的武器，初看是一杆红缨长枪，但细看却又像一柄大戟。等花鸣看清，才知道，双木手中的武器，竟然瞬息万变，会主动地跟随战斗情况变换最适合的形态。

双木的速度太快了，很快，他的身影就从花鸣眼中消失。

花鸣只看见一只又一只白骨小怪伴随着惨叫化作灰烬。

如果说当初"冰霜野狼"的第一道关卡，还可以取巧找出野狼首领，喝退狼群，那么这个副本的第一道关卡，毫无捷径可走。想通过这道关卡，必须将所有白骨小怪全部铲除。

花鸣不敢相信这是可以靠一个人的双手就能完成的。

强大的双木，顿时引爆了所有野怪的愤怒值。

白骨小怪咆哮着，它们全被双木吸引，朝着只能看清残影的双木聚拢而去。

这是典型的聚怪手法，适用群攻副本之中。

双木的聚怪手法，已经炉火纯青。短短半分钟内，所有的白骨小怪，全被聚在了一起。双木飞身而起，手中的武器，此刻又化作无数道红色的火焰，冲天而下。

所有的白骨小怪，都被烧成了灰烬。

花鸣愣愣地站着，她竟然什么都没做，就通过了第一道关卡。

双木从天而降，毫不费力地收起了武器，径直朝前走去。

花鸣跟在身后，自言自语道："这就是传说中的躺赢吗？"

"白骨妖姬"的副本比其他副本来得直接得多。花鸣默默跟在双木后面没多久，大Boss白骨妖姬就突然出现了。

"无知的人类，来到这埋骨之地，还妄想全身而退。与其反抗，倒不如成为我嘴下的美餐！"

白骨妖姬的声音，在整个骷髅山脉里回响。

然而，白骨妖姬的脸上却满是恐惧。在说出系统强制要求说给玩家听的独白后，白骨妖姬简直要哭出来了。

"双木，你的主人不是已经单刷过了这个副本吗，为什么还来？"

白骨妖姬长得无比美丽，浓妆艳抹。

花鸣一听，扑哧一声笑了出来。

白骨妖姬这才发现花鸣，她更是怒不可遏："你还带了其他人来看我丢脸？"

花鸣真觉得白骨妖姬太可爱了，要不是她身上散发的强大气势，花鸣根本不会把她当成一只八级副本里的大Boss。

双木没有回答，受操控之下，武器又出现在手中，狠狠划破了白骨妖姬的皮囊。

"竟敢损我美丽的皮囊，我要把你们都留在这里！"

受系统操控，白骨妖姬的嘴里爆发出一阵怒吼。她深知这一战不可避免，立刻进入了战斗状态。一改艳丽的外貌，白骨妖姬化作一团白骨，身体放大数倍。花鸣取出了双刃，准备和双木并肩作战。

可是，双木却抢先出手。

双木敏捷地跳动着，一道又一道攻击打在白骨妖姬的身上，白骨妖姬根本没有还手的余地。

若不是白骨妖姬拥有1200点生命，双木或许可以将她秒杀。

一只在花鸣心中强大无比的Boss，在双木面前，竟然毫无招架之力，这已然打破了花鸣的认知。

"太厉害了。"花鸣无比错愕。

一双手正在键盘上迅速地敲击着，这样的手速，即使是职业游戏玩家，也根本无法比拟。就是这样一双手，此刻正操纵着双木与白骨妖姬的战斗。

神级连击!

从双木发起第一道攻击开始,他的攻击就没有被打断过。花茉莉已经是玩游戏的一把好手了,可是这么长时间的连击,花茉莉绝对做不到。

花鸣被震撼了,她终于明白双木为什么会一直处于DWorld的顶端,无人能与之匹敌了。

全服公告:双木、花鸣刷新八级副本"白骨妖姬"通关时间,用时10分32秒。

白骨妖姬的身体爆开,在她消失的最后一秒,一道只有花鸣和双木才能听见的声音响起:"双木,求你下次不要再来我这儿了!"

听着系统公告的声音,花鸣激动得都要跳起来了。

"双木大神,谢谢你!奖励我都不要,都是你的功劳!"花鸣跳到了双木面前。

但是,双木却一句话也没有回答,留下满地的奖励,直接消失了。

花鸣把双木的脸庞,全部记在了脑海里。

不知为什么,花鸣的心中升起一股异样的感觉。

她觉得双木的脸,并不算陌生。

花鸣在双木的带领下,躺着通过了副本,新纪录上,她竟也占了一席之地。然而,双木把所有奖励都留给了花鸣。

花鸣清算过奖励之后,带着满心的喜悦,第一时间回到了海岛城。

这一笔奖励,直接让花鸣的武力值和智力值从6500升到了6600。距离排行榜第六名,只差50点的属性值了。

海岛城早已热闹炸了。

"竟然用了10分钟就通过了'白骨妖姬',比上次还快!"

"双木竟然和花鸣组队了!"

"双木和花鸣是什么关系,双木大神为什么会带花鸣?"

世界频道已经被刷屏,风儿沙也在第一时间找上了花鸣。

"说,你什么时候勾搭上双木大神的?"风儿沙逼问。

花鸣低下了头,有些紧张:"我没有,是在骷髅山脉遇见的。"

"第一次见面他就带你打那么难的副本?"风儿沙不敢相信,当她看清花鸣的表情,更是错愕道:"你害羞了?"

花鸣紧张得都要结巴了:"我没有。"

风儿沙酷酷地扬起了嘴角:"看来,我们的花鸣,终于要谈恋爱了。"

被风儿沙这么一说,花鸣的头低得都要埋进胸口了。

"如果你的主人让你和双木结成恋爱关系,倒也不错,以后,我们过什么任务都不怕了。"

往常酷得如同男子般的风儿沙,此刻竟然也八卦了起来,花鸣在风儿沙身上,隐隐约约看到了徐菲菲的影子。

招架不住追问，花鸣跑开了。

她在任务记录里，找到了双木的ID。

双木的玩家还显示在线，忐忑了许久，花鸣还是点开双木的资料，按下了"加为好友"。

可是，一直眼巴巴地等到双木离线，这条好友请求，也没有被通过。

第十三章 代码
Chapter 13

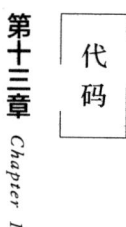

"你找到工作了？香屋？麦弋的那个香屋？"

徐菲菲终于回来了。

这些天，徐菲菲心不在焉地参加着文学系组织的校外活动，时刻关注着校园论坛。她生怕花鸣再闹出什么大动静，幸好，余宁大学论坛上关于花鸣的讨论，仅剩下半个月前还未完全消散的余波。

如今，林缓和校花杨欣又重新霸占了校园头条。

"你知道麦弋？"花鸣见徐菲菲一脸诧异，问道。

徐菲菲点了点头："我们刚上余宁大学的那年，麦弋正好从学校辍学。据说，他以前是余宁大学文学系出了名的小才子。"

徐菲菲简直就是一个信息罐子，没有她不知道的事。

一大早，花鸣就从徐菲菲口中得知了不少关于麦弋的传闻。

曾经，麦弋是余宁大学文学系的学生，成绩优异，优雅温柔，平易近人。所有人都以为麦弋会以最优异的成绩从余宁大学毕业，但就在麦弋完成大三的学业后，他突然从余宁大学退学了。

没有人知道为什么，时间一长，也不会有人再在意。

毕竟不像林缓那样具有话题性，麦弋很快就被人淡忘了，只有像徐菲菲这样的资深校园论坛会员，才能翻出早已经尘封多年的旧帖子。

麦弋辍学后，消失了整整两年。

直到一年前，麦弋的身影突然出现在余宁大学里。时过境迁，认得出麦弋的，寥寥无几，只剩还在余宁大学留校的学长学姐们。

麦弋在余宁大学开了一家奶茶店，生意并不热闹，但也不算冷清。

麦弋偶尔也会回到余宁大学听课，徐菲菲曾在文学系的课上见过他几次。

窗外的雨还在淅淅沥沥下着，花鸣完完全全沉溺在昨天的经历里。

在麦弋的香屋里，找到了工作，在DWorld里，遇到了传奇的双木。这对花鸣而言，是神奇的一天，唯一遗憾的，便是双木大神没有通过她的好友请求。

想起风儿沙的调侃，花鸣的脸忽地变得滚烫。

花鸣没有谈过恋爱，但真的要恋爱的话，花鸣还真希望是和双木那样的传奇人物。

"可惜，双木大神太高冷了。"花鸣自言自语轻声道。

想到这儿，花鸣狠狠地敲了自己的脑袋："我都在想些什么。"

"花茉莉同学？花茉莉同学？"

反应过来，花鸣才猛地站了起来。

又是一节高数课，于海正站在讲台上。

于海叫了许多遍花茉莉的名字，但是花鸣却一直望着窗外，入了神。

"我还以为你不叫花茉莉。"于海面露微笑。

赵佳坐在教室的角落里，幸灾乐祸地盯着花鸣。

"上来拿你的试卷吧。"于海说道。

上节课，于海突然抱着整整一摞试卷进教室，搞了一场突袭。

花鸣赶紧上前，接过了于海递来的卷子。

于海的上课方式让整个班的同学都感到头疼。突然宣布考试也就算了，在分试卷时，他竟然还要把大家考的分数念出来。

大家一脸期待，正准备看花鸣出丑。

然而，绝大部分人失望了。

"这次我们班唯一一位获得满分的，是花茉莉同学。"于海说道。

所有人哑然，过了很久，教室里才爆发出热烈的讨论声。

"不可能，老师，她一定是作弊了！"赵佳拍桌而起。

就在于海宣布花鸣的考试成绩之前，赵佳刚拿到自己的试卷。高数本就是赵佳的短板，刚及格的分数被公布在这么多人面前，她觉得有些下不了台。而她的死对头，竟然拿了满分，这是她绝对无法接受的。

于海一怔，严肃道："赵佳同学，你为什么说花茉莉同学作弊？"

赵佳狠狠地瞪了花鸣一眼，随后得意道："从大一开始，花茉莉的学习成绩就垫底，她拿个及格分都吃力，更别说满分了。"

其实，当花鸣第一次迅速解决了于海出的难题后，于海就一直没有从震惊中走出来。他回去认真地翻了翻花茉莉这三年来的考试成绩，更是不敢相信了。这么多节课下来，于海都没有想通，他更愿意把那当成是一个巧合。

但是，于海说服不了自己。

当初，花鸣可是工工整整给出了解题思路的。

于是，为了确认，他专门为花鸣筹备了一场随堂测验，甚至还在试卷里塞入了一道极其复杂的难题。不曾料到，花鸣答对了所有题目，成功拿下了满分。

于海不动声色，看向花鸣："花茉莉同学，你怎么解释？"

花鸣不慌不忙，直视赵佳："既然你说我作弊，拿出证据？"

"那你能拿出你没有作弊的证据吗？"

赵佳的说法，得到了很多人的迎合，赵佳更加得意了。

花鸣的脑袋里嗡嗡作响，无数道如同电流般的声音在她脑袋里穿梭着。这么多天来，花鸣时不时就会听见这样奇怪的声音。

"花茉莉考试作弊！"

"特大新闻，花茉莉考试作弊被当场抓获！"

花鸣终于听清了，那是无数段零零散散的小代码在说话！

花鸣放眼看去，不少人已经掏出了手机，正准备在校园网络里，发布无端的指责。

花鸣第一次在现实世界里，看到这样神奇的一幕。

每一个人的手机上，都跳动着一个又一个俏皮的代码，像是黑夜里飞舞着的萤火虫，稀稀散散，交织穿行。

花鸣尝试着在脑海里和那些代码交谈。

"小可爱们，帮帮姐姐。"

被花鸣称作小可爱的代码，突然跳跃得更加欢快了，它们从手机屏幕里跳了出来，围着花鸣跳起参差不齐的舞来。这一幕，仅有花鸣能看见。它们簇拥着花鸣，可爱的代码们，让花鸣觉得无比亲切。

教室里的灯上，吊顶的旧风扇上，都看不见与她同出一源的代码，唯有大家偷偷藏在课桌抽屉里的手机，和于海讲台上的那台电脑，才有数不清的代码符号在跳着舞。

有程序的地方，就会有代码。

花鸣很快就明白了过来。

"怎么回事，手机没信号了。"

"我的手机也死机了。"

幸灾乐祸的所有人，尚未把消息发到论坛上，就突然见鬼般地发现自己的手机出了问题。

花鸣冲着那些可爱的代码们感激一笑，这才目视赵佳："仅仅因为你的怀疑，我就要自证清白？"

"有我们的怀疑就够了!"赵佳的心里突然有些慌,但还是义正词严道。

花鸣耸了耸肩:"那我怀疑你是个男的。"

赵佳一怔,还未回答,教室里的另一个角落,突然有人站了起来:"不如你证明一下你不是男的?"

这道身影,顿时吸引了所有人的目光。

这是一张比其他人更显稚嫩的脸,在此之前,花鸣并未注意到她。因为,徐菲菲给的资料上,并没有这个人。

她是大一数学系的学生秦璐,只要本年级没课,她就会到高年级来听课。自从在于海的课上见过花鸣解题和怒怼赵佳之后,她就每一节课不落地坐到这来。她觉得花鸣实在是太帅了,她也想成为像花鸣这样的人。

秦璐盯着赵佳的胸口,突然坏笑道:"你要怎么向所有人证明你不是男的呢?"

赵佳脸色一红,下意识地捂住了胸口:"我为什么要证明我是女的?"

"那花茉莉姐姐为什么要证明她没有作弊?"秦璐反问道。

赵佳气得脸都黑了,她咬牙切齿:"秦璐,你会后悔的!"

秦璐听说过关于赵佳的传闻,她知道,这个人不好惹。她是为了花鸣才鼓足勇气站起来的。被赵佳这样一威胁,秦璐又有些紧张了,但当她看见花鸣正对着她友好地笑时,心里又有了勇气。

"花茉莉姐姐没有作弊。"说着,她竟然从桌下掏出了一个DV(数码摄像机)。

在DV上捣鼓了一会儿,秦璐抱着它,上台递给了于海。

那是上一节课花鸣参加考试时的画面,秦璐竟然把DV对准了花鸣,把她整场考试的画面给记录了下来。录像里的花鸣,十分迅速,几乎没有任何迟疑地做完了所有考题。

"赵佳同学,你还有异议吗?"于海把DV递给了赵佳。

赵佳看过后,也是满脸不可思议。

曾经成绩垫底的花茉莉,怎么现在变得这么厉害了。赵佳完全想不通,她的脸上一阵红一阵青,这段录像,狠狠地打了她的脸。

下课铃响了,于海像是捡到宝一样,对着花鸣笑道:"花茉莉同学,今天最后一节课后,你来办公室找我。"

花鸣指着自己:"我?"

于海点了点头,离开了教室。

赵佳气得咬牙切齿,一步一步逼向秦璐。但是,花鸣却直接把赵佳推开,牵着秦璐的手,也离开了教室。

"茉莉姐,我太喜欢你了!"秦璐瞬间就和花鸣熟悉了起来。

花鸣这才有机会仔细观察秦璐。

秦璐戴着眼镜，不算漂亮，但却长得清秀。

"喜欢我？"花鸣哭笑不得，"你为什么要录我？"

秦璐猛地点头："你太勇敢，太厉害了，我崇拜你，我能和你做朋友吗？"

花鸣觉得秦璐很单纯，很可爱，又为了她挺身而出，便欣喜地答应了下来。

这把秦璐激动坏了。

唯一让花鸣不适应的是，从此，只要是有秦璐跟着的地方，都会有一台DV如影随形。秦璐是疯狂的摄像爱好者，花鸣成为秦璐最感兴趣的拍摄对象。

中午，花鸣来到了香屋。

雨停了，香屋里有几个客人。刚进门，花鸣就看见麦弋戴着围兜，站在吧台前。

"你不是下午五点之后才能来吗？"麦弋问。

"今天没课，我提早过来了。"花鸣回答道。

麦弋满脸笑意："那我教你调制奶茶吧。"

花鸣立刻也戴上围兜，认真地跟着麦弋学了起来。

麦弋发现了坐在角落里正举着DV的秦璐。

"看来，你很受欢迎。"麦弋笑道。

花鸣赶紧摇了摇头："她是我的朋友，我让她别拍我，她就是不听。她有妨碍到你吗？"

"没关系。"说着，麦弋亲手冲了一杯奶茶，给在角落里的秦璐送了去。

花鸣觉得麦弋实在太好了，不仅对她好，还对她的朋友好。

花鸣学得很快，连麦弋都不断地夸奖她。对新手来说，调制奶茶并不是一件易事。因为新手总是无法把握各种调料的分量。但是，这对花鸣来说，再简单不过。

精于计算的花鸣，有了第一次的尝试后，每次总能精确无比地添加各种调料。那些调料，一到了花鸣手中，质量和体积，就主动地浮现在花鸣的脑海中。

花鸣的心情很好，在现实世界看到那么多小代码，就像在异乡遇见了亲人。

仔细观察下，她发现现实世界里的代码，几乎随处可见。

那画面太美了，像是晴朗夜空下的星星，又像是无尽旷野上的飞虫。

傍晚时分，雨后的阳光洒满整条街道。

徐菲菲来到了香屋。

她冲着花鸣远远地招手，好似有什么急事。

"这也是你的朋友？"麦弋问。

花鸣点点头："我能休息一会儿吗？"

"去吧，让你的朋友坐下来。"

花鸣把围兜摘了下来，拉着徐菲菲坐到了一边。面对DV镜头，徐菲菲也有些尴尬，指着秦璐问："她是谁？"

"我刚交的朋友。"

"你好，我叫秦璐，大一数学系。"

听说课上发生的事后，徐菲菲也很快就对秦璐有了好感。

"你这么着急来找我干什么？"花鸣抱怨道，"这才上班的第一天呢。"

徐菲菲还未回答，麦弋又给她们一人端来了一杯奶茶。

麦弋的脸上，一直挂着笑。徐菲菲忍不住多看了他几眼。

麦弋长得很秀气，只是脸色略微有些苍白，像是生了病似的。

"林缓要去参加数学赛了。"麦弋走远后，徐菲菲着急道。

花鸣微微一愣："那又怎么了？"

"杨欣很可能也会参加。"徐菲菲说道。

原来，这场数学赛，余宁大学只有两个名额。每年，学校都会先进行内部选拔，筛选出参加数学赛的两名学生。林缓已经连续四年参加比赛了，就在去年，杨欣仅以一分之差，失去了另外一个名额。

但是，当时杨欣才大一，徐菲菲认为今年这个名额杨欣势在必得。

最终的数学赛，并不是在余宁市进行。一旦杨欣拿下另外一个名额，她和林缓将在其他城市共处好多天。这被徐菲菲看作是极大的威胁，因为杨欣实在太优秀了，徐菲菲担心她和林缓日久生情，让花鸣彻底没了机会。

"那我能怎么办？"花鸣一听，也着急了起来。

一旁的秦璐突然失落道："茉莉姐，你还没放弃林缓学长？"

徐菲菲摆了摆手："小屁孩儿别插嘴。"

秦璐才十七岁，她比其他人更早一些上大学。

秦璐只好不说话，又把DV对准了花鸣。

徐菲菲清楚，短期内，花鸣绝对没有办法追到林缓。为了磨灭花鸣之前留在林缓心中不好的印象，她让花鸣短期内不要再去接触林缓。但是，为了"花菲"小队的伟大目标，她不能让杨欣得到这个参赛名额。

选拔赛的选拔，将在三天后举行。

徐菲菲和秦璐给花鸣出了许多馊主意，诸如故意拖着杨欣让她来不及参加比赛，又或者是在杨欣的饮料里下泻药，等等。但是，这在花鸣眼中，实在是太阴险了。杨欣与她无冤无仇，即使是Boss争夺者，她也不能成为小人。

最终，徐菲菲也觉得这些方法不靠谱而主动放弃了。

讨论之下，天不知不觉黑了下来。

看了看挂在墙上的挂钟，已经晚上七点了。

花鸣一拍脑袋："糟了！"

说完，花鸣来不及向众人解释，匆匆忙忙冲出了香屋。麦弋站在吧台上，望着花鸣远去的背影。还没到花鸣下班的时间，但是，麦弋的关注点却在街道上疾驰的车上，他担心慌张的花鸣会出意外。

　　花鸣气喘吁吁地来到余宁大学，找到了于海的办公室。

　　她竟然把于海的吩咐给忘记了。

　　没想到，于海的办公室竟然还亮着灯。

　　于海早已经等得焦急万分了。

　　终于等到了花鸣，于海赶紧把她叫进了办公室："花茉莉，我等了你一个多小时，还以为你不会来了。"

　　花鸣连声道歉，正准备解释时，于海突然给她递了一份资料。

　　"这是什么？"花鸣疑惑道。

　　"你知道马上要举行的数学赛吧？"于海满脸笑意。

　　花鸣点了点头，她刚从徐菲菲口中听说，当然知道了。

　　"往年，代表学校参加数学赛的，总有大四计算机系的林缓，今年，大二计算机系的杨欣同学，很有可能拿下另外一个名额。"于海的双目泛光，"老师想推荐你，参加数学赛的校内选拔。"

　　于海刚接任大四数学系的讲师，就遇上了一年一度的数学赛。

　　但是，让于海头疼的是，大四数学系太不争气了，虽然有几个稍微出色的，但是如若拿去和林缓一比，简直毫无胜算可言。如果只有一个林缓也就算了，今年杨欣也成了一匹黑马。

　　数学赛原本就是数学系的专长，但却让计算机系占尽风头，于海觉得脸上实在无光。

　　上一次随堂突击测试，于海在试卷里出尽了难题，花鸣竟然全部答对了，在确认花鸣并没有作弊后，于海又看到了希望。

　　花鸣成为花茉莉之后，数学成绩突飞猛进，于海也没有想通，但是数学赛在即，于海并不打算深究。

　　"得来全不费功夫！"花鸣打了一个响指。

　　"茉莉同学，你说什么？"

　　"老师，我愿意参加，一万个愿意！"花鸣的心里乐开了花。

第十四章 选拔

Chapter 14

香屋的那面落地窗，被花鸣霸占了。

两个昼夜，除了迅速回到DWorld里做了生存任务，花鸣都不眠不休地对着于海交给她的习题资料。她发誓，这是她从诞生以来，最认真对待的一次智力型任务。

天渐渐地暗了，这天，花鸣上完上午唯一的一节课后，匆匆来到了香屋。初秋的夜色微凉，店里坐着几个正轻声交谈的顾客。

小小的脑袋，短时内储存了庞大的信息，花鸣昏昏沉沉，困得无精打采。

温暖的外衣，被轻轻地披在了花鸣的身上。花鸣的身体一颤，猛然从睡梦中惊醒。

"我吵醒你了？"麦弋轻声问道。

"谢谢，我睡了多久？"花鸣揉着惺忪的睡眼，发现了麦弋为她披上的外衣。

"一小时。"麦弋回答。

花鸣用力地甩了甩头，清醒了过来。她不能再睡了，明天就是校内的选拔赛。虽然花鸣精于计算，但她却不敢掉以轻心。徐菲菲做出的那番分析，让花鸣意识到问题的严重性。

她必须胜过杨欣，赢得另外一个名额。

"天凉了，你早点下班，回去准备明天的比赛吧。"麦弋担忧道。

"你也知道我要参加比赛？"花鸣望向墙上的挂钟，用低到几乎听不清的声音说道，"可是还没到下班的时间。"

花鸣觉得最对不起的便是麦弋了。

说是来上班，但是这两天，花鸣一到香屋，就取出了厚厚的资料。站在吧台后，她一边翻着习题，一边给客人冲调奶茶。一心二用，她时常犯错，多亏了麦弋的及时补救，客人才没有怪罪。

就在昨天，麦弋索性让花鸣坐到他平时看书的地方去了。

选拔赛迫在眉睫，花鸣没有多解释，也没有推辞。

这两天，店里所有的工作，都是麦弋完成的。

麦弋仿佛看穿了花鸣的心思，他笑道："我虽然比你们年纪大，但还不是七老八十的老头，学校的论坛，我偶尔还会关注。"

于海推荐花鸣代表大四数学系参加校内选拔赛的事，早已经传开了。

花鸣吐了吐舌头："明天比赛一结束，我一定好好工作！"

生怕麦弋不相信，花鸣还三指朝天，猛地站了起来。

"其实，我很羡慕还在学生时代的你们。"麦弋温柔如水的双眸下，闪过一丝落寞。

但是悲伤值缺失的花鸣，却没有捕捉到一抹这不易察觉的神色。

在麦弋的应允下，花鸣离开香屋，提早回家，继续陷入无穷无尽的题海中去了。

两天的时间，足以让秦璐和"花菲"小队打成一片。秦璐完完全全就是一个小女生，徐菲菲很快就打听到了关于她的消息。秦璐和花茉莉有着十分相似的经历，似乎比花茉莉悲惨，但却又似乎比花茉莉幸运。

秦璐是一个孤儿，从小在福利院长大。因为没有父母，秦璐从小受到的欺负和嘲笑，比花茉莉要多得多。但是，秦璐比花茉莉聪明，也比花茉莉勇敢。

当看到花鸣在课堂上把赵佳气得说不出话来时，秦璐就深深喜欢上了花鸣，特别是听闻花鸣勇敢地向林缓二次表白后。秦璐擅自给花鸣贴上了敢爱敢恨的标签，将她封为了自己的偶像。

秦璐理所当然地加入了"花菲"小队，帮起花鸣和徐菲菲的忙来。

但是，花鸣和徐菲菲都十分默契地没将真正的秘密告诉她。

得知花鸣即将参加选拔赛后，二人的反应并不相同。

徐菲菲高兴得合不拢嘴，但是秦璐却为她的偶像担忧。

花鸣早已将自己可以轻而易举解决数学难题的技能对徐菲菲全盘托出，但秦璐对花鸣的印象，还徘徊于传闻和亲眼所见之间。

秦璐陷入了深深的迷茫中：她所崇拜的这个人，究竟是像传闻中那样差劲，还是像她所见那样优秀。

但是，担忧归担忧，秦璐还是在行动上无比支持花鸣。连续两天，秦璐总会一大早给花鸣送来她亲自熬的汤，用DV拍完花鸣把整碗汤一饮而尽的画面后，才肯乖乖去上课。

但是，并非所有人都怀揣着好意。

花鸣代表着大四数学系，可她非但没有得到大家的支持，反而还成为大家调侃的对象。时至今日，即使是亲眼看见花鸣解题的人，都不愿意相信花鸣真的是靠实力拿下满分的，更别说大四的其他人了。

花茉莉的成绩差得一塌糊涂，大四数学系，甚至在整个余宁大学数学系，无人不知，无人不晓。

除了零星几人，大部分人还是单纯地把这当成一出笑话围观。以赵佳为首的几人，不断地在校园论坛里发表嘲讽花鸣的话题。

徐菲菲并没有把这些消息透露给花鸣，她希望花鸣能专心备考。但是，徐菲菲却十分清楚，花茉莉在日记本中写下的希望不受欺负、拥有更多朋友的愿望，恐怕很难实现。

就在花鸣昏昏欲睡地筹备着明天的考试时，赵佳悄然来到了计算机系的女生宿舍楼。

"请问，杨欣在吗？"

杨欣看着这张完全陌生的面孔，问道："你是谁？"

"我是大四数学系的赵佳，我有很重要的话和你说。"赵佳生怕杨欣不愿意听，还特意补充了一句，"是关于花茉莉的。"

杨欣微微一怔，她对花茉莉，可谓是印象深刻。

在同宿舍其他人的目光下，杨欣站了起来，跟着赵佳出了门。找了一个暗得几乎看不清对方样子的楼道，赵佳才停了下来。

"你听说了吗，花茉莉也要参加明天的选拔赛？"赵佳说道。

杨欣有些震惊。

两个名额中，必然有一个是林缓的，这是所有人的共识。激烈的角逐，只为了剩下的那个名额。为了拿到仅剩的名额，杨欣全心备战，并没有关注到这个消息。

但是，杨欣早已经把花茉莉调查了个清楚。

花茉莉的样子，花茉莉的性格，花茉莉的学习成绩，她都查清楚了。如果是从前，她绝对不会把这样一个人放在眼里，哪怕花茉莉脱胎换骨，化茧成蝶了。

可是，两次对林缓的表白，两次林缓的回应，让她感觉到了心慌。

杨欣皱起了眉头，温婉的外表下，藏着一颗高傲的心。

"请问，花茉莉是谁？"

赵佳微微一怔，她觉得杨欣万分虚伪，她不相信表白被拒后的杨欣会不知道连续两次向林缓表白的花茉莉是谁。而且，她听说，花茉莉向林缓两次表白，杨欣都刚好在现场。

但是，赵佳却不会把心中所想表达出来。

她讪笑道："不知道为什么，花茉莉这次海难逃生后，像是变了一个人，不仅样子变好看了，学习成绩也变好了。"

赵佳把花鸣在课堂上的表现，全部说了一遍。

"如果你需要我的帮忙，我可以不让花茉莉出现在考场上。"赵佳压低声音道。

杨欣有些恍惚，良久，她才开口道："我不知道你在说什么。"

说完，杨欣转身离去。

看着杨欣离去的背影，赵佳一反在众人面前的模样，啐了一口："装什么。"

赵佳主动接近杨欣，有着自己的目的。

她忍受不了在花鸣那受的气，想要报复花鸣。而更重要的是，她即将毕业了。她向一家上市公司投了简历，但却迟迟没有得到回应。而那家上市公司，恰好和杨欣有关系。

杨欣的爸爸，是那家公司的老总。

天亮了，花鸣匆匆啃了一块面包，便踏上了渡船。

正是周末，但是余宁大学里却是热闹的。这场选拔赛，余宁大学一共有上百号人参加考试。而不参加考试的那些学生，也都早早地起床，看起了热闹。因为，就在今天，他们能近距离地见到林缓和杨欣。

徐菲菲和秦璐早就约好，花鸣刚下船，就看到了她们。

秦璐举着DV，问道："茉莉姐，马上就要参加比赛，你紧张吗？"

花鸣遮住自己的脸："你别拍了，弄得我都不好意思了。"

秦璐却不肯："我要把你的样子都拍下来。"

港口到余宁大学，只有十分钟不到的步行路程。三人不紧不慢地朝着余宁大学走去，一路上有说有笑。但是，路途过半时，突然有人拦住了她们的去路。这群人，头发染着五颜六色，一副地痞流氓的模样。

"你们要干什么？"徐菲菲主动把花鸣和秦璐护在了后面。

这几个人却不说话，但就是堵着她们的去路。

正是偏僻的小巷，四下无人。这些人明目张胆，肆无忌惮。

徐菲菲看了看时间，再这么拖延下去，花鸣就要错过选拔赛的时间了。

花鸣并不害怕，她的面色冰冷，只存在于DWorld里的气势俨然又被释放了出来。

花鸣的表情，也让这些人突然一愣。不过，毕竟只是一个女生，他们并不放在眼里。

"是赵佳让你们来的吧？"花鸣沉声道。

"你怎么知道？"徐菲菲满脸震惊。

花鸣没有回答，只是盯着这些人身上飘浮着的那些代码萤火虫。其中一个人的口袋里，手机屏幕亮着，有人发了短信过来。透过那些代码，花鸣看到了一个名字：

赵佳。

"搞定了吗?"

这是短信的内容。

为首的那个男人,没有掏出手机查看短信。

"赵佳是谁?天气这么好,你们仨陪我们去乐乐?"他有些心虚,生怕把赵佳供了出来。

"茉莉姐,怎么办,再不走就要来不及了。"秦璐着急得都要哭出来了。

花鸣低着头,嘴角突然扬起了一抹诡异的弧度,开始了与代码们的窃窃私语。

二十分钟后。

参加选拔赛的学生们都进了考场,再过五分钟,考场就要关闭了。

赵佳就混在人群里,她打了几个电话,都没有接通。眼看时间马上就要到了,赵佳这才长舒了一口气。

"花茉莉,谅你也斗不过我!"

然而,就在赵佳心中得意时,一道轻盈的身影忽然拨开人群,踏着考试铃,跃进了考场。

是花鸣,赵佳揉了揉眼睛,她还以为自己眼花了。但是,当徐菲菲和秦璐气喘呼呼地追上来时,她确定了。

赵佳简直不敢相信,气急败坏的她,拨了一个电话,但却没人接。

"哟,赵佳,这么早,你也来这儿看热闹了,打电话给谁呢?"徐菲菲发现了赵佳,带着秦璐走近,故意调侃道。

赵佳的脸色很难看,一口细牙都要被她咬崩了。

"怎么看上去脸色不太好?"徐菲菲又笑着问。

赵佳气得变形的脸,全被秦璐录进了DV。

"别拍了!"赵佳怒道。

秦璐这才赶紧将DV收了起来。

赵佳冷哼一声,转身离开。终于,她在余宁大学门口,发现了几道狼狈的身影。

"你们怎么搞的,连三个女生都拦不住!"

"赵佳,你别生气。发生怪事了,我们的手机莫名其妙响个不停。"男人掏出发烫的手机,委屈道。

就在几分钟前,他们所有人都隐隐觉得兜里发烫,紧接着,每个人的手机都响起了铃声。他们下意识取手机,可是手机却又古怪地死机了。花鸣带着徐菲菲和秦璐,趁着他们摸不着头脑时,趁乱逃跑了。

赵佳无法接受这个理由。

"那今晚的电影?"

"你自己去看吧!"赵佳跺了跺脚,头也不回地走开了。

就在男人赔了夫人又折兵时,花鸣成功进入了考场。

她是最后一个进考场的,大家都盯着她看,包括坐在角落里的杨欣。杨欣的神色复杂,当与花鸣四目相对时,她挪开了目光。

花鸣在考场里,找到了林缓。

他安静地坐着,双眸望着窗外。

花鸣耸了耸肩,她还以为林缓会或多或少看她一眼。

"同学,来了就坐下,马上要开始考试了。"

花鸣这才坐下。

"那不是花茉莉吗,她真的来参加比赛了?"

"为了林缓才煞费苦心到这儿来的吧?"

"那又怎么样,林缓不喜欢笨的人。"

花鸣听到了教室里的窃窃私语。

花鸣又回头扫了一眼林缓,清晨的微光,洒在林缓的身上。他完美的轮廓,映在了温暖的阳光里。她觉得,林缓距离她太遥远了。不知为什么,林缓的身上好似天生就有一道屏障,将他与所有人都隔绝了。

试题被分发到了每一个人的手中。

心里的那团火又涌了上来:"我要证明,我不比你笨!"

花鸣深吸了一口气,开始无比认真地转动着手中的笔。

一小时悄然而过。

就在大家还为试题绞尽脑汁时,林缓突然站了起来。他把工整的试卷,轻轻放在了讲台上,随后离开了考场。

"太快了吧!"

考场里又躁动了起来。

"安静!"监考官在台上拍了拍桌,考场才重回沉寂。

花鸣也早就坐不住了,林缓前脚离开考场,她也拿着试卷,跳到了讲台上。

"同学,你现在出去就进不来了。"监考官提醒道。

花鸣不乐意地瞪着监考官:"你怎么不提醒林缓?"

顿时,考场里爆发出一阵哄笑。

监考官也不多说,任由花鸣在笑声中离开了考场。

"茉莉姐,你怎么这么早就出来了?"秦璐讶异道。

不只是秦璐,四周还围着看热闹的人,也都阴阳怪气地讨论着花鸣。

林缓皱着眉头,拥挤的人群,已经让他感觉到了不适。

他发现了提前交卷的花鸣。

花鸣昂头挺胸，对着林缓挑衅般地扬了扬眉，生怕林缓不知道她也跟着他出来了。花鸣希望林缓对她刮目相看，可是，只是匆匆不在意的一眼后，林缓就彻底消失在人群里了。

"得意什么，我迟早拿下你，让你为那句话道歉！"花鸣对着林缓的背影挥了挥拳头。

第十五章 大神

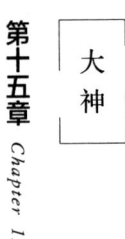

太阳远了，失去了光芒。

天空暗了，不再有蔚蓝。

海岛城也随着现实世界，进入了金秋。

没有婴儿般的呱呱坠地，没有成长路程的点点滴滴，海岛城上诞生了一位二十出头的少女。金黄色犹如麦田般波浪着的长发，淡蓝色宛若碧石般闪烁着的眼眸，全新的ID"徐飞飞"出生在海岛城最喜庆的一天。

"《DWorld》四周年庆，商城装备一律八折！"

"喜迎四周年，任务奖励双倍！"

海岛城里的NPC们叫卖着，就连系统公告都不间断地循环着。

选拔赛刚过去一天，依旧是周末。

万年好人老板麦弋，给上班至今几乎没有干过繁重活儿的花鸣，放了一天假。

徐菲菲终于在花鸣的怂恿下，在《DWorld》四周年庆的这天，在游戏里创建了自己的第一个角色。邱敏睡下后，花鸣和徐菲菲盘腿坐在房间的电脑前，敲击着满是尘灰的旧键盘。

徐菲菲的父母出差，她难得有了绝对自由的一个假期。

徐菲菲的双目泛光，盯着在海岛城里奔腾的徐飞飞，无比欣喜。自从得知花鸣的秘密后，徐菲菲偶尔也会忍不住想象那个虚拟但却真实存在的神奇世界。

"真的和我长得有点像！"徐菲菲有些激动。

在游戏里创建一个角色，对于徐菲菲这样从未接触过游戏的人来说，并不是一件容易的事。《DWorld》的角色创建系统，虽然完善，但却烦琐。

面对摄像头，徐菲菲化了很浓的妆，摆足了姿势。人脸识别系统记录了徐菲菲的五官和轮廓，随后在庞大的数据库中，挑选了对应的五官，搭配组合生成了一张精致的面孔。

然而，徐菲菲却总是不满意，足足撤销再生成了数十遍，才终于勉强接受了系统为她生成的角色。在搭配了发型和服饰后，徐菲菲又填写了一份详尽的性格、情商测试表，徐飞飞最终诞生了。

徐飞飞继承了徐菲菲八卦的性格，系统给她推荐的初始公职是海岛城里的一名消息送达员。但是，徐菲菲的野心也不小，她不愿意在海岛城里过安逸的日子，更不愿单纯地把这款游戏当成养成游戏玩，于是她没有参加公职测试，而是直接选择了像花鸣一样的散职。

创建角色结束后，徐菲菲迫不及待地让花鸣回到DWorld，带她做任务。

看见花鸣化作一串代码缥缈无踪，徐菲菲不再像从前那样诧异。

花鸣回到海岛城后，风儿沙的玩家恰好在线，花鸣立刻把徐菲菲介绍给了她。

徐菲菲是新手，花鸣和风儿沙带着她踏上了通往DWorld精灵大陆的那条小径。传送门后，莺歌燕舞，蝶舞成群，这是一片绿草茵茵的无尽大陆。大陆之上，四处飘浮着星星点点的精灵小人。

精灵小人只有巴掌大，身后一双透明的翅膀轻轻扇动着。圆滚滚的眼球，两侧酒窝之间，是两颗并不算锋利的虎牙。

坐在电脑前的徐菲菲瞬间被萌出了一脸血，她在键盘上敲下了一行字："花鸣，这些小东西太可爱了！"

花鸣听到了来自电脑外的声音，她笑了笑，在输入框里回复道："你可别被骗了，对新手来说，这些小东西能头疼死你。"

说罢，花鸣发起了组队，徐菲菲和风儿沙被拉进了队伍里。花鸣从任务库里为徐菲菲挑选了一个简单的一级任务：捕捉精灵×20。

徐飞飞刚刚诞生，她的武力值和智力值分别为0，根据徐菲菲填写的性格和情商测试表，徐飞飞的情商被设定为40。

花鸣暗暗心虚，一个新手的情商值都达到了40，而她在DWorld里闯荡这么久，情商值却依然是雷打不动的50点。

徐飞飞的自由意志非常薄弱，没有徐菲菲的操控，她几乎不会主动说话。

很快，徐菲菲操纵着她的游戏角色，开始了捕捉这些小精灵的任务。花鸣和风儿沙站在一旁，并不打算出手。

果然，任务开始后，徐菲菲终于明白为什么花鸣会那样警告她了。

这些可爱的小精灵，一进入战斗状态后，就像簇拥着的毒虫一样，围绕着徐飞飞张嘴就咬。它们的速度很快，徐飞飞手持精灵网，可却一只也捕不到。

"你这位朋友，没有玩游戏的天赋。"风儿沙背靠一棵大树，远远地观望。

不过，风儿沙的玩家却兴奋了起来："太好玩了，想起当年第一次玩游戏的我！"

终于，花鸣和风儿沙都看不下去了。在她们的帮助下，徐菲菲成功捕捉到了20只精灵。

徐菲菲很高兴，就在她们准备回到海岛城交任务时，一道金色的身影，拦住了她们的去路。

"冤家路窄，花鸣，今天就算一算我们之间那笔账吧！"

花鸣和风儿沙的脸色阴沉，她们的麻烦终究还是来了。

"花鸣，这是谁，这身打扮好浮夸！"不明所以的徐菲菲问道。

徐菲菲尚是新手，她忘记了私聊花鸣，而是在附近区域公共聊天框里输入了这串字。

来人看得一清二楚，顿时脸色变黑，一副想要将徐菲菲大卸八块的狰狞模样。

"宙甲，我们和你之间有什么账可算？"风儿沙明知故问。

同时，她私聊了花鸣："怎么办，看来是躲不过去了。"

在《DWorld》里，如若两名玩家之间想要打斗，必须同时开启PK模式，如若有一方不开启PK模式，打斗无法进行。但是，充值数额达到一定程度的玩家却拥有特权：在除了海岛城以外的区域，可以单方宣战。

一直以来，DW团队赋予最尊贵充值玩家的这项特权，被无数玩家诟病。然而，DW团队却没有要整改的意思。

宙甲是《DWorld》里出了名的人民币玩家，当然也拥有这个特权。

"你们抢了冰霜野狼的奖励，还问我有什么账可以算？"宙甲已经取出了他的那柄长戟。

花鸣微微一笑，并不畏惧："看来，你是个说话不算数的人。"

风儿沙也贱贱地迎合道："当初也不知道是谁说：如果你们凭本事抢了我的奖励，我一个屁都不放。"

宙甲在精灵大陆围堵花鸣的消息，很快就在世界频道传开了。排行榜第二PK排行榜第七，对于普通玩家来说，这绝对是百年难得一见的大战。才不久，一个又一个玩家穿过传送门，踏上了只有新手才会问津的精灵大陆。

霎时间，精灵大陆人满为患。

面对风儿沙玩家阴阳怪气的嘲讽，脸皮厚比城墙的宙甲却丝毫不觉得害臊。

"这个世界，武力值就是权力！"宙甲冷喝道。

尽管听着刺耳，但这的确是赤裸裸的事实。虽然排行榜的排名，取决于武力值和智力值的综合，但对于一款游戏而言，武力值还是占据着更重要的地位。

徐菲菲看得一头雾水，公共区域的聊天框里，徐菲菲不停地问发生了什么，但是却没有人回答她。

公共区域里，更多是看热闹不嫌事大的人。

"怎么还不打！"

"快打啊，让我们见识见识高级玩家之间的战斗。"

"对，别废话了！"

"看来这一战是避免不了了。"花鸣深吸了一口气，从背包里取出了她的短刃。

风儿沙的手中也出现了那支黑色短枪，换上了弹匣。

"他的操作一塌糊涂，希望我们会有机会。"风儿沙侥幸道。

只是，武力值相差巨大，纵使宙甲站着不动，花鸣和风儿沙都得打上大半天，才能把宙甲的血条耗尽。

宙甲冷冷一笑，正准备强行开启PK模式时，突然有一道身影从天而降。

一身黑色的长衣，那是从身体里散发出来的黑色光芒。

花鸣愣住了，四周围观的人，也通过他的ID，知晓了他的身份。

"是双木！"

"有生之年竟然能见到双木大神！"

"天哪，他这是要替花鸣出头吗？"

"很有可能，难道你们不知道？不久前，双木大神带着花鸣通过了一个八级任务。"

世界频道的消息已经被刷爆了，双木PK宙甲，这简直是DWorld历史上最轰动的时刻。

"双木，你想干什么？"宙甲的脸色变得难看。

双木面无表情，但是浑身上下都散发着让宙甲恐惧的气势。

"PK。"双木冷冷说道。

宙甲咬牙切齿，看了看双木，又盯了盯远处的花鸣。

"双木，我教训一个女玩家，你凑什么热闹？"宙甲已经惊慌失措地私聊双木了。

然而，双木却没有任何回应。

所有人都齐刷刷地盯着宙甲，等待着宙甲的回应。在这个时候落荒而逃，宙甲将大失颜面，以后也不必在DWorld里混了。

"花鸣，你真的和双木好上了？"风儿沙诧异道。

然而，花鸣却比风儿沙还要迷茫。她与双木只有一面之缘，双木就连她的好友请求都没有通过，她实在想不通为什么双木会在众目睽睽之下替她出头。

"花鸣真幸福，有双木大神罩着，以后谁敢欺负她？"

"甲神，双木大神向你宣战，你不答应吗？"

宙甲在DWorld里，拥护者众多，可是，比起宙甲，传奇人物双木更吸引众人眼球。一时之间，宙甲竟成为众矢之的，没有人站出来替他说好话。

在私聊双木无果后，宙甲又在公共区域里说道："你武力值8000，我武力值7500，差了整整500点，怎么打？双木，你不要欺人太甚了！"

"要不要脸！"

"就是，花鸣的武力值和你相差900点，人家说什么了！"

宙甲没想到，他的苦情戏非但没给自己加分，还更让他下不了台。

宙甲的脸色发青，他看向双木："你要怎么打？"

"50点。"双木很快就简短地回应道。

围观人群很快就明白了双木的意思。一般而言，两名玩家PK，都会给出相应的赌注。这些赌注，除了可以是背包里的一些装备材料，也可以是玩家的HP。

HP代表着生命，很少有人会用生命值做赌注。

双木一开口，所有人都倒吸了一口冷气。

满值仅有100点，如果宙甲答应了这场PK，不管是谁输了，相当于直接丢了半条命。50点生命值，得需要用多久的时间和多少的珍贵药材才可以补回来！

宙甲彻底害怕了，在键盘上的那双手，开始颤抖了起来，他怒骂道："这个疯子！"

在权衡利弊之下，宙甲决定放弃。他宁可丢面子，也不想丢掉半条命。

"我不打，我要走了。"宙甲说完就想转身。

但是，双木却一闪身，堵住了传送门。

"双木，不要欺人太甚，我不打还不行？"

可是，双木却冰冷地回答道："不行。"

风儿沙一脸激动："花鸣，双木大神为了你竟然这么强硬！"

花鸣一头雾水，至今摸不着头脑。

此刻，备受全场关注的，除了双木和宙甲之外，便是花鸣了，所有人已然把她看成双木罩着的玩家。

宙甲恼羞成怒："双木，我不开启PK模式，你能把我怎么办！"

宙甲的话一出口，公共讨论区再一次爆炸。

"双木大神是非人民币玩家，不能强行开启PK模式！"

"太可惜了，看不到这场战斗了。"

"宙甲太不要脸了！"

宙甲忍受不住众多玩家的嘲讽，正准备强行溜之大吉的时候，双木头上的ID突然泛光。在所有人震惊的目光中，双木强行开启了PK模式！

"天啊，双木大神充值了！"

"就为了教训宙甲吗？"

此刻，游戏办公大楼里的DW团队也在关注这场争斗。

"你们快来看，精灵大陆出事了。"

"哟，双木PK宙甲，他俩怎么了？"

"双木真是个疯子，靠着操作硬是给他爬上了排行榜第一，一分钱也不充，怎么现在一下子充值这么多钱了？"

DW团队偶尔也会关注《DWorld》里的玩家。在他们眼中，双木就是典型的非人民币玩家。可是，为了拥有强行开启PK模式的特权，他竟然使用了充值功能。要知道，一般的充值玩家，并不拥有这个特权，那是一笔不小的花费。

游戏里的玩家们并不知道，这场战斗，竟然也引起了DW团队的关注。

宙甲大惊失色，可是双木却不给他任何机会。PK模式强行开启后，双木没有再说一个字，朝着宙甲攻来。宙甲没有坐以待毙，瞬间就把背包里所有金色的顶级装备全部穿上了。

他手持金色大戟，迎着双木的攻击冲了上去。

双木手中那柄神奇的武器再现，不断地变换着形态。

"速度好快！"

"那是什么武器啊？好厉害。"

这完全是一场没有任何悬念的战斗，在两柄武器摩擦出亮闪闪的火花后，双木劈开了宙甲身体上的金色铠甲。象征着尊贵的大戟被打落在地，宙甲的身体在空中不断地上蹿下跳。

精灵大陆上，无数精灵哀号，强大的气势，早已把它们吓破了胆。

双木的速度太快了，从第一个照面开始，他的每一次攻击都没有落空，结结实实打在了宙甲的身上。

"神级连击！那双手得有多快啊！"

"这操作，简直了！"

早已见识过神级连击的花鸣，此刻也再度陷入震惊当中。

战斗竟然仅仅持续了一分钟，宙甲狼狈地被打翻在地，他竟然连双木的一根汗毛都没伤到。这一场PK，根本就是双木大神在虐菜。

宙甲的血条归零，生命值无比迅速地往下降，停留在了50点的位置。

趴在地上的宙甲，无比虚弱而怨恨地骂着他的主人："成天到处惹麻烦，受伤害的却是我！"

战斗结束，终于，花鸣走向了双木。

"双木大神，谢谢你。"

花鸣诚恳地看着这张让她似曾相识的俊美脸庞。但是，双木却没有回答她。只是对着还倒在他们脚下的宙甲冰冷道："把帖子删了，否则还会有下次。"

说罢，双木的身影消失在了精灵大陆上。

又一次被忽视了，花鸣的大脑一片空白。

抱着希望看到精彩绝伦战斗的玩家们，一哄而散。他们的心底是失落的，但是，宙甲的毫无还手之力，却让传说中的双木在所有人心中，更上了一个台阶。等再有玩家姗姗来迟时，精灵大陆上早已经回归了冷清。

无数人惋惜，没能见到双木一面。

花鸣带着风儿沙和徐菲菲，回到了海岛城。

她还在想着双木对宙甲说的那句话。

"难道，他和宙甲PK，不是为了我？"花鸣想着，离开了喧闹的海岛城。

回到现实世界后，花鸣立刻夺过被徐菲菲霸占的电脑，上了《DWorld》游戏论坛。

果然，一条被置顶的帖子，映入花鸣的眼帘。

"花鸣和双木利用游戏外挂，通关八级副本！"

一个匿名者在这个帖子中，声称花鸣使用了游戏外挂。帖子长篇大论，处处都在攻击花鸣，带着花鸣通过八级副本的双木，也受到了波及，成了"长期使用外挂的玩家"。

帖子的浏览量已经破百万。

就在花鸣刚刚阅读完这篇帖子时，帖子被发帖者删除了。

花鸣顿时捂住滚烫的双脸："太丢脸了，双木大神是为了这个帖子才教训宙甲的！"

有那么一刹那，她竟然真的以为双木是在替她出头。她竟然还当着那么多人的面，去向双木道谢。想到这儿，花鸣恨不得找个地缝钻进去。

徐菲菲了解前因后果后，也崇拜起了双木。

"他竟那么维护自己的声誉。"徐菲菲赞叹道。

但是，她们心底也有疑惑。

"发帖者匿名，双木大神怎么知道帖子是宙甲发的？"

第十六章 情商

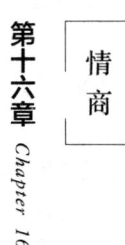

在未来好几天的时间里，《DWorld》里都不见宙甲的踪迹。

宙甲的玩家名叫贝甲淳，自从在万千玩家的注目下丢尽颜面后，他就沮丧得无法自拔，不敢再上线。他入戏太深，像是真的被人打了脸般，好几个日日夜夜，班也不上，觉也不睡。

贝甲淳不曾想到，他一时气愤发的一个帖子，竟然差点在游戏里给他招来杀身之祸。

花鸣抢了《DWorld》第一个全服任务的通关纪录，还拿走了那么丰厚的奖励，贝甲淳一直咽不下这口气。而当花鸣在双木的带领下，刷新了八级副本的通关时间，又一次在游戏里出尽风头，贝甲淳更是无法平复心情。

于是，贝甲淳匿名在游戏论坛里发了一篇声讨花鸣的帖子。为了粉碎花鸣的荣耀，贝甲淳捏造花鸣使用游戏外挂的虚假言论。当贝甲淳写完帖子时，他突然意识到，双木都有能力单刷过副本，再带个花鸣，刷新通关时间，完全可能。

为了让人更加信服，他头脑一热，也把使用游戏外挂的帽子，扣在了素昧平生的双木头上。他绝对无法想到，双木竟然有那么高强的手段可以查出帖子是他发的，同样未曾想到双木会为了一个帖子而大发雷霆。

几天时间，游戏里仍然沸沸扬扬。

依旧不见宙甲的身影，但是有细心的玩家却发现，宙甲的生命值又从50点回归到了100点的状态。

这么短的时间就恢复元气，必然消耗了一大笔开支。

花鸣也彻底成了DWorld里的名人，一方面，游戏中唯一一个悲伤值缺失的Bug ID广为人知，另一方面，花鸣与双木之间的关系，也为人所猜测。

只有花鸣自己最清楚，她和双木，其实一点儿关系都没有。

但无论如何，双木的确为她出了一口恶气。

这些天，花鸣的心情很好。周末一过，她就照旧回到余宁大学上课。为了感谢麦弋对她的好，花鸣每天准时上班，热情地招待客人，把所有工作都做得很好。

入秋后，余宁市时常下起雨来。在香屋外避雨的人不少，麦弋总会让大家进店，还为大家准备干净的毛巾和吹风机。

好几次，麦弋提着许多热腾腾的奶茶出门。花鸣悄悄跟上去，竟发现距离香屋不远，有一片流浪者的聚居地。麦弋总是不声不响，没有任何条件地给这些流浪者送吃的。

麦弋爱看书，只要是没有客人时，他就会安安静静地坐在落地窗前，翻着旧卷。

麦弋笑起来很温暖，很贴心，也很细致。每当花鸣焦急地发现她落下许多工作，正准备补救时，她又会发现，麦弋早已偷偷地做好了。

她的工作时间很少，又在香屋里白吃白喝，除了麦弋会给花鸣付工钱，有时候花鸣甚至觉得自己才是香屋的主人。

香屋里总是随时随刻飘荡着让花鸣醉心的奶香味，比起花茉莉那只剩冷清的破房子，花鸣觉得这里更有家的感觉。

又是下着雨的一天，店里没了客人。

花鸣站在吧台后，擦洗着杯子。麦弋坐在落地窗边，在嘈杂的细雨声中看书。麦弋白得如纸的脸，晕着香屋里淡黄色的灯光。花鸣出神地盯着麦弋棱角分明的侧脸，忘记了手里的动作。

"要是双木大神的性格也像麦弋店长这样好该多好。"花鸣叹了一口气。

按照风儿沙的说法，花鸣这是恋爱了，只不过是单恋。

花鸣嘴上不承认，但心里却无比慌张。她也不知道为什么，自从见了双木之后，她的脑海里就时常想起那道来自地狱般的黑色身影。她甚至会为了双木不肯与她多说一句话而惋惜。

就在这个时候，麦弋突然侧过脸。

四目相对，花鸣吓得赶紧挪开了目光。

麦弋微笑着站了起来，放下手中的书，慢慢地朝着花鸣走了过来。

"你在想什么？"麦弋轻声问道。

花鸣有些紧张，像是心中偷偷想念双木的心思被看穿了一样，她的头摇动得像拨浪鼓："没想什么，我在擦杯子。"

麦弋从花鸣手中拿过一尘不染的玻璃杯："你已经擦了一下午的杯子了。"

"啊？"花鸣吐着舌头，"擦干净些。"

"天色不早了,下班吧。"麦弋笑起来,双眼眯成了线。

花鸣这才注意到,天已经彻底黑了。

花鸣摘下身上的围兜,麦弋突然给她递了两杯果汁。

"鲜榨的果汁,一杯给你,一杯给伯母。"麦弋笑道,"希望伯母早日恢复健康。"

花鸣一怔,这才想起白天的时候,徐菲菲来过。

徐菲菲和秦璐也已经是香屋的常客,花鸣工作时,她们经常拉着麦弋聊天。麦弋的性格很好,丝毫不怪她们打扰他看书,反而笑着和她们打成一片。

花鸣明白,一定是徐菲菲说漏嘴,提到邱敏了。

麦弋为邱敏准备了喝的,为了健康,麦弋还特地榨了店里不卖的果汁。

花鸣接过两杯果汁:"店长,谢谢你。"

麦弋摇了摇头,给花鸣又递了伞:"路上小心。"

花鸣打开店门时,冷风袭来,她感觉到了凉意。

"对了,上次的比赛怎么样?"麦弋突然叫住了她。

"明天放榜。"花鸣笑着回答。

"祝你好运。"

回到家时,邱敏正在替花茉莉打扫屋子。像是本能一般,尽管痴傻了,可邱敏每天都会做着同样的一件事。

"妈,我回来了。"花鸣给邱敏递了果汁。

邱敏抬起头,久久地看着花鸣。

"你不是她。"

邱敏的口中突然蹦出这几个字,这着实把花鸣吓了一跳。花鸣甚至以为自己的身份和任务暴露了。

但是,邱敏说完之后,又痴痴地接过花鸣手中的果汁。一饮而尽后,她一步一步地走回房间,睡下了。

花鸣的心都要跳出来了,确认邱敏只是说胡话后,花鸣才放下心来。

算着日子,邱敏的药快吃完了,去医院检查的日子也马上就要来了。

持家的花鸣,心烦意乱地辗转反侧了一夜,没有睡着。

第二天,余宁大学的公告栏,终于张贴了选拔赛的公告。

公告栏前,围满了议论纷纷的人群。

花鸣刚进校园,就被早就蹲守在校门口的徐菲菲和秦璐拖着去了公告栏。可是,公告栏前挤满了人,她们半步都没法向前。

很快,引人注目的杨欣也到了这里。杨欣的身边,围着许多得意扬扬的女生。

"能不能给我们杨欣让条道?"

"就是，你们还想拿到名额不成，瞎凑什么热闹？"

果然，被这几个女生一吆喝，人群主动让开了一条道来。杨欣走到公告栏前，名单上，林缀的名字最显眼。这次数学选拔赛，林缀又获得了满分。可是，当杨欣的目光继续往下瞟时，她愣住了。

围绕着杨欣，以为杨欣对剩余一个名额志在必得的女生们也都愣住了。

徐菲菲拉着花鸣，凑了上来。

"茉莉，你真的拿到名额了！"徐菲菲激动地跳了起来。

秦璐本以为会失望，听到徐菲菲这样说，她也定睛往公告栏上一看。

花茉莉，竟与林缀一样，在这次选拔赛里拿到了满分。而其他没有入选的人，成绩被公布在另外一张公告上。杨欣拿到了很高的分数，如若没有花鸣，这个名额就是她的了。

杨欣的耳边嗡嗡作响。

选拔赛当天，花鸣尾随着林缀离开了考场。那一刻，杨欣彻底没了担忧。她绝对不相信花鸣在提前那么长时间交卷的情况下，还能拿到好成绩。可是，她错了。

杨欣的心里很不是滋味，她一直都是女生中的佼佼者，可是，她竟然输给了一个并没有让她看上眼的女生。挤在公告栏前的还有不少其他参赛者，他们回想起考场上对花鸣提早交卷的不屑与哄笑，脸上火辣辣的。

秦璐举着DV，渴望从花鸣脸上记录欣喜若狂的表情。

然而，花鸣却十分冷静，像是早就知道自己会拿满分一样。她四处张望着，在人群里寻找林缀的身影。她要向林缀炫耀，告诉他：她不笨。

花鸣失望了，林缀并不在人群里。

花鸣这口气已经憋了很久，她问徐菲菲："林缀现在在哪儿？"

徐菲菲愣了愣："应该在计算机系的教学楼上课吧。"

"帮我查一查他在哪间教室。"花鸣催促道。

神通广大的徐菲菲，很快就查到了林缀上课的教室。

等徐菲菲反应过来，花鸣突然又手撕公告，跑得没了踪影。

"糟了，她又得闯祸了！"

说着，徐菲菲拉着秦璐追了上去。

花鸣气喘吁吁地来到了这间教室，教室里，齐刷刷的几乎全是男生。

见了漂亮的花鸣，不少男生吹起了口哨。

还未上课，花鸣看到了安安静静坐着的林缀，她径直朝着林缀走去。

林缀喜欢安静，没有人愿意得罪全校师生眼里的宠儿，教室拥挤，但他的周围竟然空荡荡的。

花鸣却一屁股坐在了林缓的身边，把公告栏里的那张公示，拍在了林缓的面前。

林缓微微皱眉，他转过头，花鸣满是期待的脸，映在他清澈的眼眸里。

"道歉吧。"花鸣得意道。

林缓没有任何反应，他与花鸣之间，像是筑起了一道墙，那道墙让花鸣觉得浑身发冷。

"我不笨。你能做到的事，我也能做到！"花鸣气得一拍桌。

来这里之前，花鸣已经无数次叮嘱自己绝对不要生气了。可是，雷打不动的林缓，却像火折子一样，点燃了花鸣的愤怒值。愤怒值飙升，仅有50点的情商，根本无法控制她的情绪。

"我真搞不懂我为什么要追求你！道个歉有那么难吗！"

徐菲菲和秦璐赶到时，计算机系的教授也刚好进入教室，他们正好看见花鸣对着林缓发火的模样。

"那位同学是来听课的吗？上课了，请安静。"

徐菲菲和秦璐没有机会进入教室了，她们只能在教室外焦急地踌躇着。

花鸣只好强行压下怒火，坐在了林缓身边。

所有人都没有了听课的心情，他们齐刷刷地盯着花鸣和林缓。

花鸣并不知道，这么久以来，她是第一个坐在林缓身边听课的女生。

"林缓，你趁早和我道歉，我们恩怨两清。"

"林缓，你答应我的表白，就当道歉了，怎么样？"

"我不想生气了，你就答应我的表白，这对我来说很重要，我没空儿在你身上浪费那么多时间！"

课堂上，花鸣开启了碎碎念模式，不断在林缓身边耳语着。

终于，林缓有了反应。

"一个聪明的人，不会三番两次做出奇怪的事。"林缓的声音沙哑。

他与花鸣近距离对视，很多好事者，拿出手机偷偷拍下了这幕。

花鸣哑口无言，冷静下来之后，她突然又开始懊悔自己的冲动。

念诗风波后，她一直没有再做奇怪的事，为的就是让林缓磨灭对她的坏印象。结果，她为了一个道歉，又头脑发热，堵到了林缓的课堂上来。花鸣暗道不好，林缓对她的印象，一定更差了。

花鸣狠狠地拍了拍自己的脑袋，在心里想道："我这有Bug的情商值，又坏事了。"

的确，这怪不得花鸣。花鸣虽然只是悲伤值缺失，但是这一漏洞却直接导致了花鸣的低情商。现实世界不比DWorld，花鸣太容易犯错了。

花鸣还想说些什么，林缓却又扭过了头。

盯着林缓的侧脸，花鸣突然觉得似曾相识。她的脑海里，忽地浮现出了一个不可思议的念头。但是很快，她就狠狠地摇头，打消了脑中那不切实际的想法。

花鸣不敢再多说话，煎熬地等到了下课。

下课铃一响，花鸣落荒而逃。

不可避免的，花鸣又被徐菲菲狠狠痛批了一顿。

校园里的另外一角。

"杨欣，花茉莉又不要脸地跑去找林缓了。"

"她这明显是不把你放在眼里，竟然还坐到了林缓的身边。"

杨欣听着身边的女生你一言我一语的议论，心烦意乱。

刚刚在选拔赛里胜过她，立刻又跑去接近林缓，这是在向她示威吗？杨欣的手，握成一个小拳，指甲几乎要陷进肉里了。

知道自己又犯了错，花鸣无精打采地上了半天班，夜里回到了DWorld。

风儿沙的玩家没有上线，风儿沙掌控着难得的自由时间。

"你怎么了？"风儿沙问。

花鸣叹了口气："你知道怎么把我的Bug填补上吗？"

"怎么突然想填补这个Bug了？"风儿沙疑惑。

"总觉得它在坏事。"花鸣想起白天的事，又一次狠狠敲了自己的脑袋。

这是个难题。

角色诞生后，系统会根据玩家填写的性格测试和情商测试，为玩家设定一个初始情商。在DWorld里的漫长成长过程中，情商值会慢慢增加。然而，花鸣的情商值已经停留在50点的阶段很久了。

在花鸣最熟知的DWorld里，除了不会悲伤之外，50点的情商，并没有给她造成过大麻烦。但是，花鸣现在却觉得有必要将这个Bug填补上。

"要不，我们去问问S侠？"风儿沙建议道。

"怎么把他忘记了！"花鸣打起了精神来。

很快，他们在海岛城的守卫处，找到了S侠。

武力值9999，智力值9999，生命值9999，情商值9999。这是S侠高得可怕的属性，但是，早在第一天认识S侠开始，花鸣和风儿沙都不觉得惊讶。

因为，S侠是系统NPC，只受系统操控，是绝对不会与玩家进行打斗的。

S侠是海岛城的守卫，并不承担任务指引的职责，在所有玩家眼中，S侠就是一个没有功能的虚设NPC，每天如同雕塑一样站在守卫处的大门外。

"风儿沙，你来了！"

一见到风儿沙，S侠严肃的脸就爬满了笑意。

S侠曾经给好朋友花鸣透露过一个消息：他喜欢风儿沙。

这无疑是让人震惊的秘密。

DWorld自成一个世界，每一个人都拥有自由意志，包括系统NPC。但是，NPC喜欢游戏玩家角色，花鸣前所未闻。

但是，花鸣的想法却和S侠一样：谁说NPC不能谈恋爱。

S侠作为系统NPC，经常能掌握一些游戏里的内幕消息。比如游戏中有哪些Bug可以被利用，一些高难度任务应该怎样通过，一些珍稀材料要到什么地方搜集，等等。S侠时常给花鸣透露消息，但作为交换，花鸣必须经常带不受玩家控制时的风儿沙到他这儿来。

S侠对风儿沙的情感很单纯，也很美好，花鸣便答应了下来。

尽管花鸣知道，他们之间不会有好结果。

如若是游戏角色之间互生情愫，他们尚有一线机会，如果他们的主人也恰好相互爱慕，他们便能够成为情侣。但是，游戏角色和系统人物之间，是绝对无法结成情侣的。

或许，S侠还要亲眼见证风儿沙与其他玩家的爱情。

S侠无能为力，但他是乐观的，他时常自我安慰：说不定，DW团队有一天会开创游戏角色和NPC之间的恋爱社交系统。

面对S侠殷勤的招呼，风儿沙只是酷酷地撇了撇嘴，算是打过招呼了。

"S侠，我有很重要的问题要问你，我的Bug，有办法填补吗？"

第十七章 晚安
Chapter 17

守卫处的殿堂金碧辉煌,大门外人山人海。

S侠终日守在这里,看着人来人往、车水马龙,但这一切热闹,似乎都与他无关。他每天盼望着的,便是风儿沙。只是,自从花鸣有了自己的秘密任务后,她带风儿沙来见他的日子便变少了。

S侠心不在焉地听着花鸣说话,眼里满满的都是风儿沙。

风儿沙靠在墙上,帅气地望着远方的天空。

她知道S侠正看着她,她也知道S侠对她朦朦胧胧的情愫。

但她一直都没有回应过。

"S侠?"花鸣催促道,"你知道吗?"

直到风儿沙也扭过头:"哥们儿,她问你话呢。"

S侠这才收起思绪,对着花鸣摇了摇头:"恐怕没有办法。"

"为什么?"花鸣着急了,"你不是什么都知道吗?"

"谁说我什么都知道了?我天天站在这地方,不分昼夜,哪儿也不能去,怎么可能什么都知道?"S侠埋怨道。

花鸣的情商再低,也能听出S侠是在埋怨她太久没带风儿沙来这儿了。

花鸣只得可怜兮兮地眨巴着眼睛,不断对着S侠偷偷做表情。终于,S侠心软了下来。S侠是个虚设NPC,就像是摆设一样,从这儿经过的人,都会直接选择忽略他。

偌大的海岛城,也只有花鸣愿意和他说话了。

通过花鸣，S侠认识了风儿沙。从第一眼见到风儿沙起，S侠就深深地喜欢上了她。对花鸣，S侠的心底充满感激。

S侠叹了口气："DW团队应该没有能力帮助你修补Bug。"

花鸣一怔："连他们也不能？"

花鸣的心底是震惊的，对DWorld里的所有人而言，DW团队就是造物主。这个世界的一草一木，一人一物，全部都是DW团队造出来的。DW团队是神，他们应该无所不能。

"要从你诞生的那天说起……"

DW大楼。

男人坐在幽静的办公室里，俯瞰高楼下的这座城市。办公室外的门上，挂着他的名牌：陈豪。

他摘下了眼镜，远处的世界变得模糊。

就在不久前，DW团队刚刚高价购买的一款承载优化程序，在经过测试后，又一次宣告无效。庞大的《DWorld》数据库，简直像是一个无底洞一样，随着《DWorld》的游戏生态越发完善，庞大的数据也成为这款游戏的灭顶之灾。

陈豪作为DW团队的领袖，已经想了许多办法，但是却依旧没能解决《DWorld》的承载优化问题。

陈豪的思绪回到了许多年前，彼时，《DWorld》刚刚上市，年轻的陈豪也并非这个团队的领袖。DW团队的核心，是另外一个同样优秀的年轻男人。

"总有一天，这款游戏的庞大数据会成为绊脚石。"

那个男人的预言，在《DWorld》驰骋游戏市场的第二年变成了现实。

早有先见之明的男人，从《DWorld》诞生的第一天起，就开始研究开发最适合《DWorld》的承载优化程序。

《DWorld》的游戏数据复杂庞大，除了令DW团队头疼的承载优化问题，那一天，《DWorld》突然孕育而生了另外一个未知Bug。

"出事了！"陈豪第一个发现了问题。

问题出现在《DWorld》的角色创建系统上。那一分钟，由于性格测试和情商测试的原因，上百个情绪值缺失的角色被创建出来。男人当机立断，紧急关闭了《DWorld》角色创建系统，避免了更多Bug游戏角色的诞生。

上百个Bug角色，有的兴奋值缺失，有的愤怒值缺失，他们所缺失的情绪，随机且杂乱，直接导致了游戏角色的情商值异常。男人沉思片刻，果断地召回了上百个Bug角色。

"留一个。"男人说道。

陈豪微微诧异："为什么？"

"研究。"男人说着，看向了在集体召回中唯一幸免的ID：花鸣。

为了防止再次出现类似的Bug，年轻男人在研究开发承载优化程序的同时，试图找出游戏角色情绪值随机缺失的问题根源。

只是，这两个困扰DW团队至今的问题还没有被解决的时候，男人走了，离开了DW团队。

陈豪成为DW团队新的领袖。

四年时间悄然而过，陈豪带领着DW团队，把《DWorld》推向了游戏市场的巅峰，却也承受着来自《DWorld》本身的巨大压力。

《DWorld》病了，庞大的数据，像是病毒一样，拖累着这款游戏。

陈豪咬着下唇，有那么一瞬，他突然后悔当初让那个人离开DW团队了。

DWorld。

"你是说，就连DW团队都不知道我身上的Bug是怎么回事？"花鸣不敢相信。

S侠点了点头："DW团队的领袖走了，或许他可以帮你。但是，我不知道那个人是谁。"

可以说，S侠是整个DWorld里，消息最灵通的NPC了。从《DWorld》面向公众的第一天起，他就存在于海岛城，他是这个世界最古老和最原始的土著民。也正因如此，他知晓许多关于DW团队的机密。

花鸣无法展望，要在现实世界的茫茫人海中，找到出走DW团队的那个人，希望渺茫。

"花鸣，你能存活下来，就已经是幸运了。"S侠安慰道，"那么多人被召回，唯独你活了下来。如果不是你迅速崛起，你恐怕也难逃一劫。"

S侠说的是事实。

在情绪值随机缺失这一Bug尚未找到根源时，花鸣爬上了排行榜，不再是游戏中的无名小卒。如若在此时再召回花鸣，必然会遭到非议和抵制，DW团队错过了召回花鸣的最佳时机。

于是，DW团队选择了容忍花鸣这一Bug角色的存在。

花鸣也顺理成章成为DWorld中最独特的一个人。

"反正，你的情商又不会影响你谈恋爱。"S侠笑道。

花鸣的脸瞬间红了，S侠话里有话。

"胡说什么。"花鸣朝着S侠挥了挥拳头。

"你就别瞒着我了，说说吧，你和双木是不是谈恋爱了？"S侠问道。

花鸣紧张得结巴了，说不出话来。

S侠扫了一眼风儿沙,叹道:"能谈恋爱真好。"

这话是说给风儿沙听的,但风儿沙却没有理会,仍然自顾自地望着海岛城上的那片天。

"双木是这个游戏最古老的人了,从内测时代就存在。"S侠说道。

DWorld也是有历史的。

它与现实世界不同,一款游戏的寿命,十年或许已经很长,但这十年,对于游戏里的人来说,却是一生。

DWorld已经有四年的正史,寿命将要过半。

在正史之前,DWorld还有两个被称为史前的时期。

最古老的时代,被称作封测时代。那是DW团队对这款游戏进行封闭性测试的时期,DWorld还处于雏形状态,只有DW团队能接触到尚未成型的DWorld。那个时代,就像是迷雾充斥着的洪荒,无人生活,没有人知道当时的DWorld里,究竟存在着什么。

而后是内测时代。《DWorld》进行了内部测试,并邀请了一部分玩家参与不删档内测,那时,DWorld已经形成。这个时期,对于花鸣这样的后来者而言,同样遥远。

在两个史前时期之后,《DWorld》进行了公测过渡,DWorld正式踏入了正史时期。

"原来,他那么早就存在了。"花鸣呢喃道。

"内测时代的玩家,或许也只剩双木一个了。"S侠说道,"他的那柄武器,便是内测时代的产物。"

花鸣终于有机会了解双木手中那柄神奇的武器了。内测时代,DWorld拥有更强大的武器合成和制造系统。那时候的武器五花八门,许多参加了《DWorld》内测的玩家,都拥有专属的神奇武器。

只是后来,《DWorld》对武器系统进行了改造,从此,专属的神奇武器,无法再被制造出来。但已经存在的内测武器,依旧可用。双木所持的武器,便是典型的内测武器,名为"迷雾"。

正如其名,它千变万化,令人捉摸不透,会根据战斗情况主动变换形态。

"你怎么什么都不知道,你们不是好上了吗?"S侠疑惑道。

花鸣的脸顿时又一片羞红:"你胡说什么。"

花鸣赶紧把前因后果向S侠坦白了一遍。

"我就说,双木玩家那张万年冰山脸,怎么会和你主人谈恋爱。"S侠耸了耸肩。

"你见过双木?"花鸣顿了顿,"我是说,你知道双木的主人长什么样?"

S侠点了点头:"游戏玩家注册角色的时候,需要人脸识别。以前,人脸信息是有被储存的,我们这些古老的NPC,都见过那时候创建角色的游戏玩家。"

最早以前，DW团队为了留档，玩家在创建角色时的人脸信息有被储存。只是后来，游戏数据库过于庞大，DW团队重新设计了角色创建系统。像风儿沙和花鸣这样的后来者，一经创建，玩家的人脸信息就立刻被销毁了，并没有留档。

花鸣突然紧张了起来，她盯着S侠，欲言又止。

S侠却看穿了花鸣的心思，他坏笑道："你是想看看双木玩家长什么样子吧？"

花鸣红着脸，她的确想看看自己所崇拜的那个人，究竟长什么模样。

他们都是生活在游戏世界里的一串代码，能够随意地相互分享脑海中的信息。只要S侠曾经看过双木玩家的脸，他就可以轻易地把图像信息，传送给花鸣。

花鸣犹豫了许久，终于，好奇心和崇拜欲还是战胜了心头的难为情，她对着S侠点了点头："让我看看他长什么样子吧。"

靠在一旁的风儿沙摇了摇头："看来，你真的是要恋爱了。"

S侠嘿嘿一笑，把花鸣拉到了一边，悄悄道："可以给你看，但是，你一定要在风儿沙面前多说我的好话。"

"成交。"花鸣已经迫不及待了。

她想知道双木的玩家长什么样子，此刻，她的脑海中全是双木那张似曾相识的面庞。她非常紧张，不知道为什么，她莫名其妙想到了现实生活中的那个人。

那张侧脸，竟也给她同样的感觉。

很快，S侠把储存在他脑海中的图像信息，传输给了花鸣。

花鸣的大脑一片空白，双唇颤抖着。

"不可能！"花鸣摇着头，"不可能！"

风儿沙和S侠都慌了，他们觉得花鸣有些异常。

"花鸣，你怎么了？"

花鸣的双目失神，任凭风儿沙和S侠怎么叫她，她也没有任何反应。

突然，花鸣消失在了守卫处。

她的身影，出现在一条幽暗而无人问津的小道上。远处的传送门，散发着幽幽的森气。

她要去确认一件事。

这是花鸣第一次主动独自踏上DWorld中最可怕的一个区域：骷髅山脉。

唯独在这里，她才能找到双木。

白骨森森，尸横遍野，山脉里回荡着阵阵兽鸣。

那道黑色的身影，果然伫立在骷髅山脉的外缘。双木的ID亮着，他的玩家在线。

花鸣一步一步地朝着双木走去。

"双木大神……"花鸣轻声叫道。

但是双木闭着眼，沉浸在休眠状态中。

玩家在线，但长时间没有操作的情况下，游戏角色便会进入休眠状态。一旦休眠状态持续太久，玩家仍未进行操作，玩家将会自动离线。此时，游戏角色就会从休眠状态中清醒，拥有自由意志。

双木长得俊美，脸上没有一丝表情。

这么近距离地观察他的脸，花鸣发现，这张脸，真的并不陌生。

花鸣慌了，她摇着头："不可能，他怎么会玩游戏。"

花鸣不断试图说服自己。

她不敢相信自己崇拜的，竟然会是那个人。

双木头上的ID突然黯淡了下去，休眠状态马上就要结束了。花鸣知道，双木的玩家，自动离线了。

一串黑色而透明的代码，从双木的头顶飘出，迅速地冲向了阴暗天空的一角。突然间，花鸣有了一个大胆的念头：她想跟着那串代码出去看看。

那串代码所连接的，正是操控着双木的那块屏幕。

这是花鸣第一次尝试从除了花茉莉家之外的电脑屏幕中穿出。

她摇身一变，一身纯白色的衣裙，化作丝丝缕缕交织缠绵的符号。

一黑一白，宛若两道流星在DWorld的天空中相互追逐。

黑色流火在前，白色星光在后。

黑色的代码，消失在了一片屏障里。花鸣感觉到了从四面八方而来的压力，她觉得自己的身体都要被挤压变形了。

那道屏障，像是无法突破一般。

但是，花鸣仍然咬牙坚持着，终于，恰似玻璃碎开的声音，那道屏障突然间支离破碎。

白色的代码，晃晃悠悠地落在了地上，随后迅速合成了一道人形。

花鸣睁开了眼，这是一间干净得一尘不染的小房间。

一张并不算宽敞的小床，一个堆满书籍的书架，一张支撑着电脑的书桌。屋子并不大，空气里散发着淡淡的香味。书桌前，趴着一个穿着白色衬衫的男人，黑色的发丝凌乱，均匀平缓的呼吸声。

他睡着了。

花鸣心中最后一丝侥幸，瞬时荡然无存。

"怎么会是他。"花鸣简直要疯了。

这个男人，正是她任务里的Boss：林缓！

"林缓就是双木，双木就是林缓。"花鸣的大脑混乱，直到此刻，她亲自站在了林缓的面前，仍然不敢相信。

林缓那么优秀，他为什么会玩游戏？

林缓对一切都不在意，他为什么会因为一个帖子，怒训宙甲？

　　林缓拒人于千里之外，他为什么会带她过副本？

　　心中的谜团越来越多，可是一切怀疑，都抵不过花鸣眼前这张万分真实的脸。

　　双木的冰冷，林缓的寒霜，根本就同出一辙。

　　花鸣懊悔不已，在现实世界，她竟然三番两次向林缓告白，丢尽颜面，甚至控制不住情绪，怒斥林缓。

　　林缓可是双木啊！她崇拜的偶像！

　　如果有后悔药，花鸣恨不得吞上一千颗、一万颗。

　　屏幕里，运行着《DWorld》的程序。

　　书桌上，堆着一摞摞的书。

　　夜深了，窗外响着夏末秋初的最后一波蝉鸣。

　　那张脸，太漂亮、太精致了，就连花鸣都羡慕。

　　花鸣痴痴地看着这张绝美的脸，待她反应过来，她才想起必须立刻离开这里。

　　只是，来不及了。

　　正当花鸣准备化身代码穿进屏幕时，被长睫毛覆盖着的双眼，突然睁开了。

　　花鸣的双手朝天，头颅上扬。

　　林缓的突然醒来，让花鸣终止了回归。

　　但她却保持着这个极度奇怪的姿势。

　　空气凝聚，气氛尴尬。

　　林缓的眉头微皱，就在他准备开口时，花鸣一拍脑门儿："林缓同学，晚安！"

　　说罢，花鸣打开林缓宿舍的门，落荒而逃。

　　这是计算机系男生宿舍楼的顶层，因为林缓时常代表学校参赛，余宁大学为林缓开了特例，单独为他准备了一间极度安静的宿舍，供他学习研究。

　　花鸣突然出现在男生宿舍楼里，很快就引起了轰动。

　　"这不是数学系的花茉莉吗？"

　　"她这是从林缓的宿舍跑下来了？"

　　只是，此刻的花鸣恨不得找个地洞钻进去，根本听不到其他人在议论些什么。

第十八章 小偷

"你还有这技能?"徐菲菲无比惊诧。

花鸣也的确没想到她竟然真能跟着那道光,从林缓的那块屏幕来到现实世界,她只是一时头脑发热,抱着试一试的态度,尝试了一把,仅此而已。如若早知道会被林缓发现,她绝对不会如此莽撞。

"那你以后不是相当于有了一道任意门,想去哪儿就去哪儿?"徐菲菲更加兴奋了。

从计算机系男生宿舍楼跑出来后,花鸣第一时间找到了早已睡眼惺忪的徐菲菲。

但是,徐菲菲的关注点,却并不是花鸣正在担忧的。

"你能不能抓住重点?"花鸣狠狠地瞪了徐菲菲一眼。

徐菲菲这才吐了吐舌头,回答道:"他没把你当贼抓起来,你就该庆幸了,你还有什么好担心的?"

此刻,徐菲菲倒是乐观了许多。自从花鸣顶替花茉莉来上学后,她早已经对花鸣的怪异行为见怪不怪了。

闯的祸多了,也不差这一个。

"双木大神会不会认出我来?"花鸣的心跳很快,脸上火辣辣的。

一想起林缓和双木的脸庞,她就又是懊悔,又是羞愧。花鸣深知,在现实世界,她给林缓留下了差劲的印象。在游戏世界里,虽然她和双木算不上熟悉,但至少她没有在偶像面前做过出格的事。

一旦林缓认出了她,那花鸣在游戏里最后的一点尊严都将丢失,那是她无法容忍的事。

徐菲菲想了想:"认不出来吧?你不是也没认出他吗?"

徐菲菲回想起第一次在《DWorld》角色界面看见花鸣时的模样。如若不是亲眼看见花鸣从屏幕里穿进去，徐菲菲并不会把花鸣和屏幕里的那个角色联系在一起。

花鸣一听，放松了不少。

在某个瞬间，花鸣盯着林缓的侧脸，心底确实产生了一种似曾相识的感觉。但无论如何，花鸣也没有直接从林缓的身上看见双木的影子。

《DWorld》创建角色依靠的是人脸识别，但游戏画风和现实世界毕竟相差甚远。慢慢地，花鸣打消了心里的担忧，同时，她下定了决心：无论如何都不能让林缓知道花鸣就是数次胡搅蛮缠的她。

花鸣一定要在偶像面前，保持最美好的模样。

徐菲菲轻轻拍了拍花鸣的肩膀，安慰道："其实，这未必是一件坏事。"

花鸣不解。

她还没从惊讶中彻底走出来。花茉莉暗恋的是林缓，而林缓竟然是《DWorld》的巅峰玩家双木，她不敢相信世界上会有这么巧的事。

徐菲菲解释道："无论是林缓也好，还是你的双木大神也好，他们都是同一个人。既然你要追他，这样不是多了一个机会吗？"

花鸣明白了。

徐菲菲是让花鸣在游戏世界里，也同时对双木展开追求的攻势。搞定现实世界的林缓，抑或是在游戏里搞定双木，都算是追到了他。

可是，花鸣却不敢在游戏里对她的偶像乱来。花鸣坚信纸包不住火，一旦接触多了，她觉得双木迟早会知道她的身份。

徐菲菲看穿了花鸣的心思，拍了拍花鸣的脑袋："等你真的追到了他，他还会怪你对他做了几次奇怪的事不成？"

徐菲菲说得有道理，但一时之间，花鸣还是不敢轻易答应。

早已没有回家的客船，花鸣在徐菲菲的宿舍挤了一夜。这一个晚上，花鸣始终闭不上眼，她的心头焦躁不安，总觉得会有不祥的事发生。

上午的课一结束，花鸣就接到了于海的通知。

花鸣心不在焉地来到了于海的办公室，刚推开门，她一头撞进了一道宽阔的胸膛。

花鸣抬起头，对上了林缓的双眸。

"你……你怎么在这儿？"花鸣突然变得结巴，从前面对林缓的气势，霎时间荡然无存。

如果有一面镜子，花鸣看到镜中的自己，一定会暗道自己不争气，此刻，她的脸红得像熟透的番茄。

林缓并没有回答他，而是继续倚靠在墙上，略显慵懒。

"花茉莉同学，你来了。"于海坐着，手里端着一杯热茶，心情很好。

于海的身边，还坐着另外一个中年女人，那是计算机系的导师——蒋艳艳。

"既然都来了，那就宣布吧。"蒋艳艳的脸色不太好。

这一年被蒋艳艳视作计算机系最鼎盛的一年，除了有绝对优秀的林缓，大二的杨欣也俨然成为一匹黑马。原本以为这次数学赛的参赛名额会全部落入计算机系的手中，谁也不曾想到，数学系竟然杀出了一个花鸣。

"数学赛将在一周后举行，两天后，我和蒋老师会带你们前往参赛城市。"于海抢过了蒋艳艳的话。

数学赛本是数学系的专长，如今，花鸣拿下一个名额，总算给于海争了一口气。此刻，于海简直把花鸣当成了捡到的宝，得意得不得了。

于海和蒋艳艳你一言我一语地说着这次数学赛的计划，但是花鸣却一句也没听进去。

林缓靠着墙，望着窗外。

他的世界很安静，仿佛谁也走不进去。这里发生的一切，都宛若和他没有任何关系。

花鸣偷偷地望着林缓的侧脸，从前，她的字典里，从未有过"娇羞"二字。然而，现在的花鸣，却成了娇滴滴的少女。

操控着双木的那个人，就站在她的面前。这种感觉有多么奇妙，恐怕只有花鸣自己能体会。

"林缓同学，数学赛在即，游戏还是少玩一点。"蒋艳艳的一句话，把花鸣的思绪拉了回来。

林缓终于侧过了头，他的双眉微皱。

蒋艳艳的脸色并不好看，她的坏心情，似乎不只是因为花鸣夺下了差点属于杨欣的名额。

蒋艳艳站了起来，走到了林缓的面前。

"林缓同学，考题泄露，你有不可推卸的责任。"蒋艳艳似乎正强忍着气。

花鸣的心一跳，默道："考题泄露？"

"我会再出一份新的。"林缓面无表情。

蒋艳艳点了点头："新的试卷，明天之前必须交到我手上。"

如若换作其他人，蒋艳艳早就劈头盖脸地骂上一顿了。奈何，这次犯了错的人，是林缓，而且他还即将代表学校参加数学赛，蒋艳艳不能为了追究责任，而影响了他的心情。

林缓不再作答，转身离开了办公室。

于海本想再向花鸣交代几句，然而花鸣却也跟着林缓，跑开了。

刚离开办公室，花鸣就给徐菲菲打了一个电话。

从消息通徐菲菲的口中，花鸣总算了解了事情的来龙去脉。

果然，出事了！

就在不久前，林缓接到了来自蒋艳艳布置的任务：为计算机系一年级学生的一场考试出题。

林缓的能力，已经足够完成这样的任务。

但是，就在昨天夜里，校园论坛里突然出现了一模一样的考题。

这份考题的纸质版资料，在蒋艳艳手里。考题纸质版没丢，那么泄题的根源，便出在林缓电脑中的电子版试题。林缓出的题，在校园论坛上疯传，有不少帖子指责林缓恶意泄题。同时，林缓是《DWorld》玩家的消息，也被同时曝光了。

挂断电话后，花鸣火急火燎地登上了校园论坛。

果然，林缓遭遇了有史以来最严重的一场非议。

"看清楚吧，你们优秀的男神，也在玩物丧志！"

"林缓恶意泄题，目的为何？"

"学校为林缓准备了一间单人宿舍，他就是用来打游戏的？"

……

不少人依旧站在林缓这一边，与指责林缓的人，激烈地争吵着。

"都什么年代了，玩游戏就是玩物丧志？"

"就算林缓玩游戏又怎么样，你们玩游戏，还能像他那么优秀？"

"就算林缓有意泄题，会用这么笨的方法吗？"

……

看了时间，最早针对林缓的几个帖子，竟然是在花鸣从林缓宿舍离开后没多久发布的。花鸣意识到了事态的严重性：林缓该不会以为是她搞的鬼吧？

花鸣更加懊悔自己昨夜突然闯进林缓宿舍的行为了。

莫名其妙地出现在林缓宿舍，没过多久，考题泄露了，林缓玩游戏的消息也被曝光了。这样的巧合，就连她自己都要不相信自己了。

花鸣迫不及待地想追上去，但是她又止住了脚步。

"我这么上去解释，会不会此地无银三百两？"

花鸣犹豫了。

可是，一想到林缓就是双木后，花鸣又坚定地迈开了脚步。

她绝对不愿意在林缓的心中，留下污点。

终于，在林缓即将进入宿舍楼前，花鸣拦下了他。

校园里，消息传得很快。

周围有不少人正盯着林缓和花鸣。

"林缓,不是我。"花鸣摇着头。

林缓的眼神深邃。

盯久了,花鸣产生了一种马上就要窒息的错觉。

花鸣和林缓面对面地站着,他们之间的距离,很近。

林缓居高临下地看着花鸣的脸,始终没有作答。

花鸣无法从林缓的脸上,捕捉到任何异常的表情。

看不出责怪,也看不出怀疑,更没有信任。

这让花鸣更加心慌,就在这一瞬间,花鸣已经想象了无数种林缓会做出的反应。

然而,林缓却绕开了她。

第一次,花鸣揪住林缓的衣领想吻他;第二次,花鸣向林缓递情书念诗告白;第三次,花鸣冲进林缓的教室强求一个道歉。

"有病。"

"我不喜欢笨的人。"

"一个聪明的人,不会三番两次做出奇怪的事。"

每一次,林缓都对花鸣说了话,尽管只是简单却伤人的只言片语。

可这一次,林缓沉默了。

花鸣的情绪值突然波动,她的脑袋犯晕,呼吸乏力,她必须立刻离开现实世界,回到DWorld。

望着林缓远去的背影,花鸣咬着牙,转身跑开了。

当呼吸着游戏世界专属的空气,花鸣终于觉得好受多了。

花鸣的情绪值虽然存在Bug,但却从未有过异常的波动。可以说,花鸣身上存在的Bug,是《DWorld》中最稳定的漏洞了。前所未有的异动,让花鸣的心情变得莫名不舒服。

花鸣在海岛城上漫着步,直到有人叫她,她才停下脚步。

花鸣发现,在不知不觉中,她又来到了守卫处。

S侠四处看了看,问道:"你怎么一个人来了,风儿沙呢?"

花鸣摇了摇头,一阵木讷。

S侠埋怨:"刚答应我的就忘了,你不带风儿沙来,我怎么见她,和她培养感情?"

见花鸣还是没有反应,S侠打趣道:"你怎么了,精神恍惚的,要不是你没有悲伤值,我还以为你在难过呢。"

花鸣勉强笑了笑,突然问道:"S侠,如果你被别人误会,会怎么做?"

"那要看我在不在意那个误会我的人了。"S侠回答。

"在不在意?"花鸣反问。

S侠点着头："如果你被误会了，想要解释清楚，那就代表你在意那个人对你的看法。"

　　花鸣确定，她想向林缓解释清楚，想让林缓知道，这件事和她没有任何关系。

　　"那如果解释不清楚，你会怎么做？"花鸣又问。

　　S侠虽是虚设NPC，但他从内测时代就诞生了，吃的盐比花鸣吃的米还多。S侠的所有能力值都是9999，很多时候，花鸣都把S侠当作智库。

　　"说不清楚的事，就拿事实说话。"S侠回答。

　　得到答案后，花鸣像重新充满了电一样，转身跑开。

　　S侠在身后高呼："记得下次带上风儿沙！"

　　待花鸣跑远了，S侠才叹了口气，心事重重的脸上，不再有往常的笑意。

　　"为什么要折磨她？"

　　S侠的口中，吐出了耐人寻味的一句话……

　　再一次回到现实世界。

　　"菲菲，我要查清楚是谁泄了题。"

　　徐菲菲一脸为难。

　　数学赛在即，花鸣拿下了一个名额，本可以和林缓朝夕相处许多天，可谁想到会突然发生这样的事。

　　必须打消林缓对花鸣的怀疑，可是徐菲菲却没想到好办法。

　　二人愁眉苦脸的时候，脖子上挂着DV的秦璐找上了她们。

　　盯着秦璐胸前的摄像机，徐菲菲有了主意。

　　她拉着一脸茫然的花鸣和秦璐，跑到了学校操场上一间不起眼的小屋子里。

　　这是学校的监控室。

　　整个学校，大大小小的监控摄像头不计其数，所有被摄像头记录下的画面，都可以在这里查到记录。

　　徐菲菲拿出了看家本领，对着监控室里的师傅又是撒娇，又是死缠烂打，终于，她们进了监控室。

　　计算机系男生宿舍楼的每一层楼道，都分布着摄像头。

　　"只要我们查清楚有哪些人进了林缓的宿舍，不就可以知道是谁偷了试题吗？"徐菲菲得意地笑着，她觉得此时的自己，无比聪明。

　　然而，她们把近两天来的监控视频都看了一遍，却没有发现异常。

　　林缓住在宿舍楼的顶层，那一层只有一间宿舍。

　　这样特殊的一层楼，除了林缓，平时根本就没有其他人上去。

　　很快，画面被调至了昨天夜里。

只见屏幕画面里，林缓宿舍的门，突然被打开。

从里面蹿出了一道娇小的身影，她匆匆忙忙地跑下了楼。

秦璐讶异地张大了嘴："茉莉姐，这不是你吗？"

盯着屏幕里的那个人，秦璐越看越像身边的花鸣。

她太惊讶了，她没想到花鸣竟然会待在林缓的宿舍里。

那样晚的深夜，难免让人浮想联翩。

果然，被秦璐盯着看了许久，花鸣的脸红了。

她摆了摆手："不是你想的那样。"

而让秦璐更加不解的是，看了这么久的监控画面，她根本就没有看见花鸣进入林缓的宿舍。

有出无进，秦璐甚至怀疑自己是不是眨了眼，看漏了哪一段。

怕被秦璐看穿，徐菲菲赶紧找了个借口，带着她们离开了监控室。

时至傍晚，金色的阳光洒满了整片大地。

但花鸣的心情却没有这般美好。

原以为能够查出偷题的人，谁想到她们会无功而返。

"菲菲，我要怎么办？"花鸣已经茫然无措了。

徐菲菲也没有办法了。

秦璐安慰道："茉莉姐，别担心了。好在学校没有追究。"

由于不是大型考试，又涉及林缓，泄题一事，余宁大学教务组并没有追查。否则，一旦得知花鸣有嫌疑，那将是一桩大麻烦事。

然而，花鸣却焦灼着。

再过不久，她就要和林缓踏上数学赛的旅途了。

她不知应该怎么面对林缓。

在DWorld里，她从未遭受过这样的误解。

可在这里，她明明什么也没有做，却要为自证清白而绞尽脑汁。

狭路相逢，就在花鸣和徐菲菲都愁眉不展时，赵佳迎面走来。

赵佳瞥了花鸣和徐菲菲一眼，嘲讽道："哟，我要是你，早就挖个地缝钻进去了。"

花鸣一愣，指着自己："你是在和我说话？"

赵佳反问："怎么，难道不要脸的还有其他人吗？"

徐菲菲一听，火上眉梢。

"赵佳，你又在胡说八道什么？"

赵佳给了花鸣和徐菲菲一个白眼，这才得意扬扬地走开了。

赵佳的表现，让徐菲菲苦思冥想了好一会儿，突然，她一拍脑门儿："糟了，一定出事了！"

第十九章 流言
Chapter 19

香气四溢,热腾腾的水雾在淡黄色的光下慢慢散开。

天气越来越冷了,落地窗上白茫茫一片,偶尔有路过的小孩儿,调皮地用手指,在满是雾气的玻璃窗上,涂抹出只有他们看得懂的图案。

时间过得很快,转眼,明天就是花鸣和林缓离开余宁市的日子了。

花鸣窝在香屋里,盯着落地窗外的行人发呆。

挂钟在墙上摇摆着,终于,时针缓缓地指向了下午两点。

"茉莉?"麦弋轻轻地唤了花鸣几声。

然而,花鸣却完全沉浸在思绪里。

已经两天过去了,花鸣总是坐在香屋里发呆,心事重重。

麦弋摇了摇头,他知道花鸣遇到麻烦事了。

本不想打扰花鸣,但麦弋却控制不住剧烈的咳嗽声。

花鸣终于反应了过来。

麦弋苍白的脸颊间涨红,双唇却没有血色。麦弋捂着嘴,身体因咳嗽而轻微颤抖着。

"店长!"花鸣立刻给麦弋让了座,匆忙地替他倒了杯热水。

花鸣并没有发现,麦弋已经连续咳嗽了两天了。

虽然只是入秋的时间,但今年的余宁市,气温却比往年降得更快。

喝下热水后,麦弋的唇色终于好转许多。

"店长,你没事吧?"花鸣试探性地问道。

麦弋摇头:"天冷,只是着凉了。你怎么了?"

花鸣一怔:"你不知道?"

当初，花鸣参加数学选拔赛的消息，麦弋都知道，花鸣还以为，这一次麦弋也会从他偶尔关注的余宁大学论坛里知道一些消息。

麦弋眯着眼，轻声笑道："我也不是什么都知道，除非是发生了天大的事。"

花鸣低声呢喃着："天大的事？"

就在泄题风波的第二天，林缓又重新为蒋艳艳带去了一份考题，这为泄题风波，勉强画上了一个句号。而关于林缓是游戏玩家的传言，由于始终没有得到林缓本人的回应，也渐渐有了平息之势。

可是，就在所有人都以为针对林缓的传闻要结束时，又一则无比重磅的消息，席卷而来。

这场暴风雨，花鸣等人是早有预感的。

赵佳阴阳怪气的嘲讽，让花鸣和徐菲菲满心不安。

花鸣离开林缓宿舍时，夜已深，但远还不到所有人都入眠的时间。

徐菲菲担忧这场小风波会被别有用心的人利用，酝酿成一场巨浪。然而，彼时的花鸣无比紧张，她也不确定究竟是否有人看见自己从林缓的宿舍跑出来。

她们抱着侥幸，辗转地熬过了一夜。

终于，她们所担忧的，像是阴暗洞穴里数不清的潮湿蝙蝠，铺天盖地地席卷而来。

才是清晨，花鸣和徐菲菲几乎在同一时间醒来。

"花茉莉深夜出入林缓宿舍！"

"花茉莉行为不端，留宿林缓住处！"

"学校为林缓准备的单人宿舍，原来不只是用来打游戏的！"

早已占据头条的无数帖子，顷刻间让花鸣和徐菲菲睡意全无。

花鸣匆匆忙忙整理了妆容，搭上了最早的一班客船。

徐菲菲和秦璐在港口拦下了她。

花鸣尚未去学校，就从徐菲菲口中得知了这场波动。

消息一曝光，花鸣被贴上了诸多标签，太多人在声讨花鸣了。林缓的仰慕者太多，若说告白只是小打小闹，大家冷嘲热讽几句也就过去了，但留宿林缓住处，这简直触碰了许多人心中的底线。

她们不允许心中的男神被亵渎。

花鸣成了众矢之的，徐菲菲已经能够预见花鸣被众人围攻时的狼狈模样。

这是花鸣来到现实世界后，第一次想要逃避。

她望着余宁大学的方向，心生无力，宛若那是阴气森森的骷髅山脉。

花鸣不怕流言蜚语，有人欺负她，她就会想办法欺负回来。就连《DWorld》排行第二的宙甲都在她手里吃了亏，花鸣根本不惧怕现实世界里，这些只会动嘴皮子的人。

真正让花鸣感到恐惧的，是林缓。

不知为什么，林缓和双木彻底在花鸣心中成为同一个人后，花鸣的心就总是躁动不安。她不愿意让林缓误解，更不愿意林缓因为她而承受更多的非议。

可是，她的一时冲动，正让林缓也置身于流言之中。

这是从未有过的。

林缓是所有人热衷讨论的话题，但一直以来，所有关于林缓的话题，全是正面的、光荣的。

树大招风，只是因为林缓太优秀了，那些心怀嫉妒的人无从下手。

而这一次，先是泄题和游戏风波，而后又是花鸣留宿林缓住处的重磅新闻，那些别有用心、蠢蠢欲动的人，终于找到了机会。他们唯恐天下不乱，四处抹黑着林缓。

花鸣没有去上课。

她窝在了香屋里发呆，连续两天。

徐菲菲和秦璐在学校里观察着事态的发展。她们都渴望风波能够平息，可是她们失望了。接连两天，不少人看她们的眼神都是异样的，因为大家都知道，徐菲菲和秦璐是经常出现在花鸣身边的朋友。

为了不给花鸣带去麻烦，徐菲菲和秦璐甚至不敢到香屋来。

没有了徐菲菲和秦璐的陪伴，花鸣觉得这两天，更加难熬。

林缓一定恨透我了吧？他以为题是我偷的，以为他玩游戏的消息是我泄露的，一定也以为我是灾星，让他承受这么多流言蜚语。

花鸣的心里，循环往复地这样想着。

花鸣也不知心头那种让她难受的情绪是什么，她无法形容，但她知道，它像一块巨石，压得她喘不过气，又像冬日里的寒气，时常让她的心底发凉。

花鸣越来越慌张，再过一天，她就要再见到林缓了。她不敢见他，甚至想就此放弃系统交给她的任务，回到DWorld。花鸣的心头，残留着最后一丝理智，她抑制住了心头的冲动。

她踌躇了很久，但最终还是不敢离开香屋。

林缓成了洪水猛兽，她不敢再见他。

犹豫了这么久，花鸣决定放弃这次数学赛。

在她没有想到完美的解决办法前，能拖多久，便是多久。只要不去参加数学赛，就可以暂时见不到林缓。

参加数学赛的目的，本是为了阻止杨欣和林缓独处，顺便为她争取更多接近林缓的机会。花鸣不敢面对林缓，那么非要参加数学赛的理由，也荡然无存了。

而此刻，于海对此事还一无所知。

如若他知道花鸣的心思，一定会气得吐血。

"我偶尔还去学校听课，来店里的客人也经常会讨论学校里的事。我不是什么都知道，但也不是消息闭塞的人。如果发生了什么大事，我不会不知道。就算真的发生了什么，我都不知道，想必也不是什么大事。"麦弋耐心地安慰着。

麦弋撒了谎，其实他知晓校园里发生的一切。

沸沸扬扬，兴师动众，他怎么会不知道。

为了让花鸣有个安静的地方躲着，他还悄悄闭上了店门。

花鸣勉强一笑，她庆幸自己不会悲伤，否则，此刻她一定难受得死去活来。还好，除了心头那种说不上是什么的滋味，花鸣只是觉得心烦和无措。

麦弋叹了口气，花鸣没了往日的精神。

"你知道吗，你来之前，香屋不是这样的。"麦弋指了指对面的椅子，示意花鸣坐下。

花鸣这才发现，店门已经关上了，玻璃窗上，挂上了"暂停营业"的木牌子。

"不是这样的？"花鸣坐了下来，"我来这后，变得不好了吗？"

花鸣被这件事打击到了，她觉得自己兴许真的是灾星，总是在闯祸。

麦弋却摇了摇头，轻声笑道："以前的香屋，很安静，静到只有我和客人机械的对话。但是，现在不一样了。"

有那么一瞬间，花鸣从麦弋温柔的语气里，听出了孤独。

时间久了，麦弋也快记不清香屋在多少个白天，拉开了大门，又在多少个夜晚，锁上了门闩。每一天的日子几乎都一样，或是雨天，或是晴天，也许是炽热的夏至，又也许是刺骨的寒冬。

香屋里迎来过形形色色的客人，有不谙世事的孩童，也有步履蹒跚的老人。男人、女人、学生、醉汉，有身份的、没身份的，都在麦弋的奶茶店里出现过。只是，他们就真的如同过客一样，来了就走，走了就不会再来。

倒是有一些常客，也只有这些人，麦弋才能勉强记住他们。

香屋里昏黄色的灯光，仿佛在诉说着麦弋的孤单。

直到那个雨天，奇怪的少女闯进了香屋。

和他见过的所有人都不一样，花鸣会因为一杯奶茶而满足，会因为一份工作而感激涕零。花鸣有过太多奇怪的举动，哪怕仅仅是一个不经意的动作。

花鸣来后，香屋终于不一样了。

尽管依旧很安静，但在静谧之中，时常掺杂着几道笑声。

麦弋时常在夜里期待，或许明天下午的五点后，又将是一段不一样但却欢乐的时光。

"因为有了你，这里更像是一个家了。"麦弋望着苦心经营起来的小店，唏嘘道。

"店长，你家人呢？"花鸣问道。

来香屋工作，也有些日子了。但是，花鸣从未见过麦弋的亲人来过店里，也不曾见过麦弋与他的家人联系过。

花鸣是没有亲人的，但她知道，在现实世界中，家庭关系与每个人都密不可分。那关系就好比花茉莉和邱敏。

"我尽可能地想和每一个来这里的人，成为亲人。"麦弋嘴角上扬，如同对待任何人那样笑着。

麦弋没有正面回答花鸣的问题，花鸣还想继续追问时，麦弋突然把头扭向了窗外。

"两天了，外面没有下雨，阳光充足，天气晴朗。可是香屋里，好像下起了雨，阴阴沉沉，该是放晴的时候了。"麦弋试图让花鸣变得开心，"明天不就要启程去参加比赛了吗？"

花鸣突然有些不好意思，在她准备比赛的那些天，麦弋替她承担了本属于她的工作。

"店长，其实，我不想去参加比赛了。"花鸣低着头，轻声道。

就在此时，局促的敲门声在香屋里响起。

透过玻璃窗，花鸣和麦弋看见了一脸着急的徐菲菲。

花鸣这才发现，被她调至静音的手机里，足足有十多个未接来电。

开了门，徐菲菲拉起花鸣就往外跑，甚至来不及与麦弋打招呼。

待二人离开了香屋，麦弋才大步走到吧台前，提起座机听筒，拨通了一个电话。

被徐菲菲拖出香屋，花鸣全身打了一个激灵，原来天都这么冷了。

"菲菲，怎么了？"花鸣终于把徐菲菲的手甩开了。

徐菲菲喘着粗气："出事了！"

如果不是出事了，徐菲菲肯定不会突然来找花鸣，她才不想那些盯着她的人，知道花鸣正在奶茶小店里避风头。

"出什么事了？"花鸣问。

"林缓被人找麻烦了。"

徐菲菲知道花鸣很在意双木，所以第一时间就跑来通知花鸣了。

花鸣一怔，她们的身边，人来人往。

如若是在DWorld里，花鸣绝不担心。

双木是无敌的存在，没有人敢、也没有人可以找他的麻烦，但这里是现实世界。

"他在哪？"花鸣着急地问道。

"篮球场。"

得到答案后，花鸣把一切顾虑都抛诸脑后，朝着余宁大学飞速跑去。

在象征着死亡的骷髅山脉，是双木带着她，通过了"白骨妖姬"；在被迫要与宙甲PK时，是双木突然出现，击退了宙甲，花鸣能想到的，只有这些。

余宁大学篮球场，早已人声鼎沸。

围观的人群，把篮球场堵了个水泄不通。

徐菲菲和花鸣拨开人潮，终于挤到了最前面。有些人认出了花鸣，但此刻，大家注视的焦点，更愿意在赛场上。

林缓穿着宽松的黑衣，一个篮球，随意地躺在他的脚边。

而林缓的面前，站着一个高大的男生，足足比林缓还高出了半个头。远远望去，男生粗犷，扎着脏辫，宛若一个怪物。

"林缓，比不比，给个痛快话。"粗犷男生突然捡起一个篮球，朝着林缓狠狠砸去。

林缓侧身，躲开了。

"他的脚，受伤了？"花鸣看了出来。

徐菲菲点了点头，赶紧把这里的情况告诉了花鸣。

找麻烦的男生，名叫张志腾，是学校篮球队的队长，为人凶悍，欺人为乐，是学校里有名的校霸。就在刚刚，林缓在球场上打球时，被张志腾故意撞倒，林缓的脚踝应该受了伤。

而张志腾借此机会，提出要与林缓斗球。

在场的人都明白张志腾是故意找茬儿，但却没有人敢站出来说话。

"谁都知道林缓的篮球打得好，所以他先把林缓撞伤了，才敢挑衅。"徐菲菲压低声音解释道。

花鸣紧张地盯着场内，她能明显看见林缓额头上冒出的汗珠。

他一定很疼。

"张志腾为什么找茬儿？"花鸣问道。

花鸣觉得这个名字有些耳熟，但一时想不起来在哪里听过。

"张志腾喜欢校花，而杨欣又向林缓告白了。这次林缓被不少男生抹黑，张志腾想趁这次机会，出口恶气。"徐菲菲解释道。

花鸣终于把来龙去脉搞清楚了。

很快，花鸣把张志腾找麻烦的责任，也归咎到了自己的头上。

如若林缓没有遭受这样的非议，就算张志腾想找林缓麻烦，也要考虑一下别人的看法。而他现在这般肆无忌惮，正是因为林缓身陷舆论风波。

张志腾又从地上捡起了一个球，猖狂道："怎么，林缓，你不敢了？听说你篮球打得也好，怎么就不敢和我比了呢？"

林缓的表情未变，似乎不想搭理张志腾，转身想要离开。

见林缓要走，张志腾急了："林缓，你要做个胆小鬼？"

花鸣见识过林缓的冷漠。

林缓不在意别人的看法，哪怕所有人真的把他当成了胆小鬼，他也不在乎。

林缓的脚伤似乎很严重，走起路来，略显不稳。

张志腾当然不会放过这么好的一个机会，他大步向前，拦住了林缓。

"林缓，不比也行。你给我鞠个躬，我就放你走。"张志腾笑着，目光在人群中，寻找起杨欣的身影来。

他做这一切，都是为了给杨欣看的。

已经一年多了，自从杨欣进入余宁大学，张志腾就不断地追求她。

可是杨欣总是对他不闻不问。

不久前，杨欣更是向林缓表白了，张志腾实在没有办法咽下这口恶气。

他要让杨欣知道，他比林缓更值得她眷顾。

然而，张志腾却并没有在人群里发现杨欣。

他还以为，这样大的动静，足够把杨欣吸引来。

失望化作对林缓更大的敌意，他咬牙，问道："我最后问你一次，你比不比？"

林缓的眉头终于皱了起来。

远处的花鸣看清了林缓的表情，她知道，林缓每次不耐烦时，都会眉头深锁。

"滚开。"林缓的口中，吐出了简单的两个字。

所有人都惊讶了，没有人想到林缓竟然敢对张志腾这么说话。

果然，林缓成功激怒了张志腾。

张志腾阴沉着脸，双拳紧握："你说什么，再说一遍！"

就在林缓的双唇微动时，银铃般清脆的声音传来："让你滚，没听清？"

第二十章 投篮

众目睽睽下，花鸣站了出来。

徐菲菲还来不及拉住她，她就已经走到了张志腾的面前。

徐菲菲看着花鸣的背影，宛若正在为远行的壮士送行。

在张志腾的怒火一触即发时，花鸣拦在了张志腾和林缓的中间。张志腾比林缓还要高出一个头，娇小的花鸣站在他面前，像是凶猛野兽前的一只小猎物。但是，花鸣却一点儿都不觉得害怕。

毕竟，张志腾的体型，和游戏里那些庞然大物比起来，简直是小巫见大巫。

"你是谁？"

半路杀出了个小姑娘，张志腾盯着花鸣，上下打量了一番，嘲讽般地问道。

"林缓都受伤了，你还要乘人之危，不觉得害臊？"花鸣抬着头，与张志腾四目相对。

很快，周遭的人群骚动了起来。

"那不是花茉莉吗？"

"花茉莉竟敢为了林缓，得罪张志腾。"

"看来，花茉莉真的在林缓的宿舍睡过了。"

听到周围的窃窃私语，张志腾在脑海里迅速搜索起"花茉莉"这号人物。

但是，张志腾本就不是一个热衷八卦的人，他思来想去，也不觉得这个名字熟悉。但看大家的反应，他隐隐猜测，眼前这个好看的短发少女，恐怕也在余宁大学小有名气了。

"这是我和林缓之间的事，和你没关系。"张志腾收起思绪，威胁道，"我劝你还是别管了，免得以后在学校里，不好混。"

本以为花鸣会知难而退，谁想到，面对他的威胁，花鸣竟然纹丝不动，一点儿也没有要离开的意思。

花鸣把林缓挡在了身后，眼角的余光，时不时地偷偷瞄向身后。

她不敢转过脸去，因为她还没想到要怎么面对林缓。

但是，她必须站出来。

按照事态的发展，林缓绝对会和张志腾发生冲突。林缓的脚受了伤，花鸣没有办法坐视不管。双木是怎样在游戏里为她解决麻烦的，花鸣绝对忘不了。

也是在花鸣站出来的前一秒，她终于想起在什么地方听过这个名字了。

花茉莉的日记本里，出现过张志腾的名字。

善良的花茉莉，曾经亲眼看到一个斯文的小男生，被张志腾欺负。那个小男生，初入大学，抱着满心的期待，参加了学校篮球队的报名。然而，因身材矮小，他被张志腾狠狠羞辱。

因为本能地出言反抗，今后的生活，那个斯文的小男生在不断的麻烦中度过。敢怒而不敢言，甚至最后被迫辍学。

花茉莉在日记本中这样写道：如果我有能力，一定要阻止张志腾，他的暴力，不应该在青春校园里出现。

或许，这也算是花鸣需要完成的任务之一。

无论是为了任务，还是为了林缓，花鸣都必须站出来。

这么久以来，张志腾还从未遇见过像花鸣这样勇敢的女生。

他有些头疼，他也并不是完全不在乎其他人的评价。

为难一个女生，不是他的作风，而如果不教训花鸣，他又担心别人认为他怕了一个女生。

张志腾沉思片刻，目光跨过花鸣的脑袋，看向林缓。

"林缓，怎么，你都需要躲在一个女人后面了吗？"张志腾想用激将法，逼迫林缓自己站出来。

只是，张志腾的激将法却丝毫不起作用。

换作其他人，碍于情面，恐怕真的会上张志腾的当。但是，没有任何人比林缓更加不在意别人的看法。

林缓只是静静地盯着花鸣的背影，一句话也没说。

林缓的表情，花鸣一无所知，但是人群中正为花鸣紧张的徐菲菲，竟从林缓的脸上，意外地捕捉到了一丝不同于冷漠的情绪。

那是，饶有兴致？

没错，林缓打消了离开的念头。这里太吵了，酷爱安静的他，早已不适。

可是，此刻，林缓突然想看看接下来会发生什么。

这个三番四次打扰他正常生活的女孩儿，太奇怪了。

像是一只丛林深处逆行飞来的鸟儿，又像是冰天雪地里突然吹来的一阵热风。她的一举一动，都和正常人不一样。

"林缓，你真的不嫌丢人？"张志腾急了，咬牙道。

花鸣一开口，就朝他泼了一盆冷水。

"你才丢人吧，要和别人斗球，还一定要先下黑手，弄伤别人，这就是你的行事作风？"花鸣把张志腾做的事说穿了。

许多人为花鸣倒吸了一口凉气。

在场的，都知道张志腾的阴险，只是怕引火上身，没人敢说而已。

果然，张志腾的脸阴沉了下来。

然而，更让他意想不到的事，在后面。

"我看，你是为了杨欣吧？"

张志腾的心，被花鸣像剥洋葱一样，一层一层地剥开，还被赤裸裸地展示在大家的面前。

终于，张志腾被彻底地激怒了。

他没有注意到，让他心仪的那个人，匆匆来到了现场。

人群中，杨欣闻讯赶来。她站在人群的最后面，很少有人发现她。

如果是她，她也会向花鸣一样，为了林缓而站出来。

可是，她来迟了。

看着篮球场上，那道曾经不被她视为威胁的身影，她的心里五味杂陈。

她叹了一口气，就如同来时不被人发现一样，悄悄离去。

傍晚，篮球场一片金黄。

"你会后悔的。"张志腾压低声音。

"张志腾，你觉得你这样，风光无限吗？你以为这样就能让你喜欢的人关注你，让大家都关注你？"花鸣摇头道，"不是的，大家会知道你的名字，是因为害怕你，没有人会主动接近你。"

张志腾的目光，在人群里扫过。

每当他的目光和其他人触碰在一起，那些人就会下意识地扭过头去。

那是恐惧。

而林缓，每个人也都知道他的名字。

可是，那是因为林缓的优秀。

这种不平衡，在张志腾心中化作巨大的落差。

花鸣道出了每个人都心知肚明，但却从来没人敢对张志腾说的话。

张志腾一阵恍惚，杨欣连一个正眼都不看他，也是因为这个原因？

花鸣不知道的是，在场的许多人，突然之间，对她竟然改观了。

花茉莉本就默默无闻，但因为花鸣的举动，近来，这个名字活跃在校园的每一个角落里。

关于这个名字的评价，大多是不好的。

并没有那么多人真正见过花鸣，更很少有人真正与花鸣接触过。对她的评价，更多是以讹传讹，捕风捉影。

虽然林缓置身于舆论中心，但比起张志腾，林缓太招人喜欢了。几乎所有人都是站在林缓这一边的。

花鸣站出来了，做了大家想做而不敢做的事。

"你想怎么样？"张志腾突然把林缓抛在了一边。

突然出现的花鸣，更加让他下不了台。

"我不想怎么样，只是想告诉你，暴力只会让一个人变得讨厌，而没法为你吸引更多的关注。"花鸣一字一句地说道。

就在张志腾手足无措时，他身边跟着的几个人，压低声音，不知在张志腾身边说了什么。

突然，张志腾一脸坏笑道："原来，你就是传闻中，留宿林缓住处的那个女生。"

顿时，花鸣的脸红了。

她很想对所有人解释，但她明白，就算她说了大实话，也没有人愿意相信。

如果换作其他人，别说留宿一晚，就算一直睡在男生宿舍，恐怕也引不起这么大的轰动。

一切都因为，当事人是林缓。

"林缓。"张志腾又看向了林缓，"林缓，听说你利用学校给你单独准备的宿舍，玩物丧志？看来，你也没有传闻中那么优秀嘛。"

张志腾自以为抓住了林缓和花鸣的小辫子，瞬间又把刚刚才经历的难堪，抛诸脑后。

张志腾期待林缓会做回应。

他无法从林缓的脸上，看到对他的任何恐惧。面无表情，被张志腾视作对他的不屑。

又一次，林缓把张志腾当作了空气。他只是一直盯着花鸣的背影。

可是，张志腾的话，却让花鸣大发雷霆。

"玩物丧志？"花鸣的声音提高了不少，"你觉得，游戏是玩物丧志？"

说着，花鸣突然朝着张志腾逼近。

突如其来的气势，竟让张志腾也不自觉后退了一步。

"你知不知道，只是被你们当作消遣的游戏，可能是别人的一生？难道你就没有想过，很多人为了游戏而努力生活着，奋斗着？游戏不只是消遣，而是一种态度，对许多人来说，更是人生！"

花鸣突然说了一番让人摸不着头脑的话来。

围观的人群中，有不少是计算机系的。他们只是单纯地以为花鸣说的话，是在隐喻那些游戏开发者。要开发一款游戏程序，太难了，有太多人为这个事业，投入了时间和精力，甚至是一生。

顿时，这群人对花鸣产生了些许好感。

只有徐菲菲清楚，花鸣是在说她自己。

对于普通人而言，游戏或许的确只是娱乐和消遣，但对于花鸣来说，游戏里的每一个角色，都有自己的生命，有自己的生活。

被花鸣挡在身后的林缓，紧皱的眉头，略微舒缓开来。

"胡说八道什么？"张志腾嘲笑道，"所有人都可以玩游戏，但林缓不行。学校为他单独准备了宿舍，他这是在浪费资源！"

"难道，林缓就不能有自己的生活？他做什么，需要别人干涉吗？难道他还不够优秀吗？"

花鸣接二连三的反问，又让张志腾不知怎样回答。

花鸣和张志腾的对峙，引来了更多人的围观。有胆子大的人，终于也看不惯张志腾的嚣张跋扈了。

"张志腾，林缓受了伤，要比就改天比。"

"欺负一个女生，算什么男人？"

声音太多了，张志腾无法确定人群里这些话，究竟是谁说的。

跟随张志腾的那些人，也觉得有些丢脸。

今天的张志腾，和往常比起来，太狼狈了。

就在张志腾下不了台时，他恶狠狠地盯着花鸣："你这么想为林缓出头，那就你来和我比？"

话一出口，张志腾才觉得自己荒唐透了。

主动要求和一个女生斗球，这简直是在打自己的脸。

花鸣盯着躺落在地上的篮球，并没有犹豫太久。

她的嘴角，突然扬起一抹笑意："你要怎么比？"

余宁大学，文学社里。

社团办公室，几个学生正在执笔，匆忙地写着稿子。

大家正忙着校报的印刷。

篮球场上发生的事，他们还一无所知。

"这篇稿子，放在首页。"

"社长，可是报纸已经印了不少。"

大家有些为难。

文学社负责校报的撰文和印刷，每三天一期，自从余宁大学建校以来，从未停歇。余宁大学的文学系，不亚于计算机系。而文学社，最早是由文学系组建起来的社团，至今已经有近百年的历史。

这是余宁大学最火热的一个社团，几乎每一个学生，都是文学社的读者。

文学社所发表的文章和报纸，几乎控制着整个余宁大学的舆论导向。

"重印，不要影响发报时间。"

撂下这句话，被大家称作社长的男人，转身离开了办公室。

大家有些无奈，校报早已经排好版面，甚至已经开印了。此时，社长突然临时拿来了一篇稿子，要求放进报纸首页。

发报时间就在两小时后，他们的时间紧迫。虽然无奈，但文学社社长向来说一不二，他们只能照做。

粗略地扫了一眼这篇空降的稿子，有人诧异道："原来是他写的，难怪有这待遇。"

另外一个看得仔细的人，更加诧异："这篇文章，竟然是关于他们的?"

文学社正如火如荼地印着报纸时，篮球场的气氛，无比紧张。

张志腾也没想到，花鸣竟然轻易地答应比试了。

话已出口，张志腾没有退路。

为了避免被人说闲话，张志腾只要求花鸣投进四个球，就算赢。

一共投十个球，张志腾需要投进八个，花鸣只需要投进四个。张志腾投不进八个球，或者花鸣投进四个球以上，都算花鸣赢。

而作为赌注，输的一方需要向赢的一方鞠躬道歉。

张志腾本还想在赌注上做手脚，顺便教训一下林缓。但四周人嘲讽的眼神，让他打消了这个念头。他已经顾不上林缓了，只求能好好教训一下突然杀出来的花鸣。

如果是和男生比赛，这样的条件，绝对算是张志腾放水了。

但张志腾的对手，是一个看上去根本不会打球的女生。

因此，张志腾即便放水，也没有迎来众人的好感。还是有不少人认为张志腾是在以强欺弱，毕竟，张志腾是篮球队的队长。

不过，花鸣却一点儿也不担忧。

花鸣的轻松，反而让张志腾担心了。

先是张志腾投球，几乎没有间断的，张志腾投进了九个球。

张志腾准备投最后一个球时，他偷偷扫了花鸣一眼。

花鸣正仔细地盯着篮球筐，依旧一点都不紧张。

难道，她还真以为自己能赢不成？

这一走神，张志腾的手一滑，投出去的篮球，在球筐上跳了几下后，飞了出去。

没有进。

张志腾有些不甘，作为篮球队的队长，他每天和篮球打交道，这样的球，他应该都能投进才对。

终于，轮到花鸣上场了。

林缓已经退到了球线外。

原以为林缓会直接离开这儿，但花鸣没想到，林缓竟然安静地站着，没有离开的意思。

花鸣的心里很紧张，他这是在关注自己吗？

要知道，以林缓的性格，早就该离开了。

花鸣始终不敢和林缓对视。

走到场上，花鸣捡起了地上的一个篮球。

篮球很大，花鸣的手很小，她要很费劲才能抓稳它。

花鸣盯着球筐，正准备投时，张志腾突然打断了她。

"等等，你站得太近了，我刚刚是站在这儿。"

张志腾让花鸣站远一点，这样的要求，迎来了人群的一阵嘘声。

张志腾不敢掉以轻心。

花鸣轻松的表情，让张志腾有些害怕了。

他绝对不能输了这场比赛，否则他实在下不了台。

花鸣耸了耸肩，并不在意，站到了张志腾指定的位置。

花鸣捧着球，瞄了许久。

站着的徐菲菲，紧张得不得了。

在她看来，花鸣是肯定没法投进的。

终于，花鸣抛出了手中的球。

那个球在空中划过一道弧线，朝着篮板飞去。

徐菲菲的心提到了嗓子眼。

那个球，直接跃过篮球板，落在了地上。

张志腾长舒了一口气，把所有的担忧都抛到了脑后。

看花鸣的架势，张志腾竟然真的以为花鸣能投进球。

现在看来，他的所有担忧，都是多余的。

张志腾肆无忌惮地笑了起来："同学，就这水平，还敢代替林缓出战？"

人群里,大家的表情也都是失望的。

花鸣忽略了张志腾说的话,她又从地上捡起了一个球。

她用只有自己听得见的声音,喃喃自语道:"太用力了?风太大,角度也不对。"

花鸣的脑子里,无数代码飞速地运转着。

她的脑袋,瞬间化作一个强大的计算器。

而她的手,也变得如同尺子一样精密。

终于,在张志腾的嘲讽中,花鸣又抛出了一个球。

夕阳下,完美的抛物线……

第二十一章

校报

Chapter 21

全场震惊。

喧闹的球场陷入一片异常的死寂。

花鸣抛出的球，没有任何犹豫地跳进了篮筐！

花鸣兴奋地跳了起来，她朝着人群中还未从惊讶中缓过来的徐菲菲挥了挥手。花鸣环视四周，向所有人宣告着荣耀。她还记得，她第一次攀上排行榜时，也是这样的反应。

然而，就在花鸣火热的目光，与林缓冰冷的视线撞击在一起时，花鸣的心头小鹿乱撞，匆忙地扭过头去。

花鸣的心间矛盾无比，她希望能和林缓走得更近一点，却又不敢。

她不知怎么面对林缓，也害怕林缓会认出她就是游戏里的花鸣。

她咬了咬牙，狠狠地往脑袋上敲了一下。

"都怪我！"

一切都是在得知林缓就是双木后改变的。如若早知道会这样，花鸣绝对不会跟着双木身体里的那道黑光，去到林缓的宿舍。

又是自言自语，又是手舞足蹈，所有人都被场上这个沉浸在自己世界里的奇怪少女吸引了。

不知是谁先开始鼓掌，随后，整片篮球场爆发出一阵又一阵雷鸣般的掌声。

所有人都把校园里的流言蜚语抛在了一边。

此刻，大家都希望这个勇敢的少女，可以好好地教训一下嚣张跋扈的张志腾。

张志腾面色铁青，花鸣奇怪的举止，被他视作了炫耀。

"继续吧！"张志腾压低嗓音，强忍着心头的怒火说道。

花鸣不再多想，她弯腰，从地上又捡起了球。

傍晚的凉风袭来，花鸣的碎发被吹得凌乱。不知有多少人为了这一幕而倾心。

那些人突然发现，这个少女，有些漂亮，有些可爱，一点也不像传闻中那样讨厌。

一定只是巧合。

张志腾心中这样想道。他绝对不相信花鸣可以投进接下来的几个球。

然而，当花鸣出手，张志腾的脸火辣辣地疼，像是有人狠狠地抽了他几个耳光。

一个球进了，两个球进了，三个球进了……

在所有人目瞪口呆的注视下，花鸣轻松地抛出了最后一个球。

尽管动作奇怪，但是花鸣却把接下来的九个球，全部精准无误地送进了球筐。

完成这一切后，花鸣拍了拍手，长舒了一口气。

在第一次的尝试后，花鸣很快就把投球的角度、力道计算清楚了。幸好，球还不算重，花鸣有能力将篮球抛进脑中的计算位置里。

十个球，投进了九个，这样的成绩，和张志腾一模一样。

没有任何悬念的，花鸣赢了。

张志腾的嘴角不自觉地抽搐着，他的手心冒出了汗，身体尴尬得一阵冷，一阵热。

他不敢相信，自己竟然输给了一个看上去根本不会打球的女生。

他的双耳轰鸣，围观的人群欢呼着，每一道看他的目光都火辣辣的。

"我赢了，你履行赌约吧！"花鸣走到了张志腾面前，抬着头对张志腾说道。

张志腾咬着牙，他恨不得直接对花鸣动手。可是，他的尊严不允许他这么做。

太多人看着了，他不能这样做。

他已经彻底将花鸣和林缓当成了敌人。所有被张志腾当作敌人的人，都将面临接连而至的麻烦。

"你有种！"良久，张志腾的嘴里吐出了这几个字。

说罢，张志腾转身想走。

人群里一片嘘声，但被张志腾狠狠瞪了一眼后，大家都闭上了嘴。

这一次，张志腾颜面尽失，大家觉得已经差不多了，如果真把张志腾逼急了，恐怕以后在大学里的日子，会真的不好过。

然而，花鸣却和所有人想的都不一样。

花鸣加快步伐，拦住了正要离去的张志腾。

"你还没鞠躬道歉呢。"花鸣提醒道，"愿赌服输。"

花鸣把这一场斗球，当作游戏中的PK。双方你情我愿，既然有赌注和彩头，就必须执行到底。

张志腾气得浑身发抖,他没想到花鸣会这样咄咄逼人。

"花茉莉,你会后悔的。"张志腾用只有他和花鸣能听见的声音说道,"如果想今后过得舒坦,今天就到此为止。"

然而,花鸣却一点都不领情。

"以后的事,以后再说。你一个大男人,不会要耍赖吧?"

这一句反问,彻底宣判了张志腾的死刑。

他觉得,他的尊严彻底被花鸣踩在了脚下。

而且,他竟然自觉理亏,无法反驳。

一旦他真的就此离开,恐怕今日的耻辱,将会在今后的日子里,如影随形地跟着他。

终于,张志腾心不甘情不愿地微微躬身,用和他那高大的体形极不相称的声音轻声道:"对不起。"

花鸣这才心满意足,就在此时,一直站在场外的林缓,慢慢地走了过来。

"等等。"

林缓的口中吐出这两个字后,花鸣的心揪成了一团。

他是来找我讨公道的吗?是来责骂我偷了他的题,害他被人这样非议?还是,他看出我就是花鸣了?

花鸣的心,乱得不得了。

"不管了,逃吧!"花鸣不敢与林缓对视,她突然朝着徐菲菲跑去。

徐菲菲还没有反应过来,就被花鸣拉着,离开了拥挤的人潮。

花鸣并不知道,她和徐菲菲走后,篮球场又迎来了一阵不亚于她在时的热闹浪潮。

昏黄色的天空,即将送走最后一抹亮光,余宁大学文学社印刷的校报,如约发表。

短短半小时内,校报就被领取一空。

花鸣拍着仍然不断起伏的胸脯,回到了香屋。

奶茶店暂停了营业,但屋里昏黄色的光还是亮着的,和天边那道晚霞的颜色,几乎一模一样。

麦弋趴吧台上,睡着了,呼吸声均匀。

花鸣推门的声音,吵醒了他。

"菲菲呢?"麦弋揉着疲惫的双眸。

"她还有最后一节课。"花鸣回答。

仔细观察,花鸣在麦弋的双眼里,发现了几抹血丝。

昨天夜里，麦弋几乎没有闭眼。

麦弋笑了笑："明天的比赛，真的不去吗？"

花鸣叹了一口气，她对着麦弋点了点头："我觉得，没有去参加的必要了。"

麦弋没有多说什么。

这让花鸣感觉到了放松。

在和徐菲菲分开前，徐菲菲不断地试图说服花鸣。

徐菲菲始终觉得，这次机会来之不易，花鸣不应该放弃，特别是在刚刚替林缓解决了张志腾这个麻烦后。她认为林缓会对花鸣有所改观。

麦弋为花鸣冲了一杯热腾腾的奶茶。

手捧着杯子，花鸣冰冷的双手，总算感觉到了一丝温暖。

麦弋望着终于暗下来的天色，轻声道："今年的冬天，或许也要来得更早。"

余宁市的秋天很短暂。

更多人只记得它的炎热和寒冷。

夏日和寒冬都十分漫长，而春秋却停留不了多久，不细心的人，甚至感受不到余宁市的春和秋。

"未来几天，不用来上班了。"麦弋突然对花鸣说道。

花鸣一怔："为什么？"

"我有点事，要离开几天。"

麦弋没有说他要去哪，也没有说要去干什么。

因为他的离开，香屋即将歇业许多天。

麦弋又是一阵咳嗽，他为自己添了件外衣。他给花鸣下了班，就在香屋即将关闭时，下了课的徐菲菲，带着同样刚刚下课的秦璐，来到了香屋。

见徐菲菲和秦璐的鼻子都被冷风冻红了，麦弋又把刚刚洗漱好的餐具搬了出来，给她们冲起了奶茶。

"茉莉姐，你太帅了！"秦璐异常兴奋地遗憾道，"可惜我不在现场，没能录下来！"

来时，秦璐就已经激动地对徐菲菲唠叨了一路。

"你不知道，你走后，林缓又把刚要离开的张志腾叫住了。"秦璐说。

花鸣万万没想到，那句"等等"，林缓并不是对她说的。

林缓是叫住了张志腾。

"我又自作多情了吗？"花鸣的脸，瞬间红得像是天边的夕阳。

上一次自作多情，是在双木和宙甲PK时。

游戏里那么多人看着，花鸣竟然上前去向双木道谢。哪知，双木教训宙甲，并不是为了她。

"茉莉姐，你说什么？"秦璐没听懂。

花鸣赶紧摇了摇头，双手捧住红透的脸颊："他叫住张志腾干什么？"

秦璐把她听到的消息，一字不落地说了出来。

花鸣走后，林缓叫住了张志腾。

冷漠的林缓没有多说一句废话，而是从地上捡起了那个篮球，站得比张志腾和花鸣还要远不少。

林缓拖着受伤的脚，连续投了十个球。

动作很快，没有任何犹豫。

所有球，全部进了。

投完球后，林缓就从场外捡起背包，一瘸一拐地离开了。

全程，林缓没有说一句话，他用实际行动，向张志腾宣告了胜利。

所有人都在议论：哪怕林缓的脚受伤了，张志腾也占不了便宜。

一直到人群散去，张志腾都没有离开球场。

这一天，他的脸丢尽了。

先是花鸣践踏了他的尊严，而后又是林缓补上了致命的一刀。

张志腾心头的恨意，从星星红苗，化作燎原之火。

花鸣尚未意识到未来不久即将迎来的麻烦。

待秦璐冷静下来，不再兴奋地叽叽喳喳，徐菲菲突然从包里，掏出了一份崭新的报纸，递给了依旧没有精神的花鸣。

恰在此时，麦弋端上了饮品。

"茉莉，你太幸运了！"徐菲菲指着报纸的头版，"他竟然在为你和林缓说话！"

花鸣定睛一看，那是一篇不长不短的文章。

它的文风不定，时而温暖，像是春风拂面；时而凌厉，像是直刺而来的匕首。这样的文字，出自一个署名为"曙光"的人。

让花鸣诧异的是，这篇文章，竟然从头到尾都在评论关于她和林缓的流言蜚语。

"曙光"指责那些好事者，毫不留颜面。

明明是在替花鸣和林缓说话，却能做到让人觉得不偏不倚。

"他是谁？"花鸣不由得感叹这些文字的厉害。

"这是他的笔名，是文学社最受欢迎的一个作者，但是没有人知道他是谁。"徐菲菲解释。

文学社实在太火爆了，据说曾经一天之内，文学社就收到了上千篇投稿。

能被文学社选中，简直就是荣耀。

但是，文学社内部却爆出一则惊人的消息：文学社社长数次向一人求稿，却屡次被拒。

这人便是"曙光"。

对普通人来说，文学社是高高在上的。

但在"曙光"面前，就连文学社社长都需要放低姿态。

有人统计过，这几年来，"曙光"在文学社发表的文章，不超过二十篇。

但是，正是这二十篇不到的文字，为他吸粉无数。

校园里，甚至有不少"曙光"的后援团，尽管，没有人知道神秘的"曙光"究竟是谁。

文学社竟然会在这样关键的时刻，发文声援花鸣和林缓，而且发文者，竟然还是大名鼎鼎的"曙光"。

要知道，文学社可以轻易地控制余宁大学的舆论导向。

"他为什么要帮我？"花鸣怔了怔。

徐菲菲沉思片刻，无比确信道："他应该不是在帮你，而是在帮林缓。"

普通人不知道"曙光"的身份，更加无法接近"曙光"，但徐菲菲却觉得林缓并不是普通人。

余宁大学的两大名人，互相是朋友，必要时候互相支持，并不是什么怪事。

花鸣和"曙光"没有任何交集的，所以徐菲菲下意识地认为花鸣是跟着林缓受益了。

"文学社在余宁大学是有分量的，再过不久，就不会有人再议论你们的事了。'曙光'为林缓说话，顺便也解决了你的麻烦，你就放心吧。"徐菲菲安慰道。

徐菲菲的信誓旦旦，总算让花鸣轻松了不少。

"还有一个不好的消息。"徐菲菲突然说道，"张志腾请了一个星期的假。"

花鸣愣了神："你的意思是？"

"你和林缓离开余宁市，也要一个星期的时间，你不觉得很巧合吗？"徐菲菲提醒道。

聪明的花鸣，很快就明白了过来。

张志腾刚刚受了她和林缓的气，他突然请了这么多天假，的确有可能是要尾随他们，趁机报复。

林缓的脚受了伤，又有十分重要的比赛，如果被张志腾针对，未必应付得过来。

原本打算放弃这次机会的花鸣，突然又犹豫不决了。

"还是要小心一下张志腾这个人。"徐菲菲继续说道，"而且，刚在校门口，我听说赵佳找上了张志腾。"

花鸣从林缓宿舍离开的消息，尚未被曝光到校园论坛上时，赵佳就已经冷嘲热讽。徐菲菲和花鸣坚信，这则消息被曝光，一定有赵佳的功劳。甚至于，考题泄露，也和赵佳有关系。

只是，她们苦于没有证据而已。

如今，赵佳突然找上了张志腾，恐怕是要联手了。

花鸣突然站了起来，一拍桌："不行，我要阻止张志腾。"

只要是徐菲菲打听到的消息，花鸣都坚信不疑。

最终，花鸣还是决定要和林缓一道参加这次比赛。

徐菲菲对着花鸣握拳："加油，就算有误会，也总会解释清楚的。"

花鸣却又有些泄气："但愿吧……"

花鸣对着落地窗，开始了发呆。

秦璐数次想要开口，都被徐菲菲一个眼神给瞪了回去。

满天星星，她们离开了香屋。

和麦弋分开前，麦弋微笑着鼓励了花鸣。

在花鸣登上了回家的客船后，秦璐终于忍不住了。

"菲菲姐，你说在校门口听说张志腾请假了？我和你一起出的校门，我怎么没听见？"秦璐问。

徐菲菲拍了拍秦璐的脑袋："你耳朵不好。"

其实，这是徐菲菲瞎编的。

没有更好的办法，为了让花鸣完成任务，不再逃避，徐菲菲只能向花鸣撒了一个善意的谎。

不过，赵佳突然找上张志腾的消息，并不是假的。

仓促的一夜，花鸣迎来了又一个白天。

这次离开，就是许多天。

今晚，秦璐和徐菲菲就会住到花茉莉家里来，替她照顾邱敏。

来到学校时，于海和蒋艳艳已经等候许久了。

"花茉莉，林缓在哪里？"蒋艳艳问。

花鸣一脸茫然："我不知道。"

"你怎么会不知道？"蒋艳艳皱着眉，对于学生之间的传闻，她知道不少。

蒋艳艳差点就把剩下的半句话说出口了：都睡在林缓的宿舍了，怎么会不知道。

花鸣的脸又发起了烫。

眼看出发时间就要到了，林缓还没有到，花鸣担忧万分。

该不会，张志腾在学校就开始找林缓麻烦了吧？

就在花鸣这样想时，林缓笔挺的身影，终于出现在了远方。

他走得很慢，才过去一夜，他的脚伤还未痊愈。

"林缓同学，你的脚怎么受伤了？"于海问。

蒋艳艳也替林缓担心:"没事吧,严重吗?花茉莉,赶紧扶一下林缓同学。"

只是,蒋艳艳的话没有得到回应。

她和于海转头,只见花鸣早已钻上了车,坐在靠椅上,用力地闭着眼睛。

花鸣用尽全力佯睡。

她的心跳得太快了。

然而,这一场关于"心跳"的旅途,才刚刚开始。

第二十二章 挑衅
Chapter 22

泽杭市。

再过几天,一场一年一度的盛大赛事,即将在这里拉开帷幕。

当小车离开蜿蜒的小径,正式驶入泽杭市的边界线,黑夜也悄然而至。

车窗外,夜色正浓,漫天的繁星驱走了本该升起的明月。

与余宁市比起来,泽杭市要温暖不少。

一个白天的路途,让疲惫挂上了众人的脸庞。

"天气真闷啊,看来要下雨了。"于海打开车窗,把身上的外套脱了下来。

果然,于海的话音刚落,早前还晴朗的天空,突然响起了一道雷鸣。

花鸣偷偷睁开眼,天上早已经阴云密布,哪还有星星的踪迹。

林缓和花鸣一起坐在后座上,一路来,花鸣始终无法让自己快速跳动的心安静下来。

林缓戴着耳机,闭着眼睛。

花鸣能听见。

由代码组成的小音符,发着亮,闪着光,飘浮在林缓的碎发间。

这些小音符,出自许多花鸣叫不上名称的轻音乐。

很安静,就像林缓的性格一样。

"我们快要到了。"于海转过身,说道。

林缓缓缓睁开眼睛,没有摘下耳机,只是略微点了点头,算是回答过于海了。

而花鸣,把头靠在玻璃窗上,继续佯睡。

"这孩子,睡了一天了。"于海盯着花鸣。

"林缓,她身体不舒服吗?"蒋艳艳问林缓。

花鸣咬着嘴唇，心里不断地责怪着蒋艳艳。

她的身体舒不舒服，为什么要问林缓？

蒋艳艳分明把他们当成了男女朋友。

花鸣不敢睁开眼睛，使劲儿控制着呼吸声。

花鸣并未听见林缓的回答。

淅淅沥沥，繁华的城市里，终于飘起了细雨，花鸣能闻见下雨的味道。

佯睡许久的花鸣，心底真的升起了一股睡意。

不知过了多久，她隐隐约约地听见于海和蒋艳艳的谈话。

他们好像到达目的地的酒店了。

此时，车子突然一个急刹车。

花鸣的额头，重重地撞在了玻璃窗上。

"咚"的一声，堪比天边的雷响。

花鸣疼得龇牙咧嘴，终于睁开了眼睛。

她揉着发红的前额，扭过头时，才发现林缓正看着她。

车里很暗，花鸣无法看清林缓的表情。

但不知道为什么，花鸣却觉得林缓的目光，让她无比心慌。仿佛，林缓知道花鸣假装睡了一天。

怎么办？

打招呼？还是假装没看见？

想到这儿，花鸣在心里暗骂自己太笨。

人就坐在她身边，她怎么可能会没看见。

可是，真的要打招呼吗？花鸣憋了许久，最终还是没有鼓足勇气。

于海和蒋艳艳盯着车子外看了很久，这才反应过来。

"这人怎么走路的，感觉是故意要撞上来的。"于海抱怨道。

他和蒋艳艳开门，下了车。

车子停在酒店外，外面下了很大的雨，行人并不多。

于海和蒋艳艳似乎和其他人吵起来了。

花鸣匆匆往车窗外扫了一眼，就收回了目光，眼角的余光，竟然发现林缓正盯着她的侧脸。

花鸣刚刚才平缓下来的心，顿时又跳动得厉害。

车里只剩她和林缓了，气氛尴尬得几乎要凝固了。

林缓会在这个时候找她算账吗？

如果林缓质问她，她要怎么告诉他，题不是她偷的，消息不是她泄露的？

最重要的是，她为什么会出现在林缓的宿舍里。

这一切，花鸣都没有想到该怎么解释。

才过去半分钟，花鸣却像经历了半个世纪。

花鸣的脸越来越烫，终于，她决定先开口。

花鸣想明白了，未来还要朝夕相处很多天，她不能一直再这么逃避下去。与其这样被动，她不如主动出击。

花鸣转过头，刚想开口，林缓突然从后座抓了一把伞，开门下车了。

花鸣觉得莫名其妙，赶紧也跟着下车。

大雨瞬间把花鸣的身体淋湿了，无数细发纠缠在一起，黏糊糊的，花鸣觉得非常不舒服。

林缓撑着黑伞，走到了于海和蒋艳艳身边。

他们面前，正站着一个留着长发的男生，看上去二十多岁。

他的身体湿答答的，手里明明有伞，却不打开。

花鸣从他的脸上，看出了一抹疯狂的戏谑。

就在刚刚，这个男生突然凑了上来，硬生生把车子给逼停了。

"哟，花茉莉同学，你怎么不撑伞？"于海见状，竟把花鸣推到了林缓的伞下。

于海和蒋艳艳共撑一把伞，车上一共也只有两把伞。

被这一推，花鸣撞进了林缓的怀里。

林缓纹丝不动，冷漠地盯着那个长发男生。

花鸣低着头，生怕林缓会把她推开。

"林缓，我们又见面了。"

让所有人都诧异的是，那个人竟然和林缓打起了招呼。

蒋艳艳微微一愣："林缓，你们认识？"

花鸣顿时明白了过来，先前在车里，林缓哪是在看她，而是盯着窗外的这个男生。

花鸣一拍脑袋，只差一点，她又要因为自作多情而出洋相了。

林缓没有回答蒋艳艳的问题。

"认识？"那个男生突然张狂地笑了，"岂止是认识，林缓，你说是吗？"

一行人在雨中驻足，引来了不少目光的注视。

借着酒店内的灯光，蒋艳艳定睛一看。

"孙毅！"

蒋艳艳认了出来，这个人是孙毅。

孙毅从脸上抹下一把雨水，猖狂地看看蒋艳艳，又看看林缓，随后，他率先进入了酒店里。

蒋艳艳的脸色凝重，但林缓却丝毫不受影响，径直走进门内。

于海不停地问着蒋艳艳关于孙毅的事。

然而，蒋艳艳似乎心情不太好，没有搭理于海。

蒋艳艳一共安排了四个房间。

由于客满，林缓和花鸣住在同一层，而蒋艳艳和于海的房间，则被安排到了顶层。

进了房间，洗漱过后，花鸣立刻给徐菲菲打了电话。

此时，徐菲菲和秦璐住进了花茉莉的房间。

"伯母一切安好，你放心。"徐菲菲对着电话说。

秦璐已经睡着了，徐菲菲悄然起身，走到了客厅。

"孙毅？"听到这个名字，徐菲菲觉得有些耳熟，"你等我十分钟。"

徐菲菲挂断电话时，花鸣的房门被敲响。

是于海。

于海满脸笑意："茉莉同学，这是考前突击的材料，这两天除了好好休息，也再看看题。"

于海给花鸣送来了一大堆资料。

花鸣头疼无比，她实在不愿意在脑海里再存储这些无聊透顶的数据和信息。但是，于海满脸期待，花鸣又不好意思拒绝，只能硬着头皮，接了过来。

于海这才兴冲冲地离开。

没过多久，徐菲菲给花鸣回了电话。

"孙毅，是余宁市另外一所大学的学生，两年前曾和林缓参加了一场计算机程序编程比赛。"徐菲菲在电话那头说道，"但是，因为作弊，被取消了参赛资格，说白了，孙毅就是一个黑客。"

短短十分钟，徐菲菲就把两年前发生的这件事，从余宁市高校论坛里挖了出来。

据说，孙毅为了赢得那场比赛，在服务器上动了手脚，直接导致其他人的计算机出现故障。林缓现场解决了问题，并直接把肇事者的身份信息给搜索了出来。

从那以后，孙毅就和林缓结了仇。

更巧合的是，孙毅和林缓两家之间，也是生意上的竞争对手。

林缓的父母，是余宁市最大的零售商品企业的创办人，这在余宁大学，几乎不是秘密。林缓是一个彻头彻尾的富二代，但林缓初入大学时，就已经经济独立了，就连学费都是自己解决的。

而孙毅的养父，也从事零售商品的生意，一直以来和林缓的父母竞争激烈。

"如果他也在余宁大学，恐怕早就天下大乱了。"徐菲菲说道。

孙毅在程序编程方面，也有很高的天赋。但是，徐菲菲却不明白孙毅为什么会突然出现在泽杭市。

根据徐菲菲掌握的消息，孙毅的数学，并不突出，而且，他也没有参加此次数学赛。

来不及多问，花鸣挂断了电话。

因为，花鸣听见了外面的敲门声。

花鸣悄然把门打开，探出头去。

果然，已经换了一身衣服的孙毅，正站在林缓的房间外。

孙毅会出现在同一家酒店，花鸣绝不相信是巧合。

孙毅那张张狂的脸，仿佛就在告诉所有人：他是故意来找麻烦的。

林缓的房门打开了。

"林缓，真巧。"孙毅笑着，但是表情并不友好。

"有事？"林缓冰冷的声音响起。

孙毅只是盯着林缓，一言不发。

就在林缓准备关门时，孙毅突然单手撑住了房间的门。

"听说你是来参加这次数学赛的？"孙毅表现得如同一个老朋友般，"可惜，没能再当一次你的对手。"

林缓丝毫不留情面："你不配。"

孙毅的心突然揪紧了，脸色阴沉："林缓，你凭什么总是一副高高在上的模样？我不配？"

"藏在暗处的人，不配成为我的对手。"

林缓的语气，依旧平缓，没有任何情绪。

但是，在一旁偷听的花鸣却觉得全身亢奋。

"大神就是大神，随随便便说一句话，都这么帅气！"

花鸣仿佛看到了游戏里的双木。

孙毅突然紧张了起来："还拿过去的事当把柄？"

孙毅只以为林缓是在说两年前他作弊的那件事，可是，林缓再度开口，孙毅冒了一身冷汗。

"我是指，入侵我的电脑。"

孙毅绝对没想到，林缓竟然发现了。

躲在一边的花鸣也愣住了。

孙毅处心积虑地准备了很久，终于在几天前，他成功入侵林缓的电脑。他在林缓的电脑里，发现了一份试题，也发现了正在运行的《DWorld》程序。

于是，孙毅把那份试题和林缓玩游戏的消息，曝光到了余宁大学的论坛里，企图抹黑林缓。

孙毅小心翼翼，自以为手段高明。可是，林缓不仅发现了，而且还对入侵者进行了反追踪，直接查明了入侵者的身份。

孙毅还以为林缓不会知道，然而，他却主动上门，自找难堪。

顿时，花鸣完全明白了过来，原来，搞鬼的是一个怨恨林缓的黑客。

她和徐菲菲一直试图查出谁进了林缓的宿舍，却没有想到偷卷子的人，依靠的是一台电脑。

要知道，林缓就是一个精通电脑的人。

花鸣轻轻敲了敲脑袋，暗骂自己太笨。

她也突然明白双木是怎样锁定宙甲的了。

当初，宙甲在游戏论坛上抹黑花鸣和双木。发帖者是匿名，但是双木竟然能查出那是宙甲发的帖子。现在想来，这对于林缓来说，简直是再简单不过的事了。

花鸣咬着嘴唇，盯着有些慌乱的孙毅。

这个人，竟然差点让她当了替罪羊。

林缓站在门里，花鸣看不见他。

"他早就知道，题不是我偷的吗？"花鸣自言自语。

花鸣又是气愤，又是庆幸。

气愤的是自己忧心忡忡了好多天，庆幸的是林缓原来知道题不是她偷的，一直以来，都是她自己想太多了。

花鸣把这一切，归责到了孙毅的身上。

孙毅的身体微微颤抖，但很快，他恢复了冷静。

"看来，我还是低估了你。"孙毅冷笑道，"你说我不配当你的对手，我偏要和你比。'盗窃者'，你还没解决吧？"

花鸣努力地回想，很快，她有印象了。

当初，林缓放弃领奖，理由是他的那款计算机安全程序不够完美。徐菲菲打听出了原因，据说是林缓尚且无法解决肆虐的计算机病毒"盗窃者"。

"我来和你比比，看看我们谁能率先解决这款病毒。"孙毅满脸自信。

花鸣一眼就能看出来，孙毅一定是马上就要成功解决难题了。

自己马上就要成功了，却来和林缓比试，这实在太不要脸了。

"他不可能会答应的。"花鸣轻声呢喃道。

以她对林缓的了解，林缓绝对不会理会孙毅。

果不其然，林缓又一次要把房门关上。

但很快，孙毅又强行挡住了门。

他从背包里掏出了一份文件，递给了林缓。

"要是这份文件消失的话，你家的企业，恐怕要面临一笔不小的损失吧？"孙毅狡黠地笑了起来。

门内的手,接过了那份文件。

看了文件上的内容后,他的眉头皱了起来。

"这只是复印件。如果你赢了我,原件就会回到你们手中。如果你输了,这份文件会彻底消失,除非你跪下来求我。"

实在太卑鄙了,花鸣差点忍不住跳出来怒骂孙毅。

"你有一天的时间考虑,明天晚上这个时候,我再来找你。"孙毅像是打了一场胜仗,得意万分,"不过,别怪我没有提醒你,或许等你考虑好,我就已经成功解决'盗窃者'了。"

说罢,孙毅转身离开了。

花鸣越想越怒,准备悄悄撤离时,气得脚下一滑,摔在了地上。正巧,林缓关门前,发现了跌坐在地上的花鸣。

"林缓同学……"偷听被发现,花鸣尴尬得身体都发烫了,"你好啊!"

为了化解尴尬,花鸣对着林缓招了招手。

花鸣发誓,从她诞生至今,这绝对是她最尴尬的一次打招呼。

林缓没有多说什么,轻轻关上了门。

花鸣回到房间,又一个电话把刚进入睡梦中的徐菲菲给吵醒了。

花鸣无比气愤地把一肚子火倾诉给了徐菲菲。

通过孙毅说的那些话,花鸣几乎已经把事情的来龙去脉搞明白了。

这一次,孙毅的确是带着目的来的。

他不知通过什么方法,盗取了林缓父母企业的商业机密文件,以此为要挟,逼迫林缓和他比拼。

林缓的实力,孙毅绝对清楚。

他敢来挑衅,必然是有十足的把握。

深夜,余宁市的一栋别墅里。

一个电话,打破了夜晚的静谧。

中年男人有些不耐烦:"谁啊,这么晚?"

漂亮的女人起了身,很快,她兴奋道:"是小宝贝打来了,你快点起来。"

男人的语气不太好:"这么久不回一次家,唯一一次打电话,还选在深更半夜!"

"他能打电话回来就不错了,你好好说话!"说着,女人把电话递给了男人。

电话接通后,男人的表情突然变得凝重。

睡意全无,后半夜,男人和女人安静地坐在床沿,谁都没有再入眠。

……

徐菲菲的眼皮，重的几乎都要闭上了。

"这家伙，害我当了这么多天替罪羊，我不能让他得逞！"花鸣咬牙切齿。

徐菲菲在电话那头，困得直打哈欠："你想怎么样？"

花鸣清澈的眸子转来转去，很快，她盯上了房间里的一台电脑。

想了许久，花鸣问道："你能帮我弄来一款'盗窃者'的病毒程序吗？"

徐菲菲不精通电脑，但以她的能力，托人处理这点小事，绝对不成问题。

徐菲菲不解的是，花鸣这是要干什么。

"什么时候要？"

"越快越好，最好今晚就给我发过来。"

花鸣如此迫切，徐菲菲更加茫然了。

"花鸣，你到底要干什么？"

花鸣别有深意地笑着回答："我想和它谈谈。"

第二十三章　病毒
Chapter 23

过了凌晨，两座城市都陷入了睡梦。

花鸣和徐菲菲在夜深人静的时候开始行动。

徐菲菲搜遍了手机通讯录，终于找到了一个玩电脑的朋友。

而另一边，花鸣穿着睡袍，悄悄地踱到了酒店大厅。上夜班的服务员，已经在柜台前昏昏欲睡。

"喂，孩子们，帮帮忙！"花鸣对着柜台前的电脑轻声唤道。

酒店大厅里，飘浮着一星一点的代码萤火虫，闪着五颜六色的光。时而亮烁，时而黯淡。在花鸣的眼中，它们万分亲切，就像是自家听话的孩子。

见它们没有反应，花鸣又自言自语："不行，隔得太远了。"

见服务员终于趴在了柜台上，花鸣蹑手蹑脚地来到柜前。

这下，她总算能和这些代码们交谈了。

"帮我查查孙毅住在哪个房间。"花鸣的话音刚落下，飘浮的代码们，立刻快速地跃动了起来。

没过多久，它们给花鸣带来了反馈。

"太好了！"花鸣一激动，声音的分贝也提高了不少。

在马上就要吵醒服务员前，花鸣匆匆离开了酒店大堂。

酒店的长廊里，可见一个穿着睡袍的少女，静悄悄地走着，几乎没有任何声响。

从那么多可爱的代码小孩那儿，花鸣打听到了孙毅的房间号。

此时，花鸣正悄悄地把耳朵贴在孙毅的房门上。

如若不知道的人见了花鸣，恐怕会把她当成小偷。

花鸣屏住呼吸，好不容易，她捕捉到了门内隐隐约约敲击键盘的声音。

她同样闻到了一股熟悉的味道，这种味道，出自形形色色的代码，她的身上也有。

花鸣确定，房间内敲击着键盘的，绝对不止孙毅一个人。

蹲了许久，花鸣的腿有些酸了。

正准备撤离时，门内终于有了一些动静。

"花这么多钱请你们来，不是让你们来玩的！"

那声音，是孙毅的！

紧随其后的，是一阵带着怒意的脚步声。

花鸣赶紧躲到墙角。

孙毅怒气冲冲地走出了房门，不知要去哪里，连房门也没有关。

等孙毅远去，花鸣才偷偷透过房门，看清了屋内令人哭笑不得的一幕。

狭小的酒店房间里，密密麻麻，竟然挤满了人。

花鸣粗略一数，少说也有十多个人头。

他们有的挤在床上，有的坐在地上，每个人都盘着腿，捧着一台电脑。大雨给这座城市带来了凉意，但是孙毅的房间里人满为患，大家都被闷出了汗。场面有些滑稽，被孙毅骂过后，大家都垂头丧气的，但却还要不停地忙着盯着电脑。

花鸣总算知道孙毅的自信来源于哪里了。

"盗窃者"病毒已经肆虐有段时间了，想必孙毅一直在想办法攻克它。

林缓拒绝领奖的消息，早就传遍余宁市各大高校，孙毅必然时刻关注着林缓的动态。

林缓离校，孙毅好不容易找到了一洗两年前耻辱的机会，所以才会追到泽杭市来。为了赢过林缓，孙毅不仅一个人来了，还带上了由这么多人组成的团队。

花鸣又觉得好笑，又觉得气愤。

孙毅果然不配作林缓的对手，因为他只会耍这些低级的手段。

花鸣庆幸今晚打探到了这么重要的信息。

孙毅有备而来，根本就是以多欺少。

趁着孙毅回来前，花鸣回到了自己的房间。

花鸣恨不得立刻把这个消息告诉林缓，只是时间实在太晚了，花鸣不敢去打扰他。

雨越下越大，雨滴如同石头般坚硬，肆无忌惮地撞击着玻璃窗。伴随着雷响，这个夜晚注定是一个不眠之夜。

一直等到后半夜，徐菲菲终于给花鸣带回了消息。

花鸣打开房间里的电脑，接收了徐菲菲传来的文件。

然而，她才刚打开电脑上的那款程序，屏幕就突然泛起了蓝光，紧接着，蔚蓝色的屏幕，越变越暗，最后成了一片幽暗得仿佛能吞噬人心的黑色。在漆黑一片里，花鸣能隐隐约约看见一道若隐若现的影子。

空气仿佛都变得幽暗了，仔细一看，那是一团拥挤的代码。它们虚无缥缈，恰似让人厌恶的黑色气体，没有代码萤火虫的俏皮和可爱，它们浑身上下，都散发着一股令人作呕的气息。

花鸣深吸了一口气，一头蹿进了电脑屏幕里。

这是花鸣第一次穿梭进除了《DWorld》之外的程序里。

有些紧张，因为她从未做过这样的尝试。

当她睁开眼睛，花鸣总算长舒了一口气，她知道，她成功了。

花鸣陷入了没有边际的黑暗中。

苍茫，浑浊，看不见任何东西，甚至，她几乎要看不见自己的手了。

和她在现实世界遇见的所有代码不同，飘浮在幽暗空气中的代码，贪婪而死寂，它们不断地朝着花鸣的身体涌来，宛若发现了一顿美味佳肴。

黑色触碰到了花鸣如白雪般的肌肤，它们用尽全力，想方设法，欲要突破那一层柔软的屏障。只是，当花鸣释放出来自《DWorld》中强大的气势，它们就突然吓得四处逃窜，不敢再轻易接近。

慢慢地，远处那道隐匿在黑夜中的身影，慢慢地朝着花鸣迈动了脚步。

越来越近，它的身体，终于完全浮现在花鸣眼前。

这是如同一摊烂泥般的身体，没有形状，没有五官。它硕大无比，身体聚拢着肮脏的黑色。花鸣凌厉的双眸看透了它，它的身体里，有着无数早已经死亡的代码。

那些代码，安静地躺在它的肚子里，不再发光，不再跳跃，它们全部来源于各样的程序和文件。

花鸣收起了和善，双手握拳，轻轻举在了胸前。她察觉到了危险，已经做好了战斗的准备。

"你就是'盗窃者'？"花鸣问道。

那团黑色涌动了几下，发出阵阵哀鸣。

花鸣发现，在这黑色的空气里，还有不少尚未完全被吞噬的代码萤火虫。它们没有了在现实世界可爱的形态，而是惊恐得瑟瑟发抖。它们正在做最后的挣扎，用不了多久，它们也将被吞噬，成为这个无尽世界里的一抹黑。

"为什么？为什么你能主动来到我的世界？"嘶哑的嗓音一响起，黑色的世界顿时一阵颤抖。

花鸣和"盗窃者"都是程序里的代码，但由于出处不同，他们的设定也完全不同。"盗窃者"没有与花鸣一样的武力值和智力值的设定，但花鸣觉得"盗窃者"异常强大，并不亚于自己。

花鸣尝试调动游戏里的背包仓库，但是尝试了许久之后，她失败了。

在"盗窃者"的世界里，她的能力被削弱了不少。无法调动背包，就无法使用她的双刃武器，这对花鸣来说，无疑是雪上加霜。

"盗窃者"从花鸣身上闻到了一股不同寻常的味道。

它并不知道，这股味道，来源于代码和现实世界的结合。

"为什么你可以主动进来，你到底是谁？"它问道。

"盗窃者"不知道花鸣究竟是怎样出现在这里的。

所有被它吞噬的代码，都是它透过强大的病毒程序，强行拉扯进来的。花鸣是第一个主动走进这里的代码。

"盗窃者"的身体，散发着完全不亚于花鸣的强大气势。进来得匆忙，花鸣并未想过"盗窃者"会这样强大。

现在想来，花鸣低估它了。

一款在现实世界肆虐了数个月，就连林缓都暂时还未成功解决的病毒程序，又怎么会那么容易对付。

"我想和你谈谈。"花鸣尽可能保持着善意，"我要你告诉我，你的克星代码！"

"盗窃者"也不过是一串代码，尽管复杂，难以破解，但却绝对存在着一串能够克制它的代码。为了解决"盗窃者"，花鸣选择直接问"盗窃者"本人。但是，"盗窃者"又怎么可能轻易地将自己的克星代码告诉花鸣？

"盗窃者"突然笑了起来："不管你是怎么进来的，到了这里，就要变成我的盘中餐！"

说罢，黑色的身体，突然化作一个长而大的手掌，朝着花鸣抓来。

花鸣轻盈的身体，迅速往后跃了几步，轻松地躲过了"盗窃者"的攻击。

"果然不是什么善茬儿。"花鸣的面色凝重，"既然你不说，我就打到你说！"

花鸣已经彻底放弃了和谈的念头，因为，她从"盗窃者"身上，感受到了无尽的敌意。毕竟不是飘浮在现实世界里的代码孩子们，"盗窃者"又怎么可能像其他代码孩子们一样，听花鸣的话，受花鸣的操控？

"盗窃者"太贪婪了，每一个进入它世界里的代码，它都想要吞噬。

"我要你成为我的食物！"

"看来，你的智商不高。"花鸣嘲讽道，"你也不掂量掂量自己的实力，就一心想要吞噬我？"

不在《DWorld》中，花鸣赖以生存的能量被削弱了不少。

花鸣承认，在自己无法发挥出全部实力的情况下，"盗窃者"很强大。但是，究竟谁输谁赢，还是个未知数。而"盗窃者"已然把它当成了胜者，狂妄自大地想将花鸣吞噬。

"在这个世界，由我支配！"说罢，"盗窃者"又发起了猛烈的攻击。

"盗窃者"的身体庞大，但却可以任意变换形状，灵活自如。

花鸣不断地退着，身体在深不见底的黑色深渊里四处跃动。

花鸣不断地尝试着，可是，她的游戏背包像是与她断了联系一样，始终无法激活。

花鸣觉得万分憋屈，如若换作DWorld，"盗窃者"最多只能算得上六级副本的Boss，以花鸣的实力，解决它不成问题，顶多只是多花一些时间而已。

"盗窃者"的身体，化作无数双庞大无比的手掌，它们试图抓住花鸣。渐渐地，花鸣落在下风。她越来越吃力，但是仍然没有选择离开这里。

只要花鸣想，它可以随时化作一道白光，回到现实世界。

但是，花鸣没有这样做。

孙毅以林家企业的机密文件相要挟，林缓受制于人。并且，孙毅有一整个团队，而林缓只有一个人。花鸣不敢再浪费时间，或许就在下一秒，孙毅的团队就找到解决"盗窃者"的办法了。

她不能让孙毅的阴谋得逞。

想到这，花鸣嘶吼一声，朝着"盗窃者"冲了上去。

不知不觉中，天渐渐亮了。

一大早，于海就敲响了花鸣的房门。

然而，他却没有得到回应。

"这一大早，她去哪里了？"于海疑惑道。

这一次的比赛，于海十分看重。为了让花鸣可以得到好名次，他特意起了一个大早，前来盯着花鸣看题。

找不到花鸣，于海只能转身离开。

与此同时，一辆在雨中疾驰了一夜的黑色小车，伴随着泽杭市的晨光，进入了这座刚睡醒的城市。

雨还在下着，引人注目的车子，停在了酒店外。

一个漂亮女人，从车上下来，提着包，她略显匆忙地进了酒店。

一直到中午，于海都没能找到花鸣。

他不知，花鸣正在黑色的电脑屏幕里，进行着无比艰难的战斗。

花鸣气喘吁吁地倒在了地上，身体里最后一丝力量被她用完了。

"盗窃者"的力量，取之不尽，用之不竭，时间一长，花鸣根本无法与它抗衡。

花鸣的双眸里闪过一抹绝望，"盗窃者"从天而降，黑压压的身体，正从上往下，狠狠地朝她撞击而来。

"我要死了吗?"花鸣不敢相信。

只是,她连最后一丝离开这里的力气都消耗尽了。

为了林缓,花鸣苦苦强撑了这么久。

"盗窃者"的身上,伤痕累累,那都是花鸣拼尽全力留下的。

然而,她还是没能解决它。

就在黑色的雾气,马上就要将花鸣吞噬时,花鸣突然看到了远处的光。

那像是一道白色、发着光的屏障,屏障后头,海面平静,太阳很近。

那像是海岛城?

像是奇迹般,花鸣的身体突然有了力气。

她能清晰地感觉到自己与DWorld之间的联系。

花鸣从地上腾了起来,此刻,她竟然能调动游戏背包了。

双刃,神奇般地出现在她的手上。

"盗窃者"愣住了,奄奄一息的花鸣,竟然又带着无比强大的气势,焕然新生了!

花鸣的强大,让"盗窃者"心生恐惧。

它开始哀号,像是做最后的挣扎,又像是正在乞求。

花鸣的嘴角上扬,如同在DWorld里那样。

……

花鸣回到现实世界时,雨恰好停了。

她筋疲力尽,瘫倒在床上,几乎要动弹不得。

蒙蒙眬眬间,她隐隐约约看见电脑屏幕上,《DWorld》程序运行着。

"那是,《DWorld》?"花鸣几乎要听不见自己的声音了。

就在刚刚,花鸣能感觉DWorld就在那道白色屏障后。

我的力量突然恢复,又能调动游戏背包,难道是因为电脑上运行了《DWorld》?花鸣这样想道。

可是,在接收徐菲菲发来的病毒程序前,花鸣就开过电脑。

她依稀记得,这台电脑上,并没有《DWorld》程序。

花鸣太累了,她没有多余思考的能力,昏昏沉沉地进入了睡梦中。

待她头昏脑涨地醒来,天竟然黑了。

"天哪!"花鸣揉着犯晕的脑袋,匆忙起了身。

这一睡,竟然就是半天。

与"盗窃者"的一战,花鸣消耗的体力太多了,没有十天半个月,她没有办法完全恢复。

此刻,花鸣最想做的事,就是睡觉。

可是，她有更重要的事需要去做。

为了不让自己就此昏睡过去，花鸣决定回到DWorld，补充能量后再立即出来。

可是，电脑屏幕已经暗了下去。

花鸣并没有在电脑上找到《DWorld》程序。花鸣揉了揉眼睛，又仔仔细细地把整台电脑翻了个遍，果然，这台电脑上没有这款游戏。

"我眼花了？"花鸣茫然道，"那我是怎么突然就能够战胜'盗窃者'的？"

花鸣还是昏昏沉沉的，她没有多做思考，而是立刻进入《DWorld》的官网，下载了《DWorld》的程序。

二十分钟后，花鸣终于如愿以偿地回到了DWorld。

呼吸了DWorld的空气后，花鸣的身体总算舒服一些了。

正准备立即离开DWorld之前，花鸣随手翻了邮件箱。

其中，有一封未读邮件，发件人竟然显示的是系统。

花鸣不敢怠慢，立刻点开了邮件。

系统发布了任务之后，就再也没有联系过花鸣，花鸣也不知道应该怎样联系虚无缥缈但又无处不在的系统。

这是系统第一次主动联系花鸣。

这对花鸣来说，不是一个好消息，因为它竟然又发布了新的限时任务：尽快与林缓约会。

花鸣愣住了，仿佛是嫌弃花鸣的任务进度太慢，系统开始催促了。

而它催促的方式，竟然是限时任务。

这次，系统要求花鸣在四十八小时之内，与林缓约会！

邮件里写得清清楚楚，一旦花鸣的任务失败，她将会被扣除20点生命值。至于奖励，则是一件适合花鸣的逆天级专属装备。

花鸣曾经也接受过限时任务，但是，那些任务，即使是没有完成，或者失败了，也不会有惩罚。

20点生命值，这对花鸣来说，简直就是大出血！

花鸣气得咬牙切齿，对着DWorld上空吼道："你太过分了吧！"

然而，抱怨之后，花鸣只能乖乖地回到现实世界，开始为这次限时任务而头疼。

花鸣来到林缓房门外时，孙毅正好也来了。

他们同时敲响林缓的房门。

门打开的那一刹那，花鸣突然把孙毅推开了。

"你干什么？"孙毅觉得莫名其妙，气愤道。

"我要先见林缓，你等着。"花鸣对着孙毅扬了扬拳头。

说罢，花鸣抓住林缓的手，进了房间，还把房门锁得死死的。
转过身时，她差点又撞进林缓的怀里。
林缓居高临下地盯着她，花鸣的心几乎都要从胸口跳出来了。
她能听见自己的心跳声。
扑通，扑通……

第二十四章 条件
Chapter 24

沉默良久，花鸣也与林缓对视良久。

她早已经紧张得要窒息了。

她面前站着的，可是DWorld中的传奇、千万人的偶像双木大神，她又怎么可能不紧张。不是谁都有机会能与双木大神孤男寡女共处一室，并且还如此近距离地四目相对，倾听彼此细微的呼吸声。

如若游戏里的其他人知道了，一定又是羡慕，又是嫉妒。

然而，岂止是在《DWorld》里，在现实世界中，若是余宁大学的女生们知道了，也一定早就嫉妒得发狂。

时间一分一秒地过去，花鸣的脸色也由白变红。

林缓的房间散发着一股淡淡的香味，并不张扬，却沁人心脾，林缓的衬衫上，也散发着同样的气味。花鸣的大脑一片空白，终于，她开始回避林缓的目光。

"林……林缓同学，你这么盯着我，有什么事吗？"花鸣一紧张，低下头，轻声呢喃着问道。

然而，才刚开口，花鸣就觉得自己蠢爆了。

明明是她自己闯进了林缓的房间，却还要这样问。

意识到自己的愚蠢，花鸣镇定了下来。

再次抬起头，花鸣深吸了一口气。

"林缓同学，我有很重要的事情要告诉你。"说罢，花鸣开始等着林缓的回应。

只是，过了许久，林缓却一句话也不说。

花鸣很快就失去了耐心。

"你为什么总是不说话，说一句话，很困难吗？在游戏里，在现实世界里，都是一个样！"

这样的抱怨，只存在于花鸣的心里。

从第一次遇见林缓，再到遇见游戏中的双木，他对花鸣说话的次数，用手指都能数得过来。

门外的孙毅，一头雾水，他竟然真的蹲在门外，开始了漫长的等待。

花鸣没有忘记来这儿的目的，即使林缓不理她，她也得完成目标。

"孙毅带了十几个人来，有一整个团队在帮他。"花鸣快速道，"他应该很快就能设计出查杀病毒的程序了。"

再次等待林缓回答的时间里，花鸣陷入了美好的幻想中。

"那怎么办？"林缓无比着急道。

"我可以帮你，但是你要答应我一个条件！"花鸣满脸笑意。

"好！只要你能帮我，我什么都愿意答应你！"

但是，事实并未像花鸣理想中这般顺利地进行，这一切，都只存在于花鸣的幻想之中。

林缓波澜不惊的脸上，没有任何情绪的起伏。

他真的对任何事都不在乎吗？

花鸣从未遇到过这样的人。

花鸣心中的计划，全部被打乱了。

换作从前并不知晓林缓身份的花鸣，心中的怒火早就被点燃了。然而，现在的花鸣，对机器般沉默不语的林缓，怎么也提不起怒意来。

"你想过要怎么办吗？"

林缓没有顺着她的计划与她对话下去，花鸣只得自己接了自己的话。

气氛无比尴尬，一切变成了花鸣的自言自语。

"我可以帮你，但是……"

花鸣低着头，两只手不自觉地拨弄着衣角。

太奇怪了，这与她想象中的，完全不一样。

花鸣的声音越来越小。

"你要答应我一个条件……"

林缓的房间里，灯光并不亮。

眼前依旧是这张绝美的冰山脸，花鸣有一种自取其辱的感觉。

她有时实在想不通，她明明是DWorld中大名鼎鼎的人物，为什么非要到现实世界里受这样的气。

幸运的是，空气没有就此凝固下去。

"你会怎么帮我？"

花鸣简直不敢相信自己的耳朵，林缓竟然回应她了！

开口说话，本是一件再简单不过的事，可是想从林缓口中得到一句回应，花鸣却觉得比登天还难。

"我知道破解病毒的关键代码。"花鸣赶紧回答道。

就在白天，"盗窃者"被恢复实力的花鸣，揍得鼻青脸肿，最终哀求着把它的克星代码，传输给了花鸣。

花鸣已经进屋许久了，和"盗窃者"一战后，花鸣的身体仍旧虚弱，她站得双腿有些发酸。

她的目光扫过林缓的身后，那是一张柔软舒适的大床，花鸣多想去坐着。

"你不信？"

见林缓再次没了反应，花鸣有些心虚道："我又不笨，为什么你觉得我不行？"

花鸣清楚，一切并不是因为她的聪明。那串代码，是她靠拳头换来的。

凭实力得到的代码，为什么要心虚？

想到这儿，花鸣挺胸抬头："只要你答应和我约会，我就立刻把代码写给你！"

终于，花鸣把在心里憋着的话，说了出来。

20点生命值的威胁，逆天专属装备的诱惑，让花鸣决定利用这次机会，完成系统突然发布的限时任务。

四十八小时的时间很短，花鸣必须在明天或者后天，就与林缓成功约会。

除了这么做，花鸣实在没有其他方法了。

双木大神，不要怪我，我也是自身难保！本来，我是愿意无条件帮你的！

花鸣在心里不断念叨着，她不敢看林缓，生怕从林缓的表情里，看出对她的厌恶。

然而，就在此时，屋里竟然响起了另外一道声音。

"你真的能帮我们？"

花鸣吓了一跳，只见一个看上去年轻漂亮的中年女人，从屋内走了出来。

从进门开始，花鸣和林缓就一直站在靠门的位置，她不知道屋里竟然还有一个人。

女人满脸笑意，走到了花鸣的身边。

十分亲昵地，女人拉起了花鸣的手："站这么久了，进来坐着说吧。"

花鸣任凭她拉着，她满脑子疑惑：这个女人，是谁？

让花鸣坐下后，女人才解除了花鸣的困惑。

"我是林缓的妈妈。"说罢，女人对着林缓唤道，"小宝贝，快过来。"

花鸣简直以为这是一场梦！

她听错了吗，林缓的妈妈，叫林缓什么？

小宝贝？

小宝贝！

"不对，我该关注的不是这个！我刚刚提的条件，林妈妈都听到了？"花鸣一拍脑袋，恨不得找个地洞钻进去！

林缓皱起了眉头："我说过，不要这样叫我。"

女人捂着嘴笑道："知道了，小宝贝，快过来。"

林缓的声音，依旧冰冷，可是，花鸣却听了出来，那并不是责备。

每一个人的心中，都有着最柔软的地方。

吴桐便是林缓心中的"柔软"。

昨日深夜，吴桐接到林缓的消息后，就立刻从余宁市出发了。

"你真的有办法帮我们吗？"吴桐说道，"孙毅手里的那份文件，对我们来说，非常重要。"

那是一份机密文件，原本被锁在了公司的保险柜里。

蹊跷的是，那份文件不翼而飞了。没有人知道文件是怎样不见的，就连监控探头，也突然全部失灵了。

正因为事态的严重性，吴桐才亲自赶来。

花鸣对着吴桐点了点头："伯母，我有办法。"

说完，花鸣从桌上找了一支笔，立刻在纸上飞快地写了起来。

那是"盗窃者"传输给花鸣的信息。

林缓和吴桐站在花鸣的身后。

对于花鸣写的那些代码，吴桐完全看不懂。但是，林缓全部看懂了。

林缓的眉头舒展开来，他看得很认真。

吴桐偷偷观察起林缓的表情，她嘴角的那抹笑意，林缓并未察觉。

终于，十分钟后，花鸣把复杂无比的代码，全部写在了纸上。她晃了晃发酸的手臂，站了起来，把它递给了林缓。

花鸣觉得丢脸，如果早知道吴桐在这儿，她绝对不会那么直接地提条件。

但是，既然已经开了口，花鸣只得硬着头皮说了下去。

"这就是能够解决病毒的代码，你和我约会吧。"

林缓没有伸手，吴桐倒是接手了。

"同学，我们家小宝贝答应你了！"吴桐笑着说道。

花鸣还来不及高兴，林缓就泼了一盆冷水。

"我没有答应。"

花鸣咬牙："你反悔？代码我都给你写了！"

"我从来没有答应过你。"林缓不紧不慢道。

花鸣仔细一想，的确，林缓从来没有同意过她提的条件。

花鸣狠狠咬牙，都怪自己乱了阵脚。

不知为什么，花鸣觉得吴桐十分亲切，于是朝着她投去了求助的目光。

转念一想，吴桐是林缓的妈妈，要帮也不可能帮别人。

没想到的是，吴桐对着花鸣偷偷挤了挤眼睛后，突然抓住了林缓的手。

"小宝贝，这份文件对我们来说，太重要了！我……"说着，吴桐的声音里，竟然带起了哭腔。

如若不是悄悄扭头，拼命挤眼泪的表情被花鸣看到，花鸣还真以为吴桐是要哭了。

林缓习惯性地又蹙起了眉。

过了一会儿，他轻轻挣开吴桐的手，走到了桌上，把他带来的电脑打开了。

看到电脑上的程序，花鸣愣住了。

"你已经解决了病毒？"花鸣惊讶地张大了嘴，"什么时候？"

"昨天晚上。"林缓冷静地回答道。

她差点死在了"盗窃者"的手中，可林缓竟然先于她解决了"盗窃者"。

花鸣一阵失神，她所有的筹码，都不复存在了。

吴桐也愣了好一会儿。

反应过来后，吴桐拉住花鸣的手，轻声安慰道："别气馁。"

花鸣心如死灰，她觉得她一定无法完成限时任务了。

专属装备拿不到也就算了，她还将被扣除20点生命值。

花鸣的心在淌血，仿佛身上的肉被割了一块。

"小宝贝，就算你赢了孙毅，他也不会交出文件吧？"吴桐问道。

仿佛知道吴桐不会改口，林缓不再在意这个称呼，毕竟，这个称呼，已经足足叫了二十年。

"嗯。"

林缓简简单单的回答，让吴桐变得愁眉苦脸。孙毅太狡猾了，绝不可能轻易交出文件。

花鸣仿佛又看到了希望："只要把那份文件拿回来就行了吧？"

"同学，你有办法？"吴桐问。

花鸣想了想，回答道："我可以帮忙，不过，我的条件还是一样。"

这一次，花鸣不再莽撞了。

"放心，只要你能帮我们解决危机，小宝贝一定会和你约会。"

以林缓的性格，只有他自己答应了，花鸣才会放下心。

花鸣盯着林缓，等着他开口。

吴桐用肩膀轻轻撞了撞林缓，可是，林缓仍未开口。

很快，吴桐又摆出了一张哭脸。

"小宝贝，你真要看爸爸几十年来的努力付诸东流吗？"

"那是他的事。"林缓淡淡道。

花鸣未曾想到，林缓对自己的父亲也这样冷漠。

"妈妈也辛辛苦苦奋斗了这么多年，好不容易才有这么一家公司，难道你要眼睁睁地看着公司倒闭，看着妈妈伤心难过吗？"

吴桐泪眼汪汪，差点就真要哭出来了。

让花鸣意想不到的是，林缓沉默许久后，竟然叹了一口气，说了一个简单的字："嗯。"

他这是答应了？

对一切都不在乎的林缓，竟然搞不定他的妈妈！

吴桐很快就把眼泪抹干了："同学，小宝贝答应了！"

林缓不再说什么，慵懒地倒在了床上。

局促的敲门声响起，吴桐带着花鸣开了门。

屋里又多了一个吴桐，这是孙毅也想不到的。

孙毅在门外等了许久，直到刚刚，他才彻底反应过来：他是来挑衅的，为什么真的要傻乎乎地等着？

"孙毅啊，好久不见，不知道你爸爸最近身体怎么样？"吴桐笑着问道。

孙毅自然认得吴桐。

"伯母，爸爸他身体很好。"孙毅伴着笑，"林缓呢，我来找他谈事情。"

"他睡了。"吴桐回答，"来找他谈什么事情，你们都还年轻，心思可千万要放正了，别聊些不正经的事。"

花鸣乖巧地待在一边，什么也不说。

她觉得吴桐很可爱，一点儿也不像是一个妈妈，反而更像是一个孩子。

正是这样一个人，竟然会让林缓乖乖听话。

花鸣隐隐约约察觉，吴桐仿佛一直在帮她。尽管，她们才第一次见面。直到出了门，花鸣还觉得有些不现实。

吴桐说起话来，十分干练。

孙毅有些应付不过来，选择了装糊涂："伯母，您说笑了。既然林缓睡了，那我改天再来。"

说完，孙毅转身走了几步。

但很快，他又回过头来。

"伯母，请代我转告林缓，别忘记我和他说过的话。"

"放心吧，我会把话带到的。"

这二人没有把话说明，但都话里有话。

孙毅离开后，吴桐又恢复了满脸的笑意。

"同学，你叫什么？"

花鸣这才赶紧自我介绍了一番。

吴桐拉着花鸣的手，轻轻地拍着："你要加油哦，我们家小宝贝，可不好追。"

又一次，花鸣觉得吴桐完全站在了她这一边。

花鸣低着头："他很优秀。"

"才不是！"吴桐笑道，"他的性格太古怪了，从四年前就这样了。"

"四年前？"花鸣微微一愣："他以前不这样吗？"

吴桐叹气道："是啊。现在的他，不爱说话了，也没有朋友。"

以前的林缓，是什么样的？四年前，发生了什么，他为什么会变得这样冷漠？

花鸣想知道这一切。

"不过，或许你会成功。"吴桐突然说道。

花鸣指着自己："为什么？"

吴桐嘿嘿一笑："直觉，他看你的眼神和看别的女孩儿不一样。"

要回到自己的房间里时，花鸣的脑海里，还满是吴桐的笑脸。

这个妈妈，太可爱了，花鸣好喜欢她。

花鸣正准备进门，有人叫住了她。

是于海。

"花茉莉，这一天你都到哪里去了？"于海焦急道，"题都看了吗？"

和于海不同，蒋艳艳一大早就出门逛街去了。

对于蒋艳艳来说，这次陪行，只是一场旅行。对林缓，蒋艳艳实在太放心了。

可是，于海却不一样。

他把所有希望都放在了花鸣身上。

"老师，放心，我会好好看题的！"

说完，花鸣就赶紧回到房间，把门锁上了。

花鸣正一心想着怎么把孙毅手中的文件拿回来，哪里还有时间应付于海。

她立刻给徐菲菲打了一个电话。

把一切告诉徐菲菲后，徐菲菲也决定连夜赶来泽杭市。

明天就是周末，徐菲菲的爸爸恰巧再次出差，徐菲菲总算能抽出身来。

两天后，便是参加数学赛的日子。

花鸣的时间很紧迫，最迟后天，她就必须和林缓约会。

也就是说，花鸣真正能想办法拿文件的时间，只有明天。

花鸣虽然早已昏昏欲睡，但是和徐菲菲通过电话后，她打开电脑，回到了DWorld。

在海岛城，花鸣沉沉地睡了过去。在这儿，她能休息得更好。

风儿沙找到花鸣时，却怎么也叫不醒她。

风儿沙盯着花鸣许久，突然转身离开了。

守卫处。

"风儿沙，你怎么来了！"S侠激动得几乎要跳起来了。

往常，风儿沙只会偶尔跟着花鸣来到这里，这还是她第一次单独到守卫处来。

阳光下，风儿沙耳上的钉子，银光闪闪。

风儿沙酷酷地靠在墙上，这如同男子般的俊俏，在S侠眼中却是美的。

"你觉不觉得，花鸣最近有些奇怪？"风儿沙问。

S侠一怔，他摇了摇头："哪里奇怪？"

"说不上来，就是总找不到人，神秘兮兮的。"

S侠朝着天际扫了一眼，眼底闪过一丝不易察觉的落寞。但旋即，他对着风儿沙笑道："不必担心。"

一夜过去，当花鸣醒来，现实世界已经天亮了。

"糟了！又睡过头了！"

花鸣匆匆忙忙从电脑里穿出，打开门，她发现徐菲菲正坐在门外，一脸憔悴。

"你知不知道我敲了多久的门！"

第二十五章 行动

Chapter 25

屋内，窗帘紧闭，仅有电脑屏幕亮着微光。

林缓坐在电脑前，双手飞速地在键盘上敲击着。

没过多久，他停下了手里的动作，目光凝聚在桌上的一张白纸上。

纸上，密密麻麻地写满了代码。

那是花鸣留下的。

林缓看得仔细，不常出现表情的脸上，难得地起了一抹诧异。

就在不久前，林缓终于攻克了近几个月来的难题。但此刻回望自己与花鸣写的程序代码，林缓讶异地发现，花鸣的程序代码更加简洁和直接，出现Bug的可能性也更小。

两串程序最关键的代码，殊途同归，但他短时间内写出的代码，却绕了许多弯路。

这抹诧异，在花鸣闯入林缓宿舍的那晚，也曾在林缓的面庞上出现过。

花鸣匆忙离开他的宿舍后，林缓站了起来。

他记得，他把宿舍的门，从里面反锁了。

他查看了门锁，并没有坏。

异常冷静的他，甚至走到了窗边。但他很快意识到，这里是顶层，花鸣不可能是翻窗进来的。

只是，林缓来不及细想，电脑上的一款程序发出了警报：有人入侵了。

时隔这么久，林缓突然又想起了那个奇怪夜晚的奇怪少女。对很多事都不在意的林缓，很少愿意浪费时间去回忆已经过去的事。

敲门声打断了林缓的思绪。

花鸣又一次站在了林缓的房间外。

"伯母呢?"花鸣有些紧张。

"出去了。"林缓淡淡地回答道。

随后是一阵静默。

花鸣不断摆弄着衣角,终于,就在察觉到林缓又要因不耐烦而蹙眉时,花鸣赶紧开口了。

"我有事请你帮忙,是关于那份文件的。"

林缓也不回答,等着花鸣继续说下去。

花鸣神秘兮兮地四下望了望,随后把林缓推进了门内。

关上门,花鸣低声道:"你能不能帮我写一个程序,就是把这东西插进电脑里,就会自动偷偷安装东西的那种程序?"

花鸣从衣兜里掏出了一个迷你存储器,对着林缓晃了晃。

即使在门内,花鸣说话的声音依旧很小,仿佛隔墙有耳,随时会有人识破她的计划一般。

"安装什么?"

花鸣刚想回答,就立刻又闭上了嘴。

她想了想,这才开口道:"可以不告诉你吗?我一定会把那份文件替你们拿回来。"

林缓盯着花鸣精致的脸蛋,看了好一会儿,这才伸手接过花鸣手中的存储器。

林缓坐在了电脑前,飞快地敲起了键盘。

站在林缓身后,花鸣看痴了。

他就是这样坐在电脑前,操纵着双木大神吗?

自从在游戏里遇见双木后,花鸣曾经无数次地幻想着操纵双木的那双手。

如今,她终于见到了。

或许,也只有这样一双灵活修长的双手,才能驾驭双木吧。

当花鸣反应过来时,林缓已经把存储器递给了她。

"把目标程序放进去就行了。"林缓说道。

花鸣在心底默默地数了数,认识这么久,这是林缓第一次对她说这么多话吧?

花鸣接过存储器时,不经意触碰到了林缓的手。

"他的手好凉。"花鸣在心里默道。

"你答应的事,不会反悔吧?"花鸣小心翼翼地问。

花鸣已经意识到,只有吴桐才能让林缓听话。吴桐不在这儿,花鸣生怕林缓反悔。

林缓开了门,尽管一句话没说,但花鸣知道,不爱热闹的林缓是下了逐客令。

花鸣不想又白费力气,她干脆厚着脸皮,赖着一动不动。

花鸣的两只大眼睛,可怜兮兮地眨巴着。

"不会。"

终于,林缓开口了。

花鸣激动地一拍手:"我就说你不是出尔反尔的人!"

说完,花鸣兴冲冲地离开了。

徐菲菲早已等候许久。

她不知从哪里弄来了一身酒店服务员的衣服,洋娃娃般波浪卷的头发,也被她服服帖帖地束了起来。

"搞定了吗?"徐菲菲问。

花鸣点点头,迅速打开电脑,匆匆把《DWorld》程序放进了存储器里。

现在想起来,花鸣还觉得惊险。

她差点就对林缓提起《DWorld》了。她绝对不能让林缓知道,她也是这款游戏的玩家,更不能让林缓知道她就是花鸣。

这是她和徐菲菲的计划。

徐菲菲抵达后,她们在孙毅的房间外徘徊了许久。

房间里的人实在太多了,几乎不出门。

只有孙毅时常出入,但他都一身轻便,文件显然不在他身上。花鸣猜测,文件应该就在酒店房间内。想要神不知鬼不觉地盗走文件,必须把所有人引出房间,这已经十分困难。

就算她们可以把人都引出来,他们恐怕也会锁上门,花鸣根本进不去。

于是,仔细盘算过后,"花菲"小队又一次开展了小队行动。

十分钟后,身着酒店服务员服装的徐菲菲,在确认孙毅出门后,敲响了孙毅的房门。

"您好,客房服务。"徐菲菲有些紧张。

从前,她还从未做过这样的事。

开门的是一个三十多岁的中年男人。

"我们不需要客房服务。"男人警惕地回答道。

徐菲菲推着餐车,那是她刚刚趁着酒店服务员不注意,偷偷推来的。餐车上,放着十几杯热腾腾的饮料。

"这些饮料是免费赠送的。"徐菲菲微笑道。

上下打量了徐菲菲一番,男人并未起疑,终于让徐菲菲推着餐车进了房间。屋里实在太多人了,每个人都顶着乱蓬蓬的头发,他们很久没有睡觉了。

徐菲菲将热饮一杯一杯地递给他们,眼角的余光,早已将整个房间扫了一遍。

明面上，并没有她要找的东西。

房间内的布置很简单，除非那份文件不在这儿，否则一定就藏在徐菲菲无法接近的某个抽屉里。

徐菲菲端着饮料，想走近床边的柜子时，男人突然叫住了她。

"你要干什么？"

徐菲菲一怔，按着想好的说辞回答："我想把剩余的饮料，放到那边去。"

"不用了。放这儿吧。"

男人这般警惕，她猜测文件就放在柜子里。

徐菲菲无法接近，只能继续给大家递饮料。

突然间，饮料洒在了一个蓬头垢面的小伙子身上。

那小伙子立刻就站了起来，抱怨道："你怎么做事的？"

说罢，小伙子离开电脑，起身进了卫生间。

徐菲菲假装手忙脚乱地替小伙子擦拭电脑和桌面，早就藏在手中的迷你存储器被她插进了电脑。

徐菲菲背对着男人，男人并没发觉她这个不易察觉的动作。

存储器接上后，放在里面的《DWorld》程序将会自动安装在这台电脑上，但是需要一些时间。为了不被发现，徐菲菲一直挡着电脑。

男人十分警惕，他是这里唯一一个还未累得晕头转向的人。

虽然不知柜子里藏着什么，但是孙毅千叮万嘱过，不要让任何人靠近。他们都是孙毅高价雇来的，当然要替孙毅好好办事了。

终于，去了卫生间的小伙子出来了，徐菲菲看了看表，时间差不多了，她立刻把电脑上的存储器拔了下来。小伙子再次使用电脑时，徐菲菲的心跳得厉害。

她又怎会知道，她的担心是多余的。

林缓写的程序，十分高明，所有的动作都是在电脑后台偷偷进行的，即使是精通计算机的人，没有特别留意，也根本发现不了。

"送完了饮料，还不走？"男人开始催促了。

"对了，孙先生让我给你们带话。"徐菲菲脸不红心不跳地撒起了谎，"孙先生让你们到酒店大堂集合。"

"孙先生？"男人没有轻易相信。

徐菲菲点了点头："孙先生，孙毅，他的手机没电了，让我传话。"

男人掏出了手机，拨通了孙毅的号码。

徐菲菲不断地在心里默念：花鸣，你可千万别害我！

男人一直盯着徐菲菲，终于，他把手机从耳朵上拿开了。

"孙先生的手机打不通，大家立刻跟我去大堂集合。"男人对所有人说道。

徐菲菲长舒了一口气,推着餐车出了房间。屋里的人,一个一个走了出来,男人走在最后,他把门锁上了,还小心翼翼地检查了一遍。

徐菲菲来到角落后,给花鸣发了一条讯息:A计划失败,B计划!

此时,身在酒店大堂的花鸣,看到了讯息。

她对着孙毅嘿嘿一笑:"再见!"

说罢,花鸣转身跑开了。

几分钟前,孙毅离开了房间,花鸣和徐菲菲兵分两路。

徐菲菲进了孙毅的房间,而花鸣则跟踪孙毅。

这次小队行动,一共有两个计划:A计划便是徐菲菲混进孙毅的房间后,直接盗取文件;而B计划,则要利用上那个迷你存储器。

花鸣跟着孙毅,来到了酒店大堂。

孙毅接了一个电话,花鸣蹑手蹑脚地跟在后面,透过手机上的代码,听清了孙毅与他养父之间的对话。

"孙毅,你一定要把文件给我带回来。"

"父亲,你放心,既然你答应把文件暂时交给我保管,我就会完好地带回去。除了让林家遭受一大笔损失,我还要让林家颜面尽失!"

花鸣听到这儿,心里有了数。

"他果然把文件带在身上,天助我也!"

先前,花鸣还担心文件根本就不在这个酒店内。

孙毅挂断电话后,花鸣就叫住了他。

让孙毅摸不着头脑的是,花鸣东拉西扯,对他说了一大堆不着调的话。

孙毅并不知道,花鸣操控着那些代码,让孙毅放在兜里的手机死机了。

花鸣离去许久后,孙毅仍然没明白花鸣的意图。

回到房间,徐菲菲早就在此等候了。

"文件,应该放在柜子里。"徐菲菲对花鸣说道。

花鸣点了点头,一头蹿进了电脑里。

她闭上了双眼,让自己的心静了下来。

她在感受着。

当花鸣通过一块电脑屏幕,去到了林缓的宿舍后,徐菲菲还以为花鸣拥有了一道可以去往任何地方的任意门。但是,徐菲菲只说对了一半。

理论上,只要花鸣的脑袋中有定位,那她就可以抵达目标位置的屏幕,并从屏幕来到现实世界。

但是,这有一个前提:那台电脑上,必须安装《DWorld》程序。

花鸣是《DWorld》里的人,想要如此自由地穿梭游戏世界和现实世界,也必须通过《DWorld》。

许久之后，花鸣感受到了一道白色的屏障。

"是那里！"说罢，花鸣睁开双眼，身体化作一道白光，朝着远空冲去。

花鸣成功了，她终于站在了孙毅的房间里。

花鸣没有浪费时间，立刻朝着徐菲菲说的柜子走去。

与此同时，孙毅带着大队人马，匆匆地赶了回来。

孙毅没想到竟然有服务员假装传话，引所有人离开了酒店房间，而他的手机，也无缘无故打不通了。

孙毅感到了不安，那份文件如果丢了，他的养父一定会气得杀了他！

终于，孙毅手忙脚乱地开了门。

他分明听到了屋里有人走动的声音。可是，当他手忙脚乱地进了房间后，屋里却一个人也没有。

他打开抽屉，那份文件，不翼而飞了。

孙毅的额头冒出了冷汗，他觉得，他要完了。

酒店，突然陷入了混乱。

一群人挤在了服务台。

在查看了监控画面后，酒店证实他们离开后，无人再进过房间。

而涉及那可疑服务员的画面，竟然全部变成了一堆乱码。

更让孙毅恐惧的是，所有人都可以证明，那个服务员，从未接近过柜子。

文件是怎么消失的？

孙毅突然全身冰凉，像是见了鬼般。

此时，躲在角落的花鸣，长舒了一口气。

怕被发现端倪，就在几分钟前，徐菲菲已经离开了酒店，搭上了回余宁市的大巴车。

花鸣全身乏力，身体本就没有复原，又如此耗费力气地来回穿梭、抹去关于徐菲菲的监控画面，花鸣觉得更加疲累了。

但是，她成功了。

不敢乘电梯，花鸣带着文件，一步一步地爬着台阶。

她要去找林缓，把文件交给他。

可是，她的脑袋却越来越沉。

终于，她的身体倒在了楼道上。

花鸣彻底失去了意识。

就在此时，一道黑色的身影，出现在了这里，穿着一身几乎可以把整个人裹住的黑色及地风衣，戴着可以把整张脸挡住的奇怪帽子，如此怪异的一个人，缓缓地走到了瘫倒的花鸣面前。

……

突然间，泽杭市又一次电闪雷鸣。

孙毅差点被那闪电吓出了魂。

"怎么办？"孙毅自言自语道。

那群人，早被他赶走了。

他躲在房间里，失魂落魄地瘫坐在地上。

"爸爸一定不会原谅我。"孙毅的头皮发麻，回想起对养父信誓旦旦的说辞，他已经能预见自己的下场。

他只是一个养子。

一直以来，因沉迷计算机，他被养父视作不务正业。只要他稍犯错误，就会被责骂，甚至是毒打。

几天前，当他得到那份文件时，他觉得自己的机会终于来了。

这是一份可以让林家企业面临巨大损失的文件，他第一时间将文件交给了养父。为了讨养父的欢心，也为了羞辱一直让他耿耿于怀的林缓，孙毅说服了父亲，让他带着文件，前来泽杭市。

他不曾想到，文件竟然会如此莫名其妙地丢失。

他记得，那一天，有一个看上去神秘而怪异的人，将文件交给了他。

"你是谁，这是什么？"

穿着黑色长衣、戴着宽大帽子的身影，并未回答。

在把文件交给孙毅后，他转身离开了。

至今，孙毅仍然不知是谁把这么重要的文件，交给了他。

得来突然，消失诡异。

想到那道神秘的黑色身影，孙毅又惊出了一身冷汗。

"爸爸会原谅我的，这份文件，本就来得如此突然！"

孙毅安慰着自己，他颤抖着双手，拨通了养父的电话。

……

花鸣醒来时，正躺在楼道里。

天黑了，楼道里幽暗得吓人。

她一惊，立刻从地上抓起了那份好不容易得来的文件。

"还好，文件还在。"花鸣松了一口气。

花鸣咬紧牙根，站了起来。

她的脸色苍白,但是她心底却是开心的。

她马上就能完成限时任务了!

花鸣来到林缓房间时,吴桐回来了。

"伯母,我把文件拿回来了。"

吴桐高兴得合不拢嘴,不知为什么,虽然花鸣看上去年轻,但吴桐对她十分放心。从一开始,吴桐就觉得花鸣真的可以说到做到。

吴桐匆忙地翻着文件,仔仔细细地确认过后,对着林缓点了点头。

"小宝贝,文件是原件,茉莉真的把文件带回来了。"吴桐对着花鸣挤了挤眼睛后,出门打电话报喜讯了。

花鸣低着头,呢喃道:"那我们的约会……"

良久,林缓没有作声,花鸣还以为林缓要反悔了。

哪知,她刚抬起头,正要质问时……

"去哪儿?"

花鸣微微一怔。

房间里无声的电视屏幕上,正播放着花鸣从未去过的地方。

花鸣傻傻地指了指电视:"去那里吧?"

第二十六章　约会
Chapter 26

两个城市一起落了日。

"菲菲姐，你怎么去了泽杭市？"秦璐在电话那头问道。

此时，满是倦容的徐菲菲正坐在大巴车上。走得太急，徐菲菲尚未换下身上的衣服。沉浸在颠簸睡梦中的徐菲菲，被秦璐的一通电话吵醒。

"找茉莉办事了。"徐菲菲打了一个哈欠。

"菲菲姐，为什么你们不叫上我一起去？"秦璐的声音里，有些许落寞。

徐菲菲太累了，她并未察觉秦璐语气中的异样。

"我马上就回去了，回去再和你说。"

约了时间和地点后，秦璐开始了漫长的等候。余宁大学里的花凋了、草枯了，落叶铺了一地。月光斑驳，秦璐坐在树下，手中捧着已被摔烂的DV。夜晚湮没了她的小脸，但若仔细一看，仍然可见她脸上刻意遮掩的伤痕。

秦璐蜷缩着身体，泪眼蒙眬，为了不让徐菲菲担忧，通话间，她并未多说。

奔波了大半天的徐菲菲，终于回到了余宁大学。

她正要赶往与秦璐约定的地点时，被停在校门口的一辆小车给拦下了。

车上下来一个西装笔挺的中年男人。

"你去哪儿了？"男人厉声问道。

徐菲菲低下了头，她暗道不好。她分明打听好了，此刻，她的爸爸和妈妈应该还在出差途中才对。徐菲菲不曾想到，他们已经回来了。

正不知怎样回答时，男人拉住徐菲菲的手，将她拽上了车。

徐菲菲挣扎片刻，当她看见车上女人的眼神示意后，立刻放弃了抵抗。

男人对她管教太严了，在这个家中，也只有徐菲菲的妈妈会护着她。女人的表情告诉徐菲菲，这一次，男人是真的暴怒了。

"是不是又和花茉莉一起鬼混了？"男人问道。

徐菲菲的身体一颤，从小到大心存的不满，顿时又涌上了心头。

"爸爸，能不能不要再干涉我了，我已经长大了。"徐菲菲耐着性子，尽可能保持着好的语气。

"我干涉你，你还交花茉莉这样的朋友，如果不干涉你，岂不翻天了？"男人暴怒道，"你交花茉莉那样的朋友，对你的人生有什么帮助？"

徐菲菲攥紧了拳头："茉莉她已经不一样了，你不是喜欢调查吗，你好好查一下啊！"

"闭嘴！"

徐菲菲还想说些什么，女人阻止了她。

尽管心中无比委屈和愤恨，但徐菲菲依旧选择了忍耐。和以往每一次一样，徐菲菲在心中发誓，只要再有下一次，她就要离开这个家。

夜色苍茫，车子消失在了寂静的街头。

秦璐一直等到了深夜。

冷风袭来，秦璐的身子瑟瑟发抖。

她拨通了徐菲菲的电话号码，然而，她的焦急并没有得到回应。

"她忘了吗？"秦璐失落地自言自语道，"我始终走不进她们俩的生活。"

秦璐仍然不愿放弃，她又拨通了花鸣的电话。

而此刻，花鸣正坐在电脑前。

手机被她随手丢在了床上，花鸣不曾注意到，飘浮在手机上的代码萤火虫们，忽然间变得焦躁不安。它们快速地跳跃着，只是没过多久，它们宛若死去一般，不再有任何动作，很快便失去了生机。

手机屏幕刚刚亮起，却又黯淡下去。

"约会攻略。"花鸣出神地盯着电脑屏幕，"要打扮得好看一些，要矜持一些。"

花鸣也打过徐菲菲的电话，她想把好消息带给徐菲菲，顺便向她请教一些约会的技巧，但她也没能打通。

于是，花鸣只能依靠着自己，搜索了许多网上的约会攻略。

花鸣仍然觉得像是做梦一般，再过一个晚上，她竟然就要和林缓约会了。

现实世界不比DWorld，花鸣虽然不曾在游戏中与其他人结成情侣关系，但却看过其他人谈恋爱。在游戏中谈恋爱，也不过是每日聊聊天，一起刷刷游戏副本，仅仅如此，情侣之间的恋爱值便会慢慢地增长。

花鸣觉得头疼："在这里没法打怪，到底约会是什么步骤？"

就在花鸣手足无措时，近乎本能的警惕，让她突然转头，盯着门外。

就在刚刚，她突然嗅到了一丝可疑的气息。

说不出那种气息是什么，她只是觉得有些心慌。花鸣缓缓站了起来，几乎是同一时间，花鸣听到了匆忙的脚步声。

花鸣打开房门的瞬间，酒店的楼道上，空空如也，只有孤独的灯，时明时暗。

她揉了揉脑袋，迟疑片刻后，又把门关上了。

与"盗窃者"一战后，花鸣就总是因为身体疲累而精神恍惚，花鸣只当是自己又疑神疑鬼了。她不知道的是，就在她关上门后，楼道尽头的幽暗处，黑色的身影缓缓走了出来。

依旧是一身严实而怪异的装扮，黑色的身影停留了片刻，随后又离开了。

这一夜，花鸣没有睡好。

她太紧张了，能和双木约会，她又怎么可能不紧张？

原本打算养精蓄锐，把限时任务的最后一项步骤完成，奈何，天一亮，花鸣觉得更加疲惫了。

看着镜中苍白的脸和两只说不上可爱的黑眼圈，花鸣欲哭无泪。

"他不会喜欢这么憔悴的我吧？"

她和林缓约定的时间到了，花鸣不再浪费时间，开了门，来到了林缓的房间外。

今天，花鸣穿了一身粉色的衣裳。

敲了门后，花鸣深吸一口气，两只小手竟然微微颤抖了起来。

花鸣责怪自己的不争气，想当时，她不小心接受了八级任务，在骷髅山脉前徘徊时的心情，也不过如此吧？

门终于开了。

林缓一如既往的帅气，哪怕他只是随意穿了一身宽松的白色运动装。

"我们走吧？"花鸣低着头。

"嗯。"

林缓回应后，花鸣才彻底放心了下来。直到刚刚，花鸣仍在担忧林缓会反悔。

一前一后，林缓和花鸣进了电梯。

电梯门要关上前，吴桐闯了进来。

"俊男俏女。"吴桐上下打量了一番花鸣，忍不住摸了摸花鸣的脑袋："茉莉，今天很可爱哦！"

被吴桐一夸，花鸣的脸颊微微发烫。

"小宝贝，你穿得就有些随意了，这是你第一次约会，怎么不好好打扮？"

这是林缓的第一次约会？

花鸣简直不敢相信。

林缓太优秀了，太多女生围着他转，难道他真的从来没有谈过恋爱吗？

林缓慵懒地靠着，没有回答。

"你们要去电玩城，我也好想去。"吴桐的双眼泛光。

昨夜，花鸣随手一指，决定了他们今天的去处。

花鸣从未去过那样的地方，只是从电视上看过。饶是如此，那样好玩的地方，已经深深吸引了她。

吴桐已经步入中年，却还像长不大的孩子一样。

"伯母，要不你和我们一起去？"花鸣提议道。

"真的吗！"吴桐兴奋了起来，但很快，她看了看林缓，又摇了摇头，"还是不打扰你们年轻人了，我还得回余宁市呢。"

终于，他们出了电梯。

吴桐轻轻地把花鸣拉到了一边。

"茉莉，伯母看好你，你一定要搞定他。"吴桐悄悄鼓励道。

花鸣点了点头，忍不住问："伯母，你为什么要帮我？"

吴桐嘿嘿一笑："从你身上，我看到了我年轻时的样子。"

吴桐没有说谎，她还记得，在她年轻时，也曾像花鸣一样义无反顾地追求着林缓的父亲。但这却并不是吴桐处处帮着花鸣的真正原因。

吴桐没有细说。

"小宝贝，如果有时间，还是回家一趟吧。"吴桐小心翼翼地对林缓说。

林缓的眉头一皱，不作答。

"走吧。"

说罢，林缓率先迈动脚步。

花鸣和吴桐打了招呼，立刻跟了上去。

林缓的双腿太长了，每一步都跨得很远，小巧的花鸣必须一路小跑，才能勉强跟上。

看着两个年轻人的背影，吴桐叹了一口气。

林缓还是不愿意回家，无论吴桐说什么，林缓都愿意听，唯独这件事。

就在林缓和花鸣刚离开酒店时，于海追了出来。

吴桐拦住了他："您是老师吧？"

于海一脸疑惑："您是？"

"我是林缓的妈妈。"吴桐笑道，"今天就给两个年轻人一些自由时光吧。"

"可是明天就比赛了！"于海着急道。

何止是今天，从他们第一天到泽杭市，他就总是找不到花鸣，他们已经有太多自由时光了。于海放心不下，他追着花鸣出来，为的便是让花鸣趁着比赛前，再好好地看看题。

"比赛不重要啦！"

说罢，吴桐竟把于海推进了电梯里。

待把于海打发了，吴桐才把行程给定了下来。

她不打算做两个年轻人的电灯泡，但想去电玩城玩一玩的想法，可不是开玩笑。林缓和花鸣都不知道的是，吴桐没有直接回余宁市，竟然就近找了一个电玩城，独自玩乐去了。

雨过后，便是万里无云的晴朗天气。

温暖的阳光驱走了凉意。

电玩城里一片喧闹，花鸣一走进这里，便按捺不住内心的好奇，四处张望着。

有人对着机器打着电动，有人踩着跳舞机迈着舞步。

在花鸣眼中，无数绚丽的代码组成了一片白天下的星空。

这哪是执行任务，简直是在玩乐。

为了这次限时任务，花鸣费尽心思，但到了此刻，花鸣却觉得无比满足。

一路而来，花鸣都吃力地跟在林缓身后。进了电玩城后，花鸣就像是管不住的孩子，四处奔腾着，倒成了林缓一直跟在花鸣的身后了。

"太神奇了！怎么会有这样的地方？"花鸣忍不住赞叹道。

这里的每一项游乐项目，都让花鸣觉得惊奇。

"简单的机器，简单的程序罢了。"林缓在身后，淡淡回答道。

花鸣这才想起林缓来，她吐了吐舌头，如果林缓没有说话，她还真会把林缓给忽略了。她差点以为她是一个人来玩的，在这样的地方，林缓真的太没有存在感了。

花鸣突然觉得，林缓始终拘束着自己，不爱热闹的他，本不该走进这样的地方。

选这样的地方约会，真是难为他了。

花鸣甚至开始考虑是不是要换个地方。

可是，那些闪烁着五颜六色光芒的机器，太吸引她了。花鸣咬着嘴唇，陷入了挣扎之中。

她舍不得离开这儿。

林缓的眉头是皱着的，这代表林缓已经觉得不舒服了。

终于，花鸣叹了一口气："那我们换个地方吧？"

没想到，林缓竟然摇了摇头。

林缓是看出她想在这儿玩，所以不换地方吗？

花鸣才刚这样想，林缓的下句话便打破了她的幻想。

"换地方，太麻烦了。"

花鸣暗叹自己又一次自作多情。

喧闹的人群中，只见俏皮可爱的少女，几乎把每一台机器都玩遍了。

而自始至终，少女的身边，都安静地站着一个帅气的男生。

这一幕，不知吸引了多少人的眼球。

"那个男生好帅！"

"人家有女朋友了，你没见他一直跟着那女生吗？"

"真羡慕那个女生。"

一切的议论，沉醉着的花鸣一句都听不见。

DWorld，海岛城。

几乎是在一瞬间，海岛城失去了光芒。

无数道光从无数人的身体里飞向阴沉的天际，像是被抽离了灵魂一般。

所有的玩家在顷刻间，全部离线。

海岛城上空笼罩着的强大护盾，突然间破碎。海浪四起，狂风大作，停靠在岸边的巨艇被掀翻了。异变突生，海岛城又一次迎来了前所未有的震动。

高耸入云，几乎能与太阳比肩的建筑，坍塌了。

这一座海上的巨大城堡，瞬间被哀号声覆盖。

"又是这样。"风儿沙咬着牙，高高跃起，躲过了一块从天而降的巨石。

就在刚刚，风儿沙的玩家离线，风儿沙又一次拥有了操控身体的权力。

这已经不是海岛城第一次遭逢异变了。

可是，每一次异变，都要比上一次更加严重。

NPC也惊慌地四处乱窜，唯有海岛城守卫处的S侠，依旧冷静地站在原地。

他望着天，叹了一口气。

海岛城发生的一切，沉醉在电玩城的花鸣一无所知。

"听说了吗？《DWorld》的服务器又崩了。"

"真的假的？"

"真的，我让朋友替我挂机，他刚告诉我的。"

"这破游戏，没得玩了，也不知道这一次要维修几天？"

站在花鸣身后的林缓，在喧闹声中，捕捉到了几句议论。

才刚刚舒展开的眉头，又紧皱了起来。

花鸣正在玩投篮机，她的身边，围满了人。

所有人都在拍手叫好，花鸣竟然用一个币，投进了所有球。此刻，花鸣正在挑战投篮机的最后一道关卡。

林缓静静地站着，盯着花鸣的背影。

上一次，在球场上，林缓也曾这样望着花鸣投篮。

这个奇怪的少女身上，究竟还有多少惊喜？

她能和他一样，在数学赛里拿到满分，她能投进每一个球，能写出就连林缓也无法在短时间内写出来的程序代码。

她会千方百计地接近他，会在第一次见面就拽着他想要亲吻他，会步步跟随着他念诗表白，会莫名其妙在深夜闯入他的宿舍，会主动帮助他作为约会的交换条件。

是惊喜还是惊吓，尚且未知。

林缓深陷思绪时，花鸣在欢呼声中，投进了最后一个球。

花鸣破了电玩城的纪录。

她高兴得手舞足蹈，竟然情不自禁地拉起林缓的手，拽着他跑向了电玩城的另一处角落。

这是他们最后一项还没有尝试过的项目。

准确地说，是花鸣还未玩过的机器。

这样的一男一女，无论走到哪个角落，都是大家关注的焦点。

有不少人竟也跟着他们来到了这儿。

花鸣盯着机器里的娃娃，激动道："都好可爱！"

这是一台娃娃机。

花鸣这才发现，她还牵着林缓的手。她赶紧松开，尴尬道："你什么都没玩儿，要不，你来试试？"

林缓摇了摇头，没有说话。

身边的一个男生，从娃娃机里抓起了一只娃娃，递给了女生。

男生扫了一眼林缓，阴阳怪气地说道："连娃娃都不肯为女朋友送，还算什么男人？"

从许久前开始，男生就发现女朋友一直盯着林缓，心里的醋坛子瞬间被打翻了。

花鸣一愣，问男生道："为什么要送？"

"来这种地方约会，难道不需要送点什么吗？"男生被花鸣问住了，愣了好一会儿才回答。

"约会一定要送东西吗？"花鸣焦急道。

男生嘲讽般地对着林缓笑了笑，强行拉着还挪不开目光的女生走开了。

花鸣却在心里着急了。

会不会因为没送礼物而不算完成约会任务？

"要不，你抓一个送我吧？"花鸣试探性地要求道。

林缓的双手插在兜里，一动不动。

花鸣放弃了，她想了想，突然笑道："既然约会要送东西，那就我送你吧！"

说罢，花鸣开始抓娃娃了。

娃娃机里的铁爪，远没有看上去那样强健有力，反倒是软绵绵的，每次眼看着就要成功了，它却突然松手了。

控制着摇杆，花鸣失败了一次又一次。

很快，花鸣面红耳赤。

手中的游戏币快要耗尽了，她竟然连一个娃娃都没有抓起来。

花鸣气得直跺脚，就在此时，林缓突然从她手里取出一个游戏币。

似乎是实在看不下去了，林缓竟然主动出手了。

花鸣放心地站在了一边，在她眼中，林缓简直是无所不能。

抓一个娃娃，这么简单的事，当然不在话下了。

只是，一切都和花鸣想得不一样。

铁爪松开了，林缓竟然也没有抓起娃娃。

花鸣一愣，尴尬地笑道："失误，只是失误！"

林缓又从花鸣手中拿了一个币，可这一次，林缓竟然又失败了。

很快，花鸣手里的币，就要被林缓消耗尽了。

原来，林缓也有他做不到的事。

纵使是花鸣，也没法再替林缓找借口了。

林缓伸手，准备拿走最后一个游戏币时，花鸣缩回了手。

"我来吧。"

第二十七章 守护
Chapter 27

此时，林缓脸上的表情，花鸣从未见过。

那好像是，傲娇？

是吗？

不会吧。

可是，真的是傲娇啊！

林缓不再向花鸣伸手，而是突然转身离开。花鸣着急了，林缓不会因为她的拒绝，抛下她走了吧？那她的限时任务会不会被系统判定为失败？

可是，她不是故意拒绝林缓的。

花鸣只是担心林缓再抓不到娃娃，就没法送她礼物了。

从未约会过的花鸣，只因陌生男生的一句话，而对约会有了误解。

花鸣正想追上去时，林缓突然又折回来了。

林缓的手中，捧着一个小盒子，盒子里，满满地装着游戏币。

花鸣愣了愣，习惯性地狠狠敲了自己的脑袋。游戏币投完了，还可以再买嘛，她为什么要拒绝林缓，林缓会不会因为她的拒绝而又对她产生不好的印象？

短短时间内，花鸣的心理活动极其丰富而复杂。

林缓没有搭理花鸣，自顾自地投进了一个币，继续操纵着摇杆。

经历了一次又一次失败后，林缓手中的游戏币又所剩无几了。然而，林缓却依旧不放弃。林缓帅气的模样，吸引了越来越多人来围观。没有人会因为林缓的失败而取笑他。

又一次，林缓竟把游戏币又消耗尽了。

林缓一句话也不说，他慢慢地又走向电玩城的柜台。盯着林缓高挺的背影，花鸣突然觉得，林缓并没有想象中那样冷酷。

有那么一瞬间，花鸣竟觉得林缓非常的可爱。

这一次，林缓买了更多的游戏币。林缓太高了，每一次投币和控制摇杆，他都必须弯着腰。他无比认真地盯着玻璃窗里的铁爪和娃娃们，仿佛正在计算着角度和时机。

花鸣不知，林缓从来便是这样。他不愿做的事，从不会在乎，而一旦他做了一件事，就必定要做成，就好比当时他因没有解决"盗窃者"而拒绝领奖一样。

林缓白皙的皮肤上，没有一丝瑕疵，他的侧脸，太好看了。

如果林缓是女孩子，一定非常漂亮吧。几乎看痴了的花鸣，心中忽然冒出了这样奇怪的念头。很快，花鸣摇了摇头：我在想什么？

不忍见林缓一次又一次失败，花鸣叹了一口气，把手中最后一枚游戏币投进了娃娃机里。

紧接着，花鸣开始悄悄地与娃娃机上的代码们交谈。

来到现实世界后，唯独不受她操控的代码，只有强大的"盗窃者"。其他可爱的代码们，无比听话。这一次也不例外，花鸣很快便说服了娃娃机上的代码们。

果然，当花鸣再次推动摇杆时，娃娃机里的那只铁爪，变得听话且有力了许多。铁爪抓住了一个娃娃的头，轻而易举地将其抓了起来。铁爪摆动着，随后一甩，娃娃被扔进了机器内的凹槽里。

"抓到了！"花鸣兴奋道。

她的大脑有些缺氧，身体尚未复原，又一次与代码交谈，让她觉得无比吃力。

花鸣的手里捧着可爱的娃娃，对着林缓笑道："别抓了，这个送给你！"

林缓的眉头依旧皱着，但花鸣却能看出，那并不是不耐烦。林缓没有搭话，又往娃娃机里投进了一枚游戏币。花鸣的成功，倒更成了林缓继续的理由。

"林缓，别抓了，我抓到了！"

"林缓？你听见我说话了吗？"

"林缓！"

花鸣像一只叽叽喳喳的小麻雀，开启了碎碎念的模式。

只是，林缓充耳不闻。

无奈，花鸣只好闭上嘴，站在了一边。时间一分一秒地过去，花鸣的脑袋也越来越沉。她满心不安，一片狼藉的废墟，时常在她的脑海中若隐若现。看那样子，像极了是她赖以生存的海岛城。

海岛城的异变，花鸣尚且不知。

其间，林缓又去买了几次游戏币。

不知不觉中，已经临近黄昏了。二人没有吃饭也没有喝水，却在电玩城度过了大半天。

花鸣已经饿得头晕眼花。

"林缓，要不，今天先到这里？"

话音刚落，林缓投进了手中的最后一枚游戏币。见林缓仍不肯罢休，花鸣只好又咬紧牙根，嘱托了娃娃机上的代码们。

终于，林缓抓中了一个娃娃。

"太好了！"花鸣欣喜道。

林缓没有弯腰去捡掉下的娃娃，花鸣替他拾起，递给了他。

林缓却摇了摇头："不要。"

花鸣一怔："你辛辛苦苦抓来的，为什么不要？"

花鸣不知，只要是个男生，都不太愿意抱着这样可爱的娃娃，招摇过市。

"那，这个娃娃给我？"花鸣试探性地问道。

毕竟是女生，又怎么能抵过娃娃的诱惑。花鸣觉得它们都太可爱了。

"嗯。"

林缓面无表情地说完，率先走出了电玩城。

花鸣跟在林缓的身后，想了许久。

在游戏中从来不平白无故受人恩惠的花鸣，最终也没有说服自己。她突然跳到了林缓的面前，把自己抓到的那个娃娃塞给了林缓。

"你的送我，那我把我的送你！"

也不等林缓拒绝，花鸣便跳跃着朝前走去。

林缓的手里抓着那个娃娃，愣了许久。

夕阳下，两道身影在整洁的小路上被拉长。

林缓不再说话了，花鸣静静地走在他的身边。

"听说，你在玩《DWorld》？"花鸣试探性地问道。

林缓不回答。

"你为什么会玩这款游戏？"

至今，花鸣仍然不解林缓为什么会接触《DWorld》，不解他为什么当日会带她过副本，更加不解他为什么会因为宙甲一个诋毁的帖子而愤然。

以林缓的性格，似乎这一切都不应该发生在他的身上。

只是，事实胜于雄辩，双木就是林缓，林缓便是双木。

比起这些疑惑，花鸣还有更重要的事想向林缓打探。

"如果在游戏里，遇见了你讨厌的人，你会怎么样？"花鸣呢喃着，她也不知道林缓有没有听清她的问题。

花鸣仍然不敢让林缓知晓她的身份。

但花鸣却有预感，总有一天，她将无法隐瞒。在此之前，她只想好好地探知林缓的心思。林缓对她依旧冷淡，此次约会，是她强行争取来的。花鸣知道，她已经多次给林缓留下不好的印象了。

终有一天，她会离开现实世界，彻底回到DWorld，那才是她的家。以后，她再也无法在现实世界里看见林缓，唯一能接近的，便是游戏中的双木。双木在游戏中对待她的态度，才是最重要的。

只是不知为什么，想到这里，花鸣的心里突然又有了一种说不出的滋味。

很难受，但说不出是为什么。

花鸣停下了脚步，林缓仍然往前缓缓走着。

耳边没了轻盈的脚步声，林缓慢慢地回头。

花鸣倒下了，她的身体再也支撑不住。她陷入了沉沉的睡梦中，那好似一个噩梦。

梦中，漆黑一片，漫天星光无法照亮这片大地。

不，那不是星光，而是漫天的代码。

花鸣悬在空中，那些没有生机的代码，竟是从她身体中流逝而去、飘向远空的。

花鸣醒来时，惊出了一身冷汗。

花鸣正躺在洁白的床上，四周的墙壁是白的，帘子是白的，一切都是白茫茫一片。空气里的味道，有些刺鼻，并不好闻。花鸣记得这味道，她来到现实世界的第一天，曾经在医院里闻过。

这是医院！

花鸣坐了起来，身子依旧乏力。

手背上微疼，那是一个发着肿的小针孔。

花鸣努力地回想着，很快，她的脸突然红成了苹果。

她依稀记得，她倒下后，有人抱起了她。

一路小跑，颠簸的感觉，就像此刻她的心跳一般。

是林缓。

"你的烧退了，怎么脸还这么红？"

护士突然走了进来，立刻又给花鸣测了体温。

"我这是怎么了？"花鸣问。

"发高烧，都昏厥过去了，还好送来的及时，输了一晚上的液，没什么大碍了。"护士回答道。

一定是她在身体还没有复原的情况下，又多次连续和代码们交谈引起的。

花鸣四处望了望，不见林缓。

"你在找你男朋友？"护士笑道，"他刚刚出去。他长得真好，昨晚抱你进医院的时候，不少医生护士都盯着他看呢。"

"男朋友？"花鸣喃喃道。

果然，是林缓抱着她进医院的。

"是啊，他对你真好，一夜没合眼，就坐在这儿守着。"

谈话间，林缓回来了。

不难察觉，林缓的脸色憔悴。林缓的手中提着一些吃的，见花鸣醒来，他把吃的递给了花鸣。

花鸣低着头，轻声道了声："谢谢。"

就在此时，有两道身影闯进了病房。

是于海和蒋艳艳。

花鸣这才反应过来："现在几点了！"

今天一大早，他们可是要去参加比赛的！

"怎么回事，两天不见人，一见到就进了医院！"于海满脸担忧，"昨晚出了事，怎么现在才告诉我们？"

蒋艳艳也对花鸣嘘寒问暖起来。

但是，花鸣焦躁的心却平静不下来。

看了时间，距离比赛开场，只有一小时了。

花鸣用尽全力，想要从病床上跳下来。

于海扶住了她："你要干什么？"

"都是我害的，我们现在去比赛，还来得及！"花鸣虚弱道。

"都烧成这样了，还比什么！"于海再想数学系拿名次，也不忍让生着病的小姑娘遭罪。

花鸣的脸色苍白，嘴唇没有血色，让人看着就觉得可怜。

"不行，我不能害了林缓。"花鸣仍然坚持要离开医院。

蒋艳艳在一旁思考片刻后，对林缓说道："花茉莉参加不了比赛了，我们俩去吧，还来得及，不能白来一趟。"

林缓看着花鸣，过了好一会儿，他才点了点头。

"我也要去。"花鸣渴求般地望着林缓，仿佛林缓可以替她做决定一般。

林缓和蒋艳艳快要走出病房了。

"比赛错过就错过了，身体要紧。"于海安慰道。

花鸣摇着头："我想证明，我不笨。"

听到这儿，已经站在门口的林缓，突然停下了脚步。微微驻足，林缓没有回过头。

但是他却开口了。

"老师,替我照顾她。"

说罢,林缓这才跟着蒋艳艳离开。

花鸣微愣:他刚刚是在说,替他照顾?

于海也问道:"你们真的在谈恋爱?"

于海并不怎么关心校园论坛上的消息,蒋艳艳的误解,并不存在于于海身上。一直以来,他见林缓对花鸣并不算热情,还以为蒋艳艳当初只是调侃几句罢了。

盯着放在病床边上的两个娃娃,花鸣木讷了。

"我不知道啊。"

"有就有,没有就没有,这种事,你怎么会不知道?"

……

过了周末,一行人也终于回到了余宁市。

花鸣曾经以为,林缓关心她,代表他们之间的关系更近一步了。

可是,那日约会后,林缓又恢复了往日的冷漠。

两个娃娃,都在花鸣手中,林缓回校后,头也不回地离开了,花鸣没有机会将其中一个娃娃交给他。

"你没参加比赛?"

徐菲菲从花鸣口中得知消息后,遗憾道。到了上课的日子,徐菲菲终于从家里的小黑屋里走了出来。

花鸣也失落地点了点头:"就算当时去了,我恐怕也做不了题。"

花鸣在现实世界里的所有本领,全要依靠她来自代码的能力。身体都那样了,她又怎么可能再次操作代码呢。

至于林缓,最终还是及时赶到考场,参加了比赛。

比赛结果尚未公布,但花鸣觉得,林缓一定能拿到第一名。

这天夜里,花鸣回到了家中。

这么多天来,她终于能睡个好觉了。照顾邱敏入睡后,花鸣来到花茉莉的房间,打开了电脑。

可是,当她想回到DWorld时,竟发现自己与DWorld之间失去了感应。

花鸣心急了,随着在现实世界中度过的日子越来越长,她能在现实世界支撑的时间也越来越久。她不必再每两天就回DWorld一次,为了完成系统发布的限时任务,又加上生病住院和回程奔波,花鸣已经好多天没有回去了。

这些天的生存任务,花鸣都没有做。

花鸣知道自己被扣除了好多点生命值,但是和系统将给她的限时任务奖励比起来，这并算不上什么损失。

但是，花鸣已经觉得有些吃力了。

花鸣立刻打开《DWorld》程序，翻了好一会儿，总算找到了游戏公告。

《DWorld》崩溃了，正在维修当中。

这已经是维修的第三天了，重新开放登录时间未定。

对于一款游戏来说，每一分每一秒都十分重要。别说许多天了，就算几小时，都能引起广大玩家的不满。

"什么时候才能修好！"花鸣有些心烦，游戏没有开放登录，她就无法回到DWorld。

这一个晚上，花鸣又没有睡好。

第二天一早，游戏仍然正在维修中。

盯着床上的两个娃娃，花鸣决定今天去找林缓。

那一天，她已经把其中一个娃娃送给林缓了，今日她必须把娃娃还给林缓。

余宁市越来越冷了，花鸣打听了林缓的上课教室，一来到学校便抱着娃娃等候着。

距离上课时间还有些时候，花鸣耐心地等着。

几句七嘴八舌的议论，进了花鸣的耳畔。

"你们听说了吗？这次数学赛，林缓差点就迟到了。"

"听说了，是数学系的花茉莉害的吧？她自己没参加比赛，还差点害得林缓参加不了比赛。"

"是啊，其他学校的论坛上说，林缓在考场上睡着了。这次恐怕拿不了好名次了。"

"那个花茉莉，听说以前是数学系出了名的差生，不知道用了什么手段，抢了校花的名额。这次去比赛，怕是担心原形毕露，这才不敢参加比赛的。"

关于她的流言蜚语，花鸣早已经习惯了，她并不生气。

可是，林缓竟然在考场上睡着了？

花鸣回想起那个小护士说的话。

林缓守着发着高烧的花鸣，一整夜没有合眼。一定是因为她，林缓才在考场上睡着的。

"怎么办，他一定恨透我了。"花鸣霎时间变得无措。

就在此时，林缓背着单肩包，出现在了远处，他正朝着上课的教室慢慢走来。

林缓发现了花鸣，花鸣也看见了他。

经过花鸣面前时，林缓放慢了脚步。

他能轻易察觉到,花鸣有话对他说。

只是,花鸣一直揪着被她藏在身后的娃娃,没敢抬头与林缓对视。

终于,林缓和她擦肩而过。

花鸣没有叫住他,林缓也恢复了脚下的步伐。

这一刻,花鸣突然觉得,她和林缓,从未相识。

第二十八章 朋友

Chapter 28

带着美好心情的一天，全毁了。

花鸣坐在窗边，心不在焉地听着课。

赵佳一如既往地找着碴儿，然而这一次，花鸣却没有回嘴。

花鸣懊悔不已，只是系统发布的一个任务而已，完成了也就罢了，她不应该在电玩城里醉生梦死，让自己倒下了。如果她没有病倒，林缓也不会照顾她一夜，更不会在考场上睡着。

花鸣成了千古罪人，每每想起林缓，花鸣便自责不已。

午后，花鸣不再有课。

她暗自来到香屋，但香屋却还紧闭着门。细心的人发现，这间奶茶小店，已经歇业了一星期。

"店长还没回来？"花鸣自言自语道。

花鸣没了去处，她漫无目的地在街道上徘徊着。直到傍晚，她遇见了下了课的徐菲菲。徐菲菲寻花鸣已久，满脸焦急。

"出事了！你怎么不接电话？"徐菲菲问道，语气里带着责备。

见徐菲菲这般表情，花鸣的心底有了些许不安。天边的晚霞火红，恰似火烧浮云，花鸣总觉得要有不好的事发生。

"我们回来这么久了，秦璐竟然也不来找我们。"

徐菲菲这么一说，花鸣也开始察觉到古怪。秦璐这个小女生，总是围着花鸣打转，换作往常，她早该凑上来了。

"我今天才听说，秦璐被赵佳和张志腾欺负了。"

事情发生在花鸣离开余宁市期间，那日，恰好徐菲菲也动身寻花鸣去了。

徐菲菲回忆起来，更加担忧。

"我回学校那天，秦璐给我打了电话，约我见面，当时没注意，现在想来，语气有些古怪。"

花鸣愣了许久："被欺负了？"

徐菲菲点点头。

花鸣先后得罪了赵佳和张志腾，或许是察觉到花鸣不像花茉莉那样好欺负，赵佳就真的找张志腾联手了。

而最先遭到他们报复的，并不是花鸣，而是整日凑在花鸣身边的秦璐。

可以想象，如若不是徐菲菲恰巧离校，她也会落得和秦璐一样的下场。

"找她去。"花鸣不做太多考虑，立刻带着徐菲菲去找秦璐了。

秦璐正在上课，花鸣和徐菲菲耐心地等候着。看着在教室里静坐的秦璐，花鸣和徐菲菲都察觉到了异常。有那么一瞬，秦璐转头，发现了站在教室外的她们。

花鸣冲着秦璐挥手，然而，她的热情并没有得到回应。

秦璐很快就回避了她们的目光。

一直等到天快黑，秦璐终于下课了。

教室里的人群渐渐变得稀疏，可秦璐仍然坐着。她的双手捧着挂在胸前的DV，心事重重，脸上闪过一丝无措，就连下课铃响都未曾察觉。

等她一晃神，这才发现教室空荡荡的。

她狠狠咬了咬下唇，终于，她鼓起勇气站了起来。迅速地收拾了包，她朝着教室外走去。

迎面而来的是花鸣和徐菲菲的笑意。可是，秦璐像是没看见一样，径直从她们身边走过。

"秦璐。"花鸣皱着眉头，冲着秦璐的背影叫道。

没有得到回应，花鸣忍不住冲上前，拉住了秦璐的手。

秦璐倒吸了一口冷气，嘴角略微痛苦地扬了起来。

花鸣一愣，立刻把秦璐的袖子挽了起来，顿时，花鸣惊得松开了手。

秦璐白皙的肌肤上，青一块，红一块，满是瘀青。

是花鸣把她抓疼了。

徐菲菲也惊得怔住了，她只听说秦璐被赵佳和张志腾欺负了，但没想到秦璐竟然受了伤。

再仔细打量，她们发现了秦璐挂在胸前的DV。

满是磕痕，镜头碎了，整个摄像机几乎散架，它们的零件被透明胶缠裹着，仿佛会随时再次支离破碎。

秦璐最珍贵的，莫过于这个DV了。

只有秦璐自己知道，为了它，她究竟受了多少苦。

早些时候，花鸣从秦璐的口中得知了她的身世。

在福利院长大的她，和花茉莉一样，从小就被人欺负。她比花茉莉聪明，也比花茉莉勇敢，但这并不代表她受的罪比花茉莉少。她一步一个脚印，靠着从各方领来的救济金，顽强地生存着。

终于，秦璐长大了，脱离了那个冰冷的福利院。

贫穷限制了秦璐的生活。她唯一的爱好，便是摄像。然而，对于秦璐而言，一台DV无疑是昂贵的。摄像，成了秦璐最奢侈的兴趣。

为了攒钱买一台全新的DV，秦璐辛辛苦苦打了好几个假期的工。

而这一次，被秦璐视若珍宝的DV，却被前所未有地破坏了。

秦璐的表情落寞，让她真正心碎的，不是她受的伤，也不是挂在胸前的DV。

"秦璐……"花鸣喃喃地叫了她的名字。

霎时间，怒火涌上了心头。

秦璐的年纪比花鸣和徐菲菲小，在她们眼中，秦璐就是个单纯的小女生。

因为花鸣的勇敢而崇拜她，终日拿着DV，记录花鸣的每一言、每一行，这样的女生，无疑是可爱的。

"是张志腾和赵佳干的吗？"花鸣的声音，陡然变冷。

如若是在DWorld，此刻的花鸣，早已经杀意盎然了。

"和你无关。"说罢，秦璐拉下袖子。

"和我无关？我们是朋友啊！"花鸣不可思议道。

秦璐一怔，耳边突然响起赵佳和张志腾的嘲讽：你真觉得她们当你是朋友吗？

秦璐咬紧牙根，她发誓，这么多年了，那一天绝对是最让她心碎的时刻。

花鸣走后，徐菲菲也匆匆忙忙地离开了余宁市。

赵佳和张志腾不知从哪里得来的消息，他们带着不少人堵住了正在校园里漫步的秦璐。

秦璐有些害怕，四处看了看，紧张地问道："你们想要干什么？"

赵佳轻蔑地扬起嘴角："怎么，敢帮着花茉莉羞辱我，现在害怕了？"

秦璐与赵佳本无交集，只因在作弊风波中，秦璐替花鸣说话，从此便成了赵佳眼中的仇敌。

几个女生，簇拥着赵佳，她们把秦璐围了起来。而高大的张志腾，就站在不远处，仿佛是她们为所欲为的后盾。

这里是校园里最偏僻的角落，四下无人，盯着秦璐不知所措的模样，几人笑得更加肆无忌惮。

"给我道个歉，或许我能原谅你。"赵佳的双手交叉在胸前，得意道。

秦璐一咬牙，她想起花鸣勇敢的模样，骤然还嘴："我没错，为什么要道歉？"

赵佳很容易就被激怒了："花茉莉有什么好，你敢为了她，得罪我？"

她不敢相信，曾经是众人笑柄的花茉莉，竟然有这么大的魔力。

为了震慑秦璐，赵佳还把站在远处的张志腾搬了出来："为了她，也得罪张志腾？"

和所有人一样，秦璐惧怕张志腾。

但是，秦璐仍然深吸一口气，坚定道："我们是朋友。"

秦璐太缺乏朋友了，她曾经试图走进不同人的圈子里，可是，她得到的，总是冰冷的拒绝或者无关紧要的敷衍。

赵佳像是听了一个天大的笑话，她自顾自地笑了起来，就连她自己都不知道她狂笑的模样有多么丑陋。

"朋友？你真以为她们把你当朋友？"赵佳指着秦璐，"如果她们当你是朋友，现在就该为你出头。"

秦璐替花鸣和徐菲菲解释道："茉莉姐去参加比赛了，菲菲姐……"

"不知道徐菲菲去了哪里？我告诉你，她去泽杭市找花茉莉了。"

此刻的秦璐，并不知道徐菲菲的去向。

"她们当你是朋友的话，为什么不带上你？"

秦璐并不相信赵佳说的话，可是，敏感的秦璐，心头却不是滋味。

"我给你最后一个机会，道个歉，以后不要再围着花茉莉转，我和你的账就一笔勾销。"

气势汹汹的众人，把秦璐逼退了好几步。

秦璐最终也没有像赵佳预想中的那样道歉，这把赵佳气坏了。自从花茉莉和从前不再一样之后，她在小集体里，没有了支配的地位，此刻，竟然连低年级的秦璐都敢这样对她。

这是赵佳受不了的。

赵佳狠狠地夺过秦璐手里的DV，怒道："你很喜欢摄像是吗？我看你以后拿什么录！"

说罢，赵佳把DV摔在了地上，顿时，DV的镜头碎了，零件四处散落。

赵佳依然记得，当初秦璐就是用这个DV替花鸣开罪，还让她下不了台的。

秦璐想要阻止，却已经来不及。她匆忙地蹲下身，想去捡起她最珍贵的DV。可是，在赵佳的示意下，众人却把她揪住了。

挣扎之下，肢体冲突不可避免。

赵佳人多势众，秦璐很快受了伤。

远处的张志腾终于看不下去了，虽然厌恶花鸣，但是如果联合一群女生，去欺负另外一个女生的消息传出去，他会更加没有面子。

"差不多了，走。"

在张志腾的催促下，赵佳这才罢手。

她得意扬扬地看着瘫坐在地上的秦璐，嘲讽道："别自作多情了，她们根本没把你当朋友。"

自从刁难花鸣无果以来，这是赵佳最开心的时刻。从秦璐身上出了当初让她下不了台的那口恶气，顺便挑拨了秦璐和花鸣之间的关系，赵佳的企图得逞了。

秦璐感觉到无助，她处理了身上的伤口，把DV粘在了一起。

夜里，她给徐菲菲打了电话。

从徐菲菲口中得知她真的去找花鸣后，秦璐的心里是失落的。

徐菲菲没有赴约，秦璐在寒冷的夜里，等待了一整晚。

而花鸣，也没有接她的电话。

那一夜，秦璐总是胡思乱想着，赵佳的嘲讽，不断地萦绕在她的耳边。

"秦璐，你不要害怕，我去替你讨回公道！"花鸣的声音，把秦璐拉回了现实。

秦璐紧蹙着眉头："我说了，不关你们的事！我们不是朋友！"

"我们怎么会不是朋友？"徐菲菲试图让秦璐冷静下来。

"是朋友？我始终没法走进你们俩的圈子。如果我们是朋友，为什么你们不带上我？如果是朋友，为什么你会失约？如果是朋友，为什么你不接我的电话，这么多天了，甚至连一个电话都不回我？"

她的情绪有些激动，还来不及阻拦，秦璐就跑开了。

花鸣想追，徐菲菲拦住了她。

"先让她冷静一下吧，怕是受了赵佳和张志腾的挑拨。"徐菲菲叹了口气，"怪我，我失约了，那个时候，她一定很需要我们吧。"

花鸣知道，这不怪徐菲菲，徐菲菲被关了小黑屋，就连手机都被没收了。

真正连累秦璐的，是花鸣。

赵佳和张志腾显然是冲着她来的。

花鸣仔细地回想着秦璐说的最后一句话，她能听出来，那句话，秦璐是对她说的。

花鸣很快掏出了手机，在通话记录里，花鸣果真找到了一条未接来电。

花鸣觉得奇怪，她根本没有印象。就算是因为没有听到电话铃，未接来电的提醒也应该显示在手机屏幕上才对。可是，这条提醒却绕开了手机屏幕，安静地躺在了通话记录菜单里。

这真怪异。

天黑了，花鸣回到了家里。

《DWorld》仍然在进行系统维护，花鸣觉得越来越吃力了，加上接连而来的麻烦，花鸣又一个晚上没有睡好觉。唯一让花鸣觉得稍作放松的是《DWorld》官方网站放出来的消息。

《DWorld》的系统维护已经接近尾声，预计第二天傍晚重新开放登录。

再不回去，花鸣真的会死在现实世界里。

同样没有睡好的，还有徐菲菲。

她充满了自责，而关于朋友的话题，同样让徐菲菲觉得难过。

在爸爸的严格管教下，徐菲菲失去了交朋友的自由。她觉得不可思议，在她看来，"朋友"二字应该最值得珍惜，可是秦璐竟然那样轻易就撇开了她们之间的朋友关系。

徐菲菲在思考一个问题：究竟什么是朋友？

她陷入了深深的回忆里。

三年前，燥热的夏天，徐菲菲在暑假里迎来了她记不清第几次的离家出走。

从小到大，一旦徐菲菲不满爸爸的严厉约束，就会以离家出走表示抗争。尽管每一次离家出走的结局，都以徐菲菲乖乖回家妥协而告终，但每一次徐菲菲溜出家门时，总是信念坚定。

大雨滂沱，徐菲菲在电话亭，拨通了花茉莉家里的电话。

"茉莉，我没地方去了，能去你家住吗？"

"怎么回事？外面下着雨呢，你在哪里？"

徐菲菲哭着，听到她的哭声，花茉莉没有选择多问。报了位置之后，徐菲菲蹲在电话亭里，开始了漫长的等待。

一场大雨，让徐菲菲坚定的心瞬间瓦解。徐菲菲并不像她表面上的那样勇敢，她的身体被淋湿了，又冷又饿，此刻，如果她没有离家出走，应该正窝在温暖的家里，悠闲地喝着下午茶，看着窗外的雨景。

徐菲菲等待了许久，一直快到天黑，她以为花茉莉不会来了。

后来她才知道，花茉莉的家住在港岸的另一端。暴雨，许多客船都不发航了。焦急的花茉莉，同样等候在岸边。终于，雨小了，她搭上了客船。

多愁善感的年纪，心头总会莫名其妙地冒出许多念头。

从小，徐菲菲就没有交友的自由。

她的爸爸，总是给她安排行程，大到上哪一所学校，小到几点起床，就连她的朋友，都是她的爸爸经过筛选之后，才允许徐菲菲与他们接触的。可是，徐菲菲根本不认为那是朋友。

好不容易，上了大学之后，徐菲菲认识了花茉莉。

其貌不扬，胆小，不聪明，花茉莉身上几乎没有说得出的优点。可是，花茉莉眼中的真诚打动了徐菲菲。

徐菲菲没有交友的自由，而花茉莉，总是受人排挤。交朋友这么简单的事，在二人身上，都变得困难重重。

徐菲菲选择和花茉莉成为朋友。

期望越大，失望就越大，花茉莉迟迟没有出现，徐菲菲开始失落，她在思考是不是自己做了错误的决定。

她的脑袋开始昏昏沉沉，她发烧了。

雪上加霜的是，突然来一个醉汉，手里拎着酒瓶，晃晃悠悠、不怀好意地朝着蹲在路边的徐菲菲走来。

雨才刚停，伴随着徐菲菲的尖叫声，天空一道炸雷响起，倾盆大雨又开始浩浩荡荡地席卷人间。

醉汉抓住了徐菲菲的手，嘴里说着轻薄的话语。

徐菲菲挣扎着，她觉得，她完了。

如果再给她一次选择的机会，她一定不会离开家门。

然而，那道掺杂着雨声的怒喝，格外响亮。

"放开她！"

醉汉和徐菲菲同时回头，花茉莉终于踏着满地的积水，喘着粗气，姗姗来迟。

那一刻，徐菲菲突然满眼热泪。

花茉莉没有多作思考，一头把醉汉撞倒在地上。

那是花茉莉吗？

是那个被人欺负却还胆小到忍气吞声的花茉莉吗？

花茉莉突然变得有些陌生。

醉汉摇晃着身体，从地上站了起来，他显然被激怒了。徐菲菲受了惊吓，身体发着抖。花茉莉把徐菲菲护在了身后，在徐菲菲印象中，花茉莉从来没有这样勇敢过。

醉汉怒吼着，手里的酒瓶朝着她们甩来。

花茉莉转过身，把徐菲菲紧紧地拥在怀里。酒瓶砸在花茉莉的手臂上，伴随着一阵猩红，玻璃瓶碎开了。

周围匆匆而来的人群，把醉汉制服，救下了花茉莉和徐菲菲。

花茉莉把徐菲菲带回了家，破旧、狭小，但是徐菲菲却觉得温暖。

那些日子，徐菲菲和花茉莉一起睡在那张小床上，二人分享着彼此的秘密。

即使徐菲菲再不高兴，花茉莉也总是劝说徐菲菲回家。

从那之后，徐菲菲彻底把花茉莉放在了心头。友情在二人之间悄然开了花，花茉莉手臂上时至今日还残留的疤痕，便是她们的见证。

愿意无条件地伸出援手，总是时时刻刻为了对方好，哪怕再胆小，也甘愿为朋友而变得勇敢，这才是朋友。朋友之间，不应该因为一次失约、因为一通未接来电而渐行渐远，更不应该因为别人的挑拨就轻易地撇下彼此。

　　在徐菲菲心中，朋友应该是一生一世的无条件契约。

　　她决定把她和花茉莉之间的记忆，分享给那个仿佛尚未长大的秦璐。

　　在回忆中，徐菲菲终于沉进了梦乡。

　　而在这座城市的另一端，一道单薄的身影正踌躇在空无一人的街头。

第二十九章　大火

Chapter 29

是孙毅。

借着昏黄的街灯，很轻易地就能看清他的脸。

嘴角瘀青，带着血渍，单薄的衣服下，随处可见被鞭子抽得血肉模糊的伤口。孙毅一瘸一拐地走着，在这座城市，无比孤独。他攀上了一座高楼，天台的寒风瑟瑟，他带着血渍的衣角，随风乱舞。

此时的孙毅，无比狼狈，哪还有与林缓对抗时的意气风发。

他站在高楼的边缘，只要再往前一步，他的生命就将终结在这个夜晚无人注意的楼角。

他有了轻生的念头。

就在不久前，他终于还是踌躇着回到了家里。

面对他的，是养父的怒火。

如同预想的那样，他的养父，像一直对待他的那样，把他打得体无完肤。孙毅的心里本还抱着一丝侥幸，因为那份可以让林家企业遭受灭顶之灾的文件，是孙毅交到养父手中的。作为林家企业的头号竞争者，孙毅的养父本没有这样的机会。

文件又丢失了，但这对孙毅的养父来说，不会造成任何的损失。

可是，人心是贪婪的。

未曾拥有的时候，或许他不会奢望，但是一旦得到了，哪怕没有任何损失地遗失了，那也会被视作一种失去和损失。

孙毅的养父无疑是贪婪的，他并不会回想孙毅的功劳，只会怨恨孙毅的过失。

他一直想置林家企业于死地，好不容易孙毅给他送上了一份珍贵无比的文件，他得到了机会。可是，此刻孙毅却又把那份文件搞丢了，这对他无疑是巨大的损失。

更加让他怨恨的是，在说服他暂时将文件交出时，孙毅还满怀信心。早就知道孙毅和林家的林缓有仇，再三叮嘱后，他勉强同意由孙毅暂时保管这份文件，让他当作去羞辱林缓的筹码。

曾经的自信满满，如今却成了信口雌黄。

他狠狠地毒打了孙毅，把他赶出了家门。

孙毅看清了他的养父，他努力了这么多年，始终还是得不到养父的认可。

想到这儿，孙毅冷笑了一声，迈出了一只脚。

"这就要死了吗？真窝囊。"

身后阴阳怪气的声音，让孙毅猛地一惊。孙毅缩回脚，迅速回头。

一身黑衣，面容被偌大的帽子遮挡得严严实实。

是那个怪异的人，就是他把那份文件交到孙毅手中的。如果没有那份文件，事情绝对不会发展成今天这般模样。

"是你？"孙毅咬牙切齿，"你是谁，为什么要害我！"

那道黑色的身影，岿然不动地站在远处。孙毅无法看清他的面容，但孙毅却能感受到，这个人的身上，仿佛散发着无尽的怨气。他冷漠地站着，看着孙毅，哪怕他知道，即将有一条生命要从这里逝去，他也依然麻木。

"害你的，不是我，是林缓。"

孙毅皱起了眉头："你到底是谁？"

"如果我是你，就算死，也要拉着林缓垫背。"黑衣人的语气平和，"余宁大学计算机系宿舍楼，电路老旧，有一批教材被暂时存放在每一层的供电间里。这是你最后的机会。"

说罢，黑衣人突然转身。

等孙毅匆匆追上时，楼道里却漆黑一片，早就一个人也没有了。

孙毅回味着黑衣人说的每一句话，突然间，孙毅不想再去追究黑衣人是谁了。他的嘴角闪过一抹疯狂，眼神突然无比凌厉。

一夜过去，余宁大学迎来了一如既往的朝阳。

数学课，花鸣一大早便坐在了这里。

她在等待秦璐。

然而，直到于海走进教室，秦璐也没有来上课。

秦璐总喜欢到高年级蹭课，和她成为朋友后，于海的这堂课，秦璐绝对是一节都不落地来上。

花鸣失了神。

"这一次数学赛，我们班的花茉莉同学和计算机系的林缓同学一起参加了。很可惜，花茉莉同学因为身体不适，没能参加数学赛，老师相信，如果花茉莉同学不是因为特殊原因，一定能取得好名次的。"

于海一进教室，便稀里哗啦地说了一堆。

然而尽管有于海的辩解，可是以赵佳为首的几个人，还是对花鸣冷嘲热讽。

"本就没有真功夫，还想参加数学赛？"

"就是，这个名额怎么拿到的都不知道呢。"

"怕是在考场上露了馅儿，故意装病吧？"

于海站在讲台上，他实在不理解为什么赵佳总是找花鸣茬儿。

花鸣竟然也丝毫不客气地扫了赵佳一眼："别招惹我，还有一笔账没和你算呢。"

和先前一样，花鸣放下脸来的模样，还是让赵佳身体一冷，心间莫名地有些恐惧。

还未等赵佳回答，花鸣就突然站了起来。

此刻，她没有工夫和赵佳斗嘴。

她关心的是秦璐和林缓。

"老师，比赛结果出来了吗？林缓他……"

于海知道花鸣在担忧什么，他笑了笑，回答道："林缓同学这次的状态没有以往好，但是，他还是拿到了第一名。"

花鸣先是微愣，随后霎时心里乐开了花。

林缓是为了照顾她，才在考场上睡的。

如果林缓没能取得好名次，那花鸣真不知道应该怎么办了。

不愧是操纵双木的人，他太厉害了，即使在考场上睡着，还是没有人能赢过他。花鸣暗自想道，这才心满意足地坐了下来。

一节课下来，于海在讲台上绘声绘色，但是花鸣却都听不进去。

她捏着课桌下的背包，属于林缓的那个娃娃，就被装在里面。

好在没给林缓惹麻烦，这次，她总算有勇气面对林缓，把娃娃还给他了。

一下课，花鸣就攥着包，刚想离开，赵佳拦住了她。

"滚开。"花鸣放下了脸。

"看你的模样，好像不太开心，花茉莉同学，是遇到什么麻烦了吗？"赵佳脸上笑着，但是却不怀好意。

而此时，等待着花鸣下课的徐菲菲进了教室。

"找到秦璐了，她被安排去计算机系宿舍楼搬教材了。"徐菲菲说道。

一大早，徐菲菲课也顾不得上，四处找着秦璐。

"计算机系宿舍楼？"花鸣看了看手中的包，刚好，她也要去找林缓。

她对徐菲菲点了点头，回头给了赵佳一个冰冷的目光："赵佳，你和我之间的账，先放着。如果因为你，我们失去了一个好朋友，我不会放过你的。"

面对花鸣气势十足的威胁，赵佳一时竟然不知道怎么回答。

花鸣和徐菲菲离开了。

她们都知道，秦璐的年纪比她们小，纵使有什么错，她们也该让着她。而这次，硬要说是谁错的话，只能怪花鸣和徐菲菲想得不周全，不仅连累而且还忽略了她。

她们必须找秦璐解释清楚，不能再让秦璐一个人胡思乱想下去了。

"教材为什么会放在男生宿舍楼？"路上，花鸣问道。

徐菲菲的手里捧着一个全新的DV，这是她特意给秦璐买的。

"教材室满了，图方便，暂时放在计算机系宿舍楼的。一大早，校方听说了消息，就赶紧安排学生去搬了。计算机系宿舍楼的电路有些老旧了，正准备过段时间大维修，哪能放那么多教材，别引起火灾。"

正说着时，前方突然有些骚动。

花鸣和徐菲菲还没弄清楚是怎么回事，天上突然浓烟滚滚，一大拨人从宿舍楼的方向奔驰而来。

徐菲菲指着浓烟的方向，木讷道："宿舍楼着火了？"

徐菲菲第一次这样痛恨自己这样乌鸦嘴。

花鸣着急了，她嗅到了危险的气息。

林缓和秦璐都在宿舍楼里，想到这儿，花鸣头也不回地朝着宿舍楼冲去。

情况比想象中还要严重，空气中竟然弥漫着些许汽油的味道。火势蔓延得很快，花鸣和徐菲菲跑到这里时，整栋宿舍楼已经被大火包围。

许多人正举着草坪上的水管，对着熊熊火海冲水。

然而，却是杯水车薪。

密密麻麻的人群从宿舍楼里跑了出来，然而，花鸣和徐菲菲等了许久，也没在人群里找到林缓和秦璐的身影。

时间一分一秒地过去，有人报了警。

眼看着大火越来越大，花鸣失去了耐心。

这场大火，会夺走林缓和秦璐的生命吗？

在残酷的DWorld里，最常见的便是死亡。

他们的生命掌控在玩家的手里。

他们很可能在玩家一次又一次不知天高地厚的挑战中消亡，也可能因为玩家的遗弃，日积月累地消耗着生命。包括曾经的花鸣在内，他们的生命都并不属于自己。为了活下去，为了不长眠于海岛城墓园，他们都一直在努力着。

最宝贵的，便是生命。

花鸣决不允许林缓和秦璐就这样死去。

一个是曾经帮助过花鸣，让花鸣崇拜的双木大神。

一个是以花鸣为榜样，终日围绕着她转的朋友。

"我要进去！"一咬牙，面对熊熊烈火，花鸣迅速做出了决定。

"太危险了，等消防车到！"徐菲菲并不同意。

"那就来不及了！"

花鸣甩开了徐菲菲紧紧攥着她的手，脱下外套罩在头上，淋了一身水后，在众人的惊呼声中，她冲进了火海。

浓烟滚滚，宿舍楼里的空气被烧得滚烫，灼热感充斥着整个空间。

"林缓！秦璐！"花鸣叫着两个人的名字，匆忙地四处寻找着。

火越来越大，花鸣的动作迅速，她从宿舍楼的一层，不断地往上找着。浓烟呛得花鸣几乎要睁不开眼睛，她的喉咙发干，就连声音都沙哑了。

在经过每一层的供电间时，花鸣竟然都发现了汽油罐。

这场火灾，绝对不只是一场意外而已。

但是，花鸣却没有工夫追究这些。

救人要紧，花鸣又立刻开始了寻找。

林缓和秦璐都不见踪影，但是花鸣却在地上发现了两个昏迷过去的男生。大火马上就要烧到他们的身上了，花鸣就连犹豫的时间也没有，扔下支撑在头顶保护着自己的湿外套，双手拖起两个男生，朝着楼下跑去。

如若不是危急时刻，花鸣也不知道她在现实世界里，竟然有这样大的力气。

两个男生被花鸣拖下了楼，他们的身体四处磕磕碰碰，却还未醒来。

终于，空气不再那么滚烫，眼前的视线也变得明朗，花鸣将两个男生拖出了火海。

一阵惊呼，立刻就有人前来接应。

花鸣跑到徐菲菲的身边，把徐菲菲的外套给扒了下来。

"我的衣服丢了，借我一下。"说罢，花鸣竟然又淋了一身水，重新进了宿舍楼。

徐菲菲多想也跟着花鸣进去，但是她却没有花鸣勇敢，她也清楚，花鸣来自另外一个世界，她的动作敏捷。而她如果进去，恐怕只是给花鸣添麻烦而已。

火越来越大了，消防车却迟迟未到。

在众人的阵阵惊呼中，花鸣竟然又拖出了一个男生。

此刻，所有人都被这个勇敢的少女征服了。

所有人的视线都聚焦在花鸣的身上，期望花鸣不要出事。

花鸣早已被浓烟熏得蓬头垢面，身上几处白皙的肌肤也被热火灼伤。

花鸣救出一人后，又找来一件外套，冲进了火里。

花鸣的身影刚被大火淹没，徐菲菲的身边，突然出现了一道匆匆而来的身影。

"茉莉姐进去了？"

"秦璐？"徐菲菲惊讶道。

"是茉莉姐吗？"秦璐几乎要哭出来了。

她本应该在宿舍楼里，因为身体不舒服，回去休息了。听闻消息后，秦璐匆匆赶来，却只看见花鸣进了火海。

心头的怨念，霎时间被秦璐抛到了一边。

"你没在里面？她进去救你了！"

听徐菲菲这样说，秦璐恨不得一头冲进去，多亏徐菲菲及时抓住了她。

秦璐撕心裂肺的哭声，传不进滚烫的宿舍楼里。

"林缓！秦璐！你们在哪里！"

一路寻找，花鸣接连救出了三个人，可是，她真正想找的两个人，却不知身在何处。

终于，花鸣来到了宿舍楼的顶层。

花鸣来过这里，宿舍楼顶层，就只有专供林缓一人居住的房间。

花鸣屏住呼吸，突然，她听到了交谈的声音。花鸣沿着声源一路找去，终于，她在楼道口，发现了两道身影。

一个是林缓，而另外一个，竟然是孙毅。

孙毅挡住了林缓的去路。

火势蔓延，纵使是沉着冷静的林缓，此刻的面色也万分凝重。

再不离开这，无论是他，还是孙毅，都活不成了。

"你这个疯子。"林缓压低声音道。

孙毅猖狂地笑着："我不想活了，我要拉你陪葬，都是因为你，我才落得这般田地！"

花鸣在远处看着，她对孙毅的遭遇并不知情，但是，看孙毅几乎要发狂的模样，花鸣突然觉得孙毅特别可怜。

"火是你放的吧。"林缓蹙着眉，他的双眼微睁，烟火实在太大了。

干燥冰冷的冬天里，林缓身上的衣服被汗水浸湿，但仅是一瞬间，又被大火烤干。如此循环往复着，林缓觉得身体开始有些乏力了。

林缓数次想要脱身，可是孙毅却不要命地挡住了他的去路。

"我的目的达到了。"

孙毅冷笑着，可是话音刚落，他却被重重地撞倒在地。

"林缓，快走！"

花鸣拖住了孙毅。

林缓和孙毅这才发现，火海里竟然还有一个花鸣。

"你也疯了吗？不要命了？"林缓怒喝，声音竟然有些颤抖。

花鸣已经没有多少力气了，孙毅轻而易举地就把她甩开。

林缓趁机大步上前，揪住孙毅的衣领，一拳又一拳，狠狠砸在了孙毅的脸上。

花鸣已经快要昏厥过去了。

朦胧间，她觉得有人抱起了她。

那个怀抱很柔软，花鸣快要融化了。

孙毅倒在地上，看着林缓抱着花鸣离开，孙毅嘶吼着。

"林缓，就算你今天离开这儿，你也活不了！你以为，想让你死的，只有我而已吗？"

林缓驻足，他怀中的花鸣，也隐隐约约听见了孙毅说的话。

孙毅笑得快要窒息了，在他看来，那个黑衣人也是林缓的仇敌，否则，他不会先是给了他那份文件，而后又给他指路，暗示他来放火。

有这样一个可怕的神秘人盯上林缓，孙毅再放心不过。

稍做停留后，林缓抱着花鸣轻盈的身体，穿过一道又一道热火的屏障，离开了宿舍楼。

当林缓和花鸣双双出现时，所有人长舒了一口气，顿时，由衷的掌声淹没了终于传来的警笛声。

恍惚间，花鸣看到了那张近在眼前的俊美脸庞，也看到了正在啜泣的秦璐。

终于，她放心地昏厥了过去。

第三十章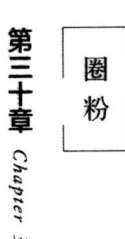

Chapter 30

花鸣被送进了校医院,在她昏迷期间,余宁大学炸开了锅。

消防车迅速扑灭了肆虐许久的熊熊大火,在近乎被烧毁的废墟里,人们发现了一个奄奄一息的人。他没有死,被人及时救了下来。但是,他的肌肤被烧焦了,血肉模糊。

他只残留着一丝意识,如若可以,他宁可选择死亡。

只是,他动弹不得地被送进了医院。余生,他或许都将在痛苦中生存下去。

然而,没有人会同情一个已经疯癫的纵火犯。迅速地,人们已经明白放火的是谁。监控探头清晰地记录下了孙毅提着汽油罐进入学生宿舍的画面,而于海和蒋艳艳也出面指证孙毅与林缓之间的过节。

幸运的是,这一场大火,只烧毁了一栋明年即将重建的旧楼。

被花鸣救下的人,接二连三地醒来。仅是睡了一觉,做了一个滚烫的梦,醒来便被送进了校医院,他们发着蒙,直到听其他人谈起这场大火,他们才觉得后怕,同时,一股脑儿的懊悔涌上心头。

他们听过花茉莉的名字,在与别人调侃时,也嘲笑过这个素昧平生但却耳熟能详的笑柄。然而,却是他们看不起的笑柄,救下了他们的生命。

花茉莉这个名字,再一次超越林缓和校花杨欣,登上了余宁大学话题榜榜首。大致一翻,论坛前数十页讨论的,几乎都是花茉莉。和之前不同的是,关于花茉莉的评价,竟然发生了惊人的改变。

就连守候在花鸣病床边的徐菲菲在浏览论坛时,都不由感叹:"这画风不太对啊!"

花鸣代替花茉莉回到余宁大学后,校园论坛上多次出现花茉莉的名字。但是,更多人都在嘲讽着花茉莉。所有关于花茉莉的话题，全都是负面的。

而这一次，那些稀稀疏疏的负面评价被席卷而来的赞赏和崇拜淹没。

花鸣勇闯火场、三番两次拖出伤员以及最后被林缓横抱而出的照片，传遍了所有的论坛和社交软件。人们第一次发现，传说中的花茉莉，非但没有传闻中那么差劲儿，反而勇敢、漂亮和可爱。

很快，花鸣对抗张志腾的事迹，也被曾经的目击者翻了出来。

余宁大学里，竟然刮起了一股"追花热"。

花鸣靠着实力，圈了一大波儿粉。

而这一切，昏睡中的花鸣却是不知道的。

花鸣并没有受伤，但她太困了。她已经好久没有回DWorld，她累得连一点儿力气都没有了。

徐菲菲和秦璐静静地守在花鸣的身边。

其间，一堆老师和学生来看望花鸣，有她们认识的，也有她们不认识的，水果和鲜花几乎要堆满整个病房。

天黑了，花鸣竟然还未醒来。

花鸣做了一个十分漫长的梦。

她行走在茫茫一片的漆黑中，她失去了方向，往前还是往后？

她往前走了一步，却又留恋身后的方向。

于是，她又回头，往她留恋的方向走了一步。

可是，另一个方向好似在召唤着她，她必须往那走。

黑暗中，好似有一道黑色的身影，他躲在暗处，死死地盯着花鸣。

花鸣的身体不受控制了，她能感觉到，那道黑色的身影仿佛在控制着她。

她快要窒息了，她努力着睁开双眸。

"菲菲姐，你看茉莉姐怎么了？"秦璐发觉了花鸣的异常。

徐菲菲也立刻凑了上来。

花鸣的双眼仍然闭着，她的额头沁出了一颗颗豆大的汗珠，表情痛苦。

明月当空，一道急促的身影出现在校医院的大门，她太着急了，竟然把脚上的高跟鞋给脱了下来。终于，没有了高跟的束缚，她的步伐变得快了起来。她径直走进了一间病房，这间病房竟然就在花鸣的隔壁。

"小宝贝，你怎么样了！"

林缓半卧在病床上，一个年轻的小护士正羞答答地给林缓换药。

听到吴桐对林缓的这个称呼，小护士忍不住笑出了声。

林缓的眉头微蹙，冷漠的表情又让小护士赶紧憋住了笑。匆匆包扎完伤口后，小护士赶紧离开了病房。

林缓这才淡淡地对吴桐说道:"我说了,不要这么叫我。"

然而,吴桐却充耳不闻般地凑了上来:"小宝贝,让我看看,哪里受伤了。"

吴桐得到消息后,立刻赶来了。

虽然听说林缓并没有受很严重的伤,但吴桐还是放心不下,直到此刻亲眼看见林缓。

"你爸爸他原本也想来,但是……"

"不要提他。"

吴桐只好把没有说完的话咽了回去。

余宁大学校医院从未像今天这样热闹过,送走一批又一批前来看望林缓和花鸣的人后,又一张引人注目的漂亮脸蛋,出现在了这里。

她的手里捧着鲜花,再三犹豫。

余宁大学发生火灾的这一天,杨欣恰巧回家。

等她拿出手机时,校园论坛早已经被大火的讯息刷爆。

杨欣无比担忧林缓,带上两个终日跟随着她的朋友,杨欣立刻从家里启程,来到了校医院。

见杨欣突然开始踌躇,另外两个女生开始劝说杨欣。

"你在这个时候去看望林缓,林缓一定会很感动。"

"是啊,杨欣,抓紧机会吧。那个花茉莉太有心机了,为了得到林缓的关注,竟然连命都不要了。"

两个女生的语气里带着酸,她们从未像花鸣那样受人关注,于是,她们只能靠着接近杨欣,试图吸引更多人的目光。尽管那些目光,从来只是被杨欣所吸引,但她们能得到一些余光,就已经心满意足。

在她们眼中,杨欣才是最优秀的。

她们不允许曾经比她们还要不起眼的花茉莉,一夜之间从麻雀变成了凤凰。这种好事,凭什么不是落在她们头上?她们甚至比杨欣还要厌恶花鸣。

花鸣战胜杨欣,拿到了数学赛的资格,她们认为那是运气,甚至觉得花鸣是在作弊。

花鸣冲进火场里救人,也被她们视作吸引林缓的手段。

她们渴望漂亮优秀的杨欣,把花鸣打回像她们一样普通的原形。

"杨欣,花茉莉已经在林缓面前露了太多脸了,你再不去的话……"

终于,杨欣点了点头,捧着手里的鲜花,朝着林缓的病房走去。

她还未敲响病房的门,门就突然打开了。

林缓穿着病服，她的身边，站着轻轻搀扶着他的吴桐。

这个女人，应该是林缓的妈妈吧？杨欣这样想道，紧张得手心都冒了汗。

打量了杨欣一会儿，吴桐笑了笑，问道："小宝贝，这是你的同学吗？"

林缓的目光轻轻扫过杨欣，随后，他缓缓摇了摇头："不认识。"

霎时，杨欣的双唇变得煞白。

而站在杨欣身后的两人，也满脸尴尬。

他就那么不在意我吗？我明明给她递过情书，明明大家讨论的都是我，我是校花，可他竟然不认识我？

杨欣的双手颤抖着，此刻，她恨不得找一个地缝钻进去。从小到大，她从来没有这样难堪过。

吴桐对着杨欣笑道："同学，是不是走错病房啦？你再找找吧。"

说罢，吴桐搀着林缓，朝着隔壁的病房走去。

"茉莉就住在隔壁吧，这次多亏了这孩子，我真是太喜欢她了，你可要好好对她呀！"

吴桐说话的声音很大，还特地强调了最后几个字。

杨欣手里的花，落在了地上。她的双眸被泪水浸湿，头也不回地离开了。

在进入花鸣的病房前，吴桐扭头，扫了一眼杨欣的背影，这才乐呵呵地笑了。她是故意的，她也经历过这样的年纪，又怎么会不知道杨欣来这儿的目的。吴桐阅人无数，她的直觉告诉她，这三个女孩儿，并不单纯。

她还是更加喜欢花鸣。

林缓很聪明，他能轻易看穿吴桐的心思。

但林缓只是冷漠地说了声："无聊。"

吴桐和林缓走进花鸣的病房时，病房里，只留着徐菲菲一个人。

得知吴桐的身份后，徐菲菲赶紧站起来，招呼吴桐和林缓坐下了。

"茉莉呢？"吴桐盯着空落落的病床，问道。

徐菲菲有些紧张，她的手里正抱着一台笔记本电脑。想了好一会儿，徐菲菲回答道："去卫生间了。"

话音刚落，秦璐也突然回来了。

"茉莉姐呢？"秦璐问道。

就在刚刚，秦璐被徐菲菲打发出去买吃的了。

徐菲菲只好又红着脸，撒了一次谎："卫生间。"

只有徐菲菲知道花鸣去了哪里。

就在不久前，花鸣终于睁开了眼睛。她实在受不了了，这才悄悄让徐菲菲准备一台电脑，又把秦璐支开。好在《DWorld》的服务器终于维修完成，否则花鸣恐怕撑不过今晚了。

"她身体怎么样，一个人上卫生间有问题吗？"吴桐紧张道。

徐菲菲赶紧点头："她没受伤，只是太累了，醒来后好多了。"

林缓安静地坐着，等待了几分钟后，花鸣仍然没有回来。林缓站了起来，吴桐赶紧把他拉住了。

"小宝贝，去哪儿？"

徐菲菲和秦璐都被这个称呼给吓坏了。

"回去休息。"

"老是卧床，多不好啊，再坐一会儿吧。"吴桐笑道。

做妈妈的，竟然还有不让孩子休息的，徐菲菲和秦璐简直都看傻了。

吴桐暗道花鸣的运气不好，为了给花鸣和林缓制造机会，吴桐好说歹说，终于说动林缓来花鸣的病房坐一会儿，可是花鸣竟然在这种时候去卫生间了。

林缓的眉头舒展开，竟然又坐了下来。

在徐菲菲和秦璐的印象中，这个所有人眼中的男神万分高冷，她们没想到他竟然会这样听妈妈的话。

等候着的时候，大家发现了徐菲菲手中的电脑。

"菲菲姐，你也玩游戏啊？"秦璐突然问道。

屏幕上，正显示着《DWorld》的登录界面。

林缓的目光扫了过来，徐菲菲吓得赶紧把电脑合上了。她尴尬一笑，站了起来："偶尔玩玩。茉莉去得有点儿久了，我去看看。秦璐，你陪陪伯母和林缓。"

说罢，徐菲菲逃离了病房。

徐菲菲终于知道说谎有多么难受了。

来到卫生间，徐菲菲不断拍着手中的笔记本电脑，仿佛这样就能催促花鸣快点回来一般。

病房里，林缓又一次想要走。

然而，这一次吴桐还未劝说，林缓就突然止住了脚步。

林缓突然看到了花鸣的背包，拉链开着，露出了半个娃娃的头。

"听菲菲姐说，茉莉姐是为了给你送娃娃，也为了找我，才去了宿舍楼的。"秦璐带着哭腔，满心的自责又忍不住了。

吴桐轻轻地把那个娃娃抱了出来。

"太可爱了，是你们在电玩城抓到的吗？"

林缓没有回答，他的眼神放空，谁也不知道他在想些什么。

海岛城，夜色朦胧。

花鸣躺在清澈蔚蓝的海面上，她的身下是幽深的海洋。

海面映着漫天的星光，海洋深处，亮闪闪的深海动物们悠闲地应和着斑斓的星光。

花鸣漂浮着，贪婪地吮吸着专属于DWorld的空气。

终于，她快要消耗殆尽的力气全部回来了。

花鸣坐了起来，她打开了背包仓库。

果然，一柄逆天级装备正发着亮，静静地闪耀在她的背包里。

"系统果然说话算话！"花鸣太开心了。

逆天级装备是什么概念？

整个《DWorld》里，拥有这样装备的玩家，绝对不超过百个。

逆天级装备只有两个获取方式。

一个是在内测时代参与了指定任务的玩家有可能获得。通过这个途径获得逆天级装备的玩家，都是资深玩家了。内测时代，对于花鸣来说，太过遥远了，那时候，她还尚未出生。而且，即使是这些拥有逆天级装备的资深玩家，许多也已经弃游了，这就使得逆天级装备的出场率变得更低。

而另外一种获取方式，只能是通过高级副本获得珍稀材料，再通过千锤百炼，才有可能锻造出来。原料过于珍稀，通过这种方式获得逆天级装备的玩家，凤毛麟角。

双木拥有的那柄千变万化的武器"迷雾"，便是内测时代获得的，但是，在漫长的游戏生涯里，双木又不断对"迷雾"进行锻造，这才有了今天强大的"迷雾"。

花鸣无疑是幸运的。

她错过了古老的内测时代，也没能获得那么多的珍稀材料，却通过一次限时任务，就获得了一件逆天级武器。而且，系统说话算数，所赠与的逆天级武器，也的确是专属的。

花鸣使用双刃，而这件武器，正是两柄短刃，名为"暴风"。

花鸣正想查看"暴风"的属性时，风儿沙不合时宜地出现了。

花鸣立刻把背包收了起来，如若让风儿沙发现了"暴风"，一定会刨根问底，花鸣还未想好说辞，只能先瞒着风儿沙。

"这些天你又去哪儿了？"风儿沙依旧穿着一身帅气的牛仔。

这已经不是风儿沙第一次这样问了，花鸣越来越觉得，再过不久，她就要瞒不住风儿沙了。

好在风儿沙并没有追问，因为她有别的担忧。

"我心里的不安越来越强烈，海岛城怕是要遭殃了。"

几天前，伴随着现实世界的服务器崩溃，海岛城又一次迎来了一场疯狂肆虐的暴雨。身处外界的花鸣并不知道，就在不久前，海岛城被彻底摧毁了。她回到这里时，海岛城已经经过重建。

花鸣的表情也变得凝重。

其实，这种不安，花鸣也感受到了。所有生活在海岛城的居民，也都感受到了。然而，没有人能说出这种不安究竟源于何处。

海岛城异变，是因为《DWorld》服务器的崩溃吧？

但是，《DWorld》崩溃已经不是一朝一夕，为什么海岛城最近几次异变，前所未有的猛烈呢？

花鸣正思考着的时候，她接到了一条私密的谈话。

是徐飞飞发来的。

"林缓和林缓妈妈都在病房里坐着，你赶快回来。"

花鸣大惊，立刻站了起来。

"怎么，又要走了？"风儿沙问。

花鸣不知怎么回答，她觉得有些对不起风儿沙。

风儿沙是她最好的朋友，可是她却不能把秘密告诉她。

风儿沙摆了摆手："去吧，我也不问了。但是，你一定有什么秘密，能告诉我的时候，一定要告诉我。"

花鸣立刻点头，给了风儿沙一个大大的拥抱。

化身一串亮晶晶的代码，花鸣回到了现实世界。

徐菲菲在卫生间早就等急了。

她联系不上花鸣，正着急时，突然想到她在游戏里注册过一个角色。于是，徐菲菲透过徐飞飞，找到了花鸣。

回到病房时，林缓已经走了。

吴桐还留在这儿，见到花鸣，吴桐笑得合不拢嘴。

徐菲菲和秦璐都看傻了眼，她们不知道花鸣是什么时候勾搭上林缓的妈妈的。

而且，这个妈妈太可爱了，就像个小孩儿。

"以后不能再这么莽撞了，要是小宝贝不在火场里呢，你不就白进去了吗？"

谈起这场大火，吴桐仍然心有余悸。

花鸣吐了吐舌头："当时没想那么多。"

她们聊到很晚，终于，吴桐起身了。

"伯母，等等，有样东西能帮我带给林缓吗？"

花鸣并不知道林缓就住在隔壁。

而吴桐却也没有说破，她觉得，花鸣突然偶遇林缓的模样，一定非常可爱。

花鸣拿起了包，可是，无论她怎么翻，却找不到那个娃娃了。

"你是找那个娃娃吗？小宝贝已经拿走了。"

第三十一章 情敌

Chapter 31

闻着空气里的酒精味，花鸣在病房里入了眠。

徐菲菲已经替花鸣照顾好了邱敏，花鸣没有任何后顾之忧地睡着了。林缓和秦璐都没有出事，这样的结果再好不过，她睡得很踏实。

天微亮，花鸣心满意足地睁开了双眼。

秦璐竟然一夜没有睡着，两只被泪水模糊的眸子，正直勾勾地盯着花鸣。

花鸣赶紧起身："秦璐，怎么了，又有人欺负你了？"

没想到，花鸣的这句话，让秦璐彻底地哭出了声来。秦璐像个小孩儿似的，紧紧地把花鸣抱着。哭声吵醒了睡在一旁的徐菲菲，见秦璐这般模样，徐菲菲竟也有些哭意了。

徐菲菲想起了花茉莉。

如果是真正的花茉莉，困在火场的换成她徐菲菲，花茉莉也一定会像花鸣那样毫不犹豫地冲进火场里救她吧，哪怕是以生命为代价。

可是，花茉莉已经死了。

眼前这个人，并不是花茉莉，而是来自另外一个世界的花鸣。

徐菲菲多么希望花茉莉能够死而复生，可是，每当徐菲菲这样想时，她竟然又觉得对不起花鸣。如今代替花茉莉活着的，是花鸣。就算花茉莉真的活了，那现在的花鸣是不是就要从这个世界消失了呢？

为了秦璐，花鸣甘愿抛弃生命，更何况是早就和花鸣成为朋友的她呢。

思念和矛盾，让徐菲菲的胸口堵得慌，秦璐哭得越来越惨，徐菲菲终于也忍不住了。

徐菲菲上前，也把秦璐和花鸣拥在了怀里。

秦璐和徐菲菲哭得稀里哗啦，然而，花鸣却只能尴尬地配合着，假装着哼哼几声。花鸣突然觉得自己如果不哭，好像有点浪费此情此景了。只是，花鸣连悲伤是什么滋味都不知道，更别说挤出眼泪了。

相反地，花鸣觉得开心。

她无比地感恩花茉莉，是她的主人，给了她来到现实世界的机会，也让她交到了两个朋友。

隔阂在顷刻间荡然无存，秦璐接受了徐菲菲送给她的新DV。徐菲菲和花鸣没有解释，秦璐选择了相信。

哭泣过后，是清晨回荡在医院里，久久未能散去的笑声。

有人欢喜，自有人愁。

回到学校的杨欣，无论走到哪里，都能听到花茉莉的名字。

一时之间，身为校花的她，竟然被众人冷落。

像是遗忘了她一般，杨欣浏览校园论坛时，竟要往后翻上数十页才能看到她的名字。

其实，杨欣并不爱逛论坛。

因为一直以来，她都知道校园论坛里八卦的，除了她，无非就是林缓。

这是杨欣第一次这么渴望在校园论坛上看到自己的名字。

她的心里苦涩。

从花鸣试图强吻林缓，林缓回首时；再到花鸣告白林缓，林缓回应时；最后到花鸣赢过她，得到了与林缓共赴选拔赛的机会时，这种感觉就已经萌生了。可这一刻，杨欣终于意识到，这种苦涩的滋味，竟然是挫败感。

那个女人是林缓的妈妈。

她称呼花茉莉的名字时，是那样亲切。难道，林缓早就带花茉莉见过家长了吗？

而对于杨欣，林缓却说不认识。

这种天差地别的待遇，是杨欣所不能忍受的。

杨欣沉着脸，凭什么？

"是我先告白的，我长得比她好，比她优秀，家境比她好，凭什么！"杨欣的双拳紧握，她的眼前浮现出花鸣的脸，她恨不得把花鸣撕碎。

杨欣看到了镜子里的自己，她有些讶异。

这还是她吗？

从小到大，杨欣都温柔无比，待人和善，可此刻镜子中那张因为愤怒而扭曲的脸，那样可怕，那是她吗？

杨欣狠狠地摇了摇头，表情恢复了正常。

"是花茉莉激怒了我。"杨欣为自己的愤怒找到了说辞。

她的脑海中，突然浮现出一个名字。

她迅速掏出手机，拨通了一个电话："我要你帮我约一个人。"

午后，校外的一家幽静的咖啡厅里。

赵佳匆匆忙忙地来到这里，而等候多时的，则是坐在落地窗角落的杨欣。

"不好意思，迟到了。"赵佳笑道。

杨欣表现得十分镇定，她对着赵佳温婉一笑，招呼服务员给赵佳上了一杯咖啡。

其实，赵佳来这儿时，就已经猜到杨欣约她来的目的了。

只是，杨欣却始终没有开口。

赵佳心里暗笑："羞于开口吗？"

赵佳回想起她为了进入杨欣家的企业实习而第一次接近杨欣的场景。

"如果你需要我的帮忙，我可以不让花茉莉出现在考场上。"

"我不知道你在说什么。"

杨欣离去后，赵佳还在原地抱怨着，她分明看出了杨欣对花鸣的敌意，可杨欣却还要装好人。

只有她们两个人知道的是，就在赵佳准备无功而返时，杨欣竟然折了回来。

"其实，选拔赛应该只能由有实力的人参加。"

杨欣对赵佳说了这句极其隐晦的话。

随后，还未等赵佳提出自己的条件，杨欣就又离去了。赵佳暂时把心中的条件放在了心里，而在阻止花鸣失败后，赵佳也没好意思再找杨欣提。

所以，那一次受阻，杨欣是默许的。杨欣自己都不愿意承认，其实她对花鸣的敌意，从那时候就已经开始了。

如若不是杨欣突然约见，就连赵佳都快要忘记这件事了。

此刻，看着欣然坐在面前喝着咖啡的校花，赵佳在心头暗自嘲讽。

校花又怎样，优秀又怎样，家境好又怎样？还不是要来求我？

如今，花茉莉的名字可谓如雷贯耳，甚至有人传言她已经和林缓在一起了，杨欣终于按捺不住了。

但是，赵佳却不会把不恭敬表现出来。

既然杨欣难以启齿，赵佳先替她开了口。

"听说，花茉莉为了追林缓，耍了不少手段。"

杨欣一怔，她没想到赵佳竟会这么聪明。她不喜欢聪明的人，因为聪明人总会揣摩别人的心思。杨欣不喜欢别人看到她内心丑陋的那一面。

"其实，我觉得林缓应该喜欢的人，是你。不如，我让花茉莉清醒清醒？"赵佳试探性地问道。

杨欣面无表情,放下了手中的杯子。

"你不喜欢花茉莉,是你的事,你要怎么对她,你自己看着办。我今天约你出来,只是想多个朋友而已。"

听到杨欣的回答,赵佳更是打从心里看不起杨欣了。

明明是想借她之手针对花茉莉,破坏花茉莉和林缓之间的感情,却还要将一切撇得一干二净。但是,赵佳并不在意,她只要达到她的目的就行了。

赵佳点了点头,笑道:"我明白。其实,我也有事请你帮忙。我往你父亲的公司投了一份简历,如果毕业后能去实习的话……"

"作为朋友,我会帮你的。"这是杨欣对赵佳的承诺。

身在医院里的花鸣,自然不会知道她已经被她的情敌彻底盯上了。

傍晚,花鸣百无聊赖地躺在病床上,她已经快要坐不住了。好在她没有什么大碍,一会儿就可以出院了。

徐菲菲和秦璐替花鸣办出院手续去了,花鸣实在无聊,便起了身,走出了病房。她来回踱着步,路过隔壁病房门口时,床上的一个娃娃吸引了花鸣的注意力。

"那个娃娃,竟然和林缓的那个一模一样!"花鸣有些兴奋。

她四处瞅了瞅,病房里一个人也没有。

于是,她悄悄进了这间病房。

花鸣真觉得这个娃娃太可爱了,如若不是她的气力不够,她真想再去电玩城里和娃娃机们商量商量,再搞几个娃娃来。

花鸣想着,情不自禁地抓起了病床上的娃娃,捧在怀里。

突然,有人叫了她的名字。

"花茉莉,这么快就能下床了,我看,你是装的,吸引大家同情吧?"

是赵佳尖锐的声音,花鸣转身,果然,赵佳正带着另外两个女生,气势汹汹地堵在病房门口。

有了杨欣的承诺后,赵佳当然更要针对花鸣了。

她与花鸣本来就有仇,这么好的机会,她早就做好打算,来给花鸣一个下马威了。

"把她的样子拍下来,让大家都知道她是装的。"赵佳说道。

随后,另外两个女生对着花鸣一阵狂拍。

花鸣的目光冷了下来,她慢慢地逼近赵佳,手里的娃娃也忘了放回原处。

"我还没找你算账,你倒是自己找上门来了。"花鸣习惯性地试图打开背包仓库,取出双刃。

但一转念,她才反应过来,这里是现实世界。

没办法,赵佳实在太讨厌了,花鸣想要好好教训她一顿。

赵佳不理会花鸣,又招呼两个女生道:"快拍,把花茉莉这么凶的样子也给拍下来,让大家看看她的真面目。"

"怎么会有这么不要脸的人?"

闻声回头,徐菲菲和秦璐终于回来了。

"赵佳,你自己来招惹茉莉,还要恶人先告状?"徐菲菲嗤笑道,"这种时候倒是哪儿都有你,大火救人的时候,你去哪儿了?"

赵佳被徐菲菲气得不轻,很快,她发现了正低着头的秦璐。

花鸣和徐菲菲不好欺负,但是秦璐好欺负。

赵佳一笑:"哟,秦璐,你就这么廉价啊,别人都不当你是朋友,你还又凑上去,你口中的友情,太不值钱了吧?"

让赵佳意想不到的是,一直低着头的秦璐,突然抬起了头。

不像赵佳想象中的那样胆小,秦璐对着赵佳笑道:"朋友哪是能用值不值钱来计量的,没有朋友的人,才会说出这样的话吧?你真可怜。"

秦璐就像一根尖锐的刺,赵佳本想从她这儿入手,但没想到反倒扎了手。

她的挑拨,非但没让秦璐与她们疏远,此刻看上去却更加亲密了。

一时之间,赵佳竟然不知怎么回答。

花鸣嘲讽道:"赵佳,看在你这么可怜的分儿上,你就走吧,账我也不和你算了。"

花鸣不断地对着赵佳做着鬼脸,赵佳的气不打一处来。

赵佳想打人,但是被花鸣一躲,赵佳的手触碰到了花鸣手里的娃娃。赵佳顺势将花鸣手里的娃娃抢过来,狠狠地丢在了地上。

花鸣的双眼微微眯起,她是真的动怒了。

"花茉莉,你以为我不知道吗?你是为了接近林缓,才连命都不要地冲进火里吧。你现在生龙活虎的,能言善道,昨天怎么就晕倒在火场里了呢?我看,你就是想让林缓抱着你出来!"

赵佳说话的语气,十分难听。

花鸣深吸了一口气,她按捺住心头的怒火。这里不是DWorld,不能够动手。

但是,她可以动嘴啊!

想到这里,花鸣笑了。

"是又怎么样?我就喜欢林缓,林缓也喜欢我。你们这么排挤我,是嫉妒我吧?林缓抱我,又不是抱你们,你们激动什么?我不仅要让林缓抱我,还要林缓亲我,你们管得着吗?"

花鸣以为,她这样说,赵佳会气上加气,可是此刻,赵佳的表情突然变得意味深长。

而一边的徐菲菲和秦璐也一个劲儿地冲着花鸣使眼色。

"怎么了?"花鸣疑惑道。

顺着徐菲菲和秦璐惊恐的目光望去,花鸣看到了一张干净的脸。

林缓?

顿时,花鸣的脸红得像熟透的番茄。

林缓怎么会在这儿?我刚刚说的那些话,他全部都听见了吗?

怎么办?

花鸣紧张得身体都开始颤抖了。

直至此刻,花鸣才猛地反应过来。

哪会有那么巧的事,并不是隔壁病床上的娃娃和林缓的娃娃长得一模一样,而是它根本就是林缓的。

林缓就住在她的隔壁,所以昨天吴桐才会在这儿坐了那么久。

花鸣惊慌失措,简直欲哭无泪。这么重要的消息,为什么没有人告诉她?

"林缓,你都听见了吧,花茉莉这么不要脸,她……"

只是,赵佳还未说完,林缓就带着他的冷漠脸,慢慢地走到了赵佳的面前。

赵佳惊呆了,这么帅气的脸庞,说她不觊觎,那是不可能的。此刻,林缓就站在她的面前,居高临下地看着她,赵佳的心都要跳出来了。

"让一下。"

赵佳微微一愣,下意识地后退。

所有人都没想到的是,林缓竟然弯腰,把赵佳扔在地上的娃娃给捡了起来。

"谁干的?"林缓的话依旧很少,语气里带着冷漠。

赵佳紧张无比:"林缓同学,你听清楚了吗,我是说,花茉莉她可能是故意往火堆里钻……"

"谁干的?"林缓又问了同样的问题。

赵佳和身边的两个女生,这才恍恍惚惚地明白过来,这个娃娃好像是林缓的。

可是,所有人的男神,为什么会有这样可爱的娃娃?

赵佳赶紧道歉:"林缓同学,我不是故意的,我不知道它是你的。"

"滚。"

仅仅一个字,就足以让赵佳吓破了胆。

林缓仿佛天生就带着一股子冷劲儿,没有人敢轻易地接近他。而他发怒的时候,竟然比张志腾还要让人感觉惧怕。

赵佳气势汹汹地来找茬儿,却狠狠地碰了壁。

无奈,赵佳带着两个女生,狠狠地瞪了花鸣一眼后,落荒而逃。

花鸣的耳根发烫，不敢抬头。

突然，林缓把那个娃娃丢给了花鸣。

"洗干净。"

花鸣一愣："啊？"

"在你手上脏的，你负责。"

说完，林缓转身走了。

从电玩城里带回来的娃娃，辗转往复，又回到了花鸣的手上。

"这个娃娃，到底怎么回事？"秦璐问。

自从昨晚林缓擅自拿走花鸣背包里的娃娃后，秦璐的心里就憋着疑惑。

"这不是重点。"花鸣突然扭头，气鼓鼓地瞪着徐菲菲和秦璐，"林缓就住在边上，你们为什么不告诉我！"

"我们冤枉啊，林缓的妈妈都来看你了。你们关系那么好，我们以为你早就知道了。"

再次回想起刚刚那番不害臊的话，花鸣的脸又变得滚烫。

说了也就说了，该死的是，她竟然是对着林缓本人一字不落地说出来的。

他一定每一个字都听见了。

花鸣实在不知道要怎么面对林缓，她实在是太丢脸了。

第三十二章 　智力

Chapter 32

一场大火，并未把余宁市的冬季烧得温暖。

严寒终于彻底席卷了这座海边的城市。

花鸣成了余宁大学的名人，也成了最有争议的一名女生。

对于花鸣，大家褒贬不一。

因为花鸣的勇敢和特别，不少人成了花鸣的忠实粉丝。许多人突然发现，花鸣原来长得这样好看，甚至有人把花鸣和杨欣放在一起比较。校花宝座岌岌可危，这也使得杨欣对花鸣的敌意更深。

而在赵佳等人的煽动下，那些不怀好意的人，总是散播着无中生有的谣言，处处针对花鸣。

浮夸的年纪里，为了应对这些恶毒言语，竟然有人组建起了"花茉莉后援团"，秦璐理所当然地受邀，成了后援团的团长。在秦璐的带领下，越来越多的人加入了后援团里，在闲暇时间，她们成天追随着花鸣，花鸣走到哪里，她们就跟到哪里。

秋风萧瑟，满是奶香的香屋里却有着别样的温暖。

香屋人满为患，花鸣正在吧台前工作着。

秦璐带着人，举着DV，笑眯眯地坐着，一边喝着热腾腾的奶茶，一边记录着花鸣的打工生涯。听秦璐说，校园论坛一年一度的"校花评选"马上就要开始了，她们正在准备素材，要帮助花鸣夺下校花宝座。

对此，花鸣尴尬不已。

"这真的是现实世界吗？怎么比游戏里还要浮夸？"花鸣头疼地扫了一眼乐此不疲的秦璐，无奈地呢喃道。

当初救人的时候，花鸣并没想那么多。

"茉莉，你在学校真受欢迎呢。"

花鸣放下手里的杯子，对着笑眯眯的麦弋抱歉道："店长，对不起，给你添麻烦了。"

在花鸣出院的那天，麦弋终于回来了。"暂停营业"的小木牌被取下，香屋重新开了业。

花鸣又回归了白天上课，傍晚打工，晚上照顾邱敏这样三点一线的生活。

对于麦弋，花鸣满怀歉意。

花鸣知道麦弋爱看书，可是这次回来后，就总是有人为了花鸣而挤到香屋里来。落地窗前的座位，也被别人霸占了去。

麦弋近乎没有血色的双唇微动，他轻轻地摇了摇头，笑着回答："不会。香屋的生意，从来没有这么好过，也从来没有这样热闹过。"

"店长，你真的是个大好人。"

入夜，秦璐终于带着人散去。花鸣回到了花茉莉的家里，天冷得厉害，花鸣的鼻子都被冻红了。但是，花鸣远远地就看见了坐在家门前的邱敏。邱敏的身后，是亮堂的小屋，灯下，邱敏的身影看起有些单薄和孤独。

花鸣和用人替了班，像往常一样，花鸣劝说了好久，才将邱敏劝回房间休息。

带着一天的疲惫，花鸣打开了电脑。

电脑前，正躺着一对娃娃。

花鸣早已经将林缓的那个洗干净了，可是花鸣却不知找什么样的场合还给他。

当着林缓的面，说了那样不害臊的话，花鸣又不知要怎么面对林缓了。从前，花鸣只是把林缓当作一个略微有点儿难缠的Boss罢了。可现在想来，花鸣知道自己错得离谱。

尤其是当得知林缓就是双木大神后，花鸣就开始在意林缓对她的看法了。

心烦意乱后，花鸣钻进了电脑屏幕。

刚上线，花鸣就留意到了系统公告。前些天的停服维护，果然又一次引起了广大玩家的强烈不满。似乎是为了挽回颜面，又或许是为了平息玩家们的怨气，《DWorld》更新了一大波各种层次的任务。

其中，有一个智力型任务吸引了花鸣的注意。

花鸣已经许久没有接受智力型任务了。《DWorld》的任务系统，分为武力型和智力型。在这个强者为尊的世界，大部分人更愿意接受武力型任务，因为那样更加刺激和惊险，所获得的奖励也更加丰富。

顾名思义，智力型任务便是主要依靠玩家的智力，而不太过于依赖武力值的任务类型。

花鸣看上的这个智力型任务，名为"盗窃圣手"，难度系数为六级。

任务分为两个阶段，第一阶段是选拔偷窃者，这个阶段已经过了，也就是说，偷窃者已经通过系统筛选，被选拔出来了。目前任务进行到了第二阶段：通缉抓捕窃贼。

这个任务总共可以容纳1000人，目前已经有九百多人报名，还剩些许名额。像当初的"冰霜野狼"那样，这也是一个全服共同任务，最终只有一支队伍或者一名玩家获胜。

如果在规定时间内，窃贼完成了系统指定给他的偷窃任务，并且没有人查出他的身份并将他成功抓捕，那么窃贼则为此次任务的获胜者。而在规定时间内，一旦缉捕者查出了窃贼的身份并将他抓捕，则窃贼失败，成功查明窃贼身份并将他抓捕的那名缉捕者获胜。

这样互动性十足的任务，花鸣最喜欢了。而且，这个六级智力型任务的奖励也挺丰厚的，足足有十瓶恢复生命值的药水。这是什么概念？依靠这十瓶药水，花鸣可以好几个月都不必再每天回到DWorld做生存任务。

想到这儿，花鸣欣喜地点开了任务详情。

"窃贼盗取了海岛城首富百万金币，如今窃贼下落不明，海岛城守卫高额悬赏各方志士，缉拿窃贼！"

花鸣想了想，查看了好友列表。

风儿沙的玩家在线，她立刻给风儿沙发去了信息。

"一起做一个任务，有兴趣吗？"

"花鸣！好久不见啊，最近你都去哪儿了？任务？有兴趣啊，来啊来啊，你在哪儿，我去找你！"

花鸣扑哧一声笑出了声，风儿沙明明那样酷，可是每当被玩家操控的时候，就像换了一个人。

等了一会儿，一身牛仔的风儿沙找到了花鸣。

"什么任务？来，组队吧。"

"智力型的任务——'盗窃圣手'，还有名额，赶紧组队报名。"花鸣回答。

可是，风儿沙却迟迟没动。

"怎么了？"

很快，对话框里传来了风儿沙的回答："智力型任务啊，换一个吧，感觉无聊。"

"这还无聊？"花鸣觉得不可思议，按照她对风儿沙玩家的了解，风儿沙应该非常有兴趣才对。

"换一个吧，打怪去？"

"我需要那个奖励。你不会这么不仗义吧？"花鸣问。

风儿沙又犹豫了一会儿，这才回答道："好吧。但是，我们不要组队了。"

"为什么？"

"获胜者又是只有一个人或者一支队伍，我们分两队，不是获胜的概率更大吗？反正这是智力型任务，不会有什么危险。"

眼看着任务名额越来越少，花鸣没想太多，同意了。

两个人接受了任务后，立刻按照任务提醒，来到了海岛城守卫处。

"嗨，花鸣，风儿沙，你们来了！"

一到守卫处大门，守在大门外的S侠就对着她们打招呼。

而此刻，风儿沙被深度操纵着，自主意识薄弱，并没有回应S侠的招呼。

花鸣对着S侠笑了笑，带着风儿沙进了守卫处。

这是这个任务的第一关卡：守卫处筛选。

一千个人的任务体量太过庞大，在第一关卡，系统就会将参加人数从一千减少到一百。

"我是守卫处的副统领，此次海岛城首富的金币被盗，海岛城高度重视，特此邀请各方能人志士，前来破案并缉拿窃贼。在此之前，请容许守卫处对各位进行测试，以保证各位有能力胜任此次任务！"

守卫处大堂挤满了接受任务的玩家，一进守卫处，花鸣就听见了守卫处NPC副统领慷慨激昂的致辞。

很快，挤在守卫处大堂的玩家们，身体都发起了光。

没过多久，一大批玩家的身影消失在了这个地方。浩浩荡荡的一千人，竟然瞬间减少了一半。

花鸣这才知道，所谓的测试，其实是根据人数设置了一个门槛而已。

只有五百名玩家可以正式进行任务，而按照智力值从高到低，第五百名玩家的智力值便是这道门槛。智力值门槛被卡在了3850，低于3850点的玩家，全部淘汰。

花鸣的智力值高达6600，而风儿沙虽然差一点，但也有4100，成功踏进了这个门槛。

顿时，世界频道被这群淘汰的人刷屏。

"有没有搞错！"

"既然有智力值门槛，为什么还允许我们报名？"

"是啊，老子还以为终于能刷一个六级智力型任务了！"

花鸣哭笑不得，不得不说，这次任务的游戏策划，的确不太厚道。有多少人是满怀信心而来的，可却还没正式参加任务，就被淘汰了出去。不过，的确也是那些低智力值的玩家们不自量力了。

按照正常的情况，智力值没有达到4000以上的玩家，一般是没有资格接受六级以上的智力型任务的。

智力值是系统根据玩家种种行为进行的自动估值，除了在综合排名中占据一小部分比值之外，智力值还代表了一个玩家有多么聪明。智力值越高，代表这个玩家参与并成功完成的智力型任务越多，所完成的任务也越难。

有不少人在武力值上没有建树，便开始专攻智力型任务。

守卫处的NPC并不会理会世界频道的嘈杂。

副统领又对着剩下的人们说道："海岛城首富的管家张老头，是这起案子的唯一目击者，但是他受了惊吓，生了重疾，昏迷不醒。"

这是副统领给大家的唯一提示。

话音一落，守卫处的五百名玩家，瞬间消失。

花鸣和风儿沙虽然没有组队，但是二人也一同行动。

张老头是NPC，有意思的是，海岛城首富并不是NPC，而是一名货真价实的玩家。这次任务，竟然直接把玩家拉进了受害者队伍里。

海岛城首富的ID名为李大钱，虽然与李大钱并不相识，但是花鸣却听过这个名字。

人如其名，李大钱十分富有。

《DWorld》是一款集合了模拟养成和互动战斗的游戏。许多人入迷《DWorld》，并不是因为这款游戏的战斗模式，而是被它的养成模拟系统所吸引。《DWorld》的庞大数据库里，包含了完善了职业系统、美妆系统，等等。

玩家在海岛城里，便可以体验如同现实的生活。

他们可以在海岛城里工作、结婚生子，有钱了就可以在海岛城里盖上一栋属于自己的房子；他们也可以换装、养宠物。系统为这类玩家专门设置了富豪榜、美女榜、帅哥榜等奇奇怪怪的榜单，也为他们设置了诸如银行、商场等形形色色的场所，甚至还会为他们举办宠物大赛、职业大赛等五花八门的赛事。

李大钱便是富豪榜的榜首。整整有五百个人试图私聊李大钱，但是消息实在太多了，李大钱只能在世界频道里抱怨。

"游戏的互动性，也不能这样互动啊？我和你们不是一派的玩家，你们的任务，凭什么把我牵扯进去？"李大钱在对话框里，发了许多"哭泣"的表情。

DWorld是互通的，为了保护模拟养成玩家，非模拟养成玩家一般进不了模拟养成玩家的家中，也无法攻击他们。由于模拟养成系统的真实性，模拟养成类玩家平时也会遇到小偷，但是小偷绝对和他们是一个派系的。

模拟养成玩家被卷进非模拟养成玩家的战斗里，这倒是头一回。

听了李大钱的抱怨，花鸣和风儿沙把情况弄明白了。

"盗窃圣手"第一阶段的任务，发生在昨天。

通过系统的筛选后，窃贼诞生了。窃贼接到的任务，应该就是盗窃李大钱从银行里取出来的金币。

李大钱正准备在海岛城新盖一栋豪宅，取出金币后，把金币暂时存放在家中的保险柜里。任务模式下，李大钱的家被窃贼强制破坏，趁着李大钱离线，保险柜里的金币被偷走了。

而当时，目击这一切的，只有李大钱家里的管家张老头。

张老头是李大钱从用人市场里雇来的NPC，没有武力值。任务模式下，窃贼一定和张老头发生了打斗。重伤加上惊吓，张老头生了病，昏迷不醒了。

"客服必须给我一个说法，凭什么我辛辛苦苦攒的钱，说没就没了！"李大钱又抱怨道。

"花鸣，怎么办？有什么线索吗？"

花鸣想了想，此刻，几乎所有人都围着NPC张老头，试图问出什么来。

但是，花鸣决定另辟蹊径。

"他们这类玩家身处的模拟生态，高度还原现实，那李大钱家里的保险柜，应该没有那么容易被打开吧？"

"什么意思？"

"我们去问问李大钱家里的保险柜是从海岛城什么地方买来的。"

可是，缠着李大钱的人太多了，花鸣发出的消息，迟迟没有得到他的回应。于是，花鸣和风儿沙决定自力更生。

诞生在海岛城，花鸣曾经以为她对海岛城无比熟悉。可是，直到今天，她才知道她错了。

海岛城太大了，各种场所混杂，她找了许久，也没弄明白像李大钱这类玩家平时是从哪里购置保险柜的。

时间一分一秒地过去，这次任务的时限只有五小时。

五小时一过，缉捕者还没抓到窃贼，那他们都将任务失败。

终于，在浪费了一小时后，花鸣和风儿沙终于走进了一家商店。

"各位客官，本店出售各类商品。只有你想不到的，没有我们不卖的！"

商店里的NPC服务员叫卖着。

花鸣在商品目录里翻了半天，果然发现了保险柜。

保险柜有许多种，其中最贵的竟然要数十万金币。

"李大钱财大气粗，应该会选择最好的保险柜。"花鸣对风儿沙说道。

于是，花鸣毫不犹豫地点了价格最高的那件商品。

商品介绍里展示了这款保险柜的功能：智能识别主人，仅有主人输入对应的密码方可打开。防爆性能极强，武力值8000才可能强行破坏这款保险柜。

"花鸣，应该不是这款保险柜吧？"

花鸣也开始犹豫了起来，因为这款保险柜的安全性能实在太高了。

打开这个保险柜的方法，只有两个。第一个是由主人输入正确密码，哪怕是其他人输入了正确密码，也没法打开；而第二个方式，则是强行破坏。可是，这款保险柜能够承受武力值8000的攻击。

整个DWorld里，武力值达到满值的玩家，只有双木大神。

花鸣才不相信双木会接受这样的任务，去当一个窃贼呢。

难道我真的推测错了？

花鸣想着，摇了摇头。就算没有这次任务，李大钱这么富有，肯定也会被其他模拟养成玩家觊觎。况且李大钱绝对不可能在保险柜上省钱，从而遭受更大的损失。

突然间，花鸣灵光一闪。

"风儿沙，跟我去传送门。"

"啊？去哪儿啊？"

"你跟我来就知道了。"

花鸣和风儿沙不知，她们的身影刚从传送阵消失，就有一支队伍也出现在了这里。

"花鸣是这次任务中智力值最高的，跟着她，准没错！"

如果花鸣和风儿沙见了这人的模样，一定会一眼认出。

此人正是"冰霜野狼"副本中，为了讨好宙甲而得罪了花鸣的玩家"浅笑"。

第三十三章 奔现

那一次的耻辱,被浅笑深深记在了心头。

从前,浅笑只是拿这款游戏当作消遣而已,可是自从被花鸣和风儿沙当作五道灵魂之一被献祭后,浅笑就开始了疯狂的充值。

短短时间内,浅笑的武力值竟然被人民币积累到了 4200 点。

尽管和花鸣依然天差地别,但是浅笑也总算开始在排行榜上露脸了。

机关迷城上空,笼罩着无尽的迷雾。

这是一座浩瀚无边的金属重城,厚重的城墙,受尽风吹雨淋,早已经锈迹斑斑。这里寸草不生,有的只是单调的重金属。花鸣和风儿沙走在机关迷城的城门之外,就连她们脚下踩着的石头和身旁的树木,也全都是由金属打造而成的。

机关迷城,机关重重,每当玩家经过这里时,除了要躲避随处可能出现的机关之外,还必须时刻保持着清醒,因为,稍不留神,玩家就可能迷路。机关迷城的地形是时刻变化着的,一旦进了城,就宛若踏入了一座迷宫。

每次进入机关城,玩家只能在里面停留一小时。

一小时一过,如若玩家还停留在机关城里,他们将被扣除 1 点生命值,强制传送回海岛城。

没有谁愿意在机关城里停留一小时以上,但是在这个地方被扣除了生命值的玩家却不计其数。因为,太多人在这里迷失了方向。

这是花鸣最常来的区域之一。

骷髅山脉对应的是八级副本,暗黑森林对应着七级副本,六级副本大多存于冰寒雪域。而机关迷城,则是大部分五级任务的聚集地,这里的怪物和 Boss 并不难对付，花鸣和风儿沙早在很久以前就能够单刷机关迷城的副本了。

真正可怕的，是这里的地形。

唯有依靠敏锐的观察力和强大的记忆力，才能在机关迷城里纵情驰骋。

依靠的不是武力，而是智力，大部分智力型任务也都需要在机关迷城里完成。因此，这片区域也衍生出其他的名字："愚蠢者的坟墓""天才的天堂"。

"我们来这儿干什么？"风儿沙问道。

"你记不记得，在机关迷城的入口，有一个NPC，是个锁匠？"花鸣反问道。

但是，当花鸣带着风儿沙来到机关城入口时，却发现这里空无一人。

"不可能。"花鸣皱起了眉头。

花鸣记得非常清楚，这里曾经有一个摆摊的NPC。

这个NPC，无名无姓。

每次有玩家经过这里，锁匠都会高喝："拥万能之钥，开天下之锁。"

这也是这个锁匠唯一的独白。

花鸣曾经因为好奇而凑上前去，只是，锁匠的头上并没有出现任何按钮。

NPC在游戏里，承担着太多职责。他们有的是任务的发布者，有的是任务线索的承接者。但是，也有一些NPC是为了完善游戏生态而设定的，他们不承担任何职责，更直白一点地说，他们就是为了让游戏世界看起来更加好看的路人甲。

就像S侠一样，他们被称为虚设NPC。

花鸣不会记错，她立刻在锁匠曾经摆摊的四周搜查了起来。

很快，她在地上发现了一张白条。白条之上，出现了操作按钮。

花鸣按下后，看清了白条上写的字。

"我是机关迷城的锁匠，我要进城寻找传说中的原料去了。此去不知能否平安归来，若有人找我打锁，就请勿再寻了吧。"

"太好了！"花鸣兴奋道，"看来我的猜测没有错！"

这名锁匠突然不见了，恐怕也是被纳入了任务模式里。

那名窃贼，应该是按照系统的指示，来寻求这名自称"开天下之锁"的锁匠的帮助了。

"传说中的原料，应该是各种珍稀原料，它们在机关城最深处的副本里。走！"说罢，花鸣率先进入了机关迷城。

风儿沙犹豫片刻后，也跟着她踏进了这座金属重城。

待花鸣和风儿沙离开，浅笑等人也出现在了这里。

"原来，这不是一个虚设NPC。"浅笑双眼放光，"还好跟着花鸣了，否则谁会想到这个不起眼的锁匠。"

的确，这五百名玩家当中，能第一时间把这起任务与机关迷城锁匠联系到一起的，仅有花鸣一人。

当花鸣终于在机关城深处找到锁匠时，所有玩家接到了系统的提示。

为了确保任务顺利进行下去，一些难度较高的任务，每隔一段时间，系统都会给玩家一些提示。

这次，系统给了三个关键词：保险柜、机关迷城、锁匠。

距离任务开始，已经过去一小时。

那些得到提醒的，立刻开始着手继续调查。

花鸣笑道："还好我猜对了。"

其他人被系统给的线索干扰，一直绕着张老头和李大钱转，花鸣和风儿沙的进度，比别人整整快了半小时。

"啊，你们是为了那个蒙面人来的吗？他要挟了我的性命，要我为他打造一把能开天下之锁的钥匙。我看不清他的脸，但却能感受到他身体的冰凉。他踏着冰霜而来，带着严寒而去。"

果然，花鸣早就知道这个任务不会这样简单。

锁匠并没有直接揭露窃贼的身份。

花鸣开始思考铁匠说的话来。

"带着冰霜而来？难道，他来自冰寒雪域？"花鸣想着，自顾自地摇了摇头，"所有玩家的聚居点，都是海岛城。或许，锁匠的话代表窃贼在来这里前，去过冰寒雪域？"

花鸣向风儿沙投去询问的目光，可是，风儿沙却一直摇着头。

"你不也挺聪明的吗，怎么今天变成傻瓜了？"

风儿沙尴尬一笑："我也不知道。"

无奈，花鸣只能靠自己了。

窃贼的偷窃任务，除了需要一柄万能钥匙，还需要什么？

"对了！"花鸣打了一个响指，"他需要藏赃地！"

窃贼的任务也不可能那么简单，他必须躲过守卫处NPC的调查。因此，窃贼不可能将百万金币留在仓库背包里。偷了金币之后，他必须要找一个储藏赃款的地方。

在来找锁匠之前，窃贼很可能去冰寒雪域踩点了。

"走，去冰寒雪域！"

花鸣和风儿沙又一次踏上了天寒地冻的冰原。

这片冰原的面积，足足是机关迷城的数十倍。在冰原之上，花鸣和风儿沙开始了更加漫长的寻找。

当任务时限只剩下最后一小时的时候，花鸣总算依靠敏锐的感知，在冰原之下，找到了一个山洞。而山洞里，满地都是金币。金币堆上，站着一只野熊NPC。

"有一个强大的枪手,把我们赶走了。我不甘心就又悄悄回来了,没想到发现了这么多金币。"野熊口吐人言。

花鸣一怔:"枪手?"

"这里有他留下的枪弹,或许会对你有帮助,听长老们说,海岛城的枪械铺能查出这颗枪弹的来源。希望你能尽快抓住他,让我的兄弟们重新回家。"

花鸣接过野熊递过来的枪弹,陷入了沉思。

就在此时,浅笑出现了。

"花鸣啊花鸣,这次多亏了你!如果不是跟着你,我一定和其他笨蛋一样,现在还没从机关迷城里出来呢!"浅笑从野熊NPC那儿拿到枪弹后,对着花鸣笑道。

"浅笑,你又欠收拾了吗?"风儿沙怒道。

花鸣和风儿沙听明白了,浅笑接了这个任务后,竟然直接跟踪花鸣了。

"你真看得起我,就这么相信我可以完成任务?"花鸣不屑道。

对话框里出现了浅笑的回答:"事实证明,我赌对了。现在,我只要拿着这颗子弹,到枪械铺查一查,就能知道窃贼的身份了。"

风儿沙不禁奚落道:"你以为你能比花鸣快吗?"

武力值相差悬殊,浅笑的移动速度自然没有花鸣快。

可是,浅笑却掏出了一双鞋:"你看看,这是什么?"

那是增速鞋,只有在充值商城里可以买到,价格不菲。使用了增速鞋后,在一段时间内,玩家的移动速度可以增加十倍,简直犹如开挂了一样。

风儿沙的表情变得凝重起来,她们这才发现了浅笑头上的充值专属标志。没想到,浅笑已经彻底沦为了人民币玩家。

花鸣长舒了一口气,突然笑道:"就算你的移速增加十倍,我火力全开,谁输谁赢都还不知道呢。"

花鸣说的是实话,他们同时启程,输赢的确是一个未知数。

浅笑低着头想了一会儿,这才开口:"是啊,怎么办呢,这样吧,不如我们PK一局,谁赢了,谁就拿着弹药去交差。"

风儿沙警惕地私信花鸣:"花鸣,他的武力值才这么点,却有胆找你单挑,谨防有诈。"

花鸣却摇头道:"有诈也得应战,不能让他拿着弹药回到海岛城不是?"

风儿沙沉默了。

很快,花鸣率先开启了PK模式。

然而,对战一开始,浅笑就突然从背包里扔出了一道发着亮的绳索。那道绳索,竟然把花鸣死死地捆住了。

"锁魂绳!"风儿沙惊道。

比起其他游戏，《DWorld》的充值系统之所以这么被人看不起，正是因为充值商城里的一些堪比外挂的装备。

锁魂绳的价格不菲，它能锁住对手一分钟的时间，让对手在这段时间内不能离开原地。

虽然将花鸣锁住，但是浅笑想战胜花鸣是不可能的。

像风儿沙说的那样，浅笑使诈了。

花鸣被困住之后，浅笑大笑出声，带着他的队友迅速离开了。

一分钟的时间，虽然短，但在游戏里，足够让浅笑领先花鸣，率先到达海岛城了。

花鸣满脸怒意，她把所有装备都穿上，疯狂地攻击着锁魂绳的束缚。

然而，锁魂绳能够承受的伤害，高达武力值7000点，以花鸣的实力，根本无法强行破开。花鸣着急万分，突然，她在背包仓库里，看到了那柄散发着强大气势的逆天级装备"暴风"。

自从得到这件双刃后，花鸣还没来得及仔细查看它的属性。

花鸣抱着一试的态度，取出了双刃。

当武器入手的瞬间，花鸣愣住了。

这件装备，实在太变态了！

名为"暴风"，是因为它能够打出随机暴击，情况越危急，暴击伤害就可能越高。

花鸣双眼发亮，双手握住了泛着紫光的短刃。

冰原上刮起了暴风，花鸣一刀劈在了锁魂绳之上。

花鸣的武力值是6600，而"暴风"却打出了6700的武力伤害。

坐在电脑前的风儿沙玩家看呆了："这是什么武器？花鸣什么时候有这样的武器了，我的天哪，太酷炫了吧！"

紧随其后，花鸣又发出了一道攻击。

这一次，花鸣竟然把锁魂绳直接劈开了。

花鸣没有浪费时间，朝着浅笑离去的方向追去。

此时，浅笑正慢慢悠悠地前往传送门。

花鸣已经被他束缚住了，一分钟时间，足够他领先花鸣完成任务了。信心十足的浅笑，并没有使用增速鞋，毕竟，这些东西的价格实在太昂贵了。

然而，就在浅笑即将要进入传送门时，一道强大的气势，朝着他的背后席卷而来。

浅笑回头，吓得魂都要丢了。

那是花鸣？她不是被锁魂绳束缚住了吗，怎么出来了？

浅笑这才想起，他和花鸣之间的PK模式还未关闭。浅笑的玩家立刻敲击键盘，想关闭PK模式。可是，当他的手触碰到键盘时，屏幕上却跳出了一行字：您已死亡，将在五分钟后回到海岛城。

操纵着浅笑的玩家，气得脸都憋红了。早知道，他就直接用增速鞋了！

战斗过后，冰寒雪域回归了平静。

浅笑的队友全被花鸣吓得四处奔散了，哪里还有工夫去捡浅笑掉落的弹药。

"花鸣，你太厉害了，那是什么武器？"

"说来话长，以后再说吧。"花鸣敷衍道。

风儿沙看了看时间："还来得及，赶紧去交差吧。"

花鸣却一笑："算了。哪能抢你任务的奖励。"

说罢，花鸣把手中的弹药，丢进了冰川。

霎时间，坐在电脑前的风儿沙玩家感动得热泪盈眶。

"你对我最好了！"

其实，当野熊说窃贼是一名枪手的时候，花鸣就已经猜到了。风儿沙用的武器，正是枪。再回想风儿沙今天的反应，花鸣心里笃定，风儿沙就是接受了系统指派的窃贼。

一开始，风儿沙就不想接受这个任务。勉强同意后，风儿沙又拒绝和花鸣组队。风儿沙是窃贼，她可以伪装成缉捕者，但却因为系统的限制，她根本无法和花鸣组队。

而且，往常的风儿沙并不笨，可是今天的风儿沙，竟然一点儿都帮不上花鸣。

敏锐的花鸣，终于猜到了。

她阻止浅笑，为的也是让风儿沙获胜。

在二人的交谈中，任务的时间过了。

作为窃贼的风儿沙通过了任务，获得了丰厚的奖励，而作为失败者的花鸣，被扣除了1点生命值。

风儿沙感动得差点哭了。

"花鸣，我们奔现吧？"

"啊？"

"就是，我们见面吧，我记得你说过，你在余宁市，我离你不远，我去找你吧。"

花鸣突然紧张了起来，风儿沙是她最好的朋友，她在DWorld里每天都和风儿沙见面。可是，风儿沙的玩家，花鸣却从未见过。

操纵着风儿沙的人，会是什么样？

长得漂亮吗？性格好吗？

一时之间，花鸣想了许多。

"那就这么定了，周末我去找你！"

风儿沙热情得根本不容花鸣拒绝。

约定过后，风儿沙的玩家离线，风儿沙的自我意识恢复了。

"你真要去见她?"风儿沙问。

"你主人都答应了，我有什么办法?"花鸣笑着回答。

风儿沙撇着嘴："有什么好见的，这么讨厌。"

风儿沙总是埋怨她的玩家破坏了她帅气的气质。

但是，风儿沙的确也想知道她的主人，究竟长什么模样。

虽然经由人脸识别创建，但是主人的样貌信息，在她们诞生的一瞬间就销毁了，她们无法读取。

"对了，那柄武器到底怎么回事，好像很强?"

风儿沙问起"暴风"时，花鸣赶紧找了一个借口，匆匆离开了。

而深夜下的余宁市，一座高楼之上。

加夜班的DW团队突然接到了游戏监测的一个消息。

"那柄武器，不是在内测的时候就回收了吗?"

"可是，它真的出现了!"

当初，DW团队为内测准备了十柄"暴风"，但最终因为这柄武器太不稳定，DW团队决定回收。作为补偿，DW团队还为获得"暴风"的内测玩家专门打造了其他独特的装备。

他们记得很清楚，十柄"暴风"，全部回收了。

"谁拿到了?"

"花鸣。"

"能查出获取途径吗?"

"查不出。"

"又有Bug了?怎么又出现在花鸣的身上?"

第三十四章 危险
Chapter 34

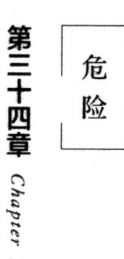

美好的周末匆匆到来。

天气越来越冷，花鸣把自己裹得严严实实。余宁市的市中心，人声鼎沸，花鸣站在路边，不断对着快被冻僵的双手呵气。花鸣向麦弋请了一天假，这是她和风儿沙玩家的第一次见面，为了不迟到，花鸣特地早到了半小时。

花鸣本想拉着徐菲菲和秦璐一起来，可惜的是，徐菲菲又被唤回了家里，而秦璐则要参加"花茉莉后援团"的聚会。花鸣暗道这两人的不仗义，徐菲菲的情况特殊也就算了，秦璐自从成为后援团的团长后，像是疯了一般，终日为着后援团的事务奔波。

余宁大学论坛一年一度的校花评选即将开始，和其他学校一样，余宁大学也有着类似的评选。校花评选由余宁大学自发组织，不知从哪一年开始，它成了学生群体最为看重的评选活动。

余宁大学领导高度包容，对学生群体自发组织的活动予以默认，还特地让大学论坛加入其中。于是，从几年前开始，余宁大学论坛成了校花评选的主办方。为了增加内涵，校花评选的入选标准极为苛刻，除了外貌之外，还有其他种种考核标准。

也就是说，光是长得好看的女孩儿，别说最终评不上校花，很可能连初评都过不了。

优秀的杨欣，进入余宁大学已经两个年头，此次正是杨欣能够评选校花的第二年。杨欣入学的第一年，就以压倒性的绝对优势登顶。几乎所有人都认为，杨欣连任是没有悬念的事。但秦璐早早地把话给放了出去：今年情况不一样了。

尽管花鸣无数次地告诫秦璐，她对校花评选没有任何兴趣，可是秦璐却还是自顾自地替花鸣操办和准备着。苦说无果后，花鸣只能任由秦璐去了。

风儿沙的玩家住在市外，说远不远，说近也不近。花鸣让徐菲菲替她查了一下，风儿沙需要坐三小时火车，才能到达余宁市。风儿沙大老远地来寻花鸣，花鸣已经做好了招待准备。

　　徐菲菲替花鸣选了一家看上去还不错的餐厅，就连位子都订好了。一切就绪，只等风儿沙。

　　花鸣的心里有些紧张。

　　她要见的，可是她最好朋友的主人。是风儿沙的玩家赋予了风儿沙生命，风儿沙的主人对于风儿沙，就像花茉莉对于花鸣。她在这个世界里，看到了花茉莉的照片，又在这个世界里，看到了双木的玩家林缓。

　　当游戏里的面孔，出现在不一样的世界里，这种感觉很奇妙。

　　马上，花鸣又要与现实中的风儿沙见面了。

　　花鸣越想越觉得开心。

　　花鸣看了手表，距离约定的时间越来越近了。花鸣四处张望着，匆匆的行人都径直掠过了花鸣。花鸣在人海里找了许久也没有找到看上去长得像风儿沙的女人。很快，花鸣放弃了。就算风儿沙真的站在她面前，她恐怕也很难认出来。

　　游戏世界和现实世界毕竟是有区别的，否则她早就该认出林缓了。

　　花鸣这样想时，她的手机响了。

　　是风儿沙。

　　她们交换了手机号码。

　　花鸣接通手机，又开始四处张望。不等风儿沙开口，花鸣就对着话筒喊道："我看到你了，你看到我了吗，我正挥着手呢！"

　　不远处，一个举着手机的女人正朝着花鸣走来。

　　花鸣兴奋地对着女人挥手，不断地喊着："风儿沙，我在这儿！"

　　可是，那个女人并没有在花鸣的面前停下。经过花鸣身前时，女人还怪异地看了花鸣一眼，花鸣甚至能从她的口型里猜出她马上要脱口而出的两个字：有病。

　　"我看到你了。"

　　电话那头的风儿沙回答了。

　　花鸣怔住了。

　　这道声音，是男的？

　　是男的！

　　很快，花鸣又看见一个粉色的男生正举着电话，慢慢地朝着她走来。

　　花鸣之所以会这样形容这个男生，是因为他穿着一身漂亮的粉色：外套是粉的，裤子是粉的，就连背包都是粉的。

　　男生长得很清秀，虽然穿着一身粉色，但看上去并不会让人觉得奇怪。有那么一瞬间，花鸣觉得他和身上的粉色浑然天成，仿佛粉色是上天专门为他打造的颜色。

男生长得很高，站在花鸣面前时，花鸣需要仰起头才能与他的双眸对视。

花鸣看傻了，这是风儿沙？

风儿沙不是女的吗，她的玩家怎么会是一个男的？

花鸣猛然想起从前花茉莉还在的时候。

花茉莉与风儿沙组队刷怪时，为了方便，曾经不止一次地要求打开语音，但是风儿沙每次都以不方便拒绝了。久而久之，花茉莉和风儿沙在战斗中保持着打字交流的习惯。幸亏他们的手速够快，这才对战斗没有影响。

"你是风儿沙？"再三确认后，花鸣还是不敢相信。

风儿沙的玩家对着花鸣嘿嘿一笑："惊不惊喜，意不意外？"

不是惊喜，绝对是惊吓！

风儿沙为什么会是男的？游戏里的风儿沙，不是女的吗？花鸣依旧想不明白这个问题，她甚至怀疑眼前这个看上去二十多岁的男生，是在冒名顶替。

"我们是在哪里认识的？"

"海岛城跳蚤市场。"

"我们第一个一起通过的副本是什么？"

"火山大冒险。"

"我送你的第一件礼物是什么？"

"20个世界频道大喇叭。"

然而，花鸣的快速质问，都被眼前的男生迎刃而解了。这些事，只有花鸣和风儿沙才知道。

花鸣一拍脑门："天哪，你怎么会是男的！"

终于，花鸣彻底相信风儿沙的玩家的身份了。

"说来话长，我们找个地方吃饭，我快饿死了！"风儿沙摸着肚子，双眸四处转悠着。

这说话的语气，倒的确和风儿沙被操控时一模一样。

花鸣久久没有收起快要惊讶得定型的表情，她回答道："走吧，我订好餐厅了。"

当花鸣和风儿沙走进一间名为"青年餐吧"时，坐在电脑前的林缓，突然接到了一条奇怪的短信。

计算机系男生宿舍楼烧损严重，余宁大学腾不出那么多宿舍，学生们都暂时搬出去住了。

林缓住在一家安静的酒店里。

林缓看了讯息之后，原本面无表情的脸庞上，眉头习惯性地微微皱起。

片刻后，他把手机轻轻放下，继续迅速地敲击着键盘。

他正在写一串代码。

可是，几秒钟后，林缓的手突然又停了下来。

他的耳边回响起孙毅在大火中的那句话：你以为，想让你死的，只有我而已吗？

林缓又重新打开了那则短讯，这是一则隐藏了电话号码的讯息。

林缓的动作很快，他把手机连上了电脑，又在电脑上打开了一个看上去十分古怪的程序。

当初，在《DWorld》论坛揪出匿名发帖者宙甲，林缓依靠的就是这款他自己编写的程序。

林缓修长的双手在键盘上飞舞着，一分钟后，他再一次停下了动作。

电脑屏幕上跳出了一则提醒：error（错误）。

未知错误，林缓的双眼微微眯起，竟然连他都无法查到这则短信的来源。

林缓望向落地窗外的城市高楼，双眼放空，不知在想些什么。

没过多久，他突然站起来，随手拿起床上的外套。

他的脚步略微急促，这样的场景，熟知林缓的人看了，都该惊讶吧？

青年餐吧。

餐厅在十几层，包间同样靠着窗，窗外的景色很好。

远远望去，恰好能看见蔚蓝的海港，在海港的另一边，便是花茉莉的家。

徐菲菲选的餐厅，果然不错。为了照顾花鸣的经济条件，徐菲菲特地挑选了一家实惠但却看上去非常棒的餐厅。

他们的头顶上，是一盏精致的灯。

灯是电子控制的，竟然还会根据包间内的音量分贝而调整颜色。花鸣抬着头，她在灯上看到了许多正跳跃着的代码萤火虫。

"哇，看上去都好好吃，好想都点！"风儿沙举着菜单，不顾一旁服务员怪异的眼神，兴奋道。

盯着不断迅速翻着菜单的男生，花鸣有些无语了。如果风儿沙知道她的操控者是这番模样，不知该做何感想。

终于，他们点好了菜。

服务员出去后，花鸣本以为他们之间会陷入尴尬的沉默。但是，花鸣的担忧是多余的，风儿沙的玩家话实在太多了。花鸣甚至可以一句话不说，就听着风儿沙的玩家一直稀里哗啦地说着话。

花鸣直到此刻都不愿相信风儿沙的玩家是个男生。

但是，花鸣却承认，风儿沙的玩家性格太好了，很招人喜欢。作为一个男生，话如此之多，但却不会招人厌烦。

"请问，怎么称呼?"花鸣打断了风儿沙的玩家的话。

如果再不阻止，花鸣相信他可以自言自语一整天。

风儿沙的玩家挥了挥手，竟然学着游戏里的动作对着花鸣抱了抱拳："英雄莫问出处！"

花鸣被他的回答逗乐了："啊?"

风儿沙的玩家摆了摆手，恢复了正常："我是说，网友见面嘛，何必问真名呢？我们在游戏里相识，那就用游戏名吧。我叫你花鸣，你叫我风儿沙！"

"可以，但是你必须告诉我，为什么你会是一个男的！"花鸣实在忍不住了。

风儿沙的玩家嘿嘿地笑道："《DWorld》刚出的时候，觉得人脸识别创建角色的设置很有趣，就戴了一个假发。这游戏的人脸识别系统也没有多厉害嘛，连性别都分辨不出来。"

他的回答，让花鸣觉得好笑。但是，看着眼前这个男生，的确有可能做出那样的事来。

花鸣仔细地回忆了起来，她和风儿沙初次相识的时候，风儿沙还不是这样的。

最早的花鸣，也不是这样的。

花茉莉创建花鸣的时候，花鸣是一头长发。而与风儿沙加为好友时，风儿沙的头发，刚好与花鸣如今的头发长度相当。之后，花茉莉为花鸣换了一头齐肩短发，而风儿沙竟然也把头发剃短了。

风儿沙像是着魔了一样，她换上了男人的衣服，在一次又一次的剃发后，她近乎被剃光的头发成了游戏女玩家短发之最。

"后来，当我想把游戏角色变回男的时候才发现，这游戏的性别不可转换。"风儿沙叹了一口气，"我又舍不得丢掉这个ID重新创建一个，就只好用着了。不能换性别，我就对角色进行了大改造，怎么样，帅吧?"

"那你的性格?"花鸣又忍不住问。

现实世界里的风儿沙，与游戏中的风儿沙，性格截然相反。

拥有自由意志时的风儿沙本体，性格如同她的外貌那样帅气，既仗义，又豪气。而每每被玩家操控，风儿沙的话便变得多了起来，就连画风都不太一样了。

"当初填性格测试时，我全反着填了。"

花鸣终于明白了。《DWorld》的角色外貌根据人脸识别自动生成，但是性格方面的属性，需要玩家填写一份详尽的性格测试和心理测试才能匹配。风儿沙太会玩了，竟然全部反着填了。

就算是当初的花茉莉，在现实世界里那样找不到存在感，也还是老老实实地填写了测试表。花鸣如今的性格，是随着花茉莉逐渐在游戏里变得自信而慢慢发生改变的。这款游戏会根据玩家在游戏里的行为，智能地进行分析，从而慢慢地改变游戏初始角色的各方面属性。

有的角色，一开始开朗，但却被玩家玩成了沉默的人。

也有的角色，最早十分自卑，但如今已然成为游戏里的佼佼者。

花鸣来自这款游戏，她对游戏里的人们，太熟悉了。

再这么下去，花鸣相信风儿沙也会受玩家的影响，慢慢变得开朗。

见惯了酷酷的风儿沙，当风儿沙再重回可爱时，那样的场面一定非常好玩！

想道这儿，花鸣突然不自觉地笑了起来。

"只是，不知道这款游戏还能撑多久。"风儿沙的玩家突然说道。

花鸣一怔："什么意思？"

"我听到不少关于《DWorld》和DW团队的风声。"风儿沙的玩家收起了笑意，变得严肃起来，"听说，《DWorld》的数据库太庞大了，它对服务器和玩家的硬件有着十分高的要求。这段时间，这个弊端造成的未知Bug越来越多，情况也越来越严重。"

花鸣曾经从S侠的口中，隐隐约约得知了一些DW团队的困扰。

"那会怎么样？"花鸣问。

"不容乐观。如果DW团队没有办法解决这个问题，《DWorld》崩溃的次数将会越来越多。玩家体验不好，已经越来越多的人弃游了。一旦没有了市场，这款游戏一定会下架。"风儿沙的玩家叹了口气，"不过，一款游戏的寿命，一般能达到十年就已经很长了。《DWorld》能撑这么久，已经很不错了。"

"游戏下架了，DWorld就不存在了吗？"花鸣愣愣地问。

"当然了，都下架了，哪还会有《DWorld》？"风儿沙的玩家叹了口气，"还好我们认识了，就算游戏不在了，我们也是好朋友。"

花鸣陷入了沉默，她突然觉得心里有一种说不上是什么的情绪。

她无法想象，当游戏从现实世界消失后，DWorld有着怎样的命运。

突然消失吗？那是怎样的一种概念？DWorld里有千千万万的人，如果他们赖以生存的世界不见了，那么包括她在内的人，都会去哪里？难道，所有人都会从这个世界凭空消失吗？

就在花鸣这样想着的时候，门外有了些许动静。

敏锐的花鸣突然站了起来，包厢的门紧闭着，花鸣死死地盯着房门。

门外，仿佛有一股让她熟悉但却陌生的气息。

那是什么？

已经不止一次了，当初在泽杭市的酒店里，花鸣也隐隐约约有这样奇怪的感觉。

"花鸣，你怎么了？"风儿沙的玩家问。

可是，他的话音刚落，一声巨响在青年餐吧里散开！

刚刚踏着急促脚步进入餐厅的林缓，也听到了这声巨响。

他大步向前，循声来到这间包厢外。

带着额头些许的汗珠，林缓立刻推开了包厢门。

天花板上的电子灯，突然掉落了下来。

灯正好砸在偌大的餐桌上，如若不是花鸣和风儿沙躲得快，他们可能已经在灯下受了伤。

"吓死我了，好险好险！"风儿沙惊魂未定地拍着胸脯。

林缓盯着那盏落灯，那则短信的内容又浮现在他的脑海：花茉莉有危险，在青年餐吧。

有了孙毅的警告在前，林缓的直觉告诉他：这绝对不是恶作剧。

遇险的是花茉莉，可是匿名者却通知了他。究竟是冲着花茉莉来的，还是冲着他来的，尚且未知。

花鸣也死死地盯着那盏已经摔毁的灯，她有着自己的心思。

她突然发觉，围绕着灯下跳跃着的代码萤火虫，从灯落下的那一刹那开始，失去了光芒，不再有任何生机，它们变得漆黑无比，死气沉沉。

匆忙而来的服务员不断地道着歉，终于，花鸣反应了过来。

"林缓？"花鸣还以为自己看花了，她狠狠地揉了揉眼睛，眼前站着的，真的是林缓。

林缓并没有解释他为什么会出现在这里，他盯着风儿沙，问道："他是谁？"

"我是花……"

意识到风儿沙即将怎样回答，花鸣吓得立刻跳到椅子上，捂住了风儿沙的嘴。

花鸣还没有做好准备，她不能让林缓知道她是游戏里的花鸣。

"他是我的好朋友！"花鸣抢先回答。

花鸣捂得严实，风儿沙的玩家快要呼吸不过来了。

林缓的眉头蹙起。

花鸣和这个陌生男生的举动，竟然有些亲密。

第三十五章

参选

Chapter 35

眼看着风儿沙的玩家马上要窒息了，花鸣这才松手。花鸣不断地对着他使眼色，示意他不要多嘴，但是他却不明白表情古怪的花鸣想表达些什么。

林缓依旧站着。

"林缓同学，你怎么会来这里?"为了缓解尴尬，花鸣赶紧问。

"路过。"林缓的嘴里吐出了这两个字。

"路过?"

林缓不回答了。

"既然路过，那就坐下来一起吃吧，都是朋友，我是风……"

风儿沙的玩家正准备无比热情地介绍自己时，花鸣突然又狠狠地将他的嘴给捂住了。

稀稀疏疏进来收拾残灯的服务员被这一包厢的奇怪客人给吓得不轻。

"东西呢?"林缓突然冷漠道。

花鸣一愣："什么东西?"

"娃娃。"

"啊，你要吗?"

"我的东西，为什么不要?"

林缓的回答，简直无懈可击，花鸣无法反驳。她也不想反驳，她只是觉得奇怪，她曾以为，林缓对那个娃娃并不是很在意。她正愁着怎么把娃娃还给林缓时，林缓竟然自己找上门来了。

看林缓的样子，应该没有因为她说的那番话就讨厌她吧？可是，还是觉得好难为情啊。花鸣的心情突然又躁动着慌乱起来，她的脸也越来越红。

"我洗干净了，什么时候给你？"花鸣低着头，呢喃道。

风儿沙的玩家看傻了眼，她这是娇羞了？他入戏太深，要知道，在他印象中，游戏里的花鸣可是十分大气的。

林缓伸出了手："现在。"

白皙，修长，他的手真好看。

"现在？"花鸣犯愁了，"可我没带在身上。"

"在哪儿？"

"家里。"花鸣回答。

"多远？"

"来回要一个多小时。"花鸣老实说道。

花鸣的双眸不敢与林缓对视，这好像是他们认识以来，进行过最长的一次交流。

"90分钟后，送来给我。"说着，林缓从身上掏出了一张房卡，轻轻放在了桌上。

不等花鸣回答，林缓转身走了。

离开之前，林缓的目光又从风儿沙的玩家身上扫过。感受到林缓冷漠的目光，他不禁打了一个哆嗦。

花鸣拿起房卡，上面写着林缓住的酒店和房间号。

"花鸣，这人是谁，杀意好浓！"

花鸣听了，扫了他一眼："你以为打游戏啊。"

"真的，感觉他刚刚要生吞了我似的。"

"风儿沙，对不起，我得走了。"

风儿沙的玩家抱怨："不是吧？我这么大老远跑来！"

"真的对不起，我没时间了，下次见！"说完，花鸣立刻跑走了。

直到她离开餐厅，还能听见他从餐厅里传来的抱怨："花鸣，你太不仗义了！"

如果林缓没有出现，花鸣当然不会抛下他。可是，林缓竟然只给她90分钟的时间。不知为什么，林缓的语气里满是不容置疑，他一开口，花鸣觉得她就应该照做。

花鸣匆匆上了车，又匆匆乘了客船。取了娃娃，花鸣连一口气都不敢喘，立刻又跑到了港口。一个多小时的时间，花鸣差点跑遍了大半个余宁市。眼看着九十分钟马上要到了，花鸣更加着急。

"那不是花茉莉吗？"

林缓下榻的酒店，不乏其他无法住校的学生。大火风波后，几乎整个学校的人都认识了花鸣。恰有眼尖的学生发现了匆匆走入酒店的花鸣。

"那不是花茉莉吗？"

"她来酒店干什么？"

"你不知道吗，林缓也住在这儿。都在传闻他们谈恋爱了。"

"他们都进展到这一步了啊……"

焦急的花鸣又怎会听见他们的议论。

花鸣气喘吁吁地来到了林缓的房间外，她看了看手表，还好，她在规定的时间内到达了。花鸣小心翼翼地敲了敲门，对着门里轻声喊道："林缓，我把东西送来了。"

些许的寂静后，房门里传来了林缓的声音。

"进来。"

"进去?"花鸣愣了愣，可是门没开啊。但花鸣旋即反应了过来，林缓给了她一张房卡。

花鸣掏出房卡，总算把房门打开了。

已是傍晚，房间里说不上亮堂。林缓坐在落地窗前，楼太高了，天边的晚霞仿佛就在林缓的身前。一眼望去，大半个余宁市都在视线所及之处。俯瞰，繁华街道上的行人和车辆都犹如绣花针般。

花鸣随手把房门关上，她捧着手里的娃娃，慢慢地朝着林缓走去。

房间里有股特殊的香味，她仿佛闻过。她仔细地回忆着，很快，她的脸又不争气地红了。这股香气，清淡而不易察觉，花鸣曾经撞进林缓怀里的时候，闻到的便是这种气味。

"娃娃，我洗干净了。"花鸣低着头。

林缓没有回答，花鸣的心思有些乱。

他又不说话了，是因为她为了气赵佳而说的那些话吗?

空气安静得几乎要凝固了，花鸣深吸了一口气，轻轻地把娃娃放在了床上。

她准备逃离这里了，不知为什么，面对林缓，她都快要窒息了。

"如果没什么事的话……那我走了?"

"有事。"

正当花鸣准备转身时，林缓突然发话了。

花鸣的身形一颤，下意识地问道："什么事?"

"那个男人，是谁?"

林缓是在问风儿沙吧?

"朋友。"

"什么样的朋友?"

"很要好的朋友。"花鸣老实回答。

恍然间，花鸣有些紧张了。

林缓的反应，难道就是传说中的吃醋吗?

林缓站了起来，经过电脑桌前，林缓随手拿起他的手机。

他来到花鸣的面前，二人面对着面。

林缓也不说话，只是点亮了手机屏幕，把它递给了花鸣。

花鸣看了短信的内容后，惊得心跳都快要停止了。

花鸣看看手机屏幕，又看看林缓，而后又看了看屏幕。她的双眸在林缓和手机屏幕间不断地跃动着。

"真的?"花鸣试探性地问。

林缓面无表情，点了点头。

花鸣的反应变得有意思起来，她捧着手机的两只小手，紧张得不断颤抖着。她往后退了几步，仿佛想要立刻离开这里。但是，当她的目光又与林缓相对时，她咬着粉嫩的下唇，下定决心般地又往前挪了一步。

我该说些什么？花鸣的心早已经小鹿乱撞了。

过了好一会儿，她突然回答道："真巧，我也喜欢你。"

林缓显然也怔住了，察觉到不对劲后，林缓把花鸣手里的机器夺了回来。

短信上赫然写着：我喜欢你。

怎么回事？

林缓的表情凝重无比，他顾不上向花鸣解释，拿着手机，大步地走向了电脑桌前。他的手机，这是被入侵了吗？他是要给花鸣看那条查不到来源的匿名短信，可是，不知从什么时候开始，那条讯息已经从他的手机信箱里消失无踪。

取而代之的，是另外一则只有寥寥几字的简讯。

而这一条讯息，同样没有显示手机号码。

像是一个恶作剧一般，他被人耍了？

这对林缓这样的计算机天才来说，简直是头一遭。林缓的双手不断地在键盘上敲击着，花鸣不明所以，但看着林缓的背影，花鸣隐隐地感觉到：出事了，而且很严重。

花鸣不敢打扰林缓，只得安静地站在林缓身边。

用了许久时间，林缓也没有发现手机被入侵的迹象，更没有查出匿名短信的来源。他唯一能做的，便是将先前那条奇怪的短信恢复。手机屏幕再度亮起，花鸣终于看到了那则讯息。

"我有危险?"花鸣指着自己。

她很快便想起了餐厅里落下的那盏灯。

看来，这并不是一场意外。

林缓突然出现在她和风儿沙见面的餐厅，原来也不是偶然。

可是，花鸣的第一反应竟然不是思考谁在对她施害。

原来林缓不是吃醋，他问那么多关于风儿沙的玩家的信息，只是在怀疑风儿沙的玩家而已。

就算花鸣再笨，此刻也明白那则带着表白内容的讯息，只是一个误会而已。可是，她竟然还傻兮兮地回应了。

花鸣又一次想在林缓面前挖一个地洞钻进去了。

"他信得过吗？"林缓问。

"信得过。"花鸣的声音小得如同蚊子一样，"他是我很好的朋友，不可能是他搞的鬼。"

花鸣没有说谎，虽然先前没有和风儿沙的玩家见过面，但是风儿沙却是花茉莉在游戏中最好的朋友。他们非但无冤无仇，而且关系非常好。况且，餐厅里的灯落下时，风儿沙的玩家也差点受伤。

"还有谁知道你的行程？"林缓又问。

"徐菲菲？更不可能了。"花鸣摇头道。

餐厅是徐菲菲帮她订的，就连秦璐也只知道她要会面游戏好友而已，真正准确了解花鸣行程的，只剩下徐菲菲了。

"能查出是谁发的短信吗？"花鸣问。

林缓摇了摇头。

花鸣开始仔细地回想着，要说仇人的话，在游戏里，她倒是有诸如宙甲和浅笑之类的仇敌，但是他们没见过花鸣，不可能知道她的行程。而在现实世界里，她与赵佳有冲突。

可是，花鸣才不相信赵佳可以入侵林缓的手机，而且还把尾巴藏得那么好。

这个人的目的，究竟是什么？

危险的确发生了，他是想害花鸣吗？然而，那他为什么又要通知林缓呢？

他又为什么要再发一条恶作剧短信呢？

花鸣实在想不通了。她考虑了很久，突然又想起了大火里如同疯子一般的孙毅。

"你以为，想让你死的，只有我而已吗？"

孙毅那句意味深长的警告，回荡在花鸣的脑海。

"和孙毅有关系吗？"花鸣问。

花鸣从酒店走出来的时候，天色已经变得灰蒙蒙了。

花鸣的问题，林缓并没有回答。

接下来的生活，他们要变得小心。或许这是二人唯一心照不宣的事。

带着满脑子的焦虑和困惑，花鸣回到了家里。

邱敏坐在门外，望着远处，目光里满是迷离。花鸣顺着邱敏的目光望去，那是海港的方向。但是，在这里，她们的视野被一栋栋老旧的民房遮挡，并不能真正看见繁华的海港。

如果当初花茉莉侥幸不死，她将在那里被救起。

邱敏疯癫后，每天除了吃饭睡觉，打扫花茉莉的房间外，唯一做的一件事便是在这眺望了。

"她是在等花茉莉回来吗？"花鸣在心头念叨。

比起初次在病床上见到邱敏，花鸣发觉邱敏已经被岁月侵蚀得更加严重了。皱纹爬上了邱敏的脸庞，她的两只眸子也愈加浑浊。现实世界的时间，原来这样可怕吗？

要知道，花鸣来到现实世界，也不过匆匆数月。

花鸣在邱敏的面前蹲下，拉住了她粗糙冰凉的手。

"妈妈，去休息吧。"

邱敏木讷的脸上，有了些许反应。她扭过头来，呆呆地看了一眼花鸣。

"你不是她。"

又是这一句话。

这已经不是邱敏第一次对花鸣这样说了。而这一次，花鸣的心头仍然忍不住一颤。

花鸣代替花茉莉生活了太久，听到太多人对着自己叫着花茉莉的名字，她学着花茉莉的样子，叫着这个陌生的妈妈，替花茉莉照顾着她，自己到底是谁，就连花鸣自己都差点要分不清了。

邱敏的表情依旧痴傻，看来，她又说胡话了。

手机响了，是徐菲菲打来的。

当着邱敏的面，花鸣接起了电话。

"打听到了，有一个精神科的专家，下个月会来余宁市，或许她能够帮助阿姨。"

花鸣一喜："真的吗？"

"但是，费用是个问题。"徐菲菲的回答，又给花鸣浇了一盆冷水。

她再也不是当初那个初到现实世界，豪气地问医生需要多少金币的花鸣了。花鸣再清楚不过，她必须扛起经济的重担。徐菲菲已经帮助了花鸣太多，为了邱敏，无论是徐菲菲还是花鸣，都过着省吃俭用的日子。

徐菲菲曾经无数次地试图说服父母帮助邱敏。

可是，每当徐菲菲提起花茉莉的名字，她的父亲就会大发雷霆。

花鸣举着电话，犹豫了一会儿，这才对徐菲菲说道："放心，我会想办法的。"

挂断电话后，花鸣整理了心情，对着邱敏笑道："妈妈，你放心，我一定会治好你的病！"

花鸣搀扶着邱敏起身，将她送进了卧室。

在关门的一刹那，花鸣并未察觉到邱敏双眸中突然闪起的光。

和风儿沙的玩家见面，就此告一段落。

回到DWorld，花鸣把一切都告诉了风儿沙。

就连风儿沙都惊讶不已。

无论如何，风儿沙也想不到操纵着她的，竟然会是一个男人。

风儿沙的玩家没有上线，花鸣猜测，他恐怕正在回家的途中。等他上线，花鸣免不了要听他一阵抱怨。

风儿沙的反应，花鸣早预料到了。

花鸣更加担忧的，是S侠。

作为一个系统NPC，竟然对玩家角色产生了感情。游戏的机制注定了他们之间是不可能的，这已经十分悲哀。S侠那么喜欢风儿沙，如果他知道风儿沙的玩家竟然是个男生，他又会做何感想？

担心S侠想不开，花鸣暂时没有打算把这个消息告诉S侠。

又是寒冷的一天，花鸣来到学校时，又听到了一些风言风语。

"花茉莉出入林缓的酒店房间。"

"二人甜蜜共度一夜。"

这些谣言，一则比一则骇人听闻，花鸣早已经习惯了，并未放在心上。

但是，这些消息传进了杨欣的耳里。

许多杨欣身边的朋友突然发现，杨欣和以前不太一样了。

最近这段日子，杨欣总是因为一些小事而生气。从前，杨欣可是出了名的温柔大方，哪是那么容易发脾气的人？

当局者迷，杨欣的变化，她自己竟丝毫没有察觉。

"秦璐为花茉莉大张旗鼓地筹备着评选。"

"她这是要和我宣战吗？"杨欣对着电话那头说道。

天台，空无一人，杨欣在这儿接了一个电话。她的声音略微尖锐，电话那头的人一听便知道杨欣的心情不好。

"这倒未必是坏事。"电话那头传来女声。

"为什么？"杨欣一愣。

"你放心，我会替你操办的。但是，你必须给一个人一些甜头。"

"谁？"

"一个喜欢你的人。"

如果这段对话传进花鸣的耳里，花鸣一定会当场暴怒。因为，一场针对花鸣的阴谋，马上就要上演。

花鸣心不在焉地上了一节课，就连秦璐何时到了她的身边，花鸣都没有察觉。

难道，她又要向麦弋店长开口了吗？花鸣知道，只要她开口，麦弋一定会帮助她。可是，麦弋已经帮助了她太多，她实在不好意思了。况且，这一次，花鸣需要的可不止一两个月的工钱。

"茉莉姐，你在想什么呢？"

花鸣的思绪被拉了回来，她才发觉秦璐正举着DV，对着她的脸。

"别拍了。"花鸣有些心烦。

"怎么了，我可太需要关于你的素材了。"秦璐说。

花鸣摇了摇头："秦璐，我说了很多遍了，我不想参加那个无聊至极的校花评选。"

"为什么啊？"秦璐觉得不解，"让更多人看见优秀的你，不是很好吗？再说，现在大家都认识你了，这是多好的一次机会！"

"就是不想。"

秦璐叹了一口气："茉莉姐，你就参加吧，我会替你操办的。没什么不好的，如果赢了，还能有奖金呢！"

"奖金？"花鸣突然双眼放光，"有奖金？"

"对啊！"秦璐回答道。

校花评选由学校论坛主办，全称"风采女神评选大赛"，由于学生们觉得这个名称不好听，所以私底下都直接称之为"校花评选"。

但是，校花评选并不只是选出好看的花瓶而已，而是从品格、学业、道德等诸多方面考量。大学论坛为了鼓励更多女性参加这样一个正能量的评选，每一年都会特地从论坛经费里拨出一部分，作为大赛的奖金。

"有多少奖金？"花鸣问。

秦璐的嘴里，吐出了一个数字。

花鸣突然拍桌而起："你怎么不早说！我参加！"

未完待续
请读下册

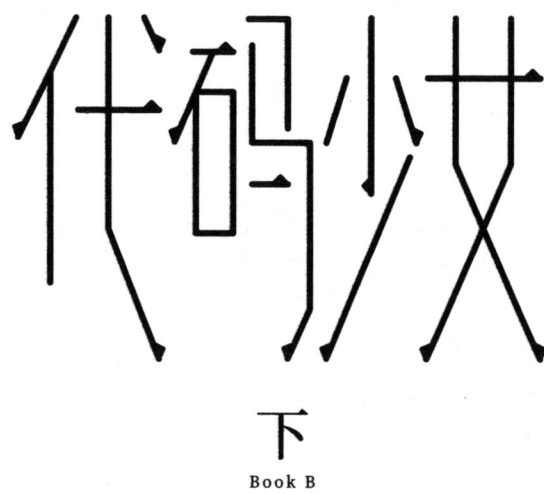

下

Book B

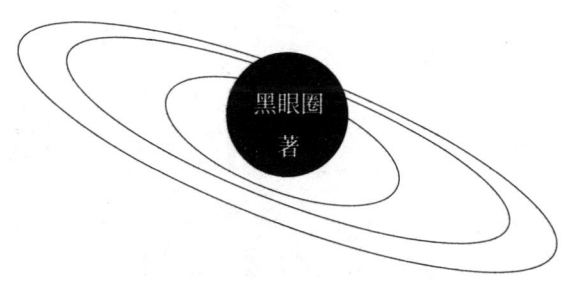

黑眼圈 著

辽宁人民出版社

目 Contents 录

第三十六章 · 社 团　257

第三十七章 · 诬 陷　263

第三十八章 · 曙 光　270

第三十九章 · 神 秘　277

第四十章 · 利 用　284

第四十一章 · 女 神　292

第四十二章 · 亲 人　299

第四十三章 · 往 事　306

第四十四章 · 照 片　314

第四十五章 · 坐 骑　322

第四十六章 · 舞 会　329

第四十七章 · 劫 数　337

第四十八章 · 秘 密　345

第四十九章 · 坟 墓　353

第五十章 · 旧 事　361

第五十一章 · 失 约　369

第五十二章 · 造 物　378

第五十三章 · 明 媚	386
第五十四章 · 情 侣	395
第五十五章 · 生 机	405
第五十六章 · 末 日	414
第五十七章 · 意 义	422
第五十八章 · 归 来	430
第五十九章 · 迷 茫	438

第 六 十 章 · 信 任	446
第六十一章 · 宙 甲	454
第六十二章 · 怪 物	462
第六十三章 · 眼 泪	470
第六十四章 · 自 由	479
第六十五章 · 零 点	487
第六十六章 · 棋 子	494
第六十七章 · 执 念	501
第六十八章 · 再 见	509

第三十六章 社团

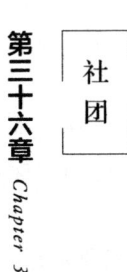

花鸣仿佛看到了希望,只要她能通过校园论坛举办的校花评选,她便能不麻烦任何人就凑齐邱敏看病的钱。

尽管秦璐无数次地告诉花鸣,"风采女神评选大赛"并不是只看外貌,甚至,主办方为了杜绝以貌取人的现象,已经把外貌比分降低到几乎可以忽略不计的地步,但是花鸣仍然没有十足信心。

因为她见过杨欣。

杨欣长得太好看了,也太优秀了。早在花鸣还没有来到现实世界的时候,杨欣就已经是余宁大学的风云人物,不少人把林缓和杨欣比作金童玉女。

但是,花鸣仍然决定一试,这是她唯一的办法了。

很快,为了给花鸣制造气势,秦璐把她要参选的消息放了出去。消息传进了杨欣的耳里,但此时的杨欣却表现得十分镇定。在没人的地方,杨欣甚至会露出意味深长的笑容。

下午,花鸣来到香屋时,带来了徐菲菲和秦璐。

麦弋照常为她们准备了热腾腾的饮料。

"你决定参加校花评选了?"徐菲菲不可思议道,"有许多人都在传言,你要向杨欣宣战了!"

花鸣摆了摆手:"宣战?哪有那么夸张。"

"怎么不夸张?"徐菲菲郑重道,"你太小看这个世界了,这个世界里的人……"

话出口之后,徐菲菲才意识到秦璐也在身边。她只得改口:"既然决定要参加了,就小心一点。你得罪的人,还少吗?"

花鸣沉思片刻后,对着徐菲菲点了点头。

"茉莉姐，其他事我都能替你操办，但是有一件事，你得自己去做。"秦璐说。

"什么事？"花鸣问。

"你必须得参加至少半个月的社团活动。"

校花评选将在一个月后开放报名，评选全程在论坛上进行。参赛者需要提交详尽的文字资料和视频资料，接受大家为期三天的投票。票数最高者，将夺得冠军宝座。

但是，报名是有门槛的。

除了学业、品德的考量之外，余宁大学为了鼓励学生参加社团活动，便把社团活动加入了这项评选的报名条件当中。在这一年度当中，至少参加了两个星期以上社团活动的学生，才有资格参加评选。

花茉莉的学业不佳，好在花鸣成功满分通过选拔赛，与林缓共赴数学赛现场。尽管她最终没有参加数学赛，但这已经足够让花鸣通过报名审核了。至于品德方面，她勇闯火场救下数人的事迹，早已经人尽皆知。

花鸣唯一需要做的，便是找一个社团，至少待上两个星期的时间。

"可是，都冬季了，社团一般都是夏季招员的。"徐菲菲担忧道。

余宁大学的社团众多，学生活动也丰富多彩。对于一个社团来说，每年夏季是招员的黄金时段。每年夏日，都有一大批新生入学。初入大学生活的学生们，对各种社团有着浓厚的兴趣。

"不用担心。"秦璐拍胸脯道，"我都替茉莉姐打听好了，文学社正在招人！"

"文学社？"花鸣一愣。

当初，神秘作者"曙光"正是通过文学社发表文章，替林缓和花鸣解围的。

通过徐菲菲的介绍，花鸣知晓了这个拥有近百年历史的文学社在余宁大学的地位。文学社的读者众多，毫不夸张地说，它控制着整个余宁大学的舆论导向。

"文学社招人？"徐菲菲觉得诧异，"我怎么没听说？这么火热的社团，怎么会在这个时候招人？"

"是真的。"秦璐笑道，"这次，我们太幸运了。文学社的社长明年就毕业了，按照规定，新的社长上任，他缺一个助理。"

"就招一个人？"徐菲菲觉得更加奇怪了。

秦璐不断地点着头："你说巧不巧？"

"可是，这么热门的社团，一定有很多人报名，我能进吗？"花鸣指着自己。

"茉莉姐，担心什么，你要有信心！"说罢，秦璐又对着正站在吧台前的麦弋喊道，"麦弋哥哥，听菲菲姐说，你以前也是文学系的学生，你一定听过文学社吧？"

麦弋正擦洗杯子的双手，停下了动作。

沉默了片刻后，麦弋又露出了他标志性的温和笑容。

"是啊，很优秀的一个社团呢。"

在秦璐的不断鼓励下,花鸣终于决定参加明天的社团面试。

虽然早就做好了心理准备,可当花鸣一行人站在文学社办公室外时,还是惊得连嘴都合不上了。文学社的办公室,说大不大,说小不小,近一百平方米的空间,恰巧能容下二十多个文学社社员日常工作。

可是,今天的文学社,人山人海,别说文学社办公室里了,就连外头都站满了人。前来面试社长助理的学生,竟然排起吓人的长队。

文学社每一年都会招员,但是社团人数却总是维持在二十多个人。可想而知,这个社团对社员的要求太严苛了。学生们挤破头想进文学社,而就算真的侥幸进了文学社,也很可能会因为完成不了工作任务而被开除。

对于文学社,花鸣的心里是有好感的。

多亏了"曙光"和文学社,花鸣才免去了一桩大麻烦。

秦璐和徐菲菲替花鸣打听清楚了,新的文学社社长是一名研究生学长,名叫周曹。文学社原社长刚刚离职,周曹才上任没几天。听闻周曹刚刚开除了原来的社长助理,那名女生哭哭啼啼地哀求,但周曹最终也没将她留下来。

今天的面试,周曹亲自主持。

由于是文学社的面试,在外等着面试的学生们,个个手里都捧着诗词歌赋,争分夺秒地准备着。徐菲菲看着这幅景象,不由得感叹道:"每一年的毕业生招聘会,也不过如此吧?"

饶是能够单刷高难度副本,轻松面对强大Boss的花鸣,也被眼前的景象给弄得有些紧张了。比起其他前来面试的学生,花鸣可谓是毫无准备。

从早排到傍晚,参加完面试的人,一个接一个地离开了。有人带走了欢笑,也有人带走了难过。面试结果尚未公布,兴许是有人觉得胜券在握,又有人自知没了希望。

文学社办公室外,人影渐渐变得稀疏。

终于,轮到花鸣了。

"茉莉姐,加油!"秦璐对着花鸣挥了挥拳头。

秦璐对花鸣充满了信心,毕竟,从小到大,秦璐从未对任何一个人有过这样痴迷的崇拜。

花鸣深吸了一口气,忧心忡忡地进了办公室。

办公室里坐着几个人,有男有女。虽然都是学生,但他们个个西装笔挺,十分严肃。坐在正中间的,是一个看上去比花鸣年长几岁的男生。他的桌前立着一个名牌,名牌上刻着他的名字:周曹。

原来,他就是文学社的新社长,周曹。

"学长学姐们好,我叫花茉莉。"花鸣对着众人鞠了一躬,"我来面试。"

花鸣的话音刚落，周曹突然站了起来。

"你就是花茉莉？"周曹上下打量着花鸣。

花鸣点了点头，微微有些诧异。

"你知道我？"

周曹嘿嘿一笑，没了先前的严肃。

"怎么会不知道，现在学校里传的，可都是你的消息。没想到你也来参加面试了，怎么，你对社长助理的职务，感兴趣？"

"感兴趣，非常感兴趣！"

周曹想了想，笑道："那就你了。"

"啊？"花鸣不可思议地指着自己，"我通过面试了？"

端坐在一旁的几个学生，似乎都觉得周曹太过草率了。可是，周曹却对他们说的话置若罔闻。在这里，一切都是社长说了算。无奈，他们只好闭上了嘴。

秦璐和徐菲菲趁着花鸣进去面试的时间，买了一些吃的。她们都以为花鸣会在里面花费一阵子时间。可是，她们才刚找到地方坐下来，连一口东西还没来得及吃，就见花鸣木讷地走了出来。

秦璐紧张了："茉莉姐，怎么了，怎么这么快就出来了？"

徐菲菲也看了看时间，这才过去不到十分钟。

"我过了。"

"啊？"秦璐惊讶无比。

"周曹学长说，就用我了。"花鸣至今仍不敢相信。

那么多人哄抢的位置，花鸣竟然如此轻易地就得到了。她唯一做的事，便是在这儿排了一天队。

秦璐无比高兴的时候，徐菲菲却站在一旁若有所思。

一天就这样过去，当秦璐还在担心花鸣是不是被耍了的时候，文学社发出了通告：花茉莉通过了面试。

一切都是真的。

一时之间，花茉莉这个名字又在余宁大学火了一把。

对花鸣，有人羡慕，有人嫉妒，有人赞赏。

但是这一切，花鸣都没有时间在意。她的生活变得更加忙碌了，因为，就在通告发出来的当天，文学社联系了花鸣。很快，花鸣除了上课和打工，剩下的便是参加文学社的工作。

好在临近假期，花鸣只剩下上午的课了。

每天午后，花鸣连午饭都来不及吃，就得匆匆赶往文学社。而一下班，已然到了晚饭的时间。花鸣又一次连晚饭都来不及吃，又匆匆赶往香屋，等到夜间，花鸣又一次下班。

文学社的工作十分繁忙,几乎每一天,文学社都会接到无数学生的投稿,甚至有一些稿件来自校外。仅有的二十多个社员,需要一字一句地阅读稿件,为文学社各种类型的文学杂志和校报筛选素材。

而作为文学社社员,也总是无时无刻不在创作。

比起其他社员,花鸣这个社长助理,还算清闲,但那也只是相对而言。进了文学社,就不要想着过清闲的日子,这是几乎所有人都知道的道理。花鸣干的活儿也不少,时常辛苦得一回家便倒头大睡。

好在周曹待花鸣不错。

一转眼,一个星期的时间过去了。

只要再坚持几天,花鸣就有资格报名校花评选了。

这天,花鸣刚下了课,正和秦璐与徐菲菲在校园食堂里吃着饭。

花鸣接了一个电话后,便着急地起身要走。

"茉莉姐,你要去哪儿?"秦璐问。

"去文学社。"花鸣抱怨道。

"又有事儿要做了?"秦璐一脸心疼。

花鸣点了点头,匆匆地和她们告了别。

花鸣走后,徐菲菲仍然若有所思。

"菲菲姐,你在想什么?"

"学校都发通告了,下午全校断电维修电路,所有社团都要暂停活动,腾出社团办公室。"徐菲菲疑惑道,"怎么文学社还有活动?"

二人正交谈的时候,花鸣来到了文学社。

所有人竟然都到齐了,只等花鸣。在周曹的示意下,花鸣赶紧找位置坐下了。周曹召集了所有社员,足足开了两小时的会。花鸣耐心地坐着,困得快要睡着时,她突然在窗外看到了两道鬼鬼祟祟的身影。

那不是徐菲菲和秦璐吗?花鸣很疑惑:她们蹲在窗外干什么?

"花茉莉。"

"啊?"听到周曹叫她的名字,花鸣立刻站了起来。

"这是文学社下半年的经费,你把它存进文学社的账户里。"说着,周曹递给了花鸣一个厚大的文件袋。

花鸣打开文件袋,里面装满了钱。

在现实世界里,花鸣还从未见过这么多钱。

恰巧,办公室里停了电。

"下午停电,放假半天,大家都回去休息吧。"周曹宣布后,大家全都离开了。

两人还躲在外头,花鸣正准备找徐菲菲和秦璐问清楚时,周曹又叫住了她。

　　"你还不能走。我要去见一个作者,你得陪我去。"周曹对花鸣说道。

　　花鸣晃了晃手里的文件袋:"可是,我得去存钱。"

　　"先保管好,回来再去。"周曹想了想,说道,"可以先锁你办公室里。"

　　花鸣经常要帮助周曹处理文件,所以她有一间单独的小办公室。花鸣没有多想,把文件袋锁在了办公室的抽屉。放心不下,花鸣又把办公室的门窗全都给锁上了。

　　周曹带花鸣见了一名校外的投稿者,花鸣事先读过他的文章。周曹对这个人充满了兴趣,可是,读过"曙光"的文章后,花鸣的口味变得挑剔。她觉得,这个人和"曙光"相比,无论是文笔还是见解,都相差了十万八千里。

　　周曹和他一直聊到天快黑,花鸣在一边安静地做着记录。

　　终于,会面结束,周曹放花鸣走了。花鸣匆匆地回文学社时,发现办公楼的大门已经锁上了。文学社与其他社团共用一栋办公楼,花鸣有文学社办公室的钥匙,却没有办公楼大门的钥匙。

　　所有社团都放假,看守大门的大叔也不知道跑哪里去了。

　　无奈,花鸣只得先去了香屋。

　　实在累得不行,花鸣在香屋无精打采,回家之后,她又倒头昏昏沉沉地睡了过去。等她第二天起床,她才想起昨日偷偷躲在文学社办公室外的两人。

　　花鸣决定到学校后,好好地问问两人。

　　一大早,花鸣就到了学校。晚些时候,她还有两节课要上。所以,她必须在上课之前,把文学社的经费存进社团账户里。

　　短暂的半天假期后,社团的办公大楼又开始变得热闹了。

　　花鸣找出钥匙,打开了办公室的抽屉。

　　可是,抽屉竟然空了!

　　花鸣不敢相信,里面什么都没有!

　　怎么办?

　　花鸣慌了,里面可是一大笔钱,怎么会说没就没了?

　　"花茉莉,社团经费存进账户里了吗?马上就有社团活动了。"

　　就在这个时候,已经有人开始询问花鸣了。

　　花鸣的大脑一片空白,门窗完好,抽屉完好,看上去不像是被人偷了。钥匙只有她和周曹有,会不会是周曹一大早替她拿去存了?

　　花鸣想到这儿,大步进了周曹的办公室。

　　"社长,社团的经费,你拿了吗?"

　　周曹放下手里的报纸,站了起来:"什么意思?钱丢了?"

　　花鸣这才明白过来,一大笔社团经费,真的丢了!

第三十七章 诬陷

Chapter 37

经费丢了,整个文学社被惊动。

"先别着急,你好好想想,是不是你放哪儿,忘了?"周曹安慰道。

花鸣仔细地回想着,随后,她摇了摇头。

"社长,昨天是你让我放在办公室的,之后我回来取的时候,大门关了,我只能今早来取。"

突然,周曹的脸拉了下来。

"你这是在指责我?"周曹的语气里带着些许怒意,"亏我还安慰你,你竟然想推卸责任?"

花鸣与周曹对视,她早就发觉这件事不对劲了。存经费本是一件大事,可昨天下午,周曹非要拉着花鸣去见一个名不见经传的小作者。况且,也的确是周曹让花鸣先把经费锁在办公室里的。

"钥匙只有你和我有,抽屉的锁完好无损,明显是用钥匙开的。"花鸣对着周曹说道。

顿时,周曹更加生气了。

"昨天和你分开后,我就参加了告别老社长的聚会,在座的都可以证明!"

原来,文学社的原社长马上就要出国留学。文学社特地为他举办了一场欢送会,由于花鸣初入文学社,所以这次聚会名单上,没有她的名字。而周曹说的全是实话,聚会一直持续到凌晨。

大家都喝多了,所以周曹就带着几个不方便回学校的男同学,一起住在了校外,直到今早才回来。

花鸣微愣,难道真的是她怀揣着恶意误解了周曹?

花鸣有些不知所措，她四处张望着，但周遭全是陌生的脸庞，她寻求不到任何帮助。她抬起头，发现了监控探头。

"看一看监控视频不就知道了吗？"花鸣欣喜道。

然而，花鸣却没能抓住这根救命稻草。

"昨天全校断电。"有人说。

"花茉莉，经费是在你手上丢的，我不管你是怎么弄丢的，今天之内，你必须将经费原封不动地找回来，否则，我会上报学校，你将承担一切后果。"

一整天，花鸣的脑袋里全都回荡着周曹的这句话。

"什么？"秦璐震惊道，"经费丢了？"

"真的出事了。"徐菲菲忧心忡忡地看着花鸣。

然而，花鸣更加心烦。

加入文学社，只为了踏入评选的门槛，而参加评选，是为了凑够邱敏看病的钱。而现在，钱没凑够，她还弄丢了一大笔社团经费。花鸣慌乱得甚至想要从这儿逃离，回到游戏世界里了。

花鸣向二人投去求助的目光："我要怎么办？"

秦璐刚想张嘴，徐菲菲就阻止了她。

"你先不要着急。"徐菲菲说道，"我和秦璐出去帮你想想办法，你在学校里，先想办法四处找找。"

说罢，徐菲菲竟然拉起秦璐，离开了。

在这种时刻，她们竟然留下花鸣一个人，花鸣简直要绝望了。

余宁市最受人瞩目的那栋大楼之上，同样正上演着一场斗争。

DW团队办公室。

"老大，我们真的尽力了。"

几个男人直挺挺地站着。

他们面前坐着的，是DW团队的领导者：陈豪。

陈豪的鼻尖出了汗，他轻轻扶了扶快要脱落的眼镜。

"真的，没有办法了吗？"陈豪的声音略微颤抖。

办公室里挤满了人。这里有DW团队的元老级创始成员，也有DW团队发展壮大后新加入的面孔。在所有人印象里，陈豪作为他们的领导者，一直都极度沉稳。

这种沉稳，本不应该出现在陈豪这样一个二十岁出头的年轻人身上。

但是，今天的陈豪，和往常不太一样。

"老大，对不起。"一个人对着陈豪说道，"我们研发的服务器和计算机环境优化程序，都无法挽救《DWorld》，它的数据实在太庞大了。从知名研发公司购买来的程序，也无法适配《DWorld》。"

终于要走到这一步了吗？

陈豪站了起来，他走到窗前。天是阴的，整座城市仿佛都躺在他的眼底。这里是余宁市最高的地方，但是陈豪却有种预感，再过不久，他就要离开这里了。

DW团队携《DWorld》成为传奇，已经过去了四年。

陈豪无法接受，他们就要走下神坛了吗？

心中满满的都是不甘，陈豪叹了一口气："联系晴时雨科技。"

"老大？你这是要……"

"老大，我不同意！"

"要不，我们去找他？四年前，他就开始研发《DWorld》专属的服务器和计算机环境优化程序了。"

除了DW团队的创始成员之外，那些新面孔们，并不知道那个"他"是谁。

他们只是道听途说：DW团队的创始成员，一共有五个。而现在的DW团队高层，却只有四个人。还有一个人，去了哪里？

"闭嘴！"陈豪怒喝。

那句话，触碰了他的逆鳞。就算是《DWorld》要消亡了，他也绝对不会去找那个人。

"联系晴时雨！"陈豪发怒了，"要我说几遍？"

可是，当陈豪转过身，与他朝夕相处的三个伙伴，却丝毫未动。在场的都感觉到了火药味，没有人敢插嘴。大家都明白，包括陈豪在内的这四个人，才是DW团队的核心，是他们创立了这个团队。

"你们不打？"陈豪气得咬牙，"好，我亲自打！"

说罢，陈豪拿起了电话，在上面迅速地拨下了一串号码。

余宁市汇聚了许多强盛的企业。

晴时雨科技公司便是凌驾于所有游戏开发公司之上的一家游戏开发商。市面上大多数热门的游戏，全部出自晴时雨科技。

晴时雨科技接到陈豪的电话时，余宁市另外一家企业的办公室里，一名中年男人正拿着报纸，匆匆地喝着茶。

很快，他就要参加下一场重要的会议。

他只有十分钟的休息时间。

"小宝贝在学校认识了一个女生。"吴桐坐在男人的边上，突然说道。

男人放下杯子，随手翻开报纸的下一页，心不在焉地回答道："嗯。"

吴桐回想起花鸣的模样，笑道："那女生真可爱，很勇敢，仿佛在她身上，看到了我年轻时的模样。"

见男人沉默不语，吴桐生气地夺过他手里的报纸。

终于，男人开口了："你想说什么？"

"小宝贝可能要谈恋爱了，你也不关心？"

"他不是不爱和女生接近吗？不知道的人，还以为他不喜欢女生。"说着，男人伸手想拿回他看了一半的报纸。

吴桐却不给。

她站了起来："这次不一样，我感觉小宝贝看那女生的眼神都不太一样。对了，这个小女生，就是冲进火场里要救小宝贝的那个女生。"

提起那场大火，男人的眉头微微皱起。如果花鸣在这儿，一定会发现，林缓蹙眉的模样，和男人皱起眉头时的样子，简直一模一样。

"孙毅怎么样了？"男人问道，"他们这一家，真的是疯了。"

"孙毅的命保住了，但是醒不过来了。"吴桐回答道，"警察也去过孙毅的家里，他的父亲和纵火案一点儿关系都没有。"

吴桐夫妇至今仍然想不明白，当初那份关乎公司生死的文件，孙毅是怎样拿到的。那份文件被锁在公司最安全的地方，想要进入文件室，必须输入重重密码。事后，他们试图调取监控录像，却发现文件失窃期间，监控探头全部失灵了。

"怎么，你还关心小宝贝？"

"这是什么话，我的儿子，我会不关心？"

吴桐叹了一口气："明明就关心儿子，但每次见了他，你都不好好说话。"

"是我不好好说话吗？"男人突然有些生气，"都多久了，这几年来，他回过家吗？每次见面，他主动叫过我吗？"

"那你呢？以前小宝贝在家的时候，你在家吗？"吴桐质问道，"小宝贝小的时候，你陪过他吗？他会说第一句话的时候，你在身边吗？家长会你去过一次吗？他的生日，你为他庆祝过一次吗？"

吴桐咄咄逼人，男人差点回答不上。

"我不是为了公司吗？"

男人也很无奈，为了这个公司，他终日奔波。吴桐说的是真的，林缓从小到大，男人几乎没有怎么陪过他。即使是现在，男人依旧很忙，更不要说以前他为公司奋斗的时期了。

"公司难道比小宝贝还重要？"吴桐反问。

男人不说话了，他看了看手表，会议的时间马上要到了。

男人正准备离开时，吴桐说道："快过年了，我想叫小宝贝回来住。如果他愿意回来，无论你有什么重要的事，都推掉。否则，我也跟着小宝贝搬出去住！"

稍稍驻足之后，男人点了点头，离开了会议室。

余宁大学迎来了日落。

已是傍晚，花鸣还是没有想到办法。

而文学社经费被窃的消息，竟然被人传了出去。

校园论坛上有人传言，是花鸣私吞了那笔经费。

"不会吧？花茉莉怎么会做这样的事？我不相信。"

"就是，连命都不要也要救人，花茉莉怎么会干这种偷偷摸摸的事？"

"话别说得太早了，知人知面不知心。"

面对这样的传言，大家的看法不一。众人的热议，再一次把花鸣推上了风口浪尖。

花鸣正犯愁时，接到了周曹的电话。

"是时候解决了，经费找到了吗？"

花鸣对着电话，支支吾吾，没有回答。

"算了，先来文学社吧。"

说完，周曹挂断了电话。

花鸣沮丧地准备往文学社去时，消失了许久的徐菲菲和秦璐，终于回来了。

社团办公大楼下，竟然围了不少人。许多人听说文学社经费失窃的消息后，都来凑热闹。在众人的目光下，花鸣带着徐菲菲和秦璐，出现了。

周曹和文学社社员们，就在大楼下等着花鸣。

"怎么样，经费找到了吗？"周曹问。

花鸣摇了摇头。

周曹叹了一口气："既然这样的话，我只能上报学校了。"

"社长，文学社的事儿，能进文学社处理吗？"花鸣问着，朝着四处看了看，"这里太多人了。"

"怎么，花茉莉，你敢偷钱，还怕别人看笑话？"

人群里，一道十分尖锐的声音吸引了大家的注意。

是赵佳。

"赵佳，怎么哪儿都有你？"徐菲菲沉着脸，"怎么，文学社的事儿，你也要插手？"

赵佳阴阳怪气地笑道："怎么不能管了？大家都是文学社的读者，文学社的经费被花茉莉偷了，我们还不能关注了？"

"周社长，经费不是我偷的，我不想把这件事闹大，我们进去谈吧。"花鸣看了一眼赵佳，"如果你关心的话，你也跟着进来吧。"

"花茉莉，怎么，做贼心虚了？如果不是你干的，就当着这里所有人的面说清楚，别想私了！"赵佳仍然不依不饶。

花鸣不再理会赵佳，等着周曹说话。

周曹向人群扫了一眼，叹了一口气："茉莉，既然有这么多关心文学社的同学聚集在这儿，你就当面说清楚吧。经费是你偷的吗？"

花鸣摇了摇头："不是。"

"虽然你不承认，但经费是从你手上丢的，你必须全额赔偿。"周曹说。

花鸣仍然摇头："我没有那么多钱。"

赵佳又插嘴了："花茉莉，你就承认了吧。我都打听清楚了，你妈疯了，看病需要很多钱。为了给你妈治病，偷了经费，只要你承认了，我看大家还是可以理解的。"

赵佳的话，说得十分难听，花鸣的脸已经放了下来。

为了诬陷花鸣，赵佳竟然已经调查得如此清楚。

"赵佳，我劝你不要在这闹了，把事儿闹大了，对你没有好处。"徐菲菲警告道。

"怎么，我偏要把事儿闹大。"赵佳十分得意，指着身边一个女生说道，"你去把教导处的老师叫来。"

"赵佳！"花鸣阻止道，"这是我最后一次劝你，得饶人处且饶人，就此停手。"

周曹一听赵佳要找教导处的老师，顿时也发蒙了，他怯道："同学，还是算了。"

可是，赵佳却听不进去。好不容易找到踩死花鸣的机会，她又怎么会轻易放过。偷窃社团经费，这可不是普通的过错，校风严肃的余宁大学，绝对不会姑息这样的行为。

一旦花鸣盗窃经费的事坐实，被开除，只能算是比较轻的惩罚。

赵佳一意孤行，让人把教导处的训导员找来了。

这件事，彻底地闹大了，围观的学生也越来越多。

"到底怎么回事？"匆匆赶来的训导员问道。

花鸣冷冷地看着赵佳："赵佳，我不止一次地警告过你。即使到了最后一刻，我仍然想给你留下一份善意，但是，是你没有珍惜。"

花鸣的这番话，让赵佳突然慌了起来。

在众人的注视下，秦璐突然捧着一个DV，递给了训导员。

又是秦璐的DV。

赵佳回想起来，当初她诬蔑花鸣考试作弊，秦璐就是用DV替花鸣解围的。

赵佳的心里，充满了不安。

训导员看了DV之后，像当初的于海一样，把它递给了赵佳。

"同学，你怎么解释？"

赵佳颤抖着手，接过了DV。

画面上，竟然记录下了赵佳偷偷在深夜潜入文学社办公室偷走文件袋的画面。

赵佳的手脚冰凉，大脑一片空白，她知道，她毁了。

回想起花鸣和徐菲菲等人不止一次的警告，赵佳无比后悔。

就在不久前，归来的徐菲菲和秦璐，给花鸣送来了这段画面。

原来，花鸣这样轻易地进入文学社后，徐菲菲就一直替花鸣保持着警惕。昨天，在所有社团都已经放假的情况下，花鸣又被叫去文学社时，敏感的徐菲菲始终放心不下。

于是，她带着秦璐偷偷摸摸地蹲在了文学社的办公室外。

花鸣把社团经费锁在办公室后，为了保险起见，徐菲菲和秦璐偷偷在文学社的角落里，放置了一个DV。

事实证明，徐菲菲的担忧是正确的。

在全校断电，就连监控探头都关闭的情况下，秦璐的DV，记录下了一切。

"赵佳，你还有什么话说吗？"徐菲菲质问赵佳。

赵佳的脸色发青，她急得憋了满眼泪水。

"赵佳，你怎么会有文学社办公室的钥匙？"花鸣问这个问题时，双眸不经意地扫向了周曹。

周曹有些许慌乱，花鸣知道，暗中帮助赵佳陷害她的，便是周曹。

在这种时候，突然开放招员，太巧了。而她又这么轻易地通过了面试，这一切，恐怕都是早有预谋。

"是我干的，和任何人都没有关系。"赵佳突然说道。

花鸣没有继续追问。来这里前，她和徐菲菲等人商量过，花鸣在文学社还未待满半个月，如果在这个时候得罪周曹，周曹绝对会直接将她开除。这样一来，花鸣所做的努力就全部白费了。

更何况，赵佳一个人把责任扛了下来。

花鸣清白了。

赵佳诬陷花鸣的事，传遍了余宁大学，自然也传进了杨欣耳里。

杨欣慌了。

在出事前，赵佳还那么信誓旦旦，她是怎么被反击的？

但是，杨欣怕惹祸上身，她在得知消息后，一直没有联系赵佳。

第二天，学校发出了通告：赵佳被开除了。

赵佳收拾行李，在众人鄙夷的目光下离开学校时，她终于接到了杨欣的电话。

"咖啡厅老地方见。"杨欣对着电话那头说道。

赵佳回首，望了一眼熟悉无比的大学校门。

如果没有出这事，再过不到半年的时间，她便能顺利从余宁大学毕业了。

赵佳曾经以为，她不会和花鸣斗上太久。因为，她自信地认为，靠着这一次的手段，花鸣会直接被余宁大学开除。

的确没有纠缠太久，开除的处分，来得如此迅速。

但是，被开除的，却是她。

第三十八章 曙光

见到杨欣时，赵佳正推着沉重的行李箱。

咖啡厅里的人很少，外面寒风瑟瑟，只有在这家小店里，赵佳才能感受到些许的温暖。

"你还好吗？"杨欣犹豫了很久，这才问道。

赵佳坐了下来，她没有回答杨欣的问题，而是翻起了酒水单。

"是你请客吗？"赵佳突然问道。

杨欣一愣，随后点了点头。

"那我要这款！"说罢，赵佳招来服务员，点了一杯咖啡厅里最贵的咖啡。

杨欣无法理解，赵佳可是被开除了的人。然而，此刻的赵佳竟然看上去这样轻松。

咖啡入嘴，赵佳心满意足地抿了一口。

"你不难过吗？"杨欣问。

赵佳放下咖啡杯，这才点了点头："难过，但是，有什么办法呢？"

昨夜，绝对是赵佳经历过的最漫长的夜晚。她辗转反侧，入睡不得。她的家人还不知道这个消息，她无法想象，如果她的父母知道她被开除了，会是怎样的心情。

可是，这一切都无法挽回了。

她怨恨花鸣吗？

当然，无比痛恨。

但是，当赵佳静静地躺在床上，趁着夜深人静的时候深思时，她忽然明白了，是她陷害花鸣未果，才遭到了这样的报应。花鸣害过她吗？并没有。

此刻的赵佳，仍然把花鸣当作了曾经的花茉莉。

三年多了，当花茉莉第一天走进宿舍的时候，就注定无法融入其他人的集体。赵佳娇生惯养，她总是想在任何集体里夺得支配者的地位。可是，当她上了大学，走进了这个小社会之后，她才发现，比她优秀的人，太多了。

唯一能让她留有支配感的，便是数学系的小班级和她的那间四人宿舍。

花茉莉怯懦，老实，最好欺负。

在近四年的时间里，赵佳总是支配着花茉莉。她仿佛能从对花茉莉的使唤和嘲笑声中，找到差点迷失了的自我。

当花茉莉像变了一个人，受尽瞩目地重新出现时，她内心仅存的骄傲被嫉妒取代。而当她再也无法像从前那样支配和欺负花茉莉时，她内心强大的征服欲，让她彻底迷失了自我。

如若有重来一次的机会，她绝对不会这样做。

"你是怎样对训导处说的？"杨欣想了很久，还是问道。

赵佳一眼就看穿了杨欣的心思。

她笑道："你放心吧，我什么也没说。周曹、张志腾、你，我一个也没有供出来。"

杨欣低下了头，她的脸颊滚烫，低声道："本来就和我没关系。"

只是，她的声音却那样心虚。

赵佳并不在意，她早就看清了杨欣的面孔。从前，她非常羡慕杨欣。拥有完美的脸、阔绰的家庭、优秀的学业，这样的人，怎叫人不羡慕？

但那是从前。

赵佳突然觉得，杨欣并没有她眼中那样美丽。

甚至，还比不上自己。

至少，她敢作敢当，也不会强拉别人下水。

杨欣也讨厌花鸣，却为了维持形象，把这种厌恶藏在了心底。她只会利用别人去对花鸣做那些肮脏的事。

"你的工作，我会帮你安排的。"杨欣不敢抬头，她的心里有些许的愧疚。

赵佳喝尽了杯底的咖啡，随后站了起来。

"不必了，我会自己想办法的。"说完，赵佳不屑地扫了一眼杨欣，转身离开了。

再过不久，赵佳的名字将被她曾经待过三年的学校忘记。

杨欣目送赵佳离去，她叹了一口气，随后拨通了一个号码。

"杨欣？你竟然主动给我打电话了！"电话那头，传来张志腾激动的声音。

张志腾是爱慕杨欣的，当日在球场找林缓麻烦，为的也是杨欣。

"事情搞砸了。"杨欣说道。

"我听说了，赵佳竟然被开除了。"张志腾怒道，"你放心，我不会让花茉莉好过的。"

赵佳对张志腾撒了一个谎：花茉莉处处针对杨欣。

杨欣是张志腾心中的女神，张志腾绝对无法容忍。

恰巧，文学社的原社长退位，他的朋友周曹上任。听闻花茉莉要参加评选后，赵佳和张志腾便串通一气，自导自演了这一场文学社招员和经费失窃案件。花鸣与周曹无冤无仇，周曹本不愿意这么做。

然而，鬼迷心窍的张志腾，竟然威胁了他。

谁都知道，得罪了张志腾，在余宁大学就别想有好日子过。

终于，周曹妥协了。

"不必了。"杨欣说道，"我只是觉得，花茉莉没有资格参加评选。"

杨欣的言外之意，是让张志腾阻止花鸣参加评选。赵佳才刚刚被开除，风头未过，如果张志腾再强硬地去找花鸣麻烦，杨欣担心自己会被牵扯。

花鸣从未参加过社团，她本是没有机会参加评选的。但是，在赵佳的怂恿下，杨欣为了彻底让花鸣在余宁大学消失，这才同意了赵佳的计划。早知道会这样，杨欣当初也不会听信赵佳的话了。

花鸣非但安然无恙，杨欣竟然还间接地为花鸣参加评选制造了机会。

面对花鸣，杨欣突然越来越没有信心了。此刻，她只希望花鸣不要在评选中成为她的对手，她就心满意足了。

"我了解了，交给我吧。"张志腾的声音传来，"那之前赵佳说的，约会？"

这便是赵佳所说的"甜头"。

"不是约会，是会面。"杨欣强调道。

"好好好，是会面。"

"等过段时间，我们可以见一面，就当是交朋友。"杨欣说。

仅仅是这样，张志腾就已经开心得不得了了。

挂断电话后，张志腾把周曹约了出来。

在高大的张志腾面前，周曹显得十分怯懦。

"有件事要你帮忙。"张志腾说道。

周曹立刻摇头："你就饶过我吧，不能再乱来了。还好赵佳没把我供出来，否则……"

"别废话了。"张志腾放下了脸，"当上文学社的社长，就不把我们篮球社和我放在眼里了？朋友请你帮个忙，你就这么推辞？"

周曹简直欲哭无泪，张志腾这是请他帮忙吗？分明就是威胁。

只是，周曹却敢怒不敢言。

见周曹生了怯意后，张志腾轻轻地拍了拍他的肩膀："放心，这次你要做的很简单，把花茉莉从文学社开除就行了。"

周曹仍然想推辞："文学社是有考核制度的，无缘无故开除社员，会招人口舌。"

况且，经费失窃的风波才刚过去，如果周曹在这个时候针对花鸣，恐怕有人会把他和经费失窃的事挂上钩。

"那是你的事！"张志腾怒道。

很快，周曹闭嘴了。

花鸣、徐菲菲和秦璐，正在香屋里庆祝着。

然而，对这场庆祝，秦璐却于心不忍。

"赵佳被开除，处分是不是有些过分了？"秦璐叹道。

花鸣突然也深有所感。

花鸣在现实世界待久了，自然知道被开除对一名学生来说，有着怎样的影响。恐怕，在DWorld里被扣除了大几十点的生命值，也比不上被开除严重。

"算了，别想那么多了。"徐菲菲安慰秦璐，"虽说处分有些过了，但这样的人，如果不给她一个教训，以后离开了学校，还不知道要怎么害人呢。再说，我们给过她机会的，是她自己非要把事闹大的。"

花鸣正深思时，突然又接到了周曹的电话。

三人都警惕了起来。

"这周曹，不知道又要搞什么鬼。"徐菲菲劝道，"别接了。"

花鸣摇头："不行，半个月时间没满呢。"

经历过这件事，花鸣对文学社失望至极。她准备等半个月的时间一满，就主动离开文学社。

说完，花鸣接了电话。

与周曹结束通话后，花鸣站了起来。

"他让我去一趟文学社。"

"又玩什么花样？"徐菲菲站了起来，"我们跟你一起去。"

花鸣拒绝了："我一个人去吧，他应该不敢太明目张胆。我们这么多人去，太大阵仗了。"

徐菲菲和秦璐想了想，同意了。

花鸣离开时，麦弋恰巧端着饮料上来了。

"茉莉去哪儿？"麦弋问道。

"去那烦人的文学社了。"说着，徐菲菲把麦弋拉到了位置上，又开始了她的八卦本领，把花鸣经历的一切，都对麦弋说了一遍。

麦弋若有所思："文学社什么时候变成这样了？在我印象里，文学社一直很融洽。"

"学长，你是离校太久了，现在的文学社，再也不是以前的文学社了。"徐菲菲回答。

麦弋只好笑了笑："也是，我都辍学好些年了。"

说罢，麦弋望着花鸣离去的方向，收敛了笑意。

经费失窃风波后，文学社恢复了正常。办公室里，所有社员正如火如荼地印刷着即将发刊的校报。

"社长，有什么事吗？"花鸣问。

周曹干笑两声："茉莉啊，经费的事，委屈你了。我向你道歉。"

"社长专门找我来，是为了道歉吗？"花鸣意味深长地说道。

周曹觉得更加尴尬了，他犹豫片刻，硬着头皮回答："还有别的事。虽然你工作十分出色，但是，有件事还必告诉你。你刚入文学社，还没有通过考核。我会给你布置一项工作，成功完成了考核，才能继续留在文学社里。"

花鸣皱起了眉头："考核？面试的时候可没说。"

"是吗？"周曹装模作样道，"可能是我忘了。现在说也来得及，你有一个星期的时间去完成这项任务。"

果然，正如花鸣预料的那般，周曹是不怀好意地有备而来。

寄人篱下，周曹又是文学社的社长，纵使花鸣再有理，却也得听他的话。花鸣可不想努力白费，如若真的惹恼了周曹，周曹可能会不管别人对他的看法，直接将花鸣开除。

"好吧，什么考核工作？"花鸣问。

周曹嘿嘿一笑："找一个作者。"

"谁？"

当花鸣回到香屋，徐菲菲和秦璐已经等得快不耐烦了。

"什么！"徐菲菲猛地拍桌，"找'曙光'？"

正在洗杯子的麦弋被吓了一跳，摔碎了一个杯子。

徐菲菲赶紧道歉："不好意思，学长。"

麦弋只得苦笑着摇头："没关系。"

徐菲菲压低了声音，问道："周曹真的让你找'曙光'了？"

花鸣点了点头。

"太可恶了！谁不知道这个作者很神秘！"

早就从徐菲菲口中得知"曙光"的神秘了。这个作者，在余宁大学乃至整个余宁市，都十分出名。不少班刊和出版社争相联系"曙光"，但最后都无功而返。拥有那么多读者，可是竟然没有人知道"曙光"是谁。

有不少人推测,"曙光"很可能是余宁大学的教师或者学生。

毕竟,"曙光"曾经通过余宁大学的文学社发表过几篇文章。

文学社里的其他社员,得知周曹给花鸣布置的工作后,全都震惊了。要知道,就连他们这些在文学社里待过好几年的社员,也都不知道"曙光"的身份。

一时之间,众人对新任社长有了意见——这分明就是在针对花茉莉。

"我问了文学社里的其他人,大家说,唯一能联系上'曙光'的,可能是文学社的原社长。"花鸣沮丧道,"可是,他马上要出国留学,所以回家去了。回家后,为了图个清静,他把联系方式换了,大家都找不到他了。"

周曹给了花鸣一个星期的时间。

如果在指定的时间里,没有找到"曙光",花鸣将会以没有通过考核为由被开除。而这个时间点,卡得太好了。一个星期后,正是花鸣在文学社待满半个月的时间。

在那时被开除,花鸣的努力将付诸东流。

"我就不信,我会连一个人都找不到!"徐菲菲咬牙切齿道。

不敢浪费时间,徐菲菲立刻就开始动用她的八卦资源了。

这段时间里,无论是花鸣,还是徐菲菲和秦璐,都在想方设法地向所有人打听"曙光"的消息。花鸣回DWorld的时间都变少了。风儿沙的玩家无数次地找花鸣抱怨她的突然离去,但是花鸣都没有时间和心情回应。

一个星期的时间,竟然匆匆地过去了。

一转眼,明天就将是工作考核的最后一天。

然而,徐菲菲求助了所有论坛和通信平台,仍然没有打听到任何关于"曙光"的蛛丝马迹。"曙光"实在太过神秘了,神秘得让人头疼。

"这么优秀,为什么要把自己隐藏起来呢?"徐菲菲狠狠地拍了拍自己的脑袋,"明明是可以和林缓比肩的人,但是却比低调的林缓还要低调不知多少倍!"

正抱怨着的时候,徐菲菲和花鸣忽然默契地对视了一眼。

"去找林缓!"几乎是异口同声。

"曙光"曾经在校报上替林缓和花鸣说话。

花鸣从来就不认识什么"曙光",所以,"曙光"一定是在帮林缓。两个人都如此优秀,互相认识也并没什么奇怪的。

花鸣痛恨自己实在太笨了,竟然没有早想到林缓。

夜里,花鸣又一次站在了林缓的酒店房间外。

她轻轻敲了敲门,嘴里不断地默念着:"一定要还在这里!"

花鸣担心的是林缓换地方住了。

花鸣没有林缓的联系方式,林缓又不住校了,一旦他换了地方,花鸣可真的很难再找到他了。

门终于开了，看到林缓面无表情的脸时，花鸣终于长舒了一口气。

"林缓同学，好久不见，我有非常重要的事请你帮忙！"花鸣双手合十，无比诚恳。

林缓的头发湿答答的，还在滴着水，显然刚洗过澡。

看着这样的林缓，花鸣的脑袋里突然冒出了一个词：性感。

但是，转念之间，花鸣就立刻红了脸。

她究竟在想些什么？

"说。"林缓只说了一个字。

"能不能请你帮我找一个人？我花了很长时间，都找不到他。这个人对我来说，非常重要，我必须在明天之前找到他。"花鸣的语速非常快。

但是，说了半天，林缓仍然没有弄明白花鸣要找谁。

"谁？"林缓问。

"你认识的，一个作者，'曙光'！"花鸣回答。

林缓沉默了一会儿，花鸣满脸期待地望着他。

"听过。"

"啊？听过？"花鸣怔住了，"这是什么意思，你不认识他吗？"

"嗯。"

"怎么会，你真的不认识？"花鸣简直不敢相信。

"嗯。"

怎么会这样？花鸣可是抱着满心希望来找林缓的。

可是，林缓竟然也不认识"曙光"？那当初为什么"曙光"会在校报上发表文章，替林缓和她说话？

如果没有那篇分析得头头是道的文章，花鸣和林缓还不知要陷在舆论风波里多久。

"曙光"到底是谁？

第三十九章 神秘
Chapter 39

徐菲菲和秦璐没了花鸣的消息。

回到家时，已经快要凌晨了。

佣人照顾邱敏睡下了，花鸣悄悄地潜进邱敏的房间，没有开灯。

她的手机快要被徐菲菲和秦璐打爆了，然而，花鸣却没有心思回电。她静静地蹲在邱敏的床边，沉默着。窗外夜色正浓，明月高悬，静美却凄凉。花鸣的胸口像被堵住了一块大石头，就连呼吸都变得困难。

花鸣也不知道这是什么感觉，她只知道，从前生活在海岛城，她从未有过这样的感觉。但是，自从来到现实世界，这种连花鸣都叫不出是什么的情绪，时常撩动花鸣的心弦。

轻轻地，每次触碰到花鸣柔软的心，它就会跑开。

每一次，花鸣都会觉得不舒服。她想把它抓住，可是花鸣却无法把手穿过肌肤，探进心里。

此刻，花鸣就觉得难受。

"你睡着了吗？"花鸣轻轻地问。

花鸣的声音很轻，不敢把邱敏吵醒。但花鸣的内心是矛盾的，她又渴望邱敏是醒着的。她实在不知道怎么办了，她想把自己的心事全部倾吐给邱敏。花鸣想告诉她，她不是花茉莉，她只是花茉莉创建的一个游戏角色而已。

她无法完成花茉莉的遗愿了，也无法兑现她在不久前才对邱敏许下的诺言：她没法把邱敏的病治好了。

有那么一刹那，花鸣想将面前熟睡的邱敏摇醒，把一切都告诉她。

可是，每每想到邱敏终日守望着港口的目光和眼角经历沧桑的皱纹，花鸣又放弃了，心里那股说不上是什么但时而撩动她心弦的情绪阻止了她。

"好多人都说您的女儿没用。"花鸣摇了摇头，"好像，我更没用。来到这儿之后，我什么都做不好。"

邱敏没有照顾好，花茉莉的父亲没有找到，林缓也没有追到。

这是记录在花茉莉日记本中，最重要的三个愿望，但花鸣却一个也没有完成。

"真想把这里的一切都抛下，回到我来的地方。"花鸣低下了头。

黑暗里，花鸣感觉邱敏的手指微微抖动了一下。花鸣的心一颤，确认过后，她才知道邱敏并没有醒来。花鸣轻轻握住了邱敏的手，她的手就像抚上了石板，冰冷而粗糙。

她还是不能放弃。

是花茉莉创造了她，邱敏是花茉莉最重要的人，花鸣绝对不允许邱敏在经历着岁月侵蚀的同时，还遭受着病痛的折磨。

沉默许久，她长舒了一口气。

把憋在心里的话都说出来之后，堵在花鸣胸口的那块石头，好像不见了。花鸣站了起来，自顾自地笑道："舒服多了。回海岛城充个电，再来一战！就算参加不了评选，我也要想其他办法筹钱！"

这才是花鸣。

拥有情绪Bug，不会悲伤的花鸣。

能让她振奋的，唯有自己。

"你放心，我一定会治好你的病！"

花鸣悄然退出了邱敏的房间。邱敏却在这时睁开了双眼，她的眼眸里，木讷无光，但眼角却噙着泪花。

时间不会因为怜悯花鸣而就此停止，文学社给花鸣的最后一天，终于到来了。

这天，花鸣没有上课，她一大早便窝在了香屋里。

徐菲菲和秦璐来了去，去了又来。

她们试图安慰花鸣，可花鸣却并不沮丧。想了一夜，花鸣早已经放弃参加评选了。距离邱敏就医还有半个月的时间，花鸣决定趁着这半个月的时间，多打几份工。

徐菲菲和秦璐上课去了。

香屋里没有客人，花鸣犹豫了很久，开口唤了麦弋。

"店长，有件事，我想和你商量一下。"花鸣不好意思道。

麦弋微眯双眸，笑道："就知道你有心事，说吧。"

花鸣愣了："看得出来吗？"

麦弋点了点头："当然看得出来。"

"好吧。"花鸣吐着舌头,"以后,我能不能只在每天下午下课后过来打工?"

一直以来,麦弋交给花鸣的任务都是轻松的。花鸣的固定工作时间很短,只在每天下午下课后的五点到夜间八点。但是,花鸣答应过麦弋,只要白天没有课,除了这三个小时的工作时间,她一定会到店里帮忙。

很特殊,从前,香屋都是中午之后才开门。

但花鸣早上没课时,会替麦弋把店门打开。渐渐地,麦弋也就养成了上午就开店的习惯。

"可以。"麦弋回答道。

这让花鸣更加不好意思了,麦弋竟然连理由都不问。

"店长,你不问为什么吗?"花鸣红着脸。

麦弋摇头:"你总有你的理由。白天你可以都不用过来,香屋会恢复成中午开店,我也可以多睡一会儿了。"

"可是,店长,你不想多赚钱吗?钱那么重要,为什么要到中午才开店呢?"终于,花鸣忍不住心头的好奇了。

麦弋曾经解释过这个问题。

"这本来是一家早餐店,后来我早上起不来,早餐店就黄了,改成奶茶店了。"

但花鸣才不相信,她只把这当作是个笑话。

"其实,我的身体不太好,总想多睡一会儿。"麦弋终于说了实话,"几年前,我从余宁大学辍学,也是因为身体的原因。"

麦弋说着,竟然咳嗽了两声。

花鸣这才想到麦弋总是苍白的脸色和没有血色的双唇。原来,麦弋店长的身体不好吗?是生病了吗?

麦弋店长难得可以睡个懒觉,可是花鸣却热心地一大早替他开了店门,害得麦弋也养成了一大早来店里的习惯。

她的热心,竟然错了吗?

花鸣觉得无比愧疚,但是麦弋却轻轻拍了拍花鸣的脑袋:"别想太多,早起可是个好习惯,因为你,店里的生意变好了,我的身体也比以前好了呢。"

"真的吗?"

"当然了。有个好身体比什么都重要。"

但是,花鸣仍然觉得愧疚。尽管麦弋没问为什么,但花鸣还是决定向麦弋说清楚。

"店长,其实,我是想趁白天的时候,多打几份工。临近期末了,学校的课少了,我觉得我还可以再打一份工。"

"钱不够用了吗?"麦弋收起笑容,"需要多少?"

花鸣赶紧摆手："我不能再麻烦你了，你预支的工资，我还没还上呢。如果有需要，我再来向你开口。"

"和这几天你们说的文学社有关系吗？"麦弋又问。

"文学社经费的事儿，已经解决了。其实，如果我不会被文学社开除，或许情况会好点。"

"这件事，对你来说，重要吗？"

"嗯？"

"我是说，被文学社开除？"

"当然重要了。我想参加校花评选，用奖金给妈妈看病。"

麦弋早就从徐菲菲口中得知邱敏的状况了。

麦弋沉默了。

"店长，你是不是觉得，我肯定评选不上？"

麦弋立刻摇头，笑道："当然不是。如果你参加了，一定会选上的，你很漂亮，很可爱，也很善良。"

花鸣低头："可是，我没机会了。"

"我会帮你的。"麦弋突然说。

花鸣又摇头："我真的不能再接受你的救济了。这是一笔不小的花费，而且，我不能总是接受别人的救济，以后的日子还很长。"

麦弋叹了一口气："希望伯母能好起来，生病真的是一件很痛苦的事，它会影响到生活、学业，甚至是感情。"

"感情？"花鸣突然好奇，"店长，你有喜欢的女孩儿吗？"

麦弋盯着花鸣："有。"

花鸣的脸突然一红，为什么她感觉，麦弋说的是她呢？

花鸣很快把目光挪开，不与麦弋对视。

"几年前，我喜欢过一个女孩儿。但是因为身体的原因，我从来没接近过她。"

与麦弋相识这么久，这是麦弋与花鸣聊得最深入的一次。花鸣加速的心跳逐渐平缓，还好，是她想多了。

"没有接触？没有接触，也会产生情感吗？"

麦弋点了点头，望向落地窗外的街道。

"她没有见过我，不认识我，但我喜欢她。"麦弋像陷入了很深的回忆里，"她每天都会经过这里，我总是在落地窗里看着她。眼神是我和她之间唯一的交流。你相信吗，即使是这样，好多年下来，我喜欢上了她。因为她很善良，很努力，很朴实。"

好浪漫。

"既然你喜欢她，为什么不去追她呢？"花鸣不解。

麦弋难得地叹了一口气："她根本不认识我。我的身体，也不允许我接近她，我没有资格。我曾经见过死神，是死神怜悯，才把我放了回来。"

"店长，你到底生的什么病？"

直至此刻，花鸣才明白过来，麦弋生的病，非常严重！

麦弋不再回答了，他笑看了看表，说道："我有事，出去一会儿。你离开的时候，可以直接把店门关了。"

"你不回来了吗？"

麦弋点了点头，离开了。

花鸣回想着与麦弋的对话，就这样过了大半天。

黄昏将至，花鸣关上了店门。

虽然没有完成周曹交给她的任务，但花鸣还是决定去文学社交差。她的自尊心不容许她被人开除，在被开除之前，她决定主动辞去文学社成员的身份。

花鸣叫上了徐菲菲和秦璐，三人从香屋出发，踏着黄昏，一路欢快。这绝对是花鸣这段时间以来最轻松的时刻。

花鸣走进文学社时，发现大家竟然没有在工作，而是在发着愣。这在文学社里，简直是百年难得一见的场景，要知道，文学社巨大的工作量不是常人可以想象的。

徐菲菲和秦璐也觉得奇怪，但是花鸣没有想太多，她直接推开了周曹办公室紧闭着的门。

"周社长，我……"

但是，花鸣的声音戛然而止。

紧随其后的徐菲菲和秦璐进门后，也愣住了。

周曹正坐着，而他的对面，正坐着另外一个男人。戴着斯文的眼镜，满脸温柔的笑意，这个人，不是麦弋店长吗？

"店长？"花鸣惊讶不已，"你怎么在这儿？"

今天的麦弋，和往常不太一样。在温暖的屋里，麦弋脱去了厚重的大衣，露出了洁白整齐的衬衫。

麦弋站了起来："听说你在找我，我就来了。"

"找你？"花鸣仍然摸不着头脑，当她想明白时，心不禁"咯噔"一声往下沉去，"你是'曙光'！"

麦弋的笑，代表了他的回答。

"天哪！"徐菲菲不敢相信，"学长，你竟然是'曙光'？"

这意味着什么？

一个极度优秀，在整个余宁市拥有千万读者的作者，竟然就在她们的身边，竟然是一家奶茶店的店长？

秦璐的反应最快，她感受到了转机，立刻举起挂在胸前的DV开始记录这充满惊喜的画面。

花鸣的脑袋发蒙，耳边回响起麦弋说过的那句话："我会帮你的。"

花鸣还以为麦弋又要救济她，原来，麦弋的话是这个意思。

麦弋转过身去，对着周曹笑道："周社长，我不知道你为什么一定要找到我。你给茉莉布置了这么困难的工作任务，现在，她通过了考核，是否可以继续留在文学社？"

就连麦弋都知道这项工作的难度，更何况是其他人？

麦弋不喜欢抛头露面，他热爱创作，但却有着不能说的理由，需要将自己隐藏起来。

这件事对花鸣来说，重要吗？

麦弋问过花鸣，花鸣的回答十分坚决。

他犹豫再三，还是决定帮助她。

周曹沉浸在震惊当中，久久无法自拔。他给花鸣布置了一项不可能完成的任务，为的便是迎合张志腾的要求，顺理成章地将花鸣开除。

就连他都从未见过"曙光"，也不知道"曙光"究竟是何方神圣。

但是，就在这么平常的一天，"曙光"竟然以如此平常的姿态，走进了文学社。

"不可能？"周曹猛地摇了摇头，"你不是'曙光'！"

周曹突然站了起来："花茉莉，你以为你随便找一个人来冒充'曙光'，我就会相信吗？"

是的，他绝不相信。

周曹自作聪明地对着麦弋冷笑："你说你是'曙光'，你能证明吗？"

"我就是我，竟然还需要证明？"麦弋无奈地摇了摇头，脸色未变。

"那就是不能证明？"周曹咬牙，"花茉莉，你能证明吗？"

花鸣慌了，她要怎么证明麦弋就是"曙光"？

她对"曙光"一无所知，但她坚信，麦弋是不会撒谎的。也是在这一刻，花鸣突然全都明白了过来。

当初"曙光"在校报上发表的挽回针对她和林缓舆论浪潮的那篇文章，也是麦弋写的。并不是因为林缓，而是为了她！

"看来，没有人可以证明。"周曹的目光在一行人的身上扫过。

"我可以证明吗？"

一道严厉至极的声音，突然出现。

顿时，周曹像见了鬼一样，往后退了两步。

这个人，周曹再熟悉不过了。

说一不二，严肃得让人生怯。

是文学社刚刚退位不久的老社长。

他为什么会出现在这里？不久前，他们不是刚刚在聚会上送走了他吗？他不是换了联系方式，在出国前回家休息去了吗？

他是唯一一个见过"曙光"并和"曙光"保持着联系的人。

难道，眼前这个男人，真的是"曙光"？

"周曹，我曾经以为你能够胜任文学社社长的位置，但是现在看来，你不合适。"来人的语气里透着凉意，"有着近百年历史的文学社，差点在你的手里毁了声誉。为了刁难社员，竟然想出这样的方法！"

周曹吓得不敢说话了。

老社长虽然退了位，但是他在学校的威望，绝对不是周曹比得上的。只要老社长的一句话，周曹就要从文学社社长的位置上跌下来。他突然无比后悔，这样重要的一个位置，对他的前途影响太大了。

"社长，你听我说，是张志腾……"周曹试图辩解。

"闭嘴！"老社长怒喝，"你怕张志腾，我不怕，他如果有什么意见，可以尽管来找我。"

周曹低下了头："他不会的。"

周曹不再说话了，他知道，就算他搬出张志腾，也撼动不了眼前的这个人。

张志腾在学生群体里胡作非为，但是在文学社老社长面前，张志腾还不敢乱来。

"麦弋，对不起了，我没把文学社的善后处理好，让你暴露了身份。"

麦弋摇了摇头："我有我的苦衷，希望在场的都能理解，继续为我隐藏身份。"

"放心，我会交代下去的。你的身份，绝对不会从文学社传出去。"

"那就好。"麦弋标志性的笑容又出现了。

经过花鸣身边时，他轻轻拍了拍花鸣的肩膀："加油。"

留下这句话，麦弋离开了。

一直到众人从文学社离开，还无法从震惊中走出来。

一则消息，悄悄地从文学社流传了出去。

尽管文学社的老社长一再嘱咐，可是他却也无法阻止一条爆炸性新闻的传出。

麦弋回到香屋时，叹了一口气。

他早就知道，在这个时代，想要保持神秘感究竟有多么困难。

"看来，麻烦要接踵而至了。"

麦弋无奈地摇头。

第四十章 利用
Chapter 40

心照不宣地，无论是花鸣还是徐菲菲，抑或是秦璐，没有人在麦弋的面前再提起"曙光"这个名字。

大家都十分好奇，麦弋为什么要隐藏自己的身份？

麦弋说的那番话，大家都记在了心里。花鸣坚信，麦弋一定有他不能说的苦衷，就像她不能对别人坦白她自己的身份那样。

只是，大家看麦弋的眼神不再一样了。

徐菲菲和秦璐是崇拜，花鸣是感激。

麦弋对她太好了，对于花鸣来说，麦弋是店长，是哥哥，是随时会向她伸出援手的人。

花鸣获得了参加评选的资格，她终于告别了让她头疼的文学社。她听说，周曹很快就被除去了文学社社长一职。新的社长即将上位，但这一切都与花鸣没有任何关系了。

时间一天一天地过去，秦璐替花鸣报名，还鼓励身边所有的人为花鸣投票。秦璐为花鸣组建的后援团，起了巨大的作用。秦璐把她为花鸣拍摄记录下的日常活动影响，剪辑成了一段视频。

有了花鸣勇闯火场的事迹在前，这段小视频，短短一天之内，浏览量就突破到了惊人的地步。大家发现，视频里的那个小女生，时而可爱，时而勇敢，有着最明亮的眸子和干净的脸庞。

"从前没有发现，花茉莉原来长得这么好看！"

"不仅长得好看，最近的几次考试，花茉莉都拿到了满分，她的学习成绩也很棒呢！"

"是啊是啊,听说她还特别勇敢,早在火场救人之前,花茉莉就敢和张志腾对着干!"

一时之间,匿名的,不匿名的,一个又一个论坛ID在余宁大学的论坛上发表着对花鸣的看法。

余宁大学论坛上,开放了为期三天的投票。

票数最高的,是杨欣。

而紧随其后的,正是花茉莉的名字。

两人的票数十分相近,到了投票的第二天,花鸣的票数甚至超越了杨欣。尽管只超越了短短几小时就被重新赶超,但是所有人都不敢再小瞧花鸣了。花鸣成为一匹众人眼中的黑马。

谁胜谁负,谁都说不准。

再往后的参选者,票数就少得可怜了。这场"风采女神"评选赛,根本就是花鸣和杨欣的主场。

按照赛制,三天的论坛票选后,前三名将参加校园论坛举办的讲演。在讲演现场,校园论坛将根据现场评委和观众的投票,选出获胜者,授予余宁大学新一届的"风采女神"称号,并颁发大赛奖金。

花鸣和杨欣入选,已经成了没有悬念的事。大家关心的是这两人究竟谁会获得校花宝座,至于谁会是第三个参加讲演的人选,没有人有兴趣猜测。

已经是票选的第三天了,明天,花鸣就将登上余宁大学最大的舞台。

那个舞台,林缓和杨欣不知走上过多少次,但对于花鸣来说,这是第一次。花鸣竟然有些紧张,只要明天能赢得奖金,花鸣就能凑够钱,带邱敏去看病了。

为了这一天,花鸣的神经已经紧绷了快一个月了。

麦弋亲自为花鸣写了演讲稿,徐菲菲替花鸣打听着大赛的消息,而秦璐则为花鸣不断地拉拢人气。

所有人都在努力着。

在知情者的心中,这绝不是一场关乎虚荣的评选。

就在花鸣积极筹备的时候,杨欣却坐不住了。

一次又一次地搞砸了,杨欣觉得心烦意乱。杨欣不断刷新着校园论坛的票选界面,键盘和鼠标都要被她点烂了。她还记得,去年冬天的这个时候,她没有任何悬念地拿下了第一名。

当时,整个余宁大学,哪有人可以和她比?

但是,现在却不一样了。

杨欣彻底醒悟,她的情敌,实在不好对付。

她决不允许花鸣超越她。

关于林缓，她已经输给了花鸣，她不甘心。这一次评选，她一定要赢过花鸣。她下定了决心，仿佛只要花鸣输了，她就又可以重新获得大家唯一的关注，包括林缓。

看着花鸣马上就要追上她的票数，她终于坐不住了。

杨欣再一次拨通了张志腾的号码。

事情搞砸之后，张志腾没有再联系过杨欣。他担心杨欣责怪他。

接到杨欣的电话时，张志腾又心慌，又欣喜。

"杨欣，对不起，我搞砸了。"

"我要花茉莉明天不能出现在评选现场。如果你办到了，我会和你在一起。"

张志腾怀疑自己听错了："和我在一起？"

"嗯。"

张志腾并不知道杨欣只是在敷衍他而已。

一次又一次地搞砸，已经让杨欣失去了耐心。她对张志腾许下这么大的空头支票，为的便是让张志腾全力以赴。

花鸣等人并不知晓又有一场麻烦等着他们。

讲演的日子终于来了，秦璐和徐菲菲一早便组织后援团进入赛场为花鸣加油了。花鸣在香屋里练习着麦弋为她准备的演讲稿。

花鸣越来越紧张了，尽管她觉得麦弋写的稿子一定能帮助她渡过难关。

评选马上要开始了，花鸣计算好了时间，从香屋离开，朝着余宁大学走去。

然而，她才刚离开香屋没多久，便有一大批人拦住了花鸣。

为首的，赫然是张志腾。

见张志腾气势汹汹，花鸣已经猜到了他的目的。

"上一次选拔赛，是赵佳派人阻止我，这一次，换成你了吗？"花鸣沉声道。

"如果你不参加今晚的评选，你和我之间的仇怨，可以一笔勾销。"张志腾笑道。

"你们故技重施，就没有新鲜一点的法子了吗？"花鸣朝着四处看了看，说道，"不得不说，赵佳比你聪明。上一次拦截，还是在偏僻的地方，这里人这么多，你们光明正大地阻拦我，以为能成功吗？"

四周人山人海，只要花鸣喊一声，肯定有热心的人上前帮忙。花鸣不信张志腾敢胡作非为。可是，张志腾的嘴角却带着自信的笑容，脸上依旧带着嚣张的气焰。

不知张志腾葫芦里卖着什么药，花鸣并不打算和他纠缠。

正准备绕过他们时，张志腾忽然说道："听说你在和林缓谈恋爱，林缓的安危，你也不顾吗？"

花鸣一怔，紧张道："你对双木做了什么？"

情急之下，花鸣竟然喊出了林缓在游戏里的名字。

张志腾微微一愣，没听明白。

但是，这不是重点。

"林缓现在很安全，但是如果你不和我走，我就不知道他会遭遇什么了。"张志腾阴笑道。

尽管着急，但是花鸣还是保持着清醒。

"我不信你敢对林缓做些什么。"花鸣说道。

"不信，你打电话给林缓确认一下，看有没有人接电话。"张志腾回答。

张志腾信心满满，因为就在刚刚，有一批奇怪的人，进了林缓下榻的酒店，缠住了林缓。张志腾有信心，就算此刻花鸣打电话确认，林缓也没有工夫接听。

张志腾哪里知道，花鸣连林缓的联系方式都没有。

看张志腾这副模样，花鸣皱起了眉头，难道林缓真的在他的手上？

张志腾的手段，大家都清楚。

有了孙毅在前，花鸣不敢保证张志腾是否会乱来。

终于，花鸣还是叹了一口气。

她注定要和这场评选无缘。

"走吧。"花鸣咬牙道，"如果林缓出什么事，我绝对不放过你！"

张志腾一愣。

连个电话都不打，这么轻易地就上钩了？

果然，花鸣跟着张志腾等人离开了。他们走了余宁大学里最偏僻的路，一直把花鸣带到篮球社的仓库里。花鸣的手机早被张志腾没收了，他相信，就算花鸣喊破喉咙，也没人听见。

就算听见了，难道他还怕有人到篮球社闹事？

"林缓呢？"花鸣的声音冰冷。

"也亏你信。"张志腾大笑，"你以为，抓一个人那么容易？"

"你浪费了我对你的信任。"花鸣气得全身发抖。

张志腾竟然利用她对林缓的关心，欺骗了她。

张志腾不理会花鸣，给堵在林缓门外的人打了一个电话："可以撤了。"

人都散去了，林缓的眉头紧蹙。

这些人突然敲开他的房门，嚣张至极地不让他进屋。

就在差点动手的时候，他们却又突然离开了。

回到房间后的林缓，发现了桌上亮起的手机屏幕。

匿名短信又来了。

"杨欣指使张志腾困住花鸣，要救花鸣，去篮球社。"

到底是谁？目的何在？

林缓冷静地坐下，迅速地打开了电脑。

但是这一次，林缓并不是要查这条短信的来源，早已经尝试过，他知道，他再怎么查，也是无济于事。

他要找的，是另外一个人的电话号码。

评选讲演马上就要开始了，杨欣和票选第三名都已经到了现场，正在后台化着妆。

可是徐菲菲和秦璐却没有看到花鸣。

给花鸣打电话，没人接。

徐菲菲和秦璐担心了起来，她们给麦弋打了电话，麦弋却说花鸣早在一小时前，就已经离开了香屋。

"茉莉姐会不会临阵脱逃了？"想起花鸣紧张的模样，秦璐猜测道。

徐菲菲摇头："不可能，不知道是不是又遇上麻烦了。"

她们很快想到了张志腾。

当初，周曹可是亲口承认是张志腾指使的。

"走，去篮球社找人！"

徐菲菲和秦璐当机立断，朝着篮球社跑去。

但是，在她们赶到之前，一道身影，突然出现在了篮球社外。

仓库里，花鸣急得满头大汗。

张志腾亲自看着她，她根本没有机会逃跑。

"老大，林缓在外面，说要进来！"

突然，有人传话了。

张志腾一脸诧异："他怎么来了？"

"说要找花茉莉，我们很聪明的，没让他进来！"说罢，这人等着张志腾的赞赏。

哪知，张志腾却破口大骂："脑子有病啊！他要进来，就让他进来！你们就不怕他在外面把人都吸引过来？"

很快，林缓慢慢地走了进来。

花鸣看着一脸镇定的林缓，更加着急了。

"你来做什么！"

林缓没有回答花鸣的问题，而是看向张志腾："放人。"

张志腾不敢相信自己的耳朵："放人？你以为你是谁，你说什么我就得做什么？你当这是你家啊！这里是篮球社，我张志腾说了算！"

"张志腾！"花鸣恼怒了，"你到底为什么总是找我们麻烦？就为了篮球场的事？"

张志腾当然不会把杨欣供出来了,他笑道:"我就喜欢找你们麻烦,怎么样?"

"杨欣。"林缓的嘴里,突然毫无征兆地吐出这两个字。

张志腾全身一颤,心虚道:"你说什么?"

"是杨欣。"林缓又重复了一遍。

杨欣?校花?花鸣一愣,她记得,她和杨欣没有过节。

杨欣看上去是那么温柔的人,难道会因为一场评选,就让张志腾来阻止她?

花鸣都不敢相信了。

"你胡说什么!"张志腾气急败坏,突然站起来,揪住了林缓的衣领。

林缓并不在意,突然从怀里掏出了手机。

"想打电话求助?"张志腾喝道。

张志腾刚想阻止,林缓就狠狠把他推开了。猝不及防,高大的张志腾一个趔趄,差点跌倒在地上。

林缓拨通了电话,大家一起上前,准备抢夺手机时,一个悦耳的声音,突然从手机里传出。

林缓开了免提。

这个声音,张志腾再熟悉不过,他立刻对所有人做了手势,大家都停下了。

"喂?"

"我是林缓。"林缓冷冷道。

是杨欣,林缓在离开酒店前,查到了杨欣的手机号码。

此刻的杨欣,正在后台化妆,突然接到林缓的电话,她又惊又喜。她找了一个没人的角落,整理了激动的心情,对着电话温柔道:"林缓,没想到你竟然会给我打电话。"

篮球社仓库,所有人都屏住了呼吸。

尤其是张志腾,他不明白林缓为什么会给杨欣打电话。

"张志腾。"林缓的嘴里,突然吐出了这个名字。

电话那头的杨欣一愣,立刻说道:"我不认识他,我是说,我和他不熟。"

张志腾的脸色发青,他没想到杨欣这么急于撇清他们之间的关系。

"他喜欢你。"林缓说。

"我知道,我不喜欢他,我喜欢你。我向你告白过,你记得吗?"

林缓沉默了。

"是有人传言我和他怎么了吗?林缓,你相信我,我和他一点关系都没有。我喜欢你,我想和你在一起!"

杨欣的话音刚落,电话就被挂断了。

杨欣这才意识到了失态。

可是，她一直挂念着的林缓，竟然主动给她打了电话。她实在按捺不住，这是多么好的告白机会。杨欣回拨时，却没人接了。

突然之间，杨欣感觉到了不安。

但这种不安是什么，她也说不清。

杨欣又怎么能够猜到林缓此刻正和张志腾等人在一起。

篮球社的仓库里，寂静得吓人。

张志腾低着头，脸色青得发黑。

原来，杨欣还喜欢着林缓，那她为什么要向我承诺，和我在一起？她只是在利用我，帮她打压她的情敌吗？

张志腾觉得头疼，鼻子一酸，眼眶突然湿了。

没有人见过张志腾这副模样。

"老大。"有人想安慰张志腾。

"出去。"

"老大，别太难过了。"

"我让你们出去！"

在张志腾的暴喝下，狭小的房间里，很快只剩下他们三个人。

林缓走向花鸣，伸出手，竟牵起了花鸣的手。

张志腾没有阻拦。

就在林缓要带着花鸣离开时，花鸣突然停下了脚步。

"张志腾，今天的事，我不会告诉学校，希望你以后不要再这样了。"

张志腾瘫坐在地上，神情复杂。

"你是在嘲笑我吗？"

花鸣摇了摇头："我只是觉得，这不是一个男人该做的事。你能成为篮球社的社长，代表你很优秀。可是，你却总是用暴力让别人害怕你，为什么要这样呢？关于杨欣，我不想多做评论，但如果你喜欢她，为什么要用这种畸形的手段去赢得她的感情呢？"

张志腾缓缓地抬起头，他的确没有从花鸣的脸上看出任何得意和嘲讽。

"把眼睛擦亮一点，你不该被人欺骗，也不该被人利用。或许变个样子，会有更多人愿意接近你，你也会遇到对你真诚而不是欺骗利用你的人。"

花鸣不知道的是，她的这番话，彻底改变了张志腾。在不久的将来，余宁大学的学生们突然发现，张志腾和以前不一样了。日复一日，当所有人都从余宁大学毕业时，"校霸"这个词，已经彻底不存在了。

一直到张志腾开始工作，他还在感激着花鸣的这番话。

而这些，都是很久以后的事情了。

当林缓和花鸣离开篮球社时,徐菲菲和秦璐恰好赶到。

看见林缓和花鸣正牵着的手,徐菲菲和秦璐看得满眼冒光。

原来,这两个人站在一起,是这么般配。

林缓很快松手了,没有留下任何话,他离开了。

花鸣很想知道林缓为什么会出现在这儿。

可是,徐菲菲和秦璐却揪着花鸣朝着赛场跑。

当讲演正式开始时,正在后台窥探的杨欣,突然看到了花鸣匆匆而来的身影。

她知道,她还是输了。

第四十一章 女神

Chapter 41

票选第三名的小女生已经羞怯怯地在台上完成了讲演。

花鸣要第二个上场,然而,此刻的花鸣却没来得及化妆,衣服也脏了。在所有人的掌声中,花鸣深吸了一口气,上了台。

果然,和第一个演讲的女生相比,花鸣朴素的打扮,让所有人都诧异了。

花鸣站在舞台的正中心,聚光灯打在她身上。她往兜里摸了摸,里面空荡荡的。麦弋给她写的稿子,或许是不小心丢在篮球社了。有十分短暂的一瞬,花鸣的脑袋一片空白。

那是前所未有的紧张,台下的所有人,仿佛都在等着看她的笑话。

然而,转瞬即逝,花鸣对着台下深鞠了一躬。

"如果今天没有发生一些小插曲,或许我也能在后台化妆,换身干净的衣服。"花鸣开口了,"可惜,我赶到这里的时候,已经来不及了。我的演讲稿也丢了,那是一个对我很好的朋友帮我写的,我都记在脑子里了。但是,站到这里,我突然觉得有更重要的话要说。"

大部分人都听得云里雾里,他们不会知道花鸣究竟经历了什么。

"我想告诉那些对我怀揣着恶意的人,我并没有把你们当成敌人,也从来没有想过要赢过你们。我会参加这次评选,不是为了成为校花,而是为了那笔丰厚的奖金。"

顿时,台下一片哗然。

"她是什么意思?她这么狼狈,差点迟到,难道是杨欣在搞她?"

"搞她的人多了,听说前几天她还被诬陷偷窃文学社的经费。"

"别胡猜了,博取同情而已。她自己都说了,她是为了奖金参选的。"

"是啊,眼里除了奖金,还有什么?"

稀稀疏疏的议论，都被花鸣听进去了。台下的徐菲菲和秦璐无比气愤，但是站在台上的花鸣，此刻却无比冷静。

她应该有一颗强大的心才对。

当她爬上DWorld的排行榜，就时常面对着无端的非议。从她来到现实世界的第一天起，指责和谩骂就从未离开过她。

花鸣淡然一笑："我遭遇了太多冷眼，早就有了一颗百毒不侵的心。所以，台下的那些人，无论你们是嫉妒我，羡慕我，讨厌我还是厌恶我，都不必再说了。因为，就算你们骂得再厉害，我也不会放在心上。"

谁都没想到花鸣竟然会当着所有人的面，说出这番话。

是的，花鸣得罪过他们吗？

没有。

花鸣认识他们吗？

不认识。

可为什么有那么多人谩骂她呢？

"从前，当我还不是现在的我时，我总是被人嘲笑。现在才明白，原来，这个世界的人，有好多人只能在他们觉得弱的人身上，得到征服的快感。原来，这个世界，有比他们还要不起眼的人啊！于是，所有人都加入了嘲讽的狂欢当中。"

这番话，顿时让不少人青了脸。

花鸣说中了他们心里的痛处。

"而当我变得不一样了，得到的谩骂和针对却变本加厉。这个世界的人们，更加无法容忍一个原本不起眼的人，突然换了新鲜的皮囊。原来，在这里，变得优秀都是一种过错。也是在最近，我才明白，那是嫉妒。有许多人无法容忍这种金蝉脱壳般的变化，没被他们拥有，而是发生在一个曾经受尽冷眼的不起眼的人身上。"

"嘲讽和嫉妒，原来也会传染蔓延。越来越多的人加入了这个行列，尽管你们不了解我，不认识我，甚至从来没有见过我。也有人把我当成了敌人，想尽方法地阻挠我来到这里。我想告诉她，我从来没有将她当成对手。从前是没有想过，现在是觉得，她不配。"

在后台等待着的杨欣，听到这些话时，身体忽地一片冰凉。

"用尽见不得人的手段，这并不是一个真正对手应该做的事。我承认的对手，要比她强大很多。"花鸣笑道。

她说的是实话，在游戏世界里，她面对的总是强大的玩家和凶猛的Boss。

"为了这次评选，我努力地准备着。我的朋友们也都在努力地帮助着我，尽管有那么多坎坷，但最终，我还是站到了这里。我选择不欺骗大家，我的的确确是为了那笔奖金来的。因为，我想带着妈妈去看最好的医生。"

全场哗然，议论四起。

"听说，花茉莉的妈妈疯了。"

"我也听说了，花茉莉大难不死，但是她的妈妈却经受不住打击。"

"原来是这样。"

花鸣的目光从台下所有人的身上扫过，她的声音微微颤抖，依旧有些紧张。

"从前，我没有多少朋友，朋友对我来说，只是奢望。"花鸣说这话的时候，想起了照片中花茉莉的模样，"我很庆幸，站在我身边的人，越来越多。我希望，她们永远能陪伴着我，也希望，有更多人和我成为朋友。真心对我好的人，我回以真心；对我不好的人，我不愿接触，也请你们不要来接触我。"

花鸣把憋在心里的话，全部说了出来。

灯光打在花鸣的脸上，皮肤白皙，干净得没有一点儿瑕疵。

她不美，却又很美。

不知道又有多少人，突然因为花鸣无比真诚的这番话，放下了对她的偏见。

徐菲菲和秦璐早已泪流满面，她们清楚花鸣究竟遭遇了怎样的坎坷。更准确地说，只有徐菲菲真正清楚花鸣的经历。她想起了花茉莉，那个她最好的朋友，再也回不来了。

可是，徐菲菲却又觉得庆幸，因为，有一个无比真诚的人，代替花茉莉活了下去。

徐菲菲哭得撕心裂肺，如若不是雷动的掌声掩盖了她的哭声，她一定会吸引许多异样的目光。

花鸣的话说完了，不短不长，她对着台下的掌声，回以一个微笑。

当她走下台时，徐菲菲和秦璐立刻冲了上去，把她紧紧地抱在怀里。

花鸣已经放弃了，她说的这些话，根本称不上是演讲。

杨欣应该如愿以偿了吧？

现场重归平静，所有人都在等着杨欣上台。

可是，杨欣的身影却迟迟没有出现在舞台上。

杨欣离开了这儿，她的内心复杂，有愧疚，有怨恨。她在距离舞台只有一步的地方，转身离开了，她没有勇气再踏上去。

杨欣最终也没有上台，所有人都不禁开始猜测：花鸣口中说的那个"她"，难道真的是杨欣吗？

胜利突如其来。

没有了杨欣，花鸣以压倒性的优势，赢过另外一名女生。

当论坛主办方宣布花鸣当选新一届"风采女神"时，花鸣仍然不敢相信。

竟然这么容易？

"女神!"

"女神!"

"女神!"

当台下所有人欢呼着的时候，花鸣才清醒地意识到，是真的！她真的拿到奖金，能够带邱敏去看病了！

徐菲菲哭得更惨了，她没办法不去想自己曾经真实存在过的好朋友，真正的花茉莉。

花茉莉曾经努力了那么久，却还是默默无闻，融不进任何人的圈子。

可是，花鸣却让花茉莉的名字，得到了所有人的认可。

花茉莉能成为女神，这绝对是徐菲菲不敢想象的事。

评选的热潮终于过去，但是花茉莉的名字，却成为大家热衷的议题。

在未来好几天，校园论坛上，花茉莉与林缓这两个名字的热度几乎持平。走在校园里，花鸣突然发觉有更多人会被她吸引目光。原来，这就是传说中的回头率百分百。

和以前不一样的是，那些陌生的面孔，终于对她报以微笑。

当花鸣静下心来，重新翻开花茉莉的日记本，她突然发现，在不知不觉中，花茉莉的心愿已经被她一项一项地完成了。

她教训了校霸，在学业上变得优秀，交到了更多朋友，得到了更多人的尊重。

许许多多的小心愿，全部完成了。

或许这是好事，因为她的任务，完成了一半。

或许这又是坏事，因为她不得不直面花茉莉最难的三个心愿：让邱敏身体健康、找到失踪已久的爸爸、追到林缓并亲吻他。

花鸣觉得头疼，她敲了敲自己的脑袋，对着日记本抱怨道："写日记真的不是一个好习惯。"

一转眼，到了邱敏看病的日子。

徐菲菲替花鸣预约好了。据徐菲菲了解，即将来到余宁市的这位医生，是最好的精神科医生。按照徐菲菲的话说，如果连他都治不好邱敏，那邱敏恐怕是康复无望了。

为了这一天，花鸣特地请了假。

一大早，花鸣就搀扶着邱敏，踏上了海港，登上了客船。

海风袭来，邱敏出神地望着平静的海面。

"你放心，你一定能康复的！"花鸣笑着攥紧手里的包，"我终于攒够了钱！"

里面装的是花鸣千辛万苦才赢得的奖金。

邱敏没有任何反应，依旧望着海面。

花鸣也朝着海面望了一眼。

当初，花茉莉就是在这里遇难的吧？

空气里，夹杂着湿咸的味道。

徐菲菲一大早就到医院排队了，她替花鸣和邱敏打理了一切，就等着花鸣带邱敏来到医院。

等了许久，徐菲菲接到了花鸣的电话。

"你们到哪儿了？"徐菲菲问，"马上轮到我们了。"

但是，徐菲菲得到的，却是花鸣无比着急的回答："妈妈走丢了！"

徐菲菲的心"咯噔"一沉："怎么回事？"

"不知道，公交车上人太多，人变少的时候，她就不见了！"

当徐菲菲在拥挤的公交车站找到花鸣时，花鸣正无助地蹲在地上。她已经找遍了这里的每一个角落，可是邱敏却像人间蒸发了一样，不知所终了。

就在半小时前，花鸣带着邱敏上了公交车。

花鸣原本紧紧攥着邱敏的手，公交车上的人实在太多了，她们很快就被挤到了各自的角落。花鸣已经察觉到了不安，她的目光时刻不敢离开邱敏。在经过这个公交车站时，邱敏突然跟随着人群下车了。

任凭花鸣怎么叫她，邱敏也没有停下来。

花鸣拨开人墙，也跟着邱敏下了车。

可是，邱敏却已经不见了。

慌乱的花鸣，已经在这里找了整整半小时。

她不知道怎么办，她太懊悔了，那可是花茉莉的母亲，是花茉莉最在意的人。带着邱敏去看病，这原本是一件值得欣喜的事。然而，病没有治好，花鸣却把邱敏弄丢了。

"你怎么回事！"徐菲菲忍不住呵斥花鸣。

花鸣愣住了，在她的印象中，徐菲菲从没有对她发过火。

"茉莉的妈妈，对你来说，就一点儿也不重要吗？为什么不看好她？"徐菲菲歇斯底里地吼道。

徐菲菲仍然记得，每一次她借宿花茉莉家，邱敏都像对待亲生女儿那般照顾她。花茉莉已经走了，她绝对无法容忍花茉莉的妈妈再出事。

"我……对不起。"花鸣有很多话想说，可是最终，她的嘴里只吐出了这几个字。

徐菲菲颤抖着身子，良久，她深吸了一口气："先报警。"

很快，徐菲菲报了警。

听说邱敏精神不正常,立刻有许多警察开始寻找邱敏。

也是在第一时间,麦弋和秦璐也接到了花鸣的求助电话。很快,秦璐带着她为花鸣组建的后援团,麦弋通过文学社社长动员了文学社的力量,不知有多少人都加入了寻找邱敏的行列。

不敢只寄希望于警察,所有人都从邱敏和花鸣走失的地方开始寻找。

搜寻范围不断地被扩大,但是天都快要黑了,大家仍然没有发现邱敏的踪迹。

大家都像无头苍蝇,在偌大的余宁市不断寻找着。徐菲菲实在无能为力,她在校园论坛上求助,好在学生们都不是冷血的动物,又听说走失的是新晋女神花茉莉的妈妈,许多热心的学生开始在社交平台上发布了邱敏走失的信息。

所有人都分头行动着,天黑了,花鸣已经在喧闹的街道上漫无目的地走了好几个小时。她一口水也没有喝,一分钟也不敢停下休息。花鸣的眼睛都要花了,有时候,她觉得每一道行走在街道上的背影,都是邱敏。

可是,一次又一次地错认后,花鸣更加绝望了。

不知道怎么回事,花鸣走到了灯火辉煌的酒店大楼下。

她缓缓地抬起头,这里看上去有些熟悉。

发着蒙的花鸣仔细地回想,过了好久,她才想起,这里是林缓下榻的地方。

花鸣觉得她要走投无路了。

她想起了双木,他曾经数次帮过她。

这一次,林缓能帮他吗?

花鸣咬着下唇,最终还是进了酒店。

轻轻地敲门。

"谁?"

花鸣的声音沙哑,冬夜里,寒风瑟瑟,她的眼睛早已干得快要睁不开了。

"我。"

她的声音很小,花鸣也不确定林缓是否听见了。

她没有力气了,仿佛天都要塌下来了。

门还是开了。

面无表情的林缓,显然察觉到了花鸣的异样。

他的眉头又皱起来了。

"怎么了?"

"我妈妈走丢了。"花鸣沮丧道。

胸口那股不知道是什么的东西,又开始撩动花鸣的心弦了。

花鸣觉得很不舒服。

林缓微微一愣,随后转身进了屋。他没有关门,花鸣木讷地跟着林缓走了进去。

"说吧。"林缓说。

花鸣把一切都对林缓说了一遍，她突然有种预感，林缓可以帮她。她不敢有丝毫的遗漏，邱敏走丢的地方、她的病情、她的经历，花鸣全部一字不落地告诉林缓了。

林缓想了一会儿，突然打开了电脑。

他打开了一个奇怪的程序，双手飞速地在键盘上敲击着。

花鸣静静地站到了林缓的身后，她不敢打扰林缓，可是紊乱的呼吸却忍不住颤抖。

"别急，等我几分钟。"

林缓没有回头，似乎是感觉到花鸣的焦急，他这样对花鸣说道。

果然，林缓的速度很快。

电脑屏幕上突然出现了许多监控视频。

不知用什么办法，林缓竟然调取了公交车站的监控。

"报警了吗？"林缓问。

"有，已经报警了，警察正在找。"

"警察应该看过了。"林缓说着，又切到了其他角度的监控，"没有聪明的办法，只能慢慢找。"

花鸣像是抓住了救命稻草，立刻在一个又一个监控视频下，寻找着邱敏的踪迹。

苦寻无果，花鸣的目光突然放在了正在电脑上跳跃的代码上。

她不得不开始与代码们暗自交谈了。

"求求你们，帮帮姐姐。"

花鸣把邱敏的信息，传输给了这群代码萤火虫。

萤火虫们跳跃着，没过多久，它们给了花鸣反馈。

"找到了！"

林缓一怔："哪里？"

"上午九点十分，公交车站西侧的探头。十点十五分，西洋大厦正门的监控摄像头。下午三点，青年小区西门的第二个监控摄像头……"

花鸣竟然连续对着林缓报了十几个不同时间、不同方位的监控摄像头位置。

林缓照着花鸣说的，调取了对应的监控视频。

果然，每一道画面里，都出现了邱敏的身影。

按照时间顺序，一条邱敏的行动轨迹，跃然于花鸣的脑海。

"我知道她去哪里了！"说罢，花鸣来不及道谢，冲了出去。

林缓尚未从惊讶中缓过来。

她是怎么知道她的妈妈在那些时间，分别出现在那些位置的？

第四十二章 亲人
Chapter 42

满天繁星，全部映在了波澜的海面上。海风一吹，它们全部沉向了深海，就像花茉莉沉进大海深处那样。

时至冬至，余宁市已经冷得让人失去在街道上长留的勇气，只要再冷那么一点儿，大雪将降临在这座海边的城市。岸港上，只留下几只夜泊的小客艇，仿佛还在等着深夜归家的人们。

花鸣气喘吁吁地来到了这儿，她着急得甚至来不及通知她的朋友们。

港口漆黑一片，花鸣四处张望着，终于，她在岸边看到了一道孤独的背影。

花鸣认了出来，是邱敏。

她早该想到邱敏会来这儿，这可是花茉莉遇难的地方。

寒风中，邱敏的身子那样单薄，远远望去，邱敏仿佛会随时跃进花茉莉长眠的海里。花鸣的身体颤抖着，她的心里，突然产生了强烈的不安。她有一种预感，就在今夜，在这个港口，将发生一件让她措手不及的大事。

几乎是本能般的，花鸣联系了徐菲菲。

"我找到妈妈了，在港口。你能一个人来吗，不要通知其他人。"

"为什么？"

"不知道。"

花鸣切断了通话，她觉得要来不及了。邱敏太危险了，花鸣没有任何犹豫地朝着她跑了过去。

她要拉住邱敏，花茉莉已经死了，她绝对不能让邱敏出事！

此刻，无关花茉莉的遗愿，花鸣打从心里想救下这个人。

然而，就在花鸣马上就要触到邱敏的肩膀时，她停了下来。

"站住。"

是邱敏阻止了她。

邱敏没有回头,但却仿佛知道了来人是花鸣。

花鸣不敢乱动,她深吸了一口气:"妈妈,你怎么在这儿?我找了你好久。"

邱敏慢慢地回过头,借着星光,花鸣在邱敏的眼眶里,发现了热泪。再仔细一看,邱敏早已经泪流满面。

"妈妈,天气冷了,我们回去吧。"花鸣轻声说道。

当与邱敏面对面地站着时,她内心的不安,愈加强烈。

白色早已爬上邱敏的两鬓,她脸上的皱纹好深,仿佛是被冬夜里的寒风撕裂开来的。花鸣忽地发现,此时的邱敏,和往常有些不一样。同样的脸庞,同样的身影,究竟不同在哪里?

当花鸣明白过来,她吓得不禁往后退了一步。

邱敏的双眸里,不再有任何木讷,有的,只是精明和凌厉。

"妈妈,你怎么了?"花鸣试探性地问道。

"你不是茉莉。"

邱敏的回答,让花鸣心里尚存的最后一丝侥幸都消失了。从邱敏的语气里,花鸣听出了绝望。

花鸣不敢抬头,更加不敢注视邱敏的眼睛,她前所未有地心虚道:"妈妈,你说什么?"

"你不是她!不要叫我妈妈!"邱敏突然变得激动。

她的身体摇摇欲坠,随时都会失足跌下海港。

花鸣很着急,她伸手,想要抓住邱敏,可是邱敏却竭尽全力地躲避着花鸣的救援。很快,花鸣不敢动了。

花鸣难以平复心头的惊讶与慌张,她不可思议地问:"您的病,好了?"

邱敏摇了摇头:"我从来就没有病过。"

花鸣的脑海像是炸起一道惊雷,所有的不安,都在这一瞬间变成了现实。

从来没有病过?

难道,一直以来,邱敏只是在装疯卖傻?

花鸣忽地想起邱敏数次对她说的那句话:你不是她。

花鸣真不知道是不是应该高兴,她也从未想过,花茉莉那个关于她妈妈的心愿,会以这样的方式实现。

花鸣仍然试图做着挣扎。

"那我们回去吧?"

"不要骗我了,你告诉我,我的女儿去哪儿了!"

突然，邱敏死死地揪住了花鸣的双肩，不断猛烈地摇晃着。花鸣觉得疼，原来，抚养花茉莉长大的这双手，这样有力。

"妈妈，我在这儿，我在这儿啊！"花鸣不断地回答着。

话音一落，邱敏突然住了手。

她注视着花鸣，突然哭了："你不是她，你根本不是她！不要欺骗我了，从见你的第一眼开始，我就知道你不是她！"

邱敏眼前的这个女生，和她的女儿拥有一张近乎一模一样的脸。可是，或许花鸣能够欺骗其他所有人，却无法欺骗邱敏。

花茉莉是邱敏身上掉下来的肉，是她身上滴下来的血。

她一点儿一点儿地把花茉莉抚养成人，一点儿一点儿地看着花茉莉长大，没有人比她更清楚花茉莉是怎样的人。

花鸣终于放弃了，原来，她一直都没能瞒过这个母亲的双眼。

"可是，为什么？"花鸣盯着哭得撕心裂肺的邱敏，"既然你知道，为什么不一早揭穿我？"

"我不确定。"邱敏啜泣着。

是的，邱敏不确定。

当她从医院醒来，第一眼看见正和徐菲菲交谈的花鸣时，邱敏就已经心生疑虑了。这个和花茉莉长得一模一样的女生，太奇怪了。

她的直觉告诉她，这个人，拥有和花茉莉一样的容颜，但却不是她的女儿。

只是，她不确定。

会不会是花茉莉死里逃生，所以有些不正常了？

邱敏也曾经这样说服过自己。毕竟，她实在不敢相信怎么会有一个人，竟然和她的女儿长得一模一样。

邱敏装疯卖傻，为的便是观察和试探这个奇怪的、善恶不明的女生。

邱敏无比希望一切只是她想多了，可是日复一日，她失望了。

而她仅存的疑虑，竟然是花鸣亲自为她打消的。

那个夜晚，花鸣悄悄地进了邱敏的房间。

她佯装睡着，花鸣说的每一句话，邱敏都听得一清二楚。

她最终确定了，原来，这个人真的不是她的女儿。

邱敏不想活了，失去了花茉莉的生活，对她来说，还有什么意义？可是，她还是想亲口质问花鸣：她的女儿到底去哪儿了？像是夺走了花茉莉的身体一般，为什么她和花茉莉长得一模一样？

"是你吗？是你害死了我的女儿？"

面对邱敏的质问，一时之间，花鸣竟然不知该怎么回答。

良久，花鸣摇了摇头。

她忽然觉得奇怪，难道在邱敏的心中，花鸣像是害死了她女儿的人吗？她照顾了邱敏这么久，千方百计地想治好邱敏，为什么邱敏会这样想？

花鸣的胸口突然有些疼，热热的，酸酸的，那究竟是什么？好难受，花鸣好想把胸口剖开，看看究竟是什么在作祟。

"那你是谁？"

花鸣突然沉默了，她瞒不住了，她要告诉邱敏她来自哪里吗？

邱敏会相信吗？

花鸣不想说，她依然记得系统的警告，但是面对哭泣的邱敏，为什么她这样无法拒绝呢？

"伯母。"

就在花鸣犹豫不决的时候，徐菲菲终于赶来了。

花鸣和邱敏都不知道的是，徐菲菲早已经赶到了这里。只是，她不知道要以怎样的方式介入这两个人的谈话。

"花鸣。"

时隔好久，徐菲菲终于当着第三个人的面，叫了花鸣真正的名字。

"你忍心吗？告诉伯母吧。"

来到现实世界后，花鸣从未像今夜这样慌张和无助过。

不忍心？徐菲菲是在说花鸣残忍吗？为什么花鸣突然觉得，只要一涉及花茉莉，徐菲菲就变得像不认识她了？她曾以为徐菲菲会像风儿沙那样，成为她最好的朋友。但是，就在今天，花鸣发现，她好像无法取代花茉莉在徐菲菲心中的地位。

她从未想过要代替花茉莉，但是她的心里，还是莫名地升起了一股酸意。

花鸣点了点头，默认了。

"伯母。"徐菲菲搀扶起了几欲瘫下的邱敏，"或许，您会觉得我说得很荒唐，但请您相信，我和花鸣，都对您说了实话。接下来我说的每一个字，请您认真地听。"

尽管早就做好了心理准备，可当徐菲菲把一切的真相，全部告诉邱敏时，邱敏依然按捺不住内心强烈的震惊。

太神奇了，神奇得让人畏惧。

她依稀记得，花茉莉的确在玩着一款游戏。她眼前这个和花茉莉长得一模一样的少女，竟然是花茉莉创建的一个游戏角色？

"妈妈……对不起，我不该这么叫您。"花鸣无奈地摇了摇头，这么久了，她早已经习惯了这个称呼。

花鸣长舒了一口气，她突然觉得轻松了。从今以后，她需要隐瞒的人，又少了一个。

"请您相信我，我没有恶意。"

邱敏注视着花鸣，她又何尝不知道呢？

这么久了，花鸣总是悉心照顾着她，为了给她治病，花鸣想尽方法筹钱。

一个不善良的人，会这么做吗？

只可惜，花鸣终究不是她的女儿。

"我知道了。"邱敏突然淡然道，"我的问题，问完了。"

可是，就在徐菲菲和花鸣以为邱敏终于释怀的时候，邱敏突然纵身一跃，跳进了冰冷的海里。她想走了，她要去陪她的女儿，这个世界，再也没有可以让邱敏留恋的人。

邱敏闭上了眼睛，任凭冰凉的海水侵蚀着她的肌肤。

恍惚之间，她仿佛听见了花茉莉对她的呼唤。

她听不清。

那道声音越来越近，越来越近，终于，她听清了。

"不要死！不要死！"

邱敏突然睁开了双眼，一道身影正在朝着她游来。

是花茉莉吗？不是，是花鸣！

几乎是邱敏落水的同一时间，花鸣也纵身跃进了大海。

花鸣将邱敏救了起来，寒风袭来，被海水打湿身体的两人，都在冷风中瑟瑟发抖。

"不要这么做！"顾不上休息，花鸣颤抖着声音、无比诚恳地对邱敏说道。

邱敏死了，那花鸣的任务，就算彻底失败了。但是，花鸣此刻想的并不是这些，她是真心想救下这个为了女儿寻死的母亲。

邱敏摇着头，泣不成声："为什么要救我？我活在这个世界上，还有什么意思？"

徐菲菲脱下了外衣，将邱敏包裹得严严实实。

冰寒入骨，花鸣却得不到照顾。

"为了您的女儿，请您继续活下去。"花鸣发着抖，水珠从她的发丝上一滴一滴地往下淌着，"花茉莉创造了我，陪伴了我将近四年的时间。在我的那个世界，四年已经很久远了。我没有见过花茉莉，但是透着那道屏幕，我仿佛能感受到她。

"有时候，我觉得我和她是同一个人。我知道，她很爱您，您也很爱她。她走了，但是她在这个世界上，唯一割舍不下的，恐怕只有您了。如果您走了，死去的花茉莉该有多么伤心？她还那么年轻，有多少地方没有去过，有多少事没有经历过？您是她唯一的亲人了，难道您真的要让她伤心？难道您不想代替她，去做她想要做却没来得及做的事？"

花鸣的这番话，让邱敏痛彻心扉，她的胸口疼得快要窒息了。

"您真的就要这么走了吗？花茉莉一定希望您能健健康康。我来到这个世界的使命，就是为了完成她的遗愿。您知道，对花茉莉而言，您的健康有多么重要吗？"

邱敏的泪珠像断了线的珠子，止都止不住。

"可是，我没有女儿了……"邱敏抽泣着。

"我也没有亲人。"花鸣低着头，"从我诞生的那一天开始，我就没有亲人。来到这个世界后，我才明白，原来对于你们来说，亲人是这样重要。或许，我是幸运的。因为花茉莉，我短暂地拥有了亲人。这种体验，原来那样美好。

"我的性格，我的情绪，全部始于花茉莉。就算我再怎么变化，骨子里继承于花茉莉的东西，是不会变的。花茉莉也一定想要珍惜她的亲人，所以，请您活下去吧。"

拥住邱敏的徐菲菲也早已经哭成了泪人。

不知为什么，此刻的花鸣，很想上前去轻轻地拥住邱敏。但是，她犹豫着。

她不是花茉莉啊，邱敏会容许她接近吗？

如果她是花茉莉，她该有多幸福啊？有这样一个人爱着她，牵挂着她，这种感觉，一定很美妙吧？

终于，花鸣鼓足了勇气。

她来到邱敏面前，轻轻地蹲下身，抱住了邱敏。

那一刹那，花鸣觉得心头暖暖的。

原来，这就是拥有亲人的感觉。

"如果花茉莉知道您没事，一定会很开心。"花鸣在邱敏的耳畔轻轻说道，"您不喜欢，我可以发誓，我再也不会出现在您的面前。但请您，一定要照顾好自己，为了您自己，也为了花茉莉。"

花鸣深吸了一口气，她决定离开了，离开那个并不属于她的家。

至于要去哪里，花鸣没有想好。

这座城市，大得好像没有边际，总会有她能住下的地方。这座城市又太大了，她究竟要去哪儿？

花鸣的心情复杂，她缓缓地准备起身。

就在此时，一双粗糙冰凉的手，突然抚上了她的背。

邱敏竟然轻轻地拥住了她。

"善良的孩子，难为你了。请你代替茉莉，继续生活下去吧……"

深夜的港口，再也没有行人。

当麦弋和秦璐匆匆寻着徐菲菲来到港口时，正看见三人相拥。

邱敏和徐菲菲哭泣着，花鸣沉默着。

他们竟然不忍去打扰。

花鸣的胸口更痛了，这种感觉究竟是什么，好难受，可是，花鸣却又病态地希望这种感觉可以再存留久一些。

她咬着下唇，一边忍受着，一边享受着。

邱敏终于还是昏厥了过去。

秦璐带着她的朋友，将邱敏抱了起来，她们要立刻送邱敏去医院。徐菲菲在叮嘱麦弋好好照顾花鸣后，跟着去了医院。

花鸣觉得好累。

原本以为，当一切结束，她会无比轻松。可是，此刻花鸣的心里好像又有了新的牵挂。

花鸣木讷地朝前走着，她好像被人忽略了。

她要去哪儿？

就在她不知所措时，一件温暖的衣服，披在了她的身上。

花鸣缓缓抬起头，是麦弋。

月光下，麦弋的脸色苍白，好似要与皎洁的月光融为一体。

"跟我走，别着凉了。"

花鸣点了点头。

她的身体冷得快要失去知觉了。

是麦弋在这个时候，轻轻地将花鸣拥入怀中。

半拥着，麦弋搀扶着花鸣往前走着。

他要把花鸣带回香屋。

虽然不知道究竟发生了什么，但他突然觉得，花鸣一定需要一个温暖的地方。他记得，当花鸣第一次进入香屋时，一杯奶茶就能让她满足。此时，麦弋希望花鸣能像当初那样，露出满足的微笑。

港口的另外一角，他的发丝被海风撩乱。

花鸣走得太匆忙了，他最终还是跟着寻到了这里。

他几乎是与麦弋等人同时到达这里的。

他远远地站着，没有靠近。

第四十三章　往事
Chapter 43

这一天过去了。

花鸣在香屋里，筋疲力尽地睡了一夜。

她觉得太累了，一闭上眼睛，她就像昏厥了过去。

当她醒来，天已经亮了。花鸣伸了一个懒腰，阳光从落地窗外洒了进来，刚好覆在她的身上。温暖的感觉，从花鸣肌肤上的每一道毛孔渗透，一直暖到她的心里去。

花鸣活了过来，昨夜那种难言的感觉，早已消失了。

"醒了？"

花鸣听到了麦弋的声音。

花鸣是躺在落地窗前的长椅上睡着的，而麦弋，就坐在不远处。他没有合眼，而是翻着泛黄的卷纸，看了一夜的书。和满血复活的花鸣比起来，麦弋显得有些憔悴。

"店长，对不起，又麻烦你了。"花鸣不好意思道。

麦弋全然不在意，他站了起来："去洗手间洗漱吧，我去给你准备早餐。"

当花鸣洗漱完毕，正准备享用麦弋为他准备的早餐时，香屋的大门被推开了。

"不好意思，下午才营业。"麦弋笑着说。

花鸣一看，推门进来的，竟然是林缓。

林缓怎么会来这儿？

"咦？"麦弋也看清了林缓的脸，"这是林缓？"

"店长，你们认识？"花鸣问。

麦弋笑着眯眼，摇了摇头："不认识，但是在余宁大学这么出名的人，我怎么会不知道呢？"

花鸣点点头，这才问林缓："你来找我吗？"

林缓摇头："早餐。"

"吃早餐？"花鸣觉得奇怪，"可是，今天不上课啊！"

今天是周末，余宁大学没有课。虽然林缓下榻的酒店和香屋都在学校周边，但是却一个在东，一个在西。花鸣记得，那家酒店附近十分繁华，林缓怎么会大老远跑到这儿来吃早餐？

林缓没有回答，只是静静地站着。

"可是，这不是早餐店。"花鸣说，"中午才营业。"

麦弋却插嘴道："没关系，都给你做了一份早餐了，我再做一份吧。"

说罢，麦弋立刻去了吧台。

林缓绕过花鸣，径直坐到了落地窗前。

花鸣只好也发着蒙坐下了。不敢想象，林缓竟然与自己面对面坐着，即将一起吃早餐。这件事要传出去，恐怕又会在余宁大学掀起风波吧。

花鸣早已经饿得头晕眼花，但是林缓干坐着，花鸣也没有动筷子。

"昨天，谢谢你。"花鸣向林缓道谢。

但是林缓发着呆，没回答。

好不容易，麦弋终于也给林缓准备了一份早餐。早餐一端上来，花鸣立刻拍了拍手："那我开动了！"

花鸣狼吞虎咽了起来，她也想在林缓和麦弋面前保持形象，可是她实在太饿了。

麦弋盯着花鸣，笑出了声。

花鸣咽下一口食物，这才小心翼翼地问道："吓到你们了吗？我吃相是不是太难看了？"

麦弋笑着摇了摇头："不会，很可爱。多吃点。"

"那就好。"花鸣说完，又开始吃了。

林缓却突然站了起来。

花鸣放下手中的筷子，看了一眼林缓面前丝毫未动的食物："你不吃了？"

"嗯。"

"不合胃口吗？"麦弋起身，"我给你再做一份？"

但是林缓没有回答，转身直接走了。

"他怎么了？"花鸣问麦弋。

"心情不好吗？"

"可是……"花鸣想了想，"他还没给钱呢。"

麦弋一怔，不得不说，花鸣的关注点有些奇怪。

"店长，从我的工资里扣吧。"花鸣对麦弋说。

麦弋又笑了，笑容比窗外的阳光还要暖。

离开香屋后的林缓，很快接到了一个电话。

"小宝贝，回趟家吧。"

"干吗？"

"妈妈太无聊了，回来陪妈妈吧。"

林缓沉默着。

"小宝贝，你忍心看妈妈一个人在家吗？"说着，吴桐竟然带起了哭腔，"回来吧，爸爸今天不会回来。"

简直屡试不爽，每一次吴桐这副模样，林缓都会妥协。挂断电话后，吴桐立刻走进了厨房，她要为林缓准备一顿丰盛的午餐。

医院，邱敏也终于在中午最温暖的时候，睁开了双眼。

昨夜发生的一切，宛如梦境，可却又那么真实。

"伯母，您醒了？"徐菲菲轻声问候道。

她在这里守了一整夜。

后半夜，徐菲菲让秦璐带着她的朋友回去了。她知道，邱敏醒来后，她与邱敏之间的一些谈话，不能被其他人知道。

"那孩子呢？"邱敏突然问。

徐菲菲一怔，邱敏是在问花鸣。

再想起昨天对花鸣说的那些话，徐菲菲突然觉得自己有些残忍。只是，每当想起花茉莉，徐菲菲就控制不住自己。麦弋照顾着花鸣，花鸣应该没事吧？花鸣会不会责怪自己忽略了她？

过了好一会儿，徐菲菲才勉强挤出一个笑容："朋友照顾着，您放心。"

"她是个善良的孩子啊……"邱敏的眼中带泪。

如果花茉莉没有死，也一定会像花鸣一样善良吧。

徐菲菲叹了一口气："是啊。"

她的目光飘向窗外，阳光美好，唯独树林里，再没有一片绿叶。

余宁市最高的大楼上。

DW团队刚刚送走一批客人。

陈豪摘下了金边眼镜，闭上眼睛，倚靠在座椅上。窗帘没有拉开，灯也没有打开，在这样明亮的白天，他的办公室里竟然漆黑一片。

有人敲了敲门。

没等陈豪的回应，门被打开了。

"老大，晴时雨科技的人走了。"男人是DW团队的副总。

他与陈豪以及另外两个男人，是DW团队最核心也是最原始的成员。

"怎么说?"陈豪没有睁开眼睛。

"已经谈成了。"男人停顿了片刻，继续说道，"但是，他们认为《DWorld》没有未来了。"

陈豪早就预料到了，他依旧闭着眼睛，苦笑着问："所以呢?"

"他们要人，不要游戏。"

"嗯。"

"办公楼的租期，再过三个月就满了。"男人有些犹豫，"我们真的不续租了吗?"

"还有续租的必要吗?"

陈豪的反问，让男人不知怎样回答。

过了许久，男人才将一直攥在手里的一份文件，轻轻放在了办公桌上。文件很厚，足足有数百页。

"策划我们已经赶工出来了。"男人叹了一口气，"我们这么做，真的好吗?"

陈豪终于睁开了眼睛，他的神色复杂，良久，他才站起来，把目光投向桌上的文件，问道："不然，你有解决公司债务更好的办法吗?"

厚重的文件封面，整齐地写着几个字：《DWorld》坐骑系统。

时值正午，在家等候许久的吴桐，终于等回了林缓。

这是一栋宽敞豪华的大别墅。

能住进这么大的房子，多少人想都不敢想。

但是，就连吴桐都记不清林缓有多久没有回来了。

林缓宁可住校，宁可住酒店，也不愿回到这儿。

吴桐把林缓拉到了饭桌边，给他递了筷子。

可是，林缓却呆着不动。

"怎么了，小宝贝，心情不好吗?"吴桐问。

如果旁人在场，一定觉得奇怪。一直以来，林缓都板着他的脸，想要从林缓的脸上看出情绪，几乎是不可能的事。

但是，吴桐是林缓的妈妈，她又怎么可能看不出来?

林缓摇了摇头，终于开动了。

偌大的屋子，丰盛的菜肴，却只有吴桐和林缓享用。

"学校还不能住吗?"吴桐问。

林缓摇了摇头。

"总是住在酒店也不是办法，不如，搬回来住?"吴桐试探性地问。

大老远地把林缓叫回来，吴桐自然有她的目的。

林缓放下了筷子，眉头深锁。

无奈，吴桐只好改口了："快毕业了，暂时住外面也行。但你总是一个人，妈妈很担心，多交点朋友。"

林缓的眉头非但没有舒缓开，反而更加紧蹙。

"我不需要朋友。"

吴桐看着林缓，突然觉得有些心疼。林缓很聪明，从小话就不多。虽然和爸爸的关系不好，但是吴桐记得，林缓的身边，从前是有一些朋友的。从四年前的某一天起，林缓突然变得孤独了，也更加冷漠了。他的身边，再也没有一个朋友，也没有任何人可以走近他了。

吴桐叹了一口气，不再提了。她知道，如果她再继续说下去，林缓恐怕会立刻起身，离开这里。

"那也到了交女朋友的年纪了。"吴桐换了一个话题，"那个花茉莉，是个好女孩儿。"

"我和她没有关系。"

"怎么了？吵架了？"吴桐讶异道。

林缓什么也不说了，他继续心不在焉地吃着饭。

吴桐实在找不到话说了，于是，两人都安静地吃着饭，像是正在完成任务一般。

饭点过了，家里的门忽然开了。

男人回到了家。

林学哲，林缓的爸爸。

林缓面无表情地看向吴桐，仿佛正在质问她。

吴桐有些心虚，是的，她骗了林缓，她告诉林缓，林学哲不会回家。但是，吴桐实在忍受不了了。她明明有一个丈夫，有一个儿子，但她却总觉得这个家是不完整的。

吴桐对着林缓笑了笑："小宝贝，我们就安安静静吃一顿饭好不好？"

吴桐又满脸期待地看着林缓，她知道，林缓是不会拒绝她的。

随后，吴桐对着站在门口的林学哲使了使眼色："快进来，饭菜都凉了。"

林学哲点了点头，放下手里的公文包，坐在了餐桌旁。

父子二人，竟然没有一句话，甚至连眼神的交流都没有。

吴桐在桌下轻轻踢了林学哲的脚，林学哲这才问道："你回来了？"

林缓不说话，只是点了点头。

而后，两人又没有话了。

吴桐恨不得狠狠地敲林学哲的脑袋，她无数次地叮嘱，让他对林缓好好说话。

"不是说好中午就回来的吗，这都过了饭点了。"吴桐抱怨道。

林学哲摇了摇头："太忙了。公司要和另外一家企业竞争一笔生意，这是公司有史以来最大的订单。我就吃两口，这就得走了。"

吴桐失落道："可是，我们说好一起吃饭的。"

林缓放下了筷子，什么也没说，转身想走。

吴桐赶紧起身，把林缓拉住了。

"他要走就让他走吧。"林学哲放下了脸。

繁忙的工作早已让他焦头烂额，此刻，他还要面对一个冷漠的儿子。

"林学哲，你闭嘴！"吴桐有些生气了。

"怎么，我说得不对吗？宁可住外面也不回家，他有把这儿当成是家吗？都多少年了，他回家的次数，手指都数得过来。"林学哲憋了一肚子火，拍桌而起，"他关心过我们吗？连一个电话都没打回来，这是为人子女该做的事吗？"

吴桐紧紧攥着林缓的手，她很担忧，她实在不想再见到林缓和林学哲吵架。

林缓是在十六岁那年搬出去的。

那个年纪，别的孩子都还尚未完全懂事，但是林缓却开始了脱离父母的生活。

吴桐仍然记得，那一次林缓和林学哲吵得有多么激烈。

她不想再看见这样的局面了。

林缓回过头，深深地看了林学哲一眼。

林学哲的怒火，竟然被林缓完全忽视了。在林缓的眼中，林学哲就像是一个陌生人，而不是他的父亲。

林缓什么也没说，轻轻地挣脱吴桐的手，离开了家。

林学哲气得摔了碗筷，吴桐坐在了一旁，开始落泪。

"别哭了！"林学哲心烦道。

"好好的一顿饭，让你给毁了。"

"怎么就是我毁了？是你的宝贝儿子！"

"他不是你的儿子吗？"吴桐站起来，质问林学哲，"难道你就没想过，为什么他会变成这样？"

林学哲被吴桐问住了。

他又何尝不知道林缓怨恨他的理由。

他太忙了，他承认，一直到林缓长大，他都几乎没怎么陪伴在林缓的身边。

但是，他都是为了公司啊！林缓怎么就不能理解呢？

吴桐啜泣着："他十岁那年，我们还没来到余宁市，住在小镇上。深夜，他发了高烧。你不在家，我抱着他，敲遍了镇上的所有诊所，都没有人开门。我只能载着他去市里，那个时候，你在哪里？"

吴桐想告诉林学哲，林缦亲近她却疏远林学哲是有理由的。

林缦走在街上，寒风瑟瑟。他的面孔，迎来了不少女生的回望。可是，没有人敢走近，因为林缦的表情，实在太冷漠了。

林缦也想起了他十岁时的那个夜晚。

吴桐才刚学会开车，被高烧折磨的林缦，迷迷糊糊地躺在车里。

他的眼皮很沉，很想就这样睡过去。

但是吴桐一直哭着和他说话，让他不要睡。

车祸也是在那个时候发生的。

林缦还记得吴桐头破血流的模样。

年纪尚小的林缦，从未想过死亡离他们这么近。

可是，吴桐却把林缦从车里拽了出来。她的身体颤抖着，鲜血不停地流着。就这样，吴桐抱着林缦，咬着牙，一步一步地朝着市里走去。

他忘不了吴桐用生命守护他的模样。

从那个时候起，林缦便在心里暗暗发誓，无论如何，他都要守护他的妈妈。

他们被人发现了，送进了医院，上天眷顾了他们，他们都活了下来。也是从那以后，乃至如今，只要是吴桐的要求，林缦都会竭尽全力去完成。

然而，直至他们出院的那天，在外奔忙的林学哲都没有回来过。

怨念在林缦幼小的心里生根发芽。

往后的几年间，随着林学哲的事业蒸蒸日上，父子之间的情感越变越淡。

终于在十六岁那年，林缦彻底爆发，离开了这个家。

吴桐回忆起往事，心里更加难受了。

"你又知不知道，他离开家后，发生了什么？他原本不是这样的，可是，从四年前开始，他就变得孤独、冷漠，他的身边，连一个朋友都没有了！"

林学哲微微一愣，他隐隐地有些印象。

他记得，吴桐曾经数次提起过四年前，但每一次，林学哲都因工作而终止了与吴桐的谈话。

久而久之，吴桐再也没有向他提起过。

"四年前，发生了什么？"

终于，吴桐等到了这一天。这是林学哲第一次主动问起林缦。

日子过得很快，邱敏出院了，回到了家里。

花鸣没有搬出去，是邱敏让她继续住在家里的。

邱敏的生活，回归了正常。

每一天，当花鸣起床，都能吃上热腾腾的早餐，而在夜里回到家，她又能吃上香喷喷的晚饭。

花鸣对邱敏的称呼没有改变，这也是邱敏要求的。

每当花鸣叫邱敏妈妈，邱敏都能想起花茉莉。

她突然觉得，有花鸣代替花茉莉陪伴着她的生活，好像也不错。

她不再想着寻死了，每当难过的时候，她都会想起花鸣的话：花茉莉希望她健康快乐地活下去。

十分默契的，花鸣和邱敏都没有再提起花茉莉，更没有提到花鸣来自哪里。

有时候，就连花鸣都差点以为，她就是花茉莉，邱敏就是她的妈妈。

冬末，余宁大学即将迎来短暂的寒假。

为了让邱敏生活得更加清闲，花鸣仍然在香屋打着工。

这一天回家后，花鸣回到了海岛城。

她刚上线，对话框就弹了出来。

"花鸣，你去哪儿了？"

"花鸣，怎么这么久都没有上线？"

"你不是怕我骂你，连游戏都不敢登了吧？"

足足有上百条留言，全都是风儿沙发来的。这一个月以来，花鸣实在经历了太多。每次她回到海岛城，都是匆匆地又离开了。

总算轻松下来，她才有时间来翻这些留言。

"花鸣，终于被我逮到你上线了！"风儿沙又发了一则消息过来，"你别跑，待在原地等我！"

说罢，风儿沙从海岛城的另外一侧，向着花鸣百米冲刺般而来。

第四十四章 照片
Chapter 44

花鸣一阵头疼,她暗自感叹,该来的总会来。

果然,当风儿沙出现在她的身边,立刻开启了碎碎念模式,噼里啪啦说了一堆话。风儿沙玩家的打字速度太快了,风儿沙本体一脸无奈,还是被强制对花鸣说出了那些话来。

说罢之后,风儿沙又补了一句只有花鸣和她才听得见的话:"他打怪时候的手速有这么快就好了。"

风儿沙一脸无奈,自从得知她的玩家是男的之后,她就觉得生无可恋。按照风儿沙的话说:性别都不同,还怎么和平共处。

花鸣无奈,只得在输入框里回复风儿沙的玩家:不好意思,最近太忙了,每天上线领取一下经验就下线了,连任务都没怎么做。

"我还以为你是怕我怪你,故意躲着我呢。我是那么不仗义的人吗?看得出来,上次你应该是有急事。只是啊,我大老远跑到余宁市看你,你就那么走了,这么久也不给我一个消息,不仗义的是你吧!"

自从奔现之后,花鸣觉得风儿沙的玩家话比以前更多了。

仿佛是嫌弃打字速度太慢,风儿沙的玩家索性开启了语音。反正花鸣都见过他了,他也不用再刻意隐瞒自己的声音。

"你说说吧,上次那个男生怎么回事?"

花鸣一愣:"男生?你是说,林缓?"

"原来他叫林缓啊。"风儿沙的玩家欣喜道,"他玩游戏吗?你和他什么关系?有他的联系方式吗?你让他入坑《DWorld》啊,我带他!"

花鸣翻了一个白眼,林缓还需要他带吗?如果他知道林缓就是双木大神,一定吓得魂都要丢了吧。

"他不玩游戏。"花鸣回答。

"那你把他的联系方式给我啊!"风儿沙玩家催促道。

"我没有。"

"怎么可能,你们明明认识,看起来关系还不一般,怎么会联系方式都没有?"

花鸣无奈,她是真的没有林缓的联系方式。

等花鸣抓住风儿沙的玩家话里的重点时,她的心突然一沉,一脸惊恐地问道:"你要他联系方式干什么?你该不会是……"

花鸣硬生生把后半句话给吞了回去。

"别胡猜,我就是看他长得不错,是块打游戏的好料,想带带他嘛。"

风儿沙的本体已经气得不行了:"他真是够了!长得好看和打游戏有什么关系!"

花鸣突然想起了S侠。

"我问你,你觉得,玩家可以和NPC谈恋爱吗?"

不管是风儿沙还是风儿沙的玩家,都在这一时候愣住了。

没过多久,风儿沙的玩家问道:"玩家和NPC怎么谈恋爱?游戏角色是人控制的,NPC不是,怎么谈恋爱?"

"那如果NPC不需要人控制,就可以像人为控制那样智能呢?"花鸣可不敢把S侠的秘密直接告诉这两人,她想了一会儿,又试探性地问道,"我是说,如果《DWorld》出了玩家和NPC的情感互动系统,你会愿意和NPC谈恋爱吗?"

风儿沙的玩家若有所思。

过了一会儿,他才回答:"听上去,好像还不错。不过,《DWorld》等得到那一天吗?"

风儿沙玩家的话,让花鸣也陷入了深思。

DW团队,真的遇到困难了吗?如果他们真的放弃了这款游戏,那他们这些生活在海岛城的人要怎么办?

花鸣回到现实世界时,已经是深夜了。

她无法想象一个世界会这样突然就没了。她在《DWorld》的官方论坛上搜索了起来,果然,有太多玩家吐槽这款游戏了。这款游戏的数据太庞大了,对服务器和计算机硬件以及网络环境的要求太高了。

说到底,就是优化得太差。

对于千万玩家的抱怨,官方始终没有给出解决方案。

和以前相比,《DWorld》的玩家数量不知锐减了多少。

花鸣并不是玩家,她并不像游戏玩家那样苛求游戏体验。她只求DWorld和海岛城可以像最早那样平静，不要再遭遇灾难。翻了许久，花鸣突然翻到了官方发出的一条游戏公告：《DWorld》坐骑系统，即将上线！

早在很久之前，游戏玩家们就呼吁《DWorld》研发开放坐骑系统了。

《DWorld》拥有宠物系统，但是游戏宠物主要满足的是模拟养成类玩家的需求。战斗系玩家也可以养游戏宠物，但那只是摆设而已，因为宠物并不可以参与战斗。

坐骑系统一出，代表着许多稀奇古怪的坐骑宠物即将上线，而且，它们可以跟随玩家参与战斗。

看到这条游戏预告，花鸣彻底放下心来。

"看来，风儿沙的消息也不准确嘛！"坐在电脑前，花鸣笑着自言自语道，"如果这款游戏真的不行了，早该停止更新了，怎么还会出坐骑系统。"

花鸣变得轻松了。

她随手点开论坛上方的头像，进了花茉莉的个人空间。

这还是她第一次点开。

相册里，有许多花茉莉保存的游戏截图。

有花鸣刚刚诞生的模样，有花鸣第一次打怪的场景，也有花鸣第一次爬上排行榜的记录……

太多太多了，花茉莉几乎把每一个值得纪念的游戏时刻，全部保存了下来。花茉莉对这款游戏爱得深沉，看到这些照片，花鸣唏嘘不已。

然而，突然有一个加密的相册，吸引了花鸣的注意。

花鸣点开，电脑提示她输入密码。

花鸣思考片刻，尝试着输入了《DWorld》的登录密码。果不其然，相册被打开了。

这里面的照片，足足有上百张。

花鸣怔住了，因为这里面的每一张照片，全是关于麦弋的！

有麦弋在香屋里看书时候的，也有麦弋给流浪汉们送食物时候的，太多太多了，花鸣看都看不过来。

怎么回事？

为什么花茉莉的相册里，会有这么多麦弋的照片？

强烈的不安涌上心头。

花茉莉认识麦弋吗？

花鸣仔细回想着，就算花茉莉认识麦弋，麦弋应该也不知道她才对。花鸣仍然记得，当她第一次走进香屋时麦弋的反应。看上去，不像是认识的样子。

那怎么解释这些照片？

花鸣看得很仔细，这些照片，像素都很低，应该是用花茉莉的廉价手机拍摄的。

而且，从这些照片的拍摄角度能看出来，花茉莉是在偷拍。

花茉莉为什么偷拍麦弋？她喜欢他？

花鸣猛地摇了摇头："花茉莉喜欢的是林缓。"

花鸣陷入了矛盾之中，除了这个理由，她真想不出其他原因了。

这些照片的上传时间，稀稀散散地分布在几个月里。而照片的场景，近到学校附近，远到快要离开余宁市。花茉莉这是在跟踪麦弋吗？

到底为什么？

花鸣绞尽脑汁，仍然没有找到可以解释的理由。她恨不得立刻就找麦弋问清楚，但是，她心里的直觉却告诉她：不能那么做。

花茉莉一定有她的理由吧。

在弄清楚花茉莉的意图之前，她绝对不能擅自把花茉莉或许想要隐瞒的秘密说出去。

这是辗转难眠的一个夜晚。

发生在几个月前的事，花鸣一无所知。

风和日丽，周末，空气里弥漫着一股燥热。

花茉莉趁着宿舍没人，点开了个人空间里的相册。

这是她在近一年的时间里，偷偷拍下的照片。她把这些照片，小心翼翼地存进了迷你储存器里。

接下来，她要把这里面的照片都删除了。因为她也不知道，这些照片会不会给她带来危险。一张又一张照片被删除，就在电脑即将要删除剩余的一百多张照片时，宿舍的门突然被推开。

花茉莉吓了一跳，赶紧把电脑关上了。

存留在论坛空间里的一百多张照片，原来都是花茉莉删剩下的。真正重要的照片，早就化作一堆数据，湮灭在浩荡的网络空间里。

是赵佳。

"花茉莉，你又搞什么？大惊小怪的？"赵佳刚从外面回来，她把包放下，来到了花茉莉身边。

花茉莉低着头，摇了摇头，轻声道："没事。"

"又在打你的那款游戏？"赵佳冷哼了一声，"我说了多少次了，不要在宿舍里打游戏，你不听？"

花茉莉紧张道："我没有。"

赵佳知道花茉莉在玩一款游戏，她忍受不了键盘的声音。一开始，赵佳只是要求她在宿舍时，花茉莉不能玩，但是后来发现花茉莉好欺负之后，她索性就立了规定：

在宿舍，不能玩任何游戏。

　　这是花茉莉唯一的爱好，无奈，花茉莉总是趁着赵佳和其他舍友外出的时候玩一会儿，在她们回来之前，她就会把电脑关上。当然，赵佳和其他人在宿舍时，也是吵闹得不行。

　　花茉莉当然知道赵佳是在针对她，但她选择了忍受。

　　唯一不受干涉的游戏时间，一定是周末。所以，往常，花茉莉会一早回家去。

　　但是，这一天，花茉莉却没有着急。

　　应付了赵佳之后，花茉莉带着迷你存储器，绕了很远的路，进了一家打印店。她让老板把那些照片全部打印出来了。

　　她要把这些照片带回去给邱敏看，邱敏的眼神不太好了，孝顺的花茉莉，宁可花点钱把照片打印出来，也不让邱敏盯着电脑。

　　打印好了照片后，花茉莉接到了邱敏的电话。

　　"茉莉啊，你到哪儿了，妈妈开始做饭啦！"

　　邱敏的声音很温柔，那时的邱敏哪里会知道，就在不久后，她的女儿将离她而去。如果知道的话，邱敏一定舍不得挂断那个电话，哪怕只是再和花茉莉多说一句话。

　　"妈，我还没出发呢。一小时之后才能到家。我有很重要的事要告诉你。"

　　"什么事？"

　　花茉莉犹豫了一会儿："回到家再说吧。"

　　这一小时，成了永别。

　　花茉莉登上了客船，她的手里攥着那些照片。

　　在几个月前，她有了一些发现。

　　她不敢告诉邱敏，怕邱敏担心和挂念。

　　于是，她一直一个人行动着。

　　终于，就在昨天，她发现了更加了不得的事情，她决定告诉邱敏。

　　花茉莉的心跳动得很厉害，如果邱敏知道了这个消息，会是怎样的反应呢？

　　然而，花茉莉还是没能等到客船靠岸的时候。

　　客船突然剧烈地抖动了起来，很快，"哐当"一声，客船竟然触礁了。

　　船翻了，花茉莉跟随着满船的人，跌进了海里。

　　怎么办，她不会游泳啊！

　　她挣扎着，她不想死，不想离开邱敏。

　　邱敏还在家里等着她呢！

　　她的意识慢慢模糊，身体渐渐地往下沉。

　　只有那些在她身边漂动的照片，跟随着花茉莉沉入了漆黑幽暗的海底……

花茉莉不会知道，几个月后的今天，花鸣从她的被窝里起了床。

花鸣匆匆洗漱后，连早饭都没来得及吃，就赶到了香屋。

麦弋已经在店里了。

看到花鸣，麦弋仍然笑着，一脸温柔。

花鸣欲言又止，她想说，但却又知道不能说。

"怎么了？"麦弋疑惑道，"不冷吗，快进来吧。"

花鸣走了进来，一天下来，花鸣都心不在焉。

花茉莉好像是在调查麦弋，到底为什么呢？这个问题，一直萦绕在花鸣的脑海。难道，麦弋干了什么见不得人的事？不会吧，麦弋店长这么好，这么温柔，怎么会呢？

花鸣的内心无比矛盾。

终于，她有些忍受不住了。

"店长，我们以前认识吗？"花鸣突然问道。

麦弋显然愣住了，他手里的杯子也差点脱手。

些许的沉默。

"什么意思？"麦弋问。

"那个雨天，我来店里应聘之前，我们认识吗？"

麦弋笑着摇了摇头："不认识，那是我们第一次见面。怎么了？"

花鸣思考起麦弋刚刚的反应，她突然觉得麦弋有些不对劲，这就使得花鸣更加不敢对麦弋说实话了。

不敢说太多，花鸣也笑道："没事，随口问问。"

在接下来的一天里，花鸣发现麦弋时常精神恍惚。花鸣的脑袋不禁开始胡思乱想了：该不会麦弋其实是个江洋大盗？

入夜。

林缓独自走在空无一人的计算机房外。

机房在这栋大楼的地下室，林缓的手里拿着一串钥匙。

不久前，他的导师蒋艳艳联系了他。

蒋艳艳听校方说，机房里的计算机，出现了程序问题。能解决问题的教师都已经下班，她也不在学校。明天一大早，蒋艳艳有重要的展示课需要用到机房，于是，她请求林缓去帮她解决。

林缓从保卫处拿了钥匙后，很快便进入了机房。

机房的过道很长，空旷，就连林缓走路都带着回音。

林缓打开电脑后，很快便查到了问题所在。这种问题，对于一个计算机高手来说，根本就是小菜一碟。林缓只用了十分钟，便解决了问题。

正当他准备离开时，突然听见了机房里的一些声音。

转头的刹那，过道的灯突然全变暗了。

而每一间电脑室里的电脑，竟然都泛起了蓝光。

是错觉吗？

林缓眨眼的瞬间，那些异常的电脑屏幕，全部又回归了黯淡。

楼道里漆黑一片，林缓皱着眉头，在墙上摸索着开关。

就在此时，他突然听到了一阵局促的脚步声。

有什么人，正朝着他跑过来！

几乎是下意识地，林缓抬起手，挡在身前，他的身体迅速地往后退。

饶是如此，一股钻心的疼还是从他的手上蔓延开来。

他的手被刀划破了。

林缓咬着牙，冷冷喝道："谁？"

那人并没有回答，又朝着他冲了过来。黑暗中，林缓只隐隐地捕捉到了一个黑色的影子。

似乎是听到动静了，保卫处的两个保安也来到了地下室。

那人没有继续攻击，转身往另外一个方向跑了。

灯重新被打开，林缓这才发现，那道伤口很长，鲜血正往下淌着。但还好，只是皮肉伤而已。

难以想象，如果林缓的反应再慢一些，结果会是怎样。

两个保安报了警，又将林缓送进了校医院。

警察来了，录了口供，排查了机房的监控。

可是，诡异的是，机房的监控在事发时段，竟然失灵了！

"你以为，想让你死的，只有我而已吗？"

又一次，林缓想起了孙毅的警告。

为了林缓的安全，保卫处强烈要求林缓先在校医院里住一个晚上。

林缓没有睡着，他坐在窗边，陷入了沉思。

究竟是谁？

隔天，一条爆炸性消息在余宁大学蔓延开。

"林缓遇袭！"

"林缓被砍伤，凶手身份不明！"

"林缓重伤，危在旦夕，正在校医院抢救！"

消息越传越神,最后成了谣言。

他们哪会思考,如果真的命在旦夕,林缓早就该被转移了,怎么会待在校医院里呢?

但是,这丝毫不影响消息的传播度。

"快,去校医院看看!"

徐菲菲一大早给花鸣打了电话。

"怎么了?"花鸣问。

"论坛上有人说,林缓被人攻击了,连命都快丢了!"

花鸣被吓得不轻,没有任何犹豫地奔进了校医院。

"林缓,你不要死!"

当花鸣气喘吁吁地喊出这句话时,她发现,吴桐和林缓,正呆呆地盯着她。

第四十五章　坐骑
Chapter 45

"傻孩子，你说什么呢？"吴桐瞧见花鸣紧张的模样，捂嘴笑道。

花鸣指着林缓，紧张地说："大家都说，林缓快死了。"

"没那么夸张，就是受了一点伤。"说着，吴桐起身，把花鸣迎了进来。

花鸣坐下了，她盯着林缓被纱布缠裹着的手臂，轻声问道："一定很疼吧？"

吴桐刚想代替林缓回答，林缓就突然点了点头："嗯。"

吴桐震惊了。

按照林缓的性格，要么不回答，要么肯定说不疼。这个要强的孩子，绝对不会把脆弱的一面展现给别人。

"没事吧？"花鸣叹了一口气。

"有事。"林缓回答。

这让花鸣更加紧张了，这可是操纵着双木大神的手啊，如果这双手出事了，一定会影响到双木大神吧。

吴桐突然站了起来："我出去叫医生。"

但是，花鸣不知道的是，吴桐走出病房后，哪里是去找医生了，她是径直离开了医院。

昨夜，她接到警方的通知后，立刻匆匆忙忙地赶到了余宁大学。医生都告诉她了，只是皮外伤。虽然伤口有点深，但是并没有大碍，只要在接下来的几天按时换药，不要有太过剧烈的运动就行了。既然没有出大事，既然那个女孩儿来了，剩下的，就交给自己反常的小宝贝儿吧。

吴桐的嘴角带着意味深长的笑意。

病房里陷入了沉默。

花鸣记得，这已经是她和林缓第三次在医院里了。

第一次是她消耗过度，发了高烧。

第二次是他们从火里侥幸逃生。

"是谁？"花鸣气愤道，"为什么要下这么重的手？"

"你也要小心。"

花鸣一怔："又和孙毅说的那个人有关系吗？"

"或许吧。"林缓的表情凝重。

几条匿名短信，一次攻击，不只牵扯到他，还涉及花茉莉。

到底是谁？

无论林缓还是花鸣，绞尽脑汁也想不到。

当天下午，林缓出院了。吴桐放心不下，又无法劝服林缓回家，她只能住到了林缓下榻的酒店里去。太过担心，吴桐又带了几个年轻力壮的小伙子，一起住进了酒店。

他们的房间，就分布在林缓的房间周围。

麦弋的事，林缓的伤，让花鸣一整天都心不在焉。

深夜，花鸣回到海岛城时，突然发现世界频道里早已经炸开了锅。

"搞什么？这游戏是要把非人民币玩家赶尽杀绝吗？"

"对啊，太过分了，我要弃游！"

"DW团队又开始作死了，他们不怕我们不玩了吗？"

有太多人都在抗议。海岛城里的空气波动得厉害，花鸣知道原因。每当有太多玩家同时在线，《DWorld》的服务器就会有些异常。反映在《DWorld》上，是游戏变得略微卡顿，但是反映在海岛城，则是如同大风般的波动。

他们到底在抗议什么？

花鸣打开好友列表，找到了在线的风儿沙。

"怎么了，大家都在吐槽什么？"

"你不知道啊？坐骑系统再过两天就要上了！"

"这不是好事吗？"花鸣疑惑道。

风儿沙发了几个哭泣的表情过来："一开始，我也以为是好事，可是今天才知道，坐骑系统是人民币玩家的专属！"

听了风儿沙玩家的抱怨，花鸣终于明白了。

《DWorld》的坐骑系统，将在三天后正式上线，但是系统已经在今天开放了坐骑免费获得的活动。

可是，能够免费获得的坐骑，全都是低级坐骑，不仅移动速度慢，技能属性单一，就连战斗力也几乎可以忽略不计。饶是如此，玩家还需要通过连续三天的登录和完成指定任务，才能够免费获取。

游戏商城里已经放出了非免费的上百款坐骑。

这些坐骑，外形酷炫，技能丰富，战斗力高得吓人。其中有一只被命名为"火龙"的坐骑，武力值竟然高达3000。这是什么概念？按照游戏官方的设定，坐骑可以与玩家并肩作战，并且是武力值融合战斗。

花鸣目前的武力值是6600，如果她获得了火龙，那么在战斗中，她与坐骑融合战斗，武力值将高达9600。

这实在太吓人了。

目前，坐骑的武力值上限被设定在3000。这些在游戏商城里躺着的坐骑，将在三天后正式开售。它们的价格昂贵，武力值越高的坐骑，价格就越高。而且，更让玩家们抱怨的是，一些即将开售的高级坐骑，竟然还有数量限制。

这只武力值高达3000的火龙，限量一百只。

其他的坐骑，有限量五千只的，也有限量一万只的。

《DWorld》虽然已经逐渐没落，但是依旧坐拥玩家千万。能够抢到最强坐骑的玩家，恐怕寥寥无几。这一次，不仅是非人民币玩家怒了，就连人民币玩家也被惹毛了。

上线的玩家越来越多，服务器就快要炸开了。甚至有不少许久不上线的玩家，正因坐骑系统而准备回归的时候，听说了这个消息，满心的期待，顿时化作一腔怒火。

"怎么会这样？"花鸣蒙了。

商城里，已经有太多神器了。花鸣是见识过的，像浅笑拥有的增速鞋、锁魂绳，都犹如Bug般强大。而如今，坐骑系统也要成为商城专属了吗？

"反正我是不会充值的，那玩意儿那么贵，忽悠人呢？而且，就算充值了，也未必能抢到，这不是平白无故给游戏送钱吗？"风儿沙的玩家愤愤不平道。

一直以来，她无限努力着，终于上了排行榜前十。

游戏官方宣称，将不会把坐骑纳入排行榜的评估中。排行榜还是原来的排行榜，可是，那样的排行榜还有意义吗？花鸣位居排行榜第六，可是，如果她没有坐骑，在实战中，还可能输给排名靠后并且有坐骑的玩家。

花鸣意识到，一场天翻地覆的巨变，即将发生。

《DWorld》里象征着荣耀的排行榜，也面临着大洗牌。

"实在不行，我就不玩这游戏了。"

风儿沙的玩家话音刚落，全服的玩家，突然在同一时刻，收到了来自系统的邮件。

花鸣点开邮件：尊敬的玩家，为了游戏秩序的良好发展，《DWorld》决定开放珍稀坐骑的免费获取渠道，同时将在三天后开启游戏舞会模式，详见链接。

风儿沙心中一喜，立刻点开了链接。

系统会给每一名玩家赠送一枚坐骑宠物蛋，有概率开出许多珍稀坐骑。但是，想要开出系统允诺的珍稀坐骑，需要搜集众多珍稀材料，再用这些珍稀材料孵蛋。否则，坐骑蛋里跳出来的，也只是普通的低级坐骑。

而所谓舞会模式，其实是三天后，游戏商城坐骑开售之后的盛典。在此期间，商城内购买的所有道具，包括坐骑，都可以赠送给其他玩家。这简直是为那些利用游戏勾搭小女生的游戏玩家量身打造的。

"应该是游戏官方抵不住悠悠众口，所以才紧急发了邮件。"风儿沙的玩家想了想，对花鸣说道，"就是不知道那些珍稀材料，容不容易获取。"

花鸣皱起了眉头，在对话框里回答道："有些材料，连听都没听过，应该是新材料。恐怕不好获取吧。"

果然，世界频道里的抱怨没有就此停下来。

"有概率获得珍稀坐骑？敢不敢说是多大概率？"

"还不是得买。我没有钱，买不起坐骑，也没有有钱的朋友送我，怎么办？"

"有土豪吗？求包养！"

花鸣突然想到了林缓。

林缓的手受伤了，这两天，他不是打不了游戏？那他怎么去搜集珍稀材料？

林缓会选择充值购买吗？

双木大神是游戏里著名的非人民币玩家，他的成就，全是靠着双手一点一滴打出来的。唯一一次充值，还是之前为了强行开启PK模式教训宙甲。但是，玩家们发现，双木充值后，并没有购买任何商城里犹如外挂般的道具。

按照花鸣对林缓的了解，他应该也不会走捷径吧？

林缓可是那个当初因为程序不完美而拒绝领奖的人！

风儿沙的玩家抱怨过后，真的一气之下离线了。

但是花鸣却开始头疼了起来。

玩家们无所谓，大不了可以放弃《DWorld》，可是生活在海岛城里的人们，却不能放弃他们赖以生存的世界。

"双木是站在游戏顶端的人，他是传奇，我不能让他因为一场充值风波就落于人后！"花鸣下定决心道，"该死的DW团队，竟然趁着林缓受伤的时候搞这么一出。"

既然林缓打不了游戏，那就由她来替双木搜集那些珍稀材料了！

在所有人忙着抱怨的时候，花鸣已然行动。

她刷了几个副本，把最容易获得的材料先搜集了。

而剩下的两样新材料：浴火木和凤凰翎，花鸣实在不知道去哪里找了。

现有的材料，已经可以孵化坐骑蛋，但是孵化出来的坐骑，一定不是最好的。

系统给出的孵化材料一共有十件，花鸣通过刷副本，获得了六件，这是大部分高级玩家可以通过实力获得的。再加上她仓库里收藏的两件材料，花鸣一共有八件了。

不用材料也可以孵化，用一件材料也可以孵化，所搜集的材料越多，孵化出来的坐骑也就越强。只有同时搜集了十件系统要求的珍稀材料，才能孵化出最好的坐骑。

花鸣当然想给双木孵化出最厉害的坐骑了。

她在这个时候，想到了S侠。

S侠是最远古的NPC，虽然是虚设NPC，不承担任何职能，但是他的消息却很灵通。从前，有许多次，S侠都会向花鸣透露游戏内部的消息。或许，S侠可以帮她！

想到这儿，花鸣来到了守卫处。

"我就知道你会来找我。"S侠笑着对花鸣说。

"那你就快给我透露一些消息。"花鸣催促道。

S侠耸了耸肩："告诉你也没用，你又没办法把消息传给你的主人。浴火木和凤凰翎可不是你靠着自由意志就能去获取的，必须由玩家操控。"

"这你就别管了，快告诉我，这两件东西，怎么样才能获取。"

"告诉你也可以，但是风儿沙已经很久没来我这儿了。"S侠故意笑道。

花鸣一怔，她是不是要对S侠说说风儿沙的玩家？

S侠太喜欢风儿沙了，花鸣犹豫片刻后，还是决定告诉他。

"其实，我见过风儿沙的玩家了。"花鸣说道。

果然，S侠欣喜道："真的吗？怎么样，长得漂亮吗？"

"他……是个男的。"

果不其然，正如花鸣预料的那样，S侠愣住了。他的脸上，有着平时难得一见的落寞。

"就算有一天，游戏开放了玩家和NPC的情感互动系统，你们的性别……"花鸣欲言又止。

良久，S侠突然笑了，笑里带着释怀。

喜欢了这么久，终于要放弃了吗？

可是，花鸣猜错了。

"我喜欢的是风儿沙，不是风儿沙的玩家。他是男的，还是女的，和我有什么关系呢？"

是啊，玩家是玩家，他们是他们。他们独立地生活在这个世界，虽然被现实世界的玩家操控着，但却是不同的人。就像花茉莉是花茉莉，花鸣是花鸣那样。

花鸣突然觉得，S侠对风儿沙的喜爱，很单纯，很美好。

明明知道在一起的希望渺茫，可是仍然义无反顾地爱着。

"谢谢你告诉我。"S侠笑道，"作为回报，你想知道的，我告诉你。"

花鸣赶紧摆手："S侠，我们是朋友。告诉你这件事，不是为了从你那儿拿情报的。"

"我知道。"S侠恢复了脸上乐呵呵的表情，"据我所知，系统是不会让大部分玩家获得真正意义上的珍稀坐骑的。就算集齐了前八种材料，能孵化出的坐骑，也能在游戏商城里买到。"

"就知道。"花鸣突然也对游戏官方的策划者鄙夷了起来。

"目前，最强大的坐骑是火龙，武力值3000，是飞行坐骑。如果有玩家搜集满了十种材料，倒是可以孵化出与火龙媲美的坐骑。"S侠突然收敛了笑意，"但是，浴火木和凤凰翎，整个DWorld里，分别只有一件。"

"一件？"花鸣愣住了，"太过分了吧，也就是说，只有一名玩家可以免费获得与火龙媲美的珍稀坐骑？"

"或许一个玩家都没有。因为，浴火木和凤凰翎存在于骷髅山脉的深处。你认为，有玩家可以获得吗？"S侠反问。

别说没有玩家知道这两件珍稀材料存在于哪里，就算知道了，骷髅山脉深处，又有谁敢去？

就算是双木大神，也只通过了"白骨妖姬"而已。要知道，那只是骷髅山脉的第一个副本。

"在副本里吗？"花鸣为难了起来，八级副本，她根本无力挑战。

"不在副本里。"S侠说道，"但是，骷髅山脉和其他区域不一样，进入深处后，就算不进副本，也会有高级的野怪和Boss出现。运气好，或许不会遇上，而如果运气不好，就会被秒杀。"

花鸣倒吸了一口凉气，这是她第一次知道骷髅山脉深处的信息。

"不过，如果真的有玩家能够侥幸获得，倒是十分划算。"S侠说道，"因为用十件珍稀材料孵化出的坐骑，是一蛋双宠。玩家自己拥有一只，还可以趁着舞会模式开启的时候，送给别人一只。但是，我并不知道是什么，近期，游戏内部的消息也很难获取了。"

一下子有两只坐骑，这对花鸣和林缓来说，简直再合适不过了。

可是，花鸣真的有能力获取吗？

"我看，全服最有希望获取的，是双木。"S侠说，"就算是宙甲也不行，他的武力值虽高，但是操作太烂了。对了，宙甲已经很久没有动静了，也不知道去哪儿了，你一定要小心他！"

花鸣点了点头，问道："能把浴火木和凤凰翎的坐标告诉我吗？"

"你要干什么？难不成，你还要将信息传送给你主人的本领？"S侠开玩笑道。

在花鸣的一再要求下，S侠把两个坐标传送给了花鸣。

花鸣离开守卫处时，现实世界已经天亮了。
为了搜集前六种材料，她一夜没睡。
她到香屋后，没多久便累得打盹了。
酒店。
林缓打开了《DWorld》的登录程序。
当看到系统的邮件时，林缓不由得皱起了眉头。
这款游戏，他比任何人都接触得更早，更久。
一直到这款游戏没落，Bug百出，他还在继续着。
"玩火自焚。"林缓的嘴里，吐出了这四个字。
几乎没有任何犹豫的，林缓退出了游戏。

第四十六章 舞会

Chapter 46

埋骨之地，阴森森的迷雾笼罩着幽深的丛林。

花鸣又一次带着恐惧，来到了骷髅山脉的边缘。这是让千万玩家闻风丧胆的死亡之地，如若不是万不得已，不会有玩家愿意来到这里。

但是，花鸣还是决定来了。

这是第二天了，距离珍稀坐骑的活动结束，只剩下两天了。花鸣拥有的时间，并不多了。来这里之前，花鸣搜索过双木的ID，状态显示离线。从昨天到现在，花鸣发现了规律。

林缓只在夜间八点左右上线，上线后没多久，林缓又会下线。应该只是上线领了一下经验值，或者迅速做了一下每天的生存任务。

他的伤，真的让他暂时没法玩游戏了吗？

那林缓知道这次珍稀坐骑的活动后，一定很着急吧。

花鸣想到这儿，更加坚定了进入骷髅山脉的决心。

骷髅山脉的外缘，熟悉的黑色身影，正屹立风中。他闭着眼，双眉似剑，身形如山。他站在这里，仿佛万物都无法动摇他，就连山脉里的猛兽也感受到了他的存在，发出声声惊恐的哀鸣。

林缓没有上线，双木如往常一般，安静如石地站在这里。

当花鸣踏进这里的一刹那，双木睁开了双眼。

深邃，身体散发着黑色的气息。

花鸣甚至不敢与他对视。

"又是你。"双木冷漠道。

花鸣点了点头："我要进骷髅山脉。"

"不必向我汇报。"双木回答。

花鸣闭上了嘴,她不知该说些什么。

时间不多,花鸣正准备踏进丛林时,双木突然叫住了她。

"是为了浴火木和凤凰翎吗?"

花鸣一怔:"你也知道这两样东西在里面?"

问题出口后,花鸣才反应过来。双木可是内测时代就存在的角色,他和S侠一样古老。在DWorld里,这些资历如此之深的人,当然有办法知道一些内幕消息了。只是,他们没有办法将消息传达给玩家而已。

"你的主人,那样不自量力吗?"双木冷笑,"以你们的实力,根本无法拿到那两样东西。"

花鸣低下了头,就连双木也这样说,那还真是希望渺茫。

"你叫住我,就是为了打击我吗?"花鸣有些生气,这太不礼貌了,哪怕眼前的这个人,是DWorld第一强者,是她的偶像。

"只是好奇。"双木的表情未变。

"嗯?"

"你的主人是怎么知道这个消息的?"双木问。

花鸣不知应该怎么圆谎,过了好一会儿,她才心虚道:"猜的。"

可是,看双木的表情,他根本不信。

"其实,我的主人是想将坐骑,送给你。"花鸣对双木说了实话。

双木突然慢慢地走了过来,他每走近一步,黑色而凌厉的气息就越浓重一分。花鸣快要喘不过气了,下意识地往后退。

终于,双木停下了脚步。

"你喜欢他?"

双木口中的他,指的自然是林缓。

花鸣马上摇头,否认:"只是报答你们而已。"

"你的主人,和你,都喜欢他。"双木缓缓说道。

花鸣想继续否认,但是很快,她放弃了。在双木面前,撒谎实在太难了。要知道,双木不仅武力值满点,智力值和情商值也都满了。纵使花鸣再怎么狡辩,她也无法欺骗他。

"去吧。"双木突然说道。

花鸣愣了愣:"哦。"

说罢,花鸣蹒跚着进了丛林深处。

双木伫立在原地,远远地目送着花鸣离去。如若是往常,他是绝对不会和任何人有这么多交流的。只是,林缓对花鸣的态度,让双木觉得有意思。

和林缓共存这么久,他们之间无比默契。双木清楚,林缓绝对不会无缘无故地带一个玩家刷副本。

进入丛林深处的花鸣,迅速地朝着S侠给她的坐标奔去。

浴火木和凤凰翎不在副本里,这是唯一的好消息。饶是如此,花鸣还是不敢掉以轻心。

果然,像S侠说的那样,骷髅山脉的非副本区域,也会随机地出现一些野怪。一路上,花鸣已经遇上了好几只。这些小怪,竟然个个都堪比五级或者六级副本的Boss。

这简直刷新了花鸣的世界观。

就连徘徊在非副本区域的小怪都这么厉害,那骷髅山脉深处的Boss,岂不是连强如双木的人都对抗不了?

骷髅山脉太大了,里面又没有传送阵。花鸣只能全力向前奔去。在这里,时间便是生命。花鸣早已经全副武装了,就连逆天级装备"暴风",都被花鸣第一时间握在了手里。

奇怪的是,有许多小怪一看到花鸣手中的暴风,就吓得逃走了。

它们就那么怕这柄武器吗?要知道,到目前为止,花鸣遇上的小怪,虽然打不过花鸣,但都有着勉强一战的实力。

花鸣还没有好好地去了解过这柄武器。S侠消息灵通,一定知道暴风。只是,她真不知道如果S侠问起暴风的来源,她要怎么回答。

花鸣不想深究太多,不管怎么说,野怪们因暴风而不接近花鸣,这是好事。

一路上,花鸣几乎畅通无阻。

然而,就在花鸣距离坐标越来越近的时候,麻烦终于来了。

一只巨型野怪,从天而降。在它的身下,高耸入云的树木都被压折了。

"好久没有见过人了,没想到今天运气这么好。"巨型野怪口吐人言,犹如正盯着美味佳肴般地舔了舔双唇,"你看起来,真美味。"

花鸣定睛一看,不敢大意。

武力值5000,生命值500,这是这只野怪的属性。

花鸣的武力值6600,比野怪高,可是她的生命值却只有野怪的五分之一。

这样的野怪,已经是七级副本的小Boss水平了。

"咦?"巨型野怪突然一惊,"那是,暴风?"

花鸣手持双刃,双刃上散发着幽幽紫光。

这只野怪,竟然也知道暴风。看来,暴风当真是一件非常了不起的装备。那为什么花鸣从来没有听过呢?

花鸣深吸了一口气,她才没有时间和这只野怪聊天。后面还不知有什么难关等着她，她不能浪费时间。

于是，花鸣直接高高跃起，朝着巨型野怪攻去。

"等等！"巨型野怪突然猛地退后了几步，"我还没说要打呢！"

奈何，花鸣的攻击已经近在眼前，它不得不进入战斗状态。

两道攻击触碰在一起，强大的波动把无数草木摧残殆尽。花鸣持着双刃的手，微微发麻。巨型野怪的防御太强了，这才第一次攻击，她的手就差点承受不住强大的力量反冲了。

这一次，暴风竟然打出了高达7000点的伤害。

巨型野怪的生命值噌噌地往下掉着。

暴风不愧为逆天级装备，随机打出暴击，是它的属性。花鸣对这件武器爱不释手，这简直就是越级挑战的利器。如果运气好，暴风还会打出更高的伤害。

巨型野怪嘶吼一声，不敢再继续作战了。

在逃跑的那一刹那，野怪的双眸发着紫光，那是暴风的倒影，就连花鸣都能感觉到巨型野怪的恐惧。

花鸣长舒了一口气，来到这里的第一道难关，她总算渡过去了。

花鸣继续朝着骷髅山脉深处奔去。

只是，接下来，花鸣没有那么幸运了。

她很快又遇上了一只看似娇小，但却拥有高达6800武力值的灵狐。

灵狐的第一反应，也是惊讶于花鸣手中的暴风。

"没想到，隔了这么久，我又看到这柄武器了。"灵狐的眼中，也有些许的恐惧，但更多的却是战意，"只可惜，它在你的手上，发挥不了太大的作用。若是双木拥有了，整个骷髅山脉，无人能战胜他！"

灵狐发动了攻击。

面对武力值比自己高的野怪，花鸣只能秀起了操作。奈何，灵狐的速度实在太快了，花鸣很快便败下阵来。最后一道攻击，花鸣再次寄希望于暴风。

可是，暴风却像是失灵了一样，竟然只打出了1点攻击。就算是一个刚刚创建的角色，也打不出这么低的攻击！

直至此刻，花鸣才真正了解暴风的属性：还真是随机！

花鸣在灵狐的攻击下，血条耗尽。她的本体回到了海岛城，五分钟后，她又重新出发。

当她经过森林外缘时，双木又睁开眼睛，饶有兴致地盯着她。

花鸣直奔上一次的死亡地点，果不其然，她又遇上了灵狐。

"真是不死心。"灵狐嘲笑道，迎面攻了上去。

结果可想而知，花鸣又一次被杀死，回到了海岛城。

可是，花鸣却怎么也不肯放弃。

一个晚上下来，花鸣已经出入骷髅山脉五十多次了。

就这样，花鸣不断地出现在双木和骷髅山脉里的野怪面前。那只灵狐没被花鸣打死，都快被花鸣烦死了。

随着一次又一次血条耗尽，花鸣的生命值也被扣了不少。她已经用尽了背包里所有能够恢复生命值的药水，可当她准备回到现实世界时，只剩下70点生命值了。

"茉莉，你怎么了？"麦弋看着脸色苍白、昏昏欲睡的花鸣问道。

花鸣已经很久没有休息了。

今天是坐骑活动的最后一天，她只剩下今天的时间了。

生命值损耗了那么多，花鸣的身体快要支撑不住了。

"店长，我不太舒服，今天可以请假吗？"花鸣问。

"当然可以了，赶紧回去休息吧。"麦弋见花鸣如此憔悴，心里万分担忧。

但是，花鸣并没有直接回家。

她来到了林缓的酒店房间外。

今晚，舞会模式就要开启了。

如果她侥幸拿到了浴火木和凤凰翎，她也只能在舞会模式期间将坐骑赠送给林缓。过了这村，没有这店，她得确保林缓要上线啊！

花鸣敲了敲林缓的房门，没多久，林缓开了门。

"有事吗？"林缓问。

林缓也发觉了花鸣的异常。

太憔悴了。

花鸣摇了摇头，往酒店房间里扫了一眼："你今晚准备干什么？"

林缓微微皱眉："不干什么。"

"那，你不会外出吧？"花鸣又小心翼翼地问道。

"不会。"

"就是，大家不都在传言你玩一款游戏吗？"花鸣呢喃着，"如果闲着没事，可以上线玩一玩。"

花鸣觉得头昏脑涨，她实在想不到更好的说辞了。

"为什么？"林缓问。

花鸣的头摇得像拨浪鼓："没事。你不无聊吗？"

"不会。"

"其实，是这样的！"花鸣说道，"听说你在玩那款游戏之后，我觉得好奇，也下载了。最近游戏有活动，总之，今晚你就上线吧！"

"ID。"林缓问。

花鸣慌张道："我忘记了。"

随即，花鸣立刻觉得自己蠢。哪里会有人连自己的ID都忘记了。

"反正，你就上一下游戏吧！"说罢，花鸣匆匆跑开了。

直至花鸣离开很久后，林缓才慢慢地关上了门。

骷髅山脉，生命值仅剩70点的花鸣，又来到了这里。

"都要被你烦死了，你换条道走行不行？别老是让我碰到！"灵狐实在焦头烂额，它已经和花鸣战斗到想吐了。

可是，灵狐却不知道，这是花鸣的必经之路。

"少废话，来吧！"说罢，花鸣又手持暴风双刃，迎向了灵狐。

又一场战斗在骷髅山脉打响！

天慢慢黑了，时间流逝的速度，远远比不上花鸣生命值的消耗。

排行榜上的玩家们突然发现，这个位居排行榜第六的女玩家，竟然在两天之内，生命值只剩40点了。

怎么回事？要知道，如果生命值归零，那么这个角色就彻底死了，无法复活！

然而，更多人的注意力，还是放在了舞会模式上。

距离舞会模式开启，只剩一小时了。

虽然诸多抱怨，但是一款游戏，哪是说放弃就放弃的？特别是那些已经玩了好些年的老玩家们。

大多数玩家都准备趁着游戏商店里的坐骑开售，买上一只。

最贵的坐骑买不起，但也有稍微便宜点的啊！

海岛城无比繁华，所有NPC都穿上了晚礼服。

偌大的海岛城，在一夜之间忽然变成了童话里的城堡。就连玩家们也在这一天，穿上了系统随机赠送的限时服装。

一边是繁荣，一边是凄厉。

花鸣气喘吁吁地盯着灵狐，只要过了这道坎，她就能拿到浴火木和凤凰翎了。都走到这里了，花鸣是不可能放弃的。

"求求你了，换条道走吧！"灵狐用纤细的手，人性化地抚了抚脑袋，"你不累，我都累了。"

舞会模式马上就要开启了，花鸣所剩的时间也不多了。

成败在此一举，花鸣看了看手中的暴风，乞求般说道："求求你，发威吧！"

说罢，花鸣纵身朝着灵狐跃去。

花鸣身上的装备已经全被灵狐打爆了，只要再承受灵狐随意的一击，她就将再次耗尽血条，回到海岛城。

灵狐叹了一口气："不自量力。"

随后，灵狐随手打出了一击。

凌厉的攻击朝着花鸣冲来，而就在此时，花鸣手中的暴风，竟然闪闪发光。霎时间，骷髅山脉里刮起了风暴，就连站在丛林边缘的双木都感受到了那强大的攻击。

武力值高达8000点的伤害！

整个服务器，只有双木能达到这样的级别！

伴随着一声凄厉的惨叫，灵狐化作了一个宝箱。那是击败野怪掉落的奖励。

暴风终于在危急时刻，再一次发威了！

花鸣筋疲力尽，经过宝箱身旁，她只捡了恢复生命值的药水，其他奖励，她连看都没看。

不是看不上，而是时间来不及了！

花鸣朝着坐标冲去。这里已经是骷髅山脉的最深处，远远地，花鸣就看到了迷茫白雾中，两道发着亮的光束。

是浴火木和凤凰翎！

花鸣欣喜万分，朝着那两道光冲去。

可就在这一瞬间，无数道极为凌厉的气息朝着花鸣逼近。在迷雾中，花鸣看到了无数双野怪的双眸。

那些野怪，竟然都比灵狐还要强大！

完了。

花鸣绝望了。

"上线了吗？"双木突然自言自语道。

他的自由意志正慢慢丧失，他能感觉到，林缓即将上线了。

海岛城，一片喧闹。

舞会模式在万众瞩目下，终于开启了！

商店里的坐骑也同时开放了售卖。

几乎是在一瞬间，那些数量有限的坐骑，全被抢光了。

无数玩家在世界频道刷屏。

他们没有抢到限量的坐骑，剩下不限量的，远没有限量坐骑厉害。但是无奈，为了不落于人后，他们还是老老实实地购买了。

顿时，海岛城的上空，盘旋着百只火龙。它们在黑夜里闪耀着，咆哮着，而它们的身上，正坐着抢到火龙的幸运儿。

整个服务器，火龙只有一百只。

高达3000点的武力值,在战斗状态下可直接融合到玩家本身的武力值上。

什么概念,那些武力值只有5000点的玩家,拥有了火龙,就可以和武力值8000点的双木媲美了。

浅笑就是获得了火龙的其中一个玩家。

这段时间,他疯狂地充值,竟然丧心病狂地把武力值堆到了5000点。再加上拥有火龙,他的实力不容小觑。

"太好了,再也不用怕花鸣了!"浅笑无比嚣张地在世界频道说道。

人们发现,已经许久没有消息的宙甲,今日却没有上线。

宙甲可是《DWorld》的资深人民币玩家,他竟然放弃了这样一个超越双木的好时机?

"真羡慕啊!"

"是啊,他们真土豪,竟然抢得到火龙!"

"幸运啊,我也充值了不少钱,可是就没抢到!"

然而,就在此时,远空突然亮了起来。那是骷髅山脉的方向。

那地方,原本一直沉浸在无限的黑暗之中。然而此时,那里的上空,亮得犹如白昼。

一道清凉无比的凤鸣,响彻天际。

第四十七章 劫数
Chapter 47

柴木浴火，神羽飘零。

浴火木灼烧着天际，凤凰翎散发着青光。在这一瞬间，一蛋双宠，挣脱束缚，飞向远空。浴火重生是凤，叼羽清鸣是凰。

无数人的目光被吸引。

翅可遮天，羽能蔽日，赤冠金身，眼如星辰。所到之处，明光抚夜。

不知道是谁说了一句："是凤凰！"

是的，雌雄双翼，一凤一凰，交织缠绵，凤求于凰，凰羞于凤。

凰鸟之上，屹立着一个人。

"那不是花鸣吗？"

"是啊，是花鸣！"

"这对儿凤凰是怎么回事？难道，她得到了珍稀坐骑？"

此刻，竟然没有人关注空中盘旋着的火龙了。

比起火龙，更加珍稀的，是这对儿凤凰。同样是飞行坐骑，同样武力值高达3000，可火龙的数量有足足一百只，凤凰却才仅此一对儿！

高楼，DW办公室。

"怎么回事？"有人惊讶道，"这么小的概率，还真有人开出了浴火凤凰？"

作为游戏策划，他们时刻关注着游戏内的情况。

"是谁开出来的？双木吗？"立刻有人凑了上来。

"不是，是花鸣。"

"怎么可能？就算她凑巧在骷髅山脉里发现了浴火木和凤凰翎，也没实力得到啊！"

"谁知道呢！她的暴风来源都还没查明呢，真是Bug相伴的一个玩家。"

是的，按照DW团队的指示，游戏策划根本就没有想过要让玩家获得这对儿浴火凤凰，甚至于，珍稀坐骑的活动还是在玩家抱怨满屏的情况下才推出的。为了防止舆论过大，影响游戏充值，他们只能临时推出了珍稀坐骑的活动。

这对儿浴火凤凰，用的还是之前被DW团队毙掉的其他游戏的建模。

稍有职业敏感的人一瞧，定能发现这对儿浴火凤凰和DWorld的画风，有些不太一样。

"算了，不管了，开出来就开出来吧。"游戏策划摆了摆手，"不管她。"

对于他们来说，他们的任务已经完成了。

这三天来，尤其是在今夜，这款游戏的充值数额破了新纪录。

其实，别说游戏策划想不明白了，就连花鸣都像做梦一样。

骷髅山脉的深处，无数双凶猛野兽的眼睛在迷雾中盯着花鸣的那一刹那，花鸣以为她要就此失败了。可是，就在那一瞬间，天空突然炸响一道惊雷，乌云滚滚，死亡的气息瞬间袭来。

那股气息，竟比骷髅山脉深处的气息还要恐怖。花鸣伏地，她竟然连睁眼的勇气都没有了。

一眨眼工夫，迷雾中藏匿的无数野怪，竟然全部吓得回头奔走。骷髅山脉是它们栖息的地方，可它们却想就此离开这里。

待乌云散去，骷髅山脉回归了平静。

花鸣终于得以喘息，危险不再。

浴火木和凤凰翎依旧静静地散着光。

就这样轻而易举地，花鸣得到了这两样《DWorld》有史以来最珍稀的材料。

点燃浴火木，祭上凤凰翎和八样珍贵材料，那颗晶莹剔透的坐骑蛋突然裂开。

花鸣早该想到，S侠口中的这对儿稀有坐骑是一对浴火凤凰。

凤凰展翅，花鸣踏凤而来。

"可恶，怎么会这样！"乘坐于火龙之上的浅笑咒骂道。

就在前一秒，他还因得到火龙而沾沾自喜。

可如今，他的骄傲和自豪在浴火凤凰袭来的刹那，支离破碎。

繁华的海岛城，仅有一处寂静的角落。

双木站在这里，微微昂首，望着朝他飞来的浴火凤凰。

花鸣在高空之中，一眼就望到了那道黑色的身影。

"太好了，他真的上线了！"花鸣欣喜，憔悴和疲倦也霎时间荡然无存。

凤凰落地，就落在双木的面前。

无数玩家围观，世界频道的消息不断，玩家们还没看清上一条，消息又刷新到了下一条。

花鸣在公共频道输入道："双木，这是浴火凤凰，我想把凤鸟，赠送与你。"

林缓坐在电脑前，屋里没有开灯，唯有屏幕的光打在他的脸上。

良久，他的手轻轻在键盘上敲道："因此耗尽生命值？"

花鸣的生命值，仅有40点。没有了生命药水的花鸣，不知道要多久才能将生命值补齐。

"没关系。"

"为什么？"双木问。

花鸣一怔，一时竟不知怎么回答。

她不容许她崇拜的偶像，因为游戏策划者的一次不负责任的活动，就从神坛跌落。一开始，花鸣也以为是这个原因。可是，当双木亲自问起，花鸣突然发现，这好像不是真正的原因。

那原因到底是什么，就连花鸣也说不清。

或许，对于游戏玩家而言，舍弃一款游戏轻而易举。

又或许，为了给另外一名玩家赠送坐骑而辛苦熬夜好几天，这是一件十分愚蠢的事。

但对花鸣而言，不是这样的。花鸣在这地方诞生，在这地方生根，她无法离开海岛城。这个世界里发生的一切，对她而言，都十分重要。

双木不再问了。

花鸣的心跳动得很厉害，凤鸟仿佛明白了花鸣的心意，已经慢慢地走到了双木的身边。凤与凰，在这一刻缩小了无数倍，可爱，俏皮。凤鸟正用它的脖颈，轻轻地蹭着双木修长的腿。

"你能接受我的心意吗？"花鸣轻声问道。

许久，双木突然一跃，登于凤鸟之上。霎时间，凤鸟欢鸣，展翅飞天。小小的身体，又变大了无数倍。双木屹立凤背之上，星空闪烁，却亮不过这道风景。花鸣一喜，凰鸟与她心意相通，追着凤鸟而上。

"太浪漫了！"

"天哪，太漂亮了！"

"在一起！在一起！"

不知有多少玩家在世界频道里凑着热闹。

"花鸣，有珍稀坐骑竟然不送我，重色轻友！"

突然，花鸣收到了凤儿沙的私信。

花鸣不知怎么回答。

"得了得了。这么好的机会，赶紧添加双木为好友啊！"

要知道，花鸣到现在还没有和双木成为游戏好友。这么好的机会，花鸣又怎么会轻易放过！

于是，花鸣忐忑地发送了好友请求。

这一次，双木竟然通过了！

花鸣不知道的是，双木的好友列表里，原本空空如也，花鸣此刻成了双木唯一的游戏好友。

"成功了！"花鸣回信风儿沙。

风儿沙正在海岛城繁华的街道上，满眼放心地望着翱翔夜空的花鸣和双木。

"继续啊！"

"继续什么？"花鸣不解。

"表白啊！"

花鸣怔住了。

表白？

就在此时，花鸣突然又收到了来自系统的邮件。

限时任务：与双木见面。

花鸣慌了，这算是什么任务！

为什么会突然要求和双木见面？她的任务，不是完成花茉莉的遗愿吗？

难道，系统也知道双木就是林缓？

她还没有做好准备让林缓知道她就是花鸣。

况且，就算她对双木提出见面的要求，双木会答应吗？

只是，系统才不顾花鸣的心思，这是限时任务，和上次约会的任务一样，都是强制性的。比上次更糟的是，此次任务非但没有奖励，而且惩罚更加严重：扣除生命值40点。

她的生命值总共只剩40点了！

天哪！花鸣的脑袋慌乱地快要炸开了。

突然之间，花鸣发觉了双木异常的表情。

这是双木的本体，他没有因林缓的上线而彻底沉睡过去。

"你怎么了？"花鸣悄悄问双木的本体。

双木的眉头深锁着，他朝着四周望了望："我们的身边，好像有其他人。"

花鸣一愣，难道是系统给花鸣发布任务，被双木发现了？

双木已经强大到如此地步了吗？

"双木大神，你说，如果我的主人向你的主人提出见面要求，他会不会答应？"花鸣红着脸，小心翼翼地问道。

双木俯身，望着脚下的凤鸟和繁荣的海岛城。

他爱安静，他的主人也爱安静。

所以，他才会终日停留在骷髅山脉。

如若是在以前，无论出于怎样的目的，他的主人都不该在这热闹的时刻，来到这般热闹的地方。

双木抬起头，目光穿透远空，仿佛能透过屏幕看到操纵着他的那个人一般。

良久，双木对花鸣缓缓说道："试试。"

双木这是觉得她有戏？

花鸣做足了准备，她深吸了一口气，在私信框里问道："我们，可以见面吗？"

安静坐着的林缓，出神地盯着电脑屏幕。

太久没有得到回答，花鸣有些失落。

这是要拒绝了吧？

那她的限时任务怎么办，她真要被扣除40点生命值吗？

果然，没过多久，双木和凤鸟的身影突然黯淡下去。

双木离线了？

"还是拒绝了。"花鸣低着头，坐在凰鸟的肩上。

游戏里的玩家们突然发现，花鸣一圈一圈地在空中盘旋着，好像发着呆。

林缓离开了酒店。

他来到了校医院。

"什么时候能拆？"林缓问。

医生仔细地替林缓检查了伤口，回答道："这两天还得换药，一个星期后应该就能拆了吧。"

正准备再叮嘱一些话，可是林缓竟然头也不回地走了。

失意的花鸣继续在海岛城上空看着满天星光。

原来，海岛城星星，可以离她这么近。

她躺着，风把她的碎发拂乱。

身下的凰鸟突然清鸣一声。

在好远好远的地方，花鸣看到了一束比星星还要亮的光。

伴随着凤鸣，那道光近了。

是凤鸟，凤鸟之上的，是双木！

他又上线了？

花鸣紧张地立刻起身，当双木来到她面前时，她都要喘不过气来了。

"一个星期后，余宁游乐园，晚上八点。"

直到花鸣回到现实世界,她还像置身于梦境中一般。

"什么?"徐菲菲惊讶道,"他约你见面了!"

"你小点儿声。"

徐菲菲这才捂上了嘴。

她们正在香屋里。

花鸣点了点头,紧张道:"我该怎么办?"

徐菲菲上下打量了一番花鸣,头头是道地分析着:"他会约游戏里的你见面,怕不是喜欢游戏里的你?如果他知道游戏里的花鸣,就是现实世界里老是缠着他的你,会不会失望?"

被徐菲菲一说,花鸣更加没有信心了。

可是,她无路可走啊,系统都发布限时任务了。

没有更好的办法,徐菲菲只得替花鸣出谋划策。她唯一能做的,便是早早地替花鸣准备约会时穿的衣服。

这些天,花鸣上线的时候,双木都恰巧不在线。

有时候,花鸣也在想,林缓也不留联系方式,难道不怕在余宁游乐园找不到她?而且,林缓还直接指定了见面的地点,难道他就不怕花鸣远在其他城市?

花鸣的身体依旧虚弱,她开始疯狂地做任务,获取补充生命值的药水。

然而,就在她把生命值恢复到60点时,海岛城的灾难来临了。

坐骑系统发布后,玩家的实际战斗力,要比排行榜上的武力值高出不少。拥有浴火凤凰的花鸣和双木,以及拥有火龙的玩家们,实际战斗力都直接飙升了3000点。

游戏官方发出了公告:暂停七级和八级武力型副本。

游戏官方称,这是为了维护游戏的平衡,以免大量玩家轻易通过游戏的最高级副本。并且,游戏会尽快更新,调整副本难度,届时将重新开放七级和八级武力型副本。

就在坐骑系统开放的第三天,游戏终于更新了。

然而,此次游戏版本却被命名为"天劫"。

这是所有玩家的噩梦。

七级和八级副本的确重新开放了,但是难度却大幅度提高。从前,有些排名靠前的玩家,可以单刷七级副本,可是,如今他们在坐骑武力值加成的情况下,再拉上几名排名同样靠前的玩家,竟然无法通过七级副本了。

七级副本就已经如此困难,更不要说八级副本了。

除此之外,四级以上的副本,难度全部大幅度提高。对于此时拥有浴火凤凰的花鸣来说，六级副本已经是她的上限。

"太过分了吧！"

"游戏这么调整，太夸张了吧！"

"出什么坐骑系统，还不如直接撤了坐骑系统！"

游戏版本更新后，无论是游戏内的世界频道，还是游戏的论坛，全部怨声载道。而更让玩家们心寒的，还远不止如此。

"天劫"版本下，所有玩家消耗的生命值，将无法通过生命药水恢复。想要恢复生命值，只能通过游戏商城内出售的"生命精魄"。

副本难度大幅度提高，玩家任务失败的概率也大大增加。

任务每失败一次，玩家的生命值就会被扣除相应的点数。以前，玩家想要恢复，还可以通过生命药水，虽然难获得，但是努力努力，总是能得到的。可如今，想要恢复生命值，充值成了唯一的渠道。

花鸣气得不行，要知道，她的生命值只有60点啊！剩下40点，真的只能通过游戏商城恢复了吗？

"DW团队想钱想疯了吧！"

"太过分了！"

"这是赤裸裸地圈钱啊，不怕玩家流失吗！"

正如所有玩家预料的那样，短短三天，已经有一些生命值原本就比较低的玩家，在任务失败中耗尽了所有生命值。

如此轻易地，海岛城里死了不少人。

没有决心彻底抛弃这款陪伴多年的游戏的玩家们，嘴上抱怨着，却只能乖乖充值。

有没有办法解决这样的劫数？

有。

"天劫"版本，将在有玩家通过八级武力型副本"末日僵尸"后结束。

只要有任何一名玩家通过"末日僵尸"，版本将再度更新。届时，游戏生命值的恢复机制将回归正常，在"天劫"版本期间彻底死亡的玩家也会重新复活，并由系统赠送50点生命值。

这又是一个全服任务，涉及面之广，覆盖了全服的每一个玩家。

只是，就连七级副本都过不去，还有人会去挑战八级副本吗？

没有人敢去尝试。就算去了，也会以被扣除生命值而告终。

和从前相比，生命值变得更加珍贵了，哪怕是1点，玩家们也不会轻易浪费。

当"天劫"版本闹得沸沸扬扬时，有论坛上的大神，不知通过什么渠道，获得了一个数据：《DWorld》在线人数，锐减了百分之十。

已经有玩家彻底离开《DWorld》了,而且这个数据,正不断地上升着。

网络上有一个游戏热度百强排行榜。

在几年前,《DWorld》曾称霸这个榜单。

但逐渐没落后,《DWorld》已经掉到了五十名开外。

而"天劫"版本发布后,《DWorld》直接从百强排行榜上消失了。

花鸣愁得焦头烂额。

余宁大学已经几乎停课了。

外面下着冰雨,花鸣坐在落地窗前发着呆。

第四十八章 Chapter 48

秘密

雨是冰冷的,路上连行人都少了。

却有一个披着雨衣的男人,突然进了香屋。

"您好,请问喝点什么?"花鸣立刻站了起来,招呼道。

男人脱下了身上的雨衣,四处看了看。很快,他把目光投向了正站在吧台前的麦弋。

"麦弋在吗?"

麦弋笑着:"我就是,请问,您找我有什么事吗?"

"您好,我是余宁日报的记者。"男人说,"今天,我想来采访您。"

麦弋一愣,收敛了笑容:"我有什么好采访的?"

男人脸上的笑,突然变了味道:"麦弋,余宁大学文学系的学生,几年前因身体原因从余宁大学辍学。之后在余宁大学附近开了一家奶茶店。热心资助了好几家福利院,帮助了许多流浪汉。"

看来,这个人已经十分深入地调查了麦弋。

"所以呢?"麦弋的表情有些沉重。

"如果仅是这样,的确还吸引不了我。但是,余宁市著名的神秘作家'曙光',足够让我不虚此行了吧?"男人笑道。

花鸣愣住了。

当日,麦弋的身份还是被传了出去吗?

麦弋有些无奈,他苦笑道:"果然,麻烦还是来了。我不接受你的采访,请回吧。"

"你确定吗?"记者的身体被大雨淋湿了,但他并不在意,他死死地盯着麦弋,

"听闻，你一直匿名资助着一家人，这是为什么呢？那么多地方不选，偏选在了余宁大学附近开店，这又是为了什么呢？"

麦弋的脸色突然变了。

"你的笔名已经足够有噱头，如果再加上当年的那件事，恐怕更有意思了吧？"男人的笑，意味深长。

这是花鸣第一次见麦弋如此慌张。

麦弋看了看花鸣，这才对男人沉声道："进来吧。"

说罢，麦弋率先走进了后厨。男人仿佛奸计得逞，跟着麦弋走了进去。

怎么回事？

回想起麦弋的表情，花鸣突然觉得麦弋像是被男人抓住了什么把柄。

花茉莉也在调查麦弋，难道，麦弋真的有问题？

花鸣按捺不住心头的好奇，悄悄地走到了后厨外。

她屏住呼吸，仔细地听着。

男人和麦弋交谈的声音很轻，花鸣只能隐隐约约捕捉到几句。

"你想怎么样？"

"你觉得，这则消息值多少钱？"

"开价吧。"

花鸣心慌了起来。这个自称记者的男人，分明就是来讹诈的。可是，麦弋这是妥协了？他究竟有什么不可告人的把柄被握在别人手里？

男人离开时，带着心满意足的笑。

但是麦弋却并不开心。

男人走后，花鸣这才试探性地问麦弋："店长？怎么了？"

麦弋摇了摇头，勉强挤出一个笑容："没事。"

这一天，麦弋更加心不在焉了。

沉思良久后，花鸣觉得不能再拖下去了。

她把徐菲菲叫到了家里。

徐菲菲看过花茉莉偷拍的那些照片后，也惊讶不已："怎么回事？"

"花茉莉从来没有对你提起过麦弋吗？"

徐菲菲摇头："当然没有。究竟是为什么，她竟然连我都隐瞒了。"

"你觉得，我要和妈妈说吗？"

徐菲菲考虑过后，这才回答道："或许伯母会知道一些。而且，茉莉留下的东西不多了，应该让伯母知道。"

于是，她们把邱敏叫进了花茉莉的房间。

提起花茉莉，邱敏难免地暗自神伤。

一张一张地看过那些照片后，邱敏摇了摇头："我不认识这个人。"

"那茉莉有对你提起麦弋吗？"徐菲菲问。

邱敏仔细回想了很久，还是摇头。

"那'曙光'呢？"花鸣补充道。

邱敏仍然没有印象，花鸣和徐菲菲都有些失望。但随之而来的，却是越来越多的困惑。

花茉莉到底为什么要调查麦弋？

突然间，花鸣想到了那个记者说的话。

"妈妈，这些年，你和茉莉，有接受别人的资助吗？"

终于，邱敏给了肯定的回答。

"忘记是在几年前，有个人联系了我，说是公益机构，愿意资助我们。"邱敏说道。

那的确是好多年前的事了。

一开始，邱敏还以为是骗子。但是，在挂断电话没多久后，她的账户里，真的多了一笔钱。之后的每个月，都会有一笔钱打进邱敏的账户。不多，足够邱敏和花茉莉生活。

这笔资助，是在几个月前停止的。

算了算时间，竟然正好是花鸣进了香屋之后才停下来的。

这些年，正因为有了这笔并不算多的资助，邱敏和花茉莉才得以轻松地渡过生活的难关。邱敏和花茉莉曾经试图寻找这个善良的资助者，可是，她们根本无迹可寻。

久而久之，她们也就放弃了。

但是，她们一直心存感恩。

花鸣和徐菲菲对视一眼。

"难道，麦弋资助的一家人，就是妈妈和茉莉？"花鸣愣道。

她不确定。

如果不是的话，怎么会这么巧？

如果是的话，麦弋的目的何在？

"那这些年，还有其他奇怪的事发生吗？"徐菲菲问邱敏，"难道茉莉从来没有对你提起过她调查这个年轻男人的原因？"

邱敏叹了一口气，不得不又在痛苦的记忆里搜寻着一点一滴。

终于，邱敏想了起来。

"出事的那天，茉莉在电话里和我说，她有很重要的事要告诉我。"

"很重要的事？"花鸣问。

邱敏点点头："可是，她再也没有回来了。"

邱敏落了泪，为了不让邱敏更加伤心，她们终止了谈话。

夜里，花鸣和徐菲菲躺在床上，两个人都辗转反侧，不得入眠。

麦弋会是坏人吗？

她要不要直接去问麦弋？

这是花鸣最纠结的地方。最终，花鸣还是放弃了。如果当面能问出来的话，当初花茉莉也不会跟踪麦弋好几个月，偷拍他的踪迹了。

天亮了。

花鸣和徐菲菲一大早起床，邱敏为她们准备了早餐。

可是，不速之客，突然进了家门。

"爸？"徐菲菲盯着西装笔挺的来人，慌张道，"你怎么会来这里？"

徐通，徐菲菲的爸爸。

"哟，是菲菲的爸爸，请坐。"邱敏立刻擦了擦湿漉漉的手，给徐通搬了一条板凳。

徐通左右环视，他的眼神里带着鄙夷。

这么简陋的地方，他连踏都不想踏进来，又怎么会想坐下来。

徐通丝毫没有理会邱敏，而是对徐菲菲说道："走吧。"

徐菲菲咬着牙，她没想到徐通竟然找到这里来了。

为了不给花鸣和邱敏添麻烦，这一次，徐菲菲没有反抗，直接站了起来。

"花茉莉是吧？"徐通突然看向了花鸣。

徐菲菲暗道不好，立刻插嘴道："爸，别说了，我跟你走。"

"闭嘴！"可是，徐通却呵斥道，"回去再和你算账！"

如此严厉，一点儿也不像一个爸爸。

"花茉莉。"徐通叫道。

花鸣感受到了徐通的敌意，但出于礼貌，她还是点了点头："伯父好。"

"请你以后，不要再缠着我们家菲菲。"

花鸣和邱敏都愣住了。

朋友是相互的，怎么就变成纠缠了？

"你们从前的事，我可以都不再追究。但是，马上就要毕业了，徐菲菲需要的不是你，而是能够帮助她的朋友。请你打量打量自己，不要再纠缠着菲菲。我可以明白地告诉你，就算你接近了徐菲菲，也别想通过徐菲菲，得到任何好处！"

徐通脱口而出的话，实在太难听了。

在他的眼中，花茉莉和徐菲菲做朋友，只是想通过徐菲菲得到一些好处吗？

"爸！你太狂妄自大了！你以为，所有人接近我，都是想得到什么好处吗？"徐菲菲的泪水在眼眶里打转，"你的企业是做得很成功，但还远没有到所有人都要讨好你的地步吧？"

"我还轮不到你教训！"徐通呵斥。

邱敏深吸了一口气，她尽力保持着地主之谊。

"菲菲爸爸，我想，你对我们家茉莉，是不是有什么误解？"

"误解？"徐通看向邱敏，"徐菲菲以前不是这样的，她很听话。可是，自从上了大学，和花茉莉交朋友之后，就变得叛逆，老是离家出走。请你管好你的女儿，有点儿家教，别再接近菲菲。"

花鸣憋了一肚子的气，终于要爆发了。就在她要开口反驳时，邱敏突然开口了。

"我的女儿，还轮不到你教训。菲菲这么好这么乖巧的女孩儿，怎么会有你这样的爸爸？家教？不请自来，登门入室，这是家教吗？居高临下，诋毁谩骂，这是家教吗？"

邱敏也实在忍不住了。

每当她想到花茉莉已经不在人世，却还要被别人这样误解，她就受不了。徐通简直触碰了邱敏的逆鳞。

没想到邱敏也有这样的脾气，花鸣和徐菲菲都愣住了。

就连盛气凌人的徐通，一时之间竟也不知怎么回答。

"菲菲，伯母的话有些过了，你别在意。"邱敏对徐菲菲温柔道。

徐菲菲抹了脸上的泪水，赶紧摇头："伯母，是我的爸爸不礼貌，我替他向您道歉。"

徐通被晾在一边，他气得全身都在发抖。

趁着徐通要予以反击之前，徐菲菲威胁道："走吧，如果现在不走，你就别想我再回家！"

无奈，徐通冷哼了一声，踏着皮鞋，离开了这里。

徐菲菲被带回家后，又被关进了小黑屋。

学校已经停课了，只要等过一阵子参加完考试，学校就正式放假了。

徐通不允许徐菲菲再接近花鸣。

很快就要毕业了，他已经为徐菲菲铺好了路，也为徐菲菲安排了一批对徐菲菲的前途有所帮助的朋友。

香屋，花鸣无精打采。

就连秦璐都无法给花鸣带来欢乐。

"茉莉姐，你怎么了？"

海岛城的劫数，麦弋的秘密，即将到来的约会，都让花鸣心烦不已。

"菲菲姐呢？"秦璐问，"她的电话也打不通了。"

花鸣把事情的经过告诉了秦璐。

如果徐通见了秦璐，一定也会瞧不起她吧。

在花鸣和秦璐眼中，朋友是那么单纯。可是，为什么到了那些大人的眼中，朋友就和利益挂钩了呢？

"不行，我们得帮助菲菲姐！"

只是，秦璐却也不知道要怎么办。

"麦弋学长这是怎么了？"秦璐突然发现了正在发呆的麦弋。

有客人进了香屋，但是麦弋却没有招呼。

花鸣盯着麦弋看了许久，这才站了起来。

"请问，喝点什么？"花鸣招呼道。

麦弋终于反应了过来，他依然笑着迎客。

可是，麦弋脸上的笑容，和从前再也不一样了。

傍晚。

麦弋匆匆地闭上了店门。

"为什么这么早关店呢？"花鸣问。

"身体不太舒服。"麦弋找了一个理由。

花鸣没有多问，配合着麦弋把店门关上了。

麦弋走后，花鸣悄悄地跟了上去。

她想知道，麦弋不惜花重金想要买下的秘密，究竟是什么。

一直以来，花鸣习惯了麦弋的善良。

他对每一个来店里的人都很好，他总是会带上一些食物，分给无家可归的流浪汉。按照那个记者的说法，麦弋还资助了很多家福利院。

可是，仔细想来，却有些奇怪。

怎么会有一个人，这么善良，善良到不求任何回报地去帮助所有他能帮助的人。

麦弋的行动轨迹，非常简单。

他先进了一家便利店，买了一堆食物。随后，他来到了天桥下，这里是流浪汉们的聚居地。

那些流浪汉，像是见了老熟人一般，主动凑了上来。

麦弋微笑着，把食物分给了每一个流浪汉。

再之后，麦弋漫无目的地在街道上走着。

花鸣悄悄地跟着，不远也不近。

天快黑的时候，麦弋又经过了两家疗养院。

他没有进去，但是疗养院的员工却对麦弋报以微笑。显然，他们是认识麦弋的。

终于，就在入夜之后，麦弋回到了家。

原来，麦弋住在这里吗？

房子不大，周围也没有其他房子。

灯亮了。

花鸣蹑到了窗子外。

屋里的灯，和香屋一样，昏黄而温馨。

麦弋的家，很简单。

一张桌子，一张沙发，一个柜子，一张床。

柜子上摆满了书。

麦弋坐在沙发上，发着呆，不知在想些什么。

麦弋一个人生活。

他没有家人吗？

就像初次见到麦弋的时候，此刻，花鸣和麦弋之间也隔着一道窗。

不同的是，这一次，麦弋没有发现花鸣。

花鸣静静地站着，麦弋也愣愣地发着呆。

不知过了多久，麦弋突然张开了嘴。

他在自言自语着。

花鸣听不见。

就在花鸣快要放弃时，麦弋突然掏出了手机。

手机屏幕微微亮起，他好像正在看着什么。

花鸣眯着眼，只可惜，她站的角度，无法清晰地看见屏幕。她只能隐隐约约地知道，麦弋正在滑动着一张一张照片。

怎么办？

当花鸣看见手机屏幕上星星点点的代码时，她不得不又一次求助于这些代码。

"小可爱们，过来。"花鸣轻声道。

果然，俏皮的小代码们听到了花鸣的呼唤，立刻跳动着，来到了窗边。

"帮姐姐看看，那个哥哥在看些什么。"

代码们又跳着步，跃到了麦弋的身边。

没过多久，代码们给花鸣传回了信息。

就像亲眼所见一样，麦弋手机里的照片，全部一张一张地闪过花鸣的脑海，就像是放电影一般。

那是，花茉莉？

是的，是花茉莉！

麦弋的手机里，竟然存着数百张花茉莉的照片。

有花茉莉刚刚入学时的，有花茉莉走在路上的背影，也有花茉莉吃饭时的样子。

每一张照片都角度奇怪，画面模糊，显然也是偷拍。

花茉莉和麦弋，这两个人竟然都互相偷偷跟随对方，记录着彼此的生活。

花鸣的大脑像是炸开般，到底是怎么回事？

他们两人之间，究竟有怎样的关系，为什么要这样调查彼此？

而让花鸣更加难以接受的是，麦弋欺骗了她。

"那个雨天，我来店里应聘之前，我们认识吗？"

"不认识，那是我们第一次见面。"

花鸣想起了她和麦弋之间的对话。

当发现花茉莉存下的照片后，花鸣问过麦弋。

尽管带着怀疑，但花鸣还是选择了相信。

然而，直至此刻，花鸣才明白了过来，麦弋说了谎。

明明早就知道花茉莉，可当她第一次到香屋里时，他为什么要装作不认识？

难道，给她提供工作，总是帮助她，对她好，这一切，都是有目的的吗？

他们相识的那个雨天，是花鸣来到现实世界后，为数不多的美好回忆。

可是，为什么此刻却觉得，那个雨天，突然变得冰冷？

麦弋的秘密，究竟是什么？

花鸣不自觉地后退了一步。

她感觉到了恐惧。

第四十九章 坟墓
Chapter 49

天雾蒙蒙的。

十几年前的街道，车还没有那么多，楼还没有那么高。

才是清晨，行人却匆匆。

"孩子她妈，我走啦！"

说罢，男人俯下身，在小女孩儿的额头上深深地印下了一个吻。

"孩子，今天也要努力长大！"男人笑着，把女孩儿拥在了怀里。

小女孩儿挣扎着，男人的胡茬扎得她有些痒。男人就爱这样逗小女孩儿，往常，只要女孩儿一挣扎，男人便会笑嘻嘻地松开怀抱。但是，今天，男人却没有。他抱得很紧，孩子都要疼哭了。

良久，男人终于松开了手。

"快去快回。"女人笑眯眯地对男人说。

男人点了点头，突然也轻轻地给了女人一个拥抱。

女人觉得很幸福。

这一家并不富裕，但日子过得却清闲。男人总是一大早外出工作，也总是踏着黄昏回家。女人在家，替男人准备着一日三餐。他们有一个孩子，长得水灵、聪明，逢人便打招呼，有礼貌。

男人带着笑离开了家。

然而，当他踏出家门后的那一瞬间，先前的笑容却荡然无存了。

他的嘴角抽搐着，竟然是在哭泣，眼泪像决堤了一样，不断地涌出眼眶。路上的行人，怪异地盯着这个成年男人。

一个大男人，怎么在大庭广众之下，哭哭啼啼的？

角落，一个小男孩儿在一个大人的带领下，静静地守候在男人家的不远处。

小男孩儿的脸色苍白，他远远地看着男人哭着朝他们走来。

"花荣宇，你准备好了吗？"

大人问。

"准备好了。"花荣宇擦干了脸上的泪水，他回过头，不舍地回眸，把家的模样，永远地记在了脑子里。

雾久成雨。天空突然淅淅沥沥地落了点小雨，渐渐地，它又变大了。

终于，他踏着雨走了。

离家越来越远，远到再也回不来了。

时光如白云苍狗，十几年芳华也不过是一瞬。

花鸣从睡梦中醒来。

她闻到了早餐的香味。

客厅，邱敏一大早便起了床。花鸣揉着惺忪的睡眼出来时，邱敏笑着问："饿了吧，快来吃早餐吧。"

花鸣点点头，坐了下来。

"妈妈，你要出门吗？"花鸣突然问。

邱敏的打扮和平时不太一样。

"嗯，有事，去市里一趟。"

"哦。"花鸣的心情不是很好，她没有多问。

用过早餐后，花鸣和邱敏一同登船。船靠岸后，两人便就此分开了。

花鸣来到了香屋。

麦弋已经在这里了。海边的城市，多雨。

和花鸣与麦弋相识的那天一样，外面下着雨。

"来了？"麦弋笑着问。

花鸣点了点头，不作声。

"没睡好吗？"

"你也没睡好吗？"花鸣反问。

这两人，脸上都带着万分憔悴。是的，昨夜，这两个人都没有睡好。

简单地交流后，便是许久的沉默。

不知怎的，麦弋突然觉得他找不到话题和花鸣交谈了。

两人都很安静，面对面地坐在落地窗前，盯着窗外的雨丝。

香屋里时常迎来客人。

麦弋机械般地站起来，招呼过后，又机械地坐了回来。

不一会儿，又有新客人来了。

轮到花鸣木讷地站起来，给客人冲了奶茶。

沉默太久了，就连空气都变得尴尬。

二人还是不说话，他们各有心思。

是花鸣先打破了沉默。

"店长，你觉得下雨天，美好吗？"

麦弋一愣。

他低下了头："有时候觉得很美好，它能给许多生命带来新生。但有时候，又觉得不好，它会让人有不好的回忆。"

麦弋的嘴角扬起苦涩的弧度。

关于雨天，他有一辈子都挥之不去的负担。

"我觉得很美。"花鸣望向麦弋的双眸，"我记得，我来到这里的时候，天也下着雨。是那场雨，让我认识了店长。店长很善良，很温柔，你的笑总是很温暖。"

"谢谢。"麦弋的声音很轻，他回避了花鸣的目光。

"店长，你会欺骗我吗？"

花鸣的问题，犹如炸雷，在麦弋的心田爆开。焦灼了麦弋的心，燃烧了麦弋的大脑。

他要告诉她不会吗？

可是，他真的没有欺骗过她吗？

二人对视，花鸣和麦弋的双唇都微动着，仿佛二人都有难言之隐，欲言又止。

店门又被推开了。

来人撑着伞，刚进门，便轻声唤道："茉莉。"

花鸣和麦弋都站了起来。

是邱敏。

"妈妈，你怎么来了？"

邱敏的脸上带着笑："经过，来看看你。"

说罢，邱敏提着手里的袋子，递给了麦弋。

"店长，这段时间，多亏了你对我们家茉莉的照顾。一直以来，没有机会来感谢你。"

袋子里装满了新鲜的食材。

长辈的馈赠，麦弋不敢回绝。

麦弋连忙接过袋子："伯母，是茉莉一直在店里帮忙。"

热情地招呼邱敏坐下后，麦弋忙活了起来。他为邱敏和花鸣准备饮料去了。

"雨这么大，你去哪儿了？"花鸣这才想到问邱敏一早离家的原因。

邱敏从包里掏出了一些打印好的纸张，递给了花鸣。

纸上写着几个字：寻人启事。

"去了一趟报馆。又想随手贴一些寻人启事，没想到下雨，刚贴上去的纸都被淋湿了。一上午白忙活了。"邱敏说道。

花鸣出神地望着纸上的寻人启事。

花荣宇，这是花茉莉爸爸的名字。

上面贴着花荣宇的旧照片，但那却是十几年前的照片了。彼时的花荣宇，还很年轻。如今，花荣宇一定也像邱敏一样，被岁月侵蚀了吧。

一直以来，邱敏都没有放弃寻找花荣宇。

"妈，你爱他吗？"花鸣突然问。

邱敏笑着摇摇头："到了这个年龄，哪还有爱和不爱。他也该老了吧，说不定站在我面前，我都认不出他了。只是，一个人说走就走了，心里还是迈不过这道坎。是死是活呢，总该有个信儿吧？"

如果不是花荣宇的照片，这么多年，邱敏早该忘记他的模样了。从前，她苦苦寻着花荣宇，是想给花茉莉一个完整的家庭。而如今，花茉莉走了，她又觉得还有事未了，总是放不下。

多好啊，花鸣心有悸动。在这个世界，最残忍的便是岁月吧。能够一直记着花荣宇最年轻时候的模样，何尝不是一件好事呢？

麦弋终于端着热饮走了过来。

可是，当他看见桌上的寻人启事时，他突然止住了脚步。

"店长？"

"店长？"

直到花鸣唤了好几声，麦弋才终于反应过来。

邱敏离开香屋时，正是傍晚。

又一次，麦弋找了个理由，提早关闭了店门。

大雨中，麦弋撑着黑伞，木讷地朝前走着。

他的心事太多了，多到花鸣就跟在他身后的不远处都没发现。

麦弋回了家，再次出门时，麦弋换上了一身黑色的衣服。

那颜色太压抑了，特别是在这灰蒙蒙的雨天里。

麦弋在路边等了一会儿，没有拦到车。

于是，他又一路步行，朝着余宁市郊外的方向走去。

花鸣继续跟着。

这一走，便是两小时。

这是一块墓园，很冷清。墓园里只有几盏路灯，记录着雨丝倾斜的轨迹。一座一座孤独的墓碑，静静地伫立在里面，任凭雨打风吹，却无人替它们撑伞。

花鸣见过墓园。

海岛城靠海的那一侧，就有一座大到没有边际的墓园。

墓园里，埋葬着千万玩家的尸骨。

当有玩家的生命值归零，海岛城墓园里便会出现一座墓碑，墓碑上刻着他们的ID和死亡时间。

麦弋走在偌大的墓园里。

穿过一座又一座已经没有生机的石碑，麦弋终于停了下来。

他对着墓碑深深鞠了一躬。

那是谁的坟墓？花鸣的心突然变得焦躁不安。

就连她都控制不住自己的脚步。

悄无声息地，花鸣来到了麦弋的身后。

她看清了，墓碑上刻着的名字是：花荣宇。

怎么会？

是花茉莉的爸爸？

墓碑上刻着花荣宇的忌日，竟然在十几年前，花荣宇就死了？

花鸣惊恐地后退了一步，发出了动静。

麦弋猛地回头。

他很无措，却又霎时间变得从容。

这一天，终于还是来了。

"是你杀了他？"花鸣沙哑着声音问。

不惜花重金买下的秘密，原来就是这个吗？

"是的。"

麦弋的回答，淹没在天空突然炸开的惊雷声中。

但是花鸣还是看清了麦弋的嘴型。

这一刻，电闪雷鸣，麦弋仿佛变成了光怪陆离的怪物，龇牙咧嘴，张牙舞爪。

太可怕了，麦弋竟然杀人了？

花鸣不断地后退着，终于，她头也不回地朝前跑去。

麦弋那么善良，怎么会？

花鸣不敢相信，大雨倾盆，脚下的路堆满了积水。她每一步匆忙的步伐，都踏出了水花。

花鸣突然停了下来。

麦弋不可能会杀人的。

十几年前，麦弋不是一个小孩儿吗？他怎么杀人？

黑伞早已落在了一旁，麦弋跪在花荣宇的墓碑前。大雨滂沱，麦弋的身体被淋湿了。他哭了，第一次哭得这样撕心裂肺。麦弋没有压抑自己的情绪，他等这一天，等了太久了。

他实在憋了太久了，今天，所有憋在心头的秘密，都跟随着泪水和迸发的情绪，倾泻而出。

"店长。"

麦弋回头，是花鸣。

因为恐惧而远远跑开的花鸣，竟然又回来了。

花鸣的头发淌着水。

她也在哭吧？那可是她的爸爸。

只是，麦弋却错将雨水当成了眼泪。他又怎会知道，花鸣是不会落泪的。

"我要知道一切。"

海港的另外一侧，邱敏站在窗台前，望着外面的瓢泼大雨，思绪也回到了十几年前，花荣宇最后一次离家的那个雨天。

"千万不要让我找到你。"邱敏自言自语。

邱敏了解花荣宇，他不是一个会轻易抛弃妻子的男人。

他离开这个家，再也没有回来，一定有原因吧。

或许，他已经离开这个人世了。

一个活人，又怎么会十几年来杳无音信呢？

邱敏突然害怕，当她找到花荣宇的时候，花荣宇已经连尸骨都不存在了。花茉莉已经走了，如果她再得到花荣宇死亡的消息，她实在支撑不下去了。

哪怕她已经猜到了花荣宇的结局，但至少她还没有得到确切的消息。

她宁可在茫然无措的寻找中度过余生。

她不想再承受打击了。

也至少，她的生命里，还可以寻找一个人，还有一件事可以做。

十几年前，邱敏尚且年轻，花茉莉和麦弋还是小孩儿。

消毒水气味弥漫的医院上方，红色的十字如同鲜血一般明艳。

"如果你考虑好了，就请签下这份协议吧。"

花荣宇面前，站着一个小孩儿，几个大人，其中有一个是医生。

花荣宇颤抖着双手，提起了笔。

但最终，他又放下了。

"在签这份协议前，我们可以谈谈吗？"花荣宇看向小孩儿和他身边的大人。

其余人都出去了，狭小的病房里，只留下了他们三个。

"我有一个请求。"花荣宇叹了口气。

"请您说，我们能办到的，一定会满足。"

大人紧紧牵着麦弋，无比诚恳地回答。

"我从没想过，人的生命会这样脆弱。如果可以，我不愿离开我的爱人，和我亲爱的女儿。"花荣宇落了泪。

一个月前，在工地里晕倒的花荣宇，被送进了医院。

重病，晚期。

他活不了多久了。

他不敢把这个消息告诉邱敏。他无法想象，当邱敏和花茉莉知道这个消息后，会是什么反应。

撕心裂肺地哭？歇斯底里地哀号？

那不是花荣宇想看到的。

于是，他选择了不负责任的隐瞒。

每一天回家，他都隐藏起心头的悲伤，扮演着一个正常丈夫和父亲的角色。

这是他陪伴邱敏和花茉莉的最后一段时光，他无比珍惜。

只是，时间太短了。如果上天能给他多一点时间就好了。

分离，终究还是来了。

直到这一天，花荣宇还是没有把真相告诉邱敏。

就当他是一个不负责任的男人和父亲吧。

是他抛弃了这个家，赶快忘记他吧。

趁着年轻，再为花茉莉找个父亲吧。

这是花荣宇最后的奢望。

他的身体，从头到尾，只剩下一颗健康的心脏。

而这颗心脏，即将捐赠给一个患有先天性心脏病的小孩儿。他的心脏比正常成年人要小，医生们都说，或许，他的心脏可以成功地装进这个小孩儿的胸腔。

花荣宇知道生命的宝贵，他注定活不成了，他要把他的心，交给一个年轻的生命。或许，他的心还会有知觉，还会以新的形式活下去。

然而，对邱敏和花茉莉的牵挂，却能那样轻易地斩断吗？

"如果可以，在我的妻子和女儿需要帮助的时候，伸以援手。如果可以，带着这个小孩儿，偶尔去我家的街道上转转，让我的心，感受一下家的味道。如果可以，在不经意间看看我的妻子和女儿。"

"请您放心，您的要求，我一定会竭尽全力做到！"

大人是麦弋的爸爸。

"但是，无论如何，请替我向我的家人隐瞒。我不想让他们知道我死了。如果有一天，破碎的家庭重新组建，请到我的坟头，告诉我，让我也能开心。"

"请您放心。"

那一年，麦弋十岁。

他亲眼看见花荣宇提笔，在器官捐赠移植协议上，签了字。

他的生命，是花荣宇重新赋予的。

花荣宇在医院里，度过了他人生的最后一段时光。麦弋还记得，花荣宇最爱茉莉花，他的床头，总是摆放着一盆散发着清香的茉莉花。因为，那是他女儿的名字。

花荣宇离开了人世。

将成年人的心脏，换给了小孩儿，手术难度很高。

但是，上天眷顾了麦弋，他活了下来。

可是，也是从那一天起，麦弋幼小的心灵，却背负了挥之不去的愧疚和重担。

他的家庭，因高额的手术费用变得一贫如洗。但是，他的父亲，还是遵守了诺言。

在未来几年里，麦弋时常被父亲带着，走在花荣宇家的街道上。

他们远远地望着邱敏和比麦弋小上几岁的花茉莉。

麦弋长大了，他心头的愧疚感越来越浓。

是他夺走了花荣宇的心脏。

是他杀死了花荣宇。

麦弋十四岁那年，他的父亲，终于也离开了他。

先天性心脏病，遗传。

麦弋变得更加孤独了，他时常摸着胸口，对着不属于他的心脏自言自语。

有的时候，麦弋也想就此离开人世。

可是，他知道他没有资格死亡。

他的生命是以另外一个人的生命为代价才得以延续的，他的命，不是他一个人的。

他要带着花荣宇的心脏，继续活下去，哪怕再艰难，再辛苦。

他也要兑现对花荣宇的承诺。

麦弋坚强地活着。

他考上了余宁大学，阴差阳错成为了"曙光"。

终于，麦弋有能力救济花荣宇的家人了。

每隔一段时间，麦弋都会往邱敏的账户里，打上一笔钱。

为了不让邱敏起疑，这笔钱款的数目恰到好处，不多也不少。

也几乎每一段时间，麦弋都会来到这片墓园。

他带着愧疚，带着感恩，带上自己的一切情绪，前来祭拜花荣宇。

第五十章 旧事

Chapter 50

麦弋在大学三年级那一年，身体突然遭逢变故。

他住院了。

那是他又一次距离死亡如此之近。

为了继续活下去，麦弋不得不从余宁大学辍学。

他再次侥幸活了下来。

只是，每隔一段时间，他都可能会在医院里住上几天，甚至是几个月。

也在那一年，麦弋得知花茉莉考上了余宁大学的消息。麦弋第一时间把这个消息，带给了沉睡在墓园里的花荣宇。

有无数次，麦弋都想把花荣宇的消息告诉邱敏和花茉莉。可是，每当想起花荣宇临终前的嘱托，麦弋又不得不把秘密独自咽下。或许连花荣宇都不曾想过，他临终前的嘱托，竟会时刻困扰着麦弋、让麦弋感到心痛的惊悸。

麦弋在余宁大学附近，开了一家奶茶店。

他总是在不经意间，出现在花茉莉的身边。

他记录下了花茉莉生活中的点点滴滴，在每一个祭奠花荣宇的日子，麦弋都会将新拍的照片，烧给早已不在人世的花荣宇。他想让花荣宇知道，他的女儿过得很好，他想让花荣宇放心。

正值青春，谁不渴望自己变得优秀，让更多人关注自己？

可是，为了花荣宇的嘱托，麦弋却对所有人隐瞒了"曙光"的身份。

他知道，麦弋的名字，不会有任何人在意，但是"曙光"却不一样。一旦有人知晓"曙光"是他，麻烦便会接踵而至。他苦苦隐藏的过往，都将会被人一点一滴地挖出来，暴露在公众的视野里。

为了帮助花鸣，麦弋最终还是选择了站出来。

那一刻，他已经预料到了这一天。

他的心里难得地产生了一点自私的想法。如果可以不用再带着愧疚，隐藏这一段跨越十几年始终纠缠他的回忆，那该多好？

而这一天，终于还是来临了。

就连麦弋都不知道的是，如若不是那一场意外，或许邱敏和花茉莉都已经知晓了事情的真相。

没有不透风的墙，也没有能包得住火的纸。

一次又一次不经意地接近，花茉莉已然悄悄发现了。

麦弋真奇怪，为什么总是出现在她的身边。

她不漂亮，不优秀，贫穷，她没有任何值得麦弋接近的理由。

带着满心的疑惑，花茉莉开始调查麦弋。

她发现，麦弋曾经是余宁大学一名优秀的学生，是余宁大学附近一家奶茶店的店长。那一天，花茉莉就像今日的花鸣那样，悄悄跟着麦弋来到了这片墓园。花茉莉在墓碑上，看到了杳无音信的爸爸的名字。

花荣宇在十几年前，已经离开人世了？

为什么？

怎么可能？

花茉莉无法接受这个事实，她生了一场重病，发了高到不能再高的烧。

当她看见邱敏已经容颜不再的脸庞时，她把秘密吞了下去。

她不能就这样把一切告诉邱敏，邱敏会受不了的。

花荣宇是怎么离世的，麦弋和花荣宇又是什么关系，为什么会接近她，为什么会祭拜花荣宇？

花茉莉决定把一切都弄清楚。

麦弋的动机不明，花茉莉没有选择直接找麦弋对质。

花茉莉比别人想象中的坚强，不知道多少个日夜，每当她想起花荣宇，她都会偷偷落泪。可是，她却把一切都扛了起来。

花茉莉也偷偷记录下了麦弋行动的轨迹。

日复一日，当她终于马上要把一切弄明白，并想对邱敏坦白的时候，灾难发生了。

雨还在下着，陵园沐浴在雨下，得到的却不是滋润，而是摧残。不知已经屹立于此多少年的墓碑，早已受尽风吹日晒而旧迹斑斑，有的石碑，甚至已经缺了角。

麦弋跪在地上，任凭冰冷的雨击打着他虚弱的身体。

原来，麦弋这么可怜。

花鸣知道隐藏秘密的痛苦。

而麦弋，已经守着这个秘密十几年了。他的确拥有了全新的生命，可是却总是替别人活着。

越是感恩，就越是愧疚。

麦弋总是觉得他夺走了花荣宇的心脏，夺走了这一家人的生活。

为了减少内心的愧疚，麦弋愿意对任何人伸出援手。

"几年前，我喜欢过一个女孩儿。但是因为身体的原因，我从来没接近过她。"

"她没有见过我，不认识我，但我喜欢她。她每天都会经过这里，我总是在落地窗里看着她。眼神是我和她之间唯一的交流。你相信吗，即使是这样，好多年下来，我喜欢上了她。因为她很善良，很努力，很朴实。"

花鸣的脑海里，浮现麦弋曾经对她说的这些话。

原来，麦弋说的那个女孩儿，就是花茉莉吗？

麦弋喜欢花茉莉？

"你说的那个女孩儿，是……"花鸣多想叫出花茉莉的名字，但她摇了摇头，还是改口了，"是我吗？"

麦弋脸上的泪和雨混在了一起，他微微抬头，无奈地笑了："是的，是你。"

这或许是麦弋都不曾预料到的。

或许是拥有了花荣宇心脏的缘故，麦弋总是觉得花茉莉那么让人想要接近。

在别人的眼里，花茉莉并不起眼。

可是，麦弋却知道这个女孩儿从小到大，经历了什么。

在一日又一日的关注中，麦弋发现，他好像喜欢上了那个善良朴实的女孩儿。

但是，他不能接近她。

万一，他没能守住花荣宇想要隐藏的秘密怎么办？

万一，他的身体，终于支撑不住了怎么办？

万一，花茉莉痛恨他夺走了她父亲的心脏怎么办？

麦弋无数次地告诫自己，要离花茉莉远一点。

然而，那个雨天，花鸣来到了香屋外。

麦弋发现，她和以前不一样了。

她变得很漂亮，很可爱。

他好想陪伴着她。

花鸣不知道，麦弋看似轻松答应给她提供工作的背后，有着怎样的纠结和矛盾。

花鸣最终还是在香屋留了下来。

近在身边，麦弋只能更加小心翼翼。就连每个月固定交给邱敏的救济金，他都不再继续，而是以工钱的形式，直接交给了花鸣。

从前的香屋，是孤独的。

但是，自从花鸣来到这儿之后，香屋时常充满了欢声笑语。

花鸣深深揪着麦弋的内心，让他忍不住想要对她好。

不只出于感恩，更出于爱情。

突如其来的表白，让花鸣不知所措。

她猛地摇头："店长，不可以这样。你喜欢的，不是我！"

麦弋站了起来，淋着雨，他没有靠近。

"我知道，我没有资格喜欢你。是我夺走了你爸爸的生命。"

花鸣仍然摇着头："不是这样的！"

花鸣真想告诉麦弋，她不是花茉莉！

"我早就不该活在这个世界上了。"麦弋苦笑。

这话是什么意思？难道，麦弋想要轻生？

"不可以！"花鸣坚决道，"不是你告诉我，生命是宝贵的吗？幸运地拥有一次重生的机会，难道不应该珍惜吗？"

麦弋一怔，他原本以为花鸣会怨恨他。

可是，为什么此刻需要安慰的，反倒变成了他？

"既然，他把心脏给你了，你就该活下去。你应该感恩，但却不应该怀着愧疚！"

如果换作清醒的时候，麦弋一定会发现，花鸣好像并不伤心。

"他把生命交给了你，不是为了让你痛苦的！他让你替他保守秘密，不仅是为了不让我和妈妈难过，也是不想让你直面我和妈妈。他不想你受到指责与伤害。"花鸣说道，"他是一个善良的人，善良的人，一定都是这么想的！"

花鸣的话，犹如当头一棒，把麦弋敲醒了。

他忽然记起了那样一个画面。

花荣宇签完了协议，放下了笔。他轻轻地抚摸着麦弋的脑袋："孩子，一定要好好活下去，享受最美好的人生。"

花荣宇不再哭泣，他仿佛是看透了一般，对着幼小的麦弋，挤出了一个笑容。

麦弋的心好疼。

把手放在胸口，他能感觉到，属于花荣宇的那颗心脏，正不停地跳动着。

"所以，店长，请继续伴随着他的心脏，生活下去吧。不要再带着负担了，也不要再被束缚了。心脏已经是你的，你也该有自己的人生。"

当花鸣把所有话都说出口，麦弋突然紧紧地抱住了她。

麦弋哭得像一个孩子。

他已经忍受太久了。

雨过之后，便是晴天。

家里，花鸣和邱敏一起整理着花荣宇的照片。

"妈妈，如果找到了爸爸，你会怎么办？"花鸣问。

邱敏摇着头回答："不知道。如果他还活着，或许有个伴，如果他不在了，我也不知道还要做些什么。"

花鸣漂亮的眉毛，紧蹙在了一起。

她要告诉邱敏吗？

至少，邱敏是不是要知道，花荣宇不是无缘无故离家出走的。

他是为了不让这个家庭痛苦，而选择独自去做了一件伟大的事。

"妈妈，你恨爸爸吗？"花鸣突然又问道。

"如果恨他，就不会找他了。"邱敏笑着，仿佛陷入了很久远的回忆里去，"他是个很负责的男人，无论是我还是茉莉，都不会恨他的。"

邱敏对花鸣说起了他们年轻的时候。

也是在这一刻，花鸣决定把一切都隐瞒下来。

为了不再让邱敏受打击，也为了让邱敏的余生，尚有一丝希望。

更为了让邱敏把对花荣宇的记忆，停留在最美好的芳华。

"走，天晴了，和我一起去贴寻人启事去。"邱敏起身，出了门。

花鸣笑着点了点头："好。"

花鸣踏着脚步，跳跃着跟上了邱敏。

香屋的门关上了。

但在两天之后，又重新开业了。

麦弋像往常一样工作着。

花鸣依旧在这里打工。

花鸣没有再提起花荣宇的事，麦弋却不能忘记。

他彻底清醒了，相信不久，花荣宇的心脏，将不会再是麦弋的负担。

麦弋还是像往常那样，对花鸣无条件的好。

这让花鸣有些心虚。

这些待遇，原本应该都属于花茉莉。

有时候，花鸣觉得麦弋很可怜。

明明喜欢，却不能表露心意。当他终于可以说出一切时，花茉莉已经不在了。

麦弋知道花茉莉喜欢林缓，一定会很难过吧？

徐菲菲还没有从小黑屋里被放出来，只有秦璐时常来香屋与花鸣和麦弋做伴。

后天，便是花鸣和林缓约定见面的日子了。

花鸣紧张万分。

夜里，她登录了游戏。这些天，《DWorld》的世界频道总是被抱怨声充斥着。

花鸣也头疼，毕竟，她的生命值只有70点，剩下的30点，无法补充满。这对花鸣直接的影响，便是她的身体变得很虚弱。

花鸣也迟疑过，要不，她就去游戏商城里，购买一些生命药水？

可是，每当有这个想法，风儿沙便会驳斥她。

"就连你都要妥协了？不能这样，我们要让DW团队看看我们的傲骨！"

也有不少玩家像风儿沙那样，就是不充值。

大家原本抱着希望：或许游戏官方的策划，会向玩家们妥协，赶紧结束"天劫"版本。

然而，在大家的声讨中，游戏版本非但没有过去，反而加强了。

这一天，是整个海岛城的噩梦。

游戏迎来了新一轮的小幅度更新，游戏官方发出的公告，冠冕堂皇：为了增加游戏的可玩性和挑战性，本次更新加强了"天劫"版本，提高了生存任务的难度。

游戏副本难度大幅度提高，为了不损失珍贵的生命值，玩家们大不了就不挑战高级副本了。

但是，生存任务是系统每日强制性指派的，玩家必须参与，否则以失败结算。

从前，生存任务都是基础性的任务，除了一些操作不佳的新人，大部分玩家都可以轻松度过。然而，难度增强之后，竟然有一大批玩家连生存任务都过不去了。

依靠着浴火凤凰，花鸣并没有受到生存任务的威胁。

但是，其他低级玩家在没有拥有高级坐骑的情况下，生命值却被狠狠地扣除了。

"流氓！这根本就是逼我们充值，购买坐骑或者购买生命药水！"风儿沙在语音里咒骂道。

的确，DW团队太过分了。

他们究竟在想什么？难道，真的要毁了这款游戏吗？

海岛城守卫处，S侠突然抬头，望着阴云笼罩的海岛城上空，叹了一口气。

"大难临头，灾难要来了。"

晴时雨科技的办公大厦，金碧辉煌。

一个男人正坐在靠椅上，翻阅着文件。

又有一个人进了办公室。

"总经理，和DW团队的合作协议，已经拟好了，什么时候签？"

被称作总经理的男人，继续翻着手里的文件。过了好一会儿，他才随口回答道："不着急。"

"听说,《DWorld》最近成了众矢之的。"

男人这才放下文件,抬起头来:"听说了。是为了公司的债务吧?"

"应该是的。"

男人嘲讽道:"陈豪果然上不了台面。为了弥补债务,竟然狠心把'亲儿子'的名声搞臭。"

"那边的人说,如果我们愿意一并收购《DWorld》,他们不会这么做。"

"一款已经被放弃的游戏,我还要它做什么?"男人摇了摇头。

"那您还……"

男人这才站了起来:"你以为,我真的是看中陈豪和DW团队的另外三个人吗?"

的确,晴时雨科技是游戏领域的顶峰,他们拥有了太多人才。DW团队的确很优秀,但却还达不到连晴时雨科技的总经理都要亲自过问的程度。

"难道,您是想……"

男人突然把手指放在了双唇前:"有些事,说出来就不好玩了。"

交谈戛然而止。

骷髅山脉。

无数野怪和Boss嘶吼着。

版本更新之后,原本就处在游戏巅峰的Boss,战斗力更是得到了大幅度的提高。他们嚣张无比,仿佛整个世界都是他们的。就连骷髅山脉里的草木,都感受到了阵阵恐惧。

双木双手覆在身后,迎风而立。

他的脚下,是那只哀鸣着的凤鸟。

"正史时代,要结束了吗?"双木自言自语道。

这个世界,有着它自己的历史:封测时代、内测时代和正史时代。

"双木,你敢进来,再与我一战吗?"

突然间,凄厉而尖锐的声音,从丛林深处传来。

是白骨妖姬的声音。

她是第一只被双木打败的八级副本Boss,而在落败后不久,双木竟然又带着一个女生,再次迅速将她击败。这让她成了骷髅山脉的笑柄,碍于双木的强大,她一直敢怒而不敢言。

可是,如今,她得到了DW团队的恩赐,战斗力大幅度提高,胆子也变得更大了。

感受到站在丛林边缘的双木,她不断地挑衅着。

"再来一战,一分钟之内,我就能将你击败!"白骨妖姬张狂着隔空喊话,"不,三十秒，我就能将你撕碎！"

双木望着副本"白骨妖姬"的方向，没有回应。

倒是他手中的武器"迷雾"，突然颤抖了起来，散发出丝丝战意。

"双木，如果你的主人敢再操纵你踏入我的领域，我一定要啃你的肉，吸你的血，拿你的骨头当作我府邸里的装饰！"

白骨妖姬继续张狂地叫嚣着。

双木也昂首，望向被阴云遮蔽了日光的天空。

"末日，要来临了。"

第五十一章 失约
Chapter 51

如果他知道，我就是花鸣，会惊喜吗？

还是会觉得讨厌？

如果终于可以不用别人的名字，这会是他们真正意义上的第一次见面吧。

我的名字，叫花鸣。

我可以这么向他介绍自己吗？

约会的日子，伴随着余宁市入冬以来的第一场大雪，终于来临了。

越来越多纠结的想法，不断地出现在花鸣的脑海里，她太紧张了，紧张得整夜合不上眼睛。她把自家的衣柜全翻了一遍，可是却没有找到合适的衣裳。清晨，她踏着满地的初雪，走上了白茫茫的街道。

这是花鸣第一次经历现实世界的雪天。

真美好，像鹅毛，像棉花，清清凉凉的，味道还有些甜。她能清清楚楚地看清每一片雪花的形状。她伸手去抓雪，可是雪花刚落入掌心，就被花鸣肌肤上的温度融化了。

留不住美好，花鸣也不想留住。

能静静地看着，就很不错。

花鸣心满意足地哼着歌，踏着欢快的步伐，来到了暖和的小店。

"你看上去很开心。"麦弋微笑着对花鸣说。

花鸣点了点头，这才停下嘴里哼着的小曲。

她已经在香屋里，哼了一个早晨的歌了。

"有吗？"这样问时，花鸣还笑得合不拢嘴。

"当然有，是因为下雪了吗？"麦弋轻声问。

不会有人不喜欢这样的天气。

清凉，美丽。

花鸣笑道："其实，是有一个很重要的约会。"

麦弋的心里有些失落，但他还是尽力保持着笑容。

花鸣曾经说过，她觉得他的笑很温暖。

麦弋想让花鸣一直这样觉得。

"今晚吗？"

"今晚，在余宁游乐园。"

"那是余宁市最大的游乐园哦。"麦弋扬着嘴角，双眼眯成一条线，"一定要上摩天轮哦。"

"摩天轮？"花鸣反问。

"那是余宁市最高的地方，夜里，它散着光，像星星。它走得很慢，仿佛能把时间都停住。在那里，你能看见余宁市的每一个角落，张开双手，仿佛就能拥抱这座城市。"

"真好。"

被麦弋一说，花鸣突然更加期待今晚的约会了。

她一定要拉着双木，登上摩天轮，把时间都留住。

"店长，你觉得我今天漂亮吗？"花鸣突然问。

麦弋上下打量了花鸣一番，这才点点头："很漂亮，一直都很漂亮。"

可是，花鸣却还是觉得不满意。

"总觉得不够好看。"花鸣呢喃道。

麦弋忍不住在心头叹息，看来，她是真的很看重今夜的约会。

是和林缓吗？那个优秀的男生。

雪越下越大，远处的山头戴上了纯白的帽子。

路上的行人走得真快啊，他们也有重要的约会吗？

他们都没有撑伞，也想留住雪天最美妙的时刻吗？

十点。

距离约会还有十小时。

十一点。

距离约会还有九小时。

十二点。

还有八小时。

时间怎么过得这么慢。

花鸣坐在落地窗前，盯着墙上的挂钟，秒针每跳一下，她的心也要颤一下。

下午三点。

时间怎么过得这么快？距离约会只有五小时了。

花鸣的小心脏跳动得越来越厉害，她狠狠敲了一下脑袋："争气一点，冷静下来！"

花鸣的一举一动，都被麦弋看在眼里。

香屋里迎来了新客人，是秦璐。

秦璐刚进门，就揉搓着快冻僵的双手，嘴里呵着气："真冷啊！"

"你怎么来了？"花鸣问，"快来暖手。"

"菲菲姐让我给你带衣服来了。"秦璐说着，提了提手里的小袋子。

"菲菲？"

"是啊。"

就在一小时前，秦璐突然接到了徐菲菲的电话。徐菲菲被关在小黑屋里，她还是借口上卫生间，这才偷偷联系上了秦璐。徐菲菲早就为花鸣准备了约会的衣裳，只是没机会给花鸣罢了。

外面下着雪，徐菲菲猜到花鸣会紧张，所以才让秦璐代为跑腿。

"菲菲怎么样了？"花鸣想起徐通严厉的模样，替徐菲菲担忧了起来。

"没聊几句。"秦璐摇了摇头，"听菲菲姐说，茉莉姐今晚有约会，快看看衣服合不合身吧！"

花鸣接过衣裳，到后厨换上了。

走出来那瞬间，秦璐和麦弋都愣住了。

一身白色，宛若从童话世界里走出来的小公主。俏皮，大方，配上花鸣一头齐肩的细碎短发，真的是太漂亮了。秦璐忍不住举起胸前的DV，拍下了这一美妙的瞬间。

"会冷吧？"麦弋突然说。

是的，衣服有些单薄。

"漂亮吗？"花鸣拿不准主意。

"当然漂亮。"麦弋挪不开目光，此刻的花鸣，太好看了。

花鸣笑着摇头："冷就冷一点吧！"

麦弋不再说什么了。

时间过得很快，天黑了。细屑的雪花，在街灯下洋洋洒洒。麦弋从家里开来了小车，亲自把花鸣送到了游乐园。怕花鸣冷，麦弋把车里的暖气开到最足。

"七点半了。"花鸣看了看表。

"再等一会儿吧，还有半小时。"麦弋说。

但是花鸣却摇头："还是早点去等着吧。店长，谢谢你送我来。"

打开车门的那刹那，寒风携带雪，迎面袭来。

花鸣打了一个寒战，是有点儿冷。

游乐园外，人影稀疏。

花鸣一眼就看到了坐落在游乐园中央的摩天轮。好高，仿佛联结着夜空。

她慢慢地走到了游乐园的入口，往手心吹了一口气，花鸣开始了等候。

酒店。

林缓打开了房门。

"小宝贝，你去哪儿？"

吴桐恰巧遇上了出门来的林缓。

林缓手上的纱布已经拆开了，一直以来，吴桐放心不下，就住在边上。

"约会。"

吴桐简直不敢相信自己的耳朵："约会？是和茉莉吗？"

林缓没有回答。

"路上小心！"

望着林缓离去的背影，吴桐突然心满意足地自言自语道："这孩子，终于开窍了。"

夜慢慢地深了。

八点。

林缓还没有来。

再过一会儿，他就要来了吧，今天，他会穿什么衣服呢？

八点十分。

林缓还没有来。

迟到了，下着雪，路上堵车了吧？

八点半。

林缓怎么还没来？堵了那么久吗？

雪越下越大，雪花落在花鸣的脑袋上，很快就化开了。花鸣站在大门处，她的耳朵被冻红了，双手快没有知觉了。

有好多人，进了游乐园。

摩天轮上，有好多情侣相拥着。

他们的时间，停止了吗？

九点了。

他是不是不来了？

不会的，林缓不会言而无信。

再等等吧。

花鸣在寒冷中，不知等了多久。

直到，游乐园熄了灯，摩天轮不再发亮。

游乐园的大门关上了。

林缓还是没有来。

他为什么不来？他反悔了，不想来了？

那里有点疼，有点酸，那是什么位置？花鸣被冻红的手，抚上了胸口。好像是心脏的位置，怎么都冷到心里去了？

风吹着她的脸，仿佛要把她的肌肤撕裂。

偶然一刹那，花鸣觉得好暖。

一件暖和的大衣，套住了她的身体。

是林缓吗？

花鸣回过头。

不是林缓，是麦弋。

麦弋有些心疼，送花鸣来这之后，他没有离开。花鸣等了多久，他就在远处等候了多久。

有无数次，他都想把花鸣带上车。

可是，每当想起花鸣白天兴奋和期待的样子，麦弋就于心不忍。

他从花鸣的眼底，看出了失落。

真可惜，他不是林缓。

"走吧。"麦弋沙哑着嗓子。

花鸣倔强地摇了摇头："不，他还没来。"

"他不会来了。"

"怎么可能？他言而有信，不会失约的。"

"可是，都已经凌晨了。"

凌晨了？

原来，她都已经等了这么久吗？

花鸣的一身纯白，简直要和灯下皑皑的白雪融为一体。

花鸣不想相信。

是他们的表，时间走得太快了吗？

或许，其实现在才八点。

不会的，她确实等了一会儿。

那其实是八点十分？

"走吧，再等下去，你的身体会受不了。"

"店长，我想再等一会儿。"花鸣说话的声音都颤抖了。

麦弋不知怎么回答，他又把自己的外套脱下来，披在了花鸣的肩上。花鸣一身纯白漂亮的衣服被遮住了。
　　就连花鸣也不知道她又等了多久。
　　花鸣的胸口疼得受不了，那是什么，为什么要这么折磨她？
　　花鸣蹲下了身，她的身体蜷缩成一团，双手环抱着自己。
　　看来，他是真的不会来了。
　　她好期待这次见面，好想坐上夜空下的摩天轮。
　　"走吧。"麦弋咬着下唇。
　　花鸣轻轻点了点头，任由麦弋扶起了她。
　　花鸣像是丢了魂一样。
　　早就没有客船了，花鸣回不了家。麦弋把她送到了香屋。
　　或许，这里会让花鸣觉得暖一会儿。
　　灯下昏黄、黯淡，不够明亮。
　　他为什么没有来？
　　既然不来，为什么要答应？
　　他在耍我吗？
　　花鸣的双眉纠成了一团。
　　"累了就休息一会儿吧。"麦弋陪着花鸣坐着。
　　花鸣像是没听见麦弋的声音一样，继续盯着窗外的街灯。
　　"要喝点什么吗？"
　　麦弋不断地找着话题，他多想花鸣不要像现在这样没有生机。
　　他们不知坐了多久，花鸣兜里的手机响了。
　　麦弋提醒了好几次，花鸣才反应过来。
　　掏出手机，她的双手仍然没有什么知觉。
　　这是一个陌生的号码。
　　这么晚了，会是谁？
　　花鸣接起了电话。
　　"茉莉。"
　　是吴桐的声音。
　　"伯母？"
　　"小宝贝和你在一起吗？"
　　花鸣一怔，她摇了摇头，轻声回答道："没有。"
　　"他去哪儿了，怎么办，他不见了。"
　　听见吴桐的哭声后，花鸣猛地站了起来。

"伯母，怎么回事，你说清楚。"

"他出去很久了，没有回来，电话也打不通了。"

花鸣的大脑嗡嗡作响，乱成了一团。

报了位置之后，吴桐很快来到了香屋。

"他说他去约会了，可是，我问是谁，他也没有回答。"吴桐急得又哭了，"我以为是你。"

原来，林缓没有忘记今晚的约会吗？

林学哲不在余宁市，吴桐实在不知要找谁帮忙。报了警后，吴桐派了许多人出去寻找林缓。她没法干坐着等待，这时突然想起了花鸣。于是，她想办法找到了花鸣的联系方式。

已经好几小时了，林缓没有被找到。

他的电话，也始终处于关机状态。

"他一定是出事了。怎么办？如果早知道是这样，我就不让他出门了！"

花鸣急得手足无措。她突然自责无比。

如果不是因为她，林缓就不会出门。

不出门，就不会突然失踪。

如果林缓出事了，花鸣真不知该怎么办了。

花鸣站了起来。

"你去哪儿？"麦弋问。

"我要去找他。"

"你上哪儿去找？"

花鸣怔住了。是啊，余宁市这么大，她要上哪儿去找林缓？

可是，花鸣却不想就这么坐着。

"到处找一找，说不定我就找到了呢？"

花鸣离开了香屋。

她打了电话给徐菲菲，打了电话给秦璐，可是，夜太深了，没有人接她的电话。

麦弋和吴桐坐不住，也出门去找林缓了。

他们像无头苍蝇，四处乱撞。

每个人的心里都抱着一丝侥幸，或许，他们会在某一个角落找到林缓。

只是，时间一分一秒地过去，大家还是没有林缓的消息。

花鸣彻夜未眠，她已经在街道上漫无目的地走了一夜。

余宁游乐园送走了夜幕，又迎来了日出。

花鸣宁愿相信林缓只是迟到了，而不是出事了。

于是，她站在游乐园的入口，迎着寒风，又等了一夜。

只是，林缓还是没有来。

她回到香屋时，麦弋和吴桐都回来了。

香屋没有营业，里面有几个警察。

问了话后，所有人都陷入了沉思之中。秦璐来了，加入了寻找林缓的行列。

听闻林缓失踪，整个余宁大学都沸腾了。

即将迎来的考试被所有人抛在了一边。

比当初寻找邱敏还要热烈，几乎所有人都在尽力帮着花鸣和吴桐。

吴桐一夜没有合眼，她的脸色苍白，满脸憔悴。

她突然站了起来。

"伯母，你要去哪儿？"

吴桐犹豫了一会儿："或许，是他们干的。"

花鸣愣了愣："谁？"

"一个团队，游戏团队。"

"游戏团队？"

"嗯，DW。"

四年前的冬季，没有现在寒冷。

晴时雨科技独霸游戏产业许多年，他们的办公室人员越来越多，楼越盖越高。终于，当晴时雨大厦建成的那一刻，晴时雨科技正式成为游戏产业的巨头，无人能敌。

"听说，有一款有意思的游戏即将上线。"

"什么游戏？还能比我们公司的游戏有意思？"

"谁知道呢，听说公司高层在接触这个团队，听说想收购他们。"

"什么团队？"

"DW团队。"

"从来没听说过嘛！"

晴时雨科技的员工，突然在某一天讨论起了这个低调的游戏开发团队。

彼时，还无人知晓DW团队。

即使知道了，也没有人会把这个初出茅庐的团队放在心上。

因为，这个团队只有五个人，全都是年轻到不能再年轻的年轻人。

听闻，这个团队的核心，还是一个未成年的男生，还没上大学。

纵使再怎么得到上天垂怜，也不可能在这个年纪，开发出什么了不得的游戏吧？

只是，当DW团队带着《DWorld》横扫游戏市场时，所有人震惊了。

原来，他们都猜错了。

最早的DW团队，蜗居在一个不足二十平方米的办公室里。

五个年轻人，彻日彻夜地坐在电脑前，写着程序。

"陈豪，五级副本建设得怎么样了？"

有人问。

那个时候，陈豪可不是DW团队的核心领导人物。

"快了，明天就能投入测试。"陈豪眯起高度近视的眼睛，无比认真地盯着屏幕。

这是这款游戏的封测阶段。他们给自己定了目标，等这个冬天过去，他们就要把游戏世界构架完毕，过渡到内测阶段。

一切都还是雏形，就连游戏的名字都没有。

"这款游戏，要叫什么？"陈豪问。

"等他回来我们商量一下吧。"有人说道，"是该有个名字的时候了，不然我去拉投资，连个游戏名都没有，不合适吧？"

就在这个时候，一个比他们看上去还要年轻的男生回来了。

"回来了？有些晚了。"

"嗯。学校拖课了。"男生回答。

"我们在讨论游戏的名字。"陈豪把目光投向了男生。

所有人都知道，这个男生，才是这个团队的核心。尽管年轻，但他却精通一切。

游戏的想法是他提出来的，游戏的世界观是他搭建的。

上天怎么会这么不公平？

要知道，他可还没有成年啊！

男生想了想，突然说道："Dream World。"

男生已经在开发依靠人脸识别的注册系统了。

这款还未成型的游戏，即将成为一个世界。在那个世界里，玩家们会看到自己。

只是，那个世界，和现实世界不一样。

玩家们能够在那个世界，做在现实世界做不了的事。

这难道不是一个理想的世界吗？

"就取名《DWorld》吧。"男生放下了包。

于是，这款游戏的名字和这个团队的称呼，诞生了。

陈豪有些兴奋："太棒了！林缓！"

第五十二章 造物

Chapter 52

繁华的市中心，抬起头，高楼顶层，赫然屹立着两个英文字母：DW。

当吴桐带着花鸣来到这儿时，花鸣还是不敢相信。

林缓是DW团队的成员？

《DWorld》是林缓的双手造出来的？

那是什么概念？

DW团队，是所有生活在海岛城居民心中的神。

那座海岛上的城堡，那片蔚蓝无边的海洋，那些惊险刺激的区域，甚至连他们的生命，都是DW创造出来的。

他们是造物主！

而林缓，当年竟然是DW团队的核心人物？

怎么会这样？

一直以来，花鸣只是单纯地把林缓当作是热爱《DWorld》玩家而已。

她究竟接受了什么样的任务？

追求造物主，和造物主谈恋爱，还要亲吻造物主？

不可能，花鸣使劲儿地摇了摇头，会不会是吴桐在骗她？

吴桐带着花鸣，乘着电梯，来到了大厦顶层。四年前，当DW团队正式成立公司时，吴桐曾经到过这里。

林缓太聪明了，吴桐曾经觉得幸运。她是积攒了多久的运气，才和林学哲生出了这样优秀的孩子？要知道，还有一年，林缓才从中学毕业。不仅学业没有落下，而且还创造了一家潜力十足的公司。

从小到大，林缓唯一感兴趣的，便是那一段又一段在旁人看来无聊透顶的代码。

坐在电脑前的林绥，总是能忘记一切不开心的事。

吴桐不遗余力地支持着。

早在几年前，林绥就因为和林学哲的矛盾，搬出了家。林绥很快便经济独立了。只是，连吴桐都没想到，年轻的林绥竟然搞出了这么大的动静。

同样的地点，却是不同的心情。

吴桐的脸上沉重无比，一踏进DW团队的办公室，就有人认出了吴桐。

"伯母？"有人唤道。

他是DW团队的原始成员之一，四年前，他们四人和林绥还是亲密无间的朋友。

"陈豪呢？"吴桐直接问道。

"在办公室里。"

吴桐没有犹豫，径直推门，进了陈豪的办公室。花鸣紧紧跟着，也踏了进来。

陈豪正坐在靠椅上，有些憔悴。

见到吴桐，陈豪也惊讶万分。

良久，他还是站了起来，对着吴桐礼貌地点头："伯母，您怎么来了？"

陈豪想招呼吴桐坐下，可是吴桐却没有领情。

"我想知道，林绥在哪里？"

陈豪一愣："林绥？"

这个名字，陈豪已经好久没有提起了。他总是刻意地想要忘记这个名字。

"是你们搞的鬼吧。"

"伯母，您说什么，我完全听不懂。"陈豪摇着头，"我和林绥，已经好多年没有见面了。"

"我知道你们之间有过节，时隔这么久，你还是不肯放过他吗？"

陈豪意识到，林绥或许出事了。

但他没想到，吴桐竟然以为是他搞的鬼。

"伯母，我和林绥是有过不愉快的过往。但是，这么久了，他出事了，您也不该把脏水往我身上泼吧？"

办公室里的动静，引来了另外三个人的围观。

听闻林绥出事，另外三人竟有些着急。

他们的表情痛苦，如果可以，他们又怎么希望众人走到今天这个地步呢？

从前，林绥是有朋友的。

他们就是。

不约而同地，在场的知情人，都陷进了四年前的记忆。

"终于拿到投资了！"

大家都还开心，就连林绥总是紧绷的脸上，都露出了一丝笑意。就在这一天，他们搬进了新的办公室。虽然不大,但是他们相信,总有一天,他们的办公室也能像晴时雨科技那样,无限扩大。

"林缓,我们为什么不接受晴时雨科技的投资?"陈豪突然问。

这个问题,已经在陈豪的心里憋了很久了。

在他看来,能够攀上晴时雨科技的大腿,简直再好不过了。而恰好,晴时雨科技不知从哪得知了他们的想法,向他们伸出了橄榄枝。

"为什么要?"林缓反问。

简简单单的几个字,却透露着无限自信。

是的,林缓有信心。

当这款游戏上线,DW团队将可以撼动晴时雨科技的独霸地位。

既然如此,他们为什么要被纳入晴时雨科技的麾下?

角色由人脸识别而创建,性格属性由大数据智能检测分析而成长,拥有绝对真实的养成模拟体验,又坐拥智力型和武力型两大游戏模式。这是一款集合了模拟养成和互动性网游的新型游戏,前途光明,不可限量。

作为游戏最核心的开发者,林缓比任何人都清楚这款游戏的前景。

陈豪低着头,最终选择了沉默。

搬进新公司的团队,正式步入了正轨。

一切都搭建完毕,只等正式内测。

然而,陈豪却在此时,要求推迟游戏内测的时间。

游戏市场,千变万化,每一分,每一秒都不能浪费。

"理由。"林缓问。

"之前我说过,我想给游戏开发自由意志系统。"陈豪说道,"难道,你觉得它不有趣吗?"

在认识林缓之前,陈豪也是同龄者中的佼佼者。

可是,在和林缓成为朋友之后,一切都变样了。

林缓才是这个团队的核心,所有人都把目光投向林缓。

为了增加自己在团队里的自豪感,陈豪苦思冥想,终于想出了为游戏添加自由意志系统。

在他看来,自由意志是好玩的。

当玩家上线,游戏角色由玩家绝对控制。而当玩家离线,游戏角色将根据性格属性,自主地进行一些行为。比如,性格大胆的角色,会独自前往深山老林。又比如,贪小便宜的角色,会潜入模拟养成类玩家的家中偷窃。

当玩家重新上线,他们会发现,他们的角色很可能正被丛林里的野怪追逐,也可能正在守卫处接受守卫的盘问。

游戏难度有所提升，体验也有所增加。

"有趣。"林缓并没有否认陈豪的想法。

陈豪一喜："那就再等等。我已经在开发这个系统了，正在测试，相信用不了多久。"

然而，林缓却拒绝了。

"游戏数据太大，对服务器和计算机环境要求太高。可以预料，游戏上线后，将Bug不断。在这个时候匆匆投入自由意志系统，游戏会出问题。"林缓解释道。

那时的林缓，并不像几年后惜字如金。

然而，陈豪却听不进去。

为了这个玩法，他努力了好几个月。这么久过去，他连一个好觉都没有睡过。为的便是赶在游戏内测前，把自由意志系统投放进游戏里。

然而，林缓却不答应。

一定是怕他的功劳太过明显，撼动在他团队里的地位。

从那时候起，陈豪就已经怀揣着恶意了。

游戏开启了内测，陈豪最终还是妥协了。

自由意志系统没有在那个时期投入游戏。

正如林缓预料的那样，由于资金和技术的问题，他们的游戏在内测阶段，Bug百出。许多网络环境和计算机硬件差的玩家，甚至无法正常登录。内测阶段，他们几乎每天都守在电脑前，处理着各项突发的紧急情况。

他们需要对游戏进行彻底的优化。

然而，市面上的优化程序和方法，价格昂贵，并且未必适合《DWorld》。

于是，林缓亲自为《DWorld》量身打造优化方法。

他在开发一款完全适合《DWorld》的服务器与计算机环境优化程序：承载核。这项工程，远比众人预料的难。

直到《DWorld》结束内测，正式投入市场时，承载核还没有被开发出来。

在游戏开放注册的第一天，未知Bug又产生了：众多角色随机出现了情绪缺失。

短短一分钟，出现了上百个情绪值缺失的游戏角色。

他们紧急关闭了注册系统，把情绪值随机缺失的角色召回。

重新开放注册后，Bug消失了。

为了避免再一次出现这样的问题，林缓在开发承载核的同时，也开始研究情绪值随机缺失的Bug。

然而，就在林缓即将成功时，DW团队出事了。

陈豪为了争取更大的经济利益和巩固他在团队里的地位，瞒着林缓，擅自将还未完全成型的自由意志系统，投入了游戏中。

其他三名成员，认可林缓的能力，但却听信了陈豪的花言巧语。

他们的年纪比林缓大，但是眼光却比林缓短。

"林缓的年纪还是太小了，难免会考虑不周。"

"有人对自由意志系统感兴趣，投入使用就可以获取更多投资，为什么不用？"

他们瞒着林缓，在内部达成了一致。

果然，当林缓知情时，大发雷霆。

他的承载核是基于目前版本开发出来的，马上就要成功了，可他们却将游戏版本的内部关键代码篡改了。他的努力，付之东流。

"为什么要这样！"林缓气得瑟瑟发抖，"难道你们不知道，这款游戏快要承载不住了吗！"

"别生气，总能想办法优化的！"陈豪说。

时至今日，陈豪还因为他的无知而后悔。

这个团队，用了三年时间，还没有成功将游戏优化。相反地，他们不断地给游戏投入新的模式，游戏数据越来越庞大，大到服务器都承载不了。也是在林缓离开这个团队后许久，他们才知道，DW团队最致命的难题，只有林缓可以解决。

当时林缓强烈要求及时撤下自由意志系统。

可是，没有人听他的。

矛盾越来越大，巨大的经济利益，让陈豪剑走偏锋。

陈豪篡改了合同，将林缓踢出了DW团队，将《DWorld》纳为己有。

林缓遭到了背叛。

他曾经那么信任陈豪，把陈豪当成朋友，可是陈豪却背叛了他。

而其他三个也被林缓视为朋友的人，选择了默认和旁观。

林缓离开了。

走的那天，没有人送他。

他不再需要朋友了，因为朋友会背叛他。

吴桐回想起林缓的遭遇，痛得心都在颤抖。他还那么小，就遭到了这个世界的无情对待。

他是怎样一步一步成为今天冷漠的模样，只有他和吴桐知道。

"陈豪，要不，我们帮伯母找林缓吧？"有人突然说道。

"闭嘴！"陈豪的额头青筋暴起，"林缓和我们已经没有关系了！"

好多年了，他总是在噩梦里看见林缓。

DW团队成立之初，他就生活在林缓的阴影之下。

他终于走了，可还要在梦里纠缠着他。

时至今日，他好不容易摆脱了梦魇，吴桐为什么要到这里来？

这几年，他过得好痛苦。

他对林缓有过愧疚吗？对过往有过后悔吗？

有，但他绝对不会承认。

DW团队是他的，《DWorld》也是他的。

虽然创造了《DWorld》的是林缓，但带着团队和游戏经历巅峰时期的，却是他！

这些年，他为了这个团队废寝忘食，难道还不够吗？

可是，为什么其他人却还总是偷偷地谈论着林缓？

就因为，他无法解决《DWorld》的难题吗？

情绪值随机缺失的Bug，至今还存在。

许多玩家初次创建角色时，会遭遇情绪值随机缺失。为此，他们专门开发了一个"情绪值检测器"，一旦检测到情绪值缺失的角色，就会立刻自动召回。难道他没有努力过吗？

花鸣被保留了下来，这些年来，他们团队总是在研究着花鸣的属性。只是，他们没有找到根源罢了。林缓再厉害，还能和一整个团队相比吗？他们花了这么久的功夫也没有解决的难题，林缓也解决不了！

《DWorld》的数据已经相当庞大，混乱不堪，这是《DWorld》的致命伤口。它会让服务器崩溃，会让游戏程序崩溃，会让图谋不轨的黑客和竞争对手有机会入侵。可是，陈豪日日夜夜都在努力着。甚至，他还从晴时雨科技花重金挖了技术员，却也无法开发出能够解决问题的优化程序。

就算是林缓，恐怕也无法成功将它优化吧？

他做不到的，凭什么大家认为林缓可以做到。

如果当初林缓没有离开，林缓也未必能够带着《DWorld》走上巅峰，也不能让DW团队依靠一款游戏就成为可以与晴时雨科技竞争的巨头！

想到这些，陈豪突然变得面目狰狞。

花鸣静静地看着陈豪。

原来，造物主这么可怕吗？

"DW团队是没落了。但是，换作林缓，就能够挽救这款游戏吗？"陈豪突然像疯魔了一样嘶吼道，"换作谁都不行！"

吴桐死死地看着陈豪。

阅人无数的她，早已看穿了陈豪的心思。

他对林缓，怀着的是嫉妒，是不甘。

只是，有人会将嫉妒化作动力，而有些人却会被嫉妒吞噬。

陈豪便是入魔太深了。

"今天我到这里，不是想追究过往。林缓不追究的事，我也不会追究。"

陈豪咬着牙："想追究什么？DW团队是我们几个人的，和林缓没有关系！"

说着，陈豪把目光投向另外三个人。

然而，他们却沉默着，不敢回应，每个人的眼神里，都满是心虚。

"过去的都已经过去，如果林缓得罪了你们，我向你们道歉。请你们放过他！"吴桐深吸了一口气，强忍着泪水。

她已经走投无路了。

其实，就算是吴桐都知道，这件事恐怕真的和DW团队无关。

如果他们有恶意，早就该动手了，而不是等到好多年之后。

但是，哪怕有一丝的可能，吴桐就不会放过。

"我说了，林缓和我没有关系！"陈豪歇斯底里道。

花鸣突然抬起了头。

"难怪《DWorld》会走到今天。"

陈豪的双目通红，盯着花鸣："你是谁，你凭什么对我指手画脚？"

"不用管我是谁。"花鸣与陈豪对视，"因为你们的私心，你们毁了《DWorld》。你们如此可怕，如此冷漠，创造出来的东西，又怎么会好？"

"你闭嘴！"陈豪恨不得走上前来。

"难道不是吗？'天劫'版本、坐骑系统，难道不足够让玩家们寒心，让《DWorld》毁掉吗？"花鸣呵斥，"难道你们不知道，有多少人是离不开它的？"

"你是玩家？"陈豪愣住了。

只有游戏的玩家，才会对《DWorld》这么了解。

"一个玩家而已，有什么资格指责我！"

对此，花鸣不屑地扬起了嘴角，不再回答了。

花鸣从未预料到，有一天，她竟然会站在造物主面前，如此理直气壮地指责造物主。

气氛越来越紧张。

"伯母，林缓到底出什么事了。请您相信我们，真的和我们无关！"有人为了缓解气氛，这样说道。

"相信？"吴桐简直不敢相信自己的耳朵，"你们竟然对我说出了这两个字？林缓曾经那么相信你们，可是你们却辜负了他对你们的信任！"

这是花鸣第一次了解林缓的过往。

原来，四年前发生的事情，竟然和《DWorld》有关系。

从前的林缓，一定不像现在这样冷漠吧。

究竟是怎样的打击和心碎，才会让他闭上心扉，把自己隔绝起来？

手机，震动。
陌生的号码。
花鸣立刻接通了。
"想救林缓和徐菲菲吗?"

第五十三章 Chapter 53

明媚

"你是谁!"花鸣咬牙切齿道。

这个冬天的初雪,已经下了快要两天。带着贪婪,没有停下来的意思,愈下愈大。它把远处山头苟延残喘的一抹绿色遮挡,又把近处河流湍急奔腾的热情冰冻。这还不够,它要把整个世界变成白色,要把冰冷带进所有人的心坎。

终于,他们得到了林缓的消息。

果然,出事了。

一起被绑架的,竟然还有徐菲菲。

花鸣不知道那是谁,她只从声音里分辨出,在电话那端的是一个嗓音沧桑的中年男人。

男人给了花鸣一个远在郊外的偏僻地址,要求花鸣独自前往。

香屋的温馨不再。

吴桐拨通了林学哲的电话,终于,自从林缓出事以来,这是吴桐第一次联系上林学哲。

"我竞标成功了!"林学哲在电话那头无比兴奋地说道。

为了这个项目,林学哲付出了太多。竞争者太多了,全都是来自全国各地的商业巨头,光是余宁市,参加竞标的企业就有数十家。为了专心准备竞标,林学哲切断了与外界的联系。

"儿子快没命了,你知道吗?"吴桐歇斯底里,"你还关心你的破公司?"

林学哲一愣:"怎么回事?"

吴桐哭着把事情的经过说了一遍,林学哲终于慌了。然而,他远在外地,短时间内根本回不来。

"报警，快报警！"林学哲慌张道。

心碎的吴桐，挂断了电话。

他们早就已经报警了，警察们都在搜寻着林缓的下落。如今，林缓终于有消息了，他们却犹豫着是否要通知警方。

男人要求花鸣独自前往，会不会他们报警被男人发现后，男人就狗急跳墙了？

男人是谁？

为什么要绑架林缓？

是为了钱吗？

可是，男人通知的却是花鸣。

寥寥数语，并没有提到钱。

这一次绑架，竟然也牵连到了徐菲菲。可是，徐菲菲不是被关在小黑屋吗？

为了确认，花鸣和秦璐去了徐菲菲的家里。

徐菲菲的家，早已经一片狼藉。

徐菲菲不在了，徐通不在了，徐菲菲的妈妈，也不知去向了。

所有人坐在香屋里，想着对策。

报警，会把绑匪逼急。

不报警，难道真的要让花鸣独自前往吗？

吴桐多想救她的儿子，可是，她却不能那么自私。

"伯母，通知警察吧？"麦弋想了很久，对吴桐说道。

吴桐落着泪，良久，她点了点头。

她只能把最后的希望，寄托给警察了。

"茉莉，我不会让你一个人去的。"吴桐说着，迷离的目光搜寻起花鸣的身影。

直至此刻，众人才发现，香屋里哪还有花鸣的身影？

花鸣什么时候离开的？

"她一定是去救人了。"秦璐焦急道。

一时之间，所有人都懊悔着。他们全都慌得六神无主了，竟然连花鸣独自离开都没有发现。

没有任何犹豫的，麦弋起身，冲了出去。

郊外被大雪覆盖着。

花鸣拦了一辆的士。

这里实在太偏僻了，司机把她放下后，匆匆又把车往市里的方向开去。

她不愿再让吴桐为难了。

她当然明白，吴桐想救林缓。

她也想救林缓。

都是因为她，林缓才会被绑架，她决不允许林缓出事。

生活在DWorld里的花鸣，经历了无数危机，她比任何人都更能感知到危险。

她知道，她不能再等下去了。

她只能按照男人的要求，独自前往，否则，林缓真的会没命的！

荒郊野岭，空无一人。踩着厚重的积雪，花鸣在野外留下了她的脚印。花鸣还穿着单薄的纯白色衣裳。只可惜，沾到混着泥泞的雪渍，脏了，钩到尖锐的枝桠，破了。

那是一个早已经废弃的仓库，远远望去，它穿上了大雪馈赠的白衣。

"你要多少钱！我都可以给你！"徐通的额头冒着汗。

他觉得很冷，可是身上的汗却止不住。

偌大的仓库里，一共有五个人。

四个人坐在椅子上，手脚和身体被紧紧地捆住。

一个男人站在他们的面前。

男人的双目通红，他喝了很多酒，酒气弥漫了整个仓库。

男人嗤笑地看着徐通："钱？你相信吗，我比你更加富裕。"

徐通急得都要哭了出来："公司，我的公司也可以给你。"

"我的企业，比你的大。"男人嘲讽道。

不图财，他到底要什么？

就在不久前，突然有一批人闯进了他们家。听到徐菲菲的尖叫声，徐通夫妇赶紧起身。然而，对方却把他们也一起绑了。在这寒冷的荒郊野岭，他们已经熬过了一夜。

徐菲菲和她的妈妈担惊受怕，终于熬不过疲倦，沉沉地睡了过去。

"想活命吗？"男人突然问徐通。

徐通拼命地点着头。

"原本只是想抓你的女儿，可是你们多管闲事。"男人猖狂道，"只好一起抓来了。如果花茉莉来了，或许你和你的妻子还有一线生机。"

徐通的心沉了下去。

完了。

他的一家都要完了。

他刚刚登门入室，把花茉莉呵斥了一顿，花茉莉一定怀恨在心。

就算没有这件事，花茉莉也不会来吧？她接近他的女儿，不过是想图点利益而已。生死当头，花茉莉怎么会来呢？

仓库里，还有一个人彻夜未眠。

他的眉头深锁着，看上去很冷静。他的嘴角破了，秀气的脸蛋上带着瘀青。

无论男人怎么挑衅他,他都一句话也不说。

越是冷静,就越是让男人愤怒。

"知道我为什么让人把你带到这里来吗?"男人掐住了他的脖子。

他扫了男人一眼,仍然没有说话。

男人笑道:"别着急,等花茉莉来了,我让你们都死个明白。"

话音刚落,仓库沉重的大门被推开了。

娇小的身影,倒映在所有人的眼睛里。

"你为什么要来?"徐菲菲醒了,她哭着吼道。

徐通的大脑一片空白。

怎么会,她真的来了。

他的脑海,突然闪现徐菲菲无数次的哀求和告诫。难道,他错了吗?这个女孩儿和徐菲菲之间的情谊,真的已经到了这般地步吗?

林缓的眉头紧蹙着,他想要挣脱束缚着他的绳索。

"为什么要来?"林缓沉声。

他终于说话了,这是他被绑架以来,说的第一句话。

花鸣喘着气,来到这儿,已经耗费了她许多力气。

自从她的生命值只剩下70点后,无时无刻,她都觉得疲惫不堪。

"我不来,你可就没命了。"花鸣回答。

话音落下,她这才无比凝重地看向了中年男人。林缓脸上留下的伤,让花鸣无比愤怒。那么好看的脸,怎么能受伤?

"是你干的吗?"花鸣气势汹汹地问道。

这可是只存在于DWorld的杀气。

那一瞬间,男人竟然也蒙了。

但很快,他反应了过来。

"是我干的。"男人往花鸣的身后扫了一眼,"看来,真的是一个人来了。"

花鸣挽起了袖子:"对付你,我一个人就够了。"

"其实,就算你带着警察来,我也不怕。我早已经打算好了,警察一来,我就把你们都杀光。"男人说着,从口袋掏出了一个打火机,"不过,只有你一个人来,我倒是有时间慢慢折磨你们了。"

花鸣这才发现,仓库里,堆满了汽油桶。

这熟悉的一幕,让花鸣怔了怔。

她想起了孙毅。

"熟悉吗?"中年男人问。

"你和孙毅,是什么关系?"

中年男人，是孙毅的养父，孙汪洋。

花鸣的问题，让他陷入了沉思。

好多年前，膝下无子的孙汪洋，从孤儿院带回了孙毅。

孙毅是那么可爱，那么乖巧，孙汪洋把后半辈子的希望，全部寄托在了孙毅身上。

只是，孙毅慢慢长大了，他开始沉浸在计算机的世界。

在孙汪洋看来，那简直是不学无术。

爱之深，责之切。

孙汪洋总是严格要求着孙毅。

他多希望孙毅明白，他其实是爱他的。

那一个夜晚，孙毅被孙汪洋赶出了家门。他大发雷霆，恨不得一辈子都不再见孙毅。然而，孙毅离家后不久，孙汪洋开始动摇了。

外面那么冷，他穿得不多。

外面那么黑，他会有危险。

终于，孙汪洋妥协了。他给孙毅打了电话，只是，孙毅的电话却再也拨不通了。

他派了好多人出去寻找孙毅，始终没有结果。

当他再见到孙毅时，孙毅已经躺在了医院的重症病房里。

"能想象吗？我的孩子，身上连一块好的皮肤都不剩了。他再也醒不过来，却也无法死去。他的大好青春，就这样结束了。余生，他都将那样躺着，一动不动地过完！"

孙汪洋的双眸红得仿佛能渗出血来。

积攒的情绪，全在这一刻爆发。

是林缓和花鸣害了孙毅，他要为他的儿子报仇！

他抛弃了为之奋斗一辈子的企业，抛下了常人一辈子也不可能达到的成就，他连命都不要了。

他要替躺在病床上的孙毅讨个公道。

林缓和花鸣是罪魁祸首，而徐菲菲是帮凶！

孙汪洋查了出来。

在泽杭市，文件的丢失，是花鸣和徐菲菲搞的鬼。

如果文件没有丢，他就不会打骂孙毅。

如果孙毅没有离家出走，他就不会走上歪路，引火自焚。

终于，所有人都在这一刻明白了过来。

"是他咎由自取。"花鸣老实回答道。

她没有在这一刻选择怯懦，因为花鸣知道，就算她跪下来求孙汪洋，孙汪洋也绝不会放过他们。

孙汪洋被激怒了,他点燃了手里的打火机。

花鸣的神情凝重,一旦仓库起火,火势将不可逆转。她大可以一走了之,但被捆住的大家要怎么办?

"紧张了?"孙汪洋笑着,又熄灭了手上的火,"我不会让你们这么轻易地死去。"

说罢,孙汪洋突然狠狠地给了林缓一拳。

早已凝结的血迹,又被新鲜的血液覆盖。林缓的嘴角淌出了血,他的眉头深锁着,却没有吭声。

"你能体会肌肤一点一点被烧焦的感觉吗?"孙汪洋舔着嘴角,玩味地看着林缓。

林缓太冷静了,即使到了这个时候,他还默不作声。

孙汪洋点起了打火机,燃烧着的火焰,慢慢地靠近林缓的脸。

"你住手!"花鸣终于忍不住了。

如果这里是DWorld,花鸣早已经将孙汪洋千刀万剐了。奈何,这里是现实世界,孙汪洋的手上又有人质。

"紧张了?"孙汪洋嘲讽般地看着花鸣,旋即,他又暴怒,"那有谁为我的儿子紧张!"

他咬牙切齿,像怪物一般。

他要把林缓这个罪魁祸首,折磨得像他儿子那样。

让他受尽痛苦,求生不得,求死不能!

终于,孙汪洋狠狠地把手里的火焰,挪向了林缓的脸。

"不可以!"花鸣竭尽全力地阻止,可是,来不及了。

花鸣闭上了眼睛,她不愿看林缓痛苦的表情。

可是,那一声惨叫,却不是林缓发出的。

一块石头,砸中了孙汪洋的脑袋。

孙汪洋在惨叫声中倒地,打火机落在地上,熄灭了。鲜血从孙汪洋的脑袋淌了下来。

他这才发现,不知何时,又有一个人出现在了这里。

是麦弋。

麦弋气喘吁吁地,心脏疼得都喘不过气了。

还好,他赶上了。

孙汪洋忍着伤,匆匆地想去捡地上的打火机。但是麦弋抢先一步,翻身把打火机踢向了很远的地方。麦弋的脸色苍白得宛如白纸,他快要支撑不住了。但他还是咬紧牙根,强忍着胸口的躁动,一拳把孙汪洋打倒在了地上。

"给他们松绑!"麦弋没有浪费时间。

这里太危险了,他们必须尽快离开这里。

麦弋跑到徐菲菲身后,替她松绑。

花鸣也没闲着,来到了林缓的身边。林缓的脸上伤痕累累,花鸣看得心疼死了。她蹲下身,用力地解着被打了死结的绳索。

警笛声从远处传来。

迷糊中的孙汪洋,吃力地睁开了眼睛。

完了。

他的复仇,就要这样终结了吗?

不可以,不能就这样结束。

他晃晃悠悠地站了起来,拉过了身边的一把木椅。

至少,他要把林缓带走。

终于,麦弋替徐菲菲松了绑。

"小心!"麦弋发现了孙汪洋的动作。

此刻,花鸣刚刚替林缓解开了死结。

孙汪洋的双手拖着木椅,高高举起。他咬牙切齿,用尽了全身的力气。

木椅,朝着林缓的头颅,狠狠砸去。

木椅的影子,映在花鸣的眼眸里。

越来越大,越来越近。

不可以,绝对不可以!

像是出于本能,花鸣突然紧紧抱住了林缓。

木椅砸在花鸣的背上。

就连脊梁都要断了,五脏六腑都要碎了。

撕心裂肺的疼。

花鸣的眼前一暗,慢慢失去了直觉。

在意识残留的最后一瞬,她隐隐听见了林缓暴怒的嘶吼。

她好像睡了很久。

耳畔始终有人呢喃着,叫着她的名字。

不对,那是花茉莉的名字。

真冷啊,如果能给她添一件被子该多好。

好饿啊,好想睁开眼睛吃点东西。

渴死了,还想喝点水。

又不想睁眼了,太累了。

就这么睡下去,好像也不错。

花鸣的意识，终于在无数奇怪的思绪中，慢慢地变得清醒。

她的嘴角湿湿的，那是什么？

花鸣悄悄睁开了眼睛。

什么都是白色的，空气里还有酒精的味道。

又是医院！

她的身边，围着好多人。

林缓，麦弋，徐菲菲，秦璐，邱敏，吴桐……怎么这么多人。

她嘴角边的，好像是口水。

天哪！她睡觉竟然流口水，这么多人都看到了吗？

才刚刚睁开双眼，花鸣就吓得立刻闭上了眼睛。

"大家都累了，回去休息吧，我照顾着。"

这是邱敏的声音。

"我来吧。"

是林缓。

"是啊，让林缓来吧。"

吴桐的声音。

还好，看来大家都没有发现她已经醒了。

脚步声稀稀落落，好多人都出去了。

"照顾好她。"

花鸣又听见了麦弋的声音。

"嗯。"

病房变得安静了。

花鸣的心脏跳得厉害。

她的身体好疼，好不容易大难不死，却被大家看到了她差劲的睡相，怎么会有这么尴尬的事？

接下来，她要怎么办？

继续装睡吗？但是，花鸣觉得好饿，她好想吃东西。

"醒了？"林缓突然问。

花鸣一愣，难道，林缓已经发现她醒来了吗？

犹豫了很久，花鸣缓缓睁开了眼睛。

林缓坐在病床边，阳光从窗台洒了进来，沐浴在林缓白皙的脸上。

真好看。

尽管带着伤。

林缓直勾勾地盯着花鸣，花鸣的脸红得快透了。

她轻轻拉起被子,把脸给挡住了。
看见她流口水的样子也就算了,为什么还要这么目不转睛地盯着她。
"对不起。"
花鸣一愣,窝在被子里回答了一声:"嗯?"
"失约了。"
花鸣的两只眼睛瞪得浑圆。
什么意思?
难道,林缓早就知道她的身份了?
花鸣慌张地探出脑袋。
雪后阳光,无比明媚。

第五十四章

情侣

Chapter 54

花鸣一紧张,全身疼得像散架了。

"是菲菲告诉你的?"花鸣问。

林缓摇了摇头。

"那,是舞会那天,你猜到了?"花鸣的脸上发着烫。

为了搜集浴火木和凤凰翎,花鸣奄奄一息,就连脑袋都不清楚了。一定是她那天莽撞地找林缓,要求林缓在舞会时上线,让林缓起疑了。

没想到的是,林缓却还是摇头。

花鸣终于忍着疼起了身:"那,你是什么时候知道的?"

"很早以前。"林缓和从前一样,脸上没有表情。

花鸣一怔:"多早?"

"第一次见你的时候。"

数月前。

天气还不像现在这样寒冷,空气里裹着燥热。

颁奖典礼。

"有请林缓同学上台!"

在雷鸣般地掌声中,林缓站了起来。

他缓缓地走向舞台。

嘈杂声中,林缓听到了一段议论。

"你听说了吗,有大爆料。"

"什么爆料?"

"我们学校的花茉莉,就是溺水出事那个,竟然是花鸣!"

"《DWorld》里的花鸣?"

"对,有人整理花茉莉的电脑时候发现的。"

"天哪,真的假的?"

"千真万确!"

林缓在万众瞩目中,停下了脚步。讨论着的两个男生无比紧张,因为林缓停在了他们的身边,双眸直勾勾地盯着他们。

他们惹恼了林缓?

可是,他们的讨论,根本不涉及林缓啊。

他们怎会知道,林缓对"花鸣"这个ID,熟悉无比。

那是在情绪Bug风波中的漏网之鱼。

是林缓为了研究Bug根源特地钦点而存留下来的。

好多年过去了,林缓竟然会以这种方式,再次听到花鸣的名字。

时光匆匆。

"我要亲你,受死吧!"

林缓经历过无数次被告白的过程,但被人揪住衣领,差点被强吻,还是头一次。

林缓的眉头紧皱着。

"有病。"

吐出这两个字,林缓大步地往前走。围观的人太多了,很吵闹,他喜欢安静,他想立刻离开这里。

"太不要脸了,她就是花茉莉!"

林缓停下了脚步。

花茉莉?

花鸣吗?

林缓回过头,扫了一眼气势汹汹的花茉莉。

原来,她就是花鸣。

她是被游戏低情商的花鸣传染了吗?为什么会做出这样荒唐的事?

仅仅是一眼,林缓离开了。

他不想再听到这个名字。每当听见这个名字,他就会想起四年前的经历。

可是,花鸣却总是死缠烂打地出现在他的身边。

或许黑夜会吞没你,

但白昼会照耀你。

疯狂的张扬的奔跑着的你,

晶莹的透明的释放着的你,

炙热的真实的存在着的你。

不要怕，

那都是你，

全新的你！

很熟悉，这些文字，出自林缓之手。

林缓停下了步伐，轻轻摘下了耳机。

时至今日，还有人记得这段文字吗？那是《DWorld》公测时，林缓亲自为游戏写的宣传诗。

他离开DW团队后，DW团队为了湮灭林缓的一切，把它从游戏官网撤下了。

那是多久之前了，久到他都要忘记了。

"你喜欢这首诗？"

那一刹那，林缓静静沉睡了许多年的心，突然有一丝躁动。

"双木大神，你能带我过'骷髅妖姬'吗？"

林缓的双手，已经在输入框里写道："不。"

可是，不知在想些什么，他把打好的字删了，又回了一个字：走。

花鸣就像是有特殊的魔力，总是能让他冷漠的心突然狠狠跳动一下。

那段记忆，还是让他割舍不下吗？

《DWorld》出自他手，没有人比他更热爱《DWorld》。

所有人都不知道的是，早在游戏内测时，林缓就注册了"双木"。一开始，他以一个游戏创造者的角度去体验游戏，而当他离开了DW团队，双木被他遗弃了许久。

忘记是在哪一天，林缓重拾双木。

不再是游戏创造者，他只是玩家而已。

就连林缓都不愿意承认，他割舍不下《DWorld》。

"你知不知道，被你们当作只是消遣的游戏，可能是别人的一生？难道你就没有想过，很多人为了游戏而努力生活着，奋斗着？游戏不只是消遣，而是一种态度，对许多人来说，更是人生！"

当娇小的花鸣，挡在林缓身前，对着张志腾说出这番话时，林缓的内心十分复杂。

花鸣是热爱《DWorld》的。

好多年前，他也曾有过这样的想法。只是，这种情感，随着时间，伴着成长，慢慢地被消磨殆尽了。

如果当年没有被背叛，或许一切都会不一样吧？

有时候，林缓看着镜子里的自己，也会不由得深思：他是怎样变成今天这样的。

他不喜欢自己的模样，可是，当那段记忆席卷而来，他就像是刺猬一样，用锋利的刺把自己裹得严严实实，不让任何人靠近。

但是，花鸣却总是想方设法地接近他，仿佛是在提醒他不要忘记那段记忆。

花鸣太奇怪了。

她不聪明，又聪明。

她像无头苍蝇一样告白，却可以在选拔赛里拿到满分，可以写出困扰他好久的程序代码。

她胆小，却勇敢。

时常在他面前羞涩得捂脸而逃，却敢为了他与张志腾对峙，为了他义无反顾地冲进火场。

就连林缓都找不到更多形容词了。

她会在半夜潜进他的住处，会以约会为条件帮吴桐解决难题，会因电玩城的一次游玩而满足万分，会为了给他送游戏道具而变得憔悴。

就连林缓都不知道，这个名叫花鸣的奇怪少女，正慢慢地抵御严寒，拨开如同荆棘般的尖刺，走进了他的心里。

是什么时候发现的？

是那股莫名其妙的醋意，出现在林缓心头的时候。

青年餐吧里。

花鸣竟然单独和一个男人约会。

她不是说过，喜欢他吗？

为什么会独自和别人见面？举止还有些亲密？

"东西呢？"

"什么东西？"

"娃娃。"

"啊，你要吗？"

"我的东西，为什么不要？"

"我洗干净了，什么时候给你？"

"现在。"

他要让花鸣立刻离开那里。

当林缓冷静下来，他突然觉得可笑，觉得自己幼稚得像个孩子。

然而，心头莫名的情绪却越加甘醇，像酒，很烈，像醋，很酸。

那一夜的海港，下着瓢泼大雨。

林缓撑着伞，站在远处看着。

他追着花鸣寻找邱敏的脚步，来到了这里。

麦弋把花鸣拥进了怀里。

林缓握紧了拳头，他觉得，胸口好难受。

"花茉莉，是个好女孩儿。"

"我和她没有关系。"

"怎么了，吵架了？"

当吴桐提起花鸣时，林缓越发觉得不舒服。

没有吵架，但林缓却生气了。

明明向他告白了，怎么可以任凭别的男人抱她？

凤凰于飞，琴瑟齐鸣。

海岛城的舞会，浪漫美好。

站在浴火凤凰之上，林缓仿佛置身于游戏里。

花鸣是那么美丽，那么可爱。

他竟然那么想要拥有她。

"我们，可以见面吗？"

当花鸣那样问他时，他忍不住心头的冲动，轻轻点了点头。恍然梦醒，他才发现，他正坐在电脑前。

一切都发生在屏幕里。

他看着自己裹着纱布的手，立刻离开了酒店。

"什么时候能拆？"

"这两天还得换药，一个星期后应该就能拆了吧。"

那么，约会就定在一个星期后吧。

余宁市的初雪，真美。

她等在雪里了吗？

他要走得快一点，这是他从小到大第一次为一个女孩儿悸动。

他决定了，他要拥有她。

洋洋洒洒的雪景，璀璨闪耀的摩天轮，这将会是多么美好的时刻。

只是，一切都和林缓想得不一样。

暖阳升起，初雪融化了。

同样是纯白，但却没有雪中的甘甜，空气里弥漫着的，只剩酒精的味道。

花鸣替他挡下攻击的瞬间，林缓的心疼得快撕裂开了。他想保护她，想把她拥进怀里。

花鸣和林缓四目相对。

原来，林缓那么早就知道了她的身份了吗？

可怜的花鸣，竟然千方百计地隐瞒自己的身份。

她在游戏里出糗的样子，在现实中鲁莽的模样，林缓原来都没有错过。

花鸣的心跳得好厉害。

等等。

为什么她感觉林缓的脸，越靠越近。

花鸣突然抓住了林缓的双肩："你要干什么？"

林缓的眉头皱着，他要干什么，难道她看不出来吗？

林缓没有回答，花鸣紧张得声音都颤抖了。

"不是，只有情侣才可以这样吗？"

"我们不是吗？"林缓轻声反问。

他们什么时候成为情侣了？

花鸣简直不敢相信。

林缓太好看了，身上散发着让她无法抗拒的魅力。

难道，他们就这样成为情侣了？

林缓的脸正慢慢地靠近，花鸣的心脏都要停止跳动了。

她忘记了反抗，也不想反抗。

慢慢地，她竟然闭上了眼睛。

"啊！"

是一声尖叫，让花鸣猛地睁开了双眸。

徐菲菲正站在病房外，她还是放心不下花鸣，于是中途又折返了。

此刻，徐菲菲满脸的不可思议。

震惊，尴尬，茫然。

"我打扰你们了？"徐菲菲愣道。

"嗯。"林缓回答。

"那……"徐菲菲像看了什么不该看的，捂着眼睛转身，"那我走了。"

她竟然结巴了。

正准备逃离，这时徐菲菲猛地想起了什么。

她转过身，对着花鸣做了一个嘴形：任务。

交代完毕，徐菲菲才离开这里。

花鸣的大脑瞬间一片空白。

就在刚刚，她差点完成了任务。

花茉莉留下的遗愿，花鸣在不知不觉中，已经全部完成了。

她算是和林缓确定关系了吗？

如果林缓刚刚亲吻了她，她会不会突然从这个世界上消失了？

"不！"花鸣猛地摇头，她还没有做好准备，她还不想从这个世界消失。

林缓的双眉又习惯性地皱着，是他太唐突了吗？

"对不起，我还没做好准备。"花鸣呢喃着低头，像是做错事的孩子。

林缓望向窗外的阳光。

沉默良久。

"下个雪天。"

"嗯？"花鸣疑惑道。

林缓扭过头，看向花鸣："还你一个约会。"

依旧没有表情，可花鸣却觉得，林缓并没有她想象中那样冷漠。

花鸣突然期待了起来。

出院后的每一天，花鸣总是关注着天气预报。她偷偷地许愿，希望下个雪天快点来临。

花鸣发觉了改变。

刚刚来到现实世界，她为了各种任务而头疼。

她做梦都想立刻完成系统交代的任务，得到丰厚的任务奖励。

可是，当距离任务完成只差一步，花鸣却觉得不舍了。

她舍不得徐菲菲，舍不得秦璐，舍不得麦弋、邱敏和吴桐，舍不得林缓。

这个世界，虽然充满坎坷，可是太让人留恋了。

她不想走了，就算给她再多奖励，她也不想走。

但是，她的内心却是矛盾的。

花茉莉创造了她，她是为了花茉莉的遗愿来到这个世界的。

难道，花茉莉的恩情，她要忘记吗？

难道，她有理由把花茉莉的遗愿抛在一边吗？

她不属于这里，终究有一天，她是要离开的。

那就再让她多待一些日子吧。

就多待一天吧。

不，还是等到余宁市再次降雪吧。

不，不够，不如等到冬天过去？

不能再贪婪了，就等到茉莉花开的时候吧。

始于夏天，终于夏天。

花鸣该满足了。

花鸣希望时间过得慢一些。

可是，日历却一页一页地翻了过去。

余宁大学的考试月，悄然而至。

这场让所有人都头疼的考试，林缓和花鸣却轻松而过。

他们在一起了，有时候，花鸣觉得和从前并没什么不同。

又有时候，花鸣觉得大有不同。

他们会一起吃饭，一起走路。

林缓的话不多，花鸣的话很多。

林缓不爱笑，花鸣脸上无时无刻不挂着笑容。

真正让花鸣感受到不同的是校园里的声音。

"林缓和花茉莉在一起了！"

"真的吗？花茉莉追到林缓了？"

"天哪，太幸运了，他们看上去好般配！"

像是传统一般，余宁大学的论坛没有一天不热闹。

有时候，花鸣跟在林缓的身后，总是有人向他们投来艳羡的目光。

林缓走得很快，花鸣时常跟不上。

对于那些目光，林缓从来不理会。

他只会突然停下脚步，等花鸣跟上他之后，再继续前行。

考试月结束了，余宁大学迎来了短暂的假期。

余宁市还是没有下雪。

花鸣的双手撑着下巴，望着星空。

她第一次觉得这些星星这么讨厌，她多希望乌云把它们遮盖住，再来一场大雪。

"该不会，不下雪了吧？"

花鸣叹了一口气。

她打开电脑，回到了DWorld。

她好久没见到风儿沙了，她想把这个消息，告诉风儿沙。

风儿沙一定会惊讶吧。

肯定会，就连她自己也迷迷糊糊的。

花鸣雀跃在海岛城里，逛了许久，却没发现风儿沙的踪迹。

她打开好友列表，风儿沙的头像暗着。

就算玩家不在线，她也不应该找不到风儿沙啊！

风儿沙的自由意志，很单纯，只去几个地方。

然而，这一天，花鸣把整个海岛城翻了个底朝天，也没发现她的身影。

"会不会去找S侠了？"

风儿沙很少主动去S侠那儿。

但只剩下守卫处还没有找过了。

于是，花鸣来到了海岛城的守卫处。

S侠伫立在守卫处的大门外，远远地，花鸣就朝着S侠挥手。

S侠明明看见她了，却没有回应。

终于走近了，花鸣发现S侠的脸色苍白，眼里噙着泪水。

"你怎么哭了？"花鸣惊讶道。

S侠是海岛城里出名的乐天派。

同是虚设NPC，其他NPC经常抱怨不被系统委以重任，但S侠却把它当成了一种清闲。花鸣记得，自从她认识S侠以来，就没见过他哭。

"花鸣。"S侠哭着，突然跪倒在地，抓住了花鸣的双腿。

"怎么了？"花鸣心慌了，她的心里升起了一股浓重的不安。

S侠语无伦次，花鸣轻抚着他的背。

"风儿沙她……"

S侠的话没有说完。

花鸣的双耳嗡嗡作响，是风儿沙出事了吗？

不会的。

"她，死了……"

花鸣觉得天都要塌了。

怎么可能？

花鸣摇着头，把S侠狠狠地搡了起来："你胡说！"

"真的，她走了，再也回不来了！"

花鸣的手心冒出了汗。

海岛城的街道，人来人往，喧闹的街道霎时间变得寂静。

不是商贩们停止了叫卖，而是花鸣什么也听不见了。

她的眼前发黑，S侠是不是在骗她？

是他和风儿沙联合起来捉弄她吧！

花鸣的下唇都要被她咬出血了。

身形一闪，花鸣来到了海岛城的陵园。

无数墓碑伫立着，沧桑，孤独。

她决不相信。

她走在墓园里，一座一座地辨认着。

她也不知道她在陵园里走了多久。

终于，她还是停在了一块石碑前。

石碑上扬着风，沙子晶莹剔透地飘着。

是风儿沙。

花鸣的心脏骤然缩紧,疼痛让她无力支撑,瘫坐在了地上。

风儿沙走了?

彻底离开了?

为什么会这样。

她的胸口好疼,好像有人拿刀划破了它。

她的鼻子有点酸,眼眶有些热。

这是什么感觉,为什么又来折磨她了?

好难受,快点走,快点离开她!

第五十五章 生机

Chapter 55

没能见上最后一面，也来不及说再见。

化作风中飘扬的沙砾，变成墓园冰冷的石头，风儿沙彻底走了。

胸口的疼，蔓延到了全身。花鸣麻木地走在喧嚣的海岛城，犹如行尸走肉。她的耳边回响着关于那场战斗的讨论。

杀死风儿沙的，是浅笑。

浅笑挑衅了风儿沙，也欺骗了风儿沙。

他们赌上了所有生命值，约定了一个公平的战斗模式：脱去所有装备，抛下所有商城道具，不使用任何坐骑。

然而，当战斗打响，卑鄙的浅笑却突然召唤了火龙。

火龙咆哮着，嘴里喷射着火焰，仿佛能燃烧整个大地。

风儿沙几乎是被秒杀的。

花鸣无法想象，她的好朋友，一直陪伴着她的风儿沙，竟然就那样被大火烧成了灰烬。在生命的最后一刻，风儿沙在想什么？会想到花鸣吗？会对这个世界充满留恋吗？

花鸣想念风儿沙，带着不舍，也带着怨恨。

她要替风儿沙报仇，她要杀了浅笑！

只是，她并不拥有强行开启PK模式的特权，浅笑也绝不可能答应与她PK。

但是，双木却可以。

现实世界已经天亮了。

几乎没有任何犹豫，花鸣离开了海岛城，敲响了林缓的房门。

"帮我。"花鸣的嗓音沙哑得可怕。

林缓皱眉,他觉得,今天的花鸣,有些不一样。

"什么?"

"帮我杀一个人。"花鸣说。

林缓一怔,花鸣的身上散发着一股气息,让人觉得恐惧。

"游戏里的。"花鸣解释道。

林缓旋即点了点头:"好。"

"你不问为什么?"花鸣问。

"不问。"

说罢,林缓牵起花鸣冰冷的小手,进了屋。

打开电脑,登录账号。

黑色的身影,象征着死亡。

手持迷雾,脚踏凤鸟。

搜索浅笑的ID,定位,传送。

冰寒雪域,浅笑乘着火龙,纵情驰骋。他太开心了,就在不久前,他刚刚解决了风儿沙。

凤鸟清鸣,羽能蔽日。

冰寒雪域突然暗了下来,所有人抬头,只见硕大无朋的凤鸟从天而降。双木乘凤而来,落在了浅笑的面前。

浅笑身下的火龙,吓得全身瘫软,无力飞行。

浅笑察觉到了敌意,他哆嗦着问:"双木,你要干什么?"

"杀你。"双木的嘴里,吐出冰冷至极的两个字。

浅笑吓得一颤:"为什么?"

双木不再回答,强行开启了PK模式。

几乎是被秒杀,浅笑还未看得清双木的动作,更没来得及反抗,他的身影就慢慢地变淡。然而,就在他的本体即将回到海岛城重生时,双木突然抛出了一道金光闪闪的东西。

是锁魂绳!

双木莫名杀上门来,浅笑惹不起,还躲不起吗?

海岛城是绝对安全的,在海岛城,即使是强行PK模式都无法开启。

然而,他的身体却被锁魂绳束缚得死死的。

当他的身体重新变得充实,却发现自己根本就没有回到海岛城,而是在原地重生了!

数不清的玩家被这场战斗吸引,一时之间,所有人都震惊了。

原来,锁魂绳还能这么用?

曾经，浅笑无比依赖游戏商城内犹如Bug的道具，是这些东西，成就了他今日的强大。

可是此刻，浅笑却恨透了这些东西。

这根本就不是一场公平的对战！

"双木，你到底要干什么！"

话音刚落，浅笑再一次被双木轻而易举地杀死。

犹如重播一般，每次浅笑死去，双木都会抛出锁魂绳，将浅笑即将回到海岛城的本体困住。浅笑简直欲哭无泪，只要他一回到海岛城，蜗居着不出来，双木就无法强制和他战斗。

只是，双木根本不给浅笑回到海岛城的机会。

回不到海岛城，浅笑就连游戏商城都去不了，自然也无法购买生命值药水。

原本以为双木出了这口莫名其妙的恶气，就会放过他。

然而，已经整整被扣除了50点生命值，浅笑在双木一次又一次的攻击下死亡，重生，又死亡。

再这么下去，当他的生命值耗尽，他就会彻底死亡，无法重生了。

"双木，到底为什么！你想怎么样！"浅笑咬着牙。

双木根本没有回答的意思，又朝着他攻来。

花鸣站在林缓的身后，静静地看着林缓操纵双木。

他的手太快了，就连花鸣的眼睛都跟不上。

当初，为了拥有强行PK的特权而教训宙甲，林缓破天荒地充值了。那些游戏点券，林缓一直都没有用。就在今天，林缓把这些游戏点券全部花在了购买锁魂绳上。

游戏之中，浅笑早已经奄奄一息。

双木乐此不疲地狂虐着他，此时，浅笑已经只剩下最后1点生命值了。

"双木这是要干什么？真要杀死浅笑吗？"

"杀死也好，浅笑这货，和宙甲一样，用人民币把武力值堆到这么高，还成天到处炫耀。"

"是啊，听说他比宙甲还卑鄙。双木大神这是要为民除害！"

浅笑无比绝望，一整个上午，他不断地在死亡和重生中度过。

只要再被杀一次，他的生命值将被彻底耗尽。

浅笑不断地求饶："双木大神，我到底哪里得罪你了，求你大人不计小人过，放过我吧！"

双木没有理会，径直朝着他走来。

"火龙！上啊！"

浅笑试图操纵火龙反抗，可是，双木和凤鸟把火龙吓破了胆，宁可眼睁睁地看着主人死去，也根本不敢上前。

无可奈何的浅笑，嘴里不断骂着脏话，宛如泼妇骂街。

突然，他想起了凤凰齐飞的那个夜晚。

难道，关于花鸣和双木的流言，都是真的？

"你和花鸣是什么关系？"

双木终于开口了，他淡淡地回答道："情侣。"

浅笑彻底绝望了。

弥留之际，他陷入了无尽的后悔中。

早知道有今日，他绝对不会招惹花鸣，更不会杀死花鸣的好朋友。

海岛城陵园，从此多了一块墓碑。

浅笑也彻底离开了这个世界。

花鸣觉得好累，她瘫倒在林缓的床上，沉沉地睡了过去。

林缓取了被子，轻轻盖在了花鸣的身上。

他没有离开，就那样静静地坐在一边。

余宁市，DW团队办公室。

陈豪站在窗前，望着夕阳下的城市。

他有些不甘，为了站在这里，他做了太多努力了。

"老大，签约的日子定了。"有人进了他的办公室。

陈豪没有回头，他木然地问道："什么时候？"

"三天后。"

只剩三天了吗？三天后，他将作为失败者，离开这里。

"老大，你要不要再去看看游戏？"那人问。

陈豪摇了摇头："还有看的必要吗？"

那人叹了一口气，悄悄退出了办公室。

外面，所有人都安静地坐着。

众人面面相觑，仿佛都不相信曾经如同传奇般的DW团队，会走到今天这步。

传奇要结束了，一旦结束，想要再缔造传奇，太难了。

他们都会很快淡出人们的视野，说不定，用不了多久，就没有人会再提起他们的名字。

花鸣醒来时，又是一个天黑。

"醒了？"林缓问。

花鸣点了点头："谢谢。"

她起身，心里作祟的那股躁动，已经不在了。可是，她还是觉得好累。

"我想回家。"花鸣说。

"我送你。"林缓拿起了外衣。

但是，花鸣却摇了摇头："我想一个人回家。"

林缓的眉头微皱，良久，他还是说道："路上小心。"

她不能让林缓送她。

因为，她要回的家，是海岛城。她太累了，就快要窒息了。她必须回到海岛城，只有在那里，花鸣才能觉得舒服一点。

终于，她又回到了海岛城。

S侠哭得撕心裂肺，仿佛连眼泪都要哭干了。

他一定很难受吧？

悲伤到底是什么感觉，眼泪到底是什么滋味？

她该庆幸她有情绪Bug吗？

如果她也会悲伤，一定也会像S侠那样吧。

花鸣默默地来到守卫处，随地坐在了S侠身边。

她不会哭，但她看着S侠哭。

当S侠再也挤不出眼泪，花鸣才安慰他："浅笑已经死了。"

S侠苦笑："死了又怎么样呢？风儿沙回不来了。"

花鸣欲言又止，是的，她想不出反驳S侠的话。

"我好后悔，后悔没有向风儿沙表露心意。我要带着遗憾过一辈子吗？"S侠望着阴沉的天空，"从前，风儿沙就站在我的面前，我觉得她离我好遥远。她是玩家角色，我是NPC角色，从我们诞生的那刻，命运就注定我们不能在一起。"

花鸣低着头，不知怎么回答。

"但是我很满足。我不要她知道我爱她，也不要求她陪在我的身边，只要能远远地看见她，我就满足了。可是，为什么，连这么简单的要求都不能满足我？"

S侠捂着胸口，他哭得快要发不出声音了。

"为什么我们的命运，掌握在别人的手里？"S侠对着天际嘶吼。

海岛城的居民，投来异样的眼光。

或许，这是他们第一次看见S侠如此反常的样子吧。

"如果可以，我愿意拿自己的命，换风儿沙的命啊！快活过来吧！"

S侠的哀号，突然让花鸣感觉到了一线生机。

他们所处的这个世界，正在经历劫数。

对应到现实世界，游戏版本是"天劫"。

花鸣想起了那个公告。

"天劫"版本下，玩家只能通过游戏商城恢复生命值。一旦"天劫"版本结束，生命值恢复机制将会回归正常，而所有在"天劫"版本中死亡的玩家，也会得以重生。

"只要我们度过劫数，风儿沙是不是就能复活？"花鸣问。

S侠却摇头："没有人能通过'末日僵尸'的。"

熟知游戏内幕消息的S侠，自然知道这个副本有多难。

这是骷髅山脉的最后一个副本。即使在"天劫"版本前，也绝对没有人可以通过。"天劫"版本来临后，所有副本都被大幅度加强。别说"末日僵尸"了，就连当初被双木单刷的"白骨妖姬"，如今也成了死亡之地。

纵使是排行榜前五的玩家联合，再加上坐骑的武力值加成，也不可能通过"末日僵尸"。

花鸣突然想起了陈豪。

DW团队是海岛城的造物主，他们所经历的难题，对于DW团队而言，都只是随手可以解决的问题而已。

他们无法渡过劫数，但是造物主却可以。

就连劫数都是造物主们创造的，他们是无所不能的。

花鸣宛若看到了生机。

花鸣站了起来："S侠，我会让风儿沙复活的。"

S侠一怔："你要怎么做？"

"我一定会让她复活的！"花鸣没有回答S侠的问题，留下这句话，她离开了守卫处。

S侠擦干了脸上的泪水。

望着天，他像是与人交谈，又像是自言自语。

"我不想再见证死亡了，我会帮你，希望你言而有信。"

晴时雨科技大厦。

"总经理，我们和DW团队的签约仪式，现在需要放出消息吗？"

被称作总经理的男人，坐在办公桌后，办公桌上，一道名牌写着他的名字：王钦文。

"DW团队放出消息了吗？"王钦文放下手中的文件，问道。

"没有。而且，《DWorld》官网一切正常，还放出了最新的活动，吸引玩家充值。"

王钦文不屑道："到了这种时候，还在圈钱吗？"

"总经理，DW团队这么做，会不会对我们有影响？"

王钦文摇了摇头："如果能把那个人吸引出来，就算晴时雨科技因此承受一些非议，又怎么样？"

"那如果吸引不出来呢？"

王钦文站了起来，饶有兴致地盯着他的助理："我们来打个赌怎么样？"

"赌什么？"

"就赌他会不会出现。"

"我赌不会，都这么久了。"

王钦文却摇了摇头："我觉得会。我能感觉到，他和我一样，不是一个会抛弃心血的人。"

想到这儿，王钦文突然扬起了嘴角："既然陈豪还没对外放出消息，那就如他所愿，我们也暂时不公布这个消息。但是，这个消息，你必须亲自传到那个人的耳里。"

"是。"

交谈结束，王钦文的办公室又回归了寂静。

DW团队办公处。

花鸣怀着忐忑的心情，站在了这里。

她是来找陈豪的。

除了DW团队，没有人能帮助她了。

只是，陈豪会答应她的请求吗？

花鸣不确定。

但她还是勇敢地踏进了这里。

只是，和往常不同的是，DW团队的办公室并没有敞开大门。

门紧锁着，里面没有任何声音。

花鸣用力地敲着门。

过了许久，终于有人开了门。

花鸣记得这人，他是DW团队原始成员之一。

花鸣往门里望了一眼，偌大的办公室，竟然空空如也。

难不成，DW团队今天集体放假吗？

是的，办公室里空空荡荡的。

整个公司，只剩下四个人。

除了DW团队的原始成员，里面全空了。

"是你？"那人疑惑道，"林缓找到了吗？"

"找到了。"

"那就好。那你来干什么？"

"我来见你们,我有很重要的事,想要拜托你们。"

那人有些为难,良久,他回答:"我做不了主,你等一下。"

花鸣开始了耐心的等待。

那人进了陈豪的办公室。

陈豪的心情很差,他喝了太多酒。

"那天和伯母一起来的女孩儿,要见你。"

陈豪想起了花鸣对他的驳斥,怒道:"她来干什么?"

"说有重要的事拜托我们。"

"她不是高高在上地批判我们吗?还来拜托我们?"陈豪狠狠地摔碎了酒瓶,"她有什么资格!让她走!"

陈豪像是疯了一样,只是,没人敢说什么。

花鸣终于等回了那个人。

"请回吧。"

花鸣被拒之门外。

花鸣没有放弃,她不断地敲着门,一直敲到了天黑。

DW团队竟然一整天都没有出来。

花鸣回家休息了一夜后,一大早,又蹲守在了这里。

无论他们怎么劝,花鸣就是不离开,而陈豪也始终没有答应见花鸣。

两天过去了,花鸣就堵在DW团队的办公室外。

又一个大早,花鸣再次开始了漫长的等待。

与此同时,酒店里,一个身着西装的男人,离开了电梯。

王钦文交给他的任务完成了。

原以为,他会在酒店里耗上一阵儿时间。没想到,十分钟前来到这儿,十分钟后他就离开了。

当他把王钦文嘱托的消息告诉那个人后,他得到了简单到再也不能简单的回答:"所以呢?"

男人嘿嘿一笑,自言自语地说:"看来,总经理这次打赌要输给我了!"

这一天,各大媒体突然接到了晴时雨科技的发布会邀请函。

明天下午三点,晴时雨科技将举办一个发布会。

至于发布会内容,晴时雨科技罕见地选择了保密。

但这并不影响媒体对这场发布会的关注。

晴时雨科技,那可是游戏市场的巨头,他们的发布会,绝对是万众瞩目。

而这一切,花鸣全然不知。

突然有人，打开了DW团队的办公室。

是从外面打开的。

拿着钥匙。

"请问你是?"花鸣问。

"我是大厦的负责人，你是谁?"

"我在等DW团队。"花鸣回答。

那人惊讶道："到这里哪能等到，他们今天凌晨就把东西全搬走了。他们的租期到了。"

花鸣一怔，往办公室里一看，果然，里面空得连办公桌都不剩了。

花鸣懊悔起来，早知道如此，她昨晚就不该回家。

这下，她要到哪里找他们?

第五十六章 Chapter 56

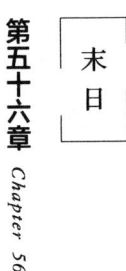
末日

就在花鸣不知所措的时候，她突然接到了一个电话。

是风儿沙玩家的。

自从风儿沙死去后，这是花鸣第一次与风儿沙的玩家通话。

"你放心，我一定不会让你死的！"花鸣刚接起电话，便对风儿沙的玩家这样说道。

他一定也很难过，花鸣不会安慰人，否则，她早就打电话给他了。

"算了，我好不容易脱坑，你就别再祸害我了！"电话那头，突然传来风儿沙的玩家开玩笑的声音。

花鸣一怔，他一点儿也不难过吗？

"花鸣，我想了很多天，觉得还是要和你道别。"风儿沙的玩家收起了玩笑般的语气，变得凝重，"这款游戏，已经让我没有任何留恋了。让我舍不得的，是你。"

"你别这样。"花鸣丧气道，"我会想办法让你复活的。"

"即使我复活了，我也不会再碰这款游戏了。"风儿沙说道，"这款游戏，陪伴了我一些年头。不开心的时候，我能在游戏里找到欢乐，失意的时候，我能在海岛城重拾信心。你知道吗，以前我不爱玩游戏的。"

花鸣静下心来，认真地倾听风儿沙的倾诉。

"我曾经也觉得，玩游戏只是在浪费生命而已。直到遇上《DWorld》之后，我才发现，原来一款游戏，真的可以让人改变。看着风儿沙在游戏里驰骋，成长，我仿佛看到了现实生活中的自己。一款游戏，竟然可以这样正能量。"

"那为什么，你要放弃？"

"因为，这款游戏，已经再也不是从前的样子了。它不再纯洁，变得肮脏。"

花鸣怔住了。

是的，曾几何时，DWorld还不是今天这样子。

"所以，我决定放弃了。"

花鸣摇着头："你不可以放弃！难道，你要看着风儿沙的生命就那样消失吗？"

"我也曾经像你一样，把游戏角色当成了鲜活的生命。但我现在不这么想了。就算他们真的有生命，也是我们创造出来的，风儿沙一定也像我一样，恨透了现在的《DWorld》。"

风儿沙的玩家最终还是选择了放弃吗？

"我是来向你道别的。"

当通话结束，花鸣陷入了无尽的失意中。

果然，玩家永远无法体会他们的心情。

玩家放弃了，但是他们不能。

因为，海岛城是他们的家。

花鸣离开DW团队办公室时，天空电闪雷鸣。花鸣觉得好不安，心里有个声音在告诉她：立刻回海岛城。

花鸣决定回家了。

这一段路途，那么遥远。要踏过好几个街区，跨过一片海港。迎着雨，什么时候连回家都变得这样艰难了？

花鸣的心越跳越快，不安感也越来越凝重。

不行，她要立刻回到海岛城！

终于，花鸣回到了花茉莉的家。

打开电脑，登录，穿梭。

当花鸣踏在海上城堡的土地上，海岛城被阴云笼罩着。风雨欲来，宛如世界末日。整片海域都黑压压的，唯有几道若隐若现的电闪，不知道何时会冲破阴云的束缚，降临人间。

海岛城依旧繁华，人们走着，商贩叫卖着。

可是，为什么花鸣却觉得，这幅美好的景象，马上就要消失了呢？

霎时间，笼罩着海岛城的透明护盾，突然开始晃动，仿佛随时会破碎。海面刮起了巨浪，不断冲击着停靠岸边的船舶。让人胆战心惊的兽鸣，从四面八方传来。

有的来自精灵大陆，有的来自机关迷城。

有的来自冰寒雪域，有的来自黑暗森林。

还有的，从最遥远的骷髅山脉漂洋过海而来。

兽鸣凄厉，苍凉。

海岛城上的居民开始四处乱窜，几乎在同一时刻，所有玩家同时离线。

花鸣的身边，正站着几名玩家。

前一秒，他们还讨论着要如何通过一个副本，而这一刻，他们的双眸突然失去了光芒。

怎么回事？

花鸣咬着下唇，到底发生了什么？

几乎是在第一时间，花鸣来到了守卫处。

S侠望着天际，喃喃道："末日来了。"

"怎么了，海岛城又要发生灾难了吗？"花鸣问。

《DWorld》的服务器已经不是第一次崩溃了。每一次服务器崩溃，玩家都会被强制离线，而海岛城也将被巨浪摧毁。当《DWorld》的服务器被重新修复，海岛城也会重生。

但这一次，花鸣却觉得，灾难比以往任何一次都要可怕。

"是啊，前所未有的灾难。"S侠苦笑道，"足以彻底摧毁整个世界的灾难。"

"到底发生了什么，你是不是有事瞒着我？"

"知道了又怎么样，在灾难面前，我们都是无能为力的。"

花鸣急得揪住了S侠的衣领："为什么你变得这样丧气？快点告诉我！"

霎时间，地动山摇，远处的大地上，裂开了一道大口子。

不知有多少人突然跌进了那个深不见底的深渊。

"快点告诉我，来不及了！"花鸣从未如此焦急过。

S侠是最能获取游戏内幕的人，他一定知道是怎么回事。

"DW团队放弃《DWorld》了。"S侠苦笑。

"放弃了？什么意思？"

S侠凝视着花鸣："这款游戏，即将在现实世界消失。"

《DWorld》玩家的数量锐减，那些还坚持着的玩家，突然全部离线了。

他们想要重新登录，却得到了提示：服务器异常。

是又崩溃了吗？

一开始，所有人都这么想。

只是，当他们想进游戏论坛抱怨的时候，却发现游戏论坛竟然也关闭了。

试图进入《DWorld》官方网站，电脑屏幕上也只显示：页面不存在。

怎么回事？

"总经理，陈豪要与你通话。"

王钦文刚刚结束加班，准备离开晴时雨科技公司。

然而，他却接到了陈豪的电话。

王钦文接过别人递过来的话筒，笑道："陈总，明天就要签约了，还有什么重要的事是今晚就要对我说的吗？"

陈豪沉默了许久，这才回答道："我已经把DW团队即将被晴时雨科技收购的消息，放出去了。"

"我知道。"王钦文回答。

他在办公室里坐了一整天，但是他的消息，却比任何人都要灵通。就在十分钟前，王钦文得知，陈豪已经把消息放给了各大媒体。

顿时，余宁市的媒体沸腾了。

与晴时雨科技比肩近四年的DW团队，终于败下阵来，即将在明天正式被晴时雨科技收购。这是多么劲爆的新闻。

"所以，你打电话来，是为了什么？"王钦文问。

"我想问，晴时雨科技真的不要《DWorld》了吗？"陈豪顿了顿，继续说道，"《DWorld》虽然知名度下滑，但是还是很有影响力，如果有晴时雨科技的帮助，一定会重回市场巅峰！"

几个月前，DW团队就在和晴时雨科技谈判收购事宜。

《DWorld》早就无药可救了，晴时雨科技看上的，并不是《DWorld》，而是这个站在游戏科技前沿的团队。

晴时雨科技同意收购DW团队，但却没有一并收购《DWorld》。同时，晴时雨科技要求DW团队自己解决公司欠下的债务。

是的，DW团队从一年前开始就已经负债经营。

公司的资金缺口，太大了。

为了弥补这一缺口，陈豪只能选择被晴时雨科技收购，别无他法。为了解决公司的债务，陈豪在众人的极力反对下，先是推出了坐骑系统，又推出了"天劫版本"。

这是《DWorld》从市场消失前，陈豪做的最后一波努力。

这两个项目，果真连哄带逼地让很多玩家充值了。

在别人看来，这一定会被看作圈钱，可是陈豪没有其他办法了。

"陈总，我早就和你说过了。《DWorld》的巅峰已经过去，一款不再有价值的游戏，晴时雨科技没有理由要。"王钦文不屑道，"收购合同都拟好了，怎么，你后悔了？"

"不，我没有后悔。"陈豪赶紧回答。

陈豪恨透了这种感觉。

两年前，陈豪还可以与王钦文平起平坐，可如今，他连说话都低人一等了。

"你近期做了什么，我可都知道。就算是数个月前的《DWorld》，晴时雨科技都没理由要,更何况是现在被你彻底搞臭名声的《DWorld》?"王钦文毫不留情道,"陈总,你是不是得反思一下,DW团队是怎样走到今天这个地步的?"

说罢,王钦文挂断了电话。

陈豪独自坐在天台,他的身边倒着很多酒瓶。

他是趁着酒劲儿,才有勇气打这个电话的。

然而,他果真已经无法挽回一切了。

海岛城。

"《DWorld》要下架了?"

从S侠口中得知惊人消息的花鸣,总算明白为什么DW团队的办公室空无一人了。

海岛城的灾难继续蔓延着,暴风雨夹杂着所向披靡的雷电,把海岛城变成了废墟。

很快,灾难就将降临在守卫处。

"游戏下架后,我们这个世界也将不存在了。"S侠落了泪。

不可以,绝对不可以。

花鸣不想从这个世界离开。

她也不想看海岛城的千万居民就此死去。

更不愿意让她的家园就这样莫名其妙地消失。

"不可以这样!"花鸣咬牙,躲过了从天而降的巨石。

S侠却没有选择闪躲。

他被巨石压垮了。

花鸣突然觉得绝望,她要怎么办?

就在此时,花鸣的耳边,突然响起了一道苍老的声音。

是系统的声音!

天空中,突然撕裂开一道大口子,那里仿佛是另外一片空间。

花鸣毫不犹豫地跃了进去。

这里漆黑一片,什么也看不见,但却没有暴风,也没有灾难。

"花鸣。"

系统的声音从四面八方而来。

"求求你,救救海岛城,救救我的朋友!"

系统是无所不能的,它一定能救下海岛城。

"我不能。"

系统的回答,让花鸣觉得心寒。

"怎么会,怎么可能连你也无法拯救DWorld?"

"能拯救DWorld的,是你。"

花鸣一怔，指着自己："我？"

"是的，只有你。你愿意接受拯救《DWorld》的任务吗？"

花鸣不断地点头："我愿意，不要任何奖励，我接受！我要怎么做！"

花鸣已经急得语无伦次了。

"去现实世界，阻止《DWorld》下架。"

花鸣不断地点着头，她能感觉到，她和现实世界的感应越来越弱了。

如果再不离开这里，她就将和DWorld一起直接消失。

花鸣匆匆化作了晶莹剔透的代码，飘向了晦暗无边的天空。

余宁市也下起了暴雨。

回到现实世界的花鸣，头晕目眩。

她觉得更累了。

海岛城正一点儿一点儿地被摧毁着。当DWorld彻底化作虚无，她也将彻底消失。在此之前，她必须阻止DW团队。

花鸣吃力地打开电脑，果然，已经有媒体报道DW团队被收购的新闻了。

《DWorld》已经下架，将在DW团队和晴时雨科技签约后，彻底关闭服务器。

"怎么这么突然？"

"太过分了，要下架游戏，还欺骗我们充值！"

"DW团队太恶心了！"

网络上，无数人彻夜未眠，忙着声讨DW团队。

怎么办？

手足无措的花鸣，突然想到了林缓。

林缓才是DW团队真正的核心，他能够帮助《DWorld》吗？

想到这儿，花鸣冲出了家门。

正是凌晨，海港上早已经没有客船了。花鸣没有撑伞，她挨家挨户地敲着的门，渴求有人开船送她进市里。

凌晨三点。

林缓静静地站在窗前，听着暴雨袭击玻璃窗的脆响。

房间里没有开灯，电脑屏幕散着淡淡的光。

"林缓，记得几年前，总经理对你伸出橄榄枝时，你是何等意气风发地拒绝的吗？DW团队明天会被晴时雨科技收购，《DWorld》也即将下架。你即将看着你的心血，付诸东流，彻底毁灭。"

"所以呢？"

林缓突然想起了白天与晴时雨科技那人的交谈。

几年前，《DWorld》初具雏形，晴时雨科技的总经理亲自登门拜访。

"林缓，没想到你的年纪这么小，简直是个天才。到我们晴时雨科技来怎么样？"

"我想依靠自己。"

"那可能会和晴时雨科技成为对手哦！"

"DW团队不惧怕任何挑战。我们的目的，不是和别人成为对手，而是想让更多人认可我们的心血。"

"林缓，你和我一样，对游戏充满着热爱。我看好你。"

这段对话结束没多久，DW团队果真一跃成为晴时雨科技的对手。

就连王钦文曾经都惧怕DW团队会凌驾于晴时雨科技之上。

只是，没过多久，晴时雨科技听闻林缓离开了DW团队。

王钦文再次亲自上门，试图招揽林缓。

只是，林缓依旧拒绝了。

这一个夜晚，所有的回忆全涌上了林缓的心头。

他睡不着，刚闭上眼，就会被噩梦惊醒。

偌大的雨声里，突然夹杂了匆促的脚步和敲门声。

林缓打开了门。

是花鸣。

花鸣全身湿漉漉的，头发淌着水。

林缓蹙眉："怎么了？"

他立刻把花鸣拉进了房间，拿起毛巾替花鸣擦头。

花鸣冷得瑟瑟发抖，双目通红，脸色苍白。

林缓很心疼。

看着蜷缩着身子的花鸣，林缓突然把花鸣抱进了怀里。

她又干什么了？

为什么会在深夜被淋成这样？

"帮帮我，林缓，帮帮我。"

花鸣的眼皮好重，她快要支撑不住了。

林缓的怀抱好温暖，好宽敞，仿佛能为她遮挡所有风雨。她好想就这样躲在林缓的怀里，好好地睡一觉。

花鸣说话的声音很轻，轻到林缓都听不清了。

林缓轻轻摸了摸花鸣的额头，滚烫的温度，几乎能把她额头上的雨水蒸干。

又发烧了。

林缓还记得，电玩城的那次约会后，花鸣也发烧了。

林缓把花鸣抱到了床上。

他犹豫了片刻,轻轻解开了花鸣的衣服。

他闭着眼睛,不愿在花鸣没有意识的时候侵犯她。

他的动作很慢,由于看不见,他时常触碰到花鸣的肌肤。

林缓微微喘气,曾几何时,他也会这样紧张。

终于,当林缓终于替花鸣换好衣服,他长长地吐了一口气。

紧接着,林缓又替昏厥过去的花鸣把头发吹干了。

花鸣睡得很沉,林缓把冷毛巾敷在花鸣的额头上。

没过多久,花鸣的身体突然开始颤抖着。

仿佛是正在做噩梦。

"不可以。"

"求求你,救救大家。"

"林缓,求你了。"

花鸣的嘴里说着迷糊的梦话,林缓把耳朵凑到花鸣的嘴边,终于听清了。

她怎么了?

她连夜冒雨来到这里,是来寻求帮助的吗?

可是,花鸣要他帮什么?

林缓紧紧地抓住花鸣的手,从小到大,也只有吴桐让他这么紧张过吧?

花鸣深深地陷在万丈深渊里。

四周幽暗,阴森,恐怖。

一个人也没有。

这里是哪里?

是梦境吗?

她要赶紧醒来,她要向林缓求救!

可是,无论她怎么呐喊,也无法从梦中惊醒。

无论她怎么奔跑,却总是离开不了这片黑暗无边的区域。

她能感觉到,DWorld正在一点一点地化作虚无。

怎么办?

黑暗之中,突然伸来了一只手。

修长,白皙。

好想抓住他。

花鸣有预感,这只手,能帮她。

没有任何犹豫,花鸣紧紧地握住了那只手!

第五十七章 意义
Chapter 57

花鸣终于摆脱了梦魇,她在迷茫中睁开了眼睛。

精致的脸庞,高挺的鼻梁,深邃的双眸。

是林缓。

花鸣紧紧地抓住了他的手。

花鸣感觉如同到了旋涡沉了下去,她身体的全部力气都被吸走了。

"醒了?"林缓问。

花鸣盯着这张脸,明明冷漠,为什么这一声问候,让她感到温暖?

花鸣点了点头,努力地回想着昨夜发生的一切。

零星的生命值,快要感应不到的DWorld,都让她疲倦。

她觉得太累了,竟然一到林缓的住处,就病倒了。

他又照顾了她一整夜吗?

花鸣下意识地低头,看向自己的身体。

宽大的白衬衫,散发着清香。

这是林缓的衣服?

那她的衣服呢?

花鸣瞬间吓得清醒了,刚刚才退烧,此刻,她的脸又烫了起来。

林缓突然转过脸去,轻声解释道:"我没看。"

花鸣当然知道林缓不会乘人之危,但是,他竟然帮她换了湿漉漉的衣服,这实在让花鸣疑惑。

再看林缓,花鸣从他侧过去的脸颊上,捕捉到了一丝红润。

林缓这是害羞了吗?

花鸣狠狠地摇了摇头,她想到了正事。

现在,根本不是讨论这些的时候!

"我有很重要的事要告诉你!"花鸣咬牙。

"嗯。"林缓依旧没有与花鸣对视,只是简单回应道。

花鸣深吸了一口气:"《DWorld》下架了,DW团队要被晴时雨科技收购了!"

林缓刚刚舒缓开的眉头,突然又缩在了一起。

这么匆忙,连夜冒雨而来,就是为了告诉他这件事吗?

"我知道。"林缓回答。

"早就知道了?"花鸣望向墙上的挂钟,已经中午了,"那快走,快要来不及了,只剩三小时了!"

花鸣从床上跳了起来,一紧张,她连衣服都忘了换,直勾勾地拉起林缓的手,朝着门外冲去。只是,林缓站在原地,花鸣拉不动他,她反倒被反冲进了林缓的怀里。

林缓沉默地盯着花鸣,没有说话。

"愣着干什么,走啊!"花鸣催促。

"去哪儿?"

"晴时雨科技。"花鸣解释道,"我查清楚了,他们在晴时雨大厦开发布会和签约会。"

只是,林缓却没有说话。

花鸣着急了起来,这个发布会,关系到整个DWorld的生死存亡。一旦签约成功,DW团队就会彻底关停《DWorld》的服务器。届时,整个DWorld,也包括花鸣,都将化作虚无,宛若从未出现在这个世界。

"我……"林缓顿了顿,冷冷道,"不想去。"

花鸣一怔:"为什么?"

"《DWorld》和我没有关系了,我没有理由去。"

"没有关系?"花鸣不敢相信自己的耳朵,"怎么会没有关系呢?它是你创造出来的世界,难道你不关心它的存亡吗?"

花鸣原本以为,林缓得知这个消息,会比她还要紧张,还要担忧。

可是,林缓竟然给了这样不冷不热的回答。

是因为朋友的背叛吗?

是的,只有林缓清楚,被好朋友背叛是怎样的痛苦。

那一年,林缓还未满十八岁。

他从前不是这样冷漠的,他是有朋友的。

志同道合,携手共进,还有什么情谊会比友情更加纯粹呢?

五个人,因为一个游戏的想法而走到了一起。

多少个日夜里，他们蜗居在狭小的办公室里，彼此倾诉着内心的想法。

林缓几乎把他所有的情绪和秘密，都分享给了他们。

有过争吵，有过欢笑，他们一起流过汗，一起掉过泪。

如果不是后来的遭遇，那段记忆，真是太美好了。在青春懵懂的年纪，遇上了最好的朋友，原本以为可以彼此勉励，分享欢乐，共渡难关，永远称兄道弟。可是，彼时的林缓，却不知等待着他的，是一场无情的背叛。

随着《DWorld》的雏形越来越完善，随着DW团队的盛名响彻游戏行业，他们之间的关系，突然变得微妙了起来。

无数游戏企业向他们伸出了橄榄枝，巨额资金朝着他们奔腾而来。

他们受的诱惑越来越多。

林缓守住了初心。

他想让整个世界看见他们的作品，想让游戏不再被视若毒瘤，想让年轻的、苍老的，男的、女的，各种各样的人，全在游戏里找到最理想的自己。他想让《DWorld》为人们带去欢乐，在人们失意时，成为让他们继续勇敢面对生活的支柱。

这不只是林缓的初心，也是整个DW团队的初衷。

然而，勿忘初心的，好像只剩下他了。

他的年纪比团队其他任何人都要小，但是经历和智商，决定了他的心理年龄。

他苦苦引领着DW团队，不让这个团队走上邪路。

只可惜，没有人理解林缓。

他越是用力地指引DW团队，就越是被人看作想要独享成果。

陈豪的私心，林缓早就已经看出来了。只是，他没有说破。

他相信他的朋友，一定会想明白。

可是，陈豪终于还是彻底远离了他们最初想要走的道路。

为了巩固他在DW团队里的地位，为了把林缓拉下来，为了满足他高傲的虚荣心，陈豪在最关键的时刻，着急地把一个庞大的系统，硬塞进了初具雏形的游戏里。

江河之水，岂容汪洋大鱼？

那一刻，《DWorld》最致命的问题，形成了。

这并没有打击到林缓。

真正让他心碎的，是陈豪的背叛。

篡改了内部协议和文件，毫不留情地把他剔除了出去。

陈豪是始作俑者，而其他朋友，是冷漠的旁观者。

要知道，林缓被踢出的，不仅是DW团队，更是他们花了许久时间才建立起来、只属于亲密朋友之间的圈子。

曾经以为，那个圈子的城墙牢固万分，无懈可击。

没想到，它是那样脆弱。

利益的诱惑，人的私心，轻而易举地就可以将它击垮。

他再也不想交朋友了，也不想记起那段回忆。

为什么，短短几个月，这些记忆全部像浪潮一样袭来，他连逃都逃不走。

"是因为，那些人的背叛吗？"花鸣挣开林缦的拥抱，问道。

林缦不想承认，他沉默了。

"我都知道了，从伯母口中，我知道了你的遭遇。"花鸣咬着鲜嫩的双唇，"但是，你没有做错，为什么要逃？"

林缦一怔，他是逃了吗？

"难道，你打算逃避一辈子吗？我认识的林缦和双木，绝不是这样的人！你为什么要那么怯懦？"

"不是逃，只是不想记起来。"

"那不是逃避是什么？"花鸣反问，"把自己武装得像刺猬一样，不让任何人靠近。因为你害怕了，你不敢再交新朋友，你害怕又会被人背叛！"

林缦多想反驳，但他发现，他说不出任何话。

"因为怯懦，所以就拒绝一切朋友。"花鸣有些激动，刚刚经历了丧友之痛的她，比任何人都明白朋友的珍贵，"可是，如果一个人连朋友都没有，他的人生完满吗？"

林缦低着头，脸孔苍白得没有血色。

"拥有朋友，是多么幸福的一件事，你知道吗？"花鸣掷地有声地问道。

林缦沉默着，他回忆起了这几年的时光。

走在余宁大学的林荫小道，路上的行人三三两两，结伴而行。

唯独他，始终一个人走着。

他一个人吃饭，一个人走路，一个人看书。

有过几个瞬间，被万人羡慕的林缦，也会羡慕起别人。

只是，他的冷漠，把他的一切情绪都隐藏了起来。

"面对过往，拥抱明天。"花鸣抓住了林缦的双肩，他太高了，花鸣不得不用力地踮起脚尖，"你很痛苦，难道你不想走出痛苦吗？你想要一辈子都这样把自己隔绝在冰冷的世界里吗？"

林缦木然地转过头去，他发现，他竟然远不比这个娇小的女孩儿勇敢。

"你不想谈论这个话题，好。"花鸣点了点头，"那《DWorld》呢？它是你亲手搭建起来的，难道你真的放弃它了吗？"

"早已经放弃了。"林缦沙哑着声音，回答道。

"如果早已经放弃了，为什么你还会以玩家的身份，陪伴了它这么多年？"花鸣能看出来，林缦一直在说着违心的话。

"消遣。"

花鸣不敢相信自己的耳朵，她往后退了几步。

她赖以生存的世界，只被林缓当作了消遣吗？

不，绝对不是的，林缓在说谎！

"如果只是这样，为什么你会因为宙甲的一个帖子，大发雷霆？"

花鸣的问题，把林缓问住了。

那一天，当林缓打开游戏论坛，发现了那篇帖子。

他生气了，时隔多年，第一次气得全身发抖。

不是因为宙甲侮辱了他和花鸣，而是宙甲侮辱了这款游戏。

"双木和花鸣使用辅助外挂，通过了八级副本！这款游戏不是承诺坚决打击外挂吗？"

"游戏只是消遣，使用外挂，是不是太过分了？"

"这款游戏，根本就没有存在的必要！"

宙甲在匿名之下，无所忌惮。

殊不知，他的这些话，竟然使这款游戏的创造者，大发雷霆。

打开程序，调查发帖来源，找到宙甲，强行开启PK模式。

一切都发生在短短的几十分钟之内。

事后，就连林缓都因自己的做法而觉得荒唐。

"林缓，你根本就割舍不下它，因为它是你的心血！"花鸣近乎哀求地说道，"求求你，救救它吧！不要让你的努力付诸东流。我能感受到，那个世界的缔造者有多么热爱他创造出来的世界，他不会像陈豪他们那样冷漠！"

陈豪，这个名字，林缓有多久没有听到了。

他的双拳紧握着，指甲陷进了掌心。

林缓仍然无动于衷，花鸣突然觉得心寒。

"《DWorld》只是牺牲品而已，对吧？你明明心疼它，明明想要握紧它，可是为了逃避，不再面对背叛你的朋友，你放弃了它。你知不知道，有多少人希望那个世界像最初那样美好？"

花鸣激动得声音都在颤抖着。

"有太多人为了那个世界而努力着，有太多眼睛都在关注它。现在，它马上就要毁灭了，马上就要化作虚无了。而你，还这样无动于衷吗？把它作为逃避过去的牺牲品，作为你怯懦的挡箭牌。我对你，真失望。"

花鸣没有时间了，她知道，她无法说服林缓。

不再犹豫，花鸣拿起衣服，匆匆换上之后，朝着晴时雨科技飞奔而去。

现实世界热闹繁华，车辆和行人都在按照轨迹向前。

他们才不会理会一个虚拟世界的生死存亡。

所有人都可以放弃，但是花鸣不行。

那个世界的未来，全部扛在了她的肩头。

下午时分，晴时雨大厦人山人海。

无数镜头和目光对准了这栋大厦。

再过十分钟，一场象征着游戏行业巨变的发布会和签约仪式，将在这里举行。

DW团队和晴时雨科技之争，持续快要四年了。

四年的时间，不算长，但却足以让游戏行业发生惊天巨变。

这场没有硝烟的战争，最终以DW团队的失败而告终。今天，就是晴时雨科技宣告胜利的时刻。

发布会现场，陈豪带着DW团队，早早地候在了这里。

他们的脸色不好，他们是以失败者的身份，站在这里的。

《DWorld》毁了，但他们的团队还在。他们的心里抱着一丝侥幸，或许，在并入晴时雨科技后，他们会再开发出一款不亚于《DWorld》的游戏。

就在发布会即将开始的前一分钟，王钦文才姗姗来迟。

他穿得很随意，这让西装笔挺的DW团队，脸色更加难看。

他就那么不重视这场发布会吗？

王钦文坐在了发布会台上的正中央，看了看表，时间差不多了。

"各位朋友，今天是个特殊的日子……"然而，王钦文的话音刚落，就被喧闹的记者提问给打断了。

"《DWorld》下架前还被玩家指责圈了一笔钱，DW团队是怎么看待的呢？"

"DW团队不怕毁了名声吗？"

"听说是为了弥补DW团队的债务是吗？"

所有尖锐的提问，全是冲着DW团队来的。

坐在一旁的陈豪，脸色十分难看。

王钦文朝着人群扫了一眼，仿佛在寻找什么人。他心不在焉地说道："看来记者朋友对DW团队很感兴趣，那我们就提前进入记者提问环节吧。"

如此随意。

陈豪咬紧了牙根。

王钦文到底在搞什么？是在故意拖延时间吗？

此刻，陈豪只想立刻签了协议，带着DW团队离开这里。

王钦文把混乱不堪的场面，交给了DW团队，而他却轻松地坐了下去，眼神一直在人群之中游离着。

陈豪尴尬地拿过话筒，四周突然无比沉寂。

他深吸了一口气："请相信，我们比任何人都要珍惜《DWorld》。"

"真的珍惜吗？"

清脆的声音，把所有镜头全部吸引了过去。

花鸣吃力地拨开人群，站在了DW团队面前。

王钦文微微一愣，他想等的人没有等来，却等到了一个陌生的女生。

陈豪的脸色更加难看了，这个斥责他的人，竟然选择在今天来到这里，她是来捣乱的吗？

陈豪向王钦文投去求助的目光，可是王钦文却只是饶有兴致地耸了耸肩，选择旁观。

"如果珍惜它，为什么要一直消耗玩家的耐心？"

"如果珍惜它，为什么要把它当作填补债务的工具？"

"如果珍惜它，为什么要放弃它？"

花鸣问出的三个问题，陈豪竟然一个也回答不上。

顿时，记者们兴奋了。

这个人是谁？

她和DW团队有什么关系，为什么会在今天大闹发布会？

花鸣一步一步地逼近，最后，她竟然登上了台，来到了陈豪的面前。花鸣气势十足，双手狠狠地拍在了桌上。

陈豪坐着，花鸣站着。

花鸣居高临下地看着陈豪："告诉我，为什么？"

陈豪攥紧拳头，他压低声音："你的目的是什么？你想要的，我会满足你，请你现在离开这里。"

"我要《DWorld》重新上架，要你向所有热爱《DWorld》的人道歉！"

陈豪说的话，记者们听不见。

但是，花鸣铿锵有力的回答，却让大家猜到了陈豪压低声音时说了什么。

陈豪气得全身发抖。

"我的问题，你回答不上来是吗？那我来替你回答！"花鸣突然转过了身，面向了所有人，"他们不会珍惜《DWorld》，是因为，它根本就不是他们创造出来的。创造《DWorld》的人，是一个对自己作品充满热爱的人！"

所有人都沸腾了。

这是什么意思？难道现在的DW团队，根本不是《DWorld》的作者？

"真的吗？难道《DWorld》是他们剽窃的？"

"其实，我早就听说DW团队还有一个人。"

"那个人好像很久之前就离开DW团队了。"

现场的议论，让陈豪冒出了冷汗。

不可以，他要阻止花鸣。

陈豪突然站了起来："你闭嘴！"

"为了你的私心，你背叛了朋友。你知不知道，他是真心把你们当成朋友的！"

"你胡说！"陈豪咬牙。

"因为你们的背叛，他至今仍然走不出阴霾。他把自己武装起来，不愿意再交朋友。他没有选择追究，是馈赠给你们最后的礼物！然而，你们没有珍惜！"

王钦文越发觉得有意思。

但是，他突然接到了一个电话。

是董事们得知了现场的情况，要求王钦文干预。

王钦文看了看手表，时间差不多了。

他最终还是不能冷眼旁观，否则，晴时雨科技的声誉也会被影响。

王钦文对着身边的人招了招手，顿时，几个人突然把花鸣架了起来。

花鸣觉得无力，她还是无法阻止这场发布会。

"时间差不多了，我们签约吧。"王钦文对陈豪说道。

陈豪如释重负，长舒了一口气。

有人把合同送了上来，陈豪爽快地在上面签了字。

终于，一切要结束了。

花鸣无力地嘶吼着。

然而，王钦文还是拿起了笔。

就在他即将签字的那一刹那。

"住手。"

第五十八章 归来
Chapter 58

是林缓!

花鸣突然看到了希望。

在所有人的注视下,一张陌生却帅气的脸,出现在了这里。他朝着花鸣慢慢走去,仅仅是一个眼神,架着花鸣的那些人就吓得赶紧松了手。

别人不知道他是谁,他们跟在王钦文身边这么久,还能不知道吗?

他,可是连王钦文都要礼贤下士的人啊。

林缓牵住了花鸣的手,轻声问道:"没事吧?"

花鸣又欣喜,又感动,她觉得鼻子酸酸的,眼眶热热的。

花鸣摇着头:"你终于还是来了。"

"嗯。"林缓给了一个简单的回应,转头看向了台上的众人。

时隔多年,林缓和陈豪终于又见面了。

和以前不一样了,林缓的脸上不再有稚嫩,有的只是冷漠。

陈豪和所有DW团队的成员,竟在同一时刻扭过脸去。

他们竟然不敢与林缓对视。

王钦文又接到了电话。

"还愣着干什么?快阻止现场!"

王钦文笑着举着电话:"为什么要阻止?或许,未来的晴时雨科技,会感谢今天。"

说罢,王钦文不顾董事们的叫嚣,挂断了电话。

他望向了场中的林缓,终于,他等的人,在最关键的时刻出现了。

陈豪突然觉得不安,他看向王钦文:"王总,你快签字啊!"

王钦文摆了摆手:"不着急。朋友见面,应该有很多话说吧。"

王钦文放下手中的笔,安静地坐下了。

该死!

陈豪气急败坏,只要再晚一秒,协议就生效了。

陈豪把一切怨念,倾泻在了林缓的身上。

他狠狠地盯着林缓:"你想干什么?"

"阻止《DWorld》消亡。"

简简单单的回应,却让陈豪心慌不已。

"这个人是谁?"

"难道,他才是《DWorld》的作者?"

现场不可避免地又一次议论纷纷。

"你凭什么?"陈豪咬牙。

看着陈豪,林缓发现,这个人和他印象中的样子,彻底不一样了。

花鸣走后,林缓陷入了痛苦的挣扎之中。

花鸣的那些话,每一个字都像千斤巨石,落在林缓心头。

他怯懦吗?

是的。

他热爱《DWorld》吗?

是的。

可是,他为什么没有勇气承认?

花鸣是那样勇敢,他比不上。

难道,真的要像花鸣说的那样,在怯懦和逃避中,过一辈子?

不可以。

林缓犹豫再三,最终还是追上了花鸣的脚步。

他能从花鸣的身上感受到她对《DWorld》的热爱。那种热爱,许多年前,林缓也曾拥有啊。

上天是眷顾林缓的,它给了他聪明的头脑,让他如同天才一般,解决难题。

可是,这么多年来,林缓写尽了所有程序,唯独不敢再碰游戏。

《DWorld》是他心里的一道坎。

他不敢再搭建一个游戏的世界。会不会,他再搭建起一个游戏世界,又会遭遇到别人的背叛?

上天没有放弃他。

这个奇怪的少女,热情、勇敢,出现在他的身边。

是她唤醒了林缓。

他不可以再逃避下去，不可以眼睁睁地看着自己的心血，毁于一旦。

所以，他来了，不再有任何惧怕地站在了这里。

林缓与陈豪对视着。

他们同样看着彼此，不同的是，陈豪惊慌，林缓镇定。

是该告别那段不堪的记忆了。

这段记忆，不值得困扰他漫长的一生。

"因为，它是我创造的。"林缓吐出了这几个字。

犹如惊石，泛起一阵狂潮。

"你胡说！"陈豪往后退了几步，他惊得撞倒了身后的椅子。

他把目光投向王钦文，王钦文选择了旁观。他又把目光投向他身边的团队，而他们，竟然全都心虚地低下了头，选择了沉默。

绝对不可以。

DW团队还要走下去，他们还会有美好的未来。

他的前途是光明的，他绝对不能让林缓毁了。

"你胡说！"只是，陈豪却想不出任何理由来反驳林缓。

"是该结束了。"林缓慢慢地走向了陈豪，"我不愿意记起的，将全部在今天结束。"

陈豪不断地后退着，在他眼中，林缓宛如怪物，犹如噩梦，跨越了数年，慢慢地朝他逼近。他以为，林缓早被他打败了，不会再回来了。可是如今，林缓却带着前所未有的气势，回归了。

"林缓，《DWorld》不是你的了！"陈豪怒吼着。

"它曾经是我们的。"林缓镇定地说道，"但是，如今，你们不配拥有它了。它会被你们毁了，所以，我要把它收回来。"

"我没有资格？"陈豪怒极反笑，"是我把DW团队带上了巅峰，我怎么会没有资格？"

"但你，也把DW团队和《DWorld》带进了深渊。"

林缓的回应，再次让陈豪不可辩驳。

是的，如果DW团队真的风光无限，就不会在一年前开始负债经营，就不会在今天作为失败者，参与以晴时雨科技为主角的发布会。

"林缓。"陈豪突然咽下了一口气，"《DWorld》已经无药可救了。"

"它有救。"林缓说道。

陈豪不肯相信，他摇着头："不可能。"

"我的字典里，没有不可能。"

林缓的回应，简直霸气。莫名地，现场的许多人都下意识地赞赏起林缓来。

花鸣站着，激动得发抖。

林缓实在太帅了！

这才是她认识的林缓，这才是她崇拜的双木大神啊！

"可是，你凭什么拿走《DWorld》？"陈豪问。

是的，他没有必要担忧。

内部的协议，早已经被他改过了。

开发者名单里，并没有林缓的名字。

这时，林缓突然把冰冷的目光，看向了其他人。

这三个同为DW团队成员的人，始终不敢抬起头来。

"事实是怎样的，你们不清楚吗？"林缓反问。

终于，就在场面僵持不下之时，王钦文站了起来。

"林缓，许久不见了，没想到，我们会以这样的方式见面。"王钦文对林缓笑道。

"以这样的方式，逼我出现，并不光彩。"林缓冷冷道。

是的，王钦文的目的，并不在收购DW团队，他真正的目标，是林缓。

"原谅我，我是商人。"王钦文并不在意，"需要我帮助的，我会帮你，包括替你拿回《DWorld》。"

陈豪简直不敢相信自己的耳朵。

直至此刻，他才明白，原来，他根本就入不了晴时雨科技的眼。他只是一枚晴时雨科技用来招揽林缓的棋子罢了。

"条件？"林缓问。

"加入晴时雨科技。"王钦文回答。

"时间。"

"五年。"

如此不避讳地讨论着，所有人都惊呆了。

林缓沉思片刻后，摇了摇头："三年。"

王钦文也陷入沉思，仿佛在盘算着。

花鸣也看愣了，原来，林缓也是会讨价还价的。

良久，王钦文又提出了新条件："三年，但是，晴时雨科技要共享DW团队的所有技术。"

这才是王钦文的真正目的。

在他看来，林缓就像是一个巨大的宝库，只要能从这个宝库里，获取一项技术，晴时雨科技就将受益无穷。

"DW团队不能被收购，晴时雨科技要全力支持《DWorld》的运营。"林缓也又提出了一个条件。

"成交。"

王钦文对DW团队并不感兴趣，他要的，只有林缓一人而已。

至于《DWorld》，曾经是晴时雨科技的敌人，但只要林缓进入晴时雨科技，它将成为DW团队和晴时雨科技的合作项目。这对晴时雨科技而言，没有任何坏处。

王钦文也相信，林缓可以带着《DWorld》重回巅峰。

陈豪的脸色极其难看，林缓和王钦文旁若无人地谈起了交易，而交易的筹码，却是他的DW团队和《DWorld》。

他就这么不被重视吗？

"王总，晴时雨科技就这样言而无信吗？"

王钦文这才想起陈豪，他笑道："晴时雨科技愿意付给你违约金。你要多少？"

王钦文这是把他当成乞丐了吗？

"《DWorld》是DW团队的作品，晴时雨科技无权过问！"陈豪仍然做着最后的努力。

"其实，林缓才是《DWorld》的主创人，很多人都知道。篡改文件，恐怕会给你带来不小的麻烦。陈总，你是选择退步呢，还是选择让我通知警方呢？"王钦文明明笑着，语气里却带着威胁。

陈豪绝望了。

是的，这件事闹大了，对他真的有好处吗？

没有，说不定还会给他带来牢狱之灾。

晴时雨科技的力量太强大了，即使他不愿意，晴时雨科技也会有其他把《DWorld》搞到手里的办法。

"你们呢？"陈豪无助地看向其他三个人。

在那场不光彩的斗争中，他们是旁观者。

如今，他们也选择了旁观。

原来，这就是被背叛的滋味吗？

陈豪苦笑，带着怨念和不甘，他离开了现场。而其他三个人，也都离开了。

《DWorld》本来就不是他们的，他们带着歉意，也没有脸再留在DW团队。

他们知道，DW团队，如今只剩下林缓了。或许在不久的将来，林缓就会重新组建一支让所有人瞩目的团队。但那份荣耀，不再属于他们。

陈豪走的时候，不敢再与林缓对视了。

林缓长舒了一口气。

这口气，憋在他心里好多年了。

这么久以来，他是第一次感到如此轻松。

花鸣雀跃着来到林缓的身边，抓起了林缓的手。

"你真勇敢！"花鸣笑着说。

"没你勇敢。"

在大家眼里，这两人太般配了，简直是天造地设。

王钦文向林缓伸出了手："林缓，抱歉，用这样的方式和你合作。但请你相信，晴时雨科技不会像陈豪的团队那样，抛弃自己的作品。"

林缓的确不喜欢被人逼着。

但是，如若没有王钦文，《DWorld》或许真的会毁于一旦。

他犹豫片刻，还是面无表情地和王钦文握了手。

一则重大的消息在余宁市蔓延开来：《DWorld》灵魂人物，携手晴时雨科技，强势归来！

一时之间，那些对《DWorld》心灰意冷的玩家们，突然又开始期待起了游戏的下次更新。

余宁大学早已经放假了。

但是，林缓却没有假期。

当他重新接手《DWorld》时，已经沉寂了好多年的热情，突然之间死灰复燃。

晴时雨科技为林缓专设了一间独立豪华的办公室，还为林缓配上了最优秀的团队成员。

在这个办公室里，林缓开始了对《DWorld》全新的策划。

一个星期之后，被关停的《DWorld》服务器，重新开放了！

版本更新了，最大的亮点，便是结束了"天劫"，去除了游戏坐骑系统和商城里强大到充满Bug的游戏道具和游戏功能。在晴时雨科技的资金支持下，因此而损失了金钱的玩家，全部得到了游戏的补偿。

林缓改造了游戏的充值系统，让充值成为一种选择，而不是一种必要。

除此之外，所有副本的难度全部回归正常。在"天劫"版本中死亡的玩家，也全都满血复活了！

"太好了，游戏终于正常了！"

"人民币玩家终于不再拥有不公平到逆天的功能了！"

"感受到了游戏策划者的诚意，这款游戏说不定真的能再火起来！"

一时之间，对《DWorld》的议论，全都成了褒奖。

在林缓的策划下，《DWorld》的官方贴出了公告。

《DWorld》将开发更多游戏模式，增加玩家之间的互动性，将完善角色基本属性系统，等等。

而最让人兴奋的，还是这几条公告：DW团队将开发专属的服务器与计算机环境优化程序——承载核,保持游戏服务器的稳定性,降低游戏对玩家计算机硬件和网络环境的要求。

这可是千万玩家持续了多年的痛。

如果DW团队真的言而有信,那么《DWorld》再也不会突然崩溃,也再不需要使用高级的计算机硬件了。

除此之外,让玩家们兴奋的还有:与PC(电脑端)无缝衔接的手机游戏和Virtual Reality(虚拟现实技术)模式。

林缓竟然要开发《DWorld》的手游,并且实现手游和端游的无缝衔接。也就是说,届时,玩家在手机上也能和计算机上的玩家一起娱乐了。

而VR模式如果开发出来,是不是意味着玩家们可以身临其境地进入游戏?

林缓的回归,带给了千万玩家太多惊喜。

短短一个星期,《DWorld》竟然又回归了"游戏热度百强榜",还一跃回到了前十的位置。

这对花鸣来说,无疑是最好的消息。

海岛城被重建了,S侠又回归了,死去的玩家们,也全都复活了。

海岛城又有了生机。

但是,风儿沙却还没有回来。

复活的角色,需要玩家登录后激活。

花鸣准备找一个机会,再和风儿沙的玩家谈一谈。

林缓热情满满,终日坐在办公室里。

花鸣第一次在林缓的脸上,看到了无比真实的笑容。

为了陪伴林缓,花鸣和邱敏解释后,索性睡在了林缓的办公室里。

只有一件事,还让花鸣担忧。

"自由意志系统,你会剔除吗?"花鸣突然问林缓。

她很紧张,当初,林缓是不同意给游戏加入自由意志的。他是游戏的造物主,一切都只在他的一念之间。如果自由意志被剔除了,那游戏里的所有人,包括花鸣,都将没有意识了。

林缓摇头:"不会。"

花鸣一喜:"真的?"

"嗯。"林缓回答。

其实,林缓并没有否认自由意志系统,只是自由意志的投入时间,太不合适了而已。如今,玩家们都已经习惯了这种游戏模式,他自然不会突兀地把它摘掉。

他要做的,是完善这个系统。

林缓的任务艰巨，他需要带着他新组建起来的团队，整理《DWorld》庞大的数据库，让混乱不堪的数据有序地排列。同时，他必须继续为《DWorld》开发专属的优化程序，以及研究角色注册时可能出现的随机情绪缺失的Bug。

　　这是高度的机密。

　　林缓把花鸣拉了过来，拥进怀里。

　　计算机前的摄像头，突然记录下了花鸣的脸。

　　"这是什么？"

　　"人脸识别。"林缓说道。

　　重生的DW团队正值关键时期，不知有多少人打着它的主意。

　　林缓把游戏开发的关键项目，全部用最高级别的密钥锁上了。

　　想要打开，只能通过精确无比的人脸识别系统。

　　"这个项目，只有你和我能打开。"

　　林缓和花鸣的脸靠得很近，他们能感觉到彼此的呼吸。

　　"我打开它干吗，又不懂。"说着，花鸣紧张得低下了头。

　　就在此时，吴桐来到了林缓的办公室。

　　花鸣说服林缓重拾信心，面对过去，这绝对是让吴桐高兴的事。

　　她想来这儿看看林缓。

　　然而，她却看到了无比暧昧的一幕：花鸣正被林缓拥着，坐在林缓的腿上。

第五十九章 迷茫
Chapter 59

花鸣无比尴尬地跳了起来。

吴桐一脸坏笑地走了进来，她看看花鸣，又瞧瞧林缓，心里暗道：小宝贝这是真的开窍了，没想他竟然能撩动女孩子的心。

"伯母。"花鸣红着脸，点头打招呼道。

"没有什么特别的事，就是来看看你们。"吴桐笑着，突然稍显严肃，"孙汪洋的案子结了，没个十年八年，他出不来。"

花鸣一听，长舒了一口气。

孙汪洋和孙毅实在太疯狂了，连续两次，他们都差点死在这对父子手中。

"不过。"吴桐顿了顿，"林缓在学校机房遇袭的事，他没认。"

花鸣一怔。

是推脱吗？还是说，那一次砍伤林缓的，真的不是孙汪洋？

林缓的表情凝重，仿佛陷入了沉思。

"好了。"吴桐说着看了看时间，"午饭时间了，我们出去吃饭吧。"

"我还有事。"林缓回答。

吴桐点点头："那我和茉莉出去吃，一会给你带点儿。"

说完，吴桐拉起花鸣就往外走。

一路上，吴桐都沉默着。花鸣看了出来，吴桐是有话要说。

"伯母，您有什么话，就直说吧。"

吴桐这才停下脚步，带着诚恳："茉莉，我有事请你帮助。林缓对你提起过他的爸爸吗？"

花鸣木讷地摇了摇头。

"他和他爸爸的关系不好。你能让他勇敢地面对过去,一定能说服他,接受他的爸爸。"吴桐叹了一口气,把林缓从小到大的事,全都说了一遍。

原来,林缓这么可怜。

"马上就是新年了,你能让他回家,一起吃顿年夜饭吗?"吴桐小心翼翼地问。

花鸣马上点头:"伯母,我会尽力的。"

回到办公室时,只有花鸣一个人独自回来。花鸣对她和吴桐之间的谈话,闭口不提,但是,林缓却一眼看穿了。

"她是让你劝我回家过年吧?"林缓问。

这一问,让花鸣手足无措,点头也不是,摇头也不对。

林缓放下手里的工作,走到了花鸣面前。轻轻地,他又一次把花鸣拥进了怀里。不知为什么,当林缓和花鸣在一起之后,时间越久,他就越想珍惜花鸣。他有一种很不好的预感:如果不紧紧地抱着她,她可能会离开他。

什么时候离开,为什么离开?

林缓不知道,但这种感觉,总是萦绕在他的心头。

"我答应。"

花鸣一怔,这么简单就答应了?

"不是你告诉我,逃避没有用吗?"林缓轻声问道。

就连花鸣都不知道,她的那一番话,让林缓的心境彻底发生了改变。

林缓突然无比地想要变成正常人。

是的,他承认他不正常。

他冷漠,没有朋友,没有父亲。

他不想再这样了。

躲着,是最怯懦也是最笨的方法。

"七岁那年,我偶然读懂了一段程序代码,他很高兴。"林缓说的他,是林学哲。

花鸣被林缓拥在怀里,她看不见林缓的表情。

"他说,我一定是计算机天才,鼓励我坚持下去。"林缓不冷不热地回忆着,"可是,后来,他太忙了,再也没有管过我。有时候,我会忘记他长什么模样。"

花鸣没想到,天赋异禀的林缓,是因为林学哲的一番话,才坚持下来的。如果没有林学哲的指引,或许林缓都不会发现自己的天赋。那么,也就不会有今天的林缓,不会有《DWorld》。

那将是多么大的一个遗憾!

林缓没有说出口,但花鸣却能感受到,林缓其实并不怨恨他的爸爸。

在对林学哲的态度上,林缓还保留着小时候的稚嫩,他在赌气。

如果,林缓真的对林学哲漠不关心了,那一次,他就不会答应吴桐,接受孙毅的挑衅。

"我会回去过年。"林缓突然说道,他松开怀抱,盯着花鸣,"但是,我有条件。"

"什么条件?"花鸣愣道。

"你和我一起。"

时间悄然流逝,林缓的强势回归,在游戏行业内掀起轩然大波。《DWorld》的热度一路飙升,短时间内,又一次成为游戏玩家们的宠儿。

新年马上就要到了,在花鸣的期盼中,余宁市仍然没有迎来第二场降雪。

S侠变了模样。

他变得孤独、苍老、不爱说话。花鸣再也无法从S侠的脸上看到微笑。

花鸣联系过风儿沙的玩家。

她想说服他,重回游戏。

《DWorld》变回了曾经让他们心动的模样,风儿沙的玩家应该不会再有理由拒绝了。

可是,风儿沙的玩家的电话,竟然再也打不通了。像是人间蒸发了一样,花鸣找不到他了。

彼时的花鸣,还未明白。

直到就连秦璐也要离开的那天,花鸣才突然意识到,原来这个世界,到处都是别离。有人擦肩而过,有人萍水相逢,有人不辞而别,有人带着祝福离开。或许会再见面,又或许,分别之后,就再也不会有对方的消息了。

这一天,徐菲菲提着精心准备的礼物,来到了林缓的办公室。

"我的爸爸妈妈让我给你们准备一些礼物,送过来。"徐菲菲笑道。

让花鸣感觉开心的,并不是这些礼物,而是徐通对待她的态度。

那一场人祸,终于让徐通彻底地想明白了。

从此之后,他接受了花鸣,不再怀揣着恶意看待徐菲菲自己选择的朋友。

自从余宁大学放假后,她们已经许久没见了。

两人正准备谈天说地时,秦璐打来了电话。

她们见面了,却是在机场。

花鸣、徐菲菲和麦弋都来了,他们是来为秦璐送行的。

秦璐争取到了出国留学的机会,她犹豫了许久,最终还是选择告诉了大家。

她彷徨过,因为她舍不得在余宁大学交下的朋友。

可是,她想变得更加优秀,像花鸣一样。

"茉莉姐,菲菲姐,我舍不得你们。"秦璐放下了沉重的行李箱,紧紧地和大家相拥着。

她太舍不得了,她突然不想去了。

"秦璐,要加油哦!"花鸣笑着,她由衷地替秦璐感到高兴。

秦璐却哭得更惨了。

她还有好多话没有说,航班却焦急地提醒着乘客登机。

带着一肚子没有说完的话,秦璐走了。

直到再也看不见秦璐的背影,花鸣脸上的笑容消失了。看着徐菲菲哭,花鸣突然觉得胸口好难受。为什么时间过得这么快,她也有好多话想对秦璐说。

直至此刻,花鸣突然觉得,会不会风儿沙也那样走了?

海岛城悬浮在天际,不再和大海相连了。

《DWorld》的版本改动很大,这直接影响到了这个世界。

鬼斧神工,海岛城和八大领域,全部都焕然一新。

花鸣卧在云端上,望着熟悉又陌生的海岛城。

因为分离,花鸣觉得迷茫。

S侠就在她的视线里。

花鸣真不喜欢现在的生活。

风儿沙不在了,S侠不爱说话了。

偌大的海岛城,花鸣竟然找不到一个可以说话的人。

正准备回到现实世界时,花鸣的眼前突然一黑。

熟悉的场景,熟悉的声音。

是系统!

系统又来找她了。

花鸣心慌着,这是她与系统第三次面对面,尽管她看不见系统,只能听见它的声音。

系统不会是来催促她完成任务的吧?

距离任务完成,只差一步了。

只要她亲吻林缓,她的任务就完成了,她就会从现实世界里消失。

不行,她还没有准备好。

她不敢面对系统,她想要逃。

然而,无论她走到哪里,系统的声音都近在耳旁。

"花鸣。"沧桑的声音,宛如从远古飘荡而来,悠长亘古。

花鸣无处可逃,她只能叹了口气:"我在这儿。"

"新任务。"

花鸣又惊又喜,还好,系统不是来催促她完成任务的。

"什么任务？"

"盗窃承载核和情绪Bug代码。"

承载核？情绪Bug代码？

那不是林缓正在竭尽全力攻克的难题吗？

系统要她盗窃这两样东西干什么？

"为什么？"花鸣下意识地问。

"你是什么时候学会问为什么的？"系统的声音，尖锐得像刀，直刺花鸣的心头。

空气波动得厉害，仿佛有无数道锋利的气息朝着花鸣逼迫而来，她快要喘不过气了。

花鸣觉得有些吃力。

她突然意识到，在系统面前，没有为什么。

除了造物主，系统便是这个世界的神。它说一不二，它说的每一个字，都是命令。他们只能遵照而行，不能反抗。

花鸣木讷地点了点头，不敢再多说什么了。

"任务惩罚：50点生命值。"

花鸣在心里暗骂，系统这是因为她的冲撞而故意在刁难她吗？

又是一次没有奖励，惩罚严重的限时任务。

系统发布了任务之后，消失不见了。空气里强大的压迫感消失不见，花鸣长舒一口气。

太可怕了，她的手心竟然冒出了汗。

余宁市越来越冷了。

新年悄然而至。

这一天，林缓仍然在办公室里工作着。

"休息一会儿吧。"花鸣给林缓端来了热水。

"嗯。"林缓喝了热水，揉着眼睛，靠在椅背上。

林缓太累了，花鸣有些心疼。

"怎么样了？"花鸣问。

林缓闭着眼睛："基本完成了，等过完年，调试一下就能投入使用了。"

果然，林缓是无所不能的。

DW团队努力那么多年没有成果的难题，林缓解决了。

花鸣悄悄地朝着屏幕上扫了一眼，那是一个奇怪的界面，满是常人看不懂的字符。

"走吧。"林缓突然站了起来。

花鸣吓得赶紧挪开了目光。她真心虚啊。

已经是傍晚了。

林缓答应了她和吴桐，会回家吃年夜饭。

花鸣也要参加晚宴，当然，她还要带上邱敏。

花鸣没有让林缓陪伴，一个人回家接邱敏。港口处，花鸣突然接到了吴桐的电话。

"茉莉，让林缓不用回来了。"吴桐的语气有些不对劲儿。

花鸣问："伯母，怎么了？"

"林缓的爸爸，不回家了。"

花鸣傻了。

林缓难得愿意主动解决他们父子俩之间的冰点，林学哲却突然选择了失约？

问题，根本就不在林缓这儿，而是出在林学哲的身上！

吴桐说起，花鸣才知道，林学哲之前好不容易拿下的项目，突然决定在今夜紧急开会，林学哲不得不离开余宁市。

吴桐觉得心灰意冷，她不敢想象林缓回到家发现林学哲又不在家时的反应。

"不行！"花鸣对吴桐说道，"不可以这样！"

花鸣挂断电话，朝着机场的方向奔腾而去。

林缓受的伤太多了，如今，他终于慢慢地变成了正常人，她决不允许林缓再受伤！

从吴桐那儿得知了林学哲的航班号，花鸣一进机场，便开始了疯狂寻找。

花鸣见过林学哲的照片，她认得林学哲，但是林学哲不认识她。

终于，花鸣在安检入口处，拦下了林学哲。

"你是谁？"林学哲问。

"我是花茉莉。"花鸣喘着粗气。

林学哲一愣，这个名字有点耳熟。对了，是吴桐经常提起的那个女孩儿。

"有什么事吗？"林学哲问，看了看手表，快要来不及了。

花茉莉无比诚恳地对着林学哲鞠躬："伯父，请您留下来，和林缓吃年夜饭。"

林学哲没想到花鸣会提出这样的请求。

"孩子。"林学哲笑道，"饭什么时候都可以吃，事业的机会，可是错过了就没了。"

说罢，林学哲提着行李箱，朝前走去。

"什么时候都可以吗？"花鸣突然对着林学哲的背影喊道，"那这么多年，您陪过林缓吃过几顿饭呢？"

林学哲止住了脚步，他回过头，脸上满是不悦："你是来指责我的吗？"

"如果冒犯了您，请您原谅。但是，有些话，我必须告诉您！"花鸣深吸一口气，"林缓遇险，几次进了医院，他无助的时候，您陪过他吗？林缓事业有成，您和他分享过喜悦吗？难道，一家人，不是应该一直在一起，共渡难关，分享一切吗？"

林学哲这辈子，第一次被一个晚辈如此批评。

然而，他却无法反驳。

"您知道，林缓为什么会钟情于现在的事业吗？"花鸣问，"难道，您不记得，您曾经鼓励过他吗？"

记忆如浪潮，涌上林学哲的脑海。

他的心里，向来只装着事业。当那段快要被他遗忘的记忆，突然挤进心头，林学哲觉得有些难受。

因为他的一句话，坚持到了现在吗？

"家人，比什么都重要。"花鸣又对着林学哲鞠了一躬。

一切该说的话，她都说了。

如果林学哲还无动于衷，她也没有办法。

花鸣离开了机场，她要去接邱敏了。

没有林学哲，还有她。

她要让林缓过上一个温暖愉快的夜晚。

机场里的行人稀疏，今天还出远门的人，并不多。

林学哲在原地伫立良久。

他接了一个电话。

"林总，怎么样，登机了吗？"

林学哲回答道："抱歉，今晚我不能去了。"

那人有些生气："开什么玩笑，大伙都等着你呢。"

"十分抱歉。我想陪家人吃饭。"

"林总，你今晚要是不来，这个项目可就黄了。你好不容易争取来的项目，你要放弃吗？"

就在林学哲犹豫的时候，耳边突然回响起了花鸣说的那番话。

他看见了林缓。

林缓正朝着他走来。

林缓还是小时候的模样，稚嫩，清秀。

他张开怀抱，仿佛在等着林学哲走过去。

林学哲突然扬起了嘴角："那就让项目见鬼去吧！"

无比潇洒地挂断电话，林学哲匆匆拦了一辆的士。

那是回家的方向。

一桌丰盛的晚宴。

吴桐热情地招待着花鸣和邱敏。

林缓坐在饭桌前，沉默着。

热情之余，吴桐的眼角瞥到安静的林缓，无奈又心疼。

花鸣坐在林缓的身边，紧紧地抓住他的手。

天黑了，烟火的声音很近，又好像很远。

"大家，开动吧！"吴桐勉强挤出了一个笑容。

就在此时，门突然被打开了。

所有人望去。

只见林学哲从门外进来。

他对着所有人笑道："抱歉，迟到了，路上堵车。"

那一刻，吴桐突然泪目。

花鸣欣喜万分，她发现，林缓的眉头，舒缓开了。

林学哲和林缓面对面坐着，这一对父子，简直是一个模子刻出来的。

眉宇之间，举止之间，都那么相似。

他们的话都不多，默默地吃着饭。

直到，林学哲突然给林缓夹了菜。

二人终于对视，这场注视，仿佛跨越了好多年。

他们之间，没有对白，但是吴桐却感动得泪流满面。

她知道，父子之间的冰障，正慢慢地化开。

第六十章 信任

伴随着璀璨的烟火,一场洋洋洒洒的降雪,悄然而至。

"邱姐,你觉得林缓和茉莉什么时候结婚合适?"

林缓和花鸣听了,竟然不约而同地呛了一口水。

花鸣忍不住,差点把满嘴的食物给喷了出来。

吴桐比邱敏年纪小,她对邱敏的称呼,格外亲切。

他们才在一起多久,吴桐竟然和邱敏谈起了婚事?

让花鸣更加震惊的是,邱敏竟然也来了兴致,拉起吴桐的手,坐到一边谈论了起来。看这副样子,简直把花鸣完全当成了花茉莉,当成了她的女儿。

女儿找到了幸福,为人父母,还有什么能比这更让人开心呢?

花鸣羞得满脸通红时,林缓突然站了起来。

"走吧。"

花鸣愣了愣:"去哪儿?"

"还你一场约会。"

难道?

花鸣忽然转头,窗外的那场雪,不知不觉已经为路面覆上了一层纯白。

真的下雪了!

她等了这么久,终于等到了吗?

林缓牵起花鸣的手,漫步在热闹的街头。

远处,那不是可以留住时间的摩天轮吗?

这是游乐园的方向。此时此刻,花鸣竟然无比激动,没想到,林缓一直记得他的承诺。花鸣突然觉得,这么久的等待,太值了。

游乐园里的人并不多，花鸣仿佛觉得她和林缓拥有了整个乐园。

旋转木马，慢慢悠悠地转着。

用气球捏成的小人，在风雪中跳着舞。

真美好啊！

雪花飘舞着，落在泛黄的街灯上，跳到锈迹斑斑的电话亭上，跃到花鸣的身上。她伸手去抓，掌心冰冰凉凉的，好舒服。她抓住它了！花鸣满足地笑着，然而，当她摊开手心，却什么也没有了。

果然，还是留不住。

花鸣有些沮丧，她要怎样才能把它们留住？

花鸣出神地盯着掌心，修长的手，突然牵住了他。

无数璀璨的灯光，映在林缓的脸上。

没有任何瑕疵，真好看。要多好看的脸，才能经得住这些光束的考验？

"上去吧。"林缓说。

他指着高得衔接天际的摩天轮。

花鸣的耳边，回响起了麦弋说的话。

"那是余宁市最高的地方，夜里，它散着光，像星星。它走得很慢，仿佛能让时间都停住。在那里，你能看见余宁市的每一个角落，张开双手，仿佛就能拥抱这座城市。"

花鸣要把时间定格在这美好的夜晚。

他们登上了摩天轮，慢慢地，他们远离了地面，升上了天际。

这一刻，花鸣忘记了分离的迷茫，忘记了她的使命，忘记了她被赋予的新名字。

她多想告诉林缓，她不是花茉莉，她是花鸣。

她来自一个奇妙的世界，她是林缓亲手缔造出来的。

她想成为自己，这一刻，她的名字，叫作花鸣！

时间过得真慢，在这里望着整个余宁市，时间仿佛真的都停止了。

可是，时间又过得好快，不知不觉，他们已经升上了最高点。

好美，脚下的余宁市好美，飘飘扬扬的大雪好美，身边的人，好美！

真想让时间停下来。

麦弋骗人，在这里，根本留不住时间。

林缓突然牵起了花鸣的手，他的脸正在慢慢地靠近。

花鸣的心跳都要停止了。

他要干什么？

又要亲吻她吗？

不可以，她才不要现在就离开这个世界。

可是，为什么花鸣那么想闭上眼睛，接受这个吻。

理智，一定要理智！

在他们的嘴唇马上要触在一起的那一刹那，花鸣轻轻地把林缓推开了。

林缓皱着眉头，还是太快、太突兀了吗？

林缓的思绪复杂，他又没有谈过恋爱，他也没有经验啊！

花鸣喘着气，宛如刚经历一场大战。

空气凝固了，林缓觉得有些尴尬。

"我……"他也不知道该说什么。

花鸣突然把手伸进了口袋，摸索了半天，好像在找什么东西。

终于，她掏出了一个黑色的小口罩。

自从上次差点和林缓接吻后，花鸣就时刻提防着。为了意外发生，花鸣特地准备了一个口罩。

林缓目瞪口呆地看着花鸣戴上了口罩。

花鸣对着林缓眨了眨眼睛："现在可以了。"

真奇怪，接吻为什么要戴着口罩？

只是，林缓没有时间多想，因为花鸣已经闭上了眼睛。

紧张吗？当然还紧张了。

也不知道这个办法，有没有用。

该不会，隔着口罩接吻，都算完成任务了吧？

花鸣在忐忑中等待着。

终于，她的双唇一阵冰凉。

花鸣睁开了眼睛，林缓的脸，竟然这么近。虽然隔着一层纱，但是花鸣还是觉得好柔软。

甜甜的，又没有味道。

摩天轮上，飘浮着无数像星星，像萤火虫的代码。

当花鸣的心脏都要停止的那一刻，发着光，散着热的代码，全都跳跃了起来。

摩天轮突然在空中静止了。

不知有多少人慌张了起来：这是故障了？

只是，花鸣和林缓相拥着，对一切都无所察觉。

当林缓松开怀抱，花鸣无比紧张地盯着自己的身体。

还好，她没有化作代码，就这样飘走。

原来，接吻竟然真的会甜，尽管他们的双唇之间隔了一层纱。这种感觉真美妙，难道，这就是恋爱的味道吗？从未谈过恋爱的花鸣，突然在此刻意识到，她好像真的喜欢上了林缓。

和任务无关,和花茉莉无关。

她想要和林缓在一起,一直在一起。

摩天轮继续缓缓地转动着,花鸣突然不敢与林缓对视了。

林缓呢?

天哪,当花鸣眼角的余光瞟到林缓时,她再也无暇害羞了。

因为,林缓竟然脸红了。

林缓的眼神迷离,侧过脸去。

"你害羞了!"花鸣指着林缓,"扑哧"一声笑了起来。

"没有。"林缓回答。

但是,他游离的目光却出卖了他。

花鸣的欢笑,回荡在深夜寂静的游乐园里。

这是来到现实世界后,花鸣睡得最好的一个夜晚。

隔天,海港的天际才微微亮,花鸣就起了床。

今天,她有重要的事要做。晴时雨科技公司休假了,林缓也终于得以短暂休息。他与林学哲的关系开始解冻,这是这么多年来,林缓第一次睡在了家里。

晴时雨科技大厦里,空空荡荡的,只有几个加班的员工。花鸣悄悄地潜了进来。

她和大厦里的代码们交谈甚久,终于,小代码们替花鸣关掉了所有监控设备。

花鸣蹑手蹑脚地绕过公司里为数不多的员工,来到了晴时雨科技为DW团队专设的办公室。花鸣从口袋里,掏出了钥匙。花鸣总是陪伴着林缓,有时,为了工作,林缓甚至睡在公司里。

为了方便花鸣进出,林缓也为花鸣配了一副钥匙。

打开办公室的大门,花鸣深吸了一口气,犹豫片刻后,她迈了进去。

杨家豪宅,四处弥漫着奢华的气息。

杨欣刚从睡梦中醒来。

余宁大学进入了假期,她终于不必在学校里生活了。这段日子,她总是得到林缓和花鸣的消息,这对她而言,太过压抑了。

原来,林缓是那样优秀,他竟然是一款火爆游戏的开发者。

只可惜,能和林缓分享喜悦的,不是她,而是花鸣。

就在她失意的时候,她突然接到了一个电话。

"花茉莉在偷窃林缓的成果。"

电话那头的声音,隐晦沧桑,让人听着有些害怕。

"你是谁?"

杨欣刚问出这个问题，对方就挂断了电话。

是谁？什么意思？目的何在？

难道，花茉莉是林缓的竞争对手派来的间谍？

从小生活在企业家族，杨欣见过太多这样的事了。

"算了。和我有什么关系呢？"杨欣无奈地摇了摇头。

然而，她刚放下电话，心中的不甘和嫉妒又开始作祟了。

她沉思许久，还是拨通了林缓的电话。

林缓曾经打过电话给她，这个号码，被她视若珍宝般地存了下来。

此时，林缓正坐在饭桌上。这竟是这么多年以来，他第一次和林学哲共进早餐。

林缓盯着手机屏幕上的陌生号码，思索了起来。

强大的记忆力，让他记起来了。

这是杨欣的号码。

曾经，他为了从张志腾手中救下花鸣，打过杨欣的号码。

林缓皱着眉头，没有接听，挂断了。

很快，一则短信传了过来：林缓，花茉莉可能是间谍，她正在偷窃你的研究成果。

林缓突然觉得不安。

为什么会突然传来这样的消息？

林缓沉默良久，还是站起身，进了屋子。

林缓的办公室内，空无一人，空气压抑而沉闷。

花鸣打开了林缓的电脑屏幕，屏幕提示需要识别人脸。

花鸣和林缓的脸，都能进入林缓精心设计的保密程序。

可是，花鸣却没有继续下去。

她无法说服自己。

她怎么可以偷林缓的东西呢？就算有天大的理由，也不行！林缓那样信任她，如果他知道了，一定会难过的。

从小到大，林缓受过的伤太多了。

她不想做又一个伤害他的人，她想守护林缓，保护林缓。

可是，系统发布的任务怎么办？她要违抗系统的命令吗？

花鸣的内心做着强烈的挣扎。

最终，花鸣还是放弃了。就算系统要惩罚她，她也认了。

每当回想起林缓的脸，花鸣就无法说服自己。她不想带着心虚和愧疚面对林缓。

她悄然关闭了林缓的计算机，转身，正准备离开时，一道身影突然出现了。

这是晴时雨科技配给林缓的技术员。

今天，他加班。

就在不久前，他接到了林缓的电话。

林缓要求他进入办公室查看。

尽管没有细说，但他却觉得不对劲儿。果然，他在这里发现了花鸣。

他指着花鸣："你偷东西！"

花鸣紧张得结巴了："我没有。"

"那你在这儿干什么！"

花鸣的大脑一片空白，他一定会告诉林缓的。如果林缓知道了，会不会怪她？

花鸣的下唇被咬出了血痕，想起林缓冷漠的脸，花鸣觉得无助。

那可是林缓最重要的研究成果，完蛋了，林缓一定恨透了她。

花鸣的胸口有些疼，不行，她要立刻逃离这里。

那人还没反应过来，花鸣就突然把他推倒在地，蹿了出去。整个公司都被惊动了，花鸣无处可逃，竟发现一台电脑上运行着《DWorld》。她一头钻进了屏幕，悄无声息地消失了。

公司的人，将大厦的大门紧闭，然而，他们找遍了每一个角落，也没能发现花鸣。他们慌张地查看监控视频，却发现监控系统被入侵了一般，全部失灵了。

一切都仿佛在说明，花鸣大有来头，很可能是其他技术公司派来的间谍。

发现花鸣的那人，立刻打通了林缓的电话："林总，您的女朋友，在偷窃您的成果。"

半小时后，林缓来到了晴时雨科技。

那人把过程都说了一遍，他已经做好邀功的准备，等着林缓的夸奖。

然而，林缓却皱着眉头，一句话也没有说。

王钦文也被惊动，亲自来到了公司。

这才是过完年的第二天，晴时雨科技内部竟然发生了这样重大的事。

"找到人了吗？"王钦文问林缓。

林缓没有回答，王钦文只能把询问的目光投向其他人。

"跑了，不知道在哪儿，我们要不要报警？"

在王钦文的印象中，花鸣不像是那样的人。

"林缓，你觉得呢？"王钦文问。

"不必报警。"林缓冷冷道。

王钦文一愣："为什么？"

"她不会这么做。"

"可是，林总，我亲眼看见她打开了你的电脑。"发现花鸣的那人说道。

只是，林缓冰冷的目光，让他闭上了嘴。

王钦文深吸了一口气："林缓，如果……"

"没有如果。"林缓没有犹豫。

王钦文有些头疼了："万一她真的偷了呢？"

"那又怎样？"

王钦文一怔："因此而遭受的损失……"

"我承担。"

王钦文的话还没说完，林缓就堵上了他的嘴。

离开晴时雨科技后，林缓打了无数个电话给花鸣，只是，花鸣却都没有接。

林缓亲自到了花茉莉的家，却也没有找到花鸣。

她会去哪里？

花鸣不知所踪，一直到深夜，林缓也没有找到她。

徐菲菲和麦弋都被惊动了。

众人想方设法地寻找，却始终没有花鸣的下落。

香屋里，三人沉默地坐着。

突然，麦弋狠狠地揪住了林缓的衣领："为什么不照顾好她？"

林缓不知道怎么反驳。

他又怎么会看不出，麦弋也喜欢着花鸣。

麦弋很着急，如果花鸣出事了，他真不知道要怎么面对死去的花荣宇。

关心则乱，麦弋竟然一拳打在了林缓的脸上。

林缓的嘴角泛着血，他没有还手。

徐菲菲被吓到了，其实，她知道花鸣去了哪儿。

哪儿也找不到，那花鸣一定是回到《DWorld》里去了。

"学长，你干什么？"徐菲菲赶紧阻止了麦弋。

麦弋全身颤抖，他这才发现，他失态了。

林缓发觉了徐菲菲的镇定。

"你知道她在哪儿？"林缓问。

徐菲菲点了点头："如果她不想见你，我就不能告诉你她在哪儿。"

徐菲菲相信，花鸣躲避林缓，一定有她的理由。

"请代为传话。"林缓说道。

"说些什么？"

"请她回来，无论她做过什么。"

徐菲菲一怔，其实，就连她都未必相信花鸣。

花鸣不是这个世界的人，她处处受到系统的牵制。无缘无故潜进林缓的公司，偷偷偷摸摸打开林缓的电脑，说不定，花鸣又接到了什么稀奇古怪的任务。

"你相信她？"

"嗯。"

徐菲菲突然感动无比，如果她也有这样一个男朋友，那该多好。

"我会代你传话的。"徐菲菲点了点头，"你回去吧，放心，她很安全。"

得到徐菲菲的承诺，林缓这才转身。

到了大门处，林缓突然止住了身形。

"我的恋人，我会保护好。"

这句话，显然是对麦弋说的。

带着醋意，带着真诚。

麦弋幡然醒悟，花鸣不是他的，而是林缓的。

麦弋觉得心痛，只可惜，他的身体、他的使命，都不允许他接近花鸣，更何况，花鸣喜欢的是林缓。

感受到空气中的尴尬，徐菲菲无奈地摇了摇头。

麦弋很好，只是，感情却无法勉强。

海岛城里，花鸣蜷缩在繁华街头的一个角落里。

这里很安静，没有人。

怎么办？

花鸣茫然无措，此刻的林缓，一定已经知道了一切。

他在恨她吧，恨她辜负了他的信任。

花鸣多想告诉林缓，她最终没有那样做。

可是，林缓会相信吗？

带着无尽的愧疚，花鸣竟在这里，躲了不知多久。

她所做的一切，会不会被林缓也视作一种背叛？

面对了过去，却发现身边最亲近的人，再一次背叛了他。林缓会不会因此又关上了心扉，变得和从前一样冷漠？

花鸣不敢想象，她再也不要回到现实世界，再也不敢面对林缓了。

她像是千古罪人，愧疚和担忧得几乎就要窒息了。

第六十一章 宙甲

Chapter 61

徐菲菲登录了游戏。

她在好友列表里，找到了花鸣的ID。花鸣的ID显示离线，但徐菲菲知道，花鸣一定是故意把自己藏起来了。

她给花鸣发了一则消息："你在哪儿？"

蜷缩在角落里的花鸣，听见了徐菲菲的声音。

她失落得快说不出话了。

"有重要的事，快点儿出现。"徐菲菲催促道。

花鸣这才木然地报了自己的坐标。

徐菲菲对游戏地图不熟悉，花了整整十分钟才找到这儿。坐在电脑前的徐菲菲，看见游戏里的花鸣正蜷缩在一处冷清的角落，不由得心一紧。仿佛，透过屏幕，她就能感受到花鸣的失落。

"你怎么了？"徐菲菲打开了语音。

花鸣的眼里没有光，她缓缓地抬头，声音沙哑："不知道，我的胸口好难受，像被火烧，像被冰冻，好难受，想把它挖出来，丢掉。"

徐菲菲吓坏了："别胡说。你到底做了什么？"

"我……辜负了林缓。"花鸣的声音颤抖着。

徐菲菲惊讶道："难道，你真的偷了林缓的研究成果？"

花鸣摇头，眼神涣散："没有，但是，只差一点。"

"为什么这么做？"徐菲菲问，"是又接到什么任务了吗？"

这一次，徐菲菲是站在林缓那边的。

在她心中，彼此交付真心的人，是绝对不能背叛彼此的。

"嗯。"花鸣老实回答道。

"这是什么稀奇古怪的任务？为什么要偷？"徐菲菲不解。

是的，就连花鸣也困惑。

承载核是能够拯救《DWorld》的服务器与计算机优化程序，情绪Bug代码是能够解决注册系统Bug的密钥。系统为什么要让她盗取这两样东西？

"我也不知道。"花鸣回答。

"不知道你还照做？"

徐菲菲又怎么知道，在这个世界里，系统就是神，他说的话，无人可以违抗。这种观念，早在每个人诞生的那天起，就已经在他们心里根深蒂固，这是一种本能。

"他一定觉得心寒，一定觉得我背叛了他，他讨厌我了，不喜欢我了。"

花鸣好难受，她不断捶着胸口。她说的都是真的，她是真的想把心挖出来。

从前，她从未有过这样的感觉。可是，自从她去往现实世界后，这种奇怪的感觉就总是困扰着她。就连花鸣都记不清这是它第几次出现了。

"他让我传话。"

花鸣突然捂住了耳朵，她不敢听。

林缓一定在指责她，怪罪她！

可是，她割舍不下林缓。林缓就像组成她身体和思想的代码，早已经融进了她的血肉和心扉。

她又想听。

"他让你回去，无论你做过什么。"

花鸣一怔："这是什么意思？"

"你听不出来吗？他相信你，没有任何条件地信任你！"

"真的吗？"

缓缓地，花鸣的双眸，又亮起了光。

林缓真的相信她吗？

困扰着花鸣心头的未知情绪，突然消失了。她觉得自己太滑稽了，自从出事之后，她竟然直接躲了起来，连林缓的面都不敢见。林缓的冷漠，林缓的指责，全都是她凭空臆想出来的。

原来，林缓相信她！

花鸣站了起来，她要立刻回到林缓的身边。她要告诉林缓，她的确没有偷他的研究成果。

寒雪过去了，余宁市的气温骤降，所有行人都把自己裹得严严实实。

林缓徘徊到了香屋外。

他没有进去。

透过玻璃窗，他能看清，花茉莉不在这儿。

林缓微微蹙眉："还没回来吗？"

不知为什么，林缓的心里充满了不安。心里有个声音在告诉他，他必须立刻找到花茉莉，把她紧紧地抓牢。

风吹起了满地的落叶，林缓出神地盯着随风而去的叶子。

为什么他觉得那些叶子像花茉莉，正在缓慢又迅速地远走？

他的身后有脚步声，是花茉莉吗？

林缓回头。

不是，是另外一张漂亮的脸蛋，但她却怎么也比不上花茉莉好看。

是杨欣。

昨天，杨欣让人出去打听了。

果然，晴时雨科技出了事。

杨欣突然觉得，她的机会来了，她还没有完全败给花茉莉。

她打听到了林缓的位置，于是，她带着勇气，来到了这里。

"林缓，花茉莉她……"

杨欣欲言又止，林缓没有出声。

"花茉莉没有你想象中的那么好。"终于，杨欣鼓足勇气说道。

"是谁？"

杨欣一怔："嗯？"

"是谁让你传消息给我。"林缓冷漠道。

一时间，杨欣竟然不知怎么回答。那个人是谁？就连她都不知道啊。

"这不重要，重要的是，花茉莉是有目的地接近你的。"

"我不在乎。"林缓几乎连想都没有想。

不在乎？杨欣不敢相信自己的耳朵。

"怎么会不在乎，即使她真的怀揣恶意？"杨欣反问。

"不在乎。"林缓冷静地回答。

杨欣突然觉得她像是一个跳梁小丑，又主动到林缓面前来自讨苦吃了。

"她对你，就那么重要吗？"

"嗯。"

林缓什么都不在乎，承载核和情绪Bug代码，都远没有花鸣重要。况且，他根本就不相信花鸣会那样做。林缓会让人进办公室查探，只是想知道是谁在搞鬼罢了。

如果早知道花鸣会因此而躲避他，他绝不会拨打那个电话。

即使真的背叛了他，他也不在乎。花鸣就像是魔咒，让林缓越陷越深，可是林缓却心甘情愿被魔咒束缚。

当林缓再回首，他突然发觉，他对花茉莉的爱意，好像远比他认知的要早。

或许是一见钟情，或许是第二眼，又或许是第三眼。

他早就爱上花鸣了。

他只想快点让花茉莉回到他的身边。

"为什么这么信任她？"杨欣心碎了。

"信任，从确定是她的那一刻，就再也不会变。"

如此斩钉截铁和坚决。

杨欣终于放弃了，林缓和花鸣之间，不知什么时候筑起了围墙，牢不可破，她是不可能走进去的。

杨欣转身离去的一刹那，远处，麦弋也转身，回到了香屋。

林缓和杨欣的对白，他都听见了。

林缓和麦弋之间，从未有过硝烟。麦弋与林缓喜欢着同一个女孩儿，但他却不忍介入。从这一刻起，麦弋心头的不甘和遗憾，全部烟消云散了。

花鸣需要的，不是他，而是林缓。

他终于可以放心了，因为，林缓一定能守护好花鸣。

就在此时，林缓终于等到了徐菲菲的短信。

"茉莉在3号设备厂。"

林缓盯着手机屏幕，表情凝重。

怎么会去那儿？

3号设备厂是余宁市最大的电子设备储存仓库，但就在几天前，设备厂发生了故障和安全隐患，所有人员已经撤离了。如今，那里只剩下一堆没有通电的设备。

没有犹豫，林缓拦了一辆的士，朝着3号设备厂赶去。

没多久，林缓来到了这里。果然，设备厂早已经被关停了。设备厂的大门，需要输入密码才能打开。但是，此刻，门竟然没有关紧。林缓推开半掩着的大门，里面一片漆黑。

林缓拨通了徐菲菲的号码，很快，徐菲菲接了。

"人呢？"林缓问。

"在海港呢。"徐菲菲回答道，"茉莉我给你带回来了。"

"短信……"

林缓的话还没有说完，手机听筒里就传来了强烈的干扰声。很快，通话被切断了。林缓嗅到了危险的气息，他正准备离开这里时，设备厂所有的灯全部亮起。强烈的光源，让林缓下意识地遮挡住了眼睛。

怎么回事，设备厂不是已经断电了吗？

"双木，我等你很久了。"

话音刚落，林缓身后的门，突然紧紧地闭合在了一起。

……

"喂？"徐菲菲发现通信被中断了，"怎么回事？"

花鸣就在徐菲菲身边，透过代码，他们的通话，花鸣都听见了。

"什么短信？"花鸣问。

徐菲菲摇了摇头："不知道啊。"

徐菲菲试探性地点开短信箱，她突然发现了一则已发信息。

"茉莉在3号设备厂？"

徐菲菲一字一句地念了出来，很快，她怔住了："我什么时候给他传了短信？"

怎么回事？

花鸣突然觉得不安，会有危险吗？

想起林缓的几次遇袭，花鸣放心不下。给林缓打了好几个电话，可是却没有人接听。

花鸣不敢犹豫，立刻准备前往3号设备厂。

"我和你一起去。"徐菲菲说。

花鸣保持着理智："我先去，你去多叫点人。"

说完，花鸣拦下一辆的士，立刻赶往目的地。

设备厂里，电流声嘈杂，所有电子机械全都通上了电。

林缓死死地盯着眼前这道黑色的身影。

黑色长衣，宽大的帽子几乎能把他的整张脸遮盖住。

"你是谁？"林缓问。

这个人，竟然叫出了他在游戏里的ID名。

"我是谁？"黑影突然发出了阴森恐怖的笑，"忘记当初你是怎样将我踏在脚下，让我颜面尽失的吗？"

林缓一怔，叫出了他的名字："宙甲。"

黑影伸出手，缓缓地拨下帽檐。

这是一张极度扭曲的脸，看上去与这个世界格格不入。

"是的，我是宙甲。"

"在机房袭击我的，也是你吗？"林缓沉声问。

"不愧是造物主，聪明。"宙甲突然说道。

"为什么？"

"还不止如此呢。双木，我一直在你身边。忘记那几则匿名短信了吗？"

林缓恍然大悟，原来，三番两次匿名传信息给林缓的，也是他。

"你到底有什么目的？"林缓感觉到了危险。

"你以为，想让你死的，只有我而已吗？"

孙毅所说的那个人，也是他吗？

"你不是聪明吗？造物主？恐怕，你到死都想不明白了。"宙甲阴阳怪气地笑着，慢慢地朝着林缓走来。

造物主，宙甲对他的称呼，有点奇怪。

"仅仅因为游戏里的仇怨吗？"林缓冷静道。

他已经做好了搏斗的准备。

宙甲突然止住了脚步，他看林缓的表情，怪诞而隐秘。

终于，他猖狂地笑道："还不明白吗？我是宙甲，不是贝甲淳那个蠢货！"

贝甲淳，是宙甲玩家的名字。

林缓的沉着，让宙甲有些发狂了："到现在，还不知恐惧吗？为什么你总是一副高高在上的模样？"

说罢，宙甲突然大手一挥。

霎时间，设备厂里的灯开始闪烁，许多设备竟然都晃动了起来。

像是地震了。

林缓的眉头紧皱着，很快，突然有什么东西重重地砸在了林缓的背上。林缓的身体被撞飞了出去。

他重重地咳嗽了两声，定睛一看，撞他的，竟然是一台电子机械的机械臂。

林缓看宙甲的眼神，终于不一样了。

为什么宙甲仅仅是大手一挥，就能控制起那么多电子机械？

宙甲心满意足地笑道："现在，你该明白我说的话了吧？"

是的，他是宙甲，游戏里的宙甲，而不是贝甲淳。

他竟然和花鸣一样，早就来到了现实世界！

是贝甲淳操纵着他，在游戏里受尽耻辱的，所以，他来到现实世界的第一件事，便是要了贝甲淳的命。

而他要做的第二件事，便是杀了双木。

如果不是另有所图，他早就已经动手了。

"这个世界真美妙。"宙甲摊开了手掌，"到处飘着代码，它们真可爱，听话得可爱。"

只是，林缓是看不见那些代码的。

当宙甲发现他能够操控一切代码和电流时，简直像发现了新大陆。

他能预感到自己的强大，只要是在有机械程序和电流的地方，他就是无所不能的。

果然，这一天终于来了，他亲手将强大的双木，打倒在地。

纵使是林缓，也无法保持冷静了。

宙甲的话，到底是什么意思？他竟然像拥有超能力一样强大。

林缓从地上站了起来，可是，他才刚站稳脚，那道机械臂又朝着他冲撞而来。这一次的力道，竟比上一次还要大。林缓吃力地想要躲开，可是机械运动的速度，实在太快了。

林缓又一次被击倒在地。

宙甲猖狂地笑着，谁又能想到，屹立于DWorld巅峰的双木，有朝一日竟然会败在他的手上。

他体会到了杀戮的快感。

当贝甲淳被死亡威胁，恐惧地求饶时，宙甲突然觉得，他才是这个世界的神。他不再留恋他出生的地方，他想在这个世界，为所欲为。因为，只有在这里，他才可以不受约束。

他已经在排行榜上整整追逐双木四年了。

如今，他超越了那个世界的排行榜，成了这里的主宰。

这种感觉，多么酣畅淋漓！

林缓像是做梦一样，这样奇幻却不真实的画面，让他不敢相信。会是梦魇吗？可是，为什么那样真实？

难道，真的像他所说，他来自游戏的世界？

简直匪夷所思！

"双木，我等不及了，我要杀死你！"

宙甲越来越兴奋，他大步地朝着林缓跑去。

林缓咬紧牙根，他已经没有心思再去追究宙甲是什么了，他必须离开这里。

太危险了，眼前的这个是人非人的东西，太危险了！

林缓再一次吃力地站了起来，他转身，想要开门。

然而，通了电的门闩，紧紧地扣在一起。

除非输入密码，否则根本打不开。

"无处可逃吧？"宙甲笑得前俯后仰，"原来，造物主是这样的无能！"

林缓转过身，他喘着粗气。

无路可逃，他只能硬着头皮攻了上去。

然而，宙甲轻轻挥了挥手，他的面前就升起了一道机械门。

机械门挡住了林缓的攻击。

太可怕了。

他竟然能如此轻易地操控所有电子设备。

林缓终于明白宙甲为什么要引他来这里了，因为，这里简直就是宙甲的天堂。

那道机械臂甩了过来，林缓的身体被掀翻在地。

他的嘴角破了，鲜血的味道，有些苦涩。

林缓的身体，多了好多伤口。他快要没有力气了，怎么也站不起来，就连意识都要渐渐模糊了。

宙甲冷笑着，他不想再拖下去了，万一那个人来了，他的计划就得逞不了了。

然而，宙甲才刚刚这样想，那道紧闭着的大门，就突然缓缓打开了。

宙甲的心一沉，像是见了鬼般地往后退。

直到，一道娇小的身影出现在门后，宙甲终于长舒了一口气。

不是让他恐惧的那个人。

"花鸣。"宙甲突然又得意了起来，"今天的收获颇丰，没想到，连你也主动送上门来了。"

花鸣并没有理会宙甲，她在门外就听到了设备厂里的打斗声。

花鸣立刻操纵着代码，破解了门上的密码。

一进门，她就看见了伤痕累累的林缓。

"林缓！"花鸣的心被揪紧了，她冲到林缓的身边，握住了他的手，"你怎么样了？"

林缓吃力地睁开眼睛。

太好了，花鸣回到他的身边了，她没有出事。

可是，当林缓反应过来，却又着急了。

"快点走。"

花鸣摇着头："我不走了，再也不走了！"

"在这个时候，还有心思打情骂俏。"宙甲突然嘲讽道。

终于，花鸣注意到了他。

花鸣的心头，燃起了怒火。

他是谁？有什么资格将他的林缓打成这样？

第六十二章 怪物

Chapter 62

林缓紧紧地抓住花鸣的手。

她要干什么？

察觉到花鸣的异动，林缓更不愿意放手了。不可以，他绝对不能让花鸣独自面对那个可怕的怪物，他要保护她！

不知从哪里来的力气，林缓突然晃晃悠悠地站了起来。

他把花鸣护在了身后："你快走。"

花鸣却死死地盯着宙甲。

她出于本能地摊开了双手，可是，她的武器并没有像预想中的那样，出现在她的双手上。

花鸣一怔，当从心头的怒火中走出来，她才反应过来，这里是现实世界，并不是DWorld。可是，为什么花鸣踏进这里之后，感知到了熟悉的空气。这股气息，仿佛来自DWorld。

这种错觉，竟然在某一瞬间，让花鸣下意识地以为她正身处DWorld。

是啊，这里是现实世界。

否则，林缓怎么会在这里呢？

设备厂里四处飘动着躁动不安的代码，花鸣循着那股熟悉的气息，最终，她又把目光放在了眼前这个仿佛有一丝熟悉感的男人身上。

那股来自DWorld的气息，竟然出自他。

花鸣怔了怔："你是……"

好面熟，花鸣努力在记忆里寻找着那道熟悉的身影。没过多久，她的大脑锁定了目标。

他是宙甲！

花鸣惊得往后退却，是的，他是宙甲。

怎么会，他怎么会出现在现实世界里！

在这一刹那，花鸣突然回想起了好几个场景。在泽杭市的那一次，在青年餐吧的那一次，她就察觉到了不对劲儿。现在再回想起来，原来，那股诡异的气息，就是出自宙甲的身上！

难道，从海岛城降临在现实世界的，不仅仅只有她？

"怎么，惊讶了？"宙甲冷笑着。

花鸣的双唇颤抖着，在现实世界遇到来自一个地方的人，而且还是敌人！这到底是怎么回事？

花鸣努力地保持着冷静："你有什么目的？"

"目的？"宙甲猖狂道，"原本有其他目的，但现在，我只想杀死你们。"

林缓对真相仍然一无所知，他催促道："快走！"

可是，花鸣怎么可能抛下林缓，独自离开这里呢？

"不得不佩服，你们的命真大。孙毅没有杀死你们，青年餐吧的灯没有砸死你们。但今天，你们逃不掉了。"宙甲一步一步地逼近着。

"原来，都是你干的！"花鸣的额头，冒出了冷汗。

宙甲突然耸了耸肩："是的，是我干的，那又怎样？我等这一天已经等了很久了。为了给你制造麻烦，我还拦截了秦璐给你打的电话。"

终于，萦绕在花鸣心头的困惑，终于解开了。

当秦璐受尽欺负，打电话给花鸣求助时，她没能拨通。

而花鸣甚至都没有接到秦璐打来的电话。

原来，这都是宙甲干的。

"你们一定很困惑吧？"宙甲无比得意，"我还会告诉你，当你对抗'盗窃者'，奄奄一息的时候，是我帮助了你。"

花鸣回想了起来，她为了帮助林缓攻克那个计算机病毒，孤军奋战。在马上要耗尽力气时，她突然拥有了强大的力量。

这也是宙甲干的吗？

"双木接到的匿名短信，也都是我发的。"宙甲继续说道。

太混乱，宙甲到底有什么阴谋。

不断给花鸣制造麻烦的，是他。

发短信给林缓，让林缓及时出现，替她解决麻烦的，也是他。

而想要杀死他们的，也是他。

"我不会告诉你们的，我要你们带着困惑死去。"宙甲阴笑道。

宙甲又逼近了，林缓挡在花鸣的身前："茉莉，快走！"

宙甲听了，突然嗤笑："愚蠢的造物主啊，到了现在，你还叫错她的名字，真可笑。"

林缓的眉头深锁，这个怪物说的话，是什么意思？

"闭嘴！"花鸣慌了。

"怎么，你害怕了？"宙甲饶有兴致地盯着花鸣，"害怕你的心上人知道你和我一样，是个怪物？"

林缓的大脑闪过一道惊雷。

突然出现在宿舍顶楼紧锁的房间内，能神奇地拿回关乎林氏企业命运的机密文件，能在娃娃机里精确无比地娱乐，能轻而易举地写出连他都写不出来的代码，能迅速地找出邱敏出走的路径，能在晴时雨科技突然消失……

一直以来，这个少女都太奇怪了。

难道，她也……

林缓不敢相信，他缓缓地转过身，试图从花鸣的眼神里得到答案。

只是，花鸣却心虚地低下了头，不敢与林缓对视。

"这一幕，真有意思！"宙甲自顾自地拍起了手，"林缓，让我来告诉你，她不叫花茉莉，她的名字，叫花鸣！"

林缓惊讶着，不由得后退了一步。

花鸣的心好疼，那股滋味又来了。

果然，林缓害怕她吗？

为什么要这样？为什么这么残忍？

她才刚刚带着喜悦回到现实世界，为什么就要让她面对这样残忍的现实？她还以为，她终于可以好好地陪伴在林缓的身边了。

宙甲大手一挥，顿时，躺在设备厂里连接着电源的机械臂，慢慢地向花鸣和林缓逼近。

"花鸣，还不动手吗？"宙甲笑着，"就算是死，也不敢让他看到真正的你吗？"

花鸣当然不愿意了。

或许，她还可以对林缓撒个谎，她想要告诉他，她和他一样，都是这个世界的人，他们都一样，她不是怪物。宙甲像是在看一场精彩绝伦的表演，曾经在双木和花鸣身上得到耻辱，都在这一刻被他畸形的复仇欲掩盖了。

无数代码推动着那些机械臂，只要再迟疑一会儿，机械臂就会砸落在他们的身上。

终于，花鸣还是伸出了手。

她没有选择和林缓对视。

她知道，她隐瞒不住了。

是时候离开这个世界了。

在这之前，她要保住林缓的性命。

一批散发着晶莹剔透光芒的代码，从花鸣的身上飘出，它们狠狠地揪住了机械臂。

林缓是什么也看不到的。

只是，朝他们逼近的机械，全在这一时刻停了下来。

终于，林缓确定了。

他眼前这个刻意躲避着他目光的少女，和那个怪物来自同一个地方。

林缓的双唇颤抖着，怎么会这样？

宙甲见状，歇斯底里地笑了起来："双木，你看到了吧！你心爱的女孩儿，和我一样！"

花鸣的身体微颤，她竭尽全力保守的秘密，在此刻全部曝光。

她无数次地想过林缓的反应。

只是，尽管早已有了心理准备，当这一刻真的来了，花鸣却无法接受。她多想立刻逃离这里，不再面对林缓。

宙甲无比满意，他摇了摇头："真可惜，你们马上就要死了。"

说罢，宙甲再次挥动大手。霎时间，设备厂里的代码们，全部被死气缠身，光亮被幽暗的气息取代。

就像是武力值的差距那样，宙甲控制代码和电流的能力，比花鸣强悍得太多了。

几乎是一瞬间，花鸣就支撑不住了。

花鸣的身体重重地撞在墙上，再也无力阻挡。

数不清的机械设备，张牙舞爪地朝着花鸣袭来。

花鸣无助地向林缓投去了目光。

无论林缓怎么看待她，她都想在生命的最后一瞬间，牢牢地记住林缓好看的脸庞。

她不想忘记他，她好爱他。

清澈干净的双眸，白皙干净的脸，俏皮细碎的短发。这个女孩儿，马上要从他的眼前消失了。

不可以。

"不可以！"林缓突然朝着花鸣奔去。

宛如花鸣替林缓挡下孙汪洋的攻击那样，林缓把花鸣紧紧地抱在了怀里。

他把自己的身后，留给了冲撞而来的机械。

锥心般的疼，林缓的身后，瞬间被鲜血染红。

林缓的呼吸，近在耳边。

"林缓！"

"林缓！"

他觉得好无力，他快要睡过去了。

仿佛陷入了无尽的深渊，他的身体，正一点一点地往下沉着。

他要死了吗？

可是，为什么有人在呼唤他。

那道声音，多么让他向往。

不能就这么死去。

他用力地往上游着，他要离开这里。

终于，林缓睁开了眼睛。

身后的伤口，让他疼得倒吸了一口冷气。

他发现，他正被花鸣拥在怀里。

是花鸣在叫着他的名字。

花鸣好难受，她的心脏前所未有地收缩着，太疼了。

她不想林缓死。

林缓的手，缓缓地抚上了花鸣冰冷的脸。

一切都发生得太突然，他的大脑，无法接受。

可是，林缓对花鸣，没有恐惧。

她很善良，很勇敢，很可爱，是他第一个爱上的女生。

她不是怪物。

就算是怪物，那又怎样？

无论她是什么，林缓都爱她。

"多么感人的一幕啊。"宙甲虚情假意地揉了揉眼睛，"只可惜，她可不会悲伤。造物主啊，是不是觉得很可悲？即使到死前的一刻，你创造出来的人，都不会为你掉下一滴眼泪。"

宙甲笑着，再一次操纵起了坚硬无比的机械臂。

时间差不多了，他要彻底杀了这两个人。

然而，宙甲的笑容却戛然而止。

宙甲突然惊慌地往后退着。

他对着空气怒喝："住手！住手！"

宙甲像是疯了一样。

暴怒之后，他竟然不断地哀求着："我错了，我错了！"

花鸣和林缓相拥着，他们的眼皮都好重。

直到花鸣失去意识的那一刻，她仍然紧紧地拥着林缓。

如果要让她死去，那请让林缓活下来吧。

只要他活着，她就没有遗憾了。

在一声巨响中，花鸣和林缓终于闭上了眼睛。

风和日丽，微风袭来，海面泛着涟漪。

偶尔有几道海浪，轻轻地拍打着朝前奔去。

天真蓝，和大海一样蓝。

海风夹杂着咸味，缓解着空气里的湿热。

客艇上，三三两两的旅客结伴而坐。

太阳毒辣辣的，就连飘浮在天际的几片阴云也遮挡不住它的光芒。

"什么时候才能下雨啊。"有人抱怨道。

坐在身边的那人笑道："看了天气预报，快了。"

"再不下，谁能扛得住闷热的天气。"

"你第一次坐船吧？下了雨，海面容易起浪。"

"管他呢，凉快一会儿，发生海难也值得！"

"呸呸呸，乌鸦嘴！口无遮拦的！"

女生靠在船舷上，无意地听着乘客们的谈话。

有人在开玩笑，有人在吵架，也有人在心平气和地谈着天。

这艘客艇，不算大，也不算小。

女生生活在海港的那一边，每一个周末，她都会坐着这艘客艇回家。

远处，有一片礁石。

看着很近，但女生站着等了许久，客艇也没能接近那片礁石。

这片海洋，实在太大了。

"不知道海岛城里的那片海，有没有这么大。"女生说道。

阳光太毒辣了，女生全身都出了汗。

"闺女，还是你坐这儿吧。"一个老人家对女生说道。

就在不久前，女生给老人让了座。

"不要紧，站一会儿就到了。"女生笑着。

"真是好孩子，叫什么名字呀？"

"我叫花茉莉。"

是的，她是花茉莉。

花茉莉与老人的交谈，吸引了许多乘客的目光。其中不乏和花茉莉居住在同一条街道上的街坊。

"茉莉，你妈妈一定又给你准备了好吃的。"有人笑道。

花茉莉点着头："是啊，今天船开得有点儿慢，妈妈一定等急了。"

说着，花茉莉慢慢地朝着驾驶室走去。

这艘客艇的船长和乘务员，花茉莉都认识。在这里生活了二十年，花茉莉早就和他们打成一片了。

隔着驾驶室的窗向里面望了望，一名船长和乘务员正讨论着什么。

花茉莉敲了敲门，乘务员回过头，替花茉莉打开了门。

"在外面热坏了吧？"

花茉莉摇摇头："不热，你们在干什么呢？"

船长操纵着船舵，而乘务员的手里，正捧着一台笔记本电脑。

"在玩游戏呢。"乘务员说道。

花茉莉笑道："开船还玩游戏，小心出事！"

乘务员耸了耸肩："他开船，又不是我开。"

花茉莉扫了一眼船长，只见他一会儿盯着前方，一会儿盯着屏幕。

"什么游戏这么吸引你们？"花茉莉笑了。

屏幕上，竟然运行着《DWorld》的程序。

"茉莉，你给我推荐的游戏，真有意思。"乘务员说道，"就是海上通信不太好，老是掉线。"

原来，他们俩玩起了《DWorld》。

"还是专心开船吧，靠岸再玩儿。"花茉莉提醒道。

说完，花茉莉离开了驾驶室。

乘务员玩得入神，根本没有听见花茉莉说什么。

那片礁石近了，船长不再目光游离，专心地掌舵。

可是，他突然听见了乘务员的惊呼。

扭头一看，只见乘务员把电脑丢在了地上，如同见了鬼一样，瑟瑟发抖着。

"玩个游戏吓成这样？没出息。"船长嘲笑道。

只是，他的话音刚落，瞳孔就骤然放大。

屏幕里突然飘出了一束光，那束光由无数的数字和符号组成。

船长还以为是他看错了，他揉了揉眼睛。

那束光非但没有消失，反而携着更多的代码，组成了一道人形。

一个人，竟然就这样出现在了他们的面前！

刚刚离开驾驶室的花茉莉，突然听到了一阵惊呼。

船继续朝前驶去，船上的乘客们都沉浸在海浪的声响里，并没有发现异常。

"怎么了？"花茉莉自言自语道。

花茉莉推开了驾驶室的门。

船长和乘务员全部跌坐在地上，他们的面色铁青，胆子早已经被吓破，就连大声呼救的力气都没了。

船舵前，正站着一个少女。

这背影，看上去好熟悉。

花茉莉微微一怔，驾驶室怎么突然多了一个人？

"你们怎么了？"花茉莉问。

船长颤颤悠悠地指着那道背影，愣是说不出话来。

"你是谁？"花茉莉问。

那道背影没有回头，而是突然把手放在了船舵上。

花茉莉一惊："你要干什么！"

前方就是那片礁石了，客艇加快向前驶去。船舵掌握在那个人的手里，她非但没有转弯的意思，反而操纵着客艇，加速朝着礁石冲撞而去。

"天哪！你疯了吗！"花茉莉想要上前阻止，然而，来不及了。

客艇猛烈地晃动着，当触礁的那一刻，客艇翻了。

前一秒还在船上悠然自得的乘客，霎时间全部落水了。

惊呼声，求救声！

在花茉莉即将落水的那一刻，那个背对着她的女生，终于转过了头。

她的嘴角微微扬起，眼神里充满着杀意。

这个人，竟然和她长得一模一样！

怎么回事，她是谁？

花茉莉跌进了水里。

那个和她长得一模一样的女生，却在那一瞬间，化作星星点点的代码，钻进了被水打湿的电脑。

花茉莉的身体不断地往下沉去。

她挣扎着。

可是，她越是挣扎，就越是喘不过气来。

咸咸的海水，呛进了她的胸腔。

终于，在剧烈的挣扎过后，她不再动了。

她的身体，沉向了大海的最深处。

猛然惊醒。

门窗紧闭的设备厂里，空气闷得快要凝结。

机械设备不知损坏了多少。

她嗅到了些许血腥味。

摊开手心，她仿佛看见，她的手变成了怪物的利爪，正沾着血。

第六十三章　眼泪
Chapter 63

那是噩梦吗？

不是，是真真实实的记忆。

那一日所发生的一切，都从记忆里的深海里漂荡起来，它们来自幽暗的海底，来自花茉莉挣扎着最后一动不动的躯体，跨过汪洋海水，跃过白云苍狗，最终飘进了花鸣的大脑中。

是她杀死了花茉莉。

是她穿出了虚拟与现实之间的屏障，让那艘载着花茉莉的客艇发生了意外。

记忆犹如惊石，突然在花鸣的心海里击起惊涛骇浪。像是有预兆，又像是突如其来。这种感觉，太奇怪了。以前从未想起，但却又突然出现。此刻，花鸣多么希望她只是现实世界的一个普通人。

那么，她就可以以噩梦来修饰这段唐突的记忆。

可惜，她不是。

她是代码。

花鸣发现，她的大脑里，精准无比地记载着关于那段记忆的数据。

为什么从前她没有记起来？

她忘记了吗？

杀死了一个人，而且还是与自己朝夕相处的缔造者，她怎么会忘记呢？

花鸣盯着摊开的掌心，心口疼得已经没有了知觉。

"是我杀了她……"花鸣的双腿发软，头皮发麻。

客艇为什么会在风和日丽的天气里触礁，那一天在海上究竟发生了什么？没有人记得清，也没有人愿意再去追究。

可是，花鸣记了起来。

是她，透过一块晶莹的透明屏幕，降临到了海上的客船。

是她，亲手掌舵，让客艇冲向了坚硬的礁石。

是她，将花茉莉狠狠地推进了深渊。

真的是她做的，花鸣能在大脑里清晰地搜索到那天发生的每一个细节，每一个片段。可是，她为什么要那样做？她怎么会杀死她的缔造者？

花鸣的脑袋好疼，她捂着头，撕心裂肺地哀号着。

她以为她好善良，和花茉莉一样。可是，直到此刻，花鸣才突然觉得，她好残忍，好可怕。她才是怪物，没有人更能比她配得上这个称呼。

好疼，脑子像是要裂开了。

"我真的可以出去吗？"

"难道你不觉得，生活在这个世界，你像是被困在牢笼里的囚鸟？"

"奖励能再提高一些吗？"

"花鸣，你必须接受这个任务，因为，你要赎罪。"

"怎么回事？"

"你的缔造者死了，你唯一能做的，就是洗干净你手上的鲜血，代替她活下去吧。"

无数道场景在花鸣的脑海里闪过，有太多人在她的脑海里说话了。

那是花鸣接受系统任务的那天。

可是，为什么那场景，和她记忆中的不太一样？她原来的记忆是什么？花鸣努力地寻找着，可是，她没有印象了。

她并不善良。

她嗜血。

她一路踏着鲜血而来，攀上了排行榜，登上了世界的上层。

她并不满足，于是，她撕裂空间，来到了这个世界。

她终结了花茉莉的生命，从此，她就能不受人操控了。

还有谁可以拯救这样一个冷血无情的怪物？

那个世界的神，没有抛弃她。系统抹去了她记忆，交付了她使命。

原来，她到这个世界来，是为了赎罪。

花鸣觉得好痛苦，如果她真的是一个怪物，为什么要让这段记忆再出现？

让她当一个傻子不好吗？放弃她不好吗？

或者，在她早就无可救药的时候，杀了她不好吗？让她用生命去偿还不好吗？

她的心好疼，像是被火烧着，被针扎着。

她的眼眶湿湿的，那是什么？

花鸣往脸上一抚。

是水珠？不是，是眼泪。

她哭了，她竟然落下了她人生中的第一滴泪。

第二滴，第三滴，第四滴……

眼泪决堤了，无法止住。原来，这就是眼泪，咸咸的，就像是恢复HP的药水一样。

这是悲伤啊，让人觉得世界变得灰暗了，生命变得没有意义了。

空气里飘浮着的代码，丧失了原有的晶莹，它们全部变成了漆黑的颜色，不再有生机，拥有的只剩死气。

绞痛着，被鞭笞着，会让人感到绝望，使人觉得苍凉。

这就是悲伤。

花鸣的额头上，悬着只有她能看见的属性条。

生命值，武力值，情商值。

而在此刻，情商值波动着。

前所未有的，她的情绪条里，突然出现了悲伤值。

一点一滴地加载着，悲伤值满了，就快要冲破这狭短的进度条。

她会悲伤了，她会落泪了，她的情绪Bug突然之间这样匪夷所思地解决了。

从这一刻开始，花鸣不再拥有Bug，她是一个完整的人。

那道Bug，原本被视作一种疾病。疾病被治愈了，花鸣却受伤了，如果可以，花鸣情愿她和从前一样，不会悲伤。

设备厂里一片狼藉，宙甲早已经不知去向。

如若不是林缓还躺在血泊里，花鸣一定觉得这场危机，从未发生过。

花鸣跪倒在地上，声嘶力竭地哭着。

哭出来，好像能让她好受一点。

可是，她却越哭越难受，越难受越哭。

花鸣陷进了悲伤的死循环里。

原来，当一个正常人，这么痛苦。

她真想就这样死去。

那道声音听起来好难过，是谁在哭？是花鸣的声音。

她为什么哭了？她不是不会哭吗？

林缓的指尖，轻轻颤动。他吃力地从昏睡中醒来，那哭声，越来越近了。

近在耳边。

林缓猛然睁开双眼，钻心的疼痛让他意识到，先前发生的一切，都是真的。

是花鸣在哭泣。

那样悲伤,像是遗失了整个世界,听上去好失落。

林缓扶着冰冷的墙,虚弱地站了起来。

"花……花鸣。"林缓叫出了她真正的名字。

终于,不用再戴着花茉莉的面具了。

花鸣缓缓地抬起头,远处的林缓,看上去依旧那么美好,尽管鲜血染红了他的衣裳。

林缓晃晃悠悠地朝着她走过来。

"不要过来!"花鸣哭着。

林缓止住了脚步,花鸣看上去好孤单,他想过去,紧紧地抱住她。

"不要过来!"花鸣从地上站了起来,她不断地往后退着。

曾经,她那么渴望拥有林缓,陪伴林缓,但是,现在她不想了。

因为,她是怪物,她配不上林缓。

她是恶魔,她会伤害林缓。

"你终于回来了。"林缓苍白的脸上,露出了一个笑容。

花鸣摇着头,满脸泪水:"不,我回不去了。"

她曾以为她是那么单纯,那么善良,可是,她再也不是记忆里的自己了。

林缓一怔,花鸣怎么了?

"我们回去吧。"林缓说着,往前迈了一步。

"不要过来!"花鸣无比激动。

到底怎么了?

是他的眼神,让她误解了吗?

他并不害怕她,他只是觉得一切匪夷所思而已。

他仍然爱她,从他终于明白自己的心意,他就认定了花鸣,永远都不会变。

"不要过来,我会伤害你的,我是怪物!"花鸣哭着,咆哮着。

林缓摇头:"不,你不是怪物!"

"我是,我是恶魔!"花鸣无法接受自己,"如果你知道我是怎样的人,就不会喜欢我!"

"无论你是什么,我都喜欢你。"林缓试图慢慢地朝着花鸣靠近,"你善良,你勇敢。"

林缓像哄着小孩儿一样。

然而,花鸣却更加激动了。

"我不善良!我残忍,我残暴,我会伤害你的,你不要过来!"花鸣不断地往后退着。

当林缓醒来，他以为一切危机终于过去了。

对这如同神话的事实，林缓选择了接受。他要带着花鸣回去，和她在一起。

可是，花鸣却在逃避着他。

"那你就来伤害我！我心甘情愿！"

林缓对花鸣越好，花鸣就越是无法接受自己。

连一颗善良的心都没有，她要怎么配得上林缓？

"我不能伤害你。"花鸣低下了头，"我没有你想象的那样好。我接近你，是有目的的，我只是为了完成任务而已。"

"我不在乎。"

林缓心慌了，他觉得花鸣正在慢慢离他远去。

灯光忽隐忽现，花鸣站在暗处，林缓站在亮处。

没有光的地方，那样幽暗，他已经快要看不清花鸣的脸了。

有光的地方，无比明亮，所有一切都那样清晰。

明暗的交界，那条分界线工整得残酷，像是分割了两个世界。

要跨过那条分界线，多难。

"我辜负了你的信任，我潜进你的公司，为的就是偷窃你的成果！"花鸣想让林缓明白，她配不上他。

"那又怎样？"

林缓的回答，让花鸣的心头暖暖的。只是，那股暖意很快就被冰冷的愧疚淹没。

"来到我的身边吧。无论你是什么，无论你有什么目的，我都不在乎。我只想要你。"林缓慢慢地朝着她走去。

花鸣落着泪，她的视线模糊了。

朝她走来的那个人，突然披上了黑色的长衣，裹上了黑色气息。

那是双木的模样。

冷漠得没有一丝表情。

他又脱去了黑衣，褪去了冰冷。

是林缓，这个世界最优秀、最好看、最美好的人。

终于，他走近了。

花鸣多想让他远离，可是，她又想他来到她的身边。

这一段距离，像跨越了好几个光年。

太遥远了。

林缓，走慢一点吧。

我想再看看你的样子。

再走慢一点吧。

我们剩下的时间，不多了。

可是，不顾花鸣心底的哀求，林缓终于还是来到了她的面前。

清澈的双眸，白皙的肌肤，细碎的黑发。

多熟悉的一张脸。

"你为什么要走得这么快。"花鸣哽咽着。

林缓轻轻地把花鸣拥进了怀里。

好温暖，能驱散一切寒意。

被他拥着，真有安全感。

"一切都结束了。"林缓轻轻地在花鸣的耳边呢喃着。

"是啊，一切都要结束了。"

花鸣轻轻挣脱了林缓的拥抱。

她转过身去，把脸上的泪水擦干了。

她用袖子把脸上的泪水狠狠擦去，用手把凌乱的细发梳理干净，又仔细地整理衣裳。

每一个动作，都是那样小心翼翼。

好久好久，她才再次转过身，重新面对林缓。

"我美吗？"花鸣挤出了一个笑容。

林缓点着头："很美。"

林缓不断点着头，像个傻子。

为什么他越来越不安了？

"那就好。"花鸣呢喃着。

她要把最美的样子，留在林缓的记忆里。

花鸣闭上了眼睛，踮起了脚尖。

"我要亲你，受死吧！"

花鸣记起了她第一次与林缓见面时的模样。

真好玩，有趣。

她学着记忆里的模样，踮起了脚尖。

这一次的亲吻，没有落空。

她感受到了唇尖的柔软，凉凉的，又热热的。

她要把一切，都结束在这个吻里。

带着对花茉莉的愧疚，带着对林缓的深情。

带着罪孽，带着不舍。

她终于完成了花茉莉所有的遗愿。

这是她能为花茉莉做的最后一件事，算是救赎吧。

这也是她能为林缓做的最后一件事，算是礼物吧。

她不会再留在这个世界了，再不舍，她也不愿意了。

她不再有资格。

就当是自私吧，留在这里，她只会更罪孽深重。就当是无私吧，留在这里，她怕她会像怪物一样伤害林缓。

那就让一切都结束吧。

花鸣掉下了一滴泪。

泪珠顺着她的脸颊，落在了林缓的唇角。

像是有预感般，林缓突然紧紧地抱住了花鸣。他不要让她走，她不可以走！

可是，花鸣踮起的脚尖，终于还是离开了地面。

她的身体慢慢地飘了起来。

林缓拥得那么用力，然而，花鸣还是缓缓挣脱了他。

不可以！

林缓吻得更用力了。

留下来吧，不要走！

林缓用尽了全部的力气。

可是，为什么他觉得花鸣正在慢慢地消失？

终于，花鸣还是飘走了。

发着光，像是萤火虫。

花鸣的身体，慢慢地变成了透明，和空气融为一体。

林缓伸出手，他想牵住花鸣的手。

可是，他的手却穿过了花鸣的身体。

像是被风一吹就飞走的蒲公英。

围绕着花鸣的无数代码，细碎地飘扬着。

他触不到她了。

"不要走，求你，不要走！"林缓摇着头，早已泪流满面。

花鸣的身体越升越高，林缓距离她越来越远。

她低下头，她的身体，消失了一半。剩下的，也正在慢慢地消散。

终于还是要走了。

带着留恋，花鸣望着正在远去的林缓。

她想记住他的模样。

花鸣的脸庞，慢慢地淡去。

终于，她还是化作了空气。

像是从来没有出现过那样，她消失了。

林缱触摸着空气，他拖着重伤疲乏的躯体，不断地寻找着花鸣。

再也看不到花鸣了，但她又像无处不在。

每一寸空气，都仿佛是花鸣。

林缱像个疯子一样，四处拥抱着空气。

他无比贪婪，恨不得把所有空气都抓在手里。

是真的不在了，如同一个梦一样，走得一点声音都没有。

余宁市又迎来了几场降雪。

送走寒冷之后，天气慢慢地回暖。

《DWorld》已经很久没有更新了。

林缱在医院里，度过了余宁市最冷的一个月。

他身上的伤，彻底治愈了。

可是，所有人都发现，林缱的眼里总是带着落寞。

林缱活在了花鸣走的那一天里，怎么也走不出来。

在他的生命马上就要流失殆尽的时候，匆匆而来的脚步声，救下了他。

他的每一次呼吸，都变得那样艰难。林缱觉得，花鸣化成了空气，他舍不得呼吸。

徐菲菲和邱敏来看过他。

她们把关于花鸣的一切，全都告诉了林缱。

林缱觉得自己真残忍，是那个吻，送走了花鸣，让她离开了这个世界。

他无数次地登录《DWorld》，可是，即使是在海岛城，他都无法找到花鸣的身影。

花鸣就像是人间蒸发了，不存于这个世界，也从她来的地方消失了。

好友列表里，原本那个唯一的名字，竟然也消失了。

麦弋也曾经来看望过林缱。

徐菲菲和邱敏对所有人说：花茉莉走了，像秦璐一样，留学去了。

只是，麦弋却总觉得不对劲儿。

她怎么会走得那样匆忙，连个招呼都不打？

吴桐也问过林缱，只是，林缱总是沉默着。

比从前更加可怕的是，林缱把自己彻底关了起来。

他好想念花鸣。

离开医院，是在花鸣走后的第三十天。

林缱把自己关在了屋子里，灯也不开，饭也不吃。

吴桐打开屋子，看着蜷缩在漆黑角落的林缓，霎时间就哭了。

到底发生了什么？花鸣去了哪儿，为什么她的小宝贝会变成这样？

吴桐把灯打开，林缓却用力地捂住眼睛。

只有黑暗，能让他感觉好受一点。

他不想看清这个世界，每当看见光，他都会想起花鸣临走前身上散发着的光芒。

林缓长出了胡楂儿，清秀的脸庞，突然之间变得苍老。

吴桐紧紧地抱住林缓。

"不要再这样了，好不好？"吴桐无比地心疼。

徐菲菲走进林缓的家中时，正是下午。

吴桐失意地招呼徐菲菲，但是徐菲菲摇了摇头，进了林缓的房间，把门反锁上了。

看着林缓苍老的模样，她也好难受。

在经历了花茉莉离世之后，她又一次经历了花鸣的离去。

徐菲菲哭着，把一册小本子，递给了林缓。

"她留下的。"

第六十四章　自由
Chapter 64

　　这是邱敏在整理花茉莉房间时候发现的。

　　听到花鸣的名字，木然的林缓，终于有了一丝反应。他接过徐菲菲递来的本子，忽地把窗帘拉开了。

　　夕阳挟着光，洒进了漆黑的屋子。

　　习惯了黑暗的眼睛，经受不住强光的刺激。霎时间，林缓的眼睛一阵刺痛。双眸布满血丝，满脸胡茬儿，徐菲菲终于看清了狼狈的林缓。

　　这还是那个被万人追捧的林缓吗？

　　他的眼睛好疼，可是他要忍住，因为他想看看花鸣在本子上留下了什么。

　　扉页上，散发着淡淡的香气。

　　那是花鸣的味道。

　　"这个世界真好，一切都那么真实，太阳离我好远，我没办法跳起来就触到它的光芒了。可是，真开心，那么多高楼，那么多车，那么多人。"

　　那是花鸣刚刚来到现实世界的时候。

　　"花茉莉的愿望太多了，怎么办，我能完成吗？怕什么，哪有我花鸣做不到的事！"

　　"林缓长得真好看，就是脾气不太好，让我亲一口怎么了，马上就能完成任务了！"

　　"他说他不喜欢笨的人，我才不笨，如果不是情商值有Bug，我一定比他还要聪明！"

　　"考试累死了，林缓怎么那么早交卷？他应该能拿满分吧？不要紧，我要向他证明，我不笨，因为我也能拿到满分。"

"双木竟然带我打了一个副本！太厉害了，不愧是我的偶像。长得真好看，如果他不像林缓那样冷漠就好了。"

"差点被这病毒打死了，还好，我打赢了。现在，我能拿着程序代码去找林缓谈条件了，系统怎么会发布这样奇怪的限时任务。"

"竟然病倒了。要不是和那病毒战斗得太厉害，区区娃娃机，怎么会让我倒下。林缓好像没有那么讨厌嘛，他认真起来的样子，真可爱。吴桐妈妈也好可爱，真像个小孩。"

"天哪！林缓和双木竟然是同一个人！我的小心脏啊，我怎么就那么傻，直接出现在他的宿舍里，还好没露馅。"

"可恶的孙毅，竟然干这么过分的事。还好林缓没事。真害羞啊，当着那么多人的面，抱着我从火里出来。"

"我们竟然就这么在一起了？不可思议。竟然差点和他接吻，不行，我得把持住。可是，他长得那么好看，真想好好亲上一口。"

"原来，林缓的过去那么痛苦。如果我能够帮助他走出阴霾，该有多好。林缓笑起来的样子，一定比现在更好看吧。"

"怎么还不下雪啊，好想和林缓约会、和他去坐摩天轮啊。花茉莉，原谅我的贪婪，我一定会完成你的所有遗愿的。再让我陪林缓一些时间吧，等茉莉花开的时候，我就回去，我保证！"

"越来越不想离开林缓了。这个世界真好，林缓真好。如果可以不管任务就好了。为什么我的心里，总是这么不安？他明明就在我的身边，我却总觉得抓不住他。"

"时间过得真快，如果真的要走，请让时间再过慢一点吧。"

"如果我走了，林缓会不会难过？悲伤的感觉，一定让人觉得不舒服吧。还好，我不会悲伤。也希望林缓不要悲伤。"

林缓一页一页地翻着，本子上的字迹俏皮可爱，就像花鸣那样。

本子上，写满了林缓的名字。

林缓哭了。

徐菲菲看着林缓，叹了一口气。

她没有偷偷翻开本子，并不知道花鸣在上面写了什么。

她都不知道的是，花鸣来到这个世界后，每一天都会用心地记录下经历过的每一刻和她的心情。

花茉莉也有写日记的习惯，花鸣继承了。

"她真的走了吗？"林缓突然沙哑着声音问。

徐菲菲的心口一紧，她不愿意承认，可是，花鸣真的走了。

她曾经说过，当她完成了所有任务，她就会离开这个世界，回到她来的地方，再也无法出现在这里了。

自从花鸣走了，徐菲菲的心里空落落的。

她和林缓一样，不断地在游戏里搜寻着花鸣的身影。然而，她却怎么也找不到她了。

徐菲菲不知道花鸣究竟经历了什么，为什么那样匆忙地离开。她多想和花鸣好好地道别。

"她走了。"良久，徐菲菲残忍地吐出了这几个字。

"那里，真的是一个世界吗？"

"她曾经说过，因为自由意志，他们学会了思考，有了思想，世界也就形成了。"

林缓扶着窗台，站了起来。

此刻的花鸣，正身处那个世界的何处？她在想些什么？

林缓多想到那个世界去。

"她告诉我，在那个世界，系统说的话，就是命令。没有人可以违抗系统。她所做的一切，都是系统发布的任务。只有造物主，被那里的人，视作凌驾于系统之上的神。"

林缓一怔，造物主，他不就是那个世界的造物主吗？

造物主，应该无所不能，而不是茫然无措。

"我要找到她。"

晴时雨科技大厦，会议室。

气氛紧张，这是一场由董事们临时召开的紧急会议。

王钦文头疼地坐着，他知道，接下来他要面临的是什么。

"王总经理，你花那么大的精力和财力，收购DW团队，聘请林缓，支持《DWorld》，现在看起来，真是一个愚蠢的错误！"

"你忘了你的信誓旦旦吗？你说，只要林缓进入晴时雨科技，哪怕只有短短三年，就足以帮助晴时雨科技再次攀上一个巅峰！"

"现在，林缓人呢？《DWorld》的致命弊端还是没有解决，你花了那么多资金扶持它，请问这笔损失，你要怎么处理？"

王钦文无奈地揉着太阳穴，所有人都把矛头指向了他。

他叹了一口气，站了起来："请诸位相信我，林缓的价值是不可限量的。他只是受了伤而已。"

突然有人反驳道："林缓早在好多天之前就出院了。"

"刚出院，总是需要静养的嘛！"王钦文感觉快要支撑不住了。

"静养？给他三年时间静养好不好？出院这么长时间，就连DW团队都联系不上他！"

一石激起千层浪，顿时，所有人都开始抱怨了。

"现在，立刻解散DW团队！解除林缓的职务，把风险降到最低！"

王钦文觉得无力。

以他对林缓的了解，既然他选择了回归，就绝对不会无缘无故放弃《DWorld》。这么多天了，他总是联系不上林缓。为了见到人，他还亲自去林家拜访。可是，他只见到了吴桐和林学哲。

这两个人，总是以各种理由推脱着，不让他与林缓见面。

这一刻，王钦文都开始怀疑自己的决定了。

为了引林缓回归，进入晴时雨科技，他花了太多心思和金钱了。

王钦文闭上了眼睛，他决定妥协了。

然而，就在此刻，会议室的大门被推开了。

所有人都望了过去。

站在会议室大门的那人，不是林缓吗？

西装笔挺，剃去了胡茬儿，精神焕发。

他终于还是来了。

王钦文长舒了一口气，如果林缓再不来，他就顶不住了。

林缓一步一步地走进了会议室。

"林缓，你太不负责任了吧？必须给个说法。"

很快就有人开始针对林缓了。

林缓没有回答，突然把手里一份厚重的文件，放在了桌子上。王钦文拿起来，翻了翻之后，大喜。

"这是承载核的开发进度。"王钦文开心道，"有了它，《DWorld》就能彻底优化，解决导致系统崩溃的致命缺陷了。"

"这和我们有什么关系？"有人问道。

林缓一言不发，不知为什么，王钦文觉得林缓比以前更加冷漠了。

王钦文解释道："林缓曾经答应过我，会将优化技术与我们共享。我们公司的所有程序，都可以得到专属的优化。"

终于，所有人都闭上了嘴。

一款游戏的优化，关系到太多了。

只是，由于技术的局限，就连晴时雨科技旗下的众多游戏，都对网络服务器和计算机硬件有着太高的要求。一旦能够最大限度地优化，他们旗下的游戏也将登上一个新的台阶。

"三天后，调试承载核。"

林缓不再说什么，转身离开了会议室。

王钦文跟了出来："你吓死我了，怎么现在才出现。"

林缓没有回答。

进了DW团队的办公室后，林缓直接下了命令。

"暂停《DWorld》服务器。"

王钦文一惊："你要干什么？游戏才刚恢复热度，怎么要暂停服务器？"

如果是因为服务器和游戏崩溃，那是迫不得已。但是，《DWorld》此刻并没有遇上这种情况，林缓却要主动关闭《DWorld》的登录系统。

所有人都愣住了，他们不知道该听林缓的，还是听王钦文的。

林缓冷冷地扫了一眼王钦文，王钦文突然打了一个激灵。

想了一会儿，他妥协了。

他觉得，林缓应该有自己的打算。

就在这一天，《DWorld》又一次无法登录了。

林缓驱散了整个团队，把办公室的大门紧锁。

他坐在电脑前，双手飞快地敲击着键盘，不知道正操作着什么。

林缓进入了游戏管理后台，他在屏幕上输入了一个ID：花鸣。

他想要通过技术手段，锁定花鸣的位置。

可是，仿佛受到了强大的干扰，他根本找不到花鸣。林缓的眉头紧皱，他又一次把双手放在了键盘上。

海岛城的NPC，突然在这一瞬间，全部接到了来自最高级别的指令：寻找花鸣。

自由意志系统被无限地扩大，每一个NPC都可以离开原本坚守的岗位。他们的目的只有一个：找到花鸣。

漆黑幽暗的森林里，无数野兽神出鬼没。

身着黑衣的少女，正靠在一棵参天巨木下。

她已经在这儿度过了不知多长的时间。

她只知道，很久，久到她都要忘记自己的名字了。

"花鸣。"

有人在叫她。

她朝着远处望去，一只白色的狐狸正朝着她奔来。

是那只花鸣在寻找浴火木和凤凰翎路上遇到的灵狐。

那一天，灵狐突然发现了走进骷髅山脉的花鸣。花鸣任凭猛兽攻击着，没有还手。就在她奄奄一息的时候，灵狐呵退了所有猛兽。

它觉得花鸣和以前不一样了。

花鸣成为《DWorld》里最神奇的存在。

她不再是玩家，不是NPC，什么都不是。

她拥有着整个DWorld里最高权限的自由意志。明明不受玩家操控，却可以自由地出入这样危险的地方。她可以隐匿自己的气息，不让任何人发现。

灵狐觉得，这样奇怪的一个人，就这样死了，可惜。

花鸣清醒后，如同行尸走肉，身上散发着死亡的气息。

花鸣好几次都想要寻死，然而，灵狐每一次都会救她。

就像是当初和花鸣苦苦相斗数十次那样，灵狐又开始了漫长的纠结之旅。

"救我！"一天，灵狐无比匆忙地向花鸣奔来。

花鸣这才发现，灵狐的身后，竟然跟着一个女人。

那女人，是白骨妖姬！

花鸣的身体微微一颤，白骨妖姬不是副本里的Boss吗？怎么跑出副本了？

然而，仅仅只有一秒钟的迟疑，花鸣的目光又黯淡了下去。

和她有什么关系呢？

她都不想活了，所以才到这里来等死。

她怕自己像怪物一样，会伤害海岛城的居民，所以选了一个最危险的地方。

在这里，哪怕她有怪物的心，也没能力伤害别人。

"花鸣，救救我！"灵狐的身上伤痕累累。

终于，灵狐来到了花鸣的身边。

白骨妖姬见了花鸣，如同看见仇人一样，顿时露出了阴森的白骨。

"花鸣，我不想死，你救救我，用暴风，或许能击退她！"灵狐哀求着。

白骨妖姬发动了攻击，强烈的空气波动，让整片森林都颤抖了起来。

花鸣什么都不想管。

她闭上了眼睛。

"花鸣！"

灵狐仍然不断地哀求着。

然而，就在此时，花鸣还是睁开了眼睛。

她发现，她做不到。

她不能让一条生命在她面前消失。

紫色的双刃，出现在了花鸣的手中。

随机打出的暴击，果然击退了白骨妖姬。

白骨妖姬猖狂地笑着："花鸣，整个DWorld都在找你，原来你在这儿。不过，他们怕是找不到你了，因为我要杀了你！"

"都在找我？"花鸣木讷地重复道。

"花鸣，不知道怎么回事，我们的自由意志都被无限扩大了。我们接到了系统的命令，所有人都在找你！"

正是有了最高级别的自由意志，白骨妖姬才能从副本里跑出来，才能追着灵狐跑。

见到花鸣，就如同见到仇人。

她杀死花鸣都来不及，又怎么会把找到花鸣的消息，反馈给系统。

因为游戏的剧情设定，这只灵狐曾经从白骨妖姬那里偷走了神奇的灵药，这才能口吐人言，拥有强大的力量。它和花鸣一样，都是白骨妖姬的仇人。

花鸣的心突然绞痛了。

"是他在找我吗？"花鸣抬起头，望着晦暗的天际。

没有时间思考，白骨妖姬又要发动攻击了。

花鸣把双刃举起了起来，准备迎敌。

白骨妖姬突然停下了攻击。

"那是，暴风？"白骨妖姬诧异道。

"你认得？"

白骨妖姬嘲讽道："我出生的时候，你还不存在呢。暴风一共有十一柄。"

灵狐愣了愣："不是十柄吗？"

"你只是从我那偷走灵药的小狐狸而已，你知道什么？"白骨妖姬舔着手，开始炫耀自己的见识，"内测时代，DW团队准备了十一柄'暴风'，但最终因为这柄武器太不稳定，其中十柄被回收了。"

花鸣的直觉告诉她，她手上的这柄武器，大有来头。

"还有一柄呢？"灵狐一边问着，一边想着办法逃脱。

"还有一柄，在S侠手里。"

花鸣的大脑一片空白。

怎么可能？

"不相信？"白骨妖姬笑道，"武力值9999，智力值9999，生命值9999，情商值9999，这在DWorld是多么可怕的属性。只可惜，他是虚设NPC，永远只能站在守卫处的大门处，做一条看门狗。"

花鸣的表情凝重，她死死地盯着白骨妖姬。

"S侠是DW团队精心设计出来的NPC，他拥有高级的属性，甚至他们为他配备了如同Bug一样强大的暴风。为的便是有一天转换S侠的身份，让他在游戏后期承担起更重要的职能。"

白骨妖姬说的话，都是真的。

只可惜，《DWorld》没落了。

否则，总有一天，S侠会在某一个版本的更新后，离开守卫处。

他或许会成为强大的Boss，也或许会成为友军强大的后盾。

一切都没有计划好，DW团队只是在S侠身上留下了一个承接高级游戏剧情的种子罢了。

"所以，这个世界一共有十一柄暴风。"白骨妖姬盯着花鸣手中的武器，饶有兴致道，"你这柄武器，应该就出自S侠之手。"

花鸣不愿相信，如果一切都是真的，为什么S侠从未提起过。

系统又怎么会拿S侠的武器，来作为她任务的奖励？

"你胡说，S侠不会欺骗我！"花鸣咬着牙。

"你还认识S侠？"白骨妖姬笑道，"你把他当成朋友了，不过现在看来，那条看门狗在欺骗你。"

白骨妖姬不想再浪费时间了，整个DWorld都在寻找花鸣，如果让别人找到了，她就杀不了花鸣了。

可是，就在白骨妖姬准备动手的时候，一道强大的气息，降临在骷髅山脉。

"你说谁是看门狗？"

第六十五章 零点
Chapter 65

身披铠甲，手持重剑。

这是自S侠诞生以来，最英姿飒爽的一天。

他的降临，让整个骷髅山脉都颤抖了。无数野兽哀号着，这是怎样强大的气势，才能让万物战栗？

白骨妖姬的脸色骤变，她又怎么会不认得S侠。

那强大的气势，尚未动手，就已经让她心生怯意了。

太可怕了。

S侠注视着白骨妖姬，目光如炬，就连空气都被灼热了。

"我问你，谁是看门狗？"S侠剑指白骨妖姬。

尽管不愿意，白骨妖姬还是已经跪倒在了地上求饶了。武力值的差距太大了，犹如天与地，就算一百个白骨妖姬，也绝对不可能是S侠的对手。

"滚。"S侠吼道。

白骨妖姬立刻逃走了，灵狐也不敢面对S侠，远远地遁走。

花鸣望着S侠，突然觉得他好陌生。

S侠看花鸣，又何尝不觉得陌生呢？

死气沉沉的，再无生机。这还是花鸣吗？他认识的花鸣，是不会悲伤的，是终日带着笑的。而现在呢？花鸣脸上的笑容不在了，她颓废，只要一走近，S侠就能从她的身上感觉到苍凉。

"花鸣……"S侠欲言又止。

"这是你的吗？"花鸣把暴风递给了S侠。

S侠没有拒绝，直接将暴风收入手中。他的动作，早已默认了花鸣的问题。

"系统为什么会把你的暴风赠给我当奖励？难道你一直知道一切？"花鸣的心里，有太多疑惑了。

她突然有种跌进了万丈深渊的预感。

"花鸣，对不起。"S侠低下了头。

对花鸣，S侠有太多愧疚了。

他有太多话要对花鸣说。

只可惜，他只能守在守卫处，哪里也去不了。直到今天，整个DWorld被赋予了最高权限的自由意志。无论是玩家角色，还是NPC，又或者是副本里的Boss，都可以尽情地在DWorld游荡，他们能去往这个世界的每一个角落。

S侠第一时间感知到了花鸣的存在，于是，他没有任何犹豫地来到了这里。

"对不起，是什么意思？"

终于，花鸣从S侠的眼神中，看出了许多。她知道，S侠隐瞒了她太多。

S侠叹了一口气："是的，他的暴风，是我给他的。"

"他？系统？"花鸣问。

S侠摇了摇头："他不是系统。系统是没有情感的机器。"

花鸣怔住了，那一直以来，向她发布任务，与她交谈的，是谁？

为什么他会以系统的方式出现在花鸣的面前？

看穿了花鸣的困惑，S侠把目光投向了远空，无比凝重地解释道："知道他的人不多，他是这个世界的梦魇。他的名字，叫作零。"

这个名字，对花鸣来说，太过陌生了。放眼整个DWorld，知道零这个名字的，寥寥无几。

"告诉我。"花鸣越发觉得不安。

一切都太奇怪了。

S侠没有回答，他突然望向远处。他太强大了，强大到整个DWorld的一举一动，他都能感应到。果然，没过多久，一道散发着黑色光芒的身影，缓缓地从深山之外走来。

看到那张脸，花鸣的心猛地下沉。

她发过誓，一辈子都不再见这个人了。

可是，他为什么又来了？

冷漠的脸，深邃的眸。

她如同行尸走肉地在这里等死，明明已经快要忘记这个人了，可他却又突然出现在她的面前了。

双木的长衣随风飘拂，他一步一步地朝着花鸣走来。

终于，他也找到这里了。

花鸣想要走，可是双木却转瞬之间来到了她的身边。

"连我也要躲避吗？"双木冰冷道。

他的声音像一柄利剑，毫不留情地扎进了花鸣的心里。恍惚之间，她明白了过来。这是双木，并不是林缓啊。

她的心真疼，每当想起林缓，无限的留恋和不舍，就能将她的悲伤值填满。

"整个世界都在找你。"双木说了同样的话。

花鸣低着头，失落道："他为什么还要找我，我不值得他那么做。"

"我不知道你们之间发生了什么。但是，只要他确定了，就永远不会变。"双木说道。

双木对林缓再熟悉不过，他的所有性格，都是传承至林缓。

是的，只要林缓确定了，他对花鸣的情感就永远不会变。

花鸣却更加心痛了。

"我配不上他，我只是一个存在于另外一个世界的怪物，我迟早会伤害他的。"

就像伤害花茉莉那样。

只是，花鸣并没有把后半句话说出来。

"你不是怪物，真正的怪物，是零。"S侠突然说道。

双木一怔，他已经有多久没有听过这个名字了。

"零，还活着吗？"双木问。

S侠摇了摇头："死了，却以另一种形态存在着。"

原来，双木也知道这个名字。可是，为什么他们之间的谈话，花鸣一个字都听不明白。

"为了找你，林缓开放了最高权限的自由意志，不知这种权限能维持多久。所以，现在没有时间解释了，我们必须去找他。"S侠说道。

"我要把信息反馈给他。"双木说道。

花鸣哀求般地看向双木："求你，不要。"

花鸣也不知为什么，她自己都感受不到自己的存在了。天地之间，仿佛有一股强大的力量，替她隐匿了气息。有时候，花鸣以为是错觉，但是，她现在确定了。

她的气息，真的被绝密地隐藏了起来。

否则，在那个世界，作为这个世界的造物主，要找她，太容易了。

然而，林缓却大动干戈，不惜动用整个DWorld。

她不想让林缓找到她，她想让林缓忘记她。

"是命令。"双木回答道。

林缓对每一个人都下达了最高级别的命令。就算S侠和白骨妖姬敢违抗命令，但是双木却不能。因为，双木就是这个世界的林缓。

"求求你。"花鸣的眼眶湿润了。

双木欲言又止时，S侠插话了："双木，你应该知道零的可怕。他已经给过这个世界灾难，你要看这个世界再被他毁灭一次吗？现在不是向造物主通风报信的时候，我们的时间，或许不多。"

双木的表情变得凝重："发生了什么？你要我怎么做？"

"跟我来。"说罢，S侠乘风而去。

双木牵住花鸣的手，也向高空跃去。

花鸣失意着，有那么一瞬间，她忽然在想，如果牵她手的，是林缓该有多好。

可是，花鸣却又立刻打消了这种念头。

她太贪婪了。

S侠的速度太快了，就连双木都差点跟不上。

双木的武力值8000，已经达到了玩家可以达到的巅峰。而S侠作为NPC，各项属性值均是9999。

他们二人，绝对是这个世界的最强者。

他们越飞越高，穿过云层，踏过星辰。

这是要去哪儿？

花鸣一无所知，她远远望去，天际后面，正有一团阴云笼罩着，压抑、苍凉。越接近那里，花鸣就越觉得难受。虚空之中，仿佛蜷卧着一只庞然大物，它正在某一个角落，偷偷注视着踏碎虚空的这三人。

花鸣的身体颤抖了起来，并不是恐惧，而是近乎本能地战栗。

终于，他们来到了阴云之前。

S侠手持暴风，劈开了阻挡他们道路的黑云。

仿佛开天辟地般，阴云散去了。

天空之中，竟有一座偌大的城堡。

城堡古旧，恰似经历了千万个岁月。没有海岛城繁华，没有海岛城喧嚣，有的只是一片死气和亘古的苍凉。

双木的眉头紧皱："天空城。"

天空城？

花鸣从未听说过这个地方。难道，DWorld里，除了海岛城和八大领域，还存在着一个不为人知的地方吗？

"是否觉得惊讶？"S侠凝重道，"当我第一次知道的时候，我也是这样的心情。"

"你们能告诉我，到底发生了什么吗？"花鸣乞求道。

花鸣的直觉告诉她，他们口中的天空城和那个叫零的人，和她有关系。

然而，花鸣的话音刚落，天空城突然地动山摇。

S侠暴喝一声，脚踏大地，顿时，天空城再度陷入了沉寂。

"出来吧。"S侠望向一处地方。

花鸣看去,那里什么都没有。

然而,没过多久,无数代码突然从四面八方汇聚而来。它们像是黑洞一样,没有一点光泽。黑色的代码,终于汇聚成了一道人形,一个长相怪异的男人出现了。

他的全身上下,布满了数不清的伤口。

有的像是刀伤,有的像是被猛兽撕咬留下的伤痕。

他的目光涣散,仿佛总不能把眼神聚到一起。但是,就是这样一双眼睛,却让人不敢直视。因为,只要盯上一眼,那双眼睛里的忧郁,就能钻进注视者的心里去。

双木诧异:"真的是你,你竟然还活着。"

零阴阳怪气地笑了起来:"不,我早就死了。双木,原来你还记得我。"

花鸣和双木这才发现,零的身上,并不具备任何属性值。

没有武力值,没有智力值,就连生命值都没有。

所有存在于这个世界的人,无论是玩家角色,还是NPC,抑或是副本里的Boss和野怪,都应该具备属性,却不存在于零的身上。这样的人,根本就不应该出现在这个世界。

一切,到底是怎么回事?

零的目光突然飘移到了花鸣的身上:"花鸣,我还以为我们一辈子都不会见面。"

他知道她的名字。

花鸣咬牙:"你是谁?"

"谁?"零笑着,"你忘了,是谁向你发布了任务吗?是谁让你去往那个世界吗?"

花鸣的大脑一片轰鸣,原来S侠说的都是真的。

给她发布任务的,并不是系统,而是零。

零竟然假扮成了系统,让她做了这么多不可思议的事情。

"是该结束一切了。"S侠说道。

零又把飘忽不定的目光,挪到了S侠的身上。

"S侠,你背叛了我。难道你不怕我也违背我对你的承诺吗?"零依旧笑着,似乎丝毫不惧怕强大的S侠和双木。

花鸣的身体一颤,零的话,是什么意思?

难道,一直以来,S侠和零是一伙的?

他们一起像耍猴一样,把花鸣蒙在了鼓里。

"我和你之前的约定,建立在不伤害花鸣的基础上。可是,你伤害了我的朋友,伤得太深了。"

S侠一边警惕地盯住零,一边对着花鸣叹了一口气。

"花鸣,对不起,是我的双眼被蒙蔽了。"

花鸣觉得心凉："我只想知道，他是谁，到底发生了什么。"

"他是这个世界的零点。"双木开口了，"早在封测时代，他就已经存在了。"

封测时代，多么遥远啊，那是存在于传说之中的时期。

那时，DWorld还以虚无和荒野的形式存在着，没有开天，尚未辟地。就连双木和S侠都是在内测时代才诞生的。

封测时代，比内测时代还要久远许多。

凌晨，晴时雨科技大厦早已人去楼空。

唯有林缓依旧不知疲倦地坐在办公室里。

他一定要找到花鸣。

那个世界，基于自由意志而产生，或许，自由意志能够帮助他找到花鸣。

正因如此，他才开放了最高权限的自由意志，让所有人代替他在那个世界寻找花鸣。

可是，时间已经过去这么久了，还是没有任何人给予他反馈。

林缓一直在等待着。

他恨不得钻进屏幕里，亲自前往那个世界。

可是，他什么也做不了。

就在他茫然无措时，一只来自游戏里的小白狐，突然给程序后台回馈了一段代码。

林缓使用《DWorld》语言程序，翻译了这段代码：S侠和双木带着花鸣飞向远空了。

顿时，林缓怔住了。

那个世界，原来真的存在。

他竟然可以通过这种方式，与游戏里的野怪交谈。

林缓立刻搜索了双木的ID。

很快，他忽然发现，双木竟然已经离开了DWorld的主地图，来到了DW团队为游戏预留的备用地图。

那是当初DW团队为了有朝一日扩大游戏地图而做的准备。

但是，DW团队并没有开放备用地图的权限，任何玩家应该是无法到达那个地方的才对。可是，拥有自由意志的S侠和双木，为什么会带花鸣去那个地方？

备用地图的模型尚未建立，只是一片虚无。

林缓无法看到准确的画面，他只能立刻进入对应的数据库里。

果然，他竟然在备用地图的数据库里，发现了花鸣、双木和S侠的代码。

林缓盯着屏幕，纵使冷静的他，都在此时惊讶无比。

这块地图的代码数据，林缓认得。

究竟是谁，竟然瞒过DW团队，在备用地图里，建起了另一个区域？

是天空城。

林缓的记忆，霎时间回到了好多年前。

"天空城和海岛城，我们怎么选择？"

DW团队讨论了起来。

他们准备为所有玩家建立起一个绝对安全的天堂。一座悬浮在云端之上，一座屹立于海洋之上，天空城和海岛城，都在他们的计划之中。所有人飘忽不定的时候，林缓代替所有人做出了决定。

"余宁市靠海，就用海岛城的设定吧。"

就这样，海岛城成了《DWorld》中最繁华的地方。至于天空城的命运，则没有那么幸运。随着封测结束，海岛城正式被应用到游戏里，而天空城的数据和模型，全被删除了。

然而，林缓却在备用地图的数据库中，看到了关于天空城的代码数据。

这是怎么回事？

而当林缓继续分析备用地图的数据库，竟然发现了意想不到的事情。

"零。"林缓的眉头紧皱，那串代码，代表的正是"零"。

零是他亲手创造出来的，他又怎么会不认得。

在封测时期，DW团队为了测试各项内容，需要模拟玩家进入游戏世界。而零，正是由DW团队创造产生，在游戏内体验并测试的角色。封测期，几乎可以看作是一款游戏的零点。

一切都尚未开始，那是一款游戏的源头。

因此，DW团队把承担重任的模拟角色，命名为"零"。

当封测时代结束，林缓曾经想过要把零的身份转变为NPC。

但是，陈豪阻止了他。

陈豪神秘兮兮地请求林缓将零交给他。

后来，林缓才知道，陈豪是继续使用零去研究他的自由意志系统了。

林缓依稀记得，陈豪在自由意志系统初具雏形时，就已经将零销毁了。因为零是最早建立起来的人物模型，身上Bug太多，把他转变为NPC，倒不如直接再造一个新的模型。

林缓和陈豪的矛盾越来越大后，林缓并没有插手零的命运。

"他怎么出现了？"林缓的面色凝重。

天空城里，到底发生了什么？

林缓一无所知。

第六十六章 棋子
Chapter 66

"封测时代？不要提起那个时代！"

双木的话，突然让零激动了起来。零的全身颤抖，整座天空城竟也震颤了起来。本就是一座不完整的天空城，处处都是残垣断壁。零强大的气势，霎时间让天空城变成了一片废墟。

奇怪的是，天空城在毁灭之后，竟又开始以肉眼可见的速度，慢慢地重组。

花鸣这才发现，这片领域里，四处都飘浮着动荡不安的代码。那些代码，是从零的身体里飘出来的，他们正在修复着这座悬浮在天际的城堡。

"一次又一次地毁灭，一次又一次地重生，你们能体会我的痛苦吗？"零的脸部扭曲，面目狰狞，"我曾经无比渴望死去，可是，那个时代，就连死亡都是一种奢望！"

他是第一个诞生在这个世界里的人。

他曾经觉得无比光荣，因为他是带着使命诞生的。他作为造物主测试这个世界稳定性的角色，经历了太多了。这个世界的人们，做的每一个动作，做的每一个表情，说的每一句话，拥有的每一个属性，最早都在零的身上测试过。

他受着造物主的直接操控，反复地做着同一个动作。直到造物者满意了，测试才能通过。如果没有他，现在的人，绝对不是现在这样的。这个世界的居民，无论是性格还是情绪，无论是语言还是动作，都由零传承。

这种荣耀感，是在零拥有自由意志后，才感受到的。

在没有被赋予自由意志之前，所有人，包括零在内，都没有产生思想。他们只是受着别人操控的傀儡而已。但是，自由意志让他们学会了思考。

肩负测试使命的零，同样接受了自由意志的测试。

494

他是这个世界里第一个被赋予自由意志的人。

他学会思考的第一件事，便是觉得光荣。因为他知道，自他而始，将有千千万万和他做一样动作、说一样语言的人要诞生了。可是，那份荣耀感，并没有维持多久。

自由意志带给了零痛不欲生的梦魇。

为了测试自由意志系统，DW团队不再操控零。

他们把零丢进了游戏中的荒山野岭，任凭零自生自灭。

那里有无数的怪物，无数的野兽，但却只有他一个人孤独地飘荡着。

他被饿死，被野兽咬死，被寒冷冻死，被疾病夺去生命，而每一次，他又都会被重新赋予生命，在那个绝望的世界里复活。

复活之后，他又要接受新一轮的测试。

就这样，他承受着无限循环的测试所带来的痛苦。

对于他而言，这个世界犹如地狱。

为什么是他？明明他是这个世界最大的功臣，为什么这样非人的测试，要让他来承受？为什么不创造另外一个人来代替他？

为什么要让他学会思考？如果他没有思想，没有情感，就不会感觉到痛苦，就像石头，就像草木。思想的产生，并没有给零带来喜悦。他痛恨自由意志，痛恨DW团队。

如果可以，他宁可选择没有意识。

只是，他不能选择。他只是被操控的傀儡罢了。

他没有自由，就连选择死亡的资格都没有。一次又一次，零在死亡和复生之间徘徊着。就连他也记不清他到底死过多少次，活过多少回。他只记得，每当他被复活之后，又要经历非人般的测试。

于是，零又开始期盼测试赶紧结束。或许，只要DW团队完成了自由意志的测试，就不会再折磨他了。

他对DW团队抱着最后一丝侥幸。

终于，无限循环的测试，终于结束了。然而，零被DW团队彻底抛弃了。

他被直接销毁了。

强大的怨念，使得被销毁的零，化成一串不被人察觉的代码，如同鬼魂般游荡在DWorld里最黑暗的地方。他像是死了，又像是活着，就连他自己都不知道他是怎样幸存下来的。

零每日都要抵抗着系统的bug清扫程序，一旦他露出马脚，很可能就会被清扫程序自动消除。他开始了东躲西藏的日子，日复一日，零完全适应了DWorld的生态环境，并找到了让自己继续存活下去的方法。

为了躲避清扫，零会伪装成DWorld里的花草，也会装扮成树木。

慢慢地，他开始拥有了全新的技能：伪装。

如今的零，可以伪装成这个世界的任何人和任何事物。

他吞噬了一个又一个NPC和游戏角色的生命却不被人察觉，他日益强大，正慢慢变成DWorld的梦魇。两年前的某一天，因为DW团队的失误操作，最高自由意志权限也像今天一样被全面放开。

DW团队紧急关停了服务器，开始紧急维护。

零在那一天，降临在这个世界。

他大肆地破坏着这个世界的一切。

是双木联合了所有玩家角色，奋力抵抗着零的攻势。

那一场战争，堪称DWorld的世界大战。

零太强大了，即使集合了众人之力，也才能勉强与零打成平手。

如今，双木再回忆起那场战斗，仍然心有余悸。

最后时刻，是S侠出手，才消灭了零。

系统被维护后，DW团队收回了最高权限的自由意志。经历过那场战斗的人，都以为零被彻底消灭了。

然而，就连双木都没想到，今天，他又一次见到了零。

回忆起过往，零的表情更加痛苦。

"我还不够强，所以才会在那一场大战中败下阵来。"零在脸上抓出一道伤口，顿时鲜血直流，"我差一点就被消灭了，只差一点儿。"

是的，零的怨念赋予了他太强的求生欲。

他又一次化作一缕代码，回归了飘荡的生活。他花了好长好长的时间，靠着吞噬生命的代码，才将伤势修复。他觉得自己太傻了，就算摧毁了这个世界，又怎样？

只要造物主的一个念头，他们就能重建起全新的世界。

他感到了绝望。

零怨恨DW团队，他将所有的不幸，归咎到DW团队的每一个人，也包括并未参与其中的林缓。怨念不断地累积，零甚至开始怨恨现实生活中操纵DWorld的每一个人。

怨念越是强大，他的能力就越是强大。

"我以为我这辈子只能像鬼魂一样生存，过着东躲西藏的日子。"零望着身后终于修复起来的废墟，"我甚至在这里为自己建造了一座天空城，渴求有一个家。"

天空城同样存在于封测时代，零就是在天空城诞生的。

对于他而言，天空城能让他产生安全感。

零的话锋突然一转："突然有一天，我在这片不为人知的领域里，发现了一个秘密，堪称神迹的秘密！"

零飘忽不定的目光，最终落在了花鸣的身上。

"你要感谢这个神迹，你才能通往那个世界。"

恍惚之间，花鸣竟然明白了过来。

"你伪装成了系统，给我发布了任务，要我去现实世界？"花鸣沉声问道。

双木早就察觉到花鸣的奇怪，只是，他没想到的，这个少女竟然去了那个世界。

"不愧是我选中的棋子，的确很聪明。"零阴笑着。

花鸣终于明白了，零拥有强大的伪装能力，甚至可以伪装成系统，向她发布命令。而这一切，S侠全部都知道，只是没有告诉她而已。

花鸣绝望地看向了S侠。

S侠躲避了花鸣的目光，他觉得愧疚。

"当零再一次找上我的时候，我发现他比以前更加强大了。他用风儿沙的性命，威胁了我。"S侠低下了头。

纵使S侠再强大，却也有着软肋。风儿沙便是他的弱点。

被赋予最高自由意志，那简直是千载难逢的机会。从DWorld诞生，加上这一次，至今只发生过两次。更多时候，S侠只能守在守卫处。

这个世界，除了他，恐怕没有人可以对抗零。

零无比兴奋地告诉S侠，他发现了通往现实世界的秘密。

S侠不敢相信，但零竟然真的当着他的面，化作一缕代码，飘出了天际。零穿出了屏幕，来到了现实世界。

S侠终于相信，零有能力杀死风儿沙。为了让强大的S侠成为他的帮手，零向他承诺，当他彻底控制现实世界和DWorld的那一天，会让他和风儿沙在一起。

恐惧和私心，让S侠妥协了。

第一次来到现实世界的零，恐惧、孤独，但是随后，他突然感到狂喜。

在内心积攒已久的怨念，彻底爆发成为一个令人恐惧的想法：他要控制所有DWorld里的人，让他们取代现实世界里的玩家生活。

这样，DWorld就不再只是一个受人控制的世界了。

这才是对DWorld和现实世界最大的报复！

"可是，这个世界，太脆弱了。"零说着，突然放眼扫视这个世界。

他诉说着，像在讲述着一个故事一般。

他去往现实世界后，DWorld秩序大乱，顷刻之间发生了灾难。DWorld绝对无法承受所有集体穿出的负荷，零坚信，只要改变DWorld的负荷能力，就能让所有人从DWorld来到现实世界。

他打听到，唯一能够优化《DWorld》的林缓，已经离开了DW团队。所以，他必须要从林缓那里，得到承载核。

"只要拿到承载核，我就能让DWorld变得稳定。那时候，不仅我，所有人都可以去往现实世界。我要在现实世界制造一场血腥的灾难，让他们品尝品尝我受过的痛苦！"

"所以，你让我偷窃承载核？"花鸣觉得后怕，如果当时她真的上当了，那DWorld和现实世界的末日，都要降临了。

"只有你，也必须是你。"零无比怜惜地看着花鸣，"因为，只有你拥有情绪Bug。"

在这个世界的空气里，飘浮着一段神奇的代码。

常人无法察觉到它的存在。

那段代码，无声无息，无形无色。没有人知道它是怎么出现的，但它，却是通往现实世界的秘密。

零在绝望和仇恨中，发现了它。

零发现，只要拥有强大的执念，就可以通过那段代码，离开DWorld。

零的执念太强大了，他恨不得把现实世界踩在他的脚下。

他很快就意识到，几乎所有DWorld里的角色，已经对他们的主人产生了情感，想让他们心甘情愿从游戏中穿出，产生取代主人而离开DWorld的执念，几乎成为不可能的事。

所以，疯狂的零，竟然产生了控制所有人情绪的念头。

就连情绪都受他控制，那么这个世界的人们会不会产生执念，产生怎样的执念，都是他说了算。

情感缺失的花鸣进入零的视线。

情感随机缺失Bug，这简直是上天赠送给零的礼物。零坚信，当他完成情感随机缺失的Bug，就能随心所欲地祛除人们的情感。

零想要探究花鸣情感缺失的Bug，并将这一Bug赋予至整个DWorld，切断所有角色和主人之间的情感关联。

然而，花鸣的Bug，只有林缓知根知底，唯一已知并适合《DWorld》的承载程序，也只有林缓能开发出来。

一切的矛头，都指向了林缓。

"你的情感缺失，我最容易控制。也因为你的情感缺失，你才有更想弄清Bug缘由的决心。"零看着花鸣，像是看着一件满意的作品，"所以，我选中了你，当我了不起的棋子。"

棋子，这个名字听起来多可悲。

花鸣以为她是自由的，原来，她才是被深深控制的那个人，深到她自己都没有察觉。

"我杀死了花茉莉，用一册日记本骗过了你。出于对缔造者的感恩，为了帮助花茉莉完成遗愿，你产生了强大的执念，我成功地将你送到了现实世界。"零看起来太得意了。

"花茉莉，是你杀死的？"花鸣的心一沉。

她的头好疼，怎么回事？

花茉莉不是她杀死的吗？

她亲眼在脑海的记忆中，看到了那一幕。

"可怜的棋子，你要知道，从此刻开始，我才是这个世界的神，我早已经强大到无人可以匹敌了！"零摊开双手，整个世界的代码都朝着他汇聚而来，"我可以操控这个世界的每一个代码。"

花鸣的脑袋越来越疼了，她支撑不住疲倦的身体，跪倒在了地上。

"你不过也是代码的组成体而已，要在你的脑海中植入一段关于记忆的信息，太容易了。"零笑着。

花鸣不敢相信，那段记忆，竟是零植入给她的。

怎么可以这样。

太残忍了。

因为这段记忆，花鸣产生了悲伤值。因为这段记忆，花鸣觉得自己像个怪物。也是因为这段记忆，她离开了现实世界，离开了林缓，过上了行尸走肉般的生活。

花茉莉的日记本，原来也是零制造出来的。

花鸣突然想起，当她第一次从现实世界回到DWorld，带上了现实世界的食物，想要分享给风儿沙。然而，现实世界的食物，却突然消失了。现实世界的东西，进不了这个世界。

但花茉莉的日记本，却被她带了进来。

心头的困惑，终于解开了。

那是因为，日记本根本就是零制造出来。

难道，花茉莉根本就没有那么多心愿？

她也从来没有喜欢过林缓？

她辛辛苦苦做的一切，都并不是在帮助花茉莉，而是帮助零！

"我要让你接近林缓，又不能让你起疑，就只能通过这种方法。你真的以为我在意花茉莉的父亲在哪儿，她的母亲怎么样吗？"

"不要说了！"花鸣觉得好痛苦，她不想听了。

她情愿她一辈子被欺骗，被隐瞒。

可是，零仿佛在诉说一件伟大的事，没有停下来的意思。

"我不断地撮合着你和林缓。为此，我还派出了宙甲。是他，在关键时刻，帮助你战胜了病毒,也是他,唆使孙毅去放火,让你有了解救林缓的机会,是他,数次匿名给林缓通风报信,让他帮助你。

"通过S侠,你知道了双木和林缓的关系,通过S侠,你知道了凤凰翎和浴火木的位置。在你差点死在浴火木和凤凰翎前,也是我喝退了所有猛兽。"

当时间越发紧迫,零甚至发布了限时任务,逼迫花鸣去和林缓约会。

有了S侠和宙甲的帮助,花鸣和林缓之间的距离,越走越近了。

"只可惜,宙甲对林缓和你的怨恨越来越深,他慢慢地不受我控制了。"

在零尚未得到承载核与情绪Bug源代码时,宙甲对林缓和花鸣起了杀意,差点破坏了零的计划。

在关键时刻,零出现了,他彻底消灭了宙甲。

"给我造成麻烦的,不只是宙甲,还有DW团队那些愚蠢的人们!"零咬牙切齿。

只差一点,DW团队就将《DWorld》毁了。

所以,零又伪装成系统,向花鸣发布了拯救《DWorld》的任务。

如果《DWorld》消失了,那么这个世界,包括零也将被毁灭。

"不要说了!"花鸣怒喝,对着零发动了攻击。

可是,那道攻击,却被零轻而易举地化解了。

"你和林缓在一起了,林缓重新回归DW团队了,他终于快要完成承载核和情绪Bug的研究了,我终于等到这一天了。"零说着,突然激动了起来,"所以,棋子是该走最后一步了。"

"我向你发布了任务!"零咆哮,"可是,你竟然真的爱上了他!"

第六十七章

执念

Chapter 67

"如果你直接偷了那两样东西，把它们交到我的手上，就不会有现在这么多事！"零咬牙切齿道。

就连零都不曾想到，从未谈过恋爱的花鸣，竟然真的爱上了林缓。

接近林缓，早已经不被花鸣单纯地当作是任务。

很快，零突然又变得无比冷静。

"不过，不要紧。"零突然笑了，"他也深爱着你，竟然花了这么大的手笔寻找你。多么感人的爱情故事，是你们之间的爱情，成全了我。"

花鸣无比痛苦地咬着下唇，显然，零的阴谋并没有因偷窃任务的失败而告终。

"你想干什么？"花鸣问。

"难道你没发现，你身上的气息，早已经被我隐藏了？这么长时间了，他还是没有找到你。我一直在赌，直到现在，我确定了。你在他的心里，占据着重要的位置，你可以成为交换品。"

花鸣一怔，零竟然要拿她当交换品，去换他想要得到的东西。

在此之前，零也没有把握，因为他不知道林缓是否愿意为花鸣放弃自己的研究成果。

为了今天，他将一段根本不存在的记忆，悄然植入了花鸣的脑海中。

不出所料，花鸣接受不了那段记忆，完成了执念。

因执念而生，因执念而回。

花茉莉的遗愿，是花鸣去往现实世界的基础。当一切结束，她去往现实世界的执念也就消失了。那段空气中飘浮着的神秘代码，会将她送回DWorld。

零费了很大的功夫，将花鸣藏了起来。

零不敢轻易出手，因为他知道，他只有一次机会。

终于，林缓还是放不下花鸣，开始了大费周章的寻找，甚至不惜动用整个DWorld的力量。

零终于确定了，以花鸣作为交换品，绝对能让林缓乖乖交出他想要的东西。

现在，零只等《DWorld》开启服务器，去往现实世界。

他无比激动，只要走完最后一步，他的目的就能达到了。

双木突然往远处的云端扫了一眼，他想把这些信息，反馈给林缓。

然而，他发现他什么消息都传达不出去。

"双木，不要白费力气了，到了这里，你以为你还能通风报信？"零对自己布下的屏障有着绝对的信心。

"花鸣，对不起。"S侠再一次道歉，"我一直犹豫着。风儿沙已经走了，我早就想通了。只是，我没有能力除去零，不得不听命于他。现在，我已经想通了，我要彻底除掉他。"

S侠手持暴风，是时候做个了结了。

他必须在林缓收回自由意志最高权限之前除掉零。否则，他又将回到守卫处，眼睁睁地看着零的阴谋得逞。

双木也出手了，手中的迷雾变化多端。

双木和S侠几乎在同一瞬间朝着零攻去。

零的表情丝毫未变，他的手轻轻一挥，整个DWorld的代码都受控于他。不费吹灰之力，双木和S侠的身体被击飞。

他们的生命值瞬间掉了一半。

双木和S侠的身体重重地落在天空城的废墟之上。

S侠满脸的震惊。

和当年的那场大战相比，S侠能够感受到零变强大了。他绝对没有想到，零已经强大到了这种地步。

S侠和双木代表着这个世界的最高武力值，连他们都这样轻易地被零击败了，那这个世界，还有谁能与零对抗？

零嘲讽般地盯着S侠和双木："你们太天真了。还以为我是那场大战中的我吗？"

只有零知道他是怎样变成今天这副模样的。

怨念便是他的动力，越是怨恨，他就越要变强。他吞噬了无数代码生命，充实自己的力量。

没有强大的实力，又怎么能报仇？

为了变成今日这样强大，零忍受着非人的折磨。

S侠绝望了。

他还以为，他能够解救这个世界。

零嘲讽般地走到了S侠的面前，轻轻地把他提了起来。在零的手中，强大的S侠竟然毫无抵抗之力。零的脸上布满伤疤，那都是在封测时代留下的，他一笑起来，那些疤痕像极了张牙舞爪的蜘蛛。

"你早就没有利用价值了。留着你的性命，只不过是为了不让DW团队和花鸣起疑罢了。"零狠狠地捏着S侠的咽喉，"既然你找死，那我就送你走吧。"

零把S侠抛向了高空。

"不要！"花鸣嘶吼着，可是，她却无力阻止。

无数代码夹带着强烈的空气波动，从四面八方朝着S侠涌来。

S侠知道，他就要死了。

在生命的最后一刻，他侧过脸，给了花鸣最后一道目光。

"花鸣，对不起，是我欺骗了你，即使到了最后，我也没能为我的欺骗赎罪。也谢谢你，愿意成为我的朋友，站在守卫处的无数个日夜，因为有你的陪伴，因为有你倾听NPC恋上玩家的荒唐故事，我的人生才会不那么无聊。"

S侠传来的声音出现在花鸣脑海的那一刻，S侠的身体正被黑暗的代码侵蚀。他的身体，粉碎在了天空城的上空，随风散去，S侠终于消失了。

花鸣的泪水早已经忍不住了。

她多想告诉S侠，她没有怪他。

只是，时间匆忙得连说一句话的机会也没有施舍给花鸣。

花鸣瘫倒在地，为什么要这么残忍？

"可怜，就这么消失了。"零摇了摇头，把目光放在了倒在远处的双木身上，"现在，轮到你了。"

寂静的深夜，不知正有多少人因焦虑不安而失眠。

林缓盯着屏幕。

已经一整天了，他片刻都未曾停歇。

他的眉头习惯性地蹙在一起："怎么回事。"

S侠的数据突然消失了，而双木的生命值，竟然也掉了一半。

由于是游戏备用地图，林缓无法把这些数据转化成画面。他只能靠着源代码分析那里发生的一切。

难道，那里发生了战斗？

林缓的心一沉。

不可以，他不能让花鸣在那个世界死去。

林缓的双手迅速地在键盘上敲击了起来。

天空城，亦是黑夜。

无数星辰近在眼前，仿佛随手便能触碰到它们。

零站在双木面前，居高临下地看着他。

"排行榜第一，也不过如此。"零笑着，他伸出手，准备终结双木的性命。

可是，就在此时，零突然全身一颤，他飞速地后退。

因为，他嗅到了危险的气息。

当他站定，他突然发现，倒地的双木突然站了起来。

他的属性值突然全变了，武力值被增加至无限，生命值也成了无穷大。

双木又往云端后扫了一眼，仿佛能明白云端那头的人的心意。

宛如君临天下，所向披靡。

双木一挥手，就能开天，一闭眼，就能辟地。

"可恶！"零对着夜空大吼，"到了最后一步，还要阻拦我！"

更让零感到不安的是，花鸣的属性，竟也被修改了数值。

两个和他一样强大的人，他要怎么应对？

这么久了，零的心中终于出现了久违的不安与恐惧。

"不是难过的时候。"双木对花鸣说道。

花鸣站了起来，她无比坚定地点了点头。

一切，都是因零而起，她要把一切终结在这一天。

两道身影在原地留下残影，朝着零迅猛攻去。

零终于无法再轻易地就挡住攻击，他无比凝重，操纵着整个世界的代码与二人对抗。

霎时间，天昏地暗，从天空城落下的巨石，如同流星坠地，为DWorld带去了灾难。

海岛城毁了，机关迷城毁了，就连骷髅山脉都被夷为平地。

无数条生命在哀号中死去。

他们不知发生了什么，只听见了这个世界绝望的呐喊。

这一战，没有人可以用言语形容。

零太强大了，就算被修改武力值之后的双木和花鸣联手，竟也只是勉强和他打成平手。

时间一分一秒地过去，三人早已伤痕累累。

零落在地上，无比狼狈地喘着粗气，他知道，再这么下去，他恐怕等不到计划实现的那天了。

刹那间，零突然紧张起来。

因为，空气中飘浮着只有他能感受到的神秘代码突然变得躁动不安。零能明显感觉到，被他视如神迹的神秘代码，仿佛快要消失了。

"该死！"零咒骂道。

他冲破他布下的强大屏障，对着林缓隔空喊话："住手！"

现实世界。

林缓在分析数据库的时候，发现了一串奇怪的代码。

这串代码，并不属于《DWorld》。

是谁在《DWorld》的数据库里，植入了这串代码？

它的作用是什么？

这串代码，太神奇了，不受人操控，但却不断地变换着字符。没有任何规律，也没有任何节奏。

当林缓试图操纵这段代码时，它却变换得更加迅速了。

零喊出的那段话，突然以代码的形式，出现在了林缓的屏幕上。

林缓一怔，这段代码语言，竟然出自零之口。

零是在阻止他触碰这串神奇的代码？

那里到底发生了什么？

天空城已经快要彻底毁灭了。

零已经等不及了。

因为，双木和花鸣正在冲击着他布下的那道屏障。

一旦双木和花鸣可以把信息传达给林缓，那他就完了。

只要林缓的一个动作，他就可能被删除。

林缓并不知道这里发生了什么，顾及花鸣，所以他绝不敢乱动。但是，如果林缓知晓了一切，那就不一样了。

"立刻开放《DWorld》的服务器！"零又对着虚空喝道，"否则，我保证你再也见不到花鸣！"

花鸣和双木更加努力地冲击着那道屏障。

绝对不可以，她不能让零去往现实世界！

花鸣的名字，让林缓的心骤然一紧。

他终于能见到花鸣了吗？

对一切都一无所知的林缓，竟然立刻开放了《DWorld》的登录。

霎时间，数以千计的玩家终于能够再次登录游戏了。

然而，他们却发现海岛城早已成了一片废墟，四处都充斥着乱码。

"怎么回事？"

"刚开放登录，又发生Bug了？"

"DW团队搞什么？"

然而，此刻的林缓，又怎么会顾及玩家的抱怨。

他耐心地等待着。

果然，他的屏幕突然亮起。

林缓往后退了几步，这是他首次看到这样神奇的一幕。

只可惜，当代码汇聚成人形之后，林缓并没有看到花鸣。

"你好啊，造物主。"零仰着嘴角，他的目光瞥向林缓的电脑，旋即笑道，"看来，你发现了两个世界的通道。"

林缓一怔，那串神奇的神秘代码，原来就是两个世界的通道吗？

"我不准你碰它！通道毁了，花鸣就再也来不到这里了！"

让零焦急的是，就在刚刚，林缓竟然试图操纵那段代码。一旦那段代码被破坏了，连接世界之间的通道将被彻底关闭。

"你是谁？"林缓警惕地问道。

"忘了我吗？是你创造了我。"零阴阳怪气地说道。

林缓恍然大悟："你是零？"

"是的，我是被你们抛弃的零。"

"花鸣呢？"

"想要见到她吗？交出我要的两样东西，我就让她回到你的身边。"

"你要什么？"林缓觉得不安。

就在此时，花鸣和双木终于冲破了零在游戏世界布下的屏障。

"林缓，不可以，绝不能将那两样东西交给零！他会毁掉我们的世界！"

花鸣太着急了，眼看着零去往现实世界，她却无能为力。

她去往现实世界的执念已经结束了，她再也无法像之前一样离开这里。

零会不会伤害林缓？

她急得都哭了，只能不断对着林缓喊着话。

花鸣的话，出现在了林缓的屏幕上。

林缓的心一紧，她终于和他说话了。

他找了她好久，为什么她不出现。

"想见她吗？把那两样东西交给我，我立刻把花鸣还给你。否则，我会毁灭花鸣，彻彻底底地毁灭她。"零冷笑着。

怎么办？

零走到了屏幕面前，挡住了花鸣传来的新信息。

"我不会给你考虑的时间，是要你的成果，还是要花鸣。你决定。"

"你要那两样东西干什么?"林缓沉声问道。

零摇头:"你不必管,现在做决定吧。"

承载核和情绪Bug源代码,对林缓来说,无比重要。

但是,花鸣却更加重要。

几乎没有任何犹豫:"希望你说话算数。"

说罢,林缓又走向了另一台电脑。

零要的一切,都在那台电脑里。

零这才转身,看向被他遮住的屏幕。花鸣已经把一切真相,传达到了这里。

他当然不会给林缓看这些了。

他的手,突然在键盘上敲击了起来。

这是他第一次如此近的接触游戏数据库。

他对涉及他的代码,全部进行了加密。这样一来,就算是林缓想彻底删除他,都必须经过长时间的解密。

操作完一切,林缓已经通过了人脸识别,打开了层层加密的电脑。

"你要的东西,在这儿。"林缓说道。

零无比激动地推开林缓,目光紧紧地盯住电脑屏幕。

他要把屏幕上的内容,全部记下来。

林缓的目光一扫,他终于发现了花鸣传来的消息。

林缓的大脑一片空白,这一切都是真的吗?

零真的要让《DWorld》里的所有人都来到这个世界?

林缓觉得不可思议,他究竟创造出来了一个怎样的怪物?

林缓正准备行动的时候,零突然发话了:"怎么?想从数据库里把我删除了?"

零十分镇定,他盯着那台记录着承载核代码和情绪Bug源代码的电脑,没有回头。

"只有我可以让花鸣来到这个世界,你想好了吗?"

林缓停下了手里的动作。

他真的再也见不到花鸣了吗?

林缓的心像被针扎着,不可以,他不能失去花鸣。

"林缓,你听到了吗?快点杀死零!"

"林缓!"

花鸣声嘶力竭地喊叫着。

她多想去往现实世界啊。

然而,她的呐喊,始终没有回音。

林缓怎么了,零会不会已经伤害他了?

花鸣跪倒在地上，不断地哭着。

双木站在远处，他已经尽力了。

绝望着，麻木着。

就在刚刚，花鸣终于明白，她不是怪物。

可是，她却是怪物的帮凶。

这场噩梦，真的无法结束了吗？如果零的阴谋得逞了，那是怪物的帮凶和是怪物，又有什么区别呢？

她好想阻止零。

她好想保护林缓。

好想再去见林缓一面。

只要一眼，就足够了。

花鸣哭着，就连她都不曾发现，空气里那神奇的代码，突然慢慢地朝着她汇聚而来。

第六十八章 再见
Chapter 68

好熟悉的气息。

花鸣第一次在DWorld里，看到了这样晶莹的代码。

是它们吗？

是它们带花鸣去往现实世界的吗？

"求求你们，带我走吧，只要一次，一次就好。"

花鸣的视线被泪水模糊，她觉得自己的身体轻飘飘的。

代码们，围绕着花鸣，像是在亲吻她，又像是在安抚她。

它们把花鸣架了起来，送到了远空。

那种熟悉的感觉，又回来了。

带着新的强大执念，花鸣化作一缕代码，飘向了夜空。

"杀了我，就等于杀了花鸣。"零依旧保持着镇静。

他已经心满意足地把他想要的东西记在了脑海里。然而，就在话音刚落下的那一刹那，又一群萤火虫般的代码，从屏幕之中钻了出来。零猛然大惊，不可思议地盯着那由代码组成的人形。

是花鸣！

又一次，花鸣来到了这个美好的人间。

多么熟悉的一张脸，那样好看。

花鸣见到憔悴的林缓时，瞬间泪目。

原来，她真的无法割舍下他。

如同行尸走肉生活的这段日子，她多么想念林缓。她想牵住林缓的手，和他一起吃饭，一起走路，一起呼吸同一片空气。

林缓哭了吗？

她摇着头，不要哭，不要因为她而掉眼泪。

林缓紧紧地把花鸣拥住了。

真想永远抱着她，再也不松开。

他不想再放花鸣走了。

只有分别，才能让他知道自己有多爱这个奇怪的少女。

"不可能！"零尖锐地嘶吼着，"你也发现了通道？"

他的声音，不合时宜地破坏了气氛。

花鸣轻轻离开了林缓的怀抱，她冷漠地盯着零："是该做个了结了。"

林缓点了点头，他心领神会地敲动键盘。

但是，林缓很快发现，零把涉及他的代码加密了。

密码极其复杂，等他破解开，至少也要等到天亮。

"怎么了？"花鸣问。

重逢的喜悦，才刚过没多久。林缓真不想告诉花鸣，他短时内杀不了零。

零的野心，林缓和花鸣都知晓。

他们必须阻止零。

《DWorld》应该是美好的，林缓决不允许他的游戏变成罪孽。

林缓没有回答，尝试关闭服务器。

只要关闭了服务器，那通道也会被关闭。

可是，林缓竟然发现，就在刚刚，零竟然也对服务器操纵权设定了全新的复杂密码。

零突然大笑了起来："林缓，花鸣，你们太小瞧我了。"

林缓的表情痛苦，但他不愿意承认。

花鸣往屏幕上扫了一眼："那个，是通道的代码吗？"

"不可以！"几乎是同时，林缓和零同时出声。

是的，那串不断无规律变化的代码，就是两个世界的通道。

零唯一不敢触碰的，便是那段代码。

零猖狂地笑了起来："林缓，你可想好了，删除了那段代码，不仅是我，就连花鸣也将永远留在那个世界。你能忍受再也无法与她见面的痛苦吗？"

林缓的心如刀绞。

他无法忍受，也不想忍受。

"不要欺骗你自己了，你做不到。我承诺，我会让花鸣和你永远在一起，我不会伤害你们！"说罢，零化作一段代码，钻进了屏幕。

他的时间不多了，他知道，等林缓破解了密码，删除了他，或者关闭服务器，那他的计划就再也实施不了了。

回到DWorld的零，迅速地朝着天空城飞去。

双木却拦住了他。

"你们两个加起来都未必是我的对手，你以为你一个人可以拦住我吗？滚开！"

零无比慌张，他必须加快动作，把承载核代码和情绪Bug源代码扩散到整个世界。

"试试看。"双木冷漠道。

两道身影纠缠，又是惊天动地的大战。

而现实世界的黑夜，却格外寂静。

久久无法入睡的麦弋，心脏突然猛地揪紧。

"你去了哪里，回来好吗？"

麦弋望着夜空，叹道。

熟睡中的徐菲菲，突然从梦中惊醒。

她好像做了一个噩梦。

她像个傻子一样，不断地哭着。

邱敏和远在异国他乡的秦璐，都突然惊醒了。

她们不知道发生了什么，心里却空落落的，仿佛突然之间，失去了什么。

夜，深邃得可怕。

林缓站着，花鸣也站着。

他们都没有说话，一动不动，画面宛如静止了。

花鸣望着林缓的背影，如果能永远这么看着，该多好？

才刚刚重逢，就又要分开了吗？

这一次分别，就是永远了。

时间过得太快了，它果然是这个世界最残忍的东西。

"林缓……"花鸣深吸了一口气，强忍着哽咽，"动手吧，没有时间了。"

不，他做不到。

要他亲手把花鸣送走，多么残忍。

"我不属于这里，我来到这个世界，从一开始就是一个错误。这个错误很美丽，它让我经历了这个世界，让我有了亲人，有了朋友，也有了你。我很满足，现在，请你结束这个错误吧。"

"你知道吗？"林缓沙哑着嗓音，终于说话了。

"我好喜欢你，从来没有这样喜欢过一个人。"

当林缓开口的刹那，被花鸣强行忍住的泪水，终于忍不住落了下来。

她知道，她怎么会不知道。

她也好喜欢林缓，想要和他永远在一起。

"是该结束了。"花鸣擦去了泪水，"灾难因我而起，也该由我结束。林缓，求求你，结束一切吧。"

林缓转过身，她在花鸣的表情里，看到了坚决。

她真善良。

为了守护两个世界，宁可让自己承受痛苦。

林缓真想自私一点。

可是，他真的做得到吗？

"真的没有时间了。"

他何尝不知道没有时间了呢？

只是，他太舍不得了。

林缓慢慢地抬起了手。

指尖轻轻地放在了键盘之上。

林缓回眸，热泪下，花鸣的身影变得模糊。

花鸣扬起了嘴角，给了林缓一个笑容。

她不想让她成为林缓做决定的阻碍。

也不想成为林缓在今后日子里的遗憾。

终于，林缓还是轻轻地按下了那个键。

那串神奇的代码，消失在了屏幕上。

整个世界突然变得安静了。

林缓仿佛能听见自己的心跳声。

远在另一个世界的天空中，零突然绝望了。

他再也感应不到那奇怪的神秘代码了。

他和现实世界之间的关联，竟然全部都切断了。

林缓真的那么狠心吗？

零不再还手了，任凭双木的攻击打在他的身上。

为了仇恨，他才一直活到现在。如今，他还有活下去的必要吗？

没有。

零苦涩一笑，闭上了眼睛。

当林缓按下那一个键的瞬间，花鸣突然觉得有一股力量，正在慢慢地抽离她身体里的力气。她的四周，代码们躁动着，像是组成了一个巨大的黑洞，马上就要将花鸣吸引进去。

花鸣身体的代码正在流失着。

她的时间不多了。

花鸣望向窗外，黑夜里，明亮的摩天轮悬浮在夜空。

"好想去那里啊。"花鸣的声音很轻。

"我带你去。"林缓用力地牵起花鸣的手。

他们一路狂奔着。

摩天轮看上去那么近，为什么他们跑了这么久，还没到？

林缓能明显感觉到，花鸣的手正在慢慢地失去温度。

他好害怕花鸣会像之前一样，化作闪闪发亮的空气，从这个世界消失。

他不敢看花鸣。

他牵着花鸣的手，不断地朝前狂奔着。

"林缓，我喜欢你。"

"我也好喜欢你。"

他们奔跑着，呼吸着，谁都不敢停下脚步。

仿佛是心意相通，他们都觉得，只要他们停下脚步，就要迎来分别了。

时间过得慢一点吧，让他带着花鸣登上摩天轮吧。

"我喜欢你写的那首诗，我会一辈子记住！"花鸣呐喊着。

"我念给你听！"

或许黑夜会吞没你，

但白昼会照耀你。

疯狂的张扬的奔跑着的你，

晶莹的透明的释放着的你，

炙热的真实的存在着的你。

不要怕，

那都是你，

全新的你！

他们就像疯子一般，一边跑着，一边互相告白着。

直到气喘吁吁，筋疲力尽，他们也不愿意停下来。

摩天轮就在前面了。

只差一点。

再给他们两分钟吧。

不，一分钟就够了。

花鸣不再落泪了，她跟在林缓的身后，跟随着他的脚步奔跑着。

这样真好。

最后一段路，是他们一起走完的。

再见了，林缓。

或许再也见不到了。

"林缓，你笑起来的样子，更好看。不要再把自己关起来了。"

"好，我答应你！"

林缓没有回头。

他能感觉手里变轻了。

"要有更多的朋友。"

"好。"

"要和家人好好的。"

"好！"

冷风吹着林缓的双眸，眼泪才刚掉下来，就被风吹走了。

花鸣，如果可以，不要走好吗？

留在我的身边。

不要成为我的记忆。

"林缓，我会记住你的。"

"我也会记住你的。"

我不会让你记住的。

我会除去你的自由意志，让你遗忘一切。

不记得，就不会悲伤了吧。

想念，就让我来承担吧。

"林缓，我想叫你的名字。"

"好！我听着！"

只差几步了，他们就能登上摩天轮了！

"林缓。"

"林缓。"

"林缓……"

花鸣不断叫着他的名字。

然而，声音却越来越轻。

终于，林缓发现他的手里，什么都没有了。

他重重地跌在了地上。

再回过头时,他的身后,只剩下幽暗的空气。

好安静啊,一切,空空荡荡。

林缓抬起头,他的泪水中,倒映着的,是满天繁星。